KB263818

허클베리 핀의 모험

대학권장도서 베스트 01

허클베리 핀의 모험

마크 트웨인 지음 | **전봉룡(배재대 교수)** 옮김

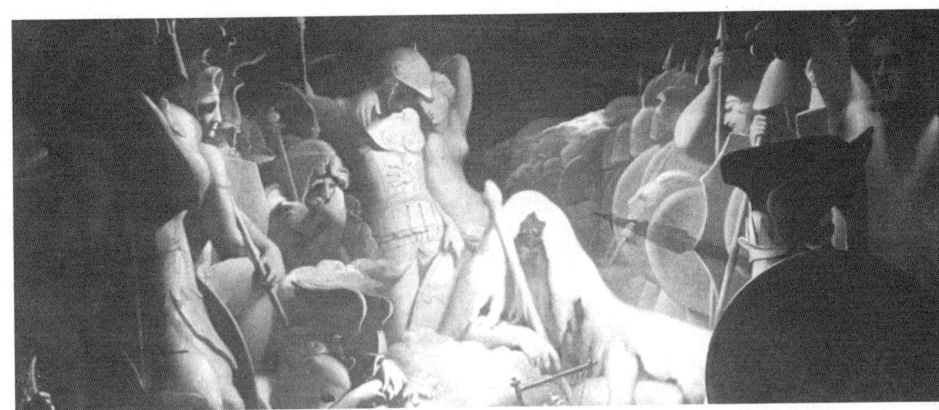

The Adventures of
Huckleberry Finn

좋은 책 좋은 독자를 만드는 ─
(주)신원문화사

차 례

† 주 의

이 이야기 속에서 동기를 찾으려는 자는 고소당하리라.
교훈을 찾으려는 자는 추방당하리라.
줄거리를 찾으려는 자는 총살당하리라.

작가의 명령에 의하여
군수부장 G. G.

허클베리 핀의 모험

1

《톰 소여의 모험》이라는 책을 읽지 않았다면 나에 대해 잘 모르겠지만 그런 건 아무래도 좋아. 그 책을 쓴 사람은 마크 트웨인인데, 군데군데 과장된 표현을 하고 있지만 대체로 사실을 쓰고 있단 말야. 그런 것은 아무래도 상관없어. 사람은 누구나 간혹 거짓말을 하니까 말야. 폴리 아주머니와 과부댁인 더글러스는 물론 예외지. 게다가 메리도 어쩌면 그럴 테고. 폴리 아주머니라고 하면 톰의 엄마 폴리 아주머니를 말하는 거야. 그리고 메리와 과부댁 더글러스도 모두 그 책에 나와 있어. 그 책은 대체로 거짓말이 없는 책이야. 아까도 말했지만 좀 과장된 부분이 있긴 해도 말야.

그 책의 마지막 부분에서 도둑놈들이 동굴 속에 감추어 놓은 돈을 톰과 내가 찾아내어 우리는 부자가 되었지. 한 사람당 6,000달러, 그것도 모두 금화로 말야. 쌓아 놓고 보니 굉장했어. 그 뒤 새처 판사가 그 돈으로 이자놀이를 했지. 덕분에 우리한테도 매일 1달러씩, 일년 내내 하루도 빠짐없이 돈이 들어왔어.

더글러스 과부댁은 나를 자기 아들처럼 생각하고는 여러 가지 예절을 가르쳐 주겠다고 했지. 그런데 말야, 이 과부댁이라는 사람은 무슨 일을 하든 빈틈이 없고 신중했거든. 그러니 그런 집에 하루 종일 틀어박혀 있다는 게 얼마나 따분했겠느냐 말야. 더이상 참을 수가 없어 나는 뛰쳐나오고 말았지. 또다시 옛날의 누더기옷을 걸치고 설탕통 보금자리로 돌아와 자유의 몸이 되니 마음이 한결 편하더군.

그런데 톰 소여라는 놈, 이 녀석이 내 거처를 알아내고는 이제부터 갱단을 만드는데 과부댁 집으로 되돌아가 착실하게 살면 나도 한몫 끼워 주겠다는 거야. 그래서 다시 과부댁으로 돌아왔던 거지.

과부댁은 나를 보자 눈물을 흘리더군. 나에게 불쌍한 길 잃은 어린 양이라느니 하며 열 가지나 되는 이름으로 부르는 것이었어. 말은 그렇게 했지만, 악의가 있어서 그랬던 것은 아니야. 나는 다시 새로운 옷을 입게 되고 그저 땀만 뻘뻘 흘릴 뿐, 꼭 죄어드는 느낌에 어찌할 바를 몰랐어. 드디어 옛날과 같은 생활이 시작되었지.

과부댁이 식사 시간을 알리는 종을 치면 얼른 달려가야만 했어. 식탁에 앉아도 곧 밥을 먹게 되는 것은 아니야. 과부댁이 음식을 앞에 놓고 고개를 숙이고 뭐라고 중얼거리는 동안 기다리지 않으면 안 되거든 (역주 : 식전의 기도를 오해한 것).

하지만 뭐 음식은 별로 이상한 것은 없었어. 모든 음식이 각각 따로 만들어진 것만 빼고 말야. 그게 말야, 먹다 남은 음식을 긁어모은 통이라면 이야기가 다르거든. 여러 가지 음식을 뒤섞어 놓으면 음식맛이 훨씬 좋아질 텐데……

식사가 끝나면 과부댁은 성경책을 꺼내 들고는 모세가 어땠느니 물가의 갈대 바구니가 어땠느니 하고 가르쳐 주는 거야. 나는 모세가 어떤 친구인지 알고 싶어 안달을 했지만, 모세는 이미 오래전에 죽어 버렸다고 과부댁이 실토를 하더군. 그래서 나는 모세를 잊었지. 죽은 놈한테 볼일은 없으니까 말야.

얼마 후 나는 담배가 피우고 싶어서 과부댁에게 담배를 피우게 해 달라고 졸라 댔지. 그런데 안 된다고 딱 잘라 말하더군. 담배를 피우는 것은 천하고 불결한 일이라면서 절대 피워선 안 된다는 거야. 이런 때에 하는 상투적인 말이지. 자기는 아무것도 모르면서 이러쿵저러쿵 잔소리를 하는 사람들이 쓰는 말들 있잖아. 과부댁도 말이지, 모세가 자기 친척도 아니고 게다가 이미 죽어 버려서 아무 쓸모 없는 사람일 텐데 밤낮 그 이야기는 외면서도 내가 뭔가 쓸모 있는 일을 하려면 당치도 않다며 못하게 하거든. 더군다나 자신은 코담배까지 즐기고 있으면서 말이야. 그야 물론 자기가 하는 일이니까 좋은 일임에 틀림없겠지.

과부댁의 언니는 왓슨이라고 하는 호리호리한 몸에 안경을 낀 노처녀였지. 이 여자가 공교롭게도 과부댁 집에서 같이 살게 되었는데, 이번에는 이 여자가 철자법 책을 가지고 와서 한 시간 동안이나 공부시킨다고 나를 들볶는 거야. 그때 마침 과부댁이 그 공격을 늦춰 주지 않았더라면 틀림없이 나는 나가 버렸을 거야.

그 후 한 시간쯤은 미치도록 따분해서 나는 또 조바심이 났어. 왓슨 아주머니는 나를 보기만 하면,

"그런 데에 발을 올려 놓는 게 아냐, 허클베리."

"그렇게 몸을 오므리고 있으면 어떡해, 허클베리. 몸을 쭉 펴야 해."

하면서 잔소리를 했어. 그것도 부족해서,

"그렇게 하품을 하고 기지개를 켜는 게 아냐, 허클베리. 어째서 너는 몸을 단정하게 하려고 노력하지 않지?"

라고 주의를 주는 거야. 그러고는 계속해서 여러 가지 지옥 이야기를 들려 주었고, 나는 그곳에 가보고 싶다고 말했지. 그랬더니 왓슨 아

주머니는 화를 내더군. 그렇지만 나는 무슨 다른 뜻이 있어서 한 말이 아니었어. 그저 어디든 다른 곳에 가고 싶었을 뿐이었으니까. 그곳이 어디든 상관없었어.

그런데도 왓슨 아주머니는 내가 그런 말을 하는 것은 성격이 비뚤어 져서 그렇다는 거야. 자기 같으면 온 세계를 준대도 그런 말은 하지 않 을 거라고 하면서 말야. 자기는 지옥이 아니라 천국으로 갈 수 있는 생 활을 할 거라고 했지.

왓슨 아주머니가 가는 곳으로 가보았자 나한테 이로울 것은 없을 것 같더군. 그래서 나는 천국으로 가는 것은 그만두기로 했지. 하지만 그 런 말을 입 밖에 내놓고 말하지는 않았어. 그런 말을 하면 말썽의 씨를 뿌릴 뿐이지 아무 소용도 없을 테니까.

그러자 왓슨 아주머니는 말문이 트였는지 계속 재잘거리면서 천국 이야기를 모조리 해주었어. 천국의 사람들은 하루 종일 하프를 가지고 노래를 부르면서 어슬렁거리기만 하면 된다는 거야. 나는 영 시시하다 고 생각했지만 물론 입 밖에 내지는 않았지. 그러고는,

"톰 소여가 그곳으로 갈 수 있을까요?"

하고 물어보았어. 그랬더니 거의 가망이 없다고 하더군. 그 이야기를 듣고 나는 기뻤어. 왜냐고? 그 자식하고 헤어지기는 정말 싫었거든.

그 뒤에도 왓슨 아주머니는 내게 이런저런 설교를 했는데 나는 그만 따분해서 못 견딜 지경이었어. 그러던 중에 검둥이들을 모아 놓고 기 도를 시작했지. 기도가 끝나자 모두들 자러 갔어.

나는 촛불을 들고 내 방으로 올라가서 테이블 위에 촛불을 놓고 창 문 가까이에 있는 의자에 앉았어. 무언가 즐거운 일을 생각하려고 했 지만 소용없더군. 외롭고 쓸쓸해서 죽어 버리고 싶을 정도였어. 하늘

엔 별이 빛나고 숲속에서 살랑거리는 나뭇잎 소리가 못 견디게 슬프더란 말야. 누가 죽었는지 먼 곳에서 올빼미가 울어 대고, 또 어디에선가 죽어 가는 사람이라도 있는지 소쩍새 우는 소리와 개 짖는 소리도 들리더군. 그리고 바람은 내게 뭐라고 속삭이고 있는 것 같았어. 먼 숲속에서는 유령이 슬프게 울고 있는 듯했어. 자기 마음을 사람들에게 알리려고 하는데 아무도 알아 주지를 않아서, 매일 밤 저렇게 슬픈 소리를 내며 헤매고 있는 것이 아닌가 하는 기분이 드는 그런 소리였어. 나는 완전히 기가 질려 누군가 함께 있어 주었으면 하고 생각했지.

그런데 조금 후에 거미 한 마리가 내 어깨를 타고 기어 올라오는 거야. 툭툭 털어 버렸는데, 그놈이 하필 촛불 속에 떨어져 버렸어. 그러고는 눈 깜짝할 사이에 지글지글 타 버렸지. 이게 아주 좋지 않은 징조이며, 곧 악운이 닥치리라는 것쯤은 누구한테 듣지 않아도 알 수 있었어.

몸이 부르르 떨렸는데 하마터면 입고 있던 옷까지 벗겨질 뻔했어. 나는 일어서서 세 번을 돌았고, 한 번 돌 때마다 성호를 그었지. 그러고는 마녀들을 쫓아내기 위해 머리칼을 조금 실로 비끄러맸어. 효험은 의심스러웠지만 말야. 사실 이건 말 편자를 잃어버렸을 때 쓰는 주술이라, 거미를 죽였을 때도 효력이 있는지는 모르지만 말야.

나는 오들오들 떨면서 의자에 주저앉아 담배를 피우려고 파이프를 꺼냈지. 집이 조용해서 과부댁이 눈치를 챌 염려도 없었으니까 말야. 시간이 꽤 흐르고 멀리 마을 쪽에서 땡땡땡 하고 시계 소리가 열두 번 울렸어. 그 소리가 멈추자 다시 쥐 죽은 듯 조용해지더군. 아까보다 더 조용한 것 같았어. 얼마 후에 창 아래 나무 숲속에서 톡 하고 작은 나뭇가지 꺾이는 소리가 들렸어. 무언가가 살금살금 움직이고 있었어. 나는 숨을 죽인 채 귀를 기울였지. 그런데 아래에서 '야옹 야옹' 하는 소리가 어렴풋이 들리지 않겠어? 옳지, 됐어! 그래서 나도 '야옹 야옹' 하고 소리를 냈지. 되도록 작은 소리로 말야. 불을 끄고 창문을 통해 오 두막 지붕으로 가서 땅바닥까지 미끄러져 내려가 나무 사이로 기어 들 어갔지. 그랬더니 생각했던 대로 톰 소여가 나를 기다리고 있었어.

2

  우리는 마당 끝을 향해서 오솔길을 따라 살금살금 걸어갔어. 나뭇가 지에 머리가 긁히지 않도록 잔뜩 허리를 굽히고 말야. 그렇게 부엌 옆 을 지날 때였지. 나무 뿌리에 걸려서 넘어지는 바람에 나는 그만 큰 소 리를 지르고 말았지 뭐야. 우리는 몸을 잔뜩 웅크리고 숨도 쉬지 않았 어. 부엌문 앞에 짐이라는 왓슨 아주머니네 검둥이가 앉아 있는 것이 똑똑히 보였어. 그놈 뒤에 불이 켜져 있었거든. 그 검둥이가 일어서더 니만 목을 길게 빼고는 잠시 귀를 기울이더니,
  "누구야?"
  하고 소리치는 거야. 그러고는 잠시 귀를 기울이다 살금살금 내려오 더니만 우리 두 사람 사이에 서는 거였어. 손을 내밀면 닿을 만한 곳까 지 와서 말야. 내 참 기가 막힐 노릇이지. 그 시간이 얼마나 길게 느껴 졌는지 몰라. 그때 갑자기 발뒤꿈치가 가려워지기 시작했어. 그렇다고 마음놓고 긁을 수도 없었지. 다음에는 귀가 가려워지기 시작하는 거 야. 그러더니 이번에는 등이 가려워지기 시작하더군. 가렵다 못해 이 대로 죽어 버리지 않을까 싶을 정도였어. 그 후 몇 번이나 이런 경험을 했지. 높은 양반들과 함께 있을 때라든가, 장례식 때라든가, 잠이 오지

않는데 자려고 할 때라든가, 어쨌든 긁을 수가 없을 때는 온몸이 가려워지는 법이거든. 그리고는 마침내 짐이 입을 열더군.

"이봐, 넌 누구지? 어디 있어? 난 틀림없이 소리를 들었단 말이야. 그렇담 좋아, 이제부터 어떻게 해야 하는지 알고 있지. 여기 앉아서 귀를 기울이고, 다시 한 번 그 소리를 듣고 말 테다."

그러면서 짐은 땅바닥에 털썩 주저앉는 거였어. 나무 기둥에 등을 기대고 두 다리를 쭉 뻗더군. 다리 하나가 하마터면 내 다리에 닿을 뻔했어. 이번에 나는 콧잔등이 가려워졌어. 가렵다 못해 나중에는 눈물이 났어. 하지만 어디 긁을 수가 있어야지. 그러던 중에 이젠 뱃속까지 가려워지기 시작하는 거야. 다음에는 엉덩이……. 이 처량한 상태가 계속된 것은 고작 6분이나 7분 동안이었지만 그보다 훨씬 더 길게 느껴졌어. 계속해서 여기저기 가려워지는 통에 이젠 1분도 참을 수가 없을 것 같았어. 하지만 나는 이를 악물고 참아보리라 마음먹었지. 그때였어. 짐이란 놈, 숨소리가 커진다 싶더니 코를 골기 시작하는 게 아니겠어. 덕분에 난 평온을 찾을 수 있었지.

톰이 내게 신호를 보내더군. 우리는 슬금슬금 기어서 그곳을 빠져나왔지. 10피트 정도 갔을 때 톰은 내 귀에 대고, 짐을 저 나무에 묶어두면 재미있겠다고 말하는 거야. 하지만 나는 그런 짓 말라고 말렸지. 짐이 깨어났을 때 시끄럽게 떠들어 대면 내가 집을 나온 것이 당장 들통이 날지도 모른다고 말야. 그러자 톰은 양초가 모자라니 부엌에 들어가서 좀 더 가져오겠다는 거야. 나는 그런 짓을 하는 것은 곤란하다고 생각했기 때문에 짐이 깰지도 모른다고 말해 주었지. 그런데도 톰은 한번 해보고 싶다고 우기는 거야. 그래서 우리는 부엌으로 몰래 들어가 양초를 세 자루 가지고 나왔어. 톰은 양초 값이라고 하면서 테이블 위에 5센트짜리 동전 하나를 올려 놓았지. 나는 빨리 도망치는 데 온 신경이 쓰였지만, 톰은 짐이 있는 곳으로 네 발로 기어가서는 뭔가 장난을 해야겠다면서 한사코 말을 안 듣는 거야. 나는 하는 수 없이 기다렸지. 사방이 너무 고요하고 적막해서 두 시간 이상 걸린 것 같은 느낌이었어.

우리는 곧 오솔길을 빠져 나와서 울타리를 따라 집 뒤에 있는 언덕 위의 가파른 꼭대기까지 한달음에 기어 올라갔어. 톰이 말하기를 짐의 모자를 벗겨 짐의 머리 위에 있는 나뭇가지에 걸어 놓았다는 거야. 그런데도 짐은 눈을 뜨지 않더라는군.

나중에 짐의 말을 들으니, 마녀들이 찾아와서 마술을 걸더라는 거야. 그런 뒤에 자기를 미주리 주(州) 여기저기를 끌고다니다가 다시 처음에 있던 나무 밑으로 데리고 오더니 누가 한 짓인가를 알게 하려고 나뭇가지에 자기 모자를 걸어 놓았다, 뭐 이런 식이야. 그런데 다음에 그 이야기를 할 때는 뉴올리언스까지 끌려갔었다고 말하더니, 이야기를 할 때마다 점점 더 과장되어 나중에는 온 세계를 끌려다녀서 아주 죽을 지경에 이르렀고, 엉덩이가 안장에 닿아서 껍질이 벗겨졌을 정도라고 말하는 거야. 짐은 이 이야기를 무척 자랑스러워했고, 점점 우쭐해져서는 다른 검둥이들을 거들떠보지도 않았어. 검둥이들은 짐의 이야기를 듣기 위해 몇 마일이나 되는 먼 곳에서도 찾아왔지. 짐은 이 일대 검둥이들 중 가장 위대한 존재가 된 거야. 짐을 처음 만나는 검둥이는 짐 앞에서 입을 헤벌리고, 마치 천사의 기적이라도 본 것 같은 눈빛으로 찬찬히 훑어보는 거야.

검둥이들은 부엌의 난로 옆에 모여 앉아 곧잘 마녀 이야기를 하곤 했는데, 누군가 마녀에 대해 잘 알고 있다는 듯 지껄이고 있으면, 때마

침 짐이 나타나,

"흥! 이것 봐, 네가 마녀에 대해서 뭘 안다고 그래?"

하고 핀잔을 주었지. 그때까지 떠들고 있던 검둥이는 찍소리도 못하고 얌전히 물러앉지 않으면 안 되었어. 짐은 그 5센트짜리 동전을 실에 꿰어 언제나 목에 걸고 다니며, 마귀가 손수 자기한테 준 부적인데, 그것만 있으면 누구의 병이라도 고칠 수가 있고, 그것을 향해서 뭐라고 중얼거리기만 하면 마녀를 부르고 싶을 때 언제든지 부를 수 있는 가르침도 받았다는 거야. 그렇지만 그 주문을 뭐라고 하는 건지 한번도 말한 적은 없었지.

검둥이들은 그 5센트짜리 동전을 한 번 보기 위해 여기저기서 몰려들었고, 가지고 있는 소지품을 뭐든지 짐한테 주기도 했지만 그것을 만져 보려고는 안 했지. 마귀가 손을 댄 물건이기 때문이었어. 짐은 이제 하인으로서는 쓸모 없게 되어 버렸지. 마녀한테 끌려서 온갖 곳을 다녀보았다고 자랑하며 다니기에 정신이 없었으니 말이야.

언덕 꼭대기까지 올라온 톰과 나는 저 아랫마을을 굽어보다가 서너 개의 반짝거리는 불빛을 보았는데, 아마 병자가 있는 집이었을 거야. 마을 옆으로 흐르는 강(역주 : 미시시피 강을 말한다)은 폭이 1마일이나 되었는데, 지독하게 조용하고 무시무시하더군. 우리는 언덕을 내려왔어. 그곳에는 조 하퍼와 벤 로저스, 그리고 다른 두서너 명의 친구들이 폐허가 된 가죽 공장 안에 먼저 와서 숨어 있었어. 우리는 매 놓았던 보트 줄을 풀고는 2마일 반 가량 강 하류 쪽 언덕까지 가서 기슭으로 올라갔지.

숲이 우거진 곳에 다다르자, 톰은 모두에게 비밀을 지키겠다는 맹세를 하게 하고는 언덕 한가운데에 뚫린 구멍을 보여 주더군. 그곳은 숲속에서도 가장 무성하게 나무가 우거진 곳이었어. 우리는 촛불을 켜들고 엉금엉금 기어 구멍으로 들어갔지. 2백 야드쯤 갔을까? 동굴이 갑자기 넓어지더니 길이 여러 갈래로 나뉘었어. 톰은 그 길들을 여기저기 기웃거려 보더니 벽 밑의, 설마 그런 곳에 구멍이 있으리라고는 생각되지 않는 곳으로 기어 들어가는 것이었어. 좁은 통로를 빠져 나가자 방처럼 보이는 곳이 나타났지. 습기가 차서 축축하고 오싹오싹 한기가 느껴지더군. 그러자 톰이 말하는 거야.

"자, 이제부터 갱단을 조직한다. 이름은 '톰 소여 갱단'이라고 한다. 입단하고 싶은 자는 누구든지 우선 서약을 하고, 자기의 이름을 피로 쓰지 않으면 안 된다."

입단하고 싶지 않은 놈은 하나도 없었지. 톰은 서약서가 써 있는 종이를 꺼내 읽어 내려갔어. 단원은 갱단에서 이탈하면 안 되고, 비밀을 누설해서도 안 되며, 만일 단원 중 어느 누가 단원 아닌 어떤 사람으로부터 위해를 받을 경우, 그놈과 그놈의 가족을 죽이라고 명령을 받은 자는 반드시 그 명령대로 실천하지 않으면 안 된다. 명령을 받은 자가 상대방과 그 가족을 죽이고 나서 그놈들의 가슴에 칼로 도적단의 표시인 십자가를 새겨 넣기까지는 밥도 먹어서는 안 되고, 잠도 자서는 안 된다. 십자 표시는 단원이 아닌 사람은 사용할 수 없는 것으로 되어 있다. 만일 사용하는 자가 있으면 그놈은 고발을 당하게 될 것이다. 이런 짓을 두 번 하면 피살된다. 그리고 단원 중에 비밀을 누설한 자가 있으면, 그놈은 목을 찢기우고 시체는 불에 태워져서, 그 재는 사방에 뿌리고 그 이름은 명부에 빨간 피를 칠해서 말소되고, 다른 단원은 두 번 다시 그놈의 이름을 들먹이지 않고, 그 이름은 저주를 받아 영원히 잊혀지고 마는 거다, 뭐 대충 이런 식이었지.

우리는 멋진 서약이라고 말하면서, 톰에게 혼자 머리에서 짜낸 것이
냐고 물었지. 그랬더니 톰은, 자기 머리에서 나온 것도 있지만 대개는
해적들의 책이라든가 도적에 관한 책에서 따왔다고 하더군. 뭐 거친
갱단은 으레 그런 서약을 하는 것이라나.

일당 중 누군가가 비밀을 누설한 자는 그 일가까지 죽이는 게 어떠
냐고 한술 더떠서 말하더군. 톰은 좋은 생각이라고 말하더니 연필로
그걸 써 넣었어. 그러자 벤 로저스가 이렇게 말하는 거야.

"여기 헉 핀한테는 가족이 없잖아?"

"하지만 헉한테는 아버지가 있잖아?"

하고 톰 소여가 말했지.

"그야, 아버지가 있기는 있지. 하지만 요즘에는 아무도 본 사람이 없
단 말이야. 옛날에는 술을 퍼마시고 가죽 공장에서 돼지들이랑 잠을
자고 했는데, 요 근래 한 1년 동안은 이 근처에서 아무도 보았단 사람
이 없단 말이야."

그래서 모두들 이 문제를 놓고 의논을 했는데, 결국 나를 입단시키
기가 곤란하다는 결론이 나버렸어. 입단하는 자는 모두 가족이든 누구
든 죽일 수 있는 자가 있어야 한다는 거야. 그게 없으면 다른 놈들과 공
평하지 않다는 얘기지. 모두들 어떻게 할지 생각에 잠겨 있더군. 나는
거의 울상이 돼 버렸지만 그때 좋은 생각이 떠올랐어. 그래서 왓슨 아
주머니를 주겠다, 그 사람을 죽이면 되지 않겠는가 라고 했지. 모두들
좋다고 하더군.

"아하! 좋아, 좋아, 그럼 됐어. 헉도 입단시키자."

그러고는 모두들 바늘로 자기 손가락을 찔러 이름을 쓸 빨간 피를
뽑았지. 나는 종이에 내 이름을 써 넣었어.

“그런데 이 갱단은 대체 어떤 일을 하는 거지?”

하고 벤 로저스가 물었어.

“뭐 강도질하고 살인을 하는 것뿐이야.”

라고 톰이 대답하더군.

“그런데 어디서 무엇을 훔친다는 거야? 집을 털든가, 아니면 소? 아니면……”

“바보 같은 소리 말아! 가축 같은 것을 훔치는 것은 강도가 아니라 도둑이란 말야. 우리는 말을 타고 달리는 노상 강도야. 복면을 쓰고 대로를 지키고 있다가 역마차나 그 밖의 마차를 세운 뒤, 안에 타고 있는 사람들을 죽이고는 그놈들이 갖고 있는 돈·시계 같은 값비싼 금품을 뺏는 거란 말이야.”

“항상 사람을 죽여야 한단 말이지?”

“암, 그렇구말구. 그게 제일 상책이거든. 달리 생각하는 사람도 있겠지만, 대개의 경우 죽이는 게 제일 상책이라고 돼 있어. 하기야 이 동굴까지 끌고 와서 몸값을 받고 풀어 줄 몇몇 놈은 예외겠지만 말이야.”

“몸값? 몸값이라니, 무슨 뜻이지?”

“나도 몰라. 하지만 노상 강도는 그렇게 하는 거라고 책에 쓰여 있었어. 그러니까 우리는 그렇게 해야 해.”

“그렇지만 뭔지도 모르면서 어떻게 한다는 거야?”

“시끄러워! 어쨌든 하는 거야. 책에 그렇게 쓰여 있으니까 말야. 책에 쓰여 있는 대로 하지 않고 일을 망치려드는 거야?”

“그런 게 아냐, 톰 소여. 네 말에 반대하는 게 아냐. 하지만 몸값이 뭔지도 모르면서 어떻게 풀어 주냔 말이야. 난 그걸 알고 싶을 뿐이야. 네 생각엔 어떻게 하면 될 것 같으니?”

"글쎄, 모르겠는데. 몸값을 받을 때까지 가두어 둔다는 건 말이야, 어쩜 죽을 때까지 가두어 둔다는 말이 아닐까?"

"응, 그럴지도 모르겠다. 그럴싸한 얘기야. 그런데 왜 진작 그렇게 얘기하질 않았어. 놈들이 죽을 때까지 계속 가두어 두자. 하지만 귀찮겠는걸. 계속 먹어 대고, 항상 도망갈 기회만 엿보고 있을 테니까 말야."

"무슨 소릴 하는 거야, 벤 로저스. 보초가 지키고 있어서 조금이라도 움직이는 날엔 당장 쏴 버릴 건데 어떻게 도망친단 말야."

"보초라! 그거 기발한 생각이군. 하지만 그렇게 하려면 누군가가 밤새 잠도 안 자고 감시를 해야 한다는 얘기 아냐. 그건 좀 어리석은 짓 같은데. 차라리 몽둥이를 들고 있다가 놈들을 끌고 오면 즉시 풀어 주면 어때?"

"책에는 그렇게 쓰여 있지 않아. 그러니까 안 돼. 이봐, 벤 로저스. 넌 규칙대로 하고 싶은 거야, 아니야? 책을 쓴 사람들이 어련히 알아서 했을까 봐 그런 소릴 하는 거니? 네가 그 사람들을 가르칠 만한 자격이 있다고 생각하는 거야? 당치도 않은 소리! 우리는 책에 쓰여진 대로 몸값을 받고 풀어 주잔 말이야."

"좋아, 나는 아무래도 상관없어. 다만 어리석은 짓이라고 말했을 뿐이야. 그런데 말야, 여자들 역시 죽이는 거지?"

"이봐, 벤 로저스. 내가 만일 너처럼 무식하다면 입을 놀리지도 않겠어. 여자를 죽인다고? 어림없는 소리! 그렇게 써 놓은 책은 아무도 못 봤을 거야. 여자들은 말야, 동굴까지 끌고 와서는 정중히 모시는 거야. 그러면 이럭저럭 하는 사이 너하고 사랑하는 사이가 되어 그때는 집에 가라고 해도 가지 않겠다고 할 거야."

"뭐, 그렇게 된다면야 나도 싫지는 않지만, 그건 그다지 믿어지지 않는 얘기야. 그러다가는 동굴 안이 여자들과 풀어 주기를 기다리는 놈들로 꽉 차서 우리가 비집고 앉을 틈도 없겠다. 하지만 뭐 괜찮아. 나는 별로 할 말이 없어."

꼬맹이 토미 반스가 졸고 있었기 때문에 여러 번 깨워야 했어. 눈을 뜬 토미는 울면서 엄마한테 가겠다고 떼를 쓰며 강도 같은 건 되고 싶지 않다고 말했지.

모두들 울보라고 놀려 댔더니 토미는 화를 발끈 내며 당장 집에 돌아가 비밀을 모두 폭로하겠다고 을러대는 거야. 그러자 톰은 입막음으로 토미에게 5센트를 주고, 모두들 집에 돌아갔다가 다음 주에 다시 만나기로 했어. 그러고는 누구에게 강도질을 시키고 누구를 죽일 것인가에 대해 이야기를 했어.

벤 로저스는 일요일이 아니면 대체로 바깥에 나올 수가 없으니, 이번 일요일에 일을 시작하자고 말했어. 그렇지만 모두들 이런 일을 일요일에 시작하는 것은 죄받을 일이라고 해서 그 문제는 해결된 셈이었지. 결국 되도록 빨리 모여서 날을 정하기로 결론을 내리고, 만장일치로 톰 소여를 두목으로, 조 하퍼를 부두목으로 뽑고 집으로 돌아갔어.

내가 오두막 지붕을 타고 올라가 창문으로 몰래 들어갔을 때는 곧 날이 샐 무렵이었지. 새 옷은 촛농과 흙으로 엉망이 되었고 나는 마치 강아지처럼 지쳐 있었지.

3

아니나 다를까. 다음 날 아침, 옷 때문에 나는 왓슨 아주머니에게 호

된 야단을 맞았어. 하지만 과부댁은 꾸중도 하지 않고 그저 촛농과 흙을 잘 털어 주고는 몹시 슬픈 표정을 짓더군. 그래서 나는 이때부터 얼마 동안은 되도록 얌전하게 있으려고 했지. 그 뒤 왓슨 아주머니는 나를 구석 방으로 끌고 가서는 기도를 하는 것이었어. 그런데도 별다른 일이 일어나지 않는 거야. 왓슨 아주머니는 매일 기도를 하라고 말하면서, 그렇게 하면 갖고 싶은 것은 뭐든지 얻을 수 있다고 말했어. 그런데 사실은 그렇지가 않았어. 내가 시험삼아 해보았거든.

나는 말이지, 낚싯줄은 있는데 낚싯바늘이 없었어. 그래서 낚싯바늘을 갖고 싶다고 세 번, 아니 네 번이나 기도를 했지. 그런데 그게 전혀 생각대로 되지 않더라구. 그러던 중 어느 날, 나는 왓슨 아주머니에게 내 대신 기도해 보라고 부탁했지. 그랬더니 날더러 바보라고 놀리는 거야. 어째서 바보라고 하는 건지 그 이유를 말해 주지 않았기 때문에 나는 영문을 알 수가 없었어.

나는 언젠가 깊은 숲속에 들어가 앉아서 이 문제를 한참 생각해 보았지. 만일 기도를 해서 무엇이든 얻을 수 있다면, 어째서 윈 집사님은 돼지고기 때문에 잃은 돈을 도로 찾지 못하는 거지? 과부댁은 도둑맞은, 은으로 만든 담배 케이스를 어째서 찾지 못하는 거야? 왓슨 아주머니는 또 어째서 몸에 살이 붙지 않고? 혼자 그렇게 생각하면서 나는 기도 같은 건 아무 소용 없다고 결론을 내렸어. 나는 과부댁에게 가서 그 이야기를 했지. 그랬더니 과부댁이 말하기를 기도를 해서 얻을 수 있는 것은 '마음의 선물'이라나? 이 말은 내게 너무 어려워서 알 수가 없었어. 하지만 과부댁이 그 말의 뜻을 설명해 주더군.

다른 사람의 일을 도와 주고, 남을 위해서 내가 할 수 있는 일은 무엇이든 다 하고, 언제나 남을 먼저 생각하고 자기 자신의 일은 생각지 않는 것, 뭐 그런 뜻이라더군. 내가 보기에는 다른 사람 중에는 왓슨 아주머니도 포함되는 것 같아서, 숲속에 들어가 이 일을 오랫동안 여러 가지로 생각했지. 하지만 내가 왓슨 아주머니를 생각한다고 해서 그녀에게 무슨 이로운 일이 있다는 건지 영 알 수가 없더군. 나는 마침내 이런 일을 더이상 생각하지 않기로 작정했지.

가끔씩 과부댁은 나에게 '하느님의 섭리'라는 것에 대해 군침이 돌 정도로 그럴듯하게 이야기했지만, 그 다음 날 저녁 왓슨 아주머니의 이야기를 듣고 있으면 과부댁의 이야기는 와르르 무너지고 마는 거야. 그래서 나는 '하느님의 섭리'가 틀림없이 두 가지일 것이라고 생각했지. 과부댁의 '섭리'라면 인색한 자들도 구제받을 수 있지만, 왓슨 아주머니의 '섭리'에 붙들리는 날이면 영 헤어날 길이 없으리라고 생각했지. 나는 이 문제를 곰곰이 생각한 끝에 그 '섭리'가 나를 원한다면 과부댁의 '섭리'에 나를 내맡겨도 괜찮겠다는 결론에 이르렀어. 물론 '섭리'에서 볼 때는 얼마나 보탬이 될는지 그거야 알 수가 없었지. 원체 배운 게 없고 천하고 보잘것 없는 인간이니까 말이야.

아버지는 1년이 넘도록 내 앞에 얼씬도 하지 않았지만, 차라리 그편이 나한테는 편하고 좋았어. 나는 아버지를 두 번 다시 보고 싶지도 않았으니까. 술에 취해 있지 않으면 언제나 나를 붙들고 때리곤 했지. 그런 아버지가 말야, 요사이 큰 강에 빠져 죽은 것을 누가 발견했다는 소문이 퍼졌더군. 마을에서 12마일이나 위쪽에서 그랬다지 뭐야. 여하튼 키는 꼭 우리 아버지 정도이고, 누더기옷에 머리카락이 길더라지 뭐야. 그건 정말 우리 아버지하고 꼭 같아. 그렇지만 얼굴은 영 알아볼 수가 없었대. 그 이유는 너무 오래 물속에 잠겨 있어서 얼굴이 영 몰라보게 뭉개져 있었다는 거야. 뭐, 반듯하게 누운 채 물 위에 떠 있더라

나. 사람들이 건져내어 강가에 묻어 주었다더군.

그렇지만 나는 그 후에도 미심쩍은 생각을 버릴 수가 없었어. 아마 남자가 물에 빠져 죽었을 때는 눕는 것이 아니라 엎어져서 떠오른다는 것을 잘 알고 있었기 때문일 거야. 그래서 나는, 그건 아버지가 아니라 남자옷을 입은 여자임에 틀림없다고 생각했지. 그러자 또다시 걱정이 되기 시작했어. 아버지가 오지 않기를 아무리 원한다 해도 언젠가는 다시 불쑥 나타날 거라는 생각이 들었거든.

강도 놀이는 가끔씩 날을 정해서 한 달 동안 계속되었지만, 나는 그만두고 말았어. 그러자 모두들 그만두었지. 우리는 누구의 물건을 훔치거나 누구를 죽이지도 않고, 그런 흉내만 냈거든. 숲속에서 달려나가, 돼지를 모는 사나이나 채소를 시장에 운반하는, 수레 위에 앉아 있는 여자들한테 덤벼들기는 했지만 물건을 훔친 적은 한 번도 없었어. 톰 소여는 돼지를 '금괴', 순무나 그 밖의 것을 '보석'이라고 부르고, 동굴로 돌아와서는 모두들 무엇을 했다느니, 사람을 몇 명 죽였느니, 몇 사람에게 십자를 그었다느니 하면서 떠들어 댔지. 하지만 그 따위 짓을 해서 대체 무슨 소용이 있다는 것인지 나는 통 알 수가 없었거든.

한번은 말이지, 톰이 단원 한 사람에게 횃불을 들려서 마을 안을 달리게 한 적이 있었어. 톰 이야기로는, 그건 단원에게 모두 모이라고 알리는 신호라더군. 그리고는 톰이 이야기를 했는데, 스파이의 정보에 의하면, 내일 스페인 상인과 아랍의 부자들이 코끼리 200마리와 낙타 600마리, 다이아몬드를 실은 1,000마리가 넘는 당나귀를 끌고 동굴에서 야영을 한다나.

그런데 호위병은 불과 400명밖에 안 된다는 거였어. 그러니까 여럿이 복병해 있다가 (톰의 말에 의하면) 대열을 부수고는 물건을 빼앗자고 했지. 그래서 모두들 손질한 칼과 권총을 준비해야 한다고 말했어. 톰이라는 녀석은 순무 달구지 하나를 습격할 때도 칼과 권총을 열심히 갈고 닦지 않으면 안 된다는 거야. 칼과 권총이래 봐야 숲에 널린 나뭇가지 빗자루를 말하는 것인데, 죽을 때까지 갈아 봤자 손톱의 때만큼도 나아질 것이 없는데 말야. 그렇다면 많은 스페인 상인과 아랍인을 해치운다는 것은 불가능한 일이라고 나는 생각했지.

어쨌든 낙타랑 코끼리를 보고 싶은 마음에 다음 날 토요일에는 나도 한몫 끼었지. 신호가 떨어지자 우리는 숲속에서 뛰어나와 언덕을 달려 내려갔지. 그랬더니 말야, 스페인 상인도 아랍인도 낙타도 코끼리도 아무것도 없었어. 있는 것이라곤 소풍 온 주일 학교 학생들뿐이었어. 그것도 1학년짜리 꼬맹이들이더라구. 우리는 가지고 온 짐을 때려 부수고 개구쟁이들을 놀이터에서 몰아냈지. 하지만 뺏은 것이라곤 도넛과 잼뿐이었어. 그래도 벤 로저스는 천으로 만든 인형 한 개를, 조 하퍼는 찬송가 책과 얄팍한 기도서를 한 권 빼앗았지. 그러자 선생님들이 역습을 가해 왔어. 우리는 다 내팽개치고 도망쳤지.

나는 다이아몬드의 '다' 자도 보지 못했다고 톰에게 말했지. 그랬더니 톰은 다이아몬드가 산더미처럼 있었다고 우기는 거였어. 아랍인도 코끼리도 그 밖의 것들도 모두 있었다는 거야. 그렇다면 그런 것이 눈에 띄지 않은 것은 어떻게 된 영문이냐고 내가 물었지. 톰이 말하기를 《돈 키호테》라는 책만 있다면 그런 것은 물어보지 않고도 알 수 있다는 거야. 뭐 마술의 조화라든가? 거기에는 몇 백 명이 되는 군인도 있었고, 코끼리도 보물도 다 있었는데, 마법사가 우리한테 원한을 품고 모든 것을 주일 학교 어린이로 바꿔 버렸다는 얘기였어. 옳지, 잘 걸렸다 싶어서 내가 말했지. 그렇다면 그 마법사라는 놈을 습격하면 되지 않았느냐고 했더니 톰은 나를 바보라고 놀리는 거야.

"마법사는 도깨비를 얼마든지 불러낼 수가 있어. 그리고 그 도깨비는 말이야, 네가 끽소리를 내기도 전에 쉽게 너를 때려 눕힐 수가 있어. 도깨비는 키가 나무만큼이나 크고 몸뚱이는 교회만큼이나 굵거든."

"그렇다면 우리를 도와줄 도깨비를 불러내면 어때? 그러면 상대를 무찌를 수 있지 않겠어?"

"너, 어떻게 그 도깨비를 데려온다는 거니?"

"그야 모르지. 놈들은 어떻게 데려오는 거야?"

"그건 말야, 헌 양철 램프나 쇠고리를 문지르는 거야. 그러면 도깨비라는 놈이 번개가 번쩍이고 연기가 자욱이 피어오르는 곳에서 맹렬한 기세로 달려와서는 뭐든지 해치우는 거야. 도깨비라는 놈은 저 쇼트 타워(역주 : 옛날에 녹인 납을 높은 탑 위에서 떨어뜨려 그것으로 총알을 만들던 탑)라도 뿌리째 뽑아서, 그것으로 주일 학교 교장의 머리를 —— 누구의 머리든 말야 —— 때려 부수는 것쯤 식은 죽 먹듯이 해치울 수가 있는 거야."

"도깨비를 그렇게 설치게 하는 것은 대체 누구지?"

"램프나 쇠고리를 문지르는 놈이지. 도깨비는 램프나 쇠고리를 문지르는 자의 부하이기 때문에 그놈의 말은 뭣이든 들어야 하거든. 그놈이 도깨비에게 길이 40마일이나 되는 궁전을 다이아몬드로 짓고, 그 속에 검이든 뭐든 좋아하는 것을 가득 채우고, 아내로 맞을 테니 중국 황제의 딸을 낚아 오라고 하면 도깨비는 그대로 하지 않으면 안 돼. 그것도, 다음 날 해가 뜨기 전까지 해야만 해. 또 있어. 도깨비는 말이지, 그 궁전을 미국 어디로든 주인이 가고 싶다는 곳으로 옮겨 가지 않으면 안 되는 거야. 알았어?”

“글쎄. 내 생각에는 그 도깨비란 놈도 똑똑한 놈은 못 되는 것 같군. 모처럼 만든 궁전을 자기 것으로 하지 않고 남한테 넘겨 주니까 말야. 게다가 그 뭐랄까, 내가 만약 도깨비라면, 양철 램프를 문지른다고 해서 자기 일을 제쳐 놓고 달려가는 그런 어리석은 짓은 하지 않을 거야.”

“무슨 소릴 하고 있어? 헉 핀, 누군가 양철 램프를 문지르면 말야, 너는 싫든 좋든 달려가야 하는 거야.”

“뭐라고? 키가 나무만큼이나 크고 덩치가 교회만큼이나 큰데도? 그렇다면 좋아, 달려가지. 하지만 나는 그놈을 어떻게 해서든 미국에서 제일 높은 나무에 올려 놓고 말 테야.”

“이 멍청아, 너는 통 얘기를 못 알아듣는구나, 헉 핀. 아무래도 영 모르는 것 같아. 정말 돌대가리로군.”

그 후 나는 2, 3일 동안 이 일을 곰곰이 생각해 보았어. 그리고 정말인지 아닌지를 시험해 보기로 했지. 나는 낡은 양철 램프와 쇠고리를 구해서는 숲속으로 들어가서 인디언처럼 땀을 뻘뻘 흘리며 문지르고 또 문질렀지. 궁전을 세워서 그놈을 팔아버릴 생각을 하면서. 그런데 그게 다 헛수고였어. 도깨비고 뭐고 나타나지를 않는 거야. 그래서 나는 생각했지. 그 얘기는 모두 톰 소여가 지어낸 것이 틀림없다고 말이지. 톰은 아랍인이니 코끼리니 하는 것을 믿고 있었겠지만 내 생각은 달랐거든. 그 이야기에는 주일 학교에서 듣는 이야기와 꼭 같은 데가 있단 말야.

4

석 달인가 넉 달이 지나는 동안 완전히 겨울이 되었어. 그 사이에 나는 매일 학교에 나가 쓰기도 배우고 읽기도 배워서 조금은 쓸 수 있게 되었지. 그리고 구구단도 외워서 오 곱하기 칠은 삼십오가 된다는 것까지 알 수 있게 됐어. 그런데 그 이상은 더 깨우칠 수 있을 것 같지가 않아. 어차피 수학 같은 것에는 볼일이 없으니까 그까짓 아무렴 어때.

처음에는 학교에 흥미를 가질 수가 없었는데 마침내 점점 견딜 만하게 되었지. 아주 피곤할 때는 무단 결석을 해버리거든. 그러면 다음 날 채찍으로 얻어맞게 되는데 그게 그렇게 기분이 좋단 말야. 학교에 가는 것이 점점 즐거워졌고, 과부댁에서 하는 일도 꽤 익숙해져서 그다지 신경 쓰이지 않게 됐어. 집 안에만 있어야 하고 침대에서 자야 한다는 것이 조금 고달팠지만, 날씨가 추워지기 전에는 가끔 집을 빠져나가 숲속에서 자곤 했지. 옛날에 살던 방식이 제일 좋기는 했지만 지금 생활도 조금씩 마음에 들기 시작했어. 과부댁도 내가 좀 느리기는 하지만 착실해졌고 꽤 잘해 나간다고 말했어. 그래서 나를 조금도 부끄럽다고 생각하지는 않는다고 말야.

어느 날 아침밥을 먹을 때의 일이었는데, 나는 그만 실수로 소금 그릇을 엎었어. 재수가 없다고 생각하며 나는 곧 손을 내밀어 소금을 움켜쥐고는 왼쪽 어깨 너머로 뿌려 악운을 쫓으려고 했지. 그런데 왓슨 아주머니가 먼저 손을 내밀어 못하게 방해를 하는 거였어.

"그 손 치워, 허클베리. 너는 밤낮 궁상만 떨고 있구나."

라고 말하면서 말야. 과부댁이 두둔해 주었지만 그것이 소금 그릇을 뒤엎은 악운을 가시게 할 수는 없다는 것을 나는 너무나 잘 알고 있었어.

아침밥을 먹고 나서 나는 걱정이 되어 몸이 떨리는 것 같은 기분으로 집을 뛰쳐나왔지. 어디서 어떤 재난에 부닥칠지 모르는 일이니까. 재난에 따라서는 막을 수 있는 방법이 있긴 하지만, 이 일은 그런 것과는 성질이 다르거든. 나는 악운을 제거할 아무런 주술도 행하지 못하고 풀이 죽어 여기저기 마냥 헤매기만 했어.

집 앞뜰을 걸어가면 높은 판자 울타리가 둘러쳐져 있고, 그것을 넘어서는 통로로 되어 있는 층계가 있었는데 그곳에 올라섰더니 땅 위에 눈이 1센티쯤 쌓여 있고, 그 위에 누군가의 발자국이 나 있었어. 발자국은 채석장에서부터 이어져 층계에서 잠깐 멈춰 섰다가 마당의 울타리를 따라 저쪽으로 사라졌어. 그곳에서 멈춰 서기만 하고 안으로 들어서지 않은 게 아무래도 수상했어. 나는 무슨 이유인지 알 수가 없었어. 어쨌든 이상한 일도 다 있다고 생각했지. 그래서 그 뒤를 밟아 볼까도 했지만 그보다 우선 그 발자국을 천천히 들여다보았지. 처음에는 몰랐는데 자세히 보니까 왼쪽 구두 뒤축에 굵은 못으로 만든 악운을 쫓는 십자가가 새겨져 있었어.

순간 나는 얼른 일어나 한달음에 언덕을 뛰어내려갔지. 가끔 어깨 너머로 뒤를 돌아보았지만 사람의 모습은 보이지 않았어. 나는 되도록 빨리 새처 판사댁으로 뛰어간 거야. 판사는 나를 보고 놀라며 말했어.

"네가 웬일이냐, 숨을 헐떡거리고. 이자를 받으러 왔냐?"

"천만에요. 내게 줄 이자가 있어요?"

"암, 있구말구. 반 년분이 어젯밤에 들어왔어. 150달러가 넘는단다.

너한테는 큰 돈이지. 이것도 네 6,000달러와 함께 나에게 투자를 하는 게 나을 거야. 네가 갖고 있으면 써 버릴 테니까 말야."

"예, 그러세요. 나는 이자 같은 건 쓸 생각 없어요. 그런 것 갖고 싶지도 필요하지도 않구요. 그 6,000달러도 필요치 않아요. 아저씨가 가지세요. 아저씨한테 드리고 싶어요, 6,000달러와 이자 모두요."

판사는 깜짝 놀라더군. 아무래도 이해할 수 없었던 모양이야.

"얘야, 그게 대체 무슨 뜻이냐?"

"부탁이에요. 아무 말도 묻지 마세요. 아저씨, 받아 주시겠죠? 안 돼요?"

"허어, 이유를 모르겠구나. 무슨 일이 있었니?"

"제발, 받아 주세요. 그리고 아무 말도 묻지 마세요. 그럼 난 거짓말을 안 해도 되니까요."

판사는 잠시 뭔가 생각하더니 이렇게 말하더군.

"아하, 알겠다. 너 재산을 송두리째 나한테 팔고 싶다 그거지? 주는 게 아니고 말야. 그렇다면 이해가 간다."

그러고 나서 판사는 종이에 뭐라고 끄적거리더니 그것을 다시 한 번 읽고는 이렇게 말했어.

"자아, 여기에 '그 대가로서'라고 쓰여 있다. 이것은 너한테서 내가 그것을 사고 거기에 대해서 돈을 치렀다는 뜻이야. 자아, 1달러 지불할 테다. 이곳에 서명해라."

그래서 나는 서명을 하고 그곳을 나왔어.

왓슨 아주머니네 검둥이 짐은 사람 주먹만한 큰 털공을 가지고 있었어. 그 공은 황소의 네 번째 위에서 나온 것인데, 짐이란 놈은 곧잘 이것으로 마술을 부리곤 했지. 짐의 얘기에 의하면 그 공 속에 영혼이 있어서 뭐든지 다 알 수 있다는 거야. 그래서 나는 그날 밤 짐한테 가서 아버지가 다시 이 마을에 나타났다고 알려주었지. 어째서냐고? 나는 눈 위에서 아버지의 발자국을 발견했으니까. 내가 알고 싶었던 것은 아버지가 무슨 속셈인지, 이 마을에 눌러 있을 건지를 알고 싶었던 거지. 짐은 털공을 꺼내서 거기에 대고 뭐라고 지껄이더니, 이번에는 그 공을 들어올렸다가 방바닥 위에 떨어뜨리더군. 공은 탁 떨어지더니 1인치 정도밖에 구르지 못했어. 짐은 다시 해보고, 또다시 해보았지만 공은 여전히 마찬가지였어. 짐은 방바닥에 있는 공에다 귀를 갖다 대 보았지만 공이 전혀 말을 하지 않는다고 하더군. 돈을 내지 않으면 가끔 말을 안 할 수가 있다나. 그래서 나는 짐한테 매끈매끈하게 닳아빠진 25센트짜리 가짜 은화가 있는데, 이것은 윗면의 은이 벗겨져서 구리가 약간 보이기 때문에 쓸 수가 없고, 설사 구리가 보이지 않아도 초를 먹인 것같이 너무 매끈거려서 누가 봐도 가짜라는 것을 금방 알 수 있다(판사한테 받은 1달러에 관해서는 얘기를 안 하기로 했지), 하지만 털공이라면 잘 분간을 못 할 테니까 어쩌면 이거라도 받지 않겠는가 라고 말했지. 짐은 냄새를 맡아 보고, 깨물어도 보고, 문질러 보기도 하더니만, 어떻게든 털공이 이놈을 진짜라고 생각하게끔 노력해 보겠다고 말했어. 날감자를 쪼개어 그 안에 25센트짜리 가짜 은화를 끼워 넣고 하룻밤을 지내면 다음 날 아침에는 구리가 보이지 않고 매끈거리는 촉감도 없어져서 털공뿐 아니라 마을 사람들도 감쪽같이 속아서 누구나 진짜인줄 알 거라는 얘기였어. 사실 나도 감자가 그런 작용을 한다는 것은 전부터 알고 있었지만 깜박 잊어버리고 있었던 거야.

짐은 털공 밑에 그 25센트짜리 가짜 은화를 놓고는 쭈그리고 앉아 다시 한 번 귀를 기울였어. 그러더니 이제 됐어, 털공도 속아넘어갔어, 하는 거야. 내 운수를 알고 싶다면 그것도 모조리 말해 줄 것이라더군. 그렇게 해 달라고 했지. 그러자 털공이 짐에게 지껄이고 짐이 다시 나한테 전해 주더군. 이야기는 이랬어.

"너의 아버지는, 아직 무엇을 해야 좋을지 모르고 있어. 때로는 어디든 가야겠다고 생각하기도 하고, 다시 이곳에 있어야겠다고 생각하기도 하지. 제일 좋은 방법은 서두르지 말고 아버지가 하는 대로 내버려 두는 거야. 아버지 주위를 두 천사가 따라다니고 있어. 하나는 하얗고 빛이 나는데 하나는 새까맣지. 한동안 하얀 천사가 아버지를 진실된 길로 걷게 하지만, 그러는 사이에 까만 천사가 달려들어서 모든 것을 망쳐 놓을 거야. 결국 어느 쪽이 아버지를 사로잡게 될는지, 아직은 아무도 몰라. 하지만 너는 괜찮아. 꽤 곤란한 일도 있었지만 좋은 일도 많겠어. 때로는 상처를 입을 수도 있고, 병이 날 수도 있겠지만 그때마다 다시 건강을 되찾겠어. 일생 동안에 두 여자가 네 주위에 날아들 거야. 하나는 활발한 것 같고 하나는 우울한 것 같아. 또 한쪽은 부자고 한쪽은 가난해. 넌 처음에는 가난한 쪽과 부부가 되었다가 나중에 돈 많은 여자와 함께 살게 돼. 물에 가까이 가지 않는 게 좋아. 그리고 위험한 짓은 절대로 하지 말아야 해. 자칫하면 교수형을 받게 될지도 모른다고 분명히 사주팔자에 나와 있어."

내가 그날 밤, 촛불을 켜들고 이층 내 방으로 올라갔을 때 거기에 아버지가 앉아 있는 것이었어. 틀림없는 아버지라는 사람이!

5

나는 방에 들어서서 문을 닫았지. 그리고 뒤를 돌아보니 거기에 아버지가 있더군. 나는 아버지만 보면 늘 겁을 집어 먹었어. 아버지는 나를 때리기만 했거든. 그래서 겁을 먹고 있구나 하고 생각했는데 곧 그것이 착각이라는 것을 깨달았지. 물론 처음에는 잠시 숨이 막히는 것 같았지만——뜻하지 않았던 사실이었으니까——그 순간이 지나자 곧 아무렇지도 않은 거야.

아버지 나이가 쉰 살쯤 되었다고 생각했는데 외모도 그렇게 보이더군. 기름기가 흐르는 긴 머리카락이 앞으로 흐트러져 내려와 있어서 그 사이에서 빛나고 있는 눈이 마치 담쟁이덩굴 사이를 내다보고 있는 것 같았어. 눈은 까만 부분만 보이고 흰자위는 거의 안 보였는데, 텁수룩하니 길게 자란 수염도 마찬가지였어. 머리카락 사이로 보이는 얼굴빛은 핏기가 없고 그저 하얗더군. 그것도 사람의 얼굴이 희다고 말할 때에 흔히 연상되는 그런 흰빛이 아니라, 보고 있으면 가슴이 답답해지는, 피부 위에 벌레라도 기어다니는 것 같은 기분이 드는 청개구리의 흰빛이나 물고기 배때기의 흰빛, 바로 그것이었어. 옷차림새는 그야말로 누더기였지. 한쪽 다리의 무릎 위에 올려놓은 다른 쪽 다리의 뒤꿈치를 보니 양말이 해져서 발가락 두 개가 비죽 드러나 있었어.

그 드러난 발가락을 아버지는 가끔 꼼지락꼼지락 움직이고 있는 거야. 모자는 방바닥에서 뒹굴고 있었는데, 낡아빠진 새까만 소프트 모자(역주 : 부드러운 중절 모자)는 꼭대기가 냄비 뚜껑처럼 납작하게 찌그러져 있더군.

나는 선 채로 아버지를 바라보고 있었는데, 아버지는 의자를 조금 뒤로 젖히고 앉아서 나를 바라보고 있는 거야. 나는 가지고 올라온 촛불을 밑에 놓았어. 창문이 열려 있는 것을 보니 아버지는 오두막을 발판으로 해서 기어올라온 것이 틀림없었지. 나를 뚫어지게 바라보더니만 이윽고 이렇게 말하는 거야.

"풀이 빳빳이 먹여진 옷을 입고, 흥, 넌 아주 출세라도 한 것처럼 생각하고 있구나, 응?"

"그럴지도 모르고 그렇지 않을지도 모르죠."

"건방진 소리 집어치워! 내가 없는 동안 어지간히 호사스런 짓을 배웠구나. 그 콧대를 꺾어 놓기 전에는 화가 풀리지 않겠다. 게다가 너는 교육까지 받고 있다고 하더구나. 읽기, 쓰기를 할 수 있다구? 네놈은 아버지보다도 잘난 줄 알고 있겠지, 응? 그렇지? 아비는 읽지도 쓰지도 못하니까 말야. 내가 이 분풀이를 꼭 하고야 말 테다. 대체 누구냐? 그런 어마어마한 바보짓에 손을 대도 괜찮다고 한 것이. 누구야?"

"과부댁이에요. 그 아주머니가 그랬어요."

"과부댁이라고? 그래, 누가 그 과부댁한테 자기 일도 아닌 일에 참견해도 좋다고 말했어?"

"아무도 말하지 않았어요."

"좋아, 그럼 그 할멈한테 쓸데없는 일에 참견하면 어떻게 된다는 것을 내가 가르쳐 주지. 그리고 너는 학교를 집어치우는 거다, 알겠지? 지 아비 앞에서 잘난 체하구, 아비보다 나은 체하는 자식을 만드는 걸 그냥 두고 볼 줄 아냐? 네놈이 학교 근처를 두 번 다시 얼씬거리면 용서 안 할 테다, 알았어? 네 어미는 죽을 때까지 글자를 읽지 못했고, 쓸 줄도 몰랐어. 우리 집 식구는 모두 죽을 때까지 읽기, 쓰기를 못 했단 말야. 그런데 네놈은 그런 식으로 잘난 체 우쭐대고 있어. 그것을 이 아비가 그냥 보고만 있을 것 같냐? 알겠어? 어디, 뭐든 한 가지 읽어 보란 말이다.”

나는 책을 집어 들고는 워싱턴 장군과 전쟁에 관한 이야기를 읽기 시작했어. 25초쯤 읽었을 때 아버지는 손을 뻗어 책을 홱 뺏더니만 방 저쪽으로 던지는 거였어. 그러고는 이렇게 말하는 거야.

“흥, 역시 읽을 줄 아는구나. 얘기만 들었을 땐 그래도 설마 했었는데. 그런 사치스런 흉내는 집어치워! 난 못 참아. 네놈을 감시하고 있을 테니까 학교 근처에서 붙잡혀만 봐라, 늘씬하게 두들겨 패줄 테니. 너도 모르는 사이에 신앙심까지 싹트게 되었더구나. 이 따위 후레자식은 정말 처음 보는걸.”

아버지는 소 몇 마리와 사내아이 하나를 그린 청색과 황색의 조그만 그림을 한 장 손에 들고는 또 이렇게 말했어.

“이건 뭐야?”

“내가 공부를 잘했다고 해서 준 거예요.”

아버지는 그 그림을 찢어버리고는 이렇게 말했어.

“내가 좀 더 좋은 것을 주지. 소가죽 채찍질 말이야.”

아버지는 그래도 성이 풀리지 않는지 잠시 씩씩대더니 이윽고 말하더군.

“그러나저러나 너 어지간히 멋쟁이구나. 침대에다 침구에다 거울에다, 바닥에는 양탄자까지 깔려 있고. 아비는 가죽 공장에서 돼지와 어울려 자고 있는 판에. 이 따위 아들놈이 있다는 건 금시초문인걸. 그 거드럭거리는 꼴을 내 절대로 그냥 둘 수는 없어. 네놈이 어디까지 잘난 체 하는지 알 수 없으니까 말야. 너, 돈도 많다면서, 대체 어떻게 된 거냐?”

“그건 거짓말이에요.”

“말 조심해. 나는 지금 참을 만큼 참고 있는 거야. 그러니까 건방진 말대답은 하지 마. 내가 마을로 돌아와 이틀 내내 들은 건 네놈이 부자가 됐다는 얘기뿐이야. 강 아랫마을에서도 그 얘기를 들었어. 그래서 일부러 찾아온 거야. 내일 그 돈을 나한테 내놔, 난 돈이 필요해.”

“돈 같은 건 없대두요.”

“거짓말 마. 새처 판사가 갖고 있다던데 뭘 그래. 네놈이 가서 찾아와. 난 그 돈이 있어야 한단 말이다.”

“돈 같은 거 갖고 있지 않대두 그러네요. 새처 판사한테 가서 물어 봐요. 나하고 똑같은 말을 할 테니.”

“좋아, 그놈에게 물어 보지. 실토하게 하고야 말 테니까. 실토 안 하면 그 이유를 밝혀낼 테다. 이봐, 너 지금 호주머니에 얼마 갖고 있지? 그거라도 내놔.”

“1달러밖에 없어요. 이건 내가…….”

“네가 어디에 쓸 작정이든 그런 건 내 알 바 아냐. 냉큼 내놓으면 되는 거야.”

아버지는 그 1달러를 받아들고는, 이빨로 깨물어 진짜인가 아닌가를 확인하더니 위스키를 사러 아랫마을로 간다고 하더군. 오늘은 아직 한 잔도 마시지 못했다고 하면서 말야. 그리곤 오두막 지붕에 내려서서는 또 한 번 얼굴을 들이밀더니, 내가 건방지게도 자기보다 위에 올라서려는 것이 비위에 거슬린다고 말하더군. 이젠 가버렸는가 했더니 되돌아와서 또 얼굴을 들이밀고는,

“학교 얘기를 잊지 마. 만일 그만두지 않으면 반드시 지키고 있다가 단단히 혼을 내줄 테니까 알아서 해.”

라고 말하는 것이었어.

다음 날, 아버지는 만취가 되어 새처 판사한테 가서 돈을 내놓으라고 위협했지만, 효과가 없음을 알자 이번에는 법에 호소해서라도 내놓게 하고야 말겠노라고 으름장을 놓는 것이었어.

판사와 과부댁은 법에 호소해서 나를 아버지한테서 떼어 놓게 하고, 두 사람 중 누구 하나가 내 후견인이 되려고 했지만, 재판소 판사라는 사람은 새로 부임해 온 신출내기여서 내 아버지에 대해 아는 바가 없었지. 결국 재판소라는 곳은 가족 간의 문제에 개입해서 가족을 갈라서게 하는 일은 되도록 하지 말아야 한다고 하면서, 어린애를 부친한테서 떼어 놓는다는 것은 아무래도 곤란하다는 결론을 내렸어. 그래서 새처 판사도 과부댁도 단념할 수밖에 없었지.

이 이야기를 듣고 기뻐한 사람은 아버지였어. 그냥 어쩔 줄 몰라 하며 좋아하더군. 그러면서 날더러 얼마라도 돈을 마련해 오지 않으면 온몸이 시퍼렇게 멍이 들도록 패 주겠다고 위협하는 거야. 그래서 나는 할 수 없이 대처 판사에게 3달러를 빌렸지. 아버지는 그 돈을 갖고 가서는 만취가 되어 허튼소리를 떠벌이며 갖은 추태를 부리고, 큰 소리로 욕설을 퍼부으며 온 마을을 한밤중까지 돌아다니더군. 그래서 마침내 유치장까지 끌려갔는데, 그 다음 날 재판에 회부되어 일주일간 갇혀 있게 되었지. 그때도 아버지는 만족한다고 하면서 자기는 자식을 마음대로 할 수 있고, 그놈을 단단히 혼내 줘야 한다고 말한 거야.

아버지가 유치장에서 나오자 신임 판사가 말하는 거야. 나는 이 사람을 참된 인간으로 만들어 보이겠다고 말야. 그래서 아버지를 자기 집에 데려가서는 옷을 깨끗이 갈아 입히고, 세 끼 식사를 식구들과 함께 먹게 하며 모든 정성을 다 기울였지. 저녁 식사가 끝나면 술을 삼가

라든가, 그 밖에 여러 가지 좋은 얘기를 해주었는데, 그런 얘기를 듣고
난 아버지는 마지막에 눈물을 흘리면서 말했다는 거야.

"나는 바보였어. 인생을 헛되게 살았어. 하지만 이제부터는 마음을
고쳐 먹고 누구한테도 부끄럽지 않은 인간이 되겠어요. 판사님도 힘이
되어 주세요. 제발 절 버리지 말아 주세요."

판사도 그 이야기를 듣고는 가슴에 안아주고 싶을 정도라면서 같이
울어버렸지. 그러자 이번에는 판사님의 부인도 울었어. 아버지가 자기
는 지금까지 언제나 오해만 받아 왔노라고 하면, 판사님은 그랬을 거
라고 하고, 아버지가 타락한 사내에게 필요한 것은 동정뿐이라고 말하
면, 판사님은 옳은 얘기라고 하면서 또 둘이 함께 우는 것이었어. 드디
어 잘 시간이 되었을 때 아버지는 일어서서 손을 내밀며 말했지.

"이걸 보세요, 여러분. 이 손을 잡고 악수를 해주세요. 이것은 지금
까지는 돼지의 손이었지만 이제부터는 그렇지가 않아요. 새로운 생애
에 첫발을 내디딘 어엿한 사나이의 손이에요. 이제는 죽는 한이 있어
도 다시 옛날로 되돌아가지 않을 거예요. 내가 한 말을 잊지 말아달란
말입니다요. 이것은 이제 깨끗한 손이지요. 자, 잡아주세요. 주저하실
것 없어요."

그래서 그들은 다같이 차례대로 아버지의 손을 잡아주고는 함께 울
었어. 판사 부인은 그 손에 키스까지 했어. 그리고 아버지는 서약서에
다가 서명이라고는 하지만 글을 못 쓰기 때문에 지장을 찍었지. 판사
는 그야말로 정말 가장 거룩한 순간이라느니 뭐니 하며 중얼거렸지.
그러고는 여럿이 함께 아버지를 손님용 침실로 안내했어.

그런데 한밤중 몇 시쯤인지는 몰라도 아버지는 못 견디게 목이 말랐
던 거야. 그래서 베란다 지붕을 지나 기둥을 붙들고 미끄러져 내려 와

서는 새 윗도리를 위스키 한 병과 바꿔 가지고 몰래 되돌아와 진탕 마
셔 댔지. 그리고 날이 샐 무렵에는 엉망으로 취해서 또다시 빠져 나오
려다가 베란다 위에서 떨어지는 바람에 왼발을 두 군데나 부러뜨려 해
가 뜬 후 누군가가 발견했을 때에는 거의 동사 직전이었지 뭐야. 나중
에 사람들이 아버지가 있던 방에 가 보았더니 발 디딜 틈도 없이 엉망
으로 흩어져 있었다는 거야.

판사도 화가 난 것 같더군. 저 늙은이를 권총으로 쏘아서나 개심시
킬 수 있을까, 다른 방법으로는 도저히 가망이 없다고 고개를 설레설
레 흔들었어.

6

그 후 아버지는 얼마 되지 않아 다친 발이 낫자 다시 어슬렁거리기
시작했는데, 이번에는 새처 판사를 물고 늘어져 법의 힘으로 그 돈을
내놓게 하려고 했고, 나한테도 학교를 그만두지 않는다고 야단을 치곤
했어. 나는 두어 번 붙잡혀서 매를 맞았지만 그래도 악착같이 학교를
다녔지. 대개 아버지의 눈을 피해 다니든가 들키더라도 도망치곤 했거
든. 전에는 그다지 학교에 가고 싶지 않았는데, 아버지를 못살게 굴기
위해서라도 계속 가고 싶어지던걸.

아까 말한 그 재판은 시시한 일이어서 그런지 언제 시작될 지조차
모를 만큼 한없이 끌더군. 그래서 나는 가끔 2, 3달러씩을 판사한테 꾸
어서는 아버지한테 매를 맞지 않도록 적당히 인심을 썼지. 아버지는
돈이 손에 들어올 때마다 만취가 되었어. 취할 때마다 마을 이곳저곳

에서 소동을 일으켰고, 소동을 일으킬 때마다 유치장 신세를 지곤 했지. 그래도 아버지는 사뭇 만족스러운 모양이었어. 그렇게 하는 것이 아버지 성격에 제격이었거든.

과부댁 근처를 번번이 배회하던 아버지를 참다못한 과부댁이 말했지.

"계속 그렇게 배회하면 그냥 두지 않겠어요."

그러자 아버지는 화를 내더군. 헉 핀이 누구 것인지 분명히 깨우쳐 주겠다고 하면서 말야. 그러던 어느 봄날, 나를 지키고 있다가 붙들어 가지고는 보트를 태워 강 상류 쪽으로 3마일 가량 끌고 가, 거기에서 일리노이 쪽으로 건너가더군. 그곳에는 나무가 무성했는데 낡은 통나무집이 하나 있을 뿐 그 밖에는 집 한 채도 없는 호젓한 곳이었어. 그 통나무집은 주위에 나무가 너무 울창해서 아는 사람이 아니고서는 찾기조차 힘들 지경이었어.

아버지가 언제나 곁에서 감시하기 때문에, 도망치려 해도 그럴 틈이 없었어. 아버지는 오두막 문을 항상 잠궜고, 밤에는 그 열쇠를 베개 밑에 넣고 자는 거야. 또 항상 권총을 갖고 있었는데 어디서 훔친 것이 틀림없었어. 아버지와 난 물고기도 낚고 사냥을 해서 먹고 살았지. 간혹 아버지는 나를 방 안에 가둬 놓고 3마일 가량 떨어진 나루터에 있는 가게에 가서 물고기와 사냥으로 잡은 짐승을 위스키와 바꾸어 가지고 와서 취하도록 마시고는 기분 내키는 대로 나를 때리곤 했어.

그 동안에 우리의 거처를 알아낸 과부댁은 사람을 보내서 나를 데려가려고 했지만 아버지가 권총으로 위협해서 쫓아버리고 말았지. 그 일이 있은 지 얼마 후 나도 차츰 익숙해져 무척 마음에 들더군. 소가죽 채찍으로 매를 맞는 것만 빼면 말야.

하루 종일 마음 편히 놀고만 있었지. 담배를 피운다든가 낚시질을 하며 책도 읽지 않고 공부도 하지 않으면서 느긋한 기분으로 게으름을 피웠어. 두 달 남짓 지났을 때는 내 옷이 해지고 꾀죄죄해졌어. 과부댁에 있었을 때 왜 그렇게 마음에 들어 했는지 알 수가 없게 되어 버렸어. 그곳에서는 얼굴이나 손을 씻고 밥은 접시에다 담아 먹고 머리칼은 꼭 빗질을 해야만 했어. 취침과 기상은 일정한 시간에 해야 했고 항상 책과 씨름하지 않으면 안 되었지. 또 언제나 왓슨 아주머니의 잔소리를 들어야만 했고 말야. 나는 두 번 다시 그곳으로 돌아가고 싶지 않았어. 욕을 하는 것도 과부댁이 싫어하기 때문에 그만두었지만, 지금은 아버지도 신경 쓰지 않기 때문에 또다시 입에 담게 되었지. 여러 가지로 생각해 보니 숲속에서의 생활은 꽤 재미있었어.

그런데 차차 아버지가 호두나무 막대기를 너무 휘두르는 통에 나는 온몸이 시퍼렇게 멍이 들어서 더 이상 참을 수가 없었어. 게다가 아버지는 나를 가두고 바깥에 나가기 일쑤였지. 한번은 나를 가두어 놓고 나간 채 사흘이나 돌아오지 않더군. 무섭기도 하고 쓸쓸하기도 하고, 아버지가 영락없이 물에 빠져 죽은 줄로만 알았어. 이제 나는 다시는 이 집에서 나갈 수가 없게 됐구나 하는 생각이 들더군.

나는 어떻게 해서든지 이곳을 빠져 나갈 방법을 찾아야겠다고 마음먹었지. 그곳에서 몇 번이나 빠져 나가려고 했지만 방법이 없는 거야. 강아지 새끼가 드나들 만한 창문 하나 달려 있지 않았으니깐 말야. 굴뚝은 빠져 나가기에 너무 좁았고, 문은 두껍고 튼튼한 참나무로 되어 있었어. 아버지도 꽤 세심한 구석이 있어서 오두막 안에는 나이프고 뭐고 일체 두고 다니지를 않았지. 나는 오두막 안을 벌써 백 번이나 뒤져 보았거든. 아니 하루 종일 그것만 찾고 있었다는 말이 옳을 거야. 달리 할 일이 없었으니까 말야. 그런데 마침내 뭔가를 찾아 내고야 말았지. 손잡이도 빠져 버린 헌 녹슨 톱이었는데 지붕의 서까래와 판자 사이에 끼어 있었어. 나는 톱에 기름을 칠하고 작업에 착수했지. 문틈으로 들어오는 바람을 막기 위해 테이블 뒤 통나무 벽에 헐어빠진 말안장용 담요를 매달아 놓고 있었는데, 나는 그 테이블 밑으로 기어 들어가 담요를 들어올리고는 제일 밑의 굵은 통나무를 톱으로 잘라 나갈 수 있을 정도의 틈새를 만들기 위해 작업을 시작한 거야. 정말 고되고 긴 작업이었어. 그런데 거의 끝날 무렵 숲속에서 아버지의 권총 소리가 들렸어. 내가 작업하던 흔적을 없애고 담요를 늘어뜨려 톱을 숨기고 났을 때 아버지는 들어서더군.

아버지는 기분이 무척 상해 보였어. 마을에 갔더니 모든 일이 뜻대로 되지 않더라는 거야. 아버지가 의뢰한 변호사의 말에 의하면 재판이 시작되기만 하면 소송에 이겨서 돈을 찾을 수도 있겠지만, 새처 판사가 재판을 오랫동안 연기시키는 방법을 알고 있었대. 게다가 나를 아버지한테서 분리시켜 후견인인 과부댁에게 돌려주기 위한 또 하나의 재판이 있었는데, 이 재판에서는 과부댁이 이기리라고 마을 주민 모두가 생각하고 있다는 거야. 이 말을 듣고 나는 치를 떨었어. 과부댁한테로 돌아가서 철저히 구속받으며 소위 버릇을 고치기 위한 간섭을 받는다는 것은 딱 질색이었으니까 말야.

그러고 나서 아버지는 마구 욕을 퍼붓기 시작했는데 사람, 물건 가리지 않고 생각나는 대로 상소리를 해댔어. 빼먹은 것이 있지 않나 하고 다시 한 번 욕지거리를 되풀이하고, 또다시 마지막 마무리로 퍼부어댔지. 그중에는 아버지가 이름도 모를 사람까지 포함되어 있었어. 그런 사람들을 욕할 때는 그놈 이름이 뭐더라 하면서 적당히 둘러대며 거침없이 해치우는 거야.

아버지는 말이지, 과부댁이 나를 손에 넣을 수 있는가 어디 두고 보라고 했어. 잘 감시하고 있다가 만일 그런 농간을 부리는 자가 있으면 6, 7마일쯤 떨어진 곳에 나를 가두어 둘 만한 곳을 알고 있다고 말야. 그곳이라면 늙어 죽을 때까지 찾아도 도저히 찾을 수 없을 거라고 말하는 거야. 그 이야기를 듣자 나는 또다시 불안해졌어. 하지만 그건 잠깐일 뿐, 아버지한테 그런 봉변을 당하기 전에 도망치기로 마음먹었지.

아버지는 날더러 보트에 가서 물건을 날라 오라고 했지. 가보았더니 50파운드짜리 옥수수 가루 한 부대, 돼지고기, 탄약, 4갤론들이 위스키가 한 병, 총알과 화약 사이 틈을 메우는 충전물로 사용할 헌 책 한 권과 신문이 두 장, 그 밖에 삼베 밧줄이 있었어. 짐을 나르고는 보트로 되돌아가 뱃머리에 앉아 잠시 쉬었지. 여러 가지 일을 곰곰이 생각해 본 결과, 총과 낚싯줄을 가지고 살짝 도망쳐 나와 숲속에 숨어 버리는 게 상책이라는 결론을 내렸지. 한곳에 계속 머무르지 않고 밤을 이용해 여기저기 옮겨 가면서, 사냥도 하고 낚시도 해서 먹을 것을 해결하면 아버지한테도 과부댁한테도 발견되지 않을 먼 곳까지 갈 수 있을 것이라고 말야. 아버지가 많이 취하면 오늘밤 안에 톱으로 구멍을 뚫고는 도망치리라고 잔뜩 노렸지. 아버지는 분명 취할 테니까. 나는 생각에 빠져 얼마나 거기에 그러고 있었는지도 몰랐는데, 아버지가 고함을 지르더군.

보트의 물건을 모조리 오두막까지 날랐을 때는 이미 어두워지기 시작했어. 내가 저녁 준비를 하고 있는 동안 아버지는 한 잔 두 잔 마시기 시작하더니 또다시 욕설을 퍼붓기 시작하는 거야. 술이 한잔 들어가면 아버지는 대개 정해 놓고 정부를 공격하곤 했는데 이번에는 이렇게 말하더군.

"그까짓 게 정부라고! 흥, 노는 꼬라지 좀 봐. 남의 자식을 아비한테서 뺏으려고 덤비는 그 따위가 법률 행세를 하고 있으니, 남의 친자식을 말야. 기르는 고생도 걱정도 비용도 다 부담해 온 사람한테서 말야. 아비가 아들을 가까스로 키워서 말야, 이제 그 아들이 일을 시작해 아비를 위해서 뭔가 도와 주고 위로를 해주려는 마당에 말야, 법률이라는 것이 튀어나와 엉뚱한 짓을 하고 있다, 그 말이야. 그래, 이게 정부가 할 짓이야? 그뿐만이 아냐. 법률은 말야, 저 늙은 판사를 뒷받침해주면서 내 재산에 손을 댈 수 없도록 편들어 주고 있어. 6,000달러, 아니 그 이상의 값어치가 있는 사나이를 이런 헐어빠진 동굴 속 같은 오두막에 처박아 놓고, 돼지도 입지 않는 누더기를 걸치게 해 놓고 모른 체하고 있어. 그게 정부라는 거야! 이 따위 정부에 걸려들면 인간의 권리고 나발이고 찾을 길이 없어. 이런 나라는 깨끗이 잊고 어디든 영영 떠나 버리고 싶을 때가 한두 번이 아니야. 그렇구말구, 나는 그런 말을 뻔질나게 했어. 새처 영감한테도 대놓고 그런 얘기를 해주었지. 들은 놈들은 속으로 언짢아했으니까 내가 뭐라고 얘기했는지 알고 있을 테지. 나는 말이다, 이 시시한 나라를 단돈 2센트와 바꿔 버릴 용의가 있고 두 번 다시 되돌아오지도 않을 거라고 말해 주었어. 정말 이제 말이지만 한마디도 틀리지 않아. 자, 이 모자, 이걸 좀 봐라. 가운데가 축 처져 있어. 이거야 어디 모자라고 할 수 있나, 굴뚝으로 얼굴을 내밀고 있다고 말하는 게 옳은 거라고 말했지. 자, 이걸 보란 말이다. 이런 모자를 나한테 씌우다니, 권리만 행사할 수 있다면 이 마을 제일 가는 부자들 축에 못 낄 내가 아니란 말야 그렇구말구, 정말 놀라운 정부야. 정말 놀랐어. 자, 잘 들어라. 오하이오 주에서 온 검둥이 중에 시민권을 가진 놈이 있었어(역주 : 당시 오하이오 주는 이른바 '자유주'로서 노예 제도가 금지되어 있었음). 흑백의 혼혈아인데 백인처럼 얼굴이 희었지. 게다가 나 같은 놈은 생전 처음 보는 흰 와이셔츠를 입고 번쩍거리는 모자를 쓰고 있었지. 그만큼 멋진 옷을 입은 놈은 그 마을에 하나도 없었지. 게다가 그놈은 금시계에 금줄을 달고 있었어. 손잡이가 은으로 된 지팡이를 짚고 말야. 오하이오 제일 가는 백발의 노신사랄까, 뭐 그럴 정도야. 더욱 놀라운 건 이게 대학 교수라는 거야. 여러 나라 말을 지껄일 수 있고 뭐든지 모르는 게 없다는 거야. 그뿐만이 아니야. 이놈이 제 고향에서는 투표권도 행사할 수 있다는 거야. 이 말엔 나도 울화가 치밀더군. 대체 미국이라는 나라는 어떻게 된 거야. 마침 그날이 투표일이었어. 나는 취해서 투표장까지 갈 수도 없었지만 만일 그렇지 않았다면 나는 투표를 하러 갔을 뻔했어. 하지만 이 미국 안에 그런 검둥이한테도 투표권을 주는 주(州)가 있다는 얘기를 듣고는 그만 흥미를 잃어버렸어. 투표 같은 건 아예 안 할 테다 하고 나는 말했지. 모든 사람이 듣는 앞에서 말야. 이 따위 나라, 망하든 말든 내 알 바가 아니야. 투표 같은 건 난 죽을 때까지 안 할 테니 두고봐. 그런데 그 검둥이란 놈은 끄덕도 않고 의젓하게 도사리고 있는 거야. 내가 홱 밀어젖히지 않았더라면 아마 길을 비켜 주지 않았을 거야. 나는 모든 사람한테 말했지. 어째서 이 검둥이놈을 경매에 붙여 팔아버리지 않는가 하고, 그 이유를 알고 싶다고 말야. 그랬더니 놈들이 뭐라고 했는지 알아? 이 주에 와서 6개월 이상 지나지 않으면 팔 수가 없다는 거야. 그런데 이 검둥이는 아직 그렇게 오래되지 않았다는 거야. 자, 알았지? 이게 좋은 표본이야. 이 주에서 6개월 이상 머물지 않으면 시민권 가진 검둥이를 팔 수가 없다, 이것이 정부라는 거야. 스스로 정부라고 자처하고 정부인 체하면서, 시민권이 있는 검둥이가 흰 와이셔츠를 입고 어슬 렁거리면서 도둑질을 자행하고, 나쁜 짓이나 하는 것을 6개월 동안 꼬 박 앉아서 보고만 있으라니.”

  아버지는 떠들어 대는 데 열중하고 있었기 때문에 자기의 깡마른 늙 은 다리가 어디로 향하고 있는지조차 모르고 있었지. 그래서 그만 베 이컨 통에 부딪쳐 통과 함께 나동그라지면서 양쪽 정강이가 까지고 말 았어. 그러자 그 다음부터의 연설은 한층 더 열을 올리더군. 대부분 그 검둥이와 정부를 공격하는 것이었는데, 때론 베이컨 통에도 욕설을 퍼 부어대곤 했어. 오두막 안을 정신없이 왔다갔다하면서. 양쪽 정강이를 교대로 문질러대면서 말이야. 나중에는 느닷없이 왼쪽 발을 들어올리 더니 베이컨 통을 냅다 걷어차지 뭐야. 하지만 문제가 생겼지. 왜냐 고? 걷어찬 발은 구두가 해져서 발가락이 두 개 비죽이 나와 있었으니 깐 말야. 아버지는 무서운 비명을 지르더니만 흙 위에 자빠져 발가락 을 움켜쥐고 데굴데굴 구르더군. 그때 내뱉은 욕설이란 그야말로 그때 까지의 어떤 욕설도 당해낼 수 없을 정도였어. 나중에 자기 자신도 말 했지. 소베리 헤이건 영감이 젊은 시절에 욕설을 퍼붓는 것을 들은 적 이 있지만 아까 자기 입에서 나온 욕설에 비하면 아무것도 아니라고 말야. 하지만 내 생각엔 약간 억지스러워 보였어.

  저녁을 먹고 나서 아버지는 술을 마시기 시작했지. 이제 한 시간만 있으면 아버지는 곤드레가 되어 버릴 거야. 그렇게 되면 열쇠를 훔치 든가 톱으로 구멍을 뚫든가 해서 도망치리라고 결심했지. 아버지는 마 시고 또 마시더니 마침내 담요 위에 쓰러져 버리더군. 하지만 행운의 신은 아직 내게 오지 않았어. 아버지는 깊이 잠들지 않고 몸부림만 치 는 거야. 끙끙 신음 소리를 내면서 오랫동안 이리 뒤척 저리 뒤척 딩굴

기만 하더란 말야. 나는 졸음이 와서 도저히 참을 수가 없었어. 끝내는
촛불도 켜 놓은 채 깊이 잠들어버리고 말았지.

얼마나 잤을까? 갑자기 요란한 소리가 나서 눈을 떠보니까 아버지
가 미친 듯이 허둥대며,

"뱀이다, 뱀!"

하고 소리를 지르고 있는 거야. 뱀이 다리 위로 기어올라온다면서
껑충껑충 뛰고 비명을 지르기도 하더라구. 한 마리는 뺨에 감겨 있다
고 했지만 내 눈에 뱀 같은 건 한 마리도 보이질 않았어.

"잡아 줘! 잡아 줘! 목에 감겨 있어!"

울부짖으며 껑충껑충 오두막 안을 뛰어다니는 모습이라니. 미치광
이가 따로 없었어. 그러는 동안 아버지도 지쳐서 숨을 헐떡거리더니
쓰러져 버렸어. 이번에는 데굴데굴 뒹굴면서 여러 가지 물건들을 닥치
는 대로 걷어차며 두 손으로 허공을 찌르기도 하고 움켜쥐기도 하면서,
날카로운 소리로 악마한테 붙잡혔다고 말하는 거야. 그러다가 완전히
기진맥진해서 끙끙 앓는 소리를 내며 꼼짝 않더니, 잠시 후에는 아무
소리도 내지 않았지. 멀리 숲속에서 부엉이와 승냥이 우는 소리가 들
려와 지독하게 조용한 느낌이 들더군. 아버지는 저쪽 구석에 뒹굴고
있었는데 갑자기 절반쯤 몸을 일으키더니 머리를 갸우뚱하고는 귀를
기울이는 거야. 그러고는 조그만 목소리로 말했어.

"터벅, 터벅, 터벅, 저건 죽은 송장이군. 터벅, 터벅, 터벅, 나를 마중
하러 오는군. 하지만 나는 가지 않을걸. 엇, 왔구나! 나한테 닿으면 안
돼. 건드리지 말라니까! 손을 놔. 아아, 싸늘해. 놓으라니까, 불쌍한 나
를 내버려 둬!"

아버지는 사정하면서 네 발로 엉금엉금 기어 도망쳐서는 담요에 몸

을 감고 애원의 말을 계속하는 것이었어. 그러더니 헌 송판으로 만든 테이블 밑으로 굴러들어가 울기 시작했는데 그 울음소리가 담요 밖까지 새어나오는 거야.

얼마 후 갑자기 담요를 헤치고 기어 나와서 무서운 형상으로 벌떡 일어나더니 나를 발견하고는 무섭게 덤벼드는 거야.

"죽음의 사자 이놈, 너를 죽여 버릴 테다, 두 번 다시 나한테 못 오게."

하면서 접는 나이프를 손에 들고 오두막 안에서 이리저리 나를 위협하는 거야. 나는 죽음의 사자가 아니라 헉이라고 말했지만, 아버지는 날카로운 웃음소리를 내기도 하고 욕설을 퍼붓기도 하며 여전히 나를 향해 덤비는 거야. 한번은 내가 갑자기 방향을 바꿔 아버지의 팔 밑을 빠져 나가려는데 아버지가 나를 꽉 붙잡았어. 윗옷의 잔등께를 붙잡혀서 이젠 어쩔 도리가 없구나 하고 생각했지. 하지만 나는 번개처럼 잽싸게 윗옷을 벗어 버리고 빠져 나와 목숨은 건졌지. 아버지도 완전히 지쳐 문에 등을 기대고 주저앉아 버리더군. 이내 아버지는 한숨 돌리고 나서 네놈을 죽여 버리고 말겠다며 으르렁대는 거야. 나이프를 엉덩이 밑에 깔고는 한잠 자고 나서 기운이 생기면 네놈의 정체를 밝혀 내고야 말겠다고 하더군.

곧 아버지는 가물가물 잠이 들어 버렸어. 나는 그 사이에 헌 의자를 가져다가 그 위에 올라가 총을 내렸지. 쇠막대기를 총구에 넣어 총알이 들어 있는지 확인하고 나서, 그것을 순무 통 위에 올려놓고는 총구를 아버지에게 향하게 하고 통 뒤에 앉아 아버지가 깨어나기를 기다렸지. 그 시간은 정말 길게 느껴졌어. 정말이지 느릿느릿, 천천히 흘러가더군.

7

"일어나! 뭘 하고 있어?"

나는 눈을 떴어. 여긴 대체 어딘가 싶어 주위를 두리번거렸지. 아침은 이미 오래전에 지나고 해가 중천에 떠 있었지. 나는 그야말로 한숨 푹 잤던 거야. 아버지가 내 앞에 버티고 선 채 시무룩한 표정으로 —— 게다가 기분이 좋지 않아 보이는 표정이기도 했어 —— 이렇게 말하는 거야.

"너, 이 총으로 뭘 할 생각이었어?"

아버지가 어젯밤 일을 전혀 기억 못 한다고 생각했기 때문에 나는 이렇게 말했지.

"누군가 안으로 들어오려는 놈이 있어서 제가 지키고 있었지요, 뭘."

"왜, 날 깨우지 않고?"

"그야 물론 깨우려고 했지요. 하지만 소용이 없었어요. 꼼짝도 하지 않았는걸요."

"그랬어? 이젠 괜찮아. 마냥 그러고 서서 쓸데없는 소리나 하지 말고, 밖에 나가서 아침에 먹을 고기가 낚싯줄에 걸렸는지 그거나 보고 와. 나도 곧 갈 테니까."

아버지가 문에 걸린 자물쇠를 따주었기 때문에 나는 강가로 줄달음쳤지. 큰 나뭇가지 같은 것이 몇 개씩이나 떠내려가고, 나무껍질도 조금씩 섞여 있었기 때문에 나는 미시시피 강물이 불었다는 것을 알 수 있었어. 지금쯤 마을에 있다면 신바람 나는 건데 하고 생각했지. 장마는 언제나 나에게 재수가 좋았거든. 장마가 시작되면 장작과 통나무 뗏목이 떠내려오지. 때로는 그런 통나무가 열 개씩 줄줄이 매달린 채 떠내려오기도 했어. 나는 그걸 건져 내어 목재상이라든가 제재소에 팔기만 하면 된다 이거야.

나는 한쪽 눈으로는 아버지를 살피고, 다른 한쪽 눈으로는 물에 떠내려오는 것을 지켜 보면서 상류 쪽으로 강기슭을 거슬러 올라갔지. 그런데 뜻하지 않았던 카누 한 척이 떠내려오는 거야. 길이가 13.5피트나 되는 아주 멋진 것이 오리처럼 둥둥 물 위로 흘러내려오는 게 아니겠어? 나는 옷을 벗을 새도 없이 개구리처럼 첨벙 물속으로 뛰어들어 카누를 향해 헤엄쳐 갔지. 나는 그 안에 누군가 잠이라도 자고 있는 줄만 알았어. 남을 놀려 주려고 그런 짓을 하는 인간들이 곧잘 있는 법이거든. 보트를 저어 거의 카누 가까이 다다랐을 때 카누 안에 있던 놈이 갑자기 일어나서는 껄껄 웃어대는 그런 취미 말야. 하지만 이건 그렇지가 않았어. 틀림없이 표류하는 카누였어.

나는 그 안에 기어 올라가 기슭까지 저어서 되돌아왔지. 아버지가 기뻐하겠구나 하고 생각했어. 10달러 정도의 값어치는 있을 테니까. 하지만 기슭에 닿았는데도 아직 아버지의 모습은 보이지 않았어. 그래서 나는 덩굴과 버들가지가 무성한 산골짜기의 샛강으로 그 카누를 저어 갔지. 그런데 그때 얼핏 머리에 떠오르는 생각이 있었어. 이놈을 잘 감추어 두었다가 내가 도망칠 때 숲속으로 가지 말고, 이놈을 타고 강을 따라 50마일쯤 내려가자. 그리고 한곳에 자리잡아 언제까지나 야영을 하면 되는 거야. 공연히 숲속을 헤매며 돌아다니느라 고생할 것 없어.

그곳은 오두막과 무척 가까운 곳이어서 아버지 발소리가 들리는 것 같아 조바심이 나더군. 나는 카누를 숨기고는 기슭에 올라가 버드나무

숲 그늘에서 저쪽을 바라보았지. 오솔길을 조금 내려간 곳에서 아버지가 총으로 새를 겨누고 있는 게 보였어. 그렇다면 아버지는 아무것도 보지 못한 것이 확실했지.

아버지가 왔을 때 나는 낚싯줄을 열심히 끌어당기고 있었지. 뭘 꾸물거리느냐고 조금 꾸지람을 들었지만 나는 강물에 빠지는 바람에 늦었노라고 적당히 변명했지. 어차피 내 몸이 젖어 있는 것을 알게 되면 이것저것 물어 볼 것이 뻔해서 미리 둘러댄 거야. 우리는 메기 다섯 마리를 낚싯줄에서 빼내 오두막으로 돌아왔지.

아침을 먹고 난 후 어지간히 지쳐 있던 아버지와 나는 다시 한잠 자기로 하고 누웠지. 그때 나는 생각했어. 만일 말이지, 아버지와 과부댁이 날 찾는 것을 단념케 할 수 있는 방법만 알아낼 수 있다면, 두 사람이 내가 없어진 것을 눈치채기 전에 멀리 도망치는 계획보다 훨씬 확실한 방법이 아닐까 하고 말야. 그런데 그런 신통한 방법이 어디 쉽사리 생각이 나야 말이지.

아버지는 잠깐 몸을 일으키더니 물을 한 잔 마시고는 이렇게 말하는 것이었어.

"이번에 또 어떤 놈이 얼씬거리거든, 나를 깨워야 돼, 알았어? 어떤 놈인지 모르지만 무슨 꿍꿍이가 분명 있었을 거야. 쏴 죽여 버렸어야 했는데. 다음엔 꼭 나를 깨우는 거다. 알았어?"

그리고 다시 벌렁 눕더니 잠이 들어버렸어. 그런데 아버지가 방금 한 말을 듣는 순간, 아무도 내 뒤를 쫓지 않게 할 좋은 방법이 생각난 거야.

12시경에 아버지와 나는 밖으로 나가 강 상류 쪽으로 거슬러올라갔지. 강물은 점점 불어났고, 그 불어난 강물에 유목이 계속 흘러내려왔어. 그 중에는 아홉 개의 통나무가 함께 묶인 채 떠내려오기도 했어. 우리는 보트를 저어 그것을 기슭까지 끌고 왔지. 누구든 이렇게 나무들이 한창 떠내려올 때는 하루 종일 그곳을 지키고 있다가 좀 더 많은 물건을 건져 내려고 했을 거야. 하지만 아버지는 달랐어. 한꺼번에 아홉 개의 통나무를 건져 올렸으면 그것으로 만족하고, 곧 마을로 내려가 팔아 버려야만 직성이 풀렸거든.

아버지는 나를 오두막에 가두고 자물쇠를 잠그더니 세 시 반경에 보트를 내어 그 통나무를 끌고 나갔어. 오늘밤엔 아마 돌아오지 않을 거야, 나는 그렇게 짐작했지. 그래서 아버지가 멀리 갔으리라고 생각될 때 내 톱을 꺼내 또다시 그 통나무를 썰기 시작했지. 아버지가 저쪽 기슭에 도착하기도 전에 나는 구멍에서 빠져나올 수 있었어. 아버지와 뗏목이 아득히 먼 강물 위에 까맣게 보였지.

나는 옥수수 가루가 든 부대를 끄집어 내서 숨겨 둔 카누에 실었지. 그리고 베이컨과 위스키 병, 커피와 설탕도 있는 만큼 꺼내고 탄약도 몽땅 실어버렸지. 충전물, 양동이와 물바가지, 국자, 양은 컵, 내가 애용한 톱과 담요 두 장, 프라이팬과 커피 주전자, 또 낚싯줄과 성냥, 그 밖에도 1센트라도 값어치가 있는 물건은 모조리 들어 냈어. 오두막을 완전히 털어 버린 셈이야. 나는 도끼가 한 자루 있었음 했지만 오두막 바깥의 장작더미 위에 놓여 있는 것뿐이었기 때문에 그것만은 그냥 두기로 했지. 끝으로 총을 들고 나왔는데 그것으로 작업은 끝난 셈이었어.

구멍으로 물건들을 끌어내다 보니 그 근처가 움푹 패여 버렸어. 그래서 거기에 흙을 덮고 매끈해진 곳이나 톱밥이 흩어진 데를 감쪽같이 만들어 놓았지. 그리고 잘라낸 통나무를 다시 제자리에 맞춰 끼워서 쓰러지지 않게 밑에다 돌을 괴고 한 개는 통나무에 받쳐 놓았지. 오두막의 통나무 벽이 위쪽으로 휘어 있어서 땅바닥에 제대로 붙어 있지 않았거든. 4피트나 5피트쯤 떨어진 곳에서 톱으로 잘라낸 것을 모를 정도면 누구도 발견할 수 없을 거라고 생각했지. 게다가 잘라낸 부분이 오두막의 뒤쪽이다 보니 할일 없이 그쪽으로 가 보는 놈도 있을 리 없고 말야.

카누가 있는 데까지는 풀밭이 펼쳐져 있어 흔적이 하나도 남지 않았어. 뒤를 밟아 가면서 자세히 살펴보았거든. 기슭에 서서 강 위를 한 바퀴 둘러보았어. 아무 이상 없음! 그래서 나는 총을 들고 숲속으로 들어가 새를 잡으려고 여기저기 두리번거렸지. 그런데 난데없이 돼지가 한 마리 눈에 띄었어. 돼지란 놈은 농장에서 도망 나오면 이런 강기슭의 저지(低地)에 들어와 곧 야수로 변해 버리는 거야. 나는 그놈을 잡아서 오두막으로 가지고 갔지.

도끼로 문을 부수고 돼지를 안으로 끌고 가 구석 쪽의 테이블 가까이까지 가서는 목에 도끼를 내리쳐 땅바닥에 굴려서는 피를 흘리게 했지. 그건 정말 땅바닥이었어. 돗자리나 나무판자를 깔아놓고 있지 않았으니까. 나는 낡은 부대를 가져다가 내 힘으로 끌고 갈 수 있을 만큼 돌을 잔뜩 집어 넣었지. 그리고 그것을 돼지가 있는 곳에서부터 문까지 끌고 갔고, 다시 숲속을 지나 강기슭까지 끌고 가서는 물속에 집어 던졌지. 그것은 가라앉으면서 사라졌어. 무엇인가가 끌려갔다는 것을 한눈에 알 수 있게 되었지. 지금 톰 소여가 있었더라면 하고 아쉬워했지. 톰은 이런 일을 좋아했고 같은 일을 하더라도 멋지게 해낼 테니까 말야. 이런 일에 관해서 톰 소여만큼 재치 있는 놈은 다시 없으니까.

마지막으로 나는 머리카락을 조금 뽑아 도끼에 잔뜩 피를 바르고는 그 등쪽에 묻혀 구석에 팽개쳐 놓았지. 돼지를 안아서 윗저고리 가슴에 단단히 붙이고(역주 : 피가 떨어지면 곤란하니까) 오두막에서 멀리 떨어진 곳까지 가지고 가서는 강물에 밀어 넣었지. 그때 새로운 생각이 다시 떠오르더군.

나는 카누 있는 곳으로 가서 옥수수 가루 부대와 낡은 톱을 꺼내 오두막까지 되돌아왔지. 그 부대를 다시 제자리에 갖다 놓고는 톱으로 부대 밑바닥에 구멍을 냈어. 왜 톱으로 뚫었느냐구? 그럴 수밖에 없는 게 오두막에는 나이프도 포크도 없었는걸. 아버지는 말이지, 요리를 할 때는 접는 칼로 모든 것을 해결했거든. 나는 그 부대를 풀밭과 버드나무 사이를 지나서 100야드 가량 오두막 동쪽에 떨어져 있는 얕은 호수로 운반해 갔어. 이 호수는 말야, 폭이 5마일쯤 되고 갈대가 우거진데다 오리도 그 계절이 되면 찾아드는 그런 곳이었어. 그리고 건너편 기슭이 늪이라고 할까 개울이라고 할까, 아무튼 그런 곳으로 이어져 있었는데, 몇 마일이나 계속되어서 어디까지인지는 모르지만 큰 강과 이어지고 있는 것은 틀림이 없었어. 옥수수가 구멍에서 새어나와 이 호수까지 흔적을 남기게 했지. 나는 아버지의 숫돌도 그 근처에 떨어뜨려 놓았어. 어쩌다가 거기에 떨어진 것처럼 말야. 옥수수 부대를 노끈으로 매어 더 이상 새어나오지 않게 하고는 톱을 가지고 카누가 있는 곳으로 다시 갔지.

그 무렵 벌써 어두워지기 시작했어. 나는 카누를 버들가지가 늘어져 있는 그늘까지 저어가 달이 떠오르기를 기다렸어. 버드나무 밑둥에 카누를 붙들어 매놓고, 간단하게 저녁을 먹었어. 그러고는 담배를 한 모금 피우며 계획을 짜기 시작했어. 분명 사람들은 돌을 집어 넣은 부대의 흔적을 따라 강기슭까지 갈 거야. 강물을 뒤져 내 시체를 찾겠지. 그 옥수수 가루의 자취를 따라 호수까지 가서는, 나를 죽이고 물건을 훔친 도둑놈을 찾으려고 샛강을 따라 여기저기 헤매고 다닐 테지. 큰 강까지 헤맬 때쯤이면 내 시체만이라도 찾으려고 안간힘을 쓰겠지. 그러다가 곧 지치게 되고 그 일에서 손을 떼게 될 것이 뻔하지. 좋았어. 나는 이제 어디든 내가 가고 싶은 데로 가서 살아도 괜찮아. 잭슨 섬이라도 무방하지. 그 섬은 나도 잘 알고 있고, 아무도 거기까지는 오지 않을 테니까 말야. 그렇게 되면 밤에는 카누를 타고 마을까지 나가서 몰래 왔다갔다하며 필요한 것을 손에 넣을 수도 있지. 그러고 보니 잭슨 섬이야말로 안성맞춤이군.

나는 상당히 지쳐 있어서 나도 모르는 사이에 잠이 들었지. 눈을 떴을 때는 내가 어디에 있는 건지 분간을 못 할 정도였어. 약간 무서운 생각이 들어서 일어나 주위를 둘러보았지. 그때서야 나는 기억을 되찾았어. 강물은 한없이 흐르고 있는 것처럼 보였어. 달이 무척 밝아 기슭에서 몇 백 야드나 떨어진 곳을 조용히 떠내려가는 유목까지도 셀 수 있을 정도였어. 모든 것이 쥐 죽은 듯 고요하기만 한 게 밤은 꽤 깊었지──깊은 것 같은 냄새가 났어. 알겠어? 내가 무슨 말을 하는지. 뭐라고 했으면 좋을는지, 마땅한 말을 찾을 수가 없어서 그래.

마음껏 하품을 하면서 기지개를 켜고 나서 곧 밧줄을 풀고 떠나려고 할 때였어. 저쪽 물 위에서 소리가 들렸어. 귀를 기울였지. 그러자 그것이 무슨 소리인지 곧 알 수가 있었어. 워낙 사방이 고요한 밤이었는 걸. 나는 버드나무 가지 사이로 눈여겨보았지. 그랬더니 아니나다를까, 보트였어. 몇 사람이 타고 있는지는 알 수가 없었어. 보트는 점점 가까이 다가왔는데, 바로 내 앞까지 왔을 때 한 사람밖에 타고 있지 않은 것을 알 수 있었어. 틀림없이 아버지일 거라고 생각했지. 오늘밤 돌아오리라고는 생각지 않았었지만 말야. 보트는 강의 흐름을 따라 내가 있는 곳보다 더 하류 쪽으로 떠밀려 갔지만 흐름이 완만한 곳에 닿아서 기세 좋게 기슭으로 다가오는 것이었어. 만일 총대를 내밀었더라면 닿았을는지도 모를 만큼 그렇게 가까이 내 눈앞을 스치고 지나갔어. 역시 아버지였어. 게다가 노를 젓는 폼이 술에 취해 있지도 않았어.

나는 잠시도 지체할 수가 없었지. 다음 순간 재빨리 기슭의 그늘에 숨으면서 몰래 하류 쪽으로 빠져 나갔어. 2마일 반쯤 내려갔지. 그리고 이번에는 방향을 바꿔 강 한가운데로 4분의 1마일쯤 노를 저었지. 왜냐하면 그 앞이 바로 나루터이기 때문이었어. 기슭을 따라 가다가는 사람들 눈에 띄어 누가 나를 부를지도 모르는 일이니까 말야. 나는 유목 사이에 끼어 카누 밑바닥에 누운 채 흐르는 대로 몸을 맡겼지. 나는 카누 바닥에 누워서 파이프 담배를 피우며 하늘을 바라보았지. 구름 한 점 없더군. 달 밝은 밤에 누워 뒹굴면서 쳐다보는 하늘은 꽤 넓어 보이는 법이야. 그때까지는 나도 몰랐었지.

그런 밤에는 말야, 꽤 멀리서 나는 소리도 물 위를 통해 잘 들려오는 법이야. 나루터에서 지껄이는 사람들의 말소리까지 또렷하게 들렸어. 무슨 소리를 하는지 그 한마디 한마디가 죄다 들리는 거야.

"점점 낮이 길어지고 밤이 짧아지는군."

하고 한 사나이가 말했어. 그러나 다른 한 사나이가,

"하지만 오늘밤은 짧은 것 같지 않은데."

하고는 둘이서 함께 웃었어. 다른 사나이가 다시 한 번 같은 말을 되풀이하고는 둘이서 또 웃었어. 다른 한 사나이를 깨우면서 그에게도 같은 말을 하며 웃었는데, 잠을 깬 사나이는 웃지 않았지. 그 사나이는 성가시다는 듯 자기를 내버려 두라고 말했어. 첫 번째 사나이가,

"이 말을 마누라한테도 들려줘야지, 마누라는 멋진 얘기를 한다고 생각할 테지. 하지만 내가 젊은 시절에 지껄이던 것에 비하면 아무것도 아니지."

하고 말했어. 한 사람이, 곧 세 시가 될 거라고 하면서, 햇님도 이젠 무작정 기다리게 하지 말고 떠올랐으면 좋겠다고 말하는 소리가 들렸어. 그 다음부터는 소리가 점점 멀어져서 알아들을 수가 없더군. 중얼대는 소리와 때때로 웃는 소리가 여전히 들렸어. 그것도 아득히 먼 곳에서 들려오는 것처럼 말야.

이제는 나루터에서 꽤 멀리까지 하류에 와 있었어. 나도 일어나 앉았지. 그러자 2마일 반쯤 하류 쪽에 잭슨 섬이 보이는 게 아니겠어? 나무가 우거져 강 위에 둥실 떠 있었는데, 그 크고 시꺼멓고 육중한 폼이 마치 불빛이 없는 기선 같았어. 섬 끝에는 모래톱의 흔적조차 보이지 않더군. 모두 물속에 잠겼나 보지?

거기까지 가는 데 오랜 시간이 걸리지는 않았어. 물살이 빠르다 보니 섬 끝을 화살처럼 지나쳐 이윽고 잔잔한 웅덩이 속으로 들어가서는 일리노이 주의 기슭과 마주보는 쪽에 상륙했지. 전부터 섬 기슭에 깊은 포구가 있는 것을 알고는 거기에 카누를 집어 넣었는데, 그 입구에 버드나무 가지가 무성해서 그것들을 헤치지 않으면 들어갈 수 없었지. 그러니 그곳에 카누를 매어 놓으면 바깥쪽에서 절대로 볼 수가 없게 되어 있었어.

나는 섬의 끝머리로 가서 통나무에 걸터앉아 어마어마하게 큰 강을 바라보았지. 시커먼 유목이 떠내려오고 있었고, 3마일쯤 저편에 우리 마을이 보였어. 등불이 서너 개쯤 반짝이고 있더군. 그리고 1마일쯤 상류 쪽에 랜턴을 켜고 내려오는 괴물처럼 큰 뗏목이 보였어. 뗏목이 거

의 앞쪽 가까이에 왔을 때,

"자아, 뒤의 노를 저어라! 뱃머리를 가까이 꺾어!"

라고 외치는 사나이의 목소리가 들렸어. 마치 내 옆에서 소리지르는 것처럼 똑똑히 들렸지.

어느덧 하늘은 약간 잿빛을 띠기 시작했어. 그래서 나는 숲속으로 들어가서는 아침을 먹기 전에 한잠 자려고 누웠지.

8

눈을 떴을 때는 해가 꽤 높이 떠 있었어. 아마 여덟 시는 지났을 것으로 생각되더군. 서늘한 나무 그늘에서 뒹굴면서 여러 가지 일을 생각하니 피로도 풀리고 기분도 상쾌해서 천국이 따로 없다는 생각이 들더군. 하나 둘 뚫려 있는 나무 틈새로 해를 볼 수 있었지만, 큰 나무들 때문에 그 안은 어둠침침했어. 나뭇잎 사이로 비치는 햇볕이 땅 위에 군데군데 얼룩을 만들었는데, 그 얼룩이 조금씩 흔들리는 것을 보니 나무 위로 바람이 불고 있었던 것 같아. 어떤 큰 나무에 다람쥐가 두 마리 앉아 나를 바라보며 열심히 뭐라고 재잘거리더군.

나는 모든 것이 귀찮고 나른한 기분이어서 일어나 아침밥을 준비할 마음도 없었어. 그래서 또다시 꾸벅꾸벅 졸고 있었는데, 상류 쪽에서 '꽝' 하는 낮은 소리가 들리는 것 같았어. 나는 몸을 일으키고는 귀를 기울였지. 또다시 같은 소리가 들리는 거야. 나는 얼른 일어나 나뭇잎 사이로 내다보았지. 그러자 훨씬 상류 쪽 강 위에서 한 줄기 연기가 길게 날리고 있는 거야. 바로 나루터 근처에서 말야. 그리고 사람이 가득 탄 나룻배가 이쪽으로 내려오고 있었어. 그래서 나는 그들이 뭘 하고 있는가를 알았지. 강 위에 대포를 쏘아 내 시체를 떠오르게 하려는 거야.

나는 무척 배가 고팠지만 이렇게 되고 보니 불을 피울 수가 없었어. 저 사람들에게 연기가 보일지도 모르니까 말야. 그래서 나는 거기에 앉아 대포 연기를 바라보며 '꽝' 하는 소리를 듣고 있었지. 이 근방은 강폭이 1마일은 되었고, 언제나 여름 아침 경치는 아름답게 마련이야. 그래서 나는 먹을 것만 있으면, 모든 사람이 내 시체를 찾느라고 법석을 떠는 것을 느긋한 기분으로 즐길 수가 있었을 거야. 그때 얼핏 생각이 떠올랐어. 빵 속에 수은을 넣어 물에 띄우면, 그것이 틀림없이 빠져 죽은 시체한테로 흘러간다고 해서 이런 때는 으레 그렇게들 한다는 것을 말야. 그래서 나는 생각했지. 줄곧 지켜보고 있다가 만일 빵덩이가 나를 쫓아서 이쪽으로 흘러오면 한바탕 재미있는 장면을 보여 주리라고 말야.

그래서 나는 섬의 일리노이 쪽 끝머리로 장소를 바꾸어 그 이야기가 정말인지를 시험해 보았는데 그게 참 기가 막히더군. 큰 빵 덩어리 두 개가 흘러 내려오고 있더란 말야. 나는 긴 막대기로 그놈을 건지려다가 그만 발이 미끄러지는 바람에 빵을 놓쳐 버리고 말았지. 물론 나는 강물이 기슭 깊숙이까지 밀려들어오는 곳에 있었지. 그 정도쯤은 기본이니까 말야. 그런데 잠시 후에 또다시 한 개가 흘러오고 있었어. 이번엔 보기 좋게 건져 냈지. 나는 마개를 따고 그 안에 쑤셔 넣은 수은을 털어내고는 미친 듯이 먹어댔지. 그런데 그게 제과점 빵이었어. 싸구려 옥수수빵이 아니라 높은 사람들이 먹는 고급 빵이었단 말야.

나는 나뭇잎에 가려진 일등석을 차지하고는 통나무 위에 걸터앉아 빵을 먹으면서 나룻배를 구경하고 있었지. 아주 상쾌한 기분이었어. 그런데 불현듯 생각나는 일이 있었어. 과부댁이나 목사나 누군가가 이 빵이 헉을 찾아가게 해주십사 하고 기도를 해서 제구실을 했을 테지 하는. 그렇다면 그 기도라는 것이 항상 헛된 것이 아니라는 얘기가 되거든. 결국 과부댁이나 목사 같은 사람들이 기도를 하면 효력이 있지만 나 같은 사람이 하면 소용이 없다는 얘기가 되는 거지. 그래서 나는 기도라는 것은 참된 사람에게만 효력이 있는 것이로구나 라고 생각했지.

나는 파이프에 불을 당겨 느긋하게 담배를 피우며 계속 구경했지. 나룻배는 흐름을 타고 내려오고 있었으니까 분명 저 빵처럼 가까이까지 올 거야. 배가 가까이 오면 누가 타고 있는가를 보리라고 생각했어. 그리고 배가 아주 가까이까지 왔을 때, 나는 파이프를 입에서 떼고 아까 빵을 건져 올린 곳까지 가서 통나무 뒤에 몸을 숨겼지. 통나무의 갈라진 틈새로 내다볼 수가 있었거든.

얼마 후 나룻배는 가까이 다가왔어. 판자를 걸쳐 놓으면 기슭으로 올라올 수 있을 만큼 바로 옆에까지 흘러온 거야. 거의 모두가 타고 있었어. 아버지, 새처 판사, 판사의 딸 베키 새처, 조 하퍼, 톰 소여, 톰네 폴리 아주머니, 톰의 동생 시드와 메리, 그 밖에도 여러 사람이 있었어. 모두들 살인자가 어쩌고저쩌고 떠들고 있었는데 선장이 말참견을 했지.

"자, 잘들 보세요. 물결의 흐름이 이곳에서 기슭 쪽으로 접근하고 있어요. 어쩌면 그 애는 기슭으로 밀려가 물가의 덤불에 걸려 있는지도 몰라요. 어쨌든 그렇게라도 해주었으면 좋겠는데."

나는 그렇게 해주지 않기를 바랐지. 모두들 배 난간에 몰려 서서는 몸을 앞으로 구부렸어. 바로 내 눈앞에서 말야. 그리고 말없이 눈을 부릅뜨고 노려보고들 있는 거야. 이쪽에서는 그 사람들이 너무나 똑똑히 보였어. 하지만 저쪽에서는 내가 보일 리 없지. 그때 선장이 소리를 질렀지.

"비켜 주세요!"

그리고 대포 한 방을 요란스럽게 쏘아 댔어. 그 소리에 귀가 멍해지고 눈은 연기 때문에 앞이 보이지 않았어. 이젠 죽었구나 하는 생각이 들더군. 만일 그 대포에 탄환이 있었다면 바라던 시체를 찾을 수 있었을 테지. 고맙게도 나는 상처 하나 입지 않았음을 알았지. 나룻배는 하류 쪽으로 흘러가 기슭을 끼고 돌아가더군. 가끔씩 '쾅쾅' 하는 소리가 들렸지만 그것도 점점 멀어지더니 한 시간쯤 지났을 때는 전혀 들리지 않았어.

이 섬은 말이지, 길이가 3마일이나 되거든. 그래서 나는 그들이 섬 끝까지 내려가 보고, 지금쯤 적당히 단념하지 않았을까 하고 생각했지. 하지만 아직 단념한 게 아니었어. 섬 하류 쪽 끝을 돌아서자 이번에는 증기발동을 걸고서 미주리 주 쪽의 수로로 올라가는 것이었어. '쾅쾅' 하며 여전히 대포를 쏘아 대면서. 나도 섬을 가로질러 그쪽으로 가서 또다시 구경을 했지. 섬 끝까지 올라왔을 때야 비로소 대포 쏘는 것을 그만두고 미주리 주 쪽으로 건너가 마을로 되돌아갔지.

겨우 안심이 됐지. 이제는 날 찾을 사람이 하나도 없을 테지. 나는 카누에서 물건을 날라다 울창한 숲속에 멋진 천막을 치기 시작했어. 비가 와도 물건이 젖지 않도록 해놓고는 메기를 한 마리 잡아다가 톱으로 아무렇게나 배를 갈라서 해질 무렵에 불을 피워 저녁을 지었지. 그리고 아침에 먹을 고기를 잡기 위해 낚싯줄을 쳐 놓았어.

어두워졌기 때문에 나는 불 옆에 앉아서 담배를 피웠지. 정말 그야 말로 천국이 따로 없었어. 하지만 조금 지나니까 쓸쓸해졌어. 그래서 강기슭에 앉아 강물 소리를 듣기도 하고, 하늘의 별을 세기도 하고, 떠 내려오는 유목이나 뗏목의 수를 세기도 하다가 그만 잠이 들었지. 쓸 쓸할 때는 자는 게 제일이거든. 잠들면 쓸쓸한지 어떤지 알 수 없으니 까. 그것으로 만사가 끝이니까 말야.

그러면서 사흘 낮밤이 지나갔어. 조금도 변함이 없었지. 정말 반복 의 연속이었어. 그런데 그 다음 날이었어. 나는 섬의 끝에서 끝까지를 탐험해 보리라 생각하고 하류 쪽으로 내려간 거야. 나는 이 섬의 주인 이다, 말하자면 이 섬 모두가 내 것이나 다름없다, 이 섬에 관한 일은 모두 알아 둬야지라고 생각한 거야. 하지만 사실은 시간을 보내기 위 한 데에 주목적이 있었지. 잘 익어서 먹기 좋은 딸기가 얼마든지 있었 어. 게다가 청포도라든가 파란 나무딸기, 그리고 흑딸기도 열매를 맺 기 시작할 때였어. 이제 곧 이것들이 모두 귀중한 보배가 된다, 나는 그 렇게 생각했지.

그래서 말야, 깊은 숲속을 어슬렁거리는 동안 그만 섬의 반대쪽 끝 에서 얼마 멀지 않은 곳까지 가버렸던 것 같아. 총을 가지고 있었지만 쏘지는 않았지. 총은 어디까지나 호신용이니까. 사냥감은 되도록 집 —— 집이라야 천막이지만 —— 가까운 곳에서만 잡기로 했지. 바로 그때였어. 하마터면 나는 큰 뱀을 밟을 뻔했어. 뱀이란 놈, 풀이나 꽃 사이를 스르르 미끄러지듯 도망치더군. 그래서 나는 한방 쏴 주려고 뒤를 쫓았지. 신나게 쫓아가다가 언뜻 보니까 야영하고 난 모닥불 재 가 있지 않겠어? 게다가 아직도 연기가 피어 오르고 있는 거야.

집에 돌아왔을 때 내 기분은 그다지 개운치가 않았어. 배에 힘이 들어가지 않는 거야. 하지만 꾸물거리고 있을 새가 없다고 스스로에게 타이르면서 소지품을 모두 카누 속으로 운반해서 사람의 눈에 띄지 않게 하고, 불을 끄고 재를 사방에 흩뜨려 마치 한 1년 전에 피웠던 모닥불처럼 보이게 하고는 나무 위로 올라갔지.

나무 위에는 두어 시간 올라가 있었는데 아무것도 보이지 않고 소리도 들리지 않았어. 그러나 보이는 것같이 생각되고 들리는 것같이 느껴진 것은 무려 천 번도 넘을 거야. 그러나저러나 언제까지나 나무 위에 올라가 있을 수도 없어서 할 수 없이 내려오고 말았지. 하지만 그 후로는 줄곧 숲속에 숨어서 감시를 계속했지. 먹을 것이라고는 딸기하고 먹다 남은 아침뿐이었지.

밤이 되자 배가 고프더군. 그래서 아주 깜깜해지고 아직 달이 뜨지 않았을 때, 기슭에서 몰래 카누를 내어 일리노이 주의 기슭까지 저어갔지. 4분의 1마일쯤 갔을까? 나는 숲속에 들어가서 저녁을 지었어. 오늘밤은 거기서 보내리라고 작정을 했을 때 저벅저벅 하는 소리가 들렸어. 말발굽 소리라고 생각했지. 그런데 다음에는 말소리까지 들리는 거야. 나는 급히 모든 것을 다시 카누 속으로 날랐지. 그러고는 몰래 숲속에 숨어서 대체 어떤 놈인지 살펴보았지. 그렇게 멀리까지 가기도 전에 사나이의 목소리가 들렸어.

"좋은 곳이 있으면 이 근처에다 천막을 치는 게 좋겠군. 말도 지쳤을 텐데. 어디, 둘러볼까."

우물쭈물하고 있을 수가 없어서 나는 재빨리 카누를 저어 도망치고 말았지. 원래의 자리로 되돌아가서 오늘밤은 카누 속에서 자기로 했어.

하지만 잠을 잘 수가 없었어. 여러 가지 생각이 뒤숭숭해서 아무래도 잠이 오지 않는 거야. 게다가 눈을 뜰 때마다 누군가에게 목덜미를 잡힐 것 같은 기분이 드는 거야. 그러니 잠을 자야 아무 소용이 없었어. 그래서 나는 생각했지. 이래선 도저히 못 살겠다. 나 외에 또 이 섬에 살고 있는 놈은 대체 누구인지 정체를 밝혀 내자. 부딪쳐 보는 거다. 그렇게 생각하니 마음이 좀 낫더군.

나는 노를 저어 기슭에서 조금 나갔지. 어두운 나무 그늘을 따라 하류 쪽으로 저어 갔어. 달이 떠 있기 때문에 나무 그늘 저편은 대낮같이 밝았거든. 한 시간 가까이 헤맸을까? 삼라만상이 모두 바위처럼 꼼짝 않고 잠들어 있는 거야. 그때는 이미 섬 아래쪽 끝까지 와 있었던 것 같아. 상쾌하고 서늘한 바람이 불기 시작하고 이제 날도 샐 무렵이었던 것 같아. 나는 노를 저어서 카누의 방향을 바꾸고 뱃머리를 기슭에 갖다 대었어. 그런 다음 총을 들고 카누에서 빠져 나와 숲 근처에 몸을 숨기고, 거기 있는 통나무에 걸터앉아 나뭇잎 사이로 저쪽을 살펴 보았어. 달님이 지쳤는지 강 위에는 다시 어두운 막이 쳐졌지. 하지만 곧 숲의 나무들 위에서부터 엷은 푸르름을 띠었어. 날이 새고 있다는 증거였지. 총을 들고 아까 모닥불 흔적이 있던 곳을 향해서 살금살금 걷기 시작했지. 1, 2분 걸음을 멈춰가며 귀를 기울였던 거야. 하지만 아무래도 나는 운이 나쁜 것 같아. 아까 그 장소를 찾을 수가 없는 거야. 그런데 역시 내 육감은 신통하더군. 잠시 후 저쪽 나무 사이로 반짝하고 불이 보이는 것이었어.

나는 조심스럽게 아주 천천히 그쪽으로 다가갔지. 눈으로 분간할 수 있을 만큼 가까이까지 다가갔는데, 보아하니 땅바닥 위에 한 사나이가 잠들어 있는 거야. 나는 온몸이 오싹해지는 것을 느꼈어. 그놈은 머리를 담요로 감싸고 있었는데 머리가 자칫하면 불 속으로 들어갈 것 같더군. 나는 6피트 정도 떨어진 덤불 뒤에 주저앉아서 꼼짝 않고 그놈을 지켜 보고 있었지. 그때는 벌써 희미하게 날이 밝아왔어. 그러는 동안 그놈은 찢어지게 하품을 하고 기지개를 켜더니 담요를 벗었어. 가만히 보니 이게 어떻게 된 일이야, 왓슨 아주머니네 검둥이 짐이었어! 참 그때의 그 반가움이라니!

"이봐 짐!"

하고 외치면서 달려갔지.

짐은 소스라치게 놀라더군. 미친 사람같이 얼빠진 표정으로 나를 바라보는 거야. 이번에는 털썩 주저앉아 무릎을 꿇더니 두 손을 모으고 이렇게 말했지.

"살려줘. 부탁이야! 난 유령한테 나쁜 일을 한 적이 한번도 없어. 언제나 죽은 사람을 좋아했어. 죽은 사람한테는 할 수 있는 데까지 다해 왔어. 다시 강으로 돌아가. 거기가 네가 있을 곳이야. 나를 건드리지 말아. 언제나 너랑 사이가 좋았잖아, 응?"

하지만 짐에게 내가 죽은 것이 아니라는 것을 이해시키는 데는 그다지 오랜 시간이 걸리지 않았어. 짐을 만난 것이 너무나 기뻤어. 이제 나는 외롭지도 쓸쓸하지도 않았어. 너 같은 사람이 내 거처를 여러 사람한테 알리지는 않겠지, 나는 조금도 걱정하지 않는다고 말했지. 그 밖에도 여러 가지 말을 지껄였는데 짐은 거기에 앉아서 나를 말똥말똥 쳐다볼 뿐이었어. 아무 말도 하지 않는 거야. 그래서 나는 다시 말했지.

"자, 이젠 완전히 날이 밝았어. 아침을 먹어야지. 너는 모닥불을 피워."

"딸기 따위 그런 하찮은 걸 요리하는 데 불을 피워 뭘 하게? 그런데 너는 총을 갖고 있구나? 그럼 딸기보다도 더 좋은 걸 구할 수 있을 것 아냐?"

"딸기? 너 그런 걸 먹고 살아왔니?"

"다른 거라곤 아무것도 없는걸."

"그럼, 짐, 넌 언제 이 섬에 왔니?"

"네가 죽은 다음 날 밤에 왔어."

"뭐라고? 그때부터 줄곧?"

"그래."

"그런데 먹을 것은 그런 것밖에 없었단 말야?"

"응, 아무것도……."

"하마터면 너, 굶어 죽을 뻔했구나."

"말 한 마리, 통째로라도 다 먹을 수 있을 것 같아. 거짓말이 아냐. 너는 이 섬에 온 지 얼마나 됐냐?"

"내가 죽은 그날 밤부터지."

"정말? 그럼 너, 뭘 먹고 살았니? 하긴 너는 총을 갖고 있으니까. 자, 그럼 뭐든 잡아 와. 내가 불을 피울 테니까."

나는 카누가 있는 곳으로 가서, 짐이 불을 피우고 있는 동안 옥수수 가루와 베이컨, 그리고 커피 등 여러 가지를 가지고 왔지. 그리고 커피 주전자, 프라이팬, 설탕과 양은 컵까지. 짐은 그야말로 놀라 자빠지더 군. 마술을 부린 거라면서 말야. 그리고 나는 큰 메기 한 마리를 잡아 왔고, 짐은 그것을 손질해 기름에 튀겼지.

아침 준비가 다 되자, 우리는 풀밭에 뒹굴면서 뜨거운 김이 무럭무 럭 나는 음식을 먹었지. 짐은 정신없이 마구 먹어 댔어. 하기야 굶어 죽 기 직전의 상태에 있었으니까 그러는 게 당연하지. 이럭저럭 배를 채 우고 난 우리는 한가로이 쉬기로 했어. 얼마 후 짐이 입을 열더군.

"그렇다면 헉, 그 오두막에서 살해당한 것은 대체 누구니? 네가 아 니라면 말야."

그래서 나는 자초지종을 얘기해 주었는데, 짐은 너 참 기막힌 짓을 했구나 라고 말했지. 톰 소여도 그보다 멋진 계획은 생각해내지 못했을 거라면서 말야.

"그런데 넌 또 어째서 이런 곳에 와 있는 거야, 응? 짐, 어째서 여기까지 왔어?"

짐은 약간 멋쩍은 듯한 표정을 지으며 잠시 아무 말도 하지 않더군. 그러더니 한참 만에 말을 않는 게 좋을 거라고 중얼거리는 거야.

"그건 왜?"

"응, 뭐, 그럴 일이 있어. 내가 말을 해도 너 누구한테 고자질은 하지 않겠지, 헉?"

"물론이지, 짐."

"그럼 내, 너를 믿겠다, 헉. 난 말야, 나, 도망쳤어."

"오오, 짐!"

"알겠어? 넌 아무 말 않겠다고 했어. 누구한테도 이르지 않겠다고 약속한 거야, 헉."

"응, 틀림없이 약속했어. 고자질하지 않겠다고 했어. 그건 지키고말고. 맹세코 그건 지킬 거야. 모든 사람이 나를 노예 폐지론 추종자라고 하든, 고발하지 않는 것을 바보라고 하든, 그 따위는 상관없어. 나는 잠자코 있을 거야. 어쨌든 나는 다시 그곳에 돌아가지 않을 거니까 아무 상관 없어. 그러니까 짐, 그 얘기를 좀 더 자세하게 해줘."

"응, 사실은 이렇게 됐어. 그 마님이 말야, 언제나 나를 들들 볶고 꾸짖는 거야. 그리고 마구 거칠게 다루고, 그러면서도 남쪽 올리언스에 팔아 넘기겠다는 말은 한마디도 한 적이 없거든. 그런데 요즈음 와서 그 집 근처에 검둥이를 매매하는 사나이가 뻔질나게 나타났어. 그래서 나는 걱정이 되기 시작했지. 어느 날 밤, 꽤 늦은 시간이었는데 내가 몰래 문 있는 데로 갔더니 문이 꼭 닫혀 있지를 않았어. 마님이 말야, 나를 올리언스에 팔 거라고 과부댁한테 말하는 게 들렸어. 팔고 싶지는 않지만, 팔면 800달러가 손에 들어 오니 그건 큰돈이 아닐 수 없다고, 그래서 팔지 않을 수가 없다고 말하는 거야. 과부댁은 그러면 안 된다고 하는 것 같았지만 나는 그 다음 말을 듣고 있을 여유가 없었어. 급히 도망쳐 나왔거든. 몰래 밖으로 빠져 나와 걸음아 날 살려라 하고 뛰어서 언덕을 내려왔지. 마을 상류 쪽의 어느 강기슭에서 보트를 훔치려고 했어. 하지만 그때까지도 사람들이 어슬렁거리고 있더군. 그래서 강가 근처 허물어진 가게 안에 숨어서 사람들이 없어질 때까지 기다렸지. 그렇군, 그날 밤은 줄곧 거기에 있었어. 계속해서 사람이 왔다갔다 하는 거야. 날이 밝아 여섯 시쯤 되니까 보트가 움직이기 시작하더군. 그리고 여덟 시나 아홉 시쯤에는 지나가는 보트들이 모두, 네 아버지가 마을에 와서는 네가 살해당했다고 얘기하더라며 지껄이는 거야. 마지막에 온 보트에는 말야, 부인네들과 나리들이 가득 타고는 네가 살해당한 곳으로 가본다고들 법석이었어. 가끔씩 기슭에 배를 대고 쉬는 사람들이 하는 얘기를 듣고, 살인 사건에 대해서 죄다 알게 되었지. 네가 살해당했다는 얘기를 듣고 정말로 슬펐어. 하지만 지금은 아무렇지도 않아. 나는 하루 종일 그 가게 안에 숨어 있었지. 배는 고팠지만 무섭지는 않았어. 마님도 과부댁도 아침을 먹고 나면 곧 야회 집회에 나가고 하루 종일 집을 비운다는 것은 알고 있었지. 마님들은 내가 새벽녘에 소를 몰고 나간다는 것을 알고 있으니까 집 근처에 내가 없어도 조금도 의심하지 않았어. 밤이 될 때까지는 내가 없어졌다는 것을 눈치챌 수가 없었지. 다른 하인들도 내가 없어진 것을 알 수가 없었어. 주인이 나가면 곧 뛰쳐나와 일을 안 하는 게 내 버릇이었으니까. 그리고 어두워졌을 때 나는 강둑을 따라 상류 쪽으로 걸었지. 2마일쯤 집이 한 채도 없는 데까지 걸어갔지. 그때부터 어떻게 하리라는 것은 이미 정해져 있었어. 걸어서 도망을 친대도 개한테 뒤를 밟힐 거고, 보트를 훔쳐서 강을 건너면 보트가 없어진 것을 눈치챌 거고, 내가 저쪽 기슭 어디쯤에서 배를 내렸는지, 어디쯤에서부터 내 뒤를 밟으면 될 것인지 알게 될 거고. 그래서 나는 뗏목이라면 안성맞춤이라고 생각했지. 뗏목이라면 아무런 흔적도 남기지 않을 테니까. 그러는 사이에 불빛 하나가 기슭을 돌아서 이쪽으로 다가오는 게 보였어. 그래서 나는 물속으로 뛰어들어 통나무 하나를 붙잡고는 강 한가운데로 헤엄쳐 갔지. 유목들 사이에 교묘하게 어울려 헤엄치면서 뗏목이 흘러 내려오기를 기다렸지. 그러다가 뗏목이 다가오자 나는 헤엄쳐 가서 꽉 붙잡았어. 잠깐 동안 구름이 끼어 꽤 어두웠는데, 나는 뗏목 위로 기어 올라가서는 그 위에 벌렁 누워 버렸지. 사공들은 모두 등불이 있는 곳에 모여 있었어. 강물이 불어서 흐름이 무척 빠르더군. 그래서 나는 생각했지. 새벽 네 시까지는 25마일은 내려가겠군, 그렇다면 날이 새기 직전에 몰래 물속으로 뛰어들어 기슭까지 헤엄쳐 가서 일리노이 쪽 숲속으로 들어가야지라고. 하지만 난 운이 나빴어. 뗏목이 잭슨 섬 머리께까지 왔을 때 난데없이 한 사나이가 불을 들고 고물 쪽으로 오는 거였어. 나는 어물어물하고 있을 수가 없었지. 그래서 물속으로 미끄러져 내려가서는 섬 쪽으로 헤엄쳤지. 내 생각으로는 섬의 어디로라도 올라갈 수가 있을 것 같았은데 그게 아니더군. 강기슭이 가파른 낭떠러지로 되어 있어서 말야. 거의 섬의 끝머리까지 가서야 가까스로 상륙할 만한 곳을 발견했지. 나는 숲속으로 들어갔어. 파이프와 덕 레그(역주 : 값싼 하급 담배), 그리고 성냥을 조금 가지고 있었는데 모자 안에 넣어 두었기 때문에 젖지 않아서 천만다행이었어.”

“그래서 넌 그때부터 죽 고기도 빵도 먹지 못했단 말이지? 그럼 왜 거북이를 잡지 않았어?”

“어떻게 그걸 잡아? 맨손으로 다가가서 잡을 수가 있어? 낮에는 강가에 나갈 수도 없고, 한밤중에 어떻게 그걸 잡아?”

“하긴 그렇군. 항상 숲속에 숨어 있어야 하니깐. 그런데 너 대포 쏘는 소리 들었니?”

“듣고말고. 너를 찾고 있구나 하고 생각했지. 바로 저 앞을 지나가는 걸 봤어. 덤불 사이로 말야.”

그때 새끼 새 대여섯 마리가 날아와서는 1, 2야드나 빙빙 돌더니 내려앉았지. 짐은 비가 올 징조라고 하더군. 병아리가 그렇게 날면 비가 오니까 다른 새의 경우도 마찬가지일 거라는 얘기였어. 나는 몇 마리쯤 잡을까 생각했는데 짐이 말리더군. 그런 짓을 하면 죽는다는 거야. 짐의 아버지가 벌써 오래전에 중병에 걸려서 누워 있을 때, 누군가가 새를 붙잡은 놈이 있었대. 그것을 본 짐의 할머니가 아범은 죽을 거라고 말했는데, 아니나다를까 짐의 아버지는 죽고 말았다는 거야.

그리고 점심을 준비할 때, 물건의 가짓수를 세어도 안 된다는 거였어. 그렇게 하면 뭐 악운이 온다나, 해가 진 다음에 테이블보를 털어도 안 된다는군. 그리고 만일 꿀벌통을 가진 사람이 죽으면, 다음 날 아침 해가 뜨기 전에 그 사실을 꿀벌에게 알려야 한다는 거야. 그렇지 않으면 벌들이 모두 약해져서 일도 못 하고 결국 죽어 버린다는 거지. 짐은 또, 벌은 바보 같은 놈은 절대로 쏘지 않는다고 했지만, 그것만은 믿지 않았어. 왜냐고? 벌이 한 번도 나를 쏘지 않았거든.

이런 이야기는 전에도 몇 가지 들은 적이 있었지만 그게 전부가 아니었어. 짐은 모두 알고 있었어. 자기 스스로도 모르는 것이 없다고 말하고 있었지만. 그런데 그게 하필 모두가 악운의 징조인 것만 같아서 짐한테 물어 보았지. 대체 행운의 징조는 없는 거냐고.

"조금밖에 없어. 그것도 행운의 징조라는 것은 별로 사람한테 도움이 안 되거든. 행운이 온다는 것을 알아서 뭐하겠다는 거야? 오지 말라고 할 거야? 만일 팔에 털이 있고 가슴에 털이 있으면 그건 부자가 될 징조야. 이런 징조는 쓸모가 있지. 앞일을 알 수 있으니까 말야. 오랫동안 가난하게 살다 보면 절망에 사로잡혀 자살하게 될는지도 모르잖아? 만일 자기가 머지않아 부자가 될 것이라는 걸 모르고 있다면 말야."

"너는 어떠냐, 짐? 팔과 가슴에 털이 많잖아?"

"그런 말은 물어 보나마나지."

"그럼, 넌 부자냐?"

"아니지. 하지만 한 번 부자였지. 그리고 앞으로 또 부자가 될 거야. 한때는 14달러나 가지고 있었는데, 투기에 손을 댔다가 그만 다 날려 버렸지."

"무슨 투기에 손을 댔었는데?"

"응, 처음엔 주식에 손을 댔지."

"어떤 주식?"

"그야 살아 있는 주식이지. 소 말이야. 난 소 한 마리에 10달러를 걸었었지. 하지만 이젠 두 번 다시 주식에는 손을 대지 않을 거야. 그놈의 소가 죽어 버리고 말았거든."

"그럼, 10달러나 손해 봤겠군."

"아니, 몽땅 손해 본 것은 아니야. 그 중 9달러만 손해 봤지. 가죽하고 기름은 1달러 10센트를 받고 팔았으니까."

"그럼, 1달러하고 10센트가 남았을 텐데, 그 다음에도 투기를 한 거야?"

"물론했지. 브래디시 아저씨댁에 외다리 검둥이가 있지? 그놈이 은행을 세운 거야. 1달러 예금하는 놈한테는 누구든지 연말에 4달러씩 준다는 거야. 그래서 검둥이들은 죄다 들었는데, 아무도 많은 돈은 갖고 있지 않았어. 큰돈을 가지고 있는 것은 나뿐이었어. 그래서 나는 4달러는 적다고, 더 내놓으라고 우겼지. 만일 그렇게 하지 않으면 나도 내 은행을 시작하겠다고 말했지. 그 검둥이로 말하면 내가 그런 장사를 시작하는 게 달갑지 않을 게 뻔했거든. 아니나다를까 그놈은 은행을 두 개 세울 만큼 돈이 돌아가지는 않는다고 하면서, 내가 5달러를 맡기면 연말에 35달러 내놓겠다고 했어. 그래서 나는 맡겼지. 그 35달러를 받으면 곧 또 그것을 투자해서 사업을 해보리라고 말야. 봅이라는 이름의 검둥이가 있었는데 그놈이 재목을 나르는 뗏목을 가지고 있었어. 물론 그 주인은 모르고 있었지. 나는 그 뗏목을 외상으로 사고 연말이 되면 그 35달러를 찾아가라고 했어. 그런데 말야, 그날 밤 그 뗏목을 어떤 놈이 훔쳐가 버렸어. 그러니 우리 중 아무도 돈을 받은 놈은 없었지."

"짐, 나머지 10센트는 어떻게 됐지?"

"응, 그건 써 버리려고 생각했었는데, 난 꿈을 꿨어. 그 꿈이 나한테 그 10센트를 발럼이라는 검둥이한테 주라는 거야——바보 발럼이라고 모두들 부를 만큼 바보였는데 말야. 그런데 그놈은 운을 타고난 놈이라고들 알고 있었어. 나는 운이 나쁘다는 걸 잘 알고 있어. 그런데 꿈

에서 말하기를, 네 10센트를 발럼한테 투자하라, 발럼이 돈을 벌어 줄
것이라는 거야. 그래서 그 발럼이란 놈한테 10센트를 줘 버렸는데, 그
놈이 교회엘 갔더니 목사님이 설교하더라는 거야. 누구든지 가난한 사
람에게 돈을 주면 그것은 곧 하느님한테 빌려 주는 것과도 같아서 반
드시 백 배는 되돌아올 것이라고 말야. 그래서 발럼은 그 10센트를 가
난한 사람한테 주고는 이제 무슨 일이 일어나는가 열심히 기다리고 있
었다나, 원 참.”

“그래, 무슨 일이 일어났어?”

“아무 일도 일어나지 않았어. 나는 그 돈을 도로 달랄 수도 없고, 발
럼도 어림도 없게 되었지. 나는 이제 담보를 잡지 않고는 두 번 다시 돈
을 꿔 주지 않을 거야. 목사님 말씀이 틀림없이 백 배는 되어서 돌아올
것이라고 했다는 거야! 나는 본전만이라도 돌아오면 그야말로 공평한
처사라고 고맙게 생각할 텐데 말야.”

“하지만 짐, 그래도 괜찮지 뭘 그래. 이제부터 또다시 부자가 된다니
까 말야.”

“응, 하긴 그래, 생각해 보면 나도 부자야. 우선 나는 내 몸을 가지고
있고, 내 몸은 적어도 800달러의 값어치는 있으니까 말야. 그 돈이 있
었으면 하고 생각했었지만 이젠 그 따윈 바라지 않기로 했어.”

나는 탐험하다가 발견한 섬의 한가운데쯤에 해당하는 장소를 잘 살
펴보고 싶은 생각이 나서 짐과 함께 떠났는데, 금방 도착할 수 있었어.

이 섬의 길이는 불과 3마일밖에 안 되고, 폭은 4분의 1마일밖에 되지 않았으니깐 말야.

그 장소는 높이가 40피트쯤 되는 꽤 길고 가파른 언덕이라고 할 만한 산마루였는데, 꼭대기까지 올라가기가 그리 쉽지 않았어. 워낙 사방의 경사가 심한데다 덤불이 우거져 있어서 말야. 그 위를 줄곧 걷기도 하고 기어오르기도 하면서 일리노이 쪽의 경사면 꼭대기까지 거의 올라갔을 때 바위틈에 뚫린 큰 동굴을 발견했어. 방을 두세 개쯤 합한 정도로 넓었어. 짐이 똑바로 서도 머리가 닿지 않더군. 그 안은 서늘했어. 짐은 당장 물건들을 이리로 옮겨 놓자고 말했지만, 나는 노상 오르내리게 될 테니 그건 질색이라고 말했지.

그랬더니 짐은 카누를 그럴싸한 곳에 숨겨 놓고 물건들을 이 동굴 속에 넣어 두면, 누군가 섬에 오더라도 이곳에 숨어 있기만 하면 된다는 거야. 개를 데리고 오지 않는 한 절대로 발각될 염려가 없다나. 게다가 아까 새끼 새를 보더라도 곧 비가 올 텐데, 물건들이 비에 젖으면 어쩔 셈이냐는 거야.

그래서 우리는 되돌아가 카누를 타고 그 동굴과 거의 직선 거리에 있는 기슭까지 와서 물건들을 동굴 속으로 날랐지. 그러고는 근처에 카누를 숨겨둘 만한 버드나무가 우거진 장소를 발견했어. 낚싯줄에 걸려 있는 대여섯 마리의 물고기를 건져 내고는 다시 줄을 물속에 넣어 두고 저녁 준비를 시작했지.

동굴 입구는 큰 통을 굴려 넣을 수 있을 만큼 넓었는데, 그 입구 한쪽에 동굴 바닥의 돌이 조금 바깥으로 편편하게 삐져 나와 있어서, 그 위에 불을 피우기가 아주 안성맞춤이었어. 그곳에다 불을 지피고 밥을 지었지.

우리는 동굴 속에 담요를 펴서 양탄자 대신으로 삼고, 그 위에 앉아서 밥을 먹었어. 그리고 다른 물건들은 구석으로 옮겨서 쓰기에 편하게끔 가지런히 정리해 놓았지. 마침내 천둥과 번개가 치기 시작하더군. 그 새끼 새들이 역시 틀리지 않았던 거야. 곧 비가 뿌리기 시작했는데 맹렬한 기세로 쏟아지는 거야. 바람은 또 어찌나 세차게 부는지 그런 것은 정말 본 적이 없었어. 흔히 있는 여름 태풍이었지만 말야. 완전히 어두워졌는데 동굴 밖은 전체가 짙은 청색으로 보여 무척 아름다웠어.

비는 비스듬히 마구 퍼부었는데, 바로 눈앞의 숲도 마치 거미줄처럼 희미하고 어렴풋하게 보였어. 회오리 바람이 '쌩' 하고 불면 나무가 휘고 나뭇잎이 춤을 추었지. 천지를 뒤엎을 것 같은 돌풍이 몰아치면서 이번에는 나뭇가지를 미쳐 날뛰듯이 사방으로 휘젓는 거였어. 주위가 점점 새까매지더니 갑자기 번쩍하고 빛이 났어. 그야말로 후광(後光)이라고 할 정도였지.

그 순간 몇 백 야드나 멀리 있는 나무들이 태풍 속에서 몸부림치고 있는 것이 보였어. 하지만 눈 깜짝할 사이 다시 지옥 같은 어둠이 되돌아오는 거야. 그리고 우당탕 천둥이 울리는가 하더니 우르릉 소리를 내며 하늘 저편으로 지나가는 거야.

"짐, 이거 멋진데. 난 여기서 아무 데도 가고 싶지 않은데. 생선 가운데 토막 하나랑 뜨거운 옥수수빵 하나만 줘."

"알겠어? 내가 없었다면 넌 여기에 있지 않았을 거야. 넌 저 아래 숲 속에서 점심도 먹지 못하고 흠뻑 젖어 물속에서 허우적거리고 있었겠지. 거짓말이 아냐. 병아리가 비가 올 것을 아는 것처럼 다른 새들도 마찬가지였어."

강물은 열흘이 지나고 열이틀이 지나도 계속 불기만 하더니 마침내는 강기슭을 넘어 들어왔어. 섬의 낮은 부분도, 일리노이 주 쪽의 분지도 3, 4피트나 물속에 잠겨 버렸어. 그래서 그쪽으로는 강폭이 몇 마일이나 더 넓어졌지. 하지만 미주리 주 쪽은 그전과 같이 반 마일쯤이었지. 미주리의 강기슭은 낭떠러지였거든.

낮에는 카누를 타고 섬 일대를 이리저리 다녔어. 해가 쨍쨍 내리쬘 때도 깊은 숲속은 서늘하고 어둑어둑했어. 우리는 나무 사이를 누비듯이 들락날락했지만 때로는 담쟁이덩굴이 늘어져 다른 길로 접어들지 않으면 안 될 때도 있었어. 쓰러져 있는 고목 위에는 영락없이 토끼라든가 뱀 같은 것이 노닐고 있었어. 하루나 이틀, 섬이 물속에 잠겨 있으면 그놈들은 배가 고파서 아주 얌전해지는 법이야. 사로잡으려고 하면 사로잡을 수도 있을 만큼 말야. 하지만 뱀과 거북이는 미끄러지듯이 물속으로 들어가 버려서 안 돼. 우리 동굴이 있는 봉우리에는 그것들이 잔뜩 있었지. 길들여서 사육할 생각만 있으면 얼마든지 사로잡을 수 있을 만큼 말야.

어느 날 밤, 우리는 뗏목의 조그만 토막을 붙잡았어. 아주 쓸모있는 두꺼운 송판이었어. 폭이 3피트, 길이가 15 내지 16피트쯤 되는 것이었는데 6인치나 7인치 정도 수면으로 비죽 얼굴을 내밀고 있었어. 단단하고 편편한 송판이었지. 낮에는 제재용 원목이 떠내려가는 것을 가끔 보았지만 그건 어쩔 수가 없었어. 낮에 모습을 보일 수는 없었으니까 말야.

또 어느 날 밤의 일이었지. 날이 새기 바로 직전 우리가 섬 위쪽 끝에 있을 때였어. 서쪽으로 판자를 둘러친 목조 건물 하나가 떠내려왔어. 이층집이었는데 한쪽으로 기울어져 있었지. 우리는 카누를 저어 건물 이층 창문으로 해서 안으로 들어갔지. 하지만 어두워서 아무것도 보이지 않았어. 알 수 없더군. 카누를 내놓고 그 안에 들어앉아 밝을 때까지 기다렸지. 섬 끝까지 내려가기 전에 날이 밝았어. 그래서 창문을 통해 안을 들여다보았지. 침대가 하나 보였어. 그리고 테이블이 하나, 낡은 의자가 두 개, 마룻바닥 위에는 여러 가지 물건이 흩어져 있었어. 그리고 벽에는 옷이 걸려 있었지. 그런데 구석에 뒹굴고 있는 것이 보였는데 그게 아무래도 사람 같았어. 그래서 짐이 소리를 질렀지.

"여보시오!"

하지만 꼼짝도 안 했어. 그래서 나도 큰 소리로 불러 보았지. 그러자 짐이 말하더군.

"저 사람 자고 있는 게 아냐. 죽은 거야. 넌 여기 꼼짝 말고 있어. 내가 보고 올 테니까."

짐은 옆에 가서 허리를 구부리고 들여다보더니 이렇게 말하는 것이었어.

"이건 시체야. 시체가 틀림없어. 게다가 발가벗었어. 등을 맞았군. 죽은 지 이틀 아니면 사흘쯤 됐어. 헉, 들어와도 좋지만 얼굴은 보지 마. 끔찍스러우니깐."

나는 그 사나이를 보지 않았어. 짐은 낡은 누더기를 던져서 가렸지만 그렇게 안 해도 상관없었어. 나는 볼 마음이 없었으니까. 마룻바닥 위에는 낡은 손때가 묻은 카드가 흩어져 있었고, 위스키 병과 검은 천으로 만든 복면이 두 개 뒹굴고 있었어. 벽에는 그야말로 너절한 문구와 그림 등이 숯으로 사방에 그려져 있었어. 낡고 더러워진 드레스가 두 벌, 여자 밀짚모자가 하나, 여자 속옷이 몇 장 벽에 걸려 있고 남자의 옷도 흩어져 있더군. 그것들을 우리는 고스란히 카누에 실었지. 필요한 날이 있을지도 모르니까.

마룻바닥에 있던 사내아이의 밀짚모자는 낡고 여기저기 얼룩이 졌
지만 나는 그것도 갖고 가기로 했어. 그리고 우유병이 있었는데 꼭지
까지 달려 있었어. 그것도 가져갈까 했지만 깨진 것이라 그만두기로
했어. 헐어빠진 장롱이 하나, 허름한 모피 트렁크가 하나, 이것은 장식
이 망가져 있더군. 장롱도 트렁크도 활짝 열려진 채였는데 안에는 아
무것도 들어 있지 않았어. 여러 가지 물건이 흩어져 있는 것으로 보아
가족들이 서둘러 도망치느라 물건을 제대로 꺼낼 여유가 없었던 것 같
더군.

우리가 실례한 물건은 낡은 양철 램프 하나, 자루가 빠진 부엌칼, 신
품인 듯한 발로우 나이프(역주 : 여러 개의 칼날을 접어서 쓰게 되어 있는 주머니
칼), 적어도 25센트는 줘야만 살 수 있는 물건이지. 그리고 양초 한 갑
과 양철로 만든 촛대 하나, 물바가지, 양철컵, 그리고 낡은 침대보도 침
대에서 벗겨냈지. 그 밖에도 바늘·핀·밀랍·단추·실 같은 것들이 뒤죽
박죽인 채 들어 있는 손바구니 하나, 게다가 망치와 못이 몇 개, 내 손
가락만큼이나 굵은 낚싯줄에 엄청나게 큰 낚싯바늘이 달려 있는 것 하
나, 무두질한 사슴가죽 한 뭉치, 가죽으로 된 개목걸이에다 편자 한 개,
이름이 없는 약병이 몇 개, 돌아가려던 참에 꽤 쓸 만한 말빗 하나까지
발견했지. 짐은 또 낡아빠진 바이올린 활과 나무로 만든 의족(義足)을
발견했더군, 가죽끈이 떨어져 있었지만 꽤 좋은 의족이었어. 물론 나
한테는 너무 길었고 짐한테는 너무 짧았지만. 그래서 그 일대를 샅샅
이 뒤졌지만 다른 한 쪽은 아무래도 눈에 띄지 않았어.

아무튼 통틀어 따져보니까 적지 않은 수확이었어. 이젠 돌아가야지
했을 때는 이미 섬에서 4분의 1마일 가량이나 하류로 떠내려와 있었
고, 게다가 날은 완전히 밝은 뒤였어. 나는 짐을 카누 바닥에 누이고 침

대보를 씌웠지. 왜냐고? 짐이 앉아 있으면 저 멀리서도 검둥이라는 걸 알아보는 건 식은 죽 먹기니까 그랬지.

나는 일리노이 주 쪽의 기슭까지 저어 갔지만 반 마일 가까이나 물결에 떠내려왔더군. 그래서 다시 잔잔한 기슭을 따라 조심스레 상류 쪽으로 저어 갔지. 결국 사람의 눈에 띄지 않고, 우리는 무사히 돌아올 수 있었어.

10

아침을 먹고 나서 나는 아까 본 시체 이야기를 하며, 어떻게 살해되었을까, 그 이유를 생각해 보자고 했지만 짐은 싫다고 했어. 그런 짓을 하면 악운을 초래한다는 거야. 게다가 그 시체가 우리한테 붙어서 떨어지지 않을지도 모른다는 것이었어. 매장되어서 땅속에 편히 있는 시체보다도 매장되지 않은 시체가 훨씬 더 잘 헤맨다면서 말야. 참 그럴 듯한 이야기라 더 이상 말하지 않았지. 하지만 역시 그 일이 자꾸 마음에 걸려서 그 사람을 쏴 죽인 것은 어떤 놈들일까, 어째서 그런 짓을 했을까, 알고 싶어서 견딜 수 없었어.

우리는 가지고 온 옷을 유심히 살펴보았지. 담요로 만든 낡은 외투 안감에 은화 8달러를 넣고 꿰맨 것이 발견됐어. 짐은 이 외투는 그 집 사람이 훔쳐온 것이 틀림없어, 여기에 이 돈이 있는 것을 알면 그냥 두고 갔을 리 없잖아, 하고 말하는 것이었어. 나는, 그 사나이를 죽인 것도 그 집 사람임에 틀림없다고 말해 주었지. 하지만 그 문제에 대해 짐은 말하고 싶어하지 않더군.

"이봐 짐, 이게 악운이라는 거야? 엊그제 내가 봉우리에서 발견한 뱀껍질을 가져왔을 때 너는 뭐라고 말했지? 뱀껍질을 만지면 세상에서 제일 재수가 없다고 말했지? 그런데 이봐, 이게 네가 말하는 악운이냐? 이만큼이나 물건을 긁어 모았고, 게다가 8달러라는 돈까지 생겼어. 이런 악운이라면 나는 매일이라도 걸렸으면 좋겠다. 안 그래, 짐?"

"좋아, 좋아, 그만해 둬! 너무 주제넘은 말을 하는 게 아냐. 이제 올 테니 어디 두고 보라지. 내 말 잊지 말라고."

그런데 그 말대로 정말 오고야 말았어. 이런 이야기를 나눈 게 화요일이었는데, 바로 그 금요일 날, 점심을 먹고 난 뒤였어. 우리는 봉우리 북쪽 끝 풀밭에서 뒹굴고 있었는데 담배가 떨어졌지 뭐야. 나는 담배를 가지러 동굴로 들어갔는데 그 안에 방울뱀이 있었어. 나는 그놈을 죽여 짐의 담요 밑바닥에 마치 살아 있는 것처럼 둘둘 말아서 놔 두었어. 그놈을 짐이 발견하면 재미있을 거라고 생각하면서 말야. 밤이 되어서 나는 그 일을 감쪽같이 잊어버리고 있었지. 내가 불을 켜는 동안 짐은 담요 위에 벌렁 누웠는데, 그곳에 죽은 뱀의 짝이 와 있다가 짐을 사정없이 문 거야.

짐은 외마디 소리를 지르며 화닥닥 일어났어. 불빛에 맨 먼저 눈에 띈 것은 그놈이 목을 길게 빼고는 또다시 덤벼들려고 몸을 도사리고 있는 모습이었어. 그 순간 나는 막대기를 가지고 와서 그놈을 때려 죽였지. 짐은 내가 가져온 아버지의 위스키 병을 낚아채듯이 손에 들고는 마치 뱃속에 쏟기라도 하려는 듯 꿀꺽꿀꺽 삼키는 것이었어.

짐은 맨발이었어. 그런데 뱀이란 놈이 정통으로 발꿈치를 문 거야. 이것은 전적으로, 내가 바보스럽게도 죽은 뱀을 버려두면 반드시 그 짝이 와서는 그 주검을 감싸듯이 몸을 도사린다는 것을 잊고 있었기 때문에 일어난 일이었어. 짐은 날보고, 뱀의 대가리를 잘라서 내버리고 몸뚱이는 껍질을 벗겨서 그 한 토막을 구워 달라고 했지. 내가 그대로 해주었더니 짐은 그것을 먹고 나서, 그렇게 하면 효험이 있다는 거야. 그러고는 독사의 소리가 나는 부분을 잘라 손목에 감아 달라고 하더군. 그것도 효험이 있다고 하면서. 나는 몰래 바깥에 나가서 두 마리의 죽은 뱀을 힘껏, 멀리 덤불 속에 집어던졌어. 이게 모두 내 탓이라는 것을 짐에게 알리고 싶지 않았기 때문이야. 될 수만 있으면 알리고 싶지 않았던 거야.

짐은 몇 번이나 되풀이해서 위스키를 마셨어. 가끔 머리가 이상해진 것처럼 뛰어오르기도 하고 고함을 지르기도 했어. 그러다가 다시 제정신이 돌아오면 그때마다 술병을 입에 대는 거야. 발이 부어오르고 정강이도 역시 그랬지만 그러는 사이 술기운이 번져서 이제는 괜찮겠구나, 하고 생각했지. 하지만 나 같았으면 아버지의 위스키에 당하기보다는 차라리 뱀한테 당하는 게 나을 것이라고 생각했지.

나흘 동안 짐은 계속 누워 있었는데, 그 후 부기도 가라앉아서 다시 일어날 수 있게 됐어. 나는 뱀껍질을 손으로 만지는 짓은 다시는 하지 않으리라고 결심했지. 만지면 어떻게 된다는 걸 이 눈으로 똑똑히 봤으니까. 짐은 너도 이제부터는 내 말을 믿지 않을 수 없을 것이라고 말하면서, 뱀껍질을 만진다는 것은 정말로 무서운 악운이기 때문에 이것으로 일은 끝나지 않을지도 모른다고, 그야말로 겁나는 이야기를 하는 것이었어. 뱀의 껍질을 손으로 만지는 것에 비하면 왼쪽 어깨 너머로 초승달을 천 번쯤 쳐다보는 게 나을 거라는 거야.

그렇게 얘기를 듣고 보니 나도 점점 그런 기분이 들었어. 한때는 왼쪽 어깨 너머로 초승달을 쳐다보다니 그런 터무니없는 바보짓을 누가 한담, 하고 생각했었는데도 말야. 언젠가 행크 벙커 영감이 그 짓을 했지. 그것을 자랑삼아 이야기한 거야. 그런데 그로부터 2년도 안 되어서 그 영감은 술이 취해 높은 탑 위에서 떨어졌지. 결국 납작하게 되어 세상을 하직했어. 그래서 관 대신 외양간 문짝을 두 장 사용하여 그 사이에 밀어 넣은 다음 매장해 버렸지. 대충 이런 이야기인데 물론 내가 직접 본 것은 아니지. 아버지한테서 들은 이야기지만 어쨌든 그런 봉변을 당한 것은 바보처럼 달을 그런 식으로 바라보았기 때문에 일어난 일이었어.

날이 갈수록 넘쳐나던 강물도 줄어들어서 다시 양쪽 기슭 사이에 섬이 제자리를 찾게 되었어. 그래서 우선 우리는 그 큰 낚싯바늘 하나에 껍질 벗긴 토끼를 끼워서 낚싯줄을 드리워 사람만큼이나 큰 메기를 낚아올렸지. 길이가 6피트 2인치, 무게가 2백 파운드나 되었어. 물론 우리 힘으로 낚아올리기는 힘이 들었지. 잘못하다간 오히려 우리가 일리노이 주 기슭까지 내동댕이쳐졌을 게 분명해.

우리는 가만히 앉아서 그놈이 날뛰는 꼴을 보았는데 그러는 동안 지쳐서 죽어 버리더군. 그놈 창자 속에는 놋쇠 단추 하나, 둥그런 공 한 개, 그리고 온갖 잡동사니가 가득 들어 있었어. 그 공을 망치로 깨뜨려 봤더니 그 안엔 실타래가 들어 있었어. 짐의 얘기로는 그 메기가 실타래를 오랫동안 창자 속에 넣고 있어서 그걸 여러 가지 것들이 감싸 그렇게 됐다는 거야. 그렇게 큰 메기는 미시시피 강에서도 아직 잡힌 일이 없었을 거야. 짐도 이렇게 큰 놈은 처음이라고 말하더군. 마을에 가서 팔면 꽤 비싸게 받을 수 있을 거라고 말야. 이런 물고기는 조금씩 잘라서 저울에 달아 팔게 마련이지. 모두들 조금씩 사가니까 말야. 고기는 눈처럼 희고 기름에 튀기면 맛이 아주 그만이거든.

다음 날 아침, 나는 왠지 맥이 풀리고 따분해서, 뭔가 신나는 일이 없을까 하고 말했지. 살그머니 강을 건너가 저쪽 동네는 어떻게 돼 가고 있는지 한번 보고 왔으면 좋겠다고 말야. 짐도 좋은 생각이라면서, 하지만 해가 진 다음에 조심해서 가지 않으면 안 될 거라고 말했어. 그리고는 곰곰이 생각하더니, 그 낡은 옷을 입고 여자의 행색으로 가면 어떻겠느냐는 거야.

우리는 주워 온 드레스를 꺼내다가 길이를 줄였어. 나는 바짓가랑이를 무릎 위까지 걷어올리고는 그 드레스를 입었어. 등 쪽은 짐이 낚싯바늘로 찍어 맸는데 제법 몸에 어울렸어. 밀짚모자를 쓰고 턱 밑으로 끈을 매었지. 그렇게 차리고 나니까, 누구도 알아보지 못할 거라고 짐이 말하더군. 설사 대낮에도 말야. 나는 그날 하루 걸려 여자옷을 입고 움직이는 요령을 익혔는데, 차차 자연스럽게 행동할 수 있게 됐어. 다만 짐의 얘기로는 주머니에 손을 가져가는 버릇을 고치지 않으면 안 되겠다는 거야. 나도 그걸 조심했지. 그러고 나니까 제법이었어.

어두워지자 나는 곧 카누를 타고 일리노이 주 쪽 기슭을 향해 노를 저었지. 나루터 조금 아래쪽 마을을 향해 강을 건넜지만, 물살에 떠밀려 마을 제일 아래쪽에 가 닿았어. 나는 카누를 매어 놓고는 강가의 둑을 따라 걷기 시작했지. 조그만 오두막에 불이 켜져 있었는데, 벌써 오래전부터 사람이 살지 않던 곳이기 때문에 누가 살고 있는지 몰래 다가가 창문으로 들여다보았지.

안에는 마흔 살 안팎의 여자가 소나무로 만든 테이블에 놓인 촛불 곁에서 뜨개질을 하고 있더군. 그런데 낯선 얼굴이었어. 다른 고장에서 온 사람인 것 같았어. 이 마을 사람이라면 내가 모르는 얼굴은 하나도 없을 테니까. 마침 잘됐다고 생각했지. 그도 그럴 것이, 차차 마음이 약해져서 오지 말 것을 그랬는가 보다, 누가 내 목소리라도 알아들어 정체가 드러나면 어떻게 하나 걱정하고 있던 참이었어. 낯선 사람이니 그런 염려를 안 해도 되는 셈이거든. 만일 이 여자가 이 마을에 온 지 한 이틀이라도 되었다면 이 작은 마을에서 일어난 내가 알고 싶어하는 일은 뭐든지 알고 있을지도 모르지, 그렇게 생각하면서 나는 문을 두드렸어. 내가 여자라는 것을 잊어선 안 된다고 스스로 다짐하면서.

11

"들어오세요."

하는 여자의 목소리가 들려서 안으로 들어갔지. 그러자 그 여자가 말하더군.

"앉아요."

그래서 나는 의자에 앉았어. 그 여자는 또렷또렷한 작은 눈을 가지고 있었는데 나를 뚫어지게 바라보더니 이렇게 말했어.

"이름은 뭐라고 하지?"

"세라 윌리엄스예요."

"집은 어디지? 이 근처?"

"아아뇨. 7마일 하류 쪽에 있는 후커빌이에요. 죽 걸어왔더니 완전히 지쳐 버렸어요."

"배가 고프겠군. 뭔가 있을 거야."

"아아뇨, 배는 고프지 않아요. 어찌나 시장했던지 여기서 2마일 하류 쪽에 있는 농가에 들렀었어요. 그래서 지금은 괜찮아요. 이렇게 늦은 것도 그 때문이에요. 어머니가 앓아 누웠는데 돈은 없고, 그래서 앱 너 무어 삼촌한테 알리러 가는 길이에요. 이 마을 위쪽 변두리에 살고 있다고 어머니가 말씀하셨는데, 저는 여기가 처음이거든요. 아주머니 는 알고 계세요? 우리 삼촌을 말예요.”

“모르겠는걸. 나는 아직 아무도 모른단다. 여기에 온 지 두 주일밖에 안 됐는걸. 이 마을 위쪽 변두리라면 아직 한참 가야 하는데. 오늘 밤은 여기서 자도록 해라. 그 모자를 벗어.”

“아아뇨 괜찮아요. 잠깐만 쉬었다 가겠어요. 어두워도 상관없어요.”

그 여자는 말이지, 너를 혼자 보낼 수는 없다, 이제 한 시간 반만 있으 면 우리 주인이 돌아올 테니 그때 우리 주인한테 얘기해서 너를 바래다 주도록 하겠다고 말했어. 그러고는 자기 남편 이야기를 하고, 강 상류 쪽에 있는 친척 이야기, 혹은 강 하류 쪽에 있는 친척 이야기, 옛날에는 얼마만큼 잘 살았으며, 모르고 왔다고는 하지만 그대로 그곳에 사는 건 데 이 마을로 온 것은 잘못이었다느니 하면서 한없이 지껄여 대는 것이 었어. 나는 여자한테 이 마을 소식을 알아 보러 들어온 나야말로 잘못 들어온 것은 아닌가 하고 걱정이 되더군. 하지만 그러는 동안 화제는 아버지와 나에 대한 살인사건으로 이어졌기 때문에 나는 신이 나서 그 대로 지껄이게 내버려 뒀지. 나와 톰 소여가 6,000달러를 발견한 것까 지도 이야기하더군(그 여자는 1만 달러라고 했지만 말야). 아버지에 대해서도 얘기했는데, 그야말로 지지리도 못난 놈이라고 마구 헐뜯더니 나에 대 해서도 역시 변변치 못한 놈이라고 한바탕 욕을 퍼붓더군. 마지막에 내 가 살해당한 이야기에까지 이르렀기 때문에 내가 말했지.

“누가 그랬을까요? 이 사건에 대해서는 후커빌에서도 여러 가지 이 야기를 들었지만 헉 핀을 누가 죽였는지 아무도 모르고 있어요.”

"글쎄다, 이 고장 사람들도 누가 그 애를 죽였는지 알고 싶어하는 사람들이 꽤 많을 테지. 그중에는 그 애 아버지가 죽였을 거라고 생각하는 사람들도 더러 있지."

"아니, 그건…… 그렇습니까?"

"처음에는 거의 모든 사람들이 그렇게 생각했지. 그 애 아버지는 하마터면 자기가 사형을 당할 뻔한 사실을 모를 테지만 말야. 하지만 밤이 되기 전에 사람들 생각이 달라졌어. 짐이라는 도망친 검둥이가 한 짓일 거라고 판단한 거야."

"하지만 짐이……."

그렇게 말하다 나는 멈칫했어. 잠자코 있는 편이 나을 거라는 생각이 들어서 말야. 그 여자는 자기 말에만 열중해서 내가 말참견한 것도 전혀 눈치를 못 채더군.

"그 검둥이는 말야, 헉 핀이 살해당한 바로 그날 밤에 도망을 쳤거든. 그래서 300달러 상금이 걸렸지. 핀의 아버지한테도 상금이 걸려 있어. 200달러. 그 영감은 살인 사건이 있은 다음 날 아침에 마을에 와서 그 이야기를 알렸다더군. 그리고 여러 사람과 함께 나룻배를 타고 수색하러 나갔었대. 그러고는 곧 자취를 감췄다더군. 밤이 되기 전에 모두들 그 영감을 사형에 처하려고 했었는데 그때는 이미 없어지고 만 거지. 그런데 그 다음 날 검둥이가 없어진 것을 알았어. 살인 사건이 있던 날 밤 열 시 이후로는 아무도 그 검둥이를 본 사람이 없다는 거야. 그렇다면 그놈의 짓이구나 하고 모두들 얘기하고 있는 판에 다음 날 핀 늙은이가 돌아와서는 새처 판사한테 가서 그 검둥이를 잡으러 일리노이 주를 샅샅이 뒤질 테니, 그 돈을 내놓으라고 고래고래 소리를 지르면서 난리를 쳤다는 거야. 판사는 약간의 돈을 내주었는데 그날 밤

그 영감은 인상이 고약한 낯선 사람 둘과 함께 한밤중까지 취해 다니
더니 그 사람들하고 함께 자취를 감춰 버렸어. 이 고장 사람들은 아마
이 사건이 잠잠해질 때까지는 돌아오지 않을 거라고들 얘기하고 있지.
여러 사람들이 생각하기를, 그 영감은 자기 아들을 죽여 놓고 그것이
도둑놈의 소행인 것처럼 일을 꾸며 놓았으니까 소송으로 길게 끌 것도
없이 헉의 돈을 빼낼 수가 있을 것으로 생각했다는 거야. 헉의 아버지
라는 영감은 능히 그럴 수 있는 놈이라는 거지. 정말 교활한 놈인 모양
이야. 1년쯤 돌아오지 않고 있으면 그것으로 만사는 해결되거든. 그놈
이 죽었다는 뚜렷한 증거도 없으니까 말야. 1년쯤 흐르고 나면 소문도
모두 조용해질 게고 그렇게 되면 그 영감은 어렵잖게 헉의 돈을 손에
넣게 되겠지."

"예, 그렇군요. 방해가 될 것은 하나도 없겠군요. 그런데 이젠 그 검
둥이가 했다고는 아무도 믿고 있지 않나요?"

"그렇지 않지. 누구나 다 그런 건 아냐. 아직도 검둥이가 한 짓이라
고 믿고 있는 사람이 적잖이 있어. 하지만 검둥이는 곧 잡힐 테니까, 그
렇게 되면 겁을 주어서라도 자백을 받을 수 있을 테고 말야."

"그럼, 아직도 그 검둥이를 찾고 있나요?"

"넌 참 순진한 애로구나! 300달러라는 돈이 어디서 굴러다니며 사
람이 주워 가기를 기다린다든? 그 검둥이는 그다지 먼 곳까지 가지 않
았을 거라고 생각하는 사람들도 있어. 나부터도 그런 사람 중 하나지
만 말야. 하지만 나는 아직 그런 얘기를 아무한테도 안 했지. 며칠 전에
이웃 통나무집에 사는 늙은 부부와 이야기를 했지만 말야. 모두들 잭
슨 섬이라고 부르고 있는 저 건너편 섬에는 거의 사람들이 찾아가는
일이 없다는 얘기가 나왔어. 아무도 살고 있지 않느냐고 내가 물었더

니 그렇다는 대답이었어. 그 이상 나는 아무 말도 안 했지만 혼자서 생각했지. 틀림없이 나는 그 섬에서 연기가 피어 오르는 것을 본 것 같은 기억이 났거든. 섬의 위쪽에서 하루 이틀 전에 말야. 그래서 나는 생각했지. 어쩌면 그 검둥이는 그곳에 숨어 있는지도 모를 일이라고. 여하튼 그곳을 수색해 볼 만하다고 나는 생각했어. 그 후로는 연기를 못 보았으니까. 그것이 만일 검둥이였다면 벌써 그곳에 없을지도 모르지만, 우리 남편이 거길 조사하러 가게 돼 있어. 다른 사람과 둘이서 말야. 지금까지 상류에 가 있다가 오늘 돌아왔어. 두 시간쯤 전에 돌아오는 즉시 나는 그 이야기를 해주었지."

들고 있는 동안 나는 가만히 앉아 있을 수 없을 만큼 걱정이 되었어. 그래서 테이블 위에 있던 바늘을 집어 실을 꿰려고 했지만 손이 떨려서 잘 안 되더군. 그 아주머니가 이야기를 중단했기 때문에 나는 얼굴을 쳐들었지. 그랬더니 그 아주머니는 이상한 얼굴을 하고 나를 보면서 미소를 띠었어. 나는 바늘과 실을 얼른 제자리에 놓았지. 이야기에 정신이 팔려 있던 것처럼 하면서 말했어. 아니, 정말로 정신이 팔려 있었지만 말야.

"300달러라면 큰 돈이군요. 우리 엄마한테 그 돈이 있으면 얼마나 좋을까. 주인 아저씨는 오늘 밤에 그리로 가세요?"

"그렇단다. 아까 말한 사람과 같이 마을에 갔어. 배를 한 척 얻고, 또 총을 한 자루 빌릴 수 있을지 어떨지 물어 보려고 말야. 오늘밤 아마 자정이 지나서 떠날 거야."

"날이 밝을 때까지 기다리는 편이 더 잘 보이지 않을까요?

"그야 그렇지. 하지만 자정이 넘으면 그 검둥이는 자고 있을 테니까 숲속을 살그머니 뒤지면, 그놈이 만일 모닥불이라도 피우고 있었다면 주위가 어둡기 때문에 한층 더 눈에 잘 띌 거야."

"허, 그렇군요."

그 아주머니가 또다시 이상한 눈으로 나를 보았기 때문에 나는 완전히 침착을 잃고 말았어. 그때 그 아주머니가 다시 묻는 거야.

"너, 이름은 뭐라고 했지?"

"메, 메리 윌리엄스."

어쩐지 아까는 메리라고 하지 않은 것 같은 기분이 들어서 밑을 내려다 보았지. 아까는 세라라고 한 것같이 생각되었어. 그래서 아차했는데 어쩌면 그 난처해하는 표정이 얼굴에도 나타났을 거야. 나는 그 아주머니가 뭐라고 더 말을 해주었으면 했지. 앉아 있으면 있을수록 나는 점점 더 불안해졌어. 얼마 후 그 아주머니가 입을 열더군.

"너, 아까 우리 집에 들어올 때는 세라라고 하지 않았니?"

"예, 맞아요. 세라 메리 윌리엄스예요. 세라는 세례명이에요."

"오오, 그렇구나."

나는 어느 정도 안심했지만 어쨌든 이 집에서 빨리 나가야겠다고 생각했어. 아직도 얼굴을 들 수 없을 지경이었으니까 말야.

그런데 그 아주머니는 세상 경기가 나쁘다느니, 가난한 살림살이 이야기, 생쥐가 마치 여기를 자기 집처럼 멋대로 뛰놀고 있다느니 하고, 쉴새없이 지껄여 대서 나는 또 마음이 편해졌어. 그 생쥐 얘기는 거짓말이 아니었어. 오두막 구석의 구멍에서 코를 내미는 놈이 드문드문 보였어. 그 아주머니 얘기에 의하면 혼자 있을 때는 뭔가 집어던질 물건을 옆에 놔 두지 않으면 안 된다는 거야. 그렇지 않으면 생쥐 때문에 잠시도 차분히 앉아 있을 수가 없다는 거였어. 가느다란 납덩이를 뒤틀어 동그렇게 만든 것을 내게 보이면서 대개 그것으로 때려 잡곤 한다고 말했어. 엊그제는 잘못 던지는 바람에 팔을 삐었다는 거야. 오늘은 제대로 던질 수 있을지 모르겠다면서, 기회를 노리고 있다는 것이었어. 그러다가 아주머니는 생쥐를 향해 힘껏 그것을 내던졌는데 그만 빗나가면서, '아이쿠!' 하고 비명을 질렀어. 그만큼 팔이 아팠던 거지. 이번에는 날보고 던져 보라는 거야. 나는 주인 아저씨가 오기 전에 빨리 나오고 싶었지만 물론 그런 내색을 할 수는 없었어. 나는 그 납덩어리를 손에 들고 생쥐를 발견하기가 무섭게 집어던졌지. 만약 그놈이 재빨리 숨어 버리지만 않았다면 그대로 뻗었을 거야. 아주머니는 솜씨가 그만이라고 하면서 다음에는 문제 없이 맞힐 수 있을 거라고 하더군. 그리고 일어나 그 납덩어리와 실 한 묶음을 가지고 와서 나에게 도와 달라는 거야.

"생쥐를 놓치면 안 돼. 납덩어리는 무릎 위에 놔 두는 게 좋을 거야."

말이 끝나자마자 아주머니는 그 납덩어리를 내 무릎 위에 던졌어. 나는 얼른 무릎을 모아 그것을 받았는데 아주머니는 또 이야기를 계속하더군. 하지만 그것은 잠시에 불과했어. 곧 내 팔에서 실을 벗기고는 내 얼굴을 빤히 쳐다보면서 —— 하지만 웃는 얼굴로 이렇게 말하는 거야.

"그런데 애야, 네 진짜 이름은 뭐냐?"

"예? 뭐라고요, 아주머니?"

"네 진짜 이름은 뭐냔 말이다. 빌? 톰? 봅? 아니면 뭐지?"

나는 분명 사시나무 떨듯 떨었을 거라고 생각해. 어떻게 된 일인지 전혀 갈피를 잡을 수가 없었어. 하지만 이렇게 말했지.

"제발 부탁이에요. 나처럼 불쌍한 계집애를 놀리지 마세요. 내가 여기 있는 게 방해가 된다면, 나는……."

"나가겠다는 거지? 그건 안 돼. 거기 그대로 앉아 있어. 내가 굳이 너를 혼내겠다는 게 아냐. 고자질하겠다는 것도 아니구. 너는 네 비밀을 나한테 얘기만 하면 돼. 나를 믿어. 비밀은 지킬 테니까. 뿐만 아니라 너를 도와 줄 거야. 우리 남편도 그럴 거야. 너만 도움받기를 원한다면. 너 도망쳐 나온 고용인이지? 그 정도 일로 뭘 그래, 조금도 나쁜 일이 아냐. 지독하게 혹사를 당해서 도망쳤구나? 자, 나한테 모든 걸 고백해 봐, 착한 애니까."

그래서 나는 말했지.

"더 이상 연극하지 않겠어요. 모든 것을 털어 놓고 홀가분해지고 싶어요, 아주머니도 약속을 어기면 안 돼요."

하고 말야. 그러고는 아빠도 엄마도 다 죽어 버려서 법이 명하는 바에 따라 큰 강에서 30마일 더 들어간 곳에 살고 있는 어떤 심술궂은 농사꾼 할아버지한테 매이게 되었다고. 그런데 그는 너무 지독하게 부려먹기 때문에 더 이상 참을 수가 없었다고. 그래서 그 영감이 이틀 동안 집을 비우게 되었기에 영감 딸의 낡은 옷을 몇 장 훔쳐 도망쳤다고. 30마일을 사흘 밤이나 걸려서 걸어왔는데 낮에는 숨어서 잠을 잤다고. 영감네 집에서 빵과 고기를 듬뿍 가지고 나와서 도중에 배는 안 곯았다고. 앱너 무어 삼촌이 틀림없이 보살펴 주리라고 생각해서 이 고센 마을로 찾아왔노라고. 대충 이런 식으로 말야.

"고센이라고? 여긴 고센이 아니야. 세인트 피터즈버그라는 곳이야. 고센은 10마일쯤 더 상류 쪽으로 가야 해. 그런데 누가 여길 고센이라고 가르쳐 주었지?"

"그, 저 오늘 아침 새벽녘에 만난 사람이 그랬어요. 그 사람이 길이 두 갈래로 갈라지는 데까지 가거든 오른쪽으로 가라고 5마일만 가면 고센에 도착한다고 일러주던걸요."

"술에 취한 사람이었던 모양이군. 정반대로 가르쳐 줬으니."

"그렇게 듣고 보니 술이 취했던 것 같아요. 하지만 아무래도 좋아요. 천천히 가노라면 날이 밝기 전에 고센에 도착하겠죠."

"잠깐 기다려. 간단히 도시락을 싸 줄 테니까. 도움이 될 거야."

그러면서 아주머니는 도시락을 주더니 이렇게 말하는 거야.

"이것 봐, 소가 누워 있다가 일어날 때 어느 쪽 다리부터 먼저 일으켜 세우지?"

"뒤쪽 다리요."

"그럼 말은?"

"앞다리요."

"나무의 어느 쪽에 이끼가 많이 돋아나지?"

"북쪽이요."

"경사진 언덕에서 열다섯 마리의 소가 풀을 뜯고 있다고 하자. 그 중에 같은 방향으로 머리를 둔 소가 몇 마리 있지?"

"열다섯 마리 전부요."

"됐어, 네가 시골서 살았다는 것은 정말 맞구나. 나는 또 그 얘기도 거짓말이 아닌가 생각했지. 그런데 네 진짜 이름은 뭐니?"

"조지 피터스예요."

"그래? 그걸 잊지 않도록 해야지, 조지. 나가기 전에 잊어버려 알렉산더라고 하지 않도록 조심해라. 그리고 말이다. 그 낡은 옷을 입고 여자 곁에는 가지 말아라. 그 여자 흉내는 서투르기 짝이 없어. 물론 남자는 속일 수 있을는지 모르겠다만. 알겠니? 바늘에 실을 꿸 때 말이다, 실을 움직이지 않게 하고 바늘을 가져가서는 안 돼. 바늘을 꼭 붙들고

실을 바늘구멍에 갖다 꿰야 해. 여자라면 으레 그렇게 하는 거야. 그런데 남자들은 언제나 그 반대야. 그리고 말이다, 생쥐한테든 누구한테든 물건을 집어던질 때는 발끝으로 일어서면서 손을 되도록 어색하게 머리 위로 쳐들고는 6, 7피트 정도 빗나간 곳에 던져야 해. 어깨 근처에 회전축이라도 있는 것처럼 팔을 뻗고 어깨를 사용해서 던지는 거야, 여자답게 말야. 사내애처럼 팔을 한쪽으로 내밀고 손목과 팔꿈치를 사용해서 던지면 안 돼. 알겠니? 여자애가 무릎 위로 물건을 받을 때는 무릎을 모으지 않는 법이야. 네가 바늘에 실을 꿰는 것을 보고 이건 사내애로구나 하고 알아챘지만, 그래도 좀 더 두고 보자고 생각해서 다른 일도 시켜 본 거야. 자, 이젠 됐으니까 아저씨한테 빨리 가봐라, 세라 메리 윌리엄스 조지 알렉산더 피터스야. 무슨 딱한 일이라도 생기면 주디스 롭터스 아주머니에게, 이건 내 이름이다, 연락해라. 할 수 있는 데까지 도와 줄 테니까. 강기슭 길로만 가야 한다. 이런 길을 떠날 때는 구두와 양말을 잊지 않도록 해야지. 강기슭은 자갈투성이라서 고센에 도착할 무렵이면 발은 아마 엉망이 돼 있을 거다.”

나는 둑을 따라 상류 쪽으로 50야드쯤 가다가 다시 길을 되돌려 아까 카누를 놓아 둔 자리로 살그머니 되돌아갔지. 올라타자마자 날쌔게 젓기 시작했어. 나는 우선 섬의 위쪽과 같은 방향이 될 때까지 계속 상류 쪽으로 올라가다가, 이번에는 강을 가로질러 건넜지. 사람의 눈을 속일 필요가 없어져서 밀짚모자는 벗어 버렸어. 강 한가운데까지 왔을 때 시계 치는 소리가 들리더군. 그래서 나는 노를 젓던 손을 멈추고는 귀를 기울였지. 그 소리는 강을 건너서 조그맣게, 그러나 분명히 들렸어. 열한 시였어. 섬 위쪽에 도착했을 때 나는 숨이 끊어지는 것 같았지만 숨을 돌리고 있을 새가 없었어. 전에 내가 천막을 쳤던 숲속에 뛰어들어

가서는 높고 잘 마른 곳을 골라 신나게 모닥불을 피우기 시작했어.

그러고는 다시 카누를 집어 타고 1마일 반쯤 하류에 있는 우리의 집을 향해 노를 저었지. 그리고 섬에 뛰어오르자 숲속을 달려 봉우리에 있는 동굴 속으로 뛰어들어갔지. 짐이 땅바닥에 누워 정신없이 자고 있더군. 흔들어 깨우면서 나는 소리쳤어.

"일어나, 짐. 정신 차려! 1분도 지체할 수가 없어. 우리를 쫓고 있단 말이야!"

짐은 아무 말도 묻지 않고 한마디도 지껄이지 않았지만, 그때부터 30분 동안 그의 동작을 보면, 그가 얼마만큼 겁을 먹고 있었는가를 똑똑히 알 수 있었어. 그 30분 동안 우리가 갖고 있는 모든 것을 전부 뗏목에 옮겨 실었고, 뗏목도 버드나무가 늘어진 후미진 곳에서 언제든지 밀어낼 수 있도록 만반의 준비를 갖췄으니까 말이야. 무엇보다도 동굴 속의 모닥불을 끄고, 그 다음엔 촛불빛이 밖으로 새어나가지 않도록 했어.

나는 카누를 기슭에서 약간 저어 나가 주위를 둘러보았지만, 설사 가까이에 보트가 있었다고 하더라도 보일 리가 없었어. 별과 어둠뿐이었으니까 말야. 우리 둘은 뗏목을 끌어내어, 어두운 그늘을 따라 몰래 저어서, 죽음처럼 고요한 섬 하단을 빠져 나갔지. 물론 한마디 말도 하지 않고 말야.

12

가까스로 섬을 벗어났을 때는 아마 밤 1시 가까이 되었을 거야. 정말 뗏목이 느리게 움직이는 기분이더군. 만약 보트가 왔다면 카누에 옮겨 타고 일리노이 주 기슭을 향해 내달릴 참이었는데 보트가 오지 않아 정말 다행이었어. 그도 그럴 것이, 우리는 카누에 총이라든가 낚싯줄 이라든가 음식 등을 실을 생각조차 못 했으니까. 그저 서둘러 나오기 바빠서 이것저것 생각할 겨를이 없었거든. 물건을 몽땅 뗏목에만 실은 것은 정말 생각이 부족한 탓이었어.

만약 그 아주머니와 두 사람이 섬에 갔다면 틀림없이 내가 피워 놓은 모닥불을 발견하고 짐이 돌아오기를 밤새 기다리겠지. 여하튼 이젠 우리와 상관없는 이야기가 되어버렸어. 혹시 내가 피운 모닥불에 걸려 들지 않았다 해도 그것은 내 탓이 아니겠지. 나는 가장 비열한 방법을 써보았을 뿐이니까.

동이 틀 무렵 우리는 일리노이 주 쪽 강둑 모래톱에 뗏목을 매놓고 는 도끼로 고리버들 가지를 잘라 위에 덮어 놓았지. 얼핏 보기에는 둑 이 무너진 것처럼 보였어.

미주리 주 쪽의 기슭은 우뚝 솟은 산이고 일리노이 주 쪽은 울창한 숲으로 되어 있었는데, 모래톱이 있는 곳은 미시시피의 수로가 미주리 주 쪽 기슭을 따라 흐르고 있어서 아무에게도 맞닥뜨릴 염려는 없었 어. 우리는 하루 종일 뒹굴면서 강을 오가는 뗏목이나 증기선을 바라 보았어. 나는 아주머니와 주고받은 얘기를 모조리 짐에게 해주었어. 그랬더니 짐은 어지간히 머리가 좋은 여자라고 하면서 그 여자가 만약 우리를 찾아 나섰다면 멍청히 앉아서 모닥불이나 지키고 있지는 않을 것이라고 말하더군. 분명 개를 끌고 왔을 거라고 말하는 거야. 그렇다 면 남편한테 개를 데리고 가도록 일렀을 게 아니냐고 내가 말했지. 남 편이 떠날 채비를 끝냈을 때나 그 생각이 떠올랐을 거야, 그래서 남편은 개를 구하기 위해 마을에 들어갔기 때문에 시간이 늦어진 거지, 그렇지 않았다면 우린 지금쯤 이 모래톱 위에서 이렇게 태평히 있을 수가 없지, 하고 말하는 것이었어. 잡히지 않은 이유야 아무러면 어때, 하면서 말야.

어두워지자 우리는 고리버들 덤불 사이로 강 상류와 하류, 강 건너를 살펴보았지. 눈에 띄는 것은 아무것도 없었어. 짐은 뗏목 위에 깔아 놓은 두꺼운 판자를 몇 장 뜯어 내어 그럴싸한 오두막을 만들었지. 뜨거운 햇빛과 비를 피할 수 있게 되었고, 물건을 젖지 않게 할 수 있었어. 짐은 이 오두막에다 마루를 만들고, 그것을 뗏목 높이보다도 1피트 이상이나 높였으므로 담요며 그밖의 물건들이 증기선이 일으키는 물결에 젖지 않도록 했지. 또 오두막 가운데에 높이 5, 6인치 가량 진흙을 쌓고 나무를 둘렀어. 날씨가 추울 때 불을 피우기 위함이었지. 그리고 여분의 노를 한 개 만들고 낡은 램프를 매달기 위해 두 갈래로 된 짧은 막대기도 세웠지. 강을 내려오는 증기선이 우리를 피해 가도록 하기 위해서였어. 하지만 상류 쪽으로 향하는 증기선은 우리가 이른바 '횡단 수로'라고 하는 곳에 있지 않다면 그럴 필요가 없었어. 강물이 아직 불어 있어서 낮은 둑이 조금씩 물에 잠겨 있었기 때문이지. 따라서 반드시 수로를 통해 가는 것이 아니라 물살이 약한 곳을 골라서 올라가곤 했으니까.

이틀째 되는 날 밤에 우리는 시속 4마일이 넘는 흐름을 타고 일곱 시간 이상을 흘러 내려갔을 거야. 고기를 낚기도 하고 이야기도 하면서, 가끔 졸음을 쫓기 위해 헤엄도 쳤지. 벌렁 드러누워 별을 보면서 엄청나게 크고 조용한 강을 떠내려간다는 것은 어딘가 좀 엄숙한 기분이 들더군. 큰 소리로 이야기를 할 마음도 들지 않고, 웃더라도 나지막하게 입속으로 웃게 되지. 대체로 날씨가 매우 좋아서 그날 밤도, 그 다음 날 밤도, 또 그 다음 날 밤도 달라진 일이라곤 하나도 없었어.

매일 밤 우리는 마을을 통과했는데, 그 중에는 시꺼멓게 보이는 언덕에서 반짝이는 한 점에 지나지 않는 곳도 있었어. 그런 마을에는 깜박이는 불빛만 보이고 집은 하나도 안 보였어. 닷새째 되는 날 밤에는 세인트 루이스에 2, 3만 정도의 인구가 밀집되어 있다고 듣긴 했지만 그 무수한 불빛의 바다를 이 눈으로 보게 될 줄이야 정말 몰랐었지. 밤 두 시쯤, 사방은 쥐 죽은 듯 조용했어.

매일 밤 열 시쯤, 우리는 몰래 어디든 마을에 내려 탄 보리나 베이컨, 그 밖의 음식물을 10센트나 15센트쯤 사기도 하고 때로는 잠들기 힘들어하는 닭을 훔쳐 오기도 했지. 아버지는 언제나 입버릇처럼 닭은 기회만 있으면 훔치라고 했어. 혹 내가 닭을 원하지 않아도 그걸 원하는 사람은 얼마든지 있다는 거지. 선심을 베풀면 사람들은 결코 잊지 않는다는 거야. 나는 아버지가 닭을 싫다고 하는 것을 본 적이 없었지만 아버지는 늘 그렇게 말하곤 했어.

아침에는 날이 새기도 전에 밭으로 기어 들어가 수박·참외·호박·옥수수 따위를 닥치는 대로 실례했지. 나중에 돈을 지불할 생각만 있으면 무엇을 실례해도 결코 나쁠 것은 없다고 아버지는 늘 말했거든. 하지만 과부댁은 그건 듣기에는 그럴듯하지만 결국 도둑질과 다를 바가 없다고 하면서 올바른 사람이 할 짓이 아니라고 하더군. 그러자 짐이, 과부댁의 말에도 일리가 있고 아버지 말에도 일리가 있다, 그러니우리가 취해야 할 가장 좋은 방법은 여러 가지 물건 중에서 두 가지 또는 세 가지만 골라, 그것들을 다시는 실례하지 않도록 하는 것이다, 그밖의 것은 실례해도 괜찮지 않겠느냐는 것이었어. 그래서 우리는 강을 따라 내려가면서 수박을 빼느냐 참외를 빼느냐 아니면 다른 무엇을 빼느냐를 결정하기 위해 밤을 새워 의논했지. 그러다 새벽녘에야 결론이 났는데, 결국 사과와 감을 빼기로 결정했지. 그때까지는 어딘가 꺼림칙한 기분이었지만 이것으로써 기분이 아주 개운해졌어. 결론을 내리고 보니 우리는 즐거웠던 거야. 왜냐하면 사과는 과히 맛있지 않고, 감은 아직 2, 3개월 있어야 먹게 될 테니까 말야.

세인트 루이스를 통과하고 나서 닷새째 되는 날 밤이었어. 한밤중이 지나자 어마어마한 태풍이 휘몰아쳤어. 천둥, 번개는 물론이고, 비가 억수같이 쏟아지더군. 우리는 뗏목 위의 오두막 안에서 모든 것을 뗏목에 맡겼지. 번갯불이 번쩍 하면서 앞에 곧게 뻗은 큰 강과 양쪽 기슭으로 깎아지른 절벽이 보이더군. 얼마 후에 나는 큰 소리로,

“이봐, 짐, 저걸 좀 봐!”

하고 외쳤어. 그게 말야, 뗏목이 바위에 부딪쳐 쓰러진 증기선을 향해 곧장 흘러가고 있었던 거야. 증기선의 상갑판 일부가 수면 위로 나와 있었고, 연통의 받침쇠줄 큰 종 옆에 있는 의자, 그 의자 등에 걸려 있는 낡은 중절모자까지도 번갯불이 번쩍일 때마다 선명히 보이는 것이었어.

한밤중에, 그것도 태풍 속에서 그야말로 신비로운 느낌이었지. 강 한가운데 애처롭고 쓸쓸하게 기울어져 있는 난파선을 보는 느낌, 사내애라면 누구든지 나같은 기분을 맛보았을 거야. 그런데 갑자기 나는 그 배 위에 무엇이 있는지 보고 싶어졌어.

“이봐 짐, 저기에 올라가 보는 게 어때?”

짐은 처음에 완강히 반대하면서 이렇게 말하는 거야.

“난파선에 올라가서 어물거리다니, 난 싫어. 지금 생활도 뭐 하나 부

러울 게 없잖아? 아쉬운 것이 없는데 쓸데없는 데까지 손을 댈 필요가
어딨어? 성경책에 쓰여 있는 대로 하는 거야. 게다가 저 난파선에 감시
인이 없으란 법이 없잖아?"

"감시인이라니? 말 같지도 않은 소리 하지 마. 감시한다 해도 고급
선원실과 조타실밖에 더 하겠니? 게다가 이런 밤에 선원실과 조타실
위에서 목숨을 걸 놈이 어디 있어? 언제 깨져 떠내려갈지도 모르는 것
을 말야."

그 얘기를 듣고 난 짐은 한마디 대꾸도 못 하고 입을 다물더군.

"게다가…… 선장실에서 뭔가 값나가는 것을 찾지 못하리란 법도
없지. 여송연은 틀림없이 있을 거야. 현금으로 한 개비에 5센트는 할
걸. 선장은 부자가 분명해. 한 달에 60달러는 받을 테니까. 선장은 말
야, 필요하다면 뭐든지 손에 넣을 수가 있어. 자, 양초를 챙겨. 나는 저
걸 한바탕 뒤져 보지 않고는 잠이 안 올 것 같다, 짐. 만일 톰 소여라면
말야, 이걸 가만두리라고 생각해? 절대 그냥 지나치지 않을걸. 그놈 같
았으면, 이게 바로 모험이라고 말했을 거야. 아마 그게 이 세상의 마지
막 구경이 되는 한이 있어도 저 난파선에 기어오를 게 틀림없어. 그것
도 폼을 재며 신바람이 나서 설치겠지. 천국을 발견한 크리스토퍼 콜
럼버스도 그랬었겠지. 아아, 톰 소여가 여기에 있었다면!"

짐은 약간 투덜거리면서도 결국 찬성했어. 꼭 필요한 말 외에는 절
대 말을 해서는 안 되고, 그것도 작은 목소리로 말하기로 했어. 마침 번
갯불이 번쩍 하면서 난파선이 보였는데 우리는 이때다 싶어 오른쪽 뱃
전의 기중기로 달려들어 뗏목을 잡아매었지.

왼쪽으로 기울어져 있는 갑판을 어둠 속에서 두 손을 벌려 더듬어
슬금슬금 선원실 쪽으로 걸어갔지. 이윽고 천창(天窓) 앞쪽 끝에 부딪

첬기 때문에 그 위로 기어올라 한 걸음 내디뎠더니 바로 선장실 문 앞
이었어. 그런데 문이 열려 있는 거야. 가만히 보니 선원실 훨씬 저편에
불빛이 보이고, 멀리서 사람들의 낮은 목소리가 들리는 것 같은 느낌
이 들었어.

짐은 내 귀에 대고, 정말 기분이 좋지 않다면서 되돌아가자고 속삭
였어. 나도 그렇게 하겠다고 하며 막 뗏목 쪽으로 되돌아가려고 했는
데, 바로 그때였어. 울먹이며 빌고 있는 사람의 목소리가 들려오는 거
였어.

"제발 부탁이다, 그만둬 줘. 절대로 지껄이지 않을 테니."

그러자 다른 목소리가 약간 거칠게 말하는 것이었어.

"거짓말 마, 짐 터너. 이게 처음인 줄 알아? 언제나 너는 네 몫보다
더 많은 것을 요구하고는 내놓지 않으면 불겠다고 협박을 하며 강요했
어. 하지만 이번만은 네 속임수에 속지 않을 거야. 너같이 심보가 나쁜
배반자는 미국 안에 또 없을 거다."

이때 짐은 이미 뗏목 쪽에 가 있었지만 나는 호기심이 발동해서 속
으로 톰 소여 같았으면 여기서 물러서지는 않을 거다, 그러니 나도 물
러설 수 없다, 일이 어떻게 돼 가는지 확인하고야 말 테다. 그래서 나는
복도에 엎드려서 뱃고물 쪽으로 기어갔지. 침실 하나가 더 있고 그 앞
은 선원실의 횡단 복도더군. 그런데 바로 그 선원실에 어떤 사나이가
손과 발이 묶인 채 마룻바닥에 뒹굴고 있는 것이었어. 그 옆에는 사나
이 둘이 버티고 서 있고. 한 사람은 손에 램프를, 다른 한 사람은 권총
을 들고 말야. 그런데 총을 든 사나이가 마루에 쓰러져 있는 사람의 머
리에 총구를 들이댄 채 말했어.

"너를 죽여 버리고 싶어! 그러는 게 당연해. 이 치사하고 더러운 놈아!"

마룻바닥에 쓰러져 있는 사나이는 바들바들 떨면서 말했어.

"이봐, 제발 부탁이야. 빌, 절대로 입 밖에 내지 않는다니까."

그 사나이가 얘기할 때마다 램프를 든 사나이는 웃고 있더니 이렇게 말하는 거였어.

"그럴 테지, 네놈은 밤낮 그랬으니까! 지금까지 한 말 중에서 이번이야말로 정말일 테지."

하고는 또다시 이렇게 말하는 거야.

"살려 달라는군. 만일 우리가 이놈을 이렇게 붙들어 매지 않았더라면 이놈이 우리를 해치웠을 거야. 이유는 간단해. 단지 우리가 권리를 주장했기 때문이야. 하지만 짐 터너, 설마 또다시 사람을 협박하지는 않겠지? 빌, 그 총을 치우지."

빌은 말했어.

"난 그럴 수 없어! 제이크 패커드, 난 이놈을 죽여 버려야 속이 시원하겠어. 이놈은 이런 식으로 햇필드 영감을 죽였단 말야. 죽어 마땅한 놈이야."

"하지만 이봐, 이놈이 죽는 꼴은 보고 싶지 않아. 다 이유가 있어서 그러는 거야."

"고마워, 제이크 패커드! 네 은혜는 평생 잊지 않겠다!"

마룻바닥에 쓰러져 있는 놈은 울면서 그렇게 말했어.

패커드는 거기엔 아랑곳하지 않고, 내가 있는 어둠 속으로 다가오더니 빌에게 오라고 손짓했어. 나는 바닥에 엎드린 채 2야드쯤 급히 뒤로 물러났지만 배가 기울어져 있어서 그렇게 빨리 움직일 수는 없었어. 우물쭈물하다가 붙잡히면 큰일이라 생각되어 얼른 위쪽 객실로 기어 올라갔지. 패커드는 어둠 속을 손으로 더듬으며 내가 들어와 있는 침실 앞까지 오더니 이렇게 말하더군.

"여기야, 이리로 들어와."

패커드가 들어서고 이어서 빌도 들어오는 거야. 하지만 나는 두 놈이 들어서기 직전에 이층 침대 위쪽으로 기어 올라가 있었지. 아슬아슬한 순간이었어. 나 있는 데까지 오는 게 아닌가 싶었지. 두 사람은 침대 모서리에 손을 얹으면서 이야기를 시작하더군. 모습은 보이지 않았지만 아까까지 마시고 있던 위스키 냄새로 어디쯤에 있는지는 대충 짐작이 갔어.

나는 위스키를 마시지 않길 잘했다고 생각했지만, 어쨌든 마셨든 안 마셨든 마찬가지였어. 왜냐하면 마음놓고 숨을 쉴 수가 없었으니까. 그 정도로 나는 꼼짝할 수가 없었던 거야. 게다가 그놈들의 이야기를 듣고 있으려면 누구나 그런 경우에 숨을 쉴 수가 없었을 거야. 둘은 낮은 목소리로 열심히 이야기를 나누고 있었어. 빌은 아무래도 터너를 죽이고 싶었던 모양이야.

"그놈은 밀고하고야 만다니까. 틀림없이 밀고할 거야. 이제 와서 우리 몫을 나눠 준다고 해도 마찬가지일 거야. 한바탕 싸우고 난 뒤끝이니까 말야. 그놈은 공범이라고 증언할 것이 뻔해. 자아, 내 말을 들어. 나는 그놈의 고통을 빨리 덜어 주는 편이 낫다고 생각해."

"그야 나 역시 마찬가지 생각이지."

"뭐라고? 난 또 네 생각은 그렇지 않은 줄 알았지. 그럼 됐어, 결론은 난 거야. 해치우자."

"잠깐 기다려. 아직 얘기가 끝난 것은 아냐, 알겠어? 쏴 버리는 것도 좋지만 이왕 해치우려면 좀 더 완벽하게 해야지. 만약 확실하면서도 위험이 따르지 않는 방법이 있다면 구태여 단두대에 모가지를 들이미는 어리석은 짓은 하지 않는 게 현명하다 이거야, 안 그래?"

"그야 당연하지. 하지만 어떻게 한다는 거야?"

"내 생각은 이래. 객실 안을 좀 더 뒤져서 아직 남은 물건을 죄다 모아 가지고 그것을 기슭까지 운반한 뒤 감춰 두는 거야. 그러고는 기다리는 거지. 두 시간만 있으면 이 난파선은 산산조각 나서 하류로 떠내려가고 말 테니. 안 그래? 그놈은 독 안에 든 쥐야. 그야말로 자기 탓이지 누구를 원망할 수도 없단 말이야. 그놈을 쏴 버리느니는 것보다 그렇게 하는 것이 훨씬 좋은 방법일 거라고 생각해. 난 말야, 사람을 죽이지 않아도 된다면 되도록 죽이지 않는 것을 좋아해. 죽인다는 건 현명하지도 않고 좋은 일도 아냐. 내 말이 틀렸어?"

"아냐, 틀린 말 같지 않아. 하지만 배가 산산조각 나서 떠내려가지 않으면 어떡하지?"

"어차피 두 시간은 기다려 볼 수 있는 문제 아냐?"

"좋아, 그럼 그렇게 하자."

그러고는 두 사람은 나가 버렸어. 난 온몸에 식은땀을 흘리며 그곳을 빠져 나와 뱃머리 쪽으로 기어갔지. 한 치 앞도 안 보였는데 나는 낮은 소리로,

"짐!"

하고 불렀어. 그러자 바로 곁에서 신음하는 듯한 목소리가 들려왔어.

"서둘러, 짐. 우물쭈물하고 있을 새가 없어. 저쪽에 살인자들이 있단 말야. 그놈들 보트를 찾아내 난파선에서 도망칠 수 없도록 떠내려 보내지 않으면 사람 하나가 죽게 돼. 하지만 그 보트를 찾아내면 놈들을 모조리 혼내 줄 수 있어. 보안관한테 붙잡히도록 말야. 자, 빨리! 서두르는 거야. 난 왼쪽을 찾아볼 테니까 넌 오른쪽을 찾아봐. 우선 우리 뗏

목이 있는 데부터 시작해서……."

"뗏목이라고! 오오, 하느님 맙소사! 이제 그 뗏목은 여기에 없어. 밧줄이 끊어져서 떠내려가 버렸어! 우릴 버리고 사라져 버렸어!"

13

하마터면 나는 정신을 잃을 뻔했어. 그런 살인자들과 함께 난파선에 갇혀 버린 신세라니!

하지만 불운을 탄식만 하고 있을 때가 아니었지. 이렇게 된 이상 어떻게 해서든 놈들의 보트를 찾아 그걸 타고 빠져 나가는 수밖에 도리가 없었어. 그래서 우리는 오들오들 떨면서 오른쪽을 향해 걸음을 옮겼지. 그렇게 하는 데 많은 시간이 걸려 뱃고물까지 가는 데 일주일은 걸린 것 같은 기분이더군. 그런데 보트는 보이지 않았어. 짐은 불안하고 초조해서 온몸의 힘이 싹 빠져 버렸다는 거야. 하지만 나는 말했지. 이 난파선에 남게 되는 날이면 만사가 끝장이 나고 마는 거라고. 그래서 다시 벌벌 떨며 기어서 나갔지.

선원실 뒤끝에 닿은 뒤, 천창 위의 쇠살문에 매달리며 간신히 앞으로 갔어. 그럴 수밖에 없는 것이 천창 끝은 이미 물속에 잠겨 있었거든. 횡단 복도 문 가까이 갔을 때였어. 바로 거기에 보트가 있는 게 아니겠어! 희미하게 보이긴 했지만 말야. 그야말로 감격스럽더군. 나는 당장 타려고 했지만 그때 문이 열리면서 놈들 중 하나가 머리를 내밀었어. 그런데 그게 우리와 불과 2피트 정도밖에 떨어져 있지 않은 거야. 난, 이젠 틀렸구나 하고 체념했지. 그런데 그놈은 다시 머리를 안으로 움츠리고는 이렇게 말하더군.

"빌, 그 램프를 보이지 않는 곳에 치워 버려."

그 사나이는 물건이 든 부대를 하나 보트에 집어 던지더니 자기도 거기에 타고는 자리를 잡고 앉았어. 그 사나이는 패커드였지. 다음에는 빌도 타더군. 패커드가 낮은 목소리로 말했어.

"준비 완료. 출발!"

나는 더 이상 쇠살문에 매달려 있을 수가 없을 정도였어. 그만큼 맥이 풀려 있었지. 그런데 빌이 말하는 것이었어.

"잠깐, 너 그놈의 몸을 뒤져 봤어?"

"아니, 넌?"

"뒤져 보지 않았어. 그럼 그놈은 자기 몫의 현금을 아직도 갖고 있다는 얘기야."

"그렇다면 같이 가자. 잡동사니만 챙기고 현금을 놔 두고 갈 순 없잖아?"

"그놈이 우리 목적을 알아채지 않을까?"

"그렇지 않을 거야. 하지만 안다고 해도 현금을 가져와야 돼. 자아, 따라와."

그래서 결국 두 사람은 다시 안으로 들어갔지. 문이 '꽝' 하고 닫히더군. 그쪽으로 배가 기울어져 있었거든. 눈 깜짝할 사이에 나는 보트에 올라탔어. 뒤이어 짐도 굴러 들어왔어. 나는 나이프를 꺼내 로프를 힘껏 끊었어. 보트는 난파선에서 스르르 물러나더군!

우리는 노도 젓지 않고, 말도 하지 않고, 제대로 숨도 쉬지 않았어. 그저 죽은 듯 조용히, 물결이 흐르는 대로 떠내려갔을 뿐이야. 외륜(外輪) 덮개 옆을 지나고 뱃고물을 벗어났지. 1, 2초쯤 지나자 보트는 벌써 난파선으로부터 100야드쯤 하류 쪽으로 내려와 있었어. 어둠이 난파선을 삼켜 버려 이제는 그림자도 보이지 않았어. 이젠 괜찮다, 우리는 그것을 분명히 느낄 수 있었어.

300 내지 400야드 가량 내려왔을 때, 선원실 문 근처에서 불빛이 반짝 하고 불꽃처럼 보였어. 그것으로 우리는 악당들이 보트가 없어진 것을 알아채고, 자기들도 이젠 짐 터너와 같은 처지에 놓이게 된 것을 깨닫기 시작했다는 것을 알 수 있었지.

얼마 후 짐이 노를 저어 우리가 잃어버린 뗏목을 뒤쫓기 시작했어. 이때 비로소 나는 그 사나이들의 일이 마음에 걸리기 시작했어. 지금까지는 그럴 여유가 없었는데, 살인자들이라고 하더라도 그런 처지에 놓이면 얼마나 당황할 것인가 하는 생각이 든 거야. 나라고 해서 앞으로 살인자가 되지 않는다는 보장은 없잖아. 그렇게 됐을 때 저런 봉변을 당한다면 대체 어떤 생각이 들까 하는 생각이 들더군. 그래서 짐에게 말했지.

"가다가 강기슭에 불빛이 보이면 그 불빛에서 100야드쯤 떨어진, 보트를 숨겨 두기 좋은 곳에 상륙하는 거야. 내가 어떻게든 말을 꾸며 누군가 난파선에 가서 그놈들을 구출하도록 한 다음, 법의 심판을 받게 해야겠어."

하지만 이 생각은 실패하고 말았어. 곧 또다시 태풍이 몰려왔기 때문이야. 게다가 이번 것은 전보다 훨씬 심했어. 비가 억수로 퍼붓는 통에 불빛 같은 것은 하나도 보이질 않았어. 우리는 불빛과 뗏목을 찾기 위해 계속 유심히 살피면서 맹렬한 기세로 강을 따라 내려갔어.

한참만에 비가 그쳤지만 구름은 여전히 하늘을 뒤덮고 가끔 번개가 치곤 했어. 그러다 한번 번쩍 하고 빛나는 순간, 검은 물체가 우리 바로 앞을 떠내려가고 있는 것이 보여서 그것을 향해 노를 저었지. 바로 우리의 뗏목이었어. 다시 그 위에 올라타니 정말 기쁘더군. 그때 오른편 아래쪽 기슭에 불빛이 하나 보이는 것이었어. 그래서 우리는 그리로 가기로 했지. 우선 악당들의 보트에 있던 물건을 우리 뗏목에 옮겨 실었어. 그야말로 산더미처럼 쌓이더군.

그러고는 짐에게 말했지. 이대로 물결을 타고 내려가다가 2마일쯤 왔다고 생각되는 곳에서 램프를 내달고, 내가 갈 때까지 기다리라고. 나는 보트를 타고 기슭의 불빛을 향해 저어 갔어. 가까이 가보니 언덕 중턱에 불빛이 서너 개쯤 더 보였어. 그건 마을이었던 거야.

나는 강기슭의 상류 쪽으로 다가가서는 젓기를 그만두고 흐름에 맡긴 채 보트를 몰고 갔지. 가까이 가보니까 그것은 두 척의 나룻배를 연결시킨 큰 나룻배 뱃머리 깃대에 매달아 놓은 램프 불빛이었어. 나는 여기저기를 둘러보았는데, 감시인이 뱃머리 쪽 받침대 위에 걸터앉아서 두 무릎 사이에 머리를 처박고 자는 것이 보였어. 나는 그의 어깨를 두서너 번 흔들고는 울기 시작했어.

사나이는 깜짝 놀라 얼굴을 들었지만 상대가 어린애인 것을 보자 입을 크게 벌려 하품을 하고 나서야 이유를 묻더군.

"아니, 어떻게 된 거냐? 울지 마라, 애야. 무슨 일이 생겼니?"

"아빠랑, 엄마랑, 누나랑, 그리고……."

거기까지 말하고는 난 엎드려 울었어.

"이것 봐, 무슨 일이냐? 그렇게 울지만 말고 말을 해. 사람이란 누구나 곤란한 일에 부딪히게 마련이야. 네 경우도 이제 다 잘될 거야. 아빠가 어떻게 됐다는 거니?"

"그게, 그게 말예요, 아저씬 이 배의 감시인이에요?"

"응, 그렇단다."

사나이는 약간 자랑스러운 듯이 말했지.

"나는 선장이자 선주이기도 해. 또 항해사이고 수로 안내인이고 감시인도 되거든. 때론 화물이 될 수도 있지. 나는 혼백이 된 짐 영감만큼 부자도 아니고, 그 사람처럼 아무에게나 거드럭거릴 수도 없고, 돈을 뿌리고 다닐 수도 없지만 —— 몇 번이나 내가 그 영감한테 말한 것처럼 —— 나는 그 영감과 신분을 바꿀 생각은 털끝만큼도 없어. 왜냐하면 말이다, 뱃사공 생활이야말로 나한테는 기막히게 어울리거든. 짐 영감이 당신의 재산을 몽땅 준대도, 아니 그 곱절을 준대도 마을에서 2마일이나 떨어진 곳에 말야, 아무 일도 일어나지 않는 그런 곳에서는 말야, 도저히 살 수가 없노라고 짐 영감한테 말해 주었지. 그리고 나는……."

나는 말을 가로막았지.

"모두들 곤경에 처해 있는데."

"누가 말야?"

"아빠랑 엄마랑 누나랑 미스 후커가 말예요. 아저씨가 나룻배를 가지고 거기까지 가주신다면……."

"거기라니, 어디 말이냐? 그 사람들이 어디에 있는데?"

"난파선 안에요."

"어느 난파선?"

"하나밖에 더 있어요?"

"뭐라고? 그럼 월터스콧 호 말이냐?"

"그래요."

"그것 참, 그런 곳에서 대체 네 가족은 뭘들 하고 있는 거니?"

"일부러 간 게 아녜요."

"그야 그럴 테지! 그것 참, 빨리 빠져 나오지 않으면 큰일날 텐데! 어쩌다가 그런 지경이 됐지?"

"간단해요. 미스 후커가 상류 마을로 사람을 만나러 왔었죠."

"으음, 부스 나루터로군. 그래서?"

"미스 후커가 부스 나루터로 사람을 만나러 왔다가 밤이 되어 돌아갈 때 미스 뭐라고 하는, 이름은 잊어버렸지만 아무튼 친구네 집에서 하룻밤 묵을 셈으로 검둥이 하녀를 데리고 말을 실어나르는 나룻배로 떠났어요. 그런데 키잡이 노를 잃어버려 그만 빙그르르 돌더니 2마일 가량이나 떠내려오다가 그 난파선에 부딪혀서 그 위로 솟구쳐 올라가고 말았지 뭐예요. 사공도 검둥이 하녀도 말도 모두 행방불명이 됐지만 미스 후커만은 어딘가를 붙잡고 난파선 위로 올라갔어요. 우리는 해가 진 다음 한 시간 가량 있다가 장사꾼들의 물건 나르는 배를 타고 내려왔는데, 워낙 어두워서 바로 앞에까지 가서야 난파선이 있다는 걸 알았죠. 그래서 우리도 부딪쳐 솟아오르고 말았어요. 하지만 우리는 모두 구조됐는데 빌 위플만은 아아, 그렇게 좋은 놈은 다시 없었는데! 내가 차라리 대신 죽어야 하는 건데. 정말이에요."

"한심한 일이로군! 원 세상에 이런 변이 있나. 그래서 너희들은 어떻게 했니?"

"우리는 살려 달라고 소리를 질렀지만 강폭이 너무 넓어서 아무에게도 들리지가 않았어요. 그래서 아빠가 어떻게 해서든지 기슭에 가서 구원을 청해야겠다고 했어요. 그런데 헤엄을 칠 줄 아는 사람은 나밖에 없기 때문에 내가 결단을 내려서 물속으로 뛰어들었죠. 미스 후커가 말예요, 곧 구원을 청할 수가 없으면 이곳에 와서 삼촌을 찾아라. 삼촌이 어떻게든 해주실 거라고 했어요. 나는 1마일쯤 하류 쪽에서 기슭으로 올라와 도와줄 사람이 없을까 하고 계속 찾았지요. 그런데 모두들 '뭐라고? 이런 밤에, 이렇게 물살이 센데? 그건 어림도 없는 얘기야. 발동선이 있는 곳에 가봐' 하면서 상대를 안 해주는 거예요. 그러니까 이제 아저씨가 가서……."

"아암, 가주고 말고. 내가 가야지. 하지만 말이다, 대체 돈은 누가 지불하지? 네 아버지가……."

"그런 건 걱정 없어요. 미스 후커가 다짐했어요. 혼백 삼촌이……."

"놀랐는걸! 미스 후커의 삼촌이라는 사람이 그분이란 말야? 그럼 좋아, 저쪽에 보이는 저 불빛을 목표로 가거라. 거기까지 가거든 서쪽으로 꺾어져. 그리고 4분의 1마일쯤 가면 목로주점이 있어. 거기 있는 놈들한테 짐 혼백네 집에 급히 좀 데려다 달라고 부탁을 해라, 사례는 짐이 지불한다고 말하고. 우물쭈물하면 안 돼. 짐한테는 긴급한 통지야. 짐한테 말야, 조카 따님은 네가 마을까지 당도하기 전에 이미 내가 무사히 구조했을 거라고 이야기해. 자아, 서둘러. 나는 이 모퉁이를 돌아서 곧 기관사를 깨워 올 테니까."

나는 그 불빛을 향해 걷기 시작하다가 그 사나이가 모퉁이를 돌자 곧 되돌아와 보트를 타고는, 안에 괸 물을 퍼내고 나서 강기슭의 물살이 약한 곳을 600야드쯤 저어 올라가 재목선(材木船) 사이에 숨어 들었지. 왜냐고? 나룻배가 출발하는 것을 내 눈으로 보기 전에는 안심이 안 됐으니까 말야. 어쨌든 그 악당들을 위해 이만큼 했다고 생각하니 기분이 좋더군. 그럴 수밖에 없는 게, 이만큼 고생하며 악당을 생각해 줄 사람은 또 있을 것 같지 않았으니까 말야. 과부댁한테 알려 주고 싶더군. 그런 건달들을 도와 준 나를 과부댁은 틀림없이 자랑스럽게 여기리라고 나는 생각해. 과부댁을 비롯해서 모든 착한 사람들이 제일 마음을 쓰는 것은 건달이라든가 미치광이들이니까.

그런데 말야, 그로부터 얼마 후에 그 난파선이 물에 떠내려오는 것이 희미하게 보이는 게 아니겠어? 오싹하고 전신에 몸서리가 쳐지더군. 나는 급히 그곳을 향해 노를 저었지만 배는 거의 꼭대기까지 물에 잠겨 있었어. 안에 살아남은 자가 없으리라는 걸 쉽게 알 수 있더군. 둘레를 한 바퀴 돌면서 조금 외쳐 보기도 했지만 아무 대답도 없고 죽은 듯이 조용하기만 했어. 그놈들을 생각하니 약간 마음이 괴로웠지만 뭐 대단치는 않았어. 그놈들은 자기 동료를 이런 식으로 해치우려고 했었으니까 말야. 나라고 해서 그렇게 하지 말라는 법은 없었거든.

그런데 이번엔 나룻배가 다가오더군. 나는 하류를 향해서 비스듬히 흐르는 긴 물살을 타고 강 한가운데를 향해 젓기 시작했지. 그러고는 안 보이리라고 생각되는 곳까지 왔을 때, 젓던 손을 멈추고 뒤를 돌아보았지. 그랬더니 나룻배가 미스 후커의 시체를 찾아 난파선 주위를 돌고 있는 게 보이더군. 혼백 삼촌이 그 시체라도 보길 원할 거라고 그 선장은 생각했겠지. 하지만 그 나룻배도 단념하고 기슭으로 뱃머리를 돌리더군. 나도 다시 내 일을 계속하기 위해 곧장 강 하류로 향했지.

짐의 불빛이 보이기까지 꽤 오랜 시간이 걸린 것 같았지만 여하튼 보이기는 보였어. 그런데 그게 아직 1,000마일쯤은 멀리에 있는 것 같더군. 거기까지 갔을 때 이미 동쪽 하늘이 희미하게 밝아오고 있었어. 우리는 섬이 눈에 띄었기 때문에 그리로 가서 뗏목을 감추고 보트는 물속에 잠기게 한 후 잠자리에 들었지. 죽음처럼 아주 깊은 잠이었어.

14

얼마 후 잠에서 깬 우리는 악당들이 난파선에서 훔쳐낸 물건들을 쏟아 보았지. 구두, 담요, 옷, 그밖에도 여러 가지가 있었는데 책이 많더군. 게다가 소형 망원경이 하나, 여송연이 세 상자나 됐어. 우린 이렇게 부자가 되어 보기는 생전 처음이었어. 담배는 그야말로 최고급이었지.

낮에는 숲속에서 하는 일 없이 이야기도 하고 나는 책을 읽기도 하면서 꽤 즐겁게 보냈어. 나는 짐에게 난파선에서 겪은 일과 나룻배 있는 데로 갔을 때 어떤 일이 있었는가를 이야기해 주고, 이런 것이 바로 모험이라고 말했더니 짐은 모험은 이제 지긋지긋하다고 고개를 설레설레 흔들었어. 짐의 얘기로는 내가 선원실 안에 들어가고 자기는 뗏목을 타려고 내려갔다가 뗏목이 없어진 것을 알았을 때, 그야말로 미칠 것 같은 기분이 들더라는군. 이제 자기는 끝장이라는 생각이 들더라는 거야. 구조받지 못하면 빠져 죽을 것이고, 구조를 받는다 해도 구조해 준 사람은 상금을 타기 위해 자기를 집으로 되돌려 보낼 것이고, 그렇게 되면 미스 왓슨이 남부에 팔아 넘길 것이 뻔하지 않냐면서. 정말 짐의 말이 옳았어. 짐의 말은 언제나 그럴듯해. 짐이라는 놈, 검둥이치고는 영리한 머리를 갖고 있거든.

나는 짐에게 임금님이라든가, 후작이라든가, 백작이라든가 그 밖의 것에 대해 잔뜩 읽어 주었지. 아주 멋진 옷을 입고 의젓한 행동거지로, 서로를 부를 때는 '아무개님' 하는 대신 '폐하'라든가 '각하'라든가 '예하'라고 부른다고 말야. 눈을 휘둥그렇게 뜨고 재미있게 듣고 있던 짐이 이렇게 말하는 것이었어.

"그렇게 득실거릴 만큼 많을 줄은 몰랐어. 카드에 그려진 임금님을 빼면 나는 솔로몬 대왕밖에 들은 일이 없거든. 그래 그 임금님이란 사람들은 월급을 얼마나 받지?"

"월급을 받는다고? 그야, 필요하다면야 한 달에 1천 달러라도 받겠지. 임금님이란 가지고 싶은 만큼 가질 수 있어. 모든 게 다 자기 거니까 말야."

"허어, 대단한데. 그런데 대체 무슨 일을 하는 거지?"

"아무것도 안 해! 전혀 모르고 있구나. 임금님은 그저 가만히 앉아만 있는 거야."

"거짓말 마. 정말 그렇단 말야?"

"정말이구말구. 그저 가만히 앉아 있는 거야. 전쟁이 일어났을 땐 예외겠지만 말야. 전쟁이 나면 싸움을 하러 나가거든. 하지만 보통 때는 빈둥빈둥 놀기만 하는 거야. 아니면 매 사냥을 가든지. 매 사냥을 하면서 그…… 쉿! 무슨 소리가 나지 않았어?"

달려나가 봤지만 훨씬 상류 쪽의 돌출부를 돌아서 올라가는 증기선의 타륜(역주 : 배의 키를 조종하는 손잡이가 달린 바퀴) 소리가 들릴 뿐, 다른 소리는 들리지 않았어. 그래서 다시 되돌아왔지.

"그렇다니깐."

하고 나는 말을 계속했어.

"그래서 따분해 못 견딜 지경이 되면 의회에 나가 소동을 벌이지. 모두가 제대로 하지 않는다고 하면서 모가질 자르지. 하지만 왕들은 대개 후궁 주변을 헤매고 있어."

"어디를 헤맨다고?"

"후궁 말야."

"후궁이 뭔데?"

"마누라들을 넣어 두는 데지. 너 후궁도 모르니? 솔로몬도 있었어. 그놈은 마누라가 백만 명이나 있었어."

"그래, 그래, 그랬다더군. 옳아, 그러고 보니 내가 잊고 있었군. 후궁은 기숙사를 말하는 거지. 어린애들 방은 시끄럽기 짝이 없겠군. 그런데도 말야, 솔로몬만큼 어진 사람은 지금껏 없다고들 하던데, 난 그게 아무래도 믿어지질 않아. 왜냐하면 말야, 어진 사람이라면 그렇게 시끄러운 곳에서 살고 싶어하겠어? 어림도 없지. 어진 사람이라면 차라리 보일러 공장을 세우는 편이 낫지 않아? 보일러 공장이라면 말야, 한잠 자고 싶을 때는 공장을 쉬게 할 수도 있잖아?"

"하지만 솔로몬은 역시 제일 현명한 사람이야. 과부댁이 직접 나한테 그렇게 가르쳐 줬는걸."

"과부댁이 뭐라고 했던 난 상관할 바 아냐. 솔로몬은 역시 똑똑한 사람이 못 돼. 그 따위 벌받을 일만 한 사람을 난 본 일이 없거든. 솔로몬이 어린애를 둘로 자르려고 한 이야기, 넌 모른단 말이니?"

"오오, 과부댁이 모두 얘기해 주더군."

"그런 엉뚱한 생각이 세상에 어디 있겠어? 생각 좀 해봐. 저기에 나무 그루터기가 있지. 저것이 한쪽 여자야. 여기에 네가 있어. 네가 다른 한 여자라고 하고 내가 솔로몬이라 하자. 그리고 이 1달러짜리 지폐가 어린애야. 너희들 둘이 서로 그 돈은 내거라고 우겨 대고 있어. 난 어떡하면 좋지? 이웃 사람들을 찾아다니며 이 돈이 정말 누구 것인가를 확인해 보고, 주인에게 그 지폐를 건네 줘야지? 사리에 밝은 사람이라면 당연히 그렇게 해야지! 그런데 그게 아니라, 나는 그 지폐를 절반으로 찢어 반은 너한테, 나머지 반은 저쪽 여자한테 줘 버렸어. 솔로몬은 어린애를 그런 식으로 하려 했던 거야. 절반짜리 지폐가 무슨 소용이 있겠어? 뭐 한 가지 살 수도 없잖아? 마찬가지로 절반으로 동강낸 어린애가 무슨 소용이 있어? 그런 것은 백만 개가 있대도 아무 소용도 없는 거야."

"곤란하군, 짐. 네 얘기는 말도 안 되는 소리야. 틀려도 한참 틀렸단 말야."

"누가? 내가? 터무니없는 소리 하지 마. 나한테 당치도 않은 얘기는 하지도 말라구. 이치라는 건 보면 알아. 그런 짓을 하는 것은 이치에 맞지 않아. 일을 해결하는 것은 반쪽 어린애가 아니라 성한 어린애야. 그걸 반쪽 어린애로 해결하려는 놈은 비가 쏟아질 때 처마 밑에 들어가면 피할 수 있다는 것조차 모르는 돌대가리들이야. 솔로몬 이야기 따윈 난 듣고 싶지도 않아, 헉. 그런 사람에 대해선 뭐든지 다 알고 있으니까."

"하지만 역시 너는 요점에서 벗어났단 말이다."

"요점이 뭔데? 난 알 만한 것은 다 알고 있어, 알겠어? 정말 요점은 좀 더 밑바닥에 있는 거야. 좀 더 깊은 곳에 말야. 그건 바로 솔로몬의 성장 과정에 있어. 어린애를 하나나 둘밖에 가지지 못한 사람을 생각해 봐. 그런 사람들이 어린애를 함부로 다루겠어? 설마 그러지 않을 테지. 그럴 수가 없는 거야. 어린애가 얼마나 소중한지를 알고 있을 테니까 말야. 하지만 500만이나 되는 어린애가 집 안에 들끓고 있는 사람의 경우는 이야기가 달라져. 그런 사람은 어린애를 고양이처럼 둘로 자르는 것쯤 큰 문제가 아냐. 그 애가 아니라도 얼마든지 있으니까 말야. 어린애 한둘이 늘어나든 줄어들든 솔로몬에게는 조금도 타격이 아니다, 그 말이야. 그 천벌을 받아 마땅할 놈이 말야!"

이런 검둥이를 나는 본 일이 없어. 일단 이거다, 하고 생각한 것은 끝까지 그렇다고 생각하는 거야. 이렇게 날카롭게 솔로몬을 공격하는 검둥이를 나는 처음 봤어. 그래서 나는 다른 임금님 이야기를 하기로 하고 솔로몬 얘기는 슬그머니 그만두었지. 나는 오래전에 프랑스에서 교수형을 당한 루이 16세 이야기를 하고, 그의 아들 돌핀 황태자 얘기를 하면서 황태자는 붙잡혀서 감옥에 갇혀 죽어 버렸다고 말하는 사람들도 있다고 얘기했지.

"불쌍하게도."

"하지만, 더러는 그 아들이 탈옥하여 미국으로 건너왔다고 말하는 사람들도 있어."

"그거 잘됐군! 하지만 좀 쓸쓸하겠는걸. 여기엔 임금님이 없으니까 말야, 헉?"

"응."

"그렇다면 일자리도 없을 테고, 어떻게 살아가고 있는 거지?"

"글쎄, 나도 모르지. 그 중에는 경찰에 들어가는 자도 있고 프랑스 말을 가르치는 자도 있지."

"뭐라고? 헉, 그럼 프랑스 사람은 우리하고 같은 말을 지껄이는 게 아니란 말이니?"

"그래, 우리하고 달라, 짐. 너는 프랑스 사람이 하는 말은 한마디도 알아듣지 못할 거야. 단 한마디도 말야."

"허어, 그것 참! 어째서 그렇지?"

"나도 모르지. 하지만 어쨌든 그렇게 됐어. 나는 프랑스 말을 약간 책에서 배웠어. 누가 너한테 와서 말이다, '폴리 브 프랑치'라고 말한다면, 넌 어떻게 할 거니?"

"어떻게 하긴. 그놈의 머리통을 박살내 주지. 그게 만일 백인이 아니라면 말야. 나한테 검둥이가 그 따위로 입을 놀린다면 용서할 수가 없지."

"딱한 노릇이군. 그건 너에게 욕하는 게 아냐. 너는 프랑스 말을 할 줄 아느냐고 물었을 뿐이야."

"그렇다면 왜 그렇게 묻지 않고?"

"아니, 그렇게 말하고 있는 거야. 프랑스 사람은 그 이야기를 그렇게 하는 거야."

"별난 말이 다 있군. 그런 말은 더 듣고 싶지 않아. 의미고 뭐고 없잖아?"

"고양이가 우리하고 똑같이 말해?"

"아니, 고양이는 다르지."

"그럼 소는?"

"소도 다르지."

"그럼 고양이는 소하고 똑같이 말해? 아니면 소가 고양이와 똑같이 말해?"

"아니, 안 그래."

"그것들이 서로 다르게 얘기하는 것은 당연하다고 생각하지?"

"그야, 당연하지."

"그렇다면 고양이나 소가 우리하고 다르게 지껄이는 것은 당연하다고 생각하지 않아?"

"그야…… 이것 봐, 뻔한 일 아냐."

"그렇다면 프랑스 사람이 우리와 다른 말을 쓰는 것은 당연한 얘기가 아니란 말야? 응? 어때?"

"고양이가 어디 사람이야?"

"아니지."

"그렇다면 고양이가 사람과 같지 않은 것은 당연하잖아. 소가 사람이야? 또, 소가 고양이야?"

"아니, 소는 사람도 고양이도 아니지."

"그러니까 소와 고양이가 사람과 같은 말을 할 리 없잖아. 프랑스 사람은 사람이야?"

"그렇구말구."

"그럼 됐군. 빌어먹을 도대체 프랑스 사람들은 어째서 사람처럼 말하지 않는 거야? 자아, 대답해 봐!"

나는 아무리 얘기해 봤자 소용이 없으리라는 걸 알았어. 검둥이에게는 토론이라는 것을 가르칠 수 없는 거다, 그렇게 생각하고 나는 그만뒀지.

15

사흘 밤만 더 가면 일리노이 주의 남단에 있는 케이로에 도착할 수 있으리라고 판단했어. 오하이오 강이 흘러드는 곳인데 바로 우리가 목표로 하고 있는 곳이었지. 거기에 도착하면 뗏목을 팔고 발동선을 타고는 북으로 올라가 자유주에 파묻혀 버리는 거지. 그렇게만 되면 귀찮은 일에서 깨끗이 탈출할 수 있다는 계산이었지.

그런데 이튿날 밤이었어. 안개가 자욱해서 뗏목을 붙들어 맬 모래톱을 찾아 기웃거리고 있었지. 안개 속을 빠져 나가려 해봤자 무리였으니까 말야. 그래서 내가 뗏목 밧줄을 붙들고 카누를 타고 앞서 가 보았지만 그 일대는 어린 나무들밖에 없었어. 깎아지른 듯한 절벽 언저리에 돋아난 어린 나무에 밧줄을 감았지만, 물살이 세서 나무가 뿌리째 뽑혀 뗏목이 그대로 흘러 내려가고 말았어. 안개는 점점 짙어지고, 나는 가슴이 답답해질 만큼 당황해 꼼짝도 할 수 없을 지경이었어.

카누를 타고 나는 모래톱을 따라 뗏목 뒤를 전속력으로 뒤쫓았지. 거기까진 좋았는데 그 모래톱이 60야드도 되지 않는 것이었어. 그곳을 벗어나는 순간 사방은 자욱한 안개뿐이어서 대체 내가 어디를 향해 나아가고 있는 건지 전혀 분간할 수가 없었어. 나는 생각했지.

'이건 저어 봤자 소용없겠구나, 눈 깜짝할 사이 기슭이나 모래톱에 부딪힐지도 모를 일이야.'

그래서 나는 가만히 앉아 떠내려가는 대로 맡겨둘 수밖에 없었어. 하지만 이런 때 가만히 있어야 한다는 것은 정말 초조하고 안타까운 일이야. 나는 크게 '야호!' 하고 소리를 지르고는 귀를 기울였지. 그러자 훨씬 아래쪽 어디에선지 '야호!' 하고 소리지르는 것이 들렸어. 나는 기운을 되찾아 그 소리를 향해서 열심히 저어 가면서 계속 귀를 기울였지. 그랬더니 또 한 번 들리는 거야. 그런데 나는 그 소리 쪽으로 가고 있는 것이 아니라 그보다 훨씬 오른쪽을 향해서 젓고 있다는 것을 깨달았어. 그 다음에 들렸을 때는 훨씬 왼쪽으로 빗나가고 있었지. 그러니 도무지 거리가 좁혀지지 않는 거야. 내가 오른쪽으로 왼쪽으로 왔다갔다하는 동안 저쪽에서는 계속 떠내려가고 있을 테니 그럴 수밖에.

짐이 양철 냄비를 두드려서 나를 줄곧 인도해 주었으면 하고 생각하는데 그 바보 같은 놈은 영 머리가 돌지 않더군. 게다가 '야호' 하고 외치고 나서 다음에 소리가 들릴 때까지는 너무나 조용해서 참 난처했어. 하지만 나는 버텼지. 그랬더니 곧 다시 '야호' 하는 소리가 들렸는데, 어렵쇼, 그게 바로 내 뒤에서 들려오는 거야. 그래서 난 갈피를 잡을 수가 없었어. 짐이 아닌 다른 누군가가 외친 것인지, 아니면 내 방향이 바뀐 것인지…….

나는 노를 팽개치고 젓기를 그만뒀지. 그러자 또다시 외치는 소리가 들리더군. 그건 여전히 내 뒤쪽이었는데 아까하곤 방향이 좀 달랐어. 목소리는 계속 들려왔지만 그때마다 방향이 달라지는 거야. 나도 함께 외치며 거기에 호응했는데 그러는 동안 다시 앞에서 들려오더군. 그래서 나는 물살에 밀려 카누의 뱃머리가 다시 하류 쪽으로 향한 것을 알 수 있었지.

'저 외치는 사람이 다른 뗏목의 사나이가 아니라 짐이라면 좋을 텐데.'

하고 나는 생각했어. 안개 속에서는 목소리를 도무지 구별할 수가 없어. 안개 속이라는 건 말야, 뭐든지 이상하게 보이고 이상하게 들리게 마련이거든. 외치는 소리는 그 후로도 계속 들렸지만 1분쯤 후에 나는 유령처럼 큰 나무가 몇 그루씩 서 있는 절벽을 향해서 무섭게 떠밀려갔어. 물살은 나를 '휙' 하고 왼쪽으로 내몰더니 물속에 잠긴 나무들 사이로 쏜살같이 흘러갔지. 물속에 잠긴 나무에 부딪히며 어찌나 요란한 소리를 내던지 물살이 얼마나 빠른지 알 수 있었어.

잠시 후에는 또다시 사방이 하얗고 조용하기만 했어. 나는 가만히 앉아 심장이 뛰는 소리를 듣고 있었지. 숨 한 번 들이쉴 때, 백 번은 두근거리는 것 같았어.

나는 단념했지. 뭐가 어떻게 되는 건지 알 수가 없었어. 아까 그 깎아지른 듯한 절벽은 섬이었고 짐은 섬 저쪽으로 가버린 거야. 섬에 울창한 숲이 있었던 걸로 봐서 흐름을 타고 10분 정도에 지나쳐 버릴 수 있는 모래톱이 아니야. 길이가 5, 6마일에 폭이 반 마일 이상은 될는지도 몰라.

나는 소리를 내지 않고 귀를 기울인 채 한 15분 동안 그러고 있었던 것 같아. 한 시간에 4, 5마일의 속도로 떠내려오고 있었겠지만 그런 게 머리에 떠오를 리 없었어. 마치 물 위에 꼼짝 않고 떠 있는 것 같은 느낌이 들었어. 물에 잠긴 나무가 번개같이 옆을 스쳐가는 것을 보면서 내가 그렇게 빠른 속도로 흘러가고 있다는 것은 모르고, 그저 나무들이 무섭게 빨리 흘러가는구나, 하고 생각하게 되더란 말야. 깊은 밤중 자욱한 안개 속에서 이렇게 혼자 있는 것이 얼마나 외롭고 쓸쓸한 건지, 그렇게 생각하지 않는 사람은 한번 시험삼아 해보는 것이 좋을 거야. 곧 알게 될 테니까.

그리고 30분 동안 가끔 '야호' 하고 외치곤 했는데 마침내 훨씬 먼 곳에서 대답하는 소리가 들리길래 나는 그 뒤를 쫓기 시작했지. 그런데 실패하고 말았어. 나는 모래톱이 몰려 있는 한가운데에 있었던 것 같아. 때로 그 사이에 좁은 수로도 있고 내 양쪽편에 모래톱의 모습이 희미하게 여기저기 보였거든. 수로는 눈에 보이지는 않아도 둑에 걸려 있는 마른 나뭇가지와 쓰레기에 부딪치는 물소리로 알 수 있었지.

이렇게 모래톱 사이에 갇혀 버렸기 때문에 외치는 소리는 들리지도 않았어. 게다가 나도 소리 뒤를 그렇게 언제까지나 뒤쫓을 생각은 없었어. 그건 정말 도깨비불을 뒤쫓는 것보다 더 꺼림칙한 일이었거든. 소리가 그렇게 여기저기 옮겨다니고, 재빨리 장소를 바꾸는 것은 나도 정말 처음 경험했어.

강이 만들어 놓은 섬에 부딪히지 않으려고 힘껏 노를 저어 둑으로부터 카누를 떼어 놓은 것이 너댓 번은 있었어. 그러고 보면 짐이 타고 있는 뗏목도 간혹 둑에 부딪혔을 거야. 아니면 훨씬 더 앞쪽에 있어 목소리가 들리지 않는 건지도 모르고. 이쪽보다는 좀 더 빠른 속력으로 흘러가고 있을 테니까.

얼마 후 나는 넓은 곳으로 나온 것 같았는데 이젠 어디서도 외침 소리는 들려 오지 않았어. 어쩌면 짐이 물에 잠긴 나무에 부딪혀서 빠져 죽은 것은 아닐까, 하고 나는 생각했어. 아주 녹초가 되어 버린 나는 카누에 벌렁 누우며, 에라 될 대로 되라고 중얼거렸지. 물론 자고 싶지는 않았어. 하지만 졸음이 쏟아져서 도저히 참을 수가 없었어. 그래서 잠시 선잠이라도 자야겠다고 생각했지. 그랬던 것이 눈을 떴을 때는 안개가 사라져 별이 반짝이고 있는 거야. 보트는 뱃고물을 앞으로 하고는 강굽이를 무서운 기세로 흘러 내려가고 있었어. 처음에는 내가 어디에 있는지도 알 수 없어서 꿈을 꾸고 있는 게 아닌가 했지. 여러 가지 일이 생각난 뒤에도 가물가물한 게, 마치 한 일주일쯤 전의 일처럼 생각되는 거야.

여기서부터 강은 어마어마하게 커지고 양기슭에는 엄청나게 큰 나무들이 빽빽이 늘어서 있었어. 별빛에 보니 마치 벽과도 같았어. 하류쪽을 내다보니까 물 위에 까만 것이 떠 있는 게 보이더군. 나는 그 뒤를 쫓았지. 다가가 보니 그건 통나무가 두 개 얽어져 있는 것이었어. 또 다른 검은 물체가 보여서 그것도 뒤쫓았지. 그러다가 또 하나 다른 것이 보였는데 이번에는 내 짐작이 맞았어. 그게 바로 우리 뗏목이었어. 가보니까 짐은 무릎 사이에 머리를 파묻고 앉은 채로 잠이 들어 있더군. 오른쪽 팔을 키잡이 노에 걸쳐 놓고 말야. 다른 노 하나는 부러져 나가고, 뗏목 위에는 나뭇잎과 나뭇가지, 그리고 흙 따위가 어수선하게 흩어져 있었어. 뗏목도 여기까지 오기가 수월치 않았다는 증거였어.

나는 카누를 뗏목에다 매고는 뗏목으로 기어 올라가 짐 옆에 누워 하품을 하고 주먹이 짐에게 닿도록 기지개를 켜면서 이렇게 말했지.

"이봐, 짐. 내가 잠이 들었던 모양이지? 왜 깨우지 않았어."

"어이쿠, 깜짝이야! 너 헉 아니니? 그래 너 죽지 않았구나! 빠져 죽은 줄 알았어. 이거 꿈 아니지? 정말 헉이니? 정말 네가 죽지 않았구나! 너, 살아서 피둥피둥해 돌아왔구나. 전과 다름없는 헉이야. 고맙다, 분명 헉이야!"

"너, 대체 왜 이러는 거니, 짐? 술이라도 마셨니?"

"내가 술을 마셨다고? 내가 술 마실 여유라도 있었는 줄 아니?"

"그럼, 어째서 그런 뚱딴지 같은 소리를 하는 거야?"

"내 얘기가 어디가 뚱딴지 같다는 거야?"

"어디가라니? 너, 생각해 봐. 내가 돌아왔느니 어쨌느니 하고, 마치 지금까지 여기 없었던 것처럼 말하지 않았어?"

"헉, 헉 핀. 내 눈을 봐, 내 눈을 똑똑히 쳐다 보란 말이야. 너 정말 아무 데도 가지 않았었니?"

"가다니? 대관절 지금 무슨 소릴 하는 거야? 난 아무 데도 간 적이 없어."

"이것 봐, 뭔가 잘못됐어. 분명히 잘못됐어. 그걸 알고 싶어."

"그래 넌 여기에 있잖아. 하지만 짐, 넌 머리가 어떻게 잘못된 바보라고 생각해."

"내가 말야? 묻겠는데 대답을 해봐. 넌 모래톱에 뗏목을 매기 위해 카누를 타고 밧줄을 가지고 떠난 게 아니었어?"

"아니 안 갔어. 모래톱? 모래톱이라니, 난 보지도 못했어."

"모래톱을 보지 못했다고? 이봐, 그 밧줄이 풀어져서 뗏목이 강으로 떠내려가고, 넌 카누에 탄 채 안개 속에 남았던 일이 없었어?"

"안개라니? 무슨 안개?"

"무슨 안개라니. 밤새껏 소용돌이치던 그 안개지. 네가 '야호' 하고 외치고 나도 외치고, 그러는 동안에 양쪽 모두 섬 사이에서 갈팡질팡 방향을 잃고 미아처럼 헤맸지. 나는 이쪽저쪽 섬에 부딪혀서 몇 번이나 죽을 뻔했어. 그렇지 않아? 그렇지 않았어? 자아, 대답해 줘."

"그건 말야, 짐. 난 모르는 일이야. 나는 안개도 못 봤고, 섬도 못 보았지. 골치 아픈 일도 없었고, 아무런 일도 일어나지 않았어. 나는 여기에 앉아서 말야, 밤새 너랑 이야기를 하다가 10분 전에 네가 잠이 들어버리더라구. 그래서 나도 뒤따라 잠이 들었던 것으로 생각되는데. 그 사이 네가 술이 취했을 리도 없고, 그렇다면 너는 꿈을 꾼 모양이로구나."

"엉터리 같은 소리 말아! 10분 동안 무슨 꿈을 그렇게 많이 꾼단 말야."

"뭐라고 하든 간에, 역시 너는 꿈을 꾼 게 틀림없어. 네가 말한 그런 일은 한 가지도 일어나지 않았으니까 말야."

"그렇지만 헉, 그건 모두 분명히……."

"아무리 분명하다고 해도 역시 변함없어. 네가 말한 것 같은 일은 하나도 없었어. 나는 줄곧 이곳에 앉아 있어서 분명히 알고 있어."

짐은 한 5분 동안 아무 말도 않고 앉아서 골똘히 생각에 잠겨 있었어. 그러다가 불쑥 이렇게 말하더군.

"그럼 역시 내가 꿈을 꾸고 있었군. 헉, 그런데 정말이지 지독한 꿈이었어. 그렇게 지독한 꿈은 정말 처음이야. 이번처럼 나를 피곤하게 만든 꿈은 정말 처음이라니깐.”

“그건 조금도 이상할 거 없어. 꿈도 역시 다른 일과 마찬가지로 때로는 힘들고 고될 때가 있지. 하지만 이번 네 꿈은 정말 굉장했구나. 짐, 어디 자초지종을 얘기해 봐.”

결국 짐은 그때까지 일어난 일을 그대로 얘기 해주었어. 이야기가 적잖이 과장되긴 했지만 말야. 짐은 그 꿈이 분명 어떤 계시라고 하면서 ‘해몽’을 하지 않으면 안 된다고 했어. 첫 번째 모래톱은 우리에게 뭔가 좋은 일을 해주려는 사람을 나타내고 있고, 물결의 흐름은 그것으로부터 우리를 떼어 놓으려는 또 하나의 인간이다. ‘야호!’ 하고 외친 그 목소리는 때때로 우리에게 계시가 있다는 것을 알려 주는 것인데, 만약 우리가 그 계시의 뜻을 열심히 풀지 않으면 모처럼 계시가 있더라도 재난을 피할 수 없게 되어 그 속에 빠져들게 되고 만다. 그 터무니없이 많던 모래톱 덩어리는 싸움을 좋아하는 놈이라든가 온갖 성미가 나쁜 놈들과 시비를 벌이게 된다는 뜻인데, 우리가 남의 일에 개입하지 않고 말대꾸도 하지 않고 그놈들을 화나게 하지도 않으면 어떻게든 그 고비를 벗어나 안개를 헤치고 넓은 강으로 나올 수 있다는 뜻이다. 그것은 즉 자유의 땅을 뜻하는 것으로 이젠 시끄러운 일도 생기지 않으리란 이야기가 된다.

내가 뗏목에 올라갔을 때는 구름이 끼어서 꽤 어두웠는데 지금은 다시 점점 걷혀 제법 밝아졌어.

“그럴듯하군, 짐. 거기까지는 적당히 해몽이 됐는데. 하지만 이건 대체 무슨 뜻일까?”

그렇게 말하고서 나는 뗏목 위의 나뭇잎과 검부러기, 그리고 부러진 노의 흔적들을 손으로 가리켰지. 이미 그것들도 확실히 보일 만큼 밝아져 있었거든.

짐은 그 검부러기를 보고, 그 다음 나를 보고, 또다시 검부러기 쪽으로 눈을 돌리는 것이었어. 꿈이었다는 생각이 머리에서 쉽게 떠나질 않아서 그 생각을 떨쳐 버리고 사실과 대체하는 일이 쉽게 이루어지지 않는 것 같은 모습이었어. 하지만 사태의 경과를 정리하고 나자, 웃지도 않고 나를 물끄러미 바라보면서 이렇게 말하는 거야.

"이게 무엇을 뜻하느냐고 물었지? 자, 가르쳐 줄게. 내가 일을 하기도 하고 너를 부르기도 하다가 그만 지쳐 잠이 들었을 때는 네가 없어졌기 때문에 가슴이 찢어질 것 같았어. 나하고 뗏목은 어떻게 된대도 상관없다고 나는 생각했지. 그러다가 눈을 뜨니까 네가 무사히 돌아와 있는 게 아니겠어? 나는 눈물 나도록 고마워서 무릎을 꿇고 네 발에 키스를 할 정도였어. 그런데 네 생각은 어떻게 거짓말을 꾸며서 짐을 골려 줄까, 그것이 전부였던 거야. 저기 있는 검부러기는 말야, 쓰레기야. 쓰레기란 말야, 친구 머리 위에 흙탕물을 끼얹어 부끄럽게 만들려는 인간을 말하는 거야."

짐은 천천히 일어나더니 오두막께로 걸어가서는 말 한마디 없이 그 속으로 들어갔어. 하지만 그것으로 충분했어. 나는 내 근성이 아주 비열하게 느껴져서, 만일 돌이킬 수만 있다면 내 편에서 짐의 발에 키스를 해주어도 괜찮다는 심정이었어.

검둥이에게 사죄를 하러 갈 결심이 생기기까지는 15분은 걸렸어. 하지만 나는 결정했어. 나중에도 나는 그 일을 후회한 적이 한 번도 없어. 이 일이 있은 후로 나는 두 번 다시 짐에게 하찮은 장난을 하지 않았지. 만약 짐에게 그런 충격을 줄 거라 생각했다면 그런 장난은 하지 않았을 거야.

우리는 하루 종일 자고 어두워진 후에야 괴물같이 긴 행렬을 이루며 떠내려가는 기다란 뗏목의 뒤를 조금 떨어져서 따라갔어. 양쪽 끝에 기다란 키잡이 노가 네 개씩이나 달려 있는 것만 봐도 그 규모를 짐작할 수 있었는데, 30명쯤은 타고 있지 않을까 생각되더군. 위에는 커다란 오두막이 다섯 개나 충분한 간격을 두고 세워져 있었는데, 한가운데 모닥불이 있었고 앞뒤에는 각각 한 개씩 높다란 깃대가 달려 있었어. 정말 대단하고 멋진 뗏목이었어. 그런 뗏목의 사공이 되면 멋질 것 같더군.

우리는 흐름을 따라 완만한 만곡부 쪽으로 들어섰는데 밤하늘이 흐려지고 무서워지기 시작했어. 강은 점점 더 넓어지고 양쪽 기슭에는 나무숲이 마치 벽처럼 울창했지. 틈새라고는 없어서 불빛 하나 보이지 않았어. 우린 케이로의 마을에 대해 이야기를 하면서 그곳에 도착했을 때 알아볼 수 있을까 걱정했지.

나는 모르고 지나칠지도 모른다고 말했어. 그도 그럴 것이 케이로에는 집이 열두 채밖에 없다는 얘기를 듣고 있었거든. 그러니 만약 불빛이 켜져 있지 않다면 설사 마을 옆을 지난다고 한들 어떻게 그걸 알 수 있느냐 말야? 그랬더니 짐은 큰 강이 두 개 합쳐지는 곳이라니까 그것으로 알 수 있을 거라고 하더군. 혹시 그것을 섬의 끝부분을 통과하고 있는 것으로 착각해서 같은 강을 내려가고 있다고 생각하게 되지는 않겠느냐고 물었지. 그러자 결국 짐도 자신 없어 하더군. 그래서 나는 말했지. 이번에 불빛이 보이면 무조건 기슭까지 저어 가는 거다, 그리고는 아버지가 바로 뒤에 장사배를 가지고 오는데 익숙하지 않아서 그러니, 케이로까지 얼마나 더 가면 되는지 가르쳐 줄 수 없겠느냐고 그곳 사람한테 물어 보도록 하자고. 짐도 좋은 생각이라고 해서 둘이는 담배를 한 대씩 피우고 기다렸지.

이제부터 할 일은 마을을 그냥 지나치지 않도록 잘 지켜 보는 일뿐이었어. 짐은 절대로 놓치지 않겠다고 말하더군. 마을을 발견하는 순간 자신은 자유의 몸이 되는 것이고, 보지 못하고 지나가는 날엔 또다시 노예의 나라로 끌려가 자유롭게 될 기회는 두번 다시 오지 않을 거라고 하면서 말야. 짐은 가끔 벌떡 일어나서 외쳤어.

"아, 저기다!"

하지만 번번이 허탕이었어. 도깨비불 아니면 반딧불이었거든. 그럴 때마다 짐은 힘없이 주저앉아서는 아까처럼 감시를 계속했지. 짐은 자유가 눈앞에 다가온 것을 생각하면 온몸이 떨리고 뜨겁게 달아오른다고 했는데, 사실은 그놈의 말을 듣고 있자니 나도 온몸이 떨리고 뜨겁게 달아올랐어. 짐이 이제는 자유의 몸이나 다름없다는 생각이 내 머리를 스쳤기 때문이었지. 그런데 그건 대체 누구 탓이었을까? 바로 내 탓이었어. 이 사실이 내 양심에 걸렸어.

나는 괴로워져서 마음을 가라앉힐 수 없었고 한곳에 가만히 있을 수가 없었어. 내가 하고 있는 일이 어떤 일인지 그때까지는 뚜렷하게 인식되지 않았었는데 이젠 확실해진 거야. 그래서 그것이 나를 점점 더 괴롭게 하는 것이었어. 내 탓이 아니야, 내가 짐을 그의 주인으로부터 도망치게 한 것이 아니야, 하고 나 자신에게 말하려 했지만 역시 그렇게 되지 않았어. 그때마다 양심이 머리를 쳐들고 말하는 거야.

'하지만 너는 그놈이 자유를 찾아 도망친 사실을 알고 있었잖니? 누

구한테 알릴 수는 있었을 것 아냐?'

사실 그랬어. 이것만은 속일 수가 없었지. 양심이 나를 향해 또 말하는 거야.

'미안하지도 않아? 왓슨 아주머니가 네게 무슨 잘못을 저질렀단 말이냐. 그 사람의 검둥이가 네 눈앞에서 도망치려는 것을 보고 있으면서도 너는 아무 말도 하지 않고 있지 않느냐? 그 불쌍한 왓슨 아주머니가 너한테 무슨 짓을 했다고? 어떻게 그런 매정한 짓을 할 수가 있지. 그 사람은 너한테 글을 가르쳐 주려고 했어. 예의범절을 가르쳐 주려고 했어. 모든 방법으로 너를 도와 주려고 했어.'

나는 비참하고 한심스런 생각이 들어서 차라리 죽어 버렸으면 하고 생각했을 정도였어. 나를 저주하면서 뗏목 위를 초조하게 왔다갔다하고 있었는데, 짐도 초조한지 내 옆을 왔다갔다했지. 둘다 가만히 있을 수 없었던 거야. 짐이 깡충 뛰면서,

"저기 케이로다!"

라고 할 때마다 나는 총에라도 맞은 듯한 기분이 들면서, 만약 정말 케이로라면 나는 영락없이 비참한 심정에 복받쳐 죽어 버릴 것만 같았어.

내가 이렇게 고민하는 와중에도 짐은 큰 소리로 지껄여 대고 있었어. 자유의 땅에 가서 맨 처음 뭘 할 것인고 하니 우선 돈을 벌어서 1센트라도 헛되이 쓰지 않겠다, 그리고 돈이 모이면 마누라를 사겠다는 거야. 짐이 마누라라고 부르는 여자는 왓슨 아주머니네 바로 이웃에 있는 농장에서 일하고 있었어. 그리고 둘이 열심히 일해서 두 아이를 사겠다는 것이었어. 만약 어린애들 주인이 팔지 않겠다면 노예 폐지론자에게 부탁해서 훔쳐 낸다는 거야.

이런 이야기를 듣고 있으려니까 나는 온몸이 얼어붙는 것 같은 느낌이 들더군. 짐은 지금까지 이처럼 대담한 이야기를 한 적이 없었거든. 그러던 그가 이제 얼마 안 있으면 자유로운 몸이 된다는 생각에 이렇게까지 달라진 거야.

'검둥이는 안아 주면 업히려고 든다'는 옛 격언이 꼭 들어맞는다는 생각이 들었어. 이것도 모두 내가 생각을 잘못한 탓이라고 믿고 싶었지. 이 검둥이는 내가 도망치는 걸 도와 준 것이나 다름없는데, 자기 어린애까지 훔쳐 내겠다고 말하고 있지 뭐야. 그 어린애들이란 내가 알지도 못하는 사람의 소유물이 아닌가. 나한테 아무런 잘못도 저지르지 않은 사람들 말야.

짐에게서 그런 애길 들으니 정말 섭섭했어. 이 말은 오히려 짐의 가치를 완전히 떨어뜨리는 것에 불과했어. 그러자 내 양심은 점점 더 내게 채찍질을 하는 탓에 짐을 향해 소리쳤어.

'나를 건드리지 말아 줘! 지금도 늦지는 않아. 불빛이 보이는 대로 기슭까지 저어 가서는 신고하도록 할 테니까.'

하고 말야. 그랬더니 당장 마음이 편해지고 홀가분한 기분이 들었어. 나는 불빛이 보이지 않나 눈을 비벼가며 지켜 보면서 혼자 노래라도 부르고 싶은 심정이었어. 그때 불빛이 하나 보이더군. 그 순간 짐이 즐거운 목소리로 외쳤어.

"살았어, 헉. 우린 살았어! 일어나서 춤을 추란 말이야. 마침내 그리운 케이로에 온 거야. 나는 안다구, 틀림없다구!"

"내가 카누를 타고 가서 보고 올게. 짐, 어쩌면 케이로가 아닐지도 몰라."

짐은 얼른 카누를 준비하고 내가 앉을 자리에 자기의 낡은 윗도리를 깔아 주고 노를 집어 주는 것이었어. 내가 젓기 시작하려고 하자 이렇게 말했어.

"이제 곧 나는 기뻐서 환성을 지르게 될 거야. 그리고 이것은 모두 헉 덕분이라고 말할 거야. 나는 이제 자유의 몸이지만 만일 헉이 없었더라면 자유를 찾지 못했을 거야. 헉이 나를 자유롭게 해주었어. 짐은 너를 언제까지나 잊지 않을 거야. 헉, 너는 짐의 제일가는 친구야. 지금은 하나밖에 없는 친구야."

나는 짐을 신고하러 가려던 참이었어. 하지만 짐에게 이런 얘기를 듣고 나니까 온몸의 기운이 싹 빠져 버리는 것 같은 느낌이 들더군. 그래서 천천히 저어 갔지만 도통 마음을 잡을 수가 없었어. 50야드쯤 갔을 때, 짐이 뒤에서 외쳤어.

"자아, 가는구나. 배신을 모르는 헉이 가는구나. 너는 짐과의 약속을 어긴 일이 없는 단 하나의 백인 신사야."

나는 정말로 가슴이 답답해져 왔어. 하지만 나 스스로에게 타일렀지. 이건 꼭 하지 않으면 안 돼. 그만둘 수는 없다고 말이야.

마침 그때였어. 총을 가진 사나이 둘이 보트를 타고 다가오는 거야. 그 사람들이 멈추는 바람에 나도 카누를 멈추었지. 그 중 한 사람이 묻더군.

"저기에 있는 것은 뭐냐?"

"뗏목이에요."

"너희 뗏목이냐?"

"그래요."

"저기 사람이 타고 있어?"

"한 사람 타고 있는데요."

"이봐, 오늘 밤 상류에서 검둥이가 다섯 명이나 도망쳤어. 저기 타고 있는 사람은 백인이냐 흑인이냐?"

나는 즉시 대답할 수가 없었어. 대답하려고 했지만 말이 나오지 않는 거야. 한동안 용기를 내서 말하려고 했지만 나는 아무래도 사내가 못 되는가 봐. 토끼만큼의 용기도 없는 거야. 나는 스스로 마음이 약해져 있는 것을 알 수 있었어. 그래서 결국 이렇게 말했지.

"백인이에요."

"우리가 직접 가서 보는 게 낫지 않아?"

"그렇게 하세요. 저기 있는 것은 우리 아빠거든요. 아저씨, 내가 뗏목을 저 불빛이 보이는 데까지 끌고 가도록 도와 주시겠어요? 아빠가 아파서 그래요. 엄마도 메리 앤도."

"허어, 이거 귀찮은데! 애야, 우리는 바빠. 하지만 뭐, 어쩔 수 없지. 자아, 젓자, 저어. 함께 가 줄게."

나는 부지런히 노를 젓기 시작했고 그 사람들도 노를 집어들었어. 한두 번 노를 젓고 나서 나는 다시 말했어.

"아빠는 틀림없이, 정말로 고마워할 거예요. 내가 뗏목 끄는 것을 도와 달라면 모두들 도망을 쳤거든요. 나 혼자 힘으로는 도저히 할 수가 없고."

"허어, 그거 정말 너무들 했군. 하지만 어쩐지 이상한데. 이봐, 네 아버지는 대체 어떻게 된 거냐?"

"그게, 저어…… 저어…… 대단한 건 아녜요."

그 사람들은 노 젓던 손을 멈춰 버렸어. 뗏목까지 그리 멀지 않은 곳이었는데 그중 한 사람이 이렇게 말하는 거야.

"얘야, 너 거짓말이지? 정말로 네 아버지는 어떻게 된 거냐? 자아,

솔직히 대답해. 그 편이 너를 위해서도 좋으니까."

"솔직히 대답하겠어요. 하지만 제발 부탁이에요. 우리를 저버리지 말아 주세요. 실은…… 그…… 아저씨, 아저씨들은 먼저 앞에서 저어 가 주세요. 나는 뗏목 앞머리의 밧줄을 아저씨들한테 던져 줄 테니까 요. 그렇게 하면 아저씨들은 뗏목 곁에까지 오지 않아도 돼요. 부탁이 에요."

"되돌아가자. 존, 되돌아가!"

그러고는 두 사람 모두 보트 뒤로 물러났어.

"다가오지 마라, 애야. 바람 부는 쪽에 있어. 제길, 바람을 타고 우리 한테까지 오지는 않았겠지. 내 아버지는 마마지? 왜 분명하게 말하지 않니? 너 이 일대에 마마를 퍼뜨릴 셈이냐?"

"아니, 저어……."

나는 울상이 되어 말했지.

"지금까지는 모든 사람에게 그렇게 말했는데, 그랬더니 사람들은 우 리를 버려 두고 모두 도망치는 거예요."

"불쌍하지만, 그게 당연한 얘기지. 너한테는 정말 안된 일이지만 말 야. 하지만 우리는…… 아니, 마마는 딱 질색이야. 알겠니? 내가 방법 을 가르쳐 주지. 직접 기슭에 올라가려고 하면 안 돼. 그러면 만사가 틀 어져. 20마일쯤 하류로 내려가는 거야. 그러면 강 왼쪽에 마을이 있어. 그때쯤이면 날이 밝을 거야. 그리고 도움을 청할 땐 말야, 식구들이 모 두 감기 때문에 열이 나서 쓰러져 있다고 말하는 거야. 또 시원찮게 굴 어서 남들이 눈치채게 하지 말고 말이다. 이건 널 도우려는 마음에서 하는 말이야. 그러니까 알았지, 이곳에서 20마일 더 내려가는 거야. 저 기 불빛이 보이는 곳엔 상륙해 봤자 소용 없어. 거기는 재목 하치장일

뿐이야. 네 아버지는 가난하겠지. 아마 몹시 힘이 들 거야. 자아, 이 판자 위에 20달러짜리 금화를 놔 둘 테니 가면서 넣어 두도록 해라. 너를 버려 두고 가는 건 안됐지만 그렇다고 마마를 상대할 수도 없는 노릇이니까 말야. 알겠지?"

"잠깐 기다려, 파커."

하고 다른 한 사람이 말했어.

"이 20달러도 함께 그 판자 위에 얹어 두겠나. 잘 가거라. 애야. 파커 아저씨가 말한 대로 해야 한다. 그러면 걱정 없어."

"그래, 애야. 잘 가거라, 잘 가. 도망친 검둥이를 발견하면 도움을 청해서 붙잡아라. 그러면 약간의 돈이 생길 테니까 말야."

"가능하다면 도망친 검둥이를 놓치진 않겠어요."

난 두 사람이 가버려서 뗏목 위로 올라갔지만 어딘지 개운치 않은 게 마음이 언짢았어. 자신이 잘못을 저지르고 있다는 것을 알고 있었기 때문이지. 나라는 놈은 좋은 일을 하려 해도 안 된다는 것을 알고 있었던 거야. 잠시 생각에 잠겼다가 스스로에게 말했지. 잠깐, 내가 만약 좋은 일을 하려고 짐을 건네 주었다고 하자, 그때 나는 지금보다 기분이 더 좋았을까? 아니, 그럴 리가 없지. 지금처럼 기분이 좋지 않았을 거야. 그렇다면 좋은 일을 하기는 번거롭고 잘못된 일을 하기는 수월한데 그 결과가 같다면, 좋은 일을 하는 연습을 해봤자 무슨 소용이 있다는 거지? 여기서 나는 더 이상 대답할 수가 없었어. 그래서 나는 생각했지. 골치 아프게 생각하지 말고 이제부터는 그때그때 편리한 대로 좋은 방법을 취하도록 해야지 라고.

나는 오두막 속으로 기어 들어갔어. 그런데 짐은 거기에 없더군. 주위를 한 바퀴 둘러보았지만 아무 데도 보이질 않는 거야.

“짐!”

“여기 있어, 헉. 그놈들은 다 갔어? 큰 소리 내지 마.”

짐은 뗏목 뒤끝의 노를 붙잡고는 물속에 잠겨 코만 내밀고 있었어. 그 사람들은 이제 보이지 않는다고 말해 주었더니 그제서야 물에서 나왔지.

“난 아까 주고받는 얘기를 고스란히 들으면서 물속에 숨어 있었어. 그놈들이 뗏목으로 올라오면 나는 기슭을 향해 헤엄쳐 갈 속셈이었지. 놈들이 가 버린 다음에 다시 헤엄쳐 돌아오려고 말야. 하지만 헉, 넌 정말 멋지게 그놈들을 한 방 먹이더구나. 정말 기막힌 재주야! 덕분에 이 짐은 살아났어. 짐은 이 사실을 언제까지나 잊지 않을 거다.”

그 다음 우리는 그 돈 이야기를 했어. 한 사람 앞에 20달러씩이면 괜찮은 소득이지. 짐은 증기선을 타고 어디로든 갈 수 있게 됐다고 하더군. 나머지 20마일은 뗏목으로 가니까 힘들 것 없겠지만, 지금쯤 그곳에 도착해 있다면 얼마나 좋겠느냐고 말했어.

날이 밝을 무렵, 우리는 뗏목을 붙들어 맸어. 짐은 뗏목을 숨기는 문제에 관해 몹시 까다롭게 굴었어. 그러고는 하루 종일 여러 가지 물건들을 정리하더군. 뗏목에서 내릴 준비를 하는 거였어.

그날 밤 열 시쯤, 우리는 훨씬 하류 쪽에 있는 마을 근처에 당도했어. 나는 물어 보려고 카누를 타고 떠났지. 이윽고 강 위에 보트를 띄우고 주낙(역주 : 긴 낚싯줄에 여러 개의 낚시가 달려 있는 고기잡이 도구)을 쳐놓은 사나이를 발견했어.

“아저씨, 저 마을이 케이로예요?

“케이로냐고? 어림없는 소리 마라. 이런, 바보 같은 놈! 알고 싶으면 가서 물어 봐. 30초만 더 이 근처에서 얼씬거리면서 내 일을 방해해 봐라, 혼내 줄 테니."

나는 뗏목으로 되돌아왔어. 짐은 몹시 낙심한 것 같았지만 내가 말해 주었지. 걱정하지 마, 다음엔 틀림없이 케이로일 거라고.

날이 새기 전에 또 하나의 마을을 통과했어. 나는 다시 물어 보러 가려고 했었지만 높은 언덕에 마을이 있어 그만두었어. 케이로 근처에는 언덕이 없다고 짐이 말하는 거야. 나는 그것을 잊고 있었어. 그날은 왼쪽 기슭의 가까운 모래톱에서 하루를 보냈는데 어쩐지 점점 이상한 생각이 들었어. 짐도 역시 마찬가지더군. 나는 말했지.

"그날 밤, 안개 속에서 케이로 앞을 통과해 버린 게 아닐까?"

"그 얘기는 그만해, 헉. 불쌍한 검둥이한테는 행운이 오지 않는가봐. 그 방울뱀 껍질의 액운이 아직도 끝나지 않았다는 것을 나는 벌써부터 알고 있었어."

"그 뱀 껍질을 내가 보지 않았어야 하는데. 그런 것을 보는 게 아니었는데 말야."

"네 잘못이 아냐, 헉. 모르고 한 일이니까. 네 잘못이라고 생각하는 게 아냐."

날이 새서 보니 아니나다를까, 기슭 가까이에는 오하이오의 맑은 물이 흐르고 있고 저쪽은 여전히 미시시피의 흙탕물이 아니겠어. 이것으로 케이로 얘기는 쑥 들어가고(역주 : 케이로는 오하이오 강과 미시시피 강의 합류점에 있음) 말았지.

우리는 여러 가지로 의논했지. 기슭에 올라가봐야 소용 없으리라. 뗏목을 타고 강을 올라간다는 것은 불가능한 일이었어. 어두워지기를 기다려서 카누로 거슬러 올라가 죽기 아니면 살기로 한번 해보는 수밖에 없겠지. 그래서 결국 일에 착수하기 전에 원기를 회복할 셈으로, 하루 종일 고리버들 덤불 속에서 잠을 잤지. 그리고 어두워졌을 때, 뗏목이 있는 곳으로 가보았더니, 아뿔싸! 카누가 온데간데없이 사라져 버리고 말았지 뭐야!

한참 동안 우리는 벙어리가 돼 버렸어. 말을 하고 싶어도 할 수가 없었어. 또다시 뱀 껍질의 액운이 작용한 것이라는 것을 알고 있었기 때문에 그걸 탓해 봤자 우리가 원망하는 것처럼 보일 뿐이고, 그렇게 되면 더욱더 큰 액운이 닥쳐올 게 뻔했으니까. 침묵을 지켜야 한다는 것을 깨달을 때까지 몇 번이든 계속 이런 봉변을 당할 게 뻔했거든.

우리는 어떻게 해야 좋을지 의논했는데, 결국 이대로 뗏목을 타고 내려가다가 적당한 기회에 카누를 사서 되돌아올 수밖에 없다는 결론을 내렸어. 아버지가 곧잘 그러듯이 근처에 사람이 없는 틈을 타서 카누를 슬쩍할 생각은 없었던 거야. 그런 짓을 하면 사람들한테 쫓길 염려도 있고 말야.

그래서 어두워진 뒤에 뗏목을 타고 출발했어. 그 뱀 껍질 때문에 우리가 이런 액운을 겪어야 했다는 얘기를 듣고도, 아직 뱀 껍질을 만지는 게 바보스러운 짓이라는 것을 믿지 못하는 사람들도, 이제 앞으로 일어날 여러 봉변을 알게 되면, 뒤늦게나마 믿지 않을 수 없게 될 거야.

카누를 파는 곳은 항상 뗏목이 매어져 있는 위쪽에 있게 마련이지. 그런데 어디를 둘러보아도 뗏목이 매여 있는 걸 볼 수가 없었어. 그래서 우리는 세 시간이나 더 흘러 내려갔지. 그런데 그날 밤은 짙은 잿빛이 깔려 있는 거야. 그것은 안개 다음으로 사람을 골탕먹이지. 강을 볼 수 없고 거리 짐작도 할 수 없거든. 시간도 많이 흐르고 주위는 쥐 죽은 듯 고요했어. 그때였어. 한 척의 증기선이 강을 거슬러 올라오는 거야. 우린 램프에 불을 켜면 증기선에서 보이리라고 생각했지. 올라가는 배

들은 대개 우리 가까이에는 오지 않았어. 일부러 얕은 곳을 골라 가든
가 모래톱 밑의 물살이 약한 곳을 찾아서 올라가곤 했으니까. 그런데
이런 밤이다 보니까 강 전체를 거슬러 수로를 거침없이 달려오는 거야.

그 기선이 수레바퀴를 돌리며 다가오는 소리는 들렸지만 바로 가까
이에 올 때까지 그 모습은 제대로 보이질 않았어. 그런데 그게 우리 정
면으로 달려오고 있는 거야. 곧잘 그런 장난을 하지. 상대방에 충돌하
지 않고 얼마만큼 가까이 갈 수 있는가를 시험하는 거야. 때로는 바깥
수레에 얽혀 이쪽의 노가 들려질 때까지도 있곤 했어. 그럴 때면 수로
안내인이란 놈은 목을 삐죽 내밀고 웃곤 하지. 내 솜씨 봤지 하는 폼으
로 말야. 어쨌든 증기선은 다가왔고 우린 뗏목을 아슬아슬하게 피해
갈 모양이라고 얘기하고 있었어. 그런데 도무지 방향을 바꿀 눈치가
안 보였어. 어마어마하게 큰 증기선이고 게다가 속도도 무척 빨랐는데
도 말야. 반딧불 행렬에 둘러싸인 시꺼먼 구름 같았어. 그게 덥석 달려
드는 것처럼 큰 몸뚱이를 느닷없이 눈앞에 나타내는 거야. 열어젖힌
기관실 문은 마치 빨갛게 불타는 이빨을 드러낸 것 같았고, 도깨비 같
은 뱃머리와 쇠사슬이 머리 위로 덮칠 것 같았어. 증기선에서 고함치
는 소리가 들리더군. 엔진을 끄라는 종소리가 울리고, 왁자지껄하는
소리와 증기를 씩씩 뿜어내는 소리가 들리더니, 짐과 내가 좌우 양쪽
물속으로 뛰어드는 순간 배는 뗏목을 둘로 갈라 놓았어.

나는 물속에 잠겨 들었지. 밑바닥까지 갈 생각이었어. 왜냐하면 30피
트나 되는 바깥 수레가 내 위를 지나가고 있는 판이니 천천히 여유 부릴
때가 아니었지. 전부터 나는 1분 정도 물속에 잠겨 있을 수가 있었는데
이때는 아마 1분 30초 정도는 있었다고 생각해. 그러고 나서 급히 수면
으로 떠올랐는데 조금 더 물 속에 있었으면 심장이 터질 뻔했어. 나는

겨드랑이까지 물 위에 띄우고 코에 들어간 물을 뿜어내고 숨을 헐떡거렸지. 증기선은 엔진을 끈 지 10초도 안 되어 다시 움직이기 시작했어. 그놈들은 뗏목 사공 같은 것은 안중에도 없었던 거야. 그러니까 벌써 물살을 가르면서 상류로 치달아, 순식간에 안개 속에 파묻혀 버리고 말았지. 물론 소리는 들렸지만.

나는 열두어 번이나 짐을 불렀는데 대답이 없는 거야. 내 앞으로 흘러온 판자를 붙잡고 기슭을 향해 헤엄쳤지. 하지만 이 근처 물살의 방향이 왼쪽 기슭을 향하고 있다는 것을 알았어. 그래서 나는 방향을 바꿔 그쪽으로 헤엄쳤어.

자그마치 2마일에 걸쳐 비스듬히 흐르는 횡단 수로였어. 그래서 꽤 시간이 걸렸지. 무사히 상륙하여 나는 둑으로 기어 올라갔어. 바로 눈앞만 보일 정도였지만 울퉁불퉁한 곳을 손으로 더듬어가며 4분의 1마일쯤이나 걸었을까, 난데없이 옛날식으로 두 채를 엮어서 한 채로 만든 큰 통나무집 앞에 와 있는 거야. 나는 급히 그 앞을 빠져 나가려고 했는데, 많은 개가 한꺼번에 달려나와 나를 향해 짖으며 으르렁대는 바람에 이런 때는 움직이지 않는 것이 현명하다고 생각했지.

17

약 30초 지났을까. 누군가가 얼굴은 내놓지 않은 채 창문으로 소리만 지르는 거야.

"이젠 그만 짖어! 누구야, 거기에 있는 건?"

"나예요."

“나라니 누구야?”

“조지 잭슨이에요.”

“무슨 일로 왔어?”

“다른 일은 없어요. 그저 댁의 앞을 지나가고 싶은데 개가 보내 주지를 않아요.”

“어째서 밤중에 이런 곳을 헤매고 있는 거냐, 응?”

“헤매고 있는 게 아녜요. 증기선에서 떨어졌어요.”

“허어, 그래? 누가 불을 좀 켜 줘. 이름이 뭐라고 했지?”

“조지 잭슨이요. 아직 어린애예요.”

“네 얘기가 정말이라면 조금도 두려워할 필요 없어. 누구도 너를 해치지 않을 테니까. 하지만 움직이면 안 돼. 그냥 그대로 그 자리에 서 있는 거야. 누가 가서 봅과 톰을 깨워 총을 가지고 오너라. 조지 잭슨, 누가 너하고 함께 있니?”

“아무도 없어요.”

이때 집 안에서 사람 움직이는 소리가 들리고 불빛도 보였어. 그러고는 아까 그 사나이의 고함 소리가 들렸어.

“멍청아, 그 불을 저쪽으로 가지고 가, 벳시. 그렇게 머리가 안 돌아가냐? 들어오는 문 뒤의 마루 위에 놔. 봅, 너하고 톰은 준비가 됐으면 각자 위치에 서도록 해. 그런데 조지 잭슨, 너 세퍼드슨 일가를 알고 있니?”

“아아뇨, 들어 본 적도 없어요.”

“으음, 그럴는지도 모르지. 하지만 그렇지 않을는지도 몰라. 자아, 앞으로 나와. 서두르지 말아야 해. 천천히 오란 말이다. 누군가 같이 있으면 그놈은 뒤에 남겨두고 말야. 만일 그놈이 나타나면 쏴 버릴 테니까. 자, 이쪽으로 와, 천천히. 문은 밀어서 열어. 옆으로 해서 들어올 수 있을 만큼 말이다. 알겠어?"

나는 서두르지 않았어. 서두르고 싶어도 서두를 수가 없었어. 한 발짝 한 발짝 천천히 내딛다 보니까 아무 소리도 들리지 않았어. 내 심장 뛰는 소리만 들리는 것 같았지. 개들도 사람들과 마찬가지로 소리 하나 내지 않았지만 내 뒤에 바싹 따라오고 있었어. 집 입구에 통나무로 만든 3단 층계가 있었는데 거기까지 갔을 때, 안에서 자물쇠를 풀고 빗장 빼는 소리가 들렸어. 나는 문에 손을 갖다 대고는 조금씩 조금씩 밀어서 열었지. 그러자 누군가가,

"그만하면 됐어. 얼굴을 들이밀어."

하고 말하는 것이었어. 나는 명령대로 따라서 했는데, 그러면서도 목을 비틀리는 것은 아닌가 걱정했지.

마루 위에 촛불이 놓여 있었는데, 한 15초 동안 여러 사람이 나를 쳐다 보았지. 나 역시 그 사람들을 쳐다 보며 서 있었어. 세 사람의 사나이가 총을 나한테 들이대고 있었기 때문에 나는 솔직히 겁을 먹었어. 가장 나이 많은 사람은 백발이었는데 한 60세쯤 돼 보이고, 다른 두 사람은 서른을 갓 넘었을 정도 —— 모두 체구도 당당하고 얼굴도 잘생긴 편이었어. 그 뒤에 젊은 여자가 둘 있었는데 잘 보이지 않더군. 늙은 신사가 입을 열었어.

"자아, 괜찮겠지. 들어와."

내가 안에 들어가자 그 늙은 신사는 즉시 문에 자물쇠를 채우고 빗장을 질렀어. 그러고 나서 젊은 두 사람에게 총을 가지고 안으로 들어오라고 말했어. 그리고 모두들 함께 누덕누덕 엮어 짠 양탄자가 깔린 큰 방에 들어가더니 맞은편 창문에서 바라보이지 않는 한쪽 구석에 모

이더군. 옆에는 창문이 나 있지 않았어. 그 사람들은 촛불을 손에 들고 뚫어지게 나를 쳐다보더니만 이렇게 말하는 것이었어.

"이 애는 세퍼드슨 가(家)의 사람이 아니야. 세퍼드슨을 닮은 데가 한 군데도 없어."

하고 말야. 그러고는 늙은이가 말했어.

"무기를 찾는 것이니까 나쁘게 생각하지 마라. 무슨 악의가 있어서 그러는 것은 아냐. 만일을 위해서 그러는 거야."

그러더니 노인은 내 주머니에 손을 넣어 보지도 않고 겉으로 만져 보기만 하더니 좋아라 하며 말했지. 날더러 편하게 앉으라고 하면서 내 신상에 대한 이야기를 해달라고 했는데, 바로 그때 할머니가 말참견을 했어.

"아니, 소울, 당치도 않아요. 이 애는 불쌍하게도 흠뻑 젖어 있어요. 게다가 배도 고플 텐데."

"그렇겠군. 미처 생각 못 했어."

그러자 할머니가 말했어.

"벳시 빨리 이 애에게 먹을 것을 줘라. 그리고 누구 한 사람은 빨리 가서 벅을 깨워라. 그 애에게…… 오오, 오는구나, 벅. 이 어린 손님을 데려가서 네 마른 옷을 아무거나 입히도록 해라."

벅은 나하고 비슷한 나이로 보였어. 열셋 아니면 열넷, 그 정도일 테지. 키는 나보다 조금 컸지만, 잠잘 때 입는 셔츠 하나만 입고 있었는데 머리는 마구 헝클어져 있었어. 하품을 하면서 한쪽 주먹으로 눈을 비비며 들어왔는데 다른 한쪽 손에는 총을 들고 있었어. 그리고 입을 열더군.

"세퍼드슨 놈들이 온 게 아녜요?"

모두가 아니 그게 아니라고 말하니까,

"시시해."

하고 말하더군.

"정말로 왔다면 한 놈쯤 해치울 텐데."

그러자 모두들 웃더군. 뵙이 말했어.

"이봐, 벅. 우린 모두 그놈들한테 머리가죽이 벗겨졌을지도 몰라. 네가 이렇게 늦게 나타났으니 말야."

"아무도 나를 깨우러 오지 않으니까 그렇죠, 너무해요. 나는 언제나 따돌림을 당하는 걸요. 솜씨를 보일 기회가 없어요."

"자아, 좋아, 벅."

하고 할아버지가 말했어.

"이제 솜씨를 보일 기회가 오겠지. 초조해할 것 없어. 자아, 저리로 가서 엄마가 이른 대로 하도록 해."

나는 그 애의 방으로 따라갔어. 그 애는 빳빳한 천으로 짠 셔츠와 짧은 윗저고리와 바지를 내주는 것이었어. 나는 그것을 입었지. 입고 있는 동안 그 애는 내 이름을 물었는데 내가 대답을 하기 전에 벅은 그저께 숲에서 잡은 어치와 새끼 토끼 이야기를 꺼내는 것이었어. 그러고는 촛불이 꺼졌을 때 모세는 어디에 있었는지 아느냐고 묻는 거야. 나는 모른다고 했지. 나는 그런 얘기를 한 번도 들은 일이 없었으니까.

"한번 맞혀 봐."

"모르는 걸 어떻게 맞혀. 지금까지 한 번도 그런 얘기를 들어 본 일이 없단 말야."

"그래도 맞혀 보면 되잖아. 아주 쉬운 거야."

"촛불이라니, 어떤 촛불이야?"

"그건, 뭐, 어떤 촛불이라도 상관없어."

"어디에 있었는지 모르겠는걸. 어디에 있었지?"

"어둠 속에 있었지. 어둠 속에 있었던 거야."

"뭐야, 알고 있으면서 뭣 때문에 나한테 물었지?"

"답답하구나. 이건 수수께끼야. 그런데 넌 언제까지 여기 있을래? 언제까지라도 있어. 아마 꽤 즐거울 거야. 요샌 학교도 쉬니까 말야. 너, 강아지 갖고 있니? 난 한 마리 있는데 판자를 집어던지면 말야, 강 속에 들어가서 그걸 물고 나와. 너 일요일날 머리 빗는 거 좋아하니? 그 바보 같은 짓 말야. 나는 딱 질색이야. 하지만 엄마가 시키거든. 제 기랄, 이 낡은 바지를 입는 게 낫다고는 생각하지만 난 싫어, 더워서 말 야. 너 다 입었니? 자아, 같이 내려가자."

식은 옥수수빵, 찬 콘비프, 버터, 그리고 탈지유, 이것들이 밑에서 나 를 기다리고 있는 음식이었는데 그렇게 맛있는 음식은 생전 처음이었 어. 벅과 그 어머니, 그리고 그밖의 모든 사람들이 옥수수 속대로 만든 파이프로 담배를 피우고 있었는데, 검둥이 여자는 그 자리에 없었고 젊은 두 여자는 피우지 않았어. 다른 사람들은 담배를 피우면서 말했 고 나는 먹으면서 말했지.

젊은 여자는 침대보로 몸을 감싸고 머리카락을 등에 늘어뜨리고 있 었어. 모두들 나한테 여러 가지 일을 묻기에 나는 말해 주었지. 아빠와 나와 식구들이 모두 함께 아칸소 제일 남쪽의 조그만 농장에서 살고 있었다는 이야기며, 누나 메리 앤은 도망가서 결혼한 채 소식이 끊어 졌기 때문에 빌이 찾으러 갔지만 빌도 소식이 끊어졌으며, 톰과 모트 는 죽었고 그 후로는 아빠와 나, 둘이서만 살았는데 아빠는 워낙 고생 이 심했기 때문에 뼈와 가죽만 남아 결국 죽어 버렸다는 이야기. 그러자 농장은 이미 남의 손으로 넘어가 버려, 나는 남은 물건을 챙겨 가지고 증기선을 탔다가 배에서 떨어지는 바람에 이곳에 오게 됐노라고 했지. 그랬더니 모두들 여기를 자기 집처럼 생각하고 있고 싶을 때까지 있어도 좋다고 하는 거야. 이미 새벽이 가까웠기 때문에 모두들 잠을 자러 갔는데 나도 벅과 함께 올라가 잤어. 하지만 아침이 되어 눈을 떴을 때, 난처하게도 나는 내 이름을 잊어버리고 말았어. 그래서 나는 한 시간 가량 침대에 누운 채 생각해 내려고 하다가 마침 벅이 눈을 떴길래 그에게 말했어.

"벅, 너 글을 쓸 줄 아니?"

"물론 쓸 줄 알지."

"내 이름은 못 쓸 테지?"

"무슨 소리. 문제없어."

"어디, 그럼 써 봐."

"G-E-O-R-G-E J-A-X-O-N. 어때?"

"응, 제법인데. 난 또 못 쓸 줄 알았지. 좀 쓰기 힘든 이름이거든. 공부를 하지 않은 사람들은 말야."

나는 몰래 그 철자를 적어 두었어. 왜냐고? 다음에 누가 내게 써 보라고 할지도 모르니까. 그럴 때면 내가 이것을 익혀 두어야만 진짜 내 이름처럼 척척 써 내려갈 수가 있다, 그 말씀이야.

이 집은 말야, 기막히게 좋은 사람들뿐이고 집도 좋아. 시골이면서도 그렇게 멋지고 화려한 집은 정말 처음 봤어. 현관문만 하더라도 자물쇠가 달려 있는 것도 아니고 사슴 가죽의 끈을 매단 나무 문고리가 달려 있는 것도 아냐. 도시의 집들과 마찬가지로 놋쇠 손잡이를 돌리게 돼 있어. 또 바닥을 벽돌로 쌓아올린 큰 난로가 있었어. 그 벽돌 위로 물을 흘려 다른 벽돌로 문질러서 닦곤 하기 때문에 언제나 깨끗하고 빨간빛을 띠고 있었어. 때로는 도시 사람들이 하는 것처럼 스페인 갈색이라고 하는 물 페인트(역주 : 벽이나 천장에 바르는 수성 도료 칼시민을 말함)를 칠하는 일도 있었어. 커다란 놋쇠로 된 장작 선반은 제재용 통나무까지 올려 놓을 수 있을 것 같았어. 벽난로 선반의 한가운데에는 시계가 놓여 있었어. 시계 정면 유리의 아래 부분에는 어떤 도시가 그려져 있고, 가운데 둥그런 곳은 햇님처럼 보이게 한 것이었어. 그리고 그 둥그런 곳 구석에 시계추가 움직이는 것을 볼 수 있게 해놓았더군. 이 시계의 똑딱 소리는 정말 좋았어. 게다가 깨끗이 청소해서 제대로 고쳐 놓았을 땐 태엽이 다 풀릴 때까지 150번이나 계속해서 친 적도 있었어. 식구들은 아무리 돈을 많이 준대도 이 시계만은 내놓을 것 같지 않았지.

그런데 이 시계 양쪽에는 말야, 백묵 같은 것으로 만든 화려한 칠을 한 이국풍의 큰 앵무새가 한 마리씩 놓여 있었는데, 그 한쪽 옆에는 도자기로 만든 고양이가 있었고, 다른 한쪽 옆에는 강아지가 있었어. 이걸 누르면 삑삑 하고 우는 거야. 그렇다고 해서 입을 벌리는 것도 아니고 표정이 달라지는 것도, 기쁜 얼굴을 하는 것도 아니었어. 그 속에서 삑삑 소리가 나는 거야. 이것들 뒤에는 야생의 칠면조 털로 만든 큰 부채가 두 개 활짝 펼쳐진 채 놓여 있었어. 방 한가운데의 테이블 위에는 도자기로 만든 예쁜 바구니 같은 것이 놓여 있었고, 그 안에는 사과·귤·복숭아·포도가 듬뿍 쌓여 있었어. 그것들은 진짜보다도 더 빛깔이 곱고 예뻤지. 단지 떨어져 나간 부분 밑에 흰 백묵 같은 것이 드러나 보여 가짜라는 것을 알 수 있었어.

이 테이블에는 예쁜 유포로 만든 커버가 씌워져 있었는데, 여기에는 청색과 적색으로 날개를 편 독수리가 그려져 있었고, 가장자리에도 빙 둘러가며 그림이 그려져 있었어. 멀리 필라델피아에서 온 물건이더군. 테이블 가장자리에는 빙 둘러 책이 몇 권 포개져 있었어. 그 중 하나는 요란스럽게 큰 가정용 성경책이었는데 삽화가 많이 들어 있었어. 또 하나는 《천로역정(天路歷程)》이라고 하는, 왜 그랬는지 이유는 쓰여 있지 않았지만 하여튼 가출을 한 사나이의 이야기였어. 나는 틈이 나는 대로 이 책을 많이 읽었어. 얘기는 재미있었지만 까다로웠어. 아름다운 문구라든가 시(詩)가 잔뜩 들어 있는 《우정의 선물》이라는 것도 있었는데 나는 시는 읽지 않았어.

그 밖에는 헨리 클레이의 연설집도 있었고, 건 박사의 가정의학 사전도 있었지. 그 책에는 병에 걸린다든가 죽든가 했을 때 어떻게 하면 되는가에 대해서 자세하게 쓰여 있었어. 그 밖에도 여러 가지가 있었어. 등나무 가지로 만든 의자도 몇 개 있었는데 아직 새것이었어.

벽에는 그림이 걸려 있었는데, 주로 위싱턴과 라피에트, 전쟁 그림과 스코틀랜드 고원 지방의 여인들의 그림, 그리고 〈독립선언서 서명〉이라는 제목을 붙인 것도 한 폭 있었어. 크레용으로 그린 것도 몇 장인가 있었는데, 이 집의 죽은 딸이 불과 열다섯 살 때에 그린 자화상이었어. 내가 지금까지 본 그림들과는 전혀 딴판이었는데 대체로 검은 색이 유난히 많이 칠해져 있었어. 하나는 허리를 벨트로 날씬하게 죄고 있는 까만 드레스를 입은 모습이었지. 소매 가운데 부분이 양배추처럼 부풀고, 까만 베일이 달린 크고 새까만 밀짚모자를 쓰고 있었어. 희고 가느다란 발목에는 까만 테이프가 십자가 모양으로 매어져 있는 조그맣고 까만 구두를 신고 있었어. 그런 모습으로 수양버들 아래 서서 오른팔을 묘비 위에 올려 놓고 생각에 잠긴 듯 보였고, 다른 한쪽 손은 손수건과 손바구니를 든 채 한쪽 옆으로 늘어뜨리고 있는 거야. 그림 아래쪽에는 '슬프다, 다시 너를 볼 수 없으니'라고 적혀 있었어.

다른 하나는 머리카락을 모두 머리 위로 틀어올린 젊은 귀부인의 그림이었는데, 그 여자는 손수건을 얼굴에 대고 울고 있었지. 그리고 다른 한쪽 손에 죽은 새가 다리를 위로 쳐들고 자빠져 있었는데, 그 그림 밑에는 '슬프다, 아름다운 그대 노랫소리를 다시 들을 수 없으니'라고 적혀 있었어.

또 젊은 귀부인이 창가에서 달을 쳐다 보고 있는 그림도 있었지. 눈물이 뺨을 흘러내리고, 한쪽 손에는 봉함을 뜯은 편지를 들고 있었어. 그 밑에는 '그리하여 그대는 갔는가. 아아, 슬프다. 그대는 사라졌도다'라고 쓰여 있었어. 모두 좋은 그림이라고는 생각되지만 어쩐지 좋아할 수는 없더군. 왜냐고? 내가 조금 마음이 개운치 않을 때 바라보고 있으면, 영락없이 마음이 초조해지는걸 뭐. 이 딸이 죽은 것을 식구들은 못내 아쉬워하더군. 그럴 수밖에 없는 것이 딸이 지금까지 그린 그림으로 봐서 얼마만큼 소중한 것을 자기들이 잃었는가를 분명히 알 수 있었을 테니까 말야.

하지만 나는 생각했지. 이런 성미를 가진 딸이니 차라리 무덤 속에 있는 편이 행복하지 않을까 하고 말야. 앓아 누웠을 때 그리기 시작한 그림이 있었는데, 그것은 식구들 이야기에 의하면 제일 잘된 그림이라는 거야. 그것이 완성될 때까지만 딸은 살아 있게 해 달라고, 밤낮을 가리지 않고 열심히 기도를 했는데, 끝내 그 소망이 이루어지지 않았다는 거지. 그 그림은 길고 흰 드레스를 입은 젊은 여자가 다리 난간 위에서서 금방이라도 뛰어내리려고 하는 모습을 그린 것이었어. 머리카락은 모두 등 뒤로 늘어뜨리고는 달을 쳐다 보고 있었어. 그 얼굴에 눈물이 흐르고 두 팔이 가슴 위에 모두 얹혀 있었지. 다른 팔은 앞쪽으로 뻗어 있었고, 또 다른 두 팔은 달을 향해 뻗쳐 있었어. 결국 그 중 어느 팔이 제일 자연스럽고 보기 좋은가를 검토해 보고, 그것이 정해지면 나머지 팔들을 모두 지워 버릴 참이었던 모양이야. 그런데 아까도 말한 것처럼 딸은 그 중 어느 것이 좋은지 결정짓기 전에 그만 죽어 버린 거야. 그리고 지금은 그 가족들이 그 그림을 딸의 방 침대 위에 걸어 두고는 딸 생일이 돌아올 때마다 그 위에 꽃을 매달아 놓는 거야. 보통 때는 조그만 커튼으로 가려 놓고 있어. 이 그림 속의 젊은 여자는 나름대로 예쁘고 귀여운 얼굴을 하고 있었지만 워낙 팔이 여러 개 그려져 있기 때문에 거미를 보는 것 같은 느낌이 들었어.

그 딸이 살아 있을 때 스크랩했던 것은 《장로 교회 신보》 중에서 사망 기사라든가 부상이라든가, 혹은 병중의 고생담 같은 것을 오려내서 붙였더군. 그리고 그 하나하나에 자작시를 적어 놓곤 했어. 꽤 좋은 시였어. 우물에 떨어져서 빠져 죽은 스티븐 다울링 보츠라는 소년의 일을 적은 시도 있었지.

고(故) 스티븐 다울링 보츠에게 바치는 송가

젊은 스티븐은 병을 앓았느냐
젊은 스티븐은 죽었느냐
슬퍼하는 사람들 모여들었느냐
애도하는 사람들 눈물 흘렸느냐

아니로다, 젊은 스티븐의 운명은

그러한 것이 아니로다
슬퍼하는 사람들 모여들었어도
그는 병 때문이 아니로다

그 몸을 괴롭힌 것은 백일해가 아니었노라
무서운 두드러기를 낳게 하는 홍역도 아니었노라
오오, 스티븐 다울링 보츠
그 거룩한 이름을 더럽힌 것은 이러한 병이 아니었노라

그의 고수머리를 내리친 것은
실연의 아픔이 아니었노라
젊은 스티븐 다울링 보츠

눈물을 머금고 귀기울여 들어다오
내가 말하는 그의 운명이
우물에 떨어진 그의 영혼이
차디찬 이 세상을 떠나갔노라

끌어올려 물을 토하게 했어도
오오, 때는 이미 늦었나니
그 영혼은 하늘을 치달아 사라졌노라
보다 높은 곳, 천국으로 사라졌노라

열네 살이 되기도 전에 이런 시를 쓸 수 있었던 에멀린 그레인저포드가 만약 오래 살았다면 어느 정도의 글을 쓸 수 있었을지 아무도 모를 일이지. 벅의 얘기에 의하면 별반 힘도 들이지 않고 써 내려 갔다는 거야. 펜을 멈추고 생각하는 일이 전혀 없었다는군. 첫 줄을 단숨에 쓰고는 거기에 운이 맞는 문구가 생각나지 않으면, 그걸 싹 지워 버리고는 다시 써 내려 갔다는 거야. 이쪽에서 이런 걸 써 줘, 하고 부탁하면 그게 슬픈 사연이라면 무슨 글이든 써 주었대. 누군가 사람이 죽었다면, 남자뿐 아니라 여자든 어린애든, 죽은 사람의 시체가 미처 싸늘해지기도 전에 벌써 '추도의 글'을 만들기 시작했다는 거야. 그녀는 이것을 '추도의 글'이라고 불렀다는군. 이웃 사람들의 얘기로는 의사가 맨 먼저, 다음이 에멀린, 그 다음이 장의사였다는 거야. 에멀린이 장의사한테 뒤처진 적은 한 번도 없었다니까. 아니다, 꼭 한 번 있었다는군. 그때는 죽은 사람이 휘슬러라는 사람이었는데, 이 이름에다 운을 맞추는 데 꽤 시간이 걸렸다는 거야. 그때부터 에멀린은 사람이 영 달라졌고, 뭔가 고민하는 것 같은 모습이더니, 마침내 죽었다는군. 불쌍한 아이지.

그녀가 그린 그림이 비위에 거슬려 약간 싫어졌을 때, 나는 곧잘 전에 그녀가 사용하던 이층 조그만 방에 올라가서는 낡은 스크랩북을 끄집어 내어 읽곤 했지. 에멀린은 살아 있는 동안 죽은 사람 모두에게 시를 써 주었는데, 정작 그 에멀린이 죽은 지금에는 아무도 그녀를 위해 시를 써 주는 사람이 없다는 게 아무래도 불공평한 것 같았어. 그래서 나는 내가 한두 개 만들어 주려고 노력해 보았지만 왜 그런지 제대로 써지지 않더군. 에멀린의 방은 깨끗이 잘 정돈되어 있었어. 집안에는 검둥이가 잔뜩 있었지만 이 방 손질은 마님이 손수했지. 그리고 곧잘 이 방에서 바느질을 하기도 하고 성경책도 읽곤 했지.

객실 창에는 흰 빛깔의 예쁜 커튼이 쳐 있었는데, 위쪽에는 성(城)이 그려져 있었어. 성벽은 덩굴에 덮여 있고 물을 마시러 온 소들이 그려져 있더군. 그리고 조그만 낡은 피아노도 한 대 있었어. 아가씨들이 이것으로 〈최후의 인연은 끊어지다〉나 〈프라하의 전투〉를 연주하기도 했는데 그렇게 즐거울 수가 없었어. 어느 방이나 벽에는 모두 회칠이 되어 있고 대부분 바닥에 예쁜 융단이 깔려 있었어. 그리고 집 바깥쪽은 전체가 하얗게 칠해져 있었고.

이 집은 두 채로 길게 지은 건물이었는데, 두 채 사이의 넓은 공간에는 지붕을 씌우고 바닥에 마루를 깔아서 낮에는 여기에 식탁을 차리는 일도 간혹 있었지. 서늘해서 아주 기분이 좋았어. 그야말로 최고야. 게다가 요리는 얼마나 맛있던지. 양도 많고 말야.

18

이 집 주인인 그레인저포드 대령은 정말 신사였어. 흔히 말하는 명문 출신이었지. 혈통은 말과 마찬가지로 사람에게도 매우 중요한 일이라고 더글러스 과부댁은 말하곤 했었어. 과부댁이 마을에서 제일 가는 가문의 출신이라는 것은 누구나가 다 인정하는 사실이지만 말야. 그리고 우리 아버지 역시 같은 말을 하곤 했지. 자기는 흙탕물의 메기만도 못한 신분인 주제에 말야.

그레인저포드 대령은 키가 훤칠하고 늘씬한데다 얼굴빛은 파랗고 붉은 기운을 띤, 그야말로 보기 드문 미남이었어. 그 깡마른 얼굴에 매일 아침 면도질을 했지. 입술과 콧구멍은 얄팍하고, 높다란 코에 짙은 눈썹, 두 눈은 더없이 깊고 검었어. 그 눈으로 나를 쳐다볼 때면 마치 동굴 구석에서 내다보고 있는 것 같은 느낌을 받곤 했어. 넓은 이마에 까맣고 윤이 나는 머리카락은 어깨까지 늘어져 있고, 손은 길고 야위었어. 매일 깨끗한 셔츠를 입고, 옷은 머리끝에서 발끝까지 어느 한 구석 허술한 데가 없었지.

옷감은 삼베였지만 어찌나 희고 깨끗한지 보고 있으면 눈이 부실 정도였어. 그리고 일요일에는 놋쇠 단추가 달린 파란 연미복을 입었어. 손잡이가 달린 마호가니 지팡이를 짚고 말야. 경박한 곳이라고는 찾아볼 수 없고, 사치스럽지도 않은 그런 신사였어.

친절하기란 또 이루 말할 수 없었어. 때때로 웃을 때는 기막히게 호감을 갖게 하지. 그러나 눈썹 밑에서 번쩍하고 번갯불이 일기 시작할 때면 그 이유를 따지는 것은 둘째치고 우선 나무 위에라도 도망을 치고 싶어지는 거야.

이분은 누구한테든 단정하게 하라고 말하는 일이 없었어. 대령 앞에 서면 모두가 단정하게 안 할 수가 없었으니까. 또 모두들 대령 옆에 있고 싶어했지. 대령은 태양과도 같았어. 대령이 있으면 마치 태양이 빛나고 있는 것과 같다는 얘기야. 이것이 구름에 가려지면 약 30초 정도 칠흑처럼 어두워지지만 그때가 지나고 나면 한 일주일 동안은 아무 일 없이 잘 지내게 되지.

대령과 그 부인이 아침에 이층에서 내려오면 가족들은 일제히 의자에서 일어나 인사를 하고, 두 사람이 앉은 후에야 자리에 앉는 거야. 그리고 나서 톰과 봅은 술병이 있는 찬장에 가서 맥주를 한 잔 만들어다가 아버지에게 드리지. 그러면 대령은 그것을 손에 들고 톰과 봅이 자기들이 마실 것을 만드는 동안 기다려 주지. 이것이 다 되면 두 아들은

인사를 하는데,

"아버님과 어머님께 자식으로서의 의무를 다하겠습니다."

라고 말하는 거야. 그러면 대령과 부인은 가볍게 고개를 숙이며,

"고맙다."

라고 말하고 네 사람이 함께 그 술을 마시는 거야. 봅과 톰은 컵에 설탕과 약간의 위스키, 또는 애플 브랜디가 조금 남아 있을 때 물을 한 숟가락 타서는 나와 벅에게 주었지. 우리도 그 늙은 부부를 위해서 건배를 하곤 했어.

봅이 톰보다 한 살 위였는데, 둘 다 어깨가 떡벌어지고 얼굴은 거무튀튀하고 길고 까만 머리카락에 키가 큰 멋진 사내들이지. 머리에서 발끝까지 아버지와 꼭같이 흰 삼베옷을 입고 차양이 넓은 파나마 모자를 쓰고 있었어.

미스 샬롯은 나이는 스물다섯, 키가 크고 품위가 있어 보였어. 그녀는 화를 내지 않을 때는 아주 상냥했지만 일단 화가 나면 아버지와 마찬가지여서 쳐다만 봐도 저절로 몸이 떨릴 정도야. 하지만 미인이었어. 동생인 미스 소피아도 예뻤지만 그 아름다움의 질이 달랐어. 소피아는 비둘기처럼 다정하고 귀여웠어. 나이는 스물두 살이었지.

그 한 사람 한 사람에게 모두 시중 드는 검둥이가 따로 있었어. 벅에게까지 말야. 내 시중드는 검둥이는 그야말로 편했지. 나는 누구를 부려먹을 줄 몰랐으니까. 하지만 벅의 검둥이는 쉴 틈이라곤 조금도 없었어.

현재로서는 가족이 이게 전부지만 ── 전에는 더 있었는데 ── 아들이 셋, 이들은 모두 살해당했고 에멀린은 죽었고 말야.

그레인저포드 대령은 많은 농장을 가지고 있었고 검둥이만도 백 명

은 넘게 거느리고 있었어. 가끔 10마일이나 15마일쯤 떨어진 곳에서 많은 사람들이 찾아와 4, 5일씩 묵고 가곤 했어. 이럴 때는 근처 강가 같은 곳으로 소풍을 가서 하루 종일 숲속에서 춤추며 놀기도 하고, 밤엔 집에서 무도회를 열었지. 찾아오는 사람은 대개 친척이었고 남자들은 총을 가지고 왔어. 모두들 신분이 매우 높은 사람들이었어.

대령의 집 근처에 또 하나의 신분 높은 가문이 있었는데 세퍼드슨이었어. 대여섯 집의 친척이 모여 살고 있었지. 이 가문도 그레인저포드 일가와 마찬가지로 지체 높고 혈통 좋고 부자며 세력이 대단했어. 세퍼드슨 가와 그레인저포드 가는 이곳에서 2마일쯤 떨어진 곳의 나루터를 사용하고 있었기 때문에 가끔 그레인저포드 식구들과 그곳에 가면 세퍼드슨 사람들을 만났어. 그들은 멋진 말을 타고 떼를 지어 그곳에 와 있었지.

어느 날의 일이었어. 벅과 내가 집에서 멀리 떨어진 숲속에서 사냥을 하고 있었는데 말이 달려오는 소리가 들리는 거야. 우리는 길을 가로지르려던 참이었는데 바로 그때였어.

"빨리! 숲속으로 뛰어들어!"

하고 벅이 급히 말하는 거야.

우린 뛰어들어가 나뭇잎 사이로 저편을 내다보았지. 말을 탄 멋진 사나이 한 명이 길 저편에서부터 달려오고 있었어. 총을 안장 위에 옆으로 걸쳐 놓고 말을 타는 모습이 마치 군인 같았어. 전에도 본 일이 있는데, 하니 세퍼드슨이라는 청년이었어. 바로 옆에서 벅의 총이 '탕' 소리를 내는가 싶더니 하니의 모자가 머리에서 툭 떨어지더군. 그 사나이는 총을 움켜쥐더니 우리가 숨어 있는 쪽으로 곧장 말을 달려오는 거야. 하지만 우리도 가만히 있지는 않았지. 숲속을 걸음아 날 살려라 도망쳤지. 우리는 총에 맞지 않으려고 어깨 너머로 뒤를 돌아다보았는데 하니가 벽을 향해 총을 겨누는 걸 두 번 봤어. 그러더니 아까 그 지점으로 다시 돌아갔어. 모자를 집으러 갔겠지. 물론 내가 본 것은 아니었지만 말야. 워낙 급하게 집으로 도망치는 바람에…….

대령은 처음에 눈을 빛내더군. 아마 기뻐서 그랬을 테지. 그러다가 침착한 표정을 짓더니 부드러운 어조로 말했어.

"나무 그늘에서 쐈다는 건 개운치 않구나. 왜 길 한가운데로 나서질 않았니, 얘야?"

"아버지, 세퍼드슨 놈들도 늘 그래요. 그놈들은 언제나 남의 허점을 노리죠."

샬롯 아가씨는 벅의 이야기를 들으면서 여왕처럼 얼굴을 쳐들고 눈을 반짝였어. 두 젊은 아들은 험한 얼굴을 하고 있었지만 아무 말도 하지 않았어. 그리고 소피아 아가씨는 창백해졌지만 하니가 상처를 입지 않았다는 것을 알고는 다시 핏기가 돌더군.

나는 나무 밑 옥수수 창고 옆으로 벽을 데리고 가서 물었지.

"이봐, 벅. 너 정말로 그놈을 죽이려고 생각했었니?"

"그야 물론이지."

"그놈이 너에게 어떻게 했는데?"

"그놈이? 아무것도 안 했지."

"그런데 어째서 그놈을 죽이려고 했니?"

"그야 뻔하지 않아? 그저 오랜 원한 때문이지."

"무슨 뜻이지? 그 원한이란 얘기는 말야."

"이봐, 너 어디서 자랐니? 숙원이 뭔지도 모른단 말야?"

"몰라, 처음 듣는 얘기야. 얘기해 줘, 그 원한이 뭔지."

"그건 말야. 원한이라는 건 말야, 결국 이런 거야. 한 사나이가 다른 한 사나이와 싸움을 하고 그놈을 죽여. 그러면 그 사나이의 형제가 또 상대 사나이를 죽이지. 그렇게 되면 양쪽의 다른 형제들이 모두 나서서 서로 상대방을 공격하지. 그러다 사촌들까지 합세하고 마지막에는 모두가 죽게 되고, 그렇게 되면 원한도 없어진다 그런 얘기지. 그러나 이건 그렇게 빨리 결말이 나는 일이 아니야. 오랜 시간이 걸리게 마련이야."

"너희 원한도 오랫동안 계속된 거니?"

"분명히는 모르지만 30년인가, 어쩌면 그보다 더 이전에 시작됐을 거야. 무슨 일로 해서 말썽이 일어났는데 그것을 해결하기 위해 소송 문제가 생겨 결국 한쪽이 졌지. 그래서 진 쪽의 사나이가 이긴 쪽의 사나이를 쏴 죽였어. 누구든 그렇게 했을 테지."

"말썽이라니, 어떤 말썽이지, 벅? 땅 문제 때문이야?"

"아마 그랬을걸. 잘은 모르지만, 나는……."

"으음, 그래 쏜 것은 누구지? 그레인저포드 사람이야? 아니면 세퍼드슨 쪽이야?"

"내가 그걸 어떻게 알아? 아주 오래 전의 애긴데."

"아무도 모른단 말야?"

"그야, 아버지는 알고 있겠지. 그리고 나이 많은 사람 중 몇 사람쯤. 그렇지만 맨 처음에 무슨 일로 소란이 벌어졌는지, 그건 아마 그 사람들도 모를걸."

"지금까지 살해당한 사람은 많아, 벅?"

"응, 장례식이 꽤 많았지. 하지만 항상 죽은 건 아냐. 아버지는 몸에 사슴 총알이 몇 발 박혀 있지만 끄떡없어. 밥도 꽤 여러 군데 칼에 찔렸고, 톰도 한두 번 당했었지."

"올해도 누구 살해당한 사람이 있어?"

"응, 이쪽에서도 한 사람 해치웠고, 저쪽에서도 한 사람. 약 서너 달 전이었어. 버드라고 하는 내 사촌인데, 나이는 열넷, 그 애가 강 저쪽 숲속에서 말을 타고 있었는데, 총도 아무것도 없이 말야. 참 바보였지. 호젓한 곳에 왔을 때 뒤에서 말발굽 소리가 나길래 돌아보았더니 볼디 세퍼드슨 영감이 총을 들고 백발을 바람에 날리며 쫓아오고 있었던 거야. 버드는 말에서 뛰어내려 덤불 속으로 숨는 대신에 그대로 달려 도망칠 수 있으리라고 생각했지. 그래서 두 사람은 서로 쫓고 쫓기면서 5마일쯤 말을 타고 달렸는데 영감이 점점 다가오자 마침내 버드는 이젠 틀렸구나 생각해 말을 멈추고는 휙 돌아섰지. 총알을 정면에서 맞자는 생각이었을 거야. 그러자 영감이 달려와서 버드를 쏴 죽이고 말았지. 하지만 그 영감도 자기의 행운을 즐길 여유는 없었어. 일주일도 안 되어 우리쪽 사람이 죽여 버렸거든."

"그 영감은 틀림없는 비겁한 놈이었어, 벅."

"비겁하다니, 천만에. 세퍼드슨 가에는 비겁한 사람이라곤 하나도 없어. 단 한 사람도 말야. 그리고 우리 그레인저포드 일가에도 비겁한 사람은 없어. 그 영감은 말야, 언젠가 그레인저포드 사람 세 명을 상대로 30분이나 버티다가 끝내 이긴 일이 있었어. 모두들 말을 타고 있었지만 그 영감은 얼른 말에서 내려 조그만 장작더미 뒤로 돌아가서 말을 앞에 놓고는 총알받이로 삼았지. 그런데 그레인저포드 사람들은 말을 탄 채로 영감 주위를 빙빙 돌면서 총을 쏴았지. 영감도 세 사람에게 총을 쏴 대고. 영감과 말은 여기저기 구멍이 뚫려 절뚝거리면서 집에 돌아갔는데, 그레인저포드의 세 사람은 사람들에게 업혀서 간신히 돌아왔지. 그리고 한 사람은 그날로 죽고 또 한 사람은 그 다음 날 죽었어. 세퍼드슨 가에서 비겁한 사람을 찾는다는 것은 시간 낭비에 지나지 않지. 세퍼드슨 일가에는 비겁한 인간이란 애당초 태어나지를 않았으니까 말야."

다음 일요일에 우리는 모두 말을 타고 3마일쯤 떨어져 있는 교회로 갔지. 사나이들은 총을 가졌고 벅도 가지고 갔어. 그것을 그들은 무릎 사이에 꽂기도 하고 가까운 벽에 세워 놓기도 했지. 세퍼드슨 가도 똑같이 그렇게 했어. 설교는 흔해 빠진 동포애라느니 뭐니 하는 그런 시시한 얘기뿐이었어. 하지만 모두들 훌륭한 설교였다고 하면서 집으로 돌아오는 동안 몇 번씩이나 그 얘기를 하는 거야. 그렇게 지겨운 일요일은 처음이었어.

점심을 먹고 한 시간쯤 지났을 때였을까, 모두들 의자에 앉아 있든가 자기 방에 들어가서 낮잠을 자든가 하는 바람에 매우 따분했어. 벅과 개는 양지바른 잔디에 길게 누워서 잠이 들어 있더군. 나도 방에 올라가서 낮잠이나 잘까 생각했지. 아름다운 소피아 아가씨가 우리 방 바로 옆에 있는 자기 방 문간에 서 있었어. 그녀는 나를 보더니 자기 방으로 끌고 들어가 살그머니 문을 닫아 버리고는 나더러 자기를 좋아하느냐고 묻더군. 나는 그렇다고 대답해 주었지. 이번에는 그렇다면 자기를 위해 도움이 되는 일을 해주고, 그것을 아무에게도 말하지 않을 수 있겠느냐고 묻는 거야. 나는 그렇게 하겠다고 대답했지. 그러자 아가씨는 그만 깜빡 잊어버리고 자기 성경책을 교회 의자 위에 다른 책들 사이에 끼워둔 채 왔다는 거야. 몰래 교회로 가서 그 성경책을 가져다 줄 수 없겠느냐는 것이었지. 그리고 그 일을 아무에게도 말하지 말라는 거야. 나는 알겠다고 말했지. 그러고는 몰래 집을 나가 교회로 갔는데 교회 문의 자물쇠가 잠겨 있지 않았어. 돼지는 여름에 찬 마룻바닥을 좋아하거든. 그래서 사람은 정해진 날에만 교회에 가는데 돼지는 그렇지가 않아.

나는 속으로 이 일은 무슨 곡절이 있을 거라고 생각했지. 아가씨가 성경책 때문에 그렇게 안달을 한다는 게 보통 일이 아니거든. 그래서 나는 성경책을 툭툭 털어 보았지. 그랬더니 아니나다를까, 쪽지가 떨어지는 거야. 연필로 '두 시 반'이라고 쓰여 있는 쪽지였어. 나는 성경책을 구석구석 찾아보았지만 다른 것은 아무것도 발견할 수 없었어. 그것만 가지고는 도무지 무슨 뜻인지 알 수가 없어서 쪽지를 다시 성경책 안에 끼워 넣었지. 집으로 돌아와 이층으로 올라갔는데 소피아 아가씨가 방 입구에서 나를 기다리고 있었어. 나를 방 안으로 끌고 들어가 문을 닫고는 성경책을 뒤져서 그 종이 쪽지를 찾아내는 것이었어.

그녀는 그 문구를 읽은 순간 기쁜 표정을 지으며 나를 꼬옥 끌어안고는, 너는 세상에서 제일 착한 애니까 아무에게도 얘기하지 않을 거라고 말했어. 잠시 얼굴을 빨갛게 붉히고는 눈을 반짝반짝 빛냈는데 정말 그 얼굴이 예쁘게 보이더군. 나는 무슨 영문인지 모른 채, 대체 무슨 종이냐고 물었지. 그랬더니 아가씨는 날보고 그 종이에 적힌 것을 읽었느냐고 묻는 거야. 난 읽지 않았다고 했지. 그러자 아가씨는 글을 읽을 줄 아느냐고 묻더군. 그래서 난,

"아니, 활자로 된 것밖에 읽지 못해."

하고 대답해 주었지. 아가씨 하는 말이, 그 종이는 읽던 곳을 표시하기 위해서 끼워 두었을 뿐이라나. 그러면서 나가서 놀아도 좋다고 하더군.

나는 그 일을 생각하면서 큰 강 쪽으로 걸어가고 있었어. 얼마 후에

내 검둥이가 뒤를 따라오고 있는 것을 눈치챘지. 집에서 보이지 않을 만큼 오자, 그 검둥이는 여기저기 살피고는 내게로 달려와 이렇게 말하는 거야.

"조지 도련님, 늪 속에 들어가시면 물뱀이 득실대는 곳을 보여드리죠."

참 이상한 일이라고 생각했어. 그도 그럴 것이 놈은 어제도 같은 말을 했거든. 뱀 같은 것을 일부러 찾아다니는 사람이 없다는 것쯤은 알고 있을 만한데. 어쨌든 놈에게 무슨 꿍꿍이가 있는 것이 분명해. 그렇게 생각하고는 내가 말했지.

"좋아, 앞장서."

거기서부터 반 마일쯤 따라가니까 늪이 나왔는데, 그놈은 늪 속으로 반 마일 가량 발목까지 물에 잠겨 가면서 걸어가는 것이었어. 얼마 후 습기가 없는 평지가 나타났는데, 거기는 좁기는 했지만 크고 작은 나무들과 덩굴이 무성한 곳이었어. 거기서 그놈이 말하더군.

"조지 도련님, 두서너 발짝만 그 안으로 들어가 보세요. 그 안에 뱀이 득실댈 테니까요. 나는 전에도 본 일이 있어서 이젠 보기도 싫어요."

그러더니 그놈은 저벅저벅 소리를 내며 가버리는 것이었어. 곧 숲에 가려서 보이지 않더군. 나는 그곳에서 좀 더 안으로 들어갔는데, 침실만한 크기의 공터가 눈앞에 나타났어. 그 일대 사방에는 덩굴이 늘어져 있었는데, 그 안에서 어떤 사나이가 누워 자고 있는 거야. 그런데 그게 바로, 내 옛날 친구 짐이 아니겠어!

나는 짐을 깨우면서, 잠을 깬 짐이 나를 보면 깜짝 놀라겠지 생각했지. 그런데 그게 아니었어. 짐은 눈물을 글썽거리며 기뻐했지만 조금도 놀라지 않는 거야. 그날 밤, 내 뒤를 따라 헤엄을 치면서 내가 외칠 때마다 소리는 들었지만 대답을 할 만한 배짱은 생기지 않더라는 거야. 붙잡혀서 또다시 노예의 몸이 되어서는 안 되겠다는 생각이 들더라는 거야.

"조금 부상을 입어 빨리는 헤엄을 칠 수가 없었어. 그래서 나중에는 너와 멀리 떨어졌지. 네가 기슭을 올라갔을 때, 이젠 너한테 소리를 지르지 않아도 육지로 올라가서 뒤쫓으면 되겠다고 생각했지. 그런데 그 집이 보이더라구. 나는 천천히 걷기로 했어. 그 집 사람들이 너에게 뭐라고 하는 것 같았지만 나에게까지는 들리지 않았어. 나는 훨씬 뒤에 처져 있었거든. 그 개들이 워낙 무섭고 해서 말야. 그런데 사방이 다시 조용해졌길래 나는 네가 그 집으로 들어간 것을 알 수 있었어. 그래서 숲속으로 들어가 날이 새기를 기다리기로 했지. 아침 일찍 밭으로 나가는 검둥이가 몇 지나다가 나를 보고는 이 늪을 가르쳐 주더군. 이곳이라면 물이 막고 있어서 개들도 발견할 수 없을 거라고. 그들은 매일 밤 먹을 것을 갖다 주고, 네 소식도 알려 주었어."

"그럼 왜 좀 더 일찍 나를 찾지 않은 거야, 짐?"

"그건 헉, 무슨 방도도 서기 전에 너를 방해해 봤자 아무 소용 없잖아? 하지만 이젠 괜찮아. 나는 틈틈이 솥이나 냄비, 먹을 것을 사두었고, 밤에는 뗏목을 수리해 놓았거든."

"뗏목이라고? 무슨 소리야?"

"우리의 그 뗏목이지."

"아니, 우리 뗏목이 산산조각 난 것은 너도 알고 있을 것 아냐?"

"물론 부서지기는 했지, 한쪽 귀퉁이가 말이야. 하지만 엉망이 된 것은 아냐. 우리 소지품만 모조리 없어졌지. 우리가 물속 깊이 잠겨 들어가거나 그렇게 멀리까지 헤엄쳐 가지 않았다면, 또 그날 밤이 그토록 어둡지 않았고 우리가 그렇게 당황하지 않았던들, 아니 그보다 우리가 돌대가리들만 아니었어도 뗏목이 우리 눈에 띄었을 거야. 하지만 이제 그런 건 문제가 아냐. 왜냐하면 말야, 이젠 이미 새것처럼 제대로 고쳐 놨고, 소지품도 없어진 것 이상으로 잔뜩 장만해 놓았으니까 말야."

"이봐 짐, 너 어떻게 그 뗏목을 다시 손에 넣었지? 흘러가는 걸 붙잡았어?"

"어떻게 뗏목을 붙잡아! 숲속에 있었는데. 그게 아니라, 검둥이들이 말야, 저쪽 강굽이에서 물에 잠겨 나무에 걸려 있는 것을 발견한 거야. 그들은 뗏목을 샛강으로 끌고 와서는 버드나무 그늘에 숨겨 놓고 저마다 제것이라고 우기면서 떠들더군. 그래서 내가 나가 말했지. 이 뗏목은 너희 것이 아니라 우리 헉과 내 것이라고 말야. 싸움을 해결하고 나는 말했어. 백인 신사의 물건을 건드렸다가 매를 맞아도 좋으냐고. 그러고는 한 사람 앞에 10센트씩 주었더니 놈들은 기분이 좋아서 더 많은 뗏목이 흘러 내려와 좀 더 돈벌이를 시켜주었으면 좋겠다고들 법석을 떨더군. 그 검둥이들은 내게 잘해 주었어. 내가 원하는 건 뭐든지 척척 해 주었단 말야. 헉, 특히 잭은 정말 좋은 놈이야. 게다가 머리도 좋고."

"응, 정말 그래. 그놈은 네가 이곳에 있다고 말하지 않았어. 따라오면 물뱀을 실컷 보여 주겠다고 말했어. 그렇게 하면 만약 무슨 일이 일어난다 해도 자기는 말려들지 않을 테니까. 우리가 함께 있는 것을 보지 못했다고 할 수도 있고, 또 그게 사실이니까 말야."

그 다음 날의 사건은 그다지 이야기하고 싶은 마음이 생기질 않아. 대충 얘기해서 넘기고 싶은 심정이야. 날이 밝을 무렵에 눈을 뜬 나는 몸을 뒤척이며 한참 더 자려고 했는데 어쩐지 집안이 텅 빈 것 같은 느낌이 들었어. 여느 때와는 다르게 무척 조용했거든. 그러다 나는 벅이 어디론가 나가버린 것을 발견했어. 나는 이상한 생각이 들어 아래층으로 내려가 보았지. 아무도 없었어. 그야말로 쥐 죽은 듯이 고요한 거야. 바깥도 마찬가지였어. 나는 이게 대체 어떻게 된 일인가 싶어서 장작더미가 있는 곳으로 가다가 잭과 불쑥 마주쳤어.

"이게 대체 어떻게 된 일이니?"

"조지 도련님은 여태 모르고 있었나요?"

"응, 아무것도 몰라."

"실은 말이죠, 소피아 아가씨가 도망쳤어요! 거짓말이 아녜요. 한밤중에 도망쳤어요. 몇 시쯤인지는 아무도 몰라요. 세퍼드슨 가의 도련님에게 시집간다고 도망쳤다는 거예요. 모두들 그렇게 생각하고 있어요. 집안 사람들이 한 30분 전에, 아니, 좀 더 전이든가, 도망친 걸 알고는 난리가 났죠. 총 가져와라, 말을 준비해라, 아무튼 그렇게 서두르고 날쌔게 행동하는 걸 본 일이 없어요. 여자들은 친척집에 알린다고 나가고, 주인 어른과 아드님들은 총을 메고는 세퍼드슨 도련님이 소피아 아가씨를 데리고 강을 건너기 전에 붙잡아 죽인다면서 강기슭 길을 따라 쏜살같이 달려나갔어요. 분명 무슨 큰 소동이 벌어질 것만 같아요."

"벅이란 놈은 날 깨우지 않고 가버렸구나."

"그야, 그러는 게 당연하죠. 식구들은 조지 도련님을 이 사건에 휘말리게 하고 싶지 않았을 테니까요. 벅 도련님은 총에 탄알을 장전하면서 무슨 일이 있어도 세퍼드슨을 한 마리 잡아 가지고 돌아오겠다고 말했어요. 그야 세퍼드슨 쪽에서도 많이 나올 테니, 벅 도련님도 운만 좋으면 한 사람쯤 붙잡을 수 있을지도 모르죠."

나는 되도록 빨리 강기슭 길을 달려갔지. 어느 새 멀리서 총소리가 들려왔어. 선착장 근처에 있는 재목상과 장작더미가 보이기 시작했을 때 나는 숲속의 덤불을 뚫고 알맞은 장소까지 나갔지. 그리고 총알이 미치지 않을 곳에 서 있는 고리버들 가지로 기어올라가 바라보았어. 나무 앞에 4피트쯤의 높이로 쌓아올린 장작더미가 있었는데 나는 처음에 그 뒤에 숨을까 생각했지만 거기에 숨지 않길 잘했어.

4, 5명의 사나이가 말을 타고 재목상 앞에 있는 공터에서 욕설을 퍼부으며 떠들고 있었지. 선착장 옆 장작더미 뒤에 숨어 있는 젊은이 둘을 해치우려고 했지만 제대로 되지 않았어. 누구 하나가 장작더미 끝으로 모습을 나타낼 때마다 총알이 날아다녔지. 장작더미 뒤에 숨은 두 사람은 서로 등을 대고 앉아 양쪽 끝을 지키고 있었던 거야.

그러던 중, 사나이들은 이리저리 설치고 소리지르기를 멈추고 재목상 쪽으로 걷기 시작했어. 그러자 한쪽 젊은이가 일어서서는 사나이들 중 하나를 쏘아 안장에서 떨어뜨렸지. 사나이들은 모두 말에서 뛰어내려 총에 맞은 자기 편을 재목상으로 옮기기 시작하더군. 그 순간 젊은이 둘이 동시에 뛰어나오는 거야.

내가 있는 나무 쪽으로 한 절반쯤 왔을 때, 사나이들도 눈치를 챘지. 후닥닥 말에 뛰어올라 계속 쫓아갔지만 그래도 안 되더군. 젊은이들이 훨씬 빨리 뛰기 시작했거든. 젊은이들은 바로 내 눈앞에 있는 장작더미까지 오더니 그 뒤로 미끄러져 들어갔어. 그러니 또다시 젊은이들 쪽이 사나이들보다도 우세한 입장에 놓였지. 그 젊은이 중 하나는 벅이었어. 그리고 또 하나는 열아홉 살쯤 되어 보이는 말라깽이 청년이더군.

사나이들은 미친 듯이 날뛰다가 어디론가 사라졌어. 나는 사나이들이 사라지기를 기다리고 있다가 벅에게 소리를 질렀지. 이젠 가버렸다고 말야. 처음에 벽은 나무 속에서 내 목소리가 들리니까 무슨 영문인지 몰라 얼마 동안 어리둥절해하더군. 그러다가 나를 보고는 잘 지키고 있다가 놈들이 또 나타나거든 알려 달라고 하는 거야. 놈들은 분명 다시 돌아올 거라면서 말야.

나는 나무에서 내려오고 싶었지만 결심이 서지 않더군. 벽은 사촌인 조(역주 : 다른 한 젊은이 이름)와 이제부터 오늘의 앙갚음을 할 것이라고 큰 소리로 외치며 울부짖고 있었어. 아버지와 두 형이 살해당하고, 상대방 놈은 두서넛 죽었다고 하면서 말야. 세퍼드슨 쪽에서는 잠복해서 그들을 기다리고 있었다고 했어. 아버지와 형들이 친척들이 올 때까지 기다렸으면 좋았을 거라고 벽은 말했어. 세퍼드슨 놈들이 너무 강해서 힘에 겨웠다는 거야. 나는 하니와 소피아 아가씨가 어떻게 되었느냐고 물었지. 그랬더니 둘 다 강을 건너 무사하다고 벽이 말하더군. 나는 그 얘기를 듣고 마음이 놓였어. 하지만 벽은 하니를 노렸던 그날에 그놈을 죽이지 못한 것이 한스럽다고 하면서 이를 부드득 가는 거야. 그렇게 억울해하는 모습은 처음이었어.

그때 '탕탕탕!' 하고 세 발인가 네 발의 총소리가 갑자기 들려왔어. 아까 그놈들이 말은 어디엔가 풀어 두고 몰래 숲을 돌아 뒤쪽에서 나타난 거야! 벽과 그 사촌은 강을 향해서 달려나갔어. 둘 다 부상을 입은 채, 강 흐름을 타고 헤엄쳐 나가는 것을 사나이들은 기슭을 따라 쫓아가며 연방 총을 쏘아대더군.

"죽여 버려! 죽여 버려!"

하고 외치면서 말야. 나는 숨이 콱 막혀서 하마터면 나무에서 떨어질 뻔했어.

도저히 그날의 일을 차분하게 다 이야기할 수는 없어. 그러려면 또 숨이 막혀올 거야. 그런 구경을 하게 될 줄 알았더라면 그날 밤 기슭에 올라가지 않는 건데. 그때의 일은 평생 잊을 수 없을 거야. 그날 나는 어두워질 때까지 나무 위에서 내려올 생각도 못 했어. 가끔 멀리 숲속에서 총소리가 들려 왔어. 사나이들 몇 명이 총을 메고 말을 탄 채 떼를 지어 재목상 앞을 달리는 것을 두 번쯤 봤어. 그래서 싸움이 아직도 계속되고 있다고 생각했지. 나는 완전히 기가 질려서 두 번 다시 그 집 가까이 가지 않으려고 생각했지. 일이 그렇게 된 데에는 내 책임도 조금 있다고 생각되었기 때문이야. 그 종이 쪽지, 그것은 소피아 아가씨가 두 시 반에 어디선가 하니와 만나서 도망치려는 것이라는 것을 나는 짐작하고 있었어. 그 종이 쪽지와 소피아 아가씨의 이상한 행동들을 대령한테 알려 주었다면 그는 아가씨를 방 안에 가둬 놓고 자물쇠를 잠갔을 거야. 그랬다면 이런 소동은 일어나지 않았을지도 모르는 일이 거든.

나는 나무에서 내려와 강둑을 따라 하류 쪽으로 몰래 걸어 내려왔지. 그랬더니 강가에 시체가 두 구 뒹굴고 있더군. 나는 그것을 끌어내 기슭에 올려 놓고는 얼굴에 천을 씌워주고 서둘러 그곳에서 도망쳤지. 벽의 얼굴에 천을 씌워 줄 때 나는 조금 울었어. 나한테 무척 잘 해 준 친구였는데.

이미 날은 완전히 어두워졌지만 나는 그 집으로 향하지 않고 숲속을 빠져 나가 늪으로 달렸어. 그런데 짐은 그 섬에 있지 않더군. 그래서 샛강 쪽으로 걸음을 옮겨 이런 어수선한 곳을 한시라도 빨리 떠나고 싶어서 뗏목을 찾았지. 버드나무를 헤치며 달려서 가보았더니, 이게 웬일이야! 뗏목이 없지 않아? 아, 그때의 그 막막함이란! 약 1분 동안은 숨을 쉴 수가 없었어. 그러다가 나는 목청껏 소리를 질렀지. 잠시 후 25피트쯤 떨어진 곳에서 목소리가 들려 왔어.

"헉이야? 소리를 지르면 안 돼."

그건 틀림없이 짐의 목소리였어. 그야말로 일찍이 들어보지 못한 아름다운 목소리였어. 나는 둑 위를 달려가서 얼른 뗏목에 올라탔지. 짐은 나를 붙잡고는 끌어안더군. 내 모습을 보자 여간 반가워한 게 아니야. 그리고 이렇게 말하는 거야.

"고맙다, 고마워. 나는 네가 영락없이 죽은 줄만 알았어. 잭이 와서 말야, 네가 집에 돌아오지 않는다고, 틀림없이 총에 맞았을 거라고 하지 않겠어? 그래서 나는 지금 막 뗏목을 움직여 샛강 어귀로 내려가려던 참이었어. 잭이 다시 와서 네가 정말로 죽었다고 알려주는 날엔 여기에서 빠져 나갈 준비를 해둘 셈으로 말야. 하지만 이젠 됐어. 정말 잘 돌아왔어, 헉."

그래서 나도 말했지.

"됐어. 마침 잘 됐어. 나는 발견되지 않았으니까 모두들 내가 살해당하여 하류 쪽으로 떠내려갔다고 생각할 테지. 조금 위쪽에 그렇게 생각하게 할 만한 것이 있어. 그러니까 짐, 되도록 빨리 하류 쪽으로 내려가 봐야 해."

나는 뗏목이 2마일쯤 하류로 내려가서 미시시피 강의 한가운데로 나갈 때까지는 마음이 놓이질 않았어. 거기까지 가서야 겨우 우리는 신호등을 달고, 다시 한 번 자유롭게 안전한 몸이 되었구나, 하고 생각했지. 나는 어젯밤 이후 아무것도 먹은 것이 없었어. 짐이 옥수수빵과 탈지유와 돼지고기, 그리고 양배추를 꺼내주더군. 제대로 요리된 음식만큼 맛이 있었어. 이 세상에서 제일 맛있는 음식이었지. 그리고 저녁을 먹으면서 우리는 이야기를 했지. 정말로 즐겁더군. 나는 원한으로부터 탈출한 것이 즐거웠고, 짐은 늪으로부터 탈출한 것이 아주 즐거웠어. 뭐니 뭐니 해도 뗏목처럼 좋은 집이 없다고 말했지. 다른 곳은 모두 좁고 답답했지만 뗏목은 그렇지가 않았어. 뗏목은 자유롭고, 편안하며 아주 기분이 좋은 곳이야.

19

이틀인가 사흘이 지났어. 헤엄치듯이 미끄러져 갔다고 하는 게 좋을 거야. 어물어물하는 사이에 시간이 조용히 지나가 버렸으니까. 우리는 평온한 날을 보냈어.

그 근처의 강은 바다만큼이나 넓었어. 때에 따라서 폭이 1마일 반이나 되는 곳도 있었어. 우린 밤에 활동하고 낮에는 숨어서 잤지. 날이 샐 무렵이면 뗏목을 멈추고 매두는 거야. 대개 모래톱 밑의 웅덩이에다 넣어 두고는 고리버들이나 어린 버드나무 가지를 잘라서 뗏목을 숨겨 놓곤 했지. 그리곤 낚싯줄을 쳐 놓았어. 다음엔 몸을 식히기 위해 강 속에 들어가 헤엄을 쳤지. 그것이 끝나면 모래 바닥에 앉아서 먼동이 트는 것을 바라보는 거야. 아무런 소리도 들려 오지 않았어. 온 세상이 잠든 것만 같았고 다만 가끔씩 개구리가 우는 정도였어. 강 위를 넌지시 바라보면 말야, 처음에는 희미한 선 같은 것이 보여. 이것은 건너편 기슭의 숲이지. 다른 것은 아무것도 분간이 안 돼. 그러는 사이에 하늘 한 군데가 희멀겋게 밝아와서 그것이 점점 주위로 번져가는 거야. 그리고 강 저편이 어스레하게 밝아오면서 이제는 이미 빛깔도 연한 먹빛으로 변하고 말지.

아득히 멀리에 까만 점들이 천천히 움직이는 게 보였어. 장사꾼의 쪽배라든가 그런 것들이지. 그리고 검고 긴 줄도 보이는데 그건 뗏목 이야. 때로는 큰 노가 삐걱거리는 소리가 들리기도 하고 사람 목소리 가 들려 오기도 했어. 워낙 조용하다 보니까 먼 곳에서 나는 소리까지 들려 오는 거야. 강물 위에는 줄무늬가 어리곤 하는데, 그 줄무늬 모양 으로 그곳은 물살이 빠르고 그 빠른 물살 아래쪽에 나무가 잠겨 있다 는 것을 알 수 있지. 빠른 물살이 잠긴 나무에 부딪혀서 물 위로 줄무늬 가 생기는 법이니까.

그 후 안개가 걷히면서 동녘 하늘과 강물이 순식간에 새빨개지기 시 작하면 아득히 먼 건너편 숲 언저리에 통나무로 된 오두막 한 채가 보 이는 거야. 어쩌면 발동선에 팔 장작을 쌓아 놓은 장작 하치장일지도 모르지. 맞은편에서부터 싱그러운 산들바람이 숲과 꽃을 스치면서 시 원하고 신선한 향기를 실어다 주었어. 하지만 어떤 때는 썩은 냄새를 풍길 때도 있었지.

그러다 완전히 날이 밝으면 모든 것이 다시 생기를 되찾아 방실거리 기 시작하지. 이때쯤 되면 웬만한 연기쯤 피운대도 발각될 염려는 없 지. 그래서 우리는 낚싯줄에 걸린 물고기를 가져오고 따끈한 아침밥을 지어 먹고는 쓸쓸한 강 경치를 바라보며 우두커니 앉아 있다가 어느 새 스르르 잠이 들어 버리는 거야.

그러다간 잠에서 깨어 왜 내가 눈을 떴을까 하고 주위를 살펴보면 쿵쿵거리면서 강을 올라오는 증기선이 있곤 했지. 그것이 너무 멀리, 또는 맞은편 기슭에 있을 때는, 바깥 수레가 고물에 달려 있는지 옆구 리에 달려 있는지조차 분별이 안 되는 수도 있었어. 그 후 한 시간쯤은 아무것도 들리지 않고 아무것도 보이지 않는 적막만이 흐르게 되지.

이번에는 저 멀리 맞은편에 뗏목이 떠내려가는 것이 보였어. 그 뗏목 위에서는 풋내기가 장작을 패고 있기도 했지. 이렇게 빈둥거리면서 조용히 주위에 귀를 기울여 가며 하루를 보내곤 했지.

한번은 짙은 안개 때문에 지나가는 뗏목이 증기선에 부딪히지 않으려고 양철 냄비를 두드리면서 가는 소리를 들었어. 쪽배인지 뗏목인지는 모르지만 우리 곁을 스칠 때 지껄이고 떠들고 웃고 하는 소리가 들리더군. 소리는 똑똑히 들리는데 모습은 전혀 보이지 않았어. 이런 때는 마치 유령이 떠들고 있는 것 같아서 약간 기분이 섬뜩해지더군. 짐은 유령이 틀림없다고 말하는 거야. 그래서 내가 말했지.

"이봐. '이 빌어먹을 안개가!'라고 욕하는 유령이 세상 어디에 있겠어?"

밤이 되면 뗏목을 끌어내 강 한가운데까지 나가서는, 뗏목을 물 흐르는 대로 맡겨둔 채 파이프를 입에 물고 발을 물속에 담그고 여러 가지 얘기를 했지. 우리는 낮이나 밤이나 모기가 달려들지 않을 때는 거의 발가벗고 있었어. 벅의 집에서 만들어 준 옷은 너무 좋아서 입기가 거북했어. 게다가 원래 나는 옷 같은 것을 그다지 좋아하지 않거든.

우리는 벌렁 드러누워서 곧잘 별을 보곤 했어. 그러면서 저 별은 만든 것인가 아니면 저절로 생긴 것인가 하고 토론을 벌이곤 했어. 짐은 만든 것이라고 했지만 나는 저절로 생겨난 것이라고 했지. 만들었다고 한다면 저렇게 많은 것을 어느 세월에 만들었겠느냔 말야. 하지만 짐은, 달이 낳았을 것이라고 말하는 거야. 그 말을 듣고 보니 맞는 말 같기도 해서 반대하지 않았어. 개구리가 그만한 수의 알을 낳는 것을 나는 보아 왔기 때문에 달님이라고 해서 낳지 못하리란 법은 없을 것이라고 생각했지. 우린 별똥별도 자주 보곤 했지. 길게 꼬리를 끌면서 떨

어지더군. 짐은 저건 틀림없이 썩어버려 집에서 쫓겨나는 놈일 거라고
하는 거야.

한 번인가 두 번, 밤중에 증기선이 미끄러지듯 달려가는 것을 본 적
도 있었어. 가끔 굴뚝으로 불꽃을 뿜으면서 말야. 불꽃은 마치 빗줄기
처럼 물 위에 떨어지는데 무척 아름다웠어. 그리고 증기선은 굽잇길을
돌아서 불을 반짝거리며 사라졌는데, 그와 함께 시끄러운 소리도 함께
사라져 강은 또다시 고요함을 되찾는 거야. 증기선이 지나가고 한참만
에 증기선이 일으킨 물결이 다가와 뗏목이 몇 번 흔들렸어. 그 후로는
정적만이 계속될 뿐 아무런 소리도 들리지 않는 거야. 어디선가 개구
리 소리가 간혹 들려 올 정도로 말야.

자정을 지날 무렵이면 강가의 사람들도 모두 잠이 들어, 그 후 두세
시간은 오두막의 불빛도 보이지 않고 기슭은 완전히 암흑으로 바뀌곤
했어. 이 오두막의 불빛이 우리에게는 시계 구실을 해 주었어. 오두막
에 다시 불빛이 보일 때면 아침이 온다는 신호와도 같아서, 곧 숨을 장
소를 찾아 뗏목을 붙들어 매곤 했으니까.

어느 날의 일이었어. 해가 뜰 무렵에 카누 한 척을 발견해서 그것을
타고 좁은 수로를 지나 기슭까지 강을 건너간 거야. 2백 야드 정도밖에
안 되더군. 딸기라도 구해 볼까 하고 삼나무 숲의 샛강을 1마일 정도
저어 올라갔지. 소가 다니는 길 같은 곳을 통과하려던 때였어.

어떤 사나이 둘이 그 길을 정신없이 달려오는 거야. 나는 이젠 모든
것이 끝났구나 하고 생각했지. 누구든 사람을 뒤쫓고 있는 놈을 볼 때
마다 틀림없이 내가 쫓기고 있는 것이라고 생각했거든. 아니면 짐이 쫓
기든가 말야. 빨리 도망가려고 했지만 그때는 이미 두 사나이가 내 바
로 옆까지 와 있었어. 그러고는 살려 달라고 외치며 나한테 부탁하는

거야. 아무런 잘못도 없는데 쫓기고 있다면서 말야. 사람과 개가 함께 뒤쫓고 있다는 거야. 그러면서 카누에 뛰어들려고 해서 나는 말했지.

"그건 안 돼요. 개 소리도 말 소리도 아직 들리지 않는데 뭘 그래요. 좀 더 위까지 덤불 사이를 저어 갈 만한 여유는 있어요. 거기에서 물속으로 들어가 여기까지 걸어와서 카누에 타면 되잖아요, 그렇게 하면 개들도 냄새를 맡을 수 없거든요."

두 사람은 내 말에 따랐어. 나는 두 사람을 태우기가 바쁘게 곁눈질도 않고 모래톱를 향해 저었지. 5분이나 10분쯤 지났을 때, 개와 사람들 소리가 멀리에서 들렸어. 샛강 쪽으로 달려오는 소리가 들린 거야. 하지만 모습은 보이지 않더군. 어디엔가 멈춰 서서 두리번거리고 있을 테지. 우리는 그 동안에도 계속 저어 가고 있었으니까. 1마일 정도 숲을 지나 본류로 나왔을 때는 사방이 다시 조용했어. 우리는 모래톱까지 저어 가서 그곳에 있는 고리버들 속에 숨은 후에야 비로소 안도의 숨을 쉬었지.

두 사람 중 하나는 나이가 70세쯤, 어쩌면 좀 더 많이 들었을까? 대머리에다 흰 수염을 기르고 있었어. 다 낡아빠진 소프트 모자를 쓰고, 때에 전 파란 털스웨터에 누더기 같은 낡은 청바지를 입고 있었는데, 그 가랑이를 장화 속에 쑤셔 넣고, 손으로 만든 멜빵이라고는 하지만 한쪽밖에 없는 것을 매달고 있었어. 그러고는 반질반질한 놋쇠 단추가 달린 청으로 만든 낡은 연미복 같은 윗도리를 팔에 걸치고 있었어. 두 사람 모두 뭔가 잔뜩 들어 있는 더러운 여행 가방을 들고 있었어. 다른 한 사람은 나이가 한 30쯤 돼 보였는데 그 역시 형편없는 꼴을 하고 있었어. 아침을 먹고 나서 우리는 함께 쉬면서 이야기를 했지. 나는 우선 그 두 사람이 서로 모르는 사이라는 것을 알 수 있었어.

“자네는 무슨 일로 말썽이 생겼나?”

대머리가 젊은이에게 묻는 거였어.

“난 치석을 긁어내는 약을 팔고 있었어요. 물론 이게 치아의 법랑질도 함께 긁어내긴 했지만, 정말 긁어내는 거예요. 진작 마을을 떠났어야 했는데 내가 하룻밤을 더 묵은 거예요. 몰래 도망치려 하는 참에 마을 이쪽에서 당신을 만난 거예요. 당신이 쫓기고 있다고 말하면서 도와 달라고 부탁하길래, 내 문제도 시끄러워질 것 같고 해서 함께 도망치자고 했을 뿐이죠. 그것뿐이에요. 당신은 어떻게 된 거예요?”

“응. 난 말야, 한 주일 가량 그곳에서 금주(禁酒) 부흥회를 열고 있었는데, 주정뱅이들을 여지없이 혼내 주는 탓에 여자들은 늙은이 젊은이 할 것 없이 나를 좋아하더군. 하룻밤에 5, 6달러씩을 벌었지. 입장료는 10센트인데 어린애와 검둥이는 무료야. 그래서 장사는 점점 번창했지. 그런데 어젯밤의 일이었어. 누가 퍼뜨렸는지는 모르지만 내가 몰래 술을 마신다는 소문이 돌았어. 오늘 아침에 어떤 검둥이가 나를 깨우더니 마을 사람들이 개와 말을 끌고 몰래 집합하고 있다는 거야. 곧 이쪽으로 와서 나를 우선 도망치게 해놓고 반 시간쯤 지났을 때 뒤쫓아 붙잡은 다음에 내 몸에다 타르를 칠하고 깃털을 달아 철봉에 태워 사방으로 끌고다니기로 되어 있다는 거야. 난 아침이고 뭐고 기다릴 새가 없었지. 배고픈 줄도 몰랐어.”

“영감, 이왕 이렇게 됐으니 동업을 하는 게 어떨까요? 어떻게 생각하세요?”

“별로 이의가 없군. 그런데 자네 직업은 뭐지? 주로 하는 일 말야.”

“직업은 인쇄 직공이지만 특허약도 조금 팔아 봤고 연극 배우도 좀 했어요. 비극 전문이지요. 최면술에도 손을 댔고, 기분이 내키면 가요

나 지리 선생 노릇도 하고 때로는 연설을 할 때도 있죠. 정말 여러 가지 일을 한답니다. 손쉬운 일이면 뭣이든 다 하죠. 그러니 고생스럽지는 않죠. 그럼 노인장 직업은 뭐죠?"

"난 말야, 젊었을 때는 의술을 꽤 파고들었지. 맥을 짚어 보고 암이나 중풍을 알아내고 고치는 데 아주 귀신 같았어. 그리고 운명 감정, 이것도 대단한 실력이지. 누군가 짝패거리가 있어 여러 가지 정보를 알려 주기만 하면 말야. 그리고 복음 사업도 내 특기지. 야외 집회를 하든가 여러 가지 전도 활동을 하면서 다니지."

잠시 동안은 아무도 입을 열지 않았어. 그러자 젊은이가 크게 한숨을 쉬면서 말하는 거야.

"빌어먹을!"

"왜 그래?"

"지금까지 살아온 뒤끝이 고작 이런 생활이고, 이제 이런 사람들과 어울리게 됐다고 생각하니 기가 막혀서 말이오."

그러면서 젊은이는 누더기로 눈시울을 닦는 거야.

"건방진 소리 하지 마. 내게 어디 부족한 데라도 있단 말야?"

대머리가 무뚝뚝하게 제법 위엄을 지어 보이며 말하더군.

"아니, 결코 부족하다는 게 아녜요. 내게 어울리는 좋은 친구예요. 하지만 그처럼 높은 신분에 있던 나를 이토록 낮은 곳까지 끌어내린 것은 대체 누구란 말입니까? 다름아닌 바로 나예요. 여러분들, 나는 여러분들을 탓하지는 않아요. 탓하다니 당치도 않지. 모든 것은 자업자득이니까, 냉정한 세상은 되도록 냉정하게 살아가는 게 현명하죠. 나는 또 한 가지 분명히 알고 있는 사실이 있어요. 그건 어딘가에 내가 묻힐 무덤은 있다는 사실이에요. 세상은 여전히 돌아갈 것이고 내게서 모든 것을 빼앗아 가겠지요. 사랑하는 사람들, 재산, 모든 것을. 하지만 결코 무덤만은 빼앗아 갈 수 없을 테죠. 어느 날인가 나는 거기에 내 몸을 눕혀 모든 것을 잊을 거고, 불쌍하게 찢기고 버림받은 내 가슴은 편안한 휴식을 얻게 되겠죠."

그렇게 말하고 그는 또다시 눈시울을 닦는 거야.

"자네의 그 불쌍하게 찢기고 버림받은 가슴이 어쨌단 말인가? 뭣 때문에 자네의 그 불쌍하게 찢기고 버림받은 가슴을 우리에게 들먹이는 거야? 우리가 뭘 어떻게 한 건 아니지 않아?"

"그야 그렇죠. 잘 알고 있어요. 여러분들, 나는 여러분을 탓하고 있는 게 아녜요. 나를 끌어내린 것은 나 자신이니까요. 그래요, 내가 스스로 저지른 일이에요. 내가 고생하는 것은 당연한, 지극히 당연한 일이에요. 나는 탄식 같은 건 하지 않아요."

"끌어내리다니, 어디에서 말인가? 자네는 어디에 있다가 끌려내려 왔다는 거야?"

"내 말을 믿어 주지 않을 거예요. 세상 사람들 모두 그랬으니까. 뭐 좋아요, 그건 그리 중요치 않아요. 내 출생의 비밀은……."

"뭐라고? 출생의 비밀이라고? 설마, 자네……."

"여러분!"

하고 젊은이는 몹시 의젓한 표정으로 말했어.

"여러분에게 내 비밀을 밝히기로 하겠소. 신뢰할 수 있는 분들처럼 생각되니까. 여러분, 사실 나는 공작이오."

이 얘기를 듣고 짐의 눈은 휘둥그레졌고 어쩌면 내 눈도 그랬을지도 몰라. 이어 대머리가 말하더군.

"무슨 소리! 농담 작작해!"

"농담이 아니오. 브리지워터 공작의 장남인 내 증조부는 맑고 깨끗한 자유의 공기를 호흡하기 위해서 지난 세기말에 이 나라로 도망쳐와, 이 나라에서 결혼하고 아들을 하나 남긴 채 죽어 버렸소. 그와 거의 때를 같이해서 이 공작의 아버지도 죽었소. 그리고 차남인 공작의 동생이 작위도 재산도 가로채고 말았지. 어린애였던 공작의 아들은 무시당한 거요. 나는 그 어린 공작의 직계 자손, 나야말로 정통 브리지워터 공작이란 말이오. 그런 내가 이렇게 외톨박이가 되었소. 높은 지위에서 끌어내려져 사람들에게 쫓기고 냉정한 세상의 멸시를 받아야 하다니. 누더기를 걸치고 몸은 지치고 마음마저 찢겨진 채 뗏목 위의 악당들과 한패가 되는 이런 비참한 신세가 될 줄이야!"

짐과 나는 이 말에 그를 동정하게 되었어. 뭐라고 위로를 해주고 싶었지만 위로를 받아 봤자 소용없다는 거야. 어떤 위로도 자기에게는 도움이 되지 않는다는 거야. 그러면서, 만약 우리에게 자기의 지위를 인정할 마음이 정말 있다면 그것이야말로 자기한테 도움이 된다는 거야. 그래서 우린 방법만 가르쳐 준다면 인정해 주겠노라고 말했지. 그랬더니 하는 말이, 자기에게 말을 걸 때는 인사를 해야 된다는 거야. 그러면서 '각하'라든가 '경'이라든가 '예하'라든가 그냥 '브리지워터'라고 해도 괜찮다나. 이것은 어차피 칭호지 이름은 아니라는 거야. 그리고 식사 때는 우리들 중 누군가가 자기 시중을 들어야 하고, 자기가 해주었으면 하고 바라는 것은 뭐든지 해줘야 한다는 거야.

그런 것쯤이야 간단한 일이지. 우리는 그대로 해주었어. 짐이 식사 때마다 시작부터 끝까지 옆에 서서 시중을 들며,

"각하, 이것은 어떨까요?"

"각하, 저것은 어떻습니까?"

하고 말을 해주었는데 그렇게도 그에게는 기분이 좋았던 것 같아. 그 기뻐하는 모습이 누가 보더라도 역력했거든.

하지만 그러다 보니 영감 쪽이 말을 않게 되었어. 입도 벌리지 않는 거야. 우리가 공작만을 위하는 것이 아무래도 비위에 거슬리는 모양이었어. 뭔가 속으로 골똘히 생각하더니 한낮이 지났을 무렵에야 불쑥 이렇게 말했어.

"이봐, 빌지워터(역주 : 브리지워터를 빌지워터라고 발음함으로써 '배 밑창의 구정물'이라고 불렀음). 나는 자네를 무척 동정하지만 말야, 자네 같은 어려움을 겪는 사람이 어디 자네뿐인가."

"그래요?"

"그렇구말구. 높은 지위에서 억울하게 굴러 떨어진 사람이 자네뿐만은 아니야. 출생의 비밀을 갖고 있는 것은 자네뿐만이 아니라구."

그러면서 갑자기 대머리가 울기 시작하는 거야.

"잠깐!"

하고 젊은이가 말하더군.

"이게 대체 어떻게 된 영문이오?"

그러자 영감은 계속 흐느껴 울면서 말하는 거야.

"빌지워터, 자네는 믿을 수 있는 사나이인가?"

"믿을 수 있구말구요!"

젊은이는 대머리의 손을 잡으면서 말하더군.

"자아, 선생의 출생의 비밀을 말씀하시지요!"

"빌지워터, 나는 다름 아닌 프랑스 황태자야!"

정말 이때는 짐도 나도 놀랐어. 그러자 공작이 묻는 거야.

"당신이 뭐라고요?"

"그래, 당연하지. 믿어지지 않을 테지. 지금 이 순간 자네 앞에 서 있는 이 사람이야말로 행방 불명이 된 불쌍한 프랑스 황태자 루이 17세. 루이 16세와 마리 앙투아네트 사이에 태어난 아들이란 말이다!"

"당신이! 그 나이로! 당치도 않은 소리! 그런 식으로 나가다간 죽은 샤를마뉴 대제라고 말하겠군. 아무리 적게 봐도 당신은 너무 나이가 많은 것 같소."

"고생한 탓이지, 빌지워터 고생한 탓이야. 이 백발도, 이 대머리도 모두 고생이 가져다 준 거야. 신사 여러분, 지금 여러분 눈앞에 있는, 이 청바지를 몸에 걸치고 비참한 꼴을 한 나야말로 추방당하고 짓밟히면서 고뇌 속에 세상을 헤매고 있는 정통 프랑스 국왕 바로 그 사람이라구."

그러면서 영감은 울고불고하는 거야. 나와 짐은 어떻게 하면 좋을는지 알 수가 없었어. 너무나도 불쌍해서 말야. 게다가 이런 귀한 사람과 함께 있게 된 것을 생각하니 한없이 기쁘기도 하고 우쭐해지기도 했어. 그래서 우리는 공작한테 한 것과 마찬가지로 이 영감도 위로해 주지 않으면 안 되었어. 하지만 그런 위로는 아무 소용 없다고 영감은 말하더군. 죽음으로써 이 세상의 모든 인연을 끊는 것만이 유일한 위안이라고 말하면서 말야. 그러나 다만, 모두가 자기를 신분에 맞게 대하고, 말을 꺼낼 때마다 한쪽 무릎을 꿇고 언제나 '폐하'라고 부르며, 식사 때에는 우선 자기에게 시중을 들어 주고, 자기 앞에 앉으라고 하기 전에는 앉지 않는 식으로 행동할 때, 잠깐씩 마음이 풀리고 즐거워진 적도 있었노라고 말하는 거였어.

그래서 짐과 나는 영감을 폐하로 모시고 이것저것 시중을 들었고, 앉아도 좋다고 할 때까지는 그냥 서 있어 주었지. 이게 아주 기막힌 효과

를 발휘해서 영감은 기분도 좋아지고 아주 명랑해졌어. 그런데 이번에
는 공작이 기분이 상해서 매사를 못마땅하게 보는 것 같은 눈치더군.
그러나 왕은 공작에게 각별한 정을 보이는 거야. 공작의 증조부도, 또
다른 빌지워터 공작들도, 모두 자기의 부친인 선왕이 아끼던 분들이고,
항상 궁중 출입을 허락받았던 사람들이라는 거야. 그런데도 공작이 계
속 못마땅한 표정을 하고 있으니까 마침내 왕은 이렇게 말하더군.

"빌지워터, 우리는 이 뗏목 위에서 꽤 오랜 동안 함께 살지 않으면 안
될 것 같은데, 자네가 그렇게 언짢은 표정을 해도 소용없지 않은가? 점
점 더 불쾌해질 뿐 아니겠나? 내가 공작으로 태어나지 않은 것은 내 잘
못이 아닐 테고, 자네가 왕으로 태어나지 않은 것 또한 자네 잘못은 아
니지 않나. 그러니 끙끙 앓아 봤자 무슨 소용이겠나? 모든 것을 운명에
맡기고 그것을 최대한 활용한다, 이것이 바로 내 좌우명이야. 우리가
이 뗏목에서 만났다고 해서 나쁠 것은 없어. 먹을 것은 얼마든지 있겠
다, 마음 편하겠다. 자아 공작, 모두들 악수를 하고 친구가 되는 거다."

공작은 왕의 분부대로 했어. 그것을 보자 짐도 나도 기뻤지. 이것으
로 서먹서먹하던 분위기가 가셨으니 정말 안심이 됐거든. 뗏목 위에서
서로 사이가 틀어져 봐. 어떻게 되겠는가. 뗏목 위에서 무엇보다 중요
한 것은 모두가 만족하고, 서로 진실되게 친절한 마음을 지녀야 한다
는 것, 바로 그것밖에 없거든.

이 두 허풍선이가 실은 왕도 공작도 아니고, 그저 비열한 사기꾼에
지나지 않는다는 것을 물론 나도 진작부터 알고 있었지. 하지만 나는
한마디도 지껄이지 않았고 내색도 하지 않았어. 그게 상책인 것 같은
생각이 들었거든. 그렇게 해두면 싸움도 나지 않을 것이고 성가신 일
도 일어나지 않을 테니까. 놈들이 왕이니 공작이니 하고 불리고 싶어

해도, 평화만 보존될 수 있다면 그렇게 해주면 되는 거야. 그리고 짐에게 애기해 봤자 소용없을 테니 나는 잠자코 있었어. 나는 아버지에게 아무것도 배운 것이 없었지만, 단 한 가지, 이런 놈들과 잘 지낼 수 있는 방법은 그들이 멋대로 놀게끔 내버려 두는 것이 상책이라는 걸 배운 것 같은 기분이 들었어.

20

두 사람은 우리에게 여러 가지 일을 물었어. 어째서 뗏목을 그렇게 숨겨 두는가? 왜 낮에는 숨어서 쉬는가? 짐은 도망친 노예가 아닌가? 하는 식으로 말야.

"천만에요, 도망친 노예가 남쪽으로 갈 까닭이 있어요?"

"응, 그건 그렇겠군."

놈들도 납득이 가는 것 같기는 했지만 그래도 뭐라고 설명을 덧붙여야 할 것 같았어.

"우리 식구는 미주리 주의 파이크에 살고 있어요. 나도 거기에서 태어났죠. 그러다 나와 아버지, 동생인 아이크만 빼고 모두 죽어 버렸어요. 아버지는 집을 정리해 남쪽에 있는 벤 삼촌댁으로 가서 살자고 하더군요. 벤 삼촌은 올리언스에서 44마일 내려간 강기슭에 조그만 농장을 가지고 있었어요. 아버지는 가난한 살림에 빚까지 정리하고 나니까 단돈 16달러와 검둥이 짐밖에 남지 않았어요. 그것 가지고는 아무리 싼 운임으로 가더라도 먼 길을 셋이서 갈 수는 없었어요. 그런데 강물이 불은 어느 날이었어요. 아버지는 행운을 붙잡았죠. 이 뗏목을 손에 넣은 거예요. 이걸 타고 올리언스까지 내려가자, 우리는 그렇게 작정했죠. 하지만 아버지의 행운은 그리 오래가지 않았어요.

어느 날 밤 증기선이 뗏목에 부딪히는 바람에 우린 모두 강 속에 뛰어들어 증기선 바깥수레 밑으로 잠겨들었지요. 짐과 나는 다시 물 위로 떠올랐는데, 아버지는 술이 취해 있었고, 아이크는 아직 네 살이었기 때문에 끝끝내 떠오르지 않았어요. 그런데 그 다음 날도 또 그 다음 날도 누군가가 쪽배를 타고 와서는 짐을 가리키며 탈주 노예라면서 데리고 가려는 거예요. 무척이나 귀찮은 일이었죠. 그래서 그때부터 낮에는 쉬고 밤에만 돌아다니게 된 거예요."

그러자 공작이 말하는 거야.

"낮에도 다닐 수 있는 방법을 내가 생각해 낼게. 하지만 오늘은 그대로 하지. 저쪽에 보이는 저 마을 앞을 낮에 통과하는 일은 내키지 않아. 무사하지 못할 거야."

저녁이 되자 주위가 어두워지면서 비가 올 것 같았어. 수평선 가까운 하늘에 번개가 번쩍거리고 나뭇잎이 술렁이는 품이 아무래도 날씨가 거칠어질 것 같더군. 그러자 공작과 왕은 잠자리를 알아보기 위해 우리 오두막 쪽으로 가더군. 내 침대는 짚으로 된 것으로 짐의 것보다는 고급이었어. 짐의 것은 옥수수 껍질로 만들었거든. 옥수수 껍질로 된 침대에는 옥수수 속대가 섞여 있어서 몸에 배기면 따끔거리고 아팠어.

게다가 몸을 뒤척이는 날에는 마른 껍질이 버스럭버스럭 소리를 내는 것이, 마치 마른 잎을 산더미처럼 쌓아 놓고 그 위에서 뒹굴고 있는 것 같았지. 시끄러워서 자다가도 눈을 뜰 지경이었다니까. 그런데 공작이 내 침대를 사용하겠다는 거야. 그러자 왕이 이렇게 말하는 거야.

"신분으로 보아, 옥수수 껍질 침대는 내가 자기에는 어울리지 않는다는 것을 자네도 알 만하지 않은가. 공작 각하야말로 옥수수 껍질 침대를 사용해야 할 것으로 아는데."

짐과 나는 또다시 두 사람 사이에 말썽이 생기지 않을까 하고 잠시 마음이 조마조마했지. 그래서 공작이 이렇게 말했을 때는 정말로 기뻐 어쩔 줄을 몰랐어.

"말발굽에 채이고 진창 속에서 허우적거리는 것이 내 운명이오. 한때는 자랑스럽던 내 정신도 역경 속에서는 그만 산산조각이 나고 말았소. 굴복하고 복종하는 것이 내 운명인 것 같소. 이 세상에 오직 나 혼자뿐, 나에게 고난을 주소서. 나는 그것을 극복하리라."

사방이 어두워져서야 우리는 출발했지. 왕은 강 한가운데까지 뗏목을 끌고 가서 마을에서 멀리 하류까지 내려가기 전에는 불빛을 보여서는 안 된다고 하더군. 그런데 조그마한 불빛 덩어리가 보이는 거였어. 마을이었어. 우리는 반 마일쯤 무사히 지나갔지. 4분의 3마일쯤 더 내려간 곳에서 신호등을 켰어. 열 시쯤 되니까 비가 내리고 바람이 불고 번개가 치기 시작했어. 왕은 나와 짐에게 날씨가 좋아질 때까지 감시를 잘하라고 하고는 공작과 함께 오두막으로 자러 들어가더군.

나는 열두 시까지는 잘 수 있었지만 설사 내 침대가 있었다고 해도 자지 않았을 거야. 왜냐고? 이런 태풍은 좀처럼 구경할 수가 없거든. 참, 바람 소리가 요란하더군! 그리고 말야, 1, 2초 간격으로 '번쩍' 하고 번개가 치는 거야. 그럴 때면 반 마일 사방의 흰 물결과 여기저기 섬이 어렴풋하게 보이는데 바람에 얽힌 나무들이 흔들리는 것도 보였어. 다시 '우당탕' 하고 천둥이 울렸지. 그러다가 우르릉거리며 점점 멀어지더니 나중에는 들리지 않게 되더군. 그런가 했더니 또다시 '번쩍' 하고는 우당탕 천둥이 치는 거야.

때때로 물을 뒤집어 쓰고 뗏목에서 떨어질 뻔했지만 나는 옷이라곤 아무것도 입지 않고 있었기 때문에 겁날 게 없었어. 잠긴 나무를 걱정할 필요도 없었지. 연신 여기저기서 번쩍번쩍 번개가 치는·바람에 잠긴 나무가 있어도 눈에 잘 띄었거든. 뗏목 머리를 이리 돌리고 저리 돌리면서 피해갈 여유가 있었지.

내 감시 당번은 자정부터 네 시까지였는데 그 시간이 되니까 잠이 오는 거야. 그랬더니 짐이 처음 절반을 대신 서 주겠다는 거야. 이런 식으로 짐은 언제나 참 잘해 주었어. 나는 오두막 안으로 들어갔는데 왕과 공작이 다리를 뻗고 자고 있는 통에 내가 들어설 틈이 없더군. 그래서 나는 바깥에서 잤지. 날씨가 더워서 비 같은 건 아무렇지도 않았어. 게다가 물결도 이제는 한결 잔잔해진 것 같았고.

그러나 두 시쯤 되니까 다시 물결이 높아졌어. 짐은 나를 깨우려다가 달리 생각했다더군. 아직 위험한 정도까지는 아니라고 본 것이지. 그러나 계산 착오였어. 그야말로 엄청난 물결이 밀려와 나를 순식간에 삼켜 버리고 만 거야. 짐은 배꼽을 쥐고 웃어 댔다는군. 그놈처럼 잘 웃는 놈을 나는 아직 본 적이 없다니까.

내가 당번을 서고 있을 때 짐은 옆으로 누워서 코를 골며 자는 거였어. 얼마 후에 태풍은 곧 가라앉았지. 맨 처음 오두막의 불빛이 보인 곳에서 나는 짐을 깨우고, 둘이서 함께 뗏목을 숨길 만한 장소로 살그머니 몰고 갔지.

아침을 먹고 나자 왕은 허름한 카드를 꺼내더니 공작과 둘이서 한판에 5센트씩 걸고 잠시 세븐 업을 쳤어. 그러다가 카드놀이에 싫증이 났는지 두 사람은 활동을 개시한다면서, 공작이 여행 가방을 뒤져서 인쇄된 조그만 광고지를 잔뜩 끄집어 내더니 큰 소리로 읽기 시작했어. 그 한 장에는 ×월 ×일에 이러이러한 장소에서(날짜와 장소는 비워두고 있었어) '유명한 파리의 아르망 드 몽탈방 박사'가 입장료 10센트로 '골상학 강연'을 한다. 그리고 '성격에 관한 도표는 한 장에 25센트씩 받고 배포한다'고 쓰여 있었어. 공작의 얘기로는 이 박사라는 인물은 공작 자신이라는 거야. 그리고 다른 한 장의 광고지에 의하면, 공작은 '세계적으로 명성이 높은 셰익스피어의 비극 배우, 런던 드루리 레인 극장의 개릭 2세'라는 거야. 또 다른 광고지에는 또 다른 이름이 여러 가지 있었어. 이런 식으로 공작은 '낡은 지팡이'를 사용해 지하수라든가 금이 있는 곳을 찾아내기도 했지. 또 마녀의 마력을 쫓기도 하고 그 밖에도 깜짝 놀랄 일을 해내는 사람으로 되어 있었어. 그러더니 공작은 이렇게 말하는 거야.

"그렇지만 말이다, 연극 예술이야말로 내가 가장 애착을 느끼는 세계지. 폐하, 그런데 당신은 일찍이 무대에 서 보신 경험이 있는지요?"

"없어."

"그렇다면, 몰락한 임금이여, 사흘이 지나기 전에 무대에 설 기회를 만들어 드리지요. 그럴싸한 마을에 도착하는 대로 공회당을 빌려 〈리처드 3세〉의 검극(劍劇) 장면과 〈로미오와 줄리엣〉 중에서 발코니의 장면을 해 보도록 하지요. 당신은 어떻게 생각하시오?"

"나는 돈이 벌리는 일이라면 발벗고 나설 용기가 충분히 있지만, 연극에 대해서는 아무것도 모르고 지금까지 별로 본 일도 없어. 부왕이 궁전에서 곧잘 연극을 하게 하던 시절에는 내가 철부지 어린애였거든. 자네는 나한테 가르쳐 줄 자신이 있나?"

"간단하죠!"

"그럼 좋아. 어쨌든 나는 새로운 일은 물불을 가리지 않는 성미니까, 당장 시작하도록 하자."

그래서 결국 공작은 왕에게 로미오란 어떤 인물이며 줄리엣은 어떤 인물이라고 설명해 주고는, 자기는 늘 로미오 역을 하고 있으니 폐하는 줄리엣 역을 맡는 것이 좋을 거라고 말했어.

"하지만 말야, 공작. 만일 줄리엣이 젊은 여자라면, 내 이 대머리와 흰 수염은 너무 우습게 보이지 않을까."

"아니죠, 염려하실 것 없습니다. 이런 벽지의 시골뜨기들이 그런 것을 눈치챌 리가 없죠. 게다가 의상을 입으니까요. 그러면 전혀 다른 사람으로 보이지요. 줄리엣은 무대에 나가서 달을 쳐다보고 있다가 침실로 들어가는 거예요. 그러니까 잠옷을 입고 주름잡힌 잠자리용 모자를 쓴답니다. 여기에 갖가지 역을 할 수 있는 의상이 있어요."

공작은 커튼용 무명천으로 만든 옷을 두세 벌 꺼냈지. 그러고는 리처드 3세와 그 상대가 입는 중세기의 갑옷이라고 말하더군. 그는 길고 흰 무명 잠옷과 거기에 어울리는 주름잡힌 잠자리용 모자를 꺼냈어. 왕이 만족해하자 공작은 책을 꺼내더니, 가슴을 뒤로 젖히고 걸으면서 몸짓 손짓을 해보이며 과장된 억양으로 대사를 읽어 보이고는, 그 책을 왕에게 건네 주며 왕이 해야 할 대사를 외우라는 거였어. 강굽이 언저리에서 3마일쯤 내려간 곳에 조그마한 마을이 있었어. 저녁 식사를 끝내고 나서 공작은 낮에 항해해도 짐한테 화가 미치지 않을 방법을 생각해냈다고 말하는 거야. 이제부터 저 마을로 가서 그 절차를 밟겠다면서 말야. 그러자 왕도 따라나서면서 뭔가 좋은 일이 없는지 보고 오겠다는 거야. 마침 커피가 떨어졌었는데 짐이 날더러 같이 가서 커피를 사오는 것이 어떠냐고 말하더군. 그래서 짐만 남겨 두고 셋이서 떠났는데 마을에 도착하니 사람이라곤 그림자도 보이지 않는 거야. 거리는 텅 비었고 조용한 게 마치 일요일 같았어. 단지 한 사람, 앓고 있는 검둥이가 뒷마당에서 볕을 쬐고 있었는데, 그 검둥이 말에 의하면 갓난아이와 병자와 아주 늙은이를 제외하고는 모조리 숲속으로 2마일쯤 들어간 곳에서 벌이는 야외 집회에 참가하고 있다고 했어. 왕은 그곳으로 가는 길을 묻고는, 어쨌든 그 야외 집회로 찾아가서 한판 벌이자며 나도 따라오라는 거야.

공작은 인쇄소를 찾아보겠다고 했는데 마침 인쇄소가 나타났어. 목공소 이층에 있는 조그만 인쇄소였는데 목수들도 인쇄공들도 모두 집회에 나가고 문에는 자물쇠도 걸려 있지 않더군. 어수선하고 지저분한 인쇄소였는데 도처에 잉크가 묻어 있고 벽에는 말이라든가 탈주 노예의 그림을 그린 전단지가 잔뜩 붙어 있었어. 공작은 윗도리를 벗더니, 이젠 됐다는 거야. 그래서 왕과 나는 함께 집회 장소로 갔지. 30분 정도 걸려서 도착했는데 땀이 철철 흐르더군. 워낙 더운 날이었거든.

집회에는 사방에서 아마 천 명은 모여든 것 같았어. 숲속에는 어디라고 할 것 없이 마차가 매어져 있었고, 말들은 먹이를 먹기도 하고 발을 구르며 파리를 쫓고 있었어. 가는 막대기로 기둥을 세우고, 나뭇가지로 지붕을 엮은 오두막이 수없이 많았는데 거기에서는 레모네이드나 생강과자를 팔고 있었고, 그 밖에도 수박, 옥수수 따위의 밭에서 나는 먹거리들이 산더미처럼 쌓여 있었어.

설교를 하는 곳도 비슷한 오두막 안이었는데 다른 것보다 좀 더 크고 많은 사람이 들어가 있었어. 벤치는 통나무에서 재목을 잘라내고 남은 껍질 쪽을 재료로 한 것이었는데, 그 둥근 쪽에 구멍을 뚫어 거기에 나무를 걸쳐서 다리 구실을 하게 만들었어. 등받이는 물론 있을 리가 없지.

오두막 한쪽에 높은 단이 있었는데 설교사는 거기에 서 있었어. 여자들은 밀짚 모자를 쓰고 있었고, 어떤 여자들은 털과 삼베를 섞어서 짠 옷을 입고 있는 사람도 있고 격자무늬가 있는 평직 면포 옷을 입은 사람도 있었는데, 젊은 아가씨들 중에서 무명옷을 입은 사람도 더러 있었어. 젊은 남자들 중에는 맨발인 사람도 있었고, 어린애들은 셔츠 한 장만 걸친 채 아무것도 입지 않은 애들도 있었지. 할머니들은 뜨개질을 하는 모습도 보였고 젊은 사람들 중에는 살그머니 여자를 꾀는 놈도 있었어.

처음에 들어선 오두막에서는 설교사가 찬송가를 두 줄씩 읽어 가며 가르치고 있었어. 설교사가 두 줄 읽고 나면 모두들 그걸 노래하는 거야. 워낙 사람도 많고, 그 많은 사람들이 목청을 돋우어 노래를 하니 그야말로 우렁차고 당당하더군. 그러고는 다시 두 줄을 읽어 주고 노래하고, 그런 식이었지. 사람들은 점점 흥분하기 시작하더군. 노랫소리는 점점 높아져서 마지막에는 신음 소리를 내는 놈, 고함을 치는 놈까지 있을 정도였어. 그런 단계에 가서 설교가 시작되더군.

설교사는 처음에는 연단의 좌우를 왔다갔다하고 몸을 앞으로 내밀면서 양쪽 팔과 몸을 움직여 있는 힘을 다해 노래 부르듯 설교를 했어. 때로는 성경책을 집어 들고 펼쳐 보이기도 하고 그것을 이리저리 돌리기도 하면서, 큰 소리로,

"이것이 황야의 뻔뻔스러운 뱀들입니다! 이것을 보면서 사는 것이오!"

라고 소리를 지르더군. 이런 식으로 열띤 설교는 계속되었는데 사람들은 그때마다 신음 소리를 내기도 하고 외치기도 하고 '아멘'이라 중

얼거리기도 했어.

"오오, 회개하는 자의 자리로 오라! 죄에 더럽혀진 자들이여!(아멘) 자아, 병든 자여, 상처입은 자여!(아멘) 오라, 발 잃은 자, 눈먼 자!(아멘) 오라, 부끄럽고 가난한 자!(아멘) 오라, 모든 지치고 더럽혀지고 고생하는 자! 찢긴 영혼으로 오라. 회한의 마음을 가지고 오라! 누더기와 죄와 더러움을 걸치고 오라! 씻어 줄 물은 값이 없고 천국의 문은 열려 있다. 오오, 그 안에 들어 안식할 지어니(아멘! 영광 있으라, 영광이 있으라, 할렐루야!)!"

대충 이런 식이더군. 고함 지르고 외치는 소리 때문에 설교사가 무슨 말을 하는지 알 수도 없었고, 청중들은 여기저기에서 일어나 눈물을 줄줄 흘리면서 회개하는 자의 자리를 향해 떠밀고 헤치며 다가가는 거야. 그리고 회개하는 자들이 무리를 이루어 맨 앞의 벤치까지 도착하면, 놈들은 노래하고 외치면서 짚 위에 몸을 내던지는 게 마치 미친 사람들 같았어.

그런데 이때 정신을 차리고 보니까 왕이 거기에 나가 있는 거야. 다른 누구보다도 큰 소리로 울부짖고 있었어. 다음 순간 연단이 있는 곳으로 다가가 설교사를 껴안고 키스를 퍼부우며 자신을 구해 주어서 고맙다고 하는 거야. 무슨 영문인 줄도 모르면서 설교사는 기뻐 청중들에게 이야기를 해달라고 왕에게 부탁하는 거야. 왕은 부탁대로 했지. 청중들을 향해서,

"나는 해적이었습니다."

라고 시작하는 거였어. 30년 동안 인도양에서 해적 노릇을 해왔다면서 지난 봄에 전투가 있어서 많은 부하를 잃었기 때문에 새로운 동료를 구하러 고국에 돌아왔는데 공교롭게도 어제 저녁 돈을 잃어버려 빈

털터리가 된 채 증기선에서 쫓겨 내리고 말았다고 하더군.

하지만 자신은 그것을 다행으로 생각하고 있다고 했어. 이렇게 감격스러운 일은 생전 처음이라면서. 자신은 가난하지만 이제부터 곧 이곳을 떠나, 일을 해 돈을 번 뒤, 인도양으로 가서 해적들을 참된 인간으로 만드는 일에 일생을 바칠 참이다, 인도양의 해적들은 모두 아는 사이니까 나만큼 이 일을 잘 해낼 사람은 없다, 돈 한 푼 없이 인도양까지 가는 데는 시간이 오래 걸리겠지만 아무리 오랜 시간이 걸려도 반드시 갈 것이다, 그리고 해적들의 마음을 바로잡아 줄 때마다 나에게 감사할 건 없다. 내 덕분이라고 생각하지 마라. 이것은 모두, 저 인류가 생겨나면서부터의 형제이며 은인인 포크빌의 여러분들과 해적들이 일찍이 가져 보지 못한 성실하고 참된 친구인 설교사 덕택인 것이다라고 말해 줄 것이라는 거야.

말을 마친 왕은 별안간 울기 시작하는 거야. 그러자 모두들 따라서 울더군. 누군가가 목청을 높여 말했어.

"저분을 위해서 헌금을 내자! 헌금을!"

하고 말야. 그러자 대여섯 명이 일어나 시작하려고 하는데, 누군가가 또,

"저분에게 모자를 돌리게 하자!"

라고 소리질렀어. 그러자 모두들 찬성했고 설교사도 그렇게 하자고 하더군.

그래서 결국 왕은 모자를 들고 눈물을 닦으며 사람들 사이를 한 바퀴 돌았지. 축복의 문구를 외기도 하고 칭송의 말을 늘어 놓기도 하며, 먼 곳에 있는 불쌍한 해적들을 보살펴 줘서 고맙다는 말을 하기도 했어. 때때로 아주 예쁜 아가씨가 두 볼에 눈물을 흘리며 다가와서는, 당

신을 기억하기 위해서 키스를 해도 괜찮겠느냐고 물으면 왕은 그때마다 그것을 허용하는 거야. 그 중에는 다섯 번 여섯 번씩 끌어안고 키스하는 여자도 있었어.

그러는 동안 일주일만 자기 집에 묵어 달라는 초대도 받고 말야. 모두들 자기 집에 왕을 묵게 하고 싶어하는 거야. 그것을 영광으로 생각하겠노라면서 말야. 하지만 왕은 오늘은 야외 집회의 마지막 날인 만큼 그럴 수는 없다, 당장 인도양으로 떠나서 해적들을 바른길로 인도하고 싶다고 말하는 거야.

뗏목으로 돌아와 왕이 돈을 세어 보니까 무려 87달러 75센트나 되더군. 게다가 숲을 빠져 나와 돌아올 때 짐수레 밑에 놓여 있는 3갤론들이 위스키병을 발견한 왕은 그것까지 슬쩍 들고 왔던 거야. 왕은 선교사의 일로 해서 오늘만큼 수입을 올려 보기는 난생 처음이라는 것이었어. 아무리 저들이 입으로 떠들어도 소용없어, 야외 집회를 속이는 덴 해적이 제일이야, 해적에 비하면 이교도 따위는 문제도 되지 않는다고 으스대더군.

한편 공작은 왕이 돌아올 때까지 제딴에는 우쭐대고 있었는데 왕이 돌아와 보니 자기 재주는 아무것도 아니라는 것을 알았지. 공작은 그 인쇄소에서 농부들을 위해 조그마한 일을 두 건쯤, 말(馬) 광고라고 했지만, 그것을 조판하고 인쇄해서 4달러를 벌었다더군. 그리고 신문에 내주겠다며 10달러분의 광고를 맡았는데 선금을 내면 4달러에 해주겠다고 하고는 그것을 받았다는 거야. 신문 구독료는 1년에 2달러인데 그것을 선불한다는 조건으로 50센트씩 해서 예약 신청을 세 개 받았어.

세 사람은 관례에 따라 장작과 양파로 그것을 지불하겠다고 했지만 공작은 공장을 막 인수했기 때문에 신문대는 되도록 싸게 했으니까 그 대신 경영은 현금 지불로 해나갈 작정이라고 말했다는 거야. 그 밖에도 자신이 지은 짧은 시(詩)를 조판했는데, 이 시는 모두가 3절로 되어 있었고 감미로우면서 슬픈 내용이었지. 제목은 '아, 냉정한 세상이여, 이 가슴을 짓부숴 다오'라는 것이었어. 이것을 공작은 제대로 조판을 해 신문에 낼 수 있게 해놓았지만, 이 시에 대해서는 한 푼도 받지 않았다는 거야. 이런 식으로 공작은 9달러 50센트를 벌어들였지. 자기에게 적합한 하루분의 일을 했노라고 그 나름대로 큰소리를 치더군.

공작은 인쇄는 했지만 팔지 않은 물건을 하나 우리 앞에 내놓았어. 팔지 않았다는 것은 우리를 위해 만들었기 때문이라는 거야. 거기에는 도망간 검둥이의 그림이 그려져 있었는데 짐꾸러미를 막대기에 꿰어서 어깨에 둘러메고 있었어. 그리고 밑에는 '상금 2백 달러'라고 쓰여 있었어. 쓰여 있는 내용은 짐에 관한 것으로 인상착의까지도 상세하게 적혀 있는 거야. 지난 겨울에 뉴올리언스에서 40마일쯤 하류에 있는 세인트 잭의 농장에서 도망쳤는데 북쪽으로 향한 것 같다, 붙잡아서 되돌려주는 사람에게 이 상금과 경비를 지불하겠다고 쓰여 있었어.

"오늘 밤부터 우리는 낮에도 항해하고 싶으면 할 수 있는 거야. 누가 오는 것 같은 기색이 보이면 짐의 손발을 묶어서 오두막 속에 뒹굴게 해놓고는 이 전단지를 보이는 거야. 이놈을 상류에서 붙잡았지만 돈이 없어서 증기선은 탈 수 없고, 그래서 친구에게 이 뗏목을 외상으로 사 가지고 상금을 타러 가는 길이라고 하는 거지. 수갑을 채우고 쇠사슬로 묶어야 짐에게는 어울리겠지만 그렇게 하면 우리가 가난하다는 얘기하곤 앞뒤가 맞지 않지. 우리에게 너무 과하니까 말야. 밧줄이 알맞을 거야."

우리 모두 공작은 어지간히 머리가 좋다고 말하고 이젠 낮에도 항해를 할 수 있을 거라고 말했지. 공작이 인쇄소에서 해치운 일 때문에 조그마한 마을에서 소동이 벌어졌겠지만, 그런 소동에 말려들지 않을 만큼 멀리까지 오늘 밤 안으로 갈 수 있겠다고 우리들은 생각했어. 그 후부터야 얼마든지 낮과 밤을 가리지 않고 갈 수가 있을 테니 걱정할 것도 없고 말야.

우리는 소리를 죽이며 꼼짝 않고 있다가 열 시 가까이 되어서야 가까스로 뗏목을 끌어내, 마을에서 훨씬 떨어진 건너편 기슭 쪽으로 살그머니 빠져 나와 마을이 완전히 보이지 않게 된 것을 확인한 후에 신호등을 달았지.

새벽 네 시에 짐이 당번인 나를 깨우면서 이렇게 말하는 거야.

"헉, 너 이번 여행에서 앞으로 더 많은 왕을 만나게 될 거라고 생각하니?"

"아니, 그렇게는 생각지 않아."

"그래? 그렇다면 다행이지만. 난 왕도 하나둘 정도면 괜찮지만 이제 더는 질색이야. 저 왕은 밤낮 취해 있고 말야. 공작도 더 나을 것이 없어."

짐은 프랑스 말이라는 게 어떤지 듣고 싶어서 왕한테 프랑스 말을 지껄이게 하려고 했던 모양이야. 그랬더니 왕은 미국에 온 지 너무 오래 됐고, 골치 아픈 일이 많았기 때문에 잊어버렸다고 했던 모양이야.

21

날은 이미 밝았지만 우리는 계속 내려갔어. 그 사이 왕과 공작도 깨었지만 완전히 지친 듯한 얼굴들을 하고 있더군. 하지만 강 속에 뛰어 들어 헤엄을 한바탕 치고 나더니 좀 기운을 되찾은 것 같았어. 아침을 먹은 후 왕은 뗏목 가장자리에 걸터앉아 구두를 벗고 바짓가랑이를 걸어 올리더니 다리를 물속에 담그고는 파이프에 불을 당겨 물었어. 그리고 〈로미오와 줄리엣〉의 대사를 외기 시작하는 거야. 꽤 많이 외더니 이번에는 공작과 둘이서 연습을 시작하더군. 공작은 하나하나의 대사를 어떻게 말해야 하는지 왕에게 몇 번이나 되풀이해서 가르쳐 줘야 했어. 한숨을 쉬게 해보고 가슴에 손을 얹게도 해보고 말야. 하지만 그러는 동안 어지간히 잘 해낸다고 말하더군.

"하지만 로미오를 부를 때 그렇게 소울음 소리처럼 울부짖어선 안 돼요. 로―미―오! 이렇게 부드럽고 가냘프게, 괴로운 듯이 해야 해요. 거기가 중요해요. 왜냐하면 줄리엣은 어디까지나 귀엽고 상냥한 어린 아가씨니까요. 당나귀 같은 소리를 낼 까닭이 없지요."

그 다음에는 참나무 막대기로 만든 긴 칼을 두 자루 꺼내오더니 검극(劍劇) 연습을 하기 시작했어. 공작은 자기를 리처드 3세라고 하더군. 서로 상대방을 때리기도 하고 뗏목 위를 이리저리 뛰어다니는 꼴이란 그야말로 장관이었어. 그러다가 왕이 발을 헛디뎌 강 속에 빠져 버렸어. 그래서 한숨 돌렸다 했는데, 이번에는 지금까지 미시시피 강 연안에서 겪어온 여러 가지 모험담을 늘어놓기 시작하는 거야. 점심을 먹고 나서 공작이 말하더군.

"그런데 카페(역주 : 프랑스의 카페 왕조를 말함. 루이 16세는 국민의회로부터 루이 카페라고 불렸음), 이놈을 아주 일류 무대로 꾸미는 게 어때요? 그래서 뭔가 좀 더 첨가하는 게 좋을 것 같아요. 어차피 앙코르에 응할 것이 조금 필요하단 말이야."

"앙코르가 뭐지?"

공작은 그것을 설명해 주고 나서 이렇게 말했어.

"나는 스코틀랜드의 탈춤이나 사공춤을 출 작정인데, 당신은 뭐가 좋을까? 응, 그렇지. 햄릿의 독백이 좋겠군."

"햄릿의 뭐라고?"

"햄릿의 독백 말이오. 셰익스피어 중에서 제일 유명한 대목이에요. 그야말로 숭고하지! 언제나 관객들이 흥분한단 말이오. 이 대본에는 들어가 있지 않지만, 지금은 이것밖에 갖고 있는 게 없소. 하지만 뭐 기억의 실마리를 이어 모으면 어떻게 되겠지. 잠시 왔다갔다하면서 기억의 무덤에서 되찾을 수 있을지 해 보겠소."

그러고 나서 공작은 열심히 생각에 젖은 표정을 지어 보이며 뗏목 위를 성큼성큼 걷기 시작했어. 가끔 눈썹을 치켜 올리는가 하면 한 손으로 이마를 짚고 뒤로 비틀거리며 신음 소리를 내기도 했지. 또 한숨을 쉬면서 눈물을 흘리는 시늉을 하고, 그야말로 희한한 구경거리였어. 마침내 그는 기억을 되찾았는지 잘 들어 보라고 하더니 멋진 포즈를 취하는 거야. 한쪽 다리를 앞으로 내밀고, 두 팔을 높이 뻗쳐 머리를 뒤로 젖히고 하늘을 쳐다보는 거야. 그러더니 이번에는 울부짖고 이를 갈면서 대사를 외는 동안 줄곧 몸짓을 하기도 하고 가슴을 내밀기도 하는 거였어. 내가 지금까지 본 어떤 연극도 거기에 비하면 아무것도 아냐. 그 독백이란 이런 거야. 공작이 왕에게 가르치고 있는 동안 나도 쉽게 외울 수 있었거든.

사느냐 죽느냐, 그것이 문제로다.

이토록 긴 고통에 짓눌린 몸으로

누가 세상살이의 무거운 짐을 견딜 수 있느냐.

버남의 숲이 던시네인에 옮겨 오는 날까지.

사후에 남은 한가닥 불안도

대자연이 안겨 주는 또 하나의 선물도

더러움 없는 잠을 죽이고

미지의 세계로 날아가느니보다는

우리로 하여금 부당한 운명의 화살을 쏘게 하지 않는다면,

그것이 우리를 망설이게 하는 것.

문을 두드려 잠을 깨워라!

그대 능히 할 수 있으리니.

누가 세상의 비난과 채찍을 견디며

권력자의 횡포와 교만한 자의 멸시와

성의 없는 재판의 늑장을

무덤이 엄숙한 검은 옷을 입고 입을 벌리는

황량한 한밤중에 상심한 나머지 찾아들는지도 모를

죽음을 누가 참고 견딜 것이냐.

길을 떠난 자 누구 하나 되돌아온 일이 없는 미지의 세계가

이 세상에 독기를 뿜어내고

결의에 찬 혈색이

속담에 나오는 고양이처럼 근심과 걱정으로 창백해지고,

지붕 밑에 낮게 드리운 길 잃은 구름이 모조리

이로 하여 그 흐름을 벗어나

행동의 계기를 잃지 않는 것이라면,

그야말로 바라마지 않는 궁극의 소망.

그러나 조심하라, 아름다운 오필리어여,

그 무거운 대리석의 입구를 열지 말고

수녀원으로 가거라, 수녀원으로!

그런데 왕은 이 연설이 마음에 들었던지 당장 외고 나서 아주 멋지게 몸짓을 해보이는 것이었어. 그야말로 이것을 하기 위해서 태어난 것처럼 말야. 익숙해져서 감정을 살릴 수 있게 되자 연설의 문구를 지껄이며 뛰고 춤추고 또 제멋에 겨워 어찌할 줄 모르더군.

최고의 기회를 놓치지 않고 공작은 광고지를 몇 장인가 인쇄하게 했는데, 그 후 2, 3일 동안 뗏목은 여느 때보다 한층 더 야단스러웠어. 아침부터 밤까지 검극과 공작이 말하는 '대사 연습'이 계속되는 통에 말야. 어느 날 아침 아칸소 주에서 훨씬 남쪽으로 내려간 지점에서 강이 완만하게 굽이지는 곳이 있었는데 거기에 조그마한 마을이 보였어. 그래서 우리는 그 마을에서 4분의 3마일쯤 떨어진 상류 쪽 삼나무가 우거진 마치 터널처럼 뚫려 있는 샛강 어귀에다 뗏목을 매었어. 그리고 짐만을 남겨 놓고, 나머지 셋이 모두 카누를 타고 그 마을에서 연극을 할 수 있을지를 보러 간 거야.

운이 좋으려니까 마침 그날 낮부터 서커스가 있을 예정이어서 시골 사람들이 벌써부터 다 낡아빠진 마차를 타거나 말을 타고 모여들기 시작했어. 서커스단은 밤이 되기 전에 마을을 떠날 테니까 우리의 연극은 그야말로 좋은 기회를 만난 셈이었어. 왕이 교섭해서 마을 사무소를 빌렸고 우리는 마을 여기저기에 광고지를 붙였지. 광고지에는 이렇게 쓰여 있었어.

셰익스피어 재상연(再上演)
굉장한 구경거리!
오늘 밤 한 번뿐!
세계적으로 유명한 비극 배우
런던 드루리 레인 극장의 데이빗 개릭 2세와
런던 피카딜리 푸딩 레인 화이트 채플
헤이마켓 왕립극장, 왕립 대륙 극장 전속 에드먼드 킨 1세!
셰익스피어 작품 중의 최고 흥행물
〈로미오와 줄리엣〉의 발코니 장면!
로미오 역 …… 개릭 씨
줄리엣 역 …… 킨 씨
극단원 총출동!
의상, 배경, 소도구, 모두 신품.

이밖에 또 〈리처드 3세〉의
피가 끓고 손에 땀을 쥐게 하는 대(大) 단비라의 결투!
리처드 3세 역 …… 개릭 씨
리치몬드 역 …… 킨 씨

아울러(특별 요청에 의하여)

<햄릿> 불후의 독백!

유명한 킨 씨 출연!

파리에서 연속 3백 회 흥행!

유럽 순방 박두로 인하여

오늘 밤에만 공연!

입장료 25센트, 소인(小人) 및 하인 10센트

전단을 붙이고 우리는 마을 안 이곳 저곳을 어슬렁어슬렁 걸어다녔지. 그곳의 가게며 집은 대개 낡아빠진 목조 건물이어서 페인트 한번 칠해 본 일이 없는 것 같았어. 그리고 미시시피에 홍수가 나서 물이 불어도 괜찮도록 높은 받침대를 세워서 지면으로부터 3, 4피트쯤 집을 높게 한 거야. 둘레에는 조그만 마당이 있었지만 그곳을 밭으로 만들어서 뭔가 재배하는 것 같지는 않았어. 마당에는 나팔꽃과 해바라기, 이리저리 널려 있는 잿더미와 찌그러진 헌 구두짝, 깨진 병조각, 헌 누더기, 사용할 만큼 사용하다 버린 양철로 된 연장들뿐이었어. 울타리는 기회 있을 때마다 여러 종류의 판자를 아무 데나 못으로 박은 것이어서 사방이 흔들거리고 삐걱거렸어.

문에는 보통 경첩이 하나밖에 달려 있지 않았는데 그나마 가죽으로 만든 것이었어. 울타리 중에는 흰 칠을 한 것도 있긴 했지만 언제 칠을 한 것인지 뿌옇게 물이 들어 있더군. 공작은 콜럼버스 시대에 칠한 것이라고 했는데, 어쩌면 정말 그럴는지도 몰라. 마당에는 대개 돼지가 득실거렸고 사람들이 그걸 몰아내고 있었지.

가게들은 모두 하나밖에 없는 길에 몰려 있었어. 그리고 가게 앞에는 각자 자기네가 만든 흰 무명 차일을 쳐놓고 있었는데 시골에서 온 사람들은 말을 그 차일을 받친 기둥에 매어 놓았어. 차일 밑에는 빈 포목 상자가 놓여 있었는데, 건달패들이 하루 종일 닭처럼 거기에 앉아서는 칼로 상자를 깎기도 하고 담배를 씹거나 입을 크게 벌려 하품을 하고 기지개를 켜기도 하는데 그야말로 한심하기 짝이 없더군.

대개들 양산만한 누우런 밀짚모자를 쓰고 있었는데 윗도리도 조끼도 입고 있지 않았어. 서로 빌이니 벅이니 행크니 조니 앤디니 하고 부르고 있었는데 지저분한 욕들을 마구 입에 담더군. 차일을 받치고 있는 기둥에는 어디나 이런 건달패들이 하나씩 달라붙어 대개는 손을 바지 주머니에 넣은 채 서성이고 있는 거야. 손을 꺼내는 것은 다른 사람한테 담배를 빌려 줄 때나 가려운 데를 긁을 때 뿐이더군. 이놈들이 하는 얘기는 언제나 이런 식이야.

"담배 한 모금 줘, 행크."

"안 돼. 한 모금밖에 남지 않았어. 빌한테 얘기해."

빌은 한 모금 빌려 주었을는지도 모르지. 또는 거짓말로 없다고 했을지도 모르고. 이런 종류의 건달패 중에는 단돈 1센트도, 한 모금의 담배도, 자기 것이라고는 갖고 있지 않은 놈들이 있게 마련이거든. 씹는 담배는 모두 남한테서 얻는 거야. 그러니까 이런 식으로 말하지.

"이봐 잭, 나한테 담배 한 모금 빌려 주겠어? 지금 막 마지막 한 모금을 벤 톰슨한테 줘 버려서 그래."

그런데 이게 대개는 거짓말이라 이거야. 낯선 놈이 아니고는 그 수에 넘어가지 않는 법인데, 잭은 낯선 놈이 아니니까 이런 식으로 대답하지.

"네가 그놈한테 한 모금 주었다고? 아무래도 곧이들리질 않는걸. 그보다도 이봐, 레이프 버크너. 지금까지 내가 빌려 준 거나 돌려 주는 게

어때? 그러면 나도 담배 1, 2톤쯤 쉽게 빌려 줄게. 갚을 때 이자 내라고
도 않고 말야."

"하지만 난, 벌써 조금은 갚았잖아?"

"아암, 갚았지. 여섯 모금쯤 말야. 네놈은 가게에서 파는 제대로 된
담배를 꿔 갔는데 갚을 땐 그게 뭐야? 형편없는 작대기 담배였잖아?"

가게에서 파는 담배란 납작하고 새까만 담배였지만 이런 건달들은
대개 잎사귀를 그대로 만 것을 씹는 거야. 담배를 한 입 꿀 때는 보통
칼로 자르지 않고 이빨 사이에 물고는 두 손으로 잡아당겨 두 개로 끊
지. 때때로 담배를 빌려 준 쪽이 꿔 가는 놈에게 물어 뜯기고 남은 부분
을 돌려받고는 아주 가슴 아픈 표정을 지으면서 이렇게 말하는 거야.

"이봐, 그쪽을 나한테 돌려 주고 너는 이걸 씹어."

거리는 큰길, 샛길 모두 진창투성이어서 진창 외에는 아무것도 없었
어. 그나마 콜타르처럼 새까만 진창인데, 곳에 따라선 그 깊이가 1피트
가까이나 되었고 보통 1, 2인치는 되었어. 그런데 어디를 가나 돼지가
꿀꿀거리며 헤매고 있는 거야. 흙투성이의 암돼지와 한떼의 새끼돼지
가 거리를 어슬렁거리면서 걸어오다가 큰길 가운데 털썩 옆으로 누워
버리는 바람에 사람들은 그 옆을 피해 다녀야 했어. 새끼돼지가 젖을
빨고 있는 동안 암돼지는 몸을 길게 뻗어 눈을 감고 귀를 움직이면서
마치 월급이라도 탈 때처럼 기분 좋은 모습이었어. 그때 어떤 건달이,

"나가, 티지. 해치워!"

하고 소리를 지르는 거야. 그러면 암돼지는 꿀꿀꿀 무섭게 소리를
지르면서 귀를 물고 늘어진 한두 마리의 개를 질질 끌며 도망치는 거
야. 그 밖에도 3, 40마리의 개가 달려들어 줄줄 따라가는 거야. 건달패
는 모두 일어서서 재미있다는 듯이 웃어 대더군. 그리고 그것이 끝나

면 놈들은 또다시 주저앉아서 꼼짝을 않지. 그런데 이번엔 개가 싸움을 시작하는 거야. 개싸움이라면 건달패들은 뭣보다도 신바람이 나지. 그야말로 즐거워 어쩔 줄을 모르는 거야. 주인 없는 개에게 테레빈 기름을 부어 불을 지른다든가 개꼬리에 양철 냄비를 매달아 놓고 달리게 하는 구경도 무척 좋아하지만.

강가에 서 있는 집 가운데에는 지붕이 내려앉고 기둥은 기울어져 그대로 물속에 처박힐 것 같은 것도 있었지. 물론 사람은 벌써부터 살지 않고 있었지만. 또 어떤 것은 집 한쪽 가장자리의 둑이 무너져, 그 귀퉁이가 허공에 떠 있기도 했어. 이런 집에는 사람이 아직 살고 있었는데, 집 넓이만한 땅이 털썩 무너져내리는 일이 간혹 있기 때문에 매우 위험하더군. 물론 드문 일이긴 하지만.

때로는 4분의 1마일이나 되는 강변 일대가 무너지기 시작해서 여름이 끝나갈 무렵에는 그대로 폭싹 강 속에 잠겨 버린 일도 실제로 있었다니까 말야. 그런 마을에선 말야, 강이 자꾸 둑을 침식하니까 해마다 육지 쪽으로 물러서야만 하는 거야.

그날은 정오가 가까워옴에 따라, 거리는 마차와 말로 혼잡을 이루었어. 그런데도 계속 사람들은 밀어닥치더군. 시골 사람들은 점심을 싸 가지고 와 마차 안에서 먹었어. 위스키를 마시는 사람도 꽤 많아서 싸움이 세 군데서나 일어났어. 그런데 누군가 큰 소리로 외쳤지.

"이봐, 보그스 영감이 왔어! 한 달에 한 번 있는 볼거리를 제공하기 위해서 일부러 시골에서 올라왔어!"

그 소리를 듣자 건달패들은 모두 즐거운 표정을 짓더군. 사나이들은 이 보그스 영감을 웃음거리로 삼고 있는 게 틀림없었어. 한 놈이 말하더군.

"이번에는 저 영감, 누구를 해치울 셈인가? 만일 영감이 지난 20년 동안 해치우려던 놈들을 정말로 모조리 해치웠다면, 지금쯤 영감도 어엿한 거물이 돼 있을 텐데."

그러자 다른 사나이가 말하는 거야.

"이번엔 나를 물고 늘어지지 않으려나? 그러면 나도 한 천 년은 문제없이 살 텐데."

보그스는 마치 인디언처럼 '와아와아' 소리를 지르면서 말을 타고 한달음에 달려오더니 큰 소리로 외치는 거야.

"자아, 비켜라, 비켜! 나는 이제부터 전쟁터에 나가는 거다. 관 값이 또 오를 거다."

그 영감 어지간히 취했더군. 말 안장 위에서 건들건들하는 거야. 나이는 쉰을 넘어 보였고 얼굴은 새빨갛더군. 모든 사람이 영감을 향해 고함을 지르고 웃고 욕지거리를 퍼부었는데 영감도 지지는 않았어. 상대방을 향해 마구 욕설을 퍼부으면서 너희들을 차례로 해치울 것이로되 오늘은 시간이 없다, 오늘은 늙은 셔번 대령을 해치우려고 온 거라며 '고기요리가 먼저고, 디저트는 마지막 입가심'이라는 자신의 좌우명까지 들먹이며 나중으로 미룬다는 거야.

보그스 영감은 나를 보더니 말을 가까이 몰고 와서 이렇게 말했어.

"꼬마야, 넌 어디서 왔니? 죽을 준비는 돼 있냐?"

그러고 나서 저쪽으로 가버렸는데 나는 도무지 침착할 수가 없었어. 하지만 어떤 사나이가 나한테 이렇게 말했어.

"괜찮아, 정말로 그러는 게 아냐. 술에 취하면 언제나 저래. 아칸소에서 제일 마음씨 좋은 영감이지. 술이 취하든 취하지 않든 사람을 해친 일은 단 한 번도 없는 영감이야."

보그스 영감은 마을에서 제일 큰 가게 앞으로 말을 몰고 가서는 머리를 숙여 차일 안을 들여다보면서 소리질렀어.

"야아, 셔번. 나와라! 나와서 네가 속여 먹은 사람과 상대를 해라, 이 개새끼야. 여기까지 쫓아왔으니 이젠 놓치지 않을 테다!"

그러면서 셔번을 향해 욕지거리를 퍼부어댄 거야. 보그스가 외치는 소리를 들으면서 웃고 떠드는 사람으로 길이 꽉 차버렸어. 그러는 동안에 쉰 다섯쯤 되어 보이는 거만스러운 사나이가—— 옷도 마을에서 가장 좋은 값비싼 것이었어—— 가게에서 뛰어나왔기 때문에 어중이 떠중이들은 양쪽으로 물러나 길을 비켜 주었지. 그 사나이는 보그스를 향해서 말했어. 아주 침착한 목소리로 천천히 말야.

"난 이런 일은 참을 수 없는 성질이지만 한 시까지는 참아 주겠다. 알 겠어? 한 시까지야. 그 이상은 참을 수 없어. 만일 한 시가 지나 다시 한 번 내 욕을 해봐. 그땐 아무리 도망쳐도 반드시 내가 붙잡고 말 테야."

그렇게 말하고 그 사나이가 몸을 돌려 가게 안으로 들어가 버렸어. 모두들 엄숙한 표정으로 입을 다물었지. 움직이는 놈도 없고 웃는 놈도 없었어. 보그스는 목청껏 셔번에게 욕을 퍼부으면서 저쪽으로 사라지더군. 그런데 곧 되돌아와 또다시 셔번네 가게 앞에 멈추고는 여전히 욕을 해대는 거야. 몇몇 사람이 그를 둘러싸고 입을 다물게 하려고 했지만 그 영감은 들어먹지 않았어. 이제 앞으로 15분만 있으면 1시니까 집으로 돌아가라, 이대로 곧 집으로 돌아가라고 타일렀지만 아무 소용이 없었어.

온갖 욕을 다 하면서 흙탕 속에 모자를 집어 던지고 그것을 말발굽으로 짓이기게 하더니 또다시 성난 사자처럼 으르대며 거리 저쪽으로 달려가는 것이었어. 바람에 백발을 휘날리면서 말야. 사람들은 어딘가에 감금해 놓고 술이 깨도록 하는 것이 좋겠다고 생각하고 어떻게든 말에서 내리게 하려고 했지만 그것 역시 허사였어. 영감은 다시 달려와서는 또다시 셔번에게 욕을 퍼붓기 시작한 거야. 그때 누군가 소리쳤어.

"영감의 딸을 데리고 와! 딸의 말이라면 들을 거야. 저 영감을 고분고분하게 하려면 그 방법밖에 없어."

그래서 누군가가 달려갔어. 나는 조금 걸어가다가 발을 멈추었어. 5분이나 10분쯤 지났을까? 또다시 보그스 영감이 달려온 거야. 그런데 이번엔 말을 타고 있지 않았어. 큰길을 갈지자 걸음으로 비틀거리며 내가 서 있는 쪽으로 오고 있는 거야. 모자도 쓰지 않고 양쪽 팔을 친구들한테 붙들려서 끌려오다시피 말야. 얌전해지고 불안해하는 눈치였어. 싫다고 뒷걸음질치기는커녕 스스로도 서두르고 있는 것 같았지. 그때 누군가가 소리지르는 거야.

"보그스!"

나는 누군가 하고 그쪽을 바라보았어. 그것은 다름 아닌 셔번 대령이었어. 거리 한가운데에 꼼짝 않고 선 채 들어올린 오른손에 권총을 쥐고 있는 거야. 하지만 겨냥을 하고 있는 것이 아니라 총신을 하늘로 향하게 한 채 들고 있었지.

그때 한 젊은 아가씨가 달려오는 것이 보였어. 두 사나이와 함께 말이야. 보그스와 그와 함께 있던 사나이들은 뒤돌아 봤지. 두 사나이는 권총이 보였기 때문에 한쪽으로 급히 물러섰어. 그러자 권총의 총신은 천천히, 그러면서도 어김없이 수평으로 내려왔어. 보그스는 급히 두 손을 올리면서 외쳤어.

"제발, 부탁이야, 쏘지 마."

탕! 최초로 한 방이 울리더군. 영감은 뒤로 비틀거리면서 허공을 움켜쥐었어. 탕! 두 번째가 울렸어. 영감은 털썩 두 손을 내던지고 땅바닥에 쓰러지는 거야. 아가씨가 비명을 지르며 달려와서는 부친의 몸 위에 덮치듯 쓰러지더군. 그녀는 울면서 외쳤어.

"아버지! 아버지! 오오, 저놈이 죽였어, 저놈이 죽였어."

사람들은 두 사람 주위에 몰려들어 이 광경을 보려고 목을 길게 빼며 어깨로 밀고 당기고 했지. 그러자 안에 있는 사람들이 떠밀면서 소리쳤지.

"물러서요, 물러서! 바람을 통하게 해야 해, 바람을!"

셔번 대령은 권총을 땅바닥에 집어던지고는 뒤꿈치로 빙그르 돌아서 그대로 들어가 버리고 말았어. 사람들은 보그스를 등에 업고 조그만 약방으로 갔는데 여전히 많은 사람이 주위에 모여들었고 마을 사람들이 그 뒤를 줄줄이 뒤따라갔어. 나도 달려가서 창문 옆에 좋은 자리를 잡았지. 보그스 바로 가까이여서 그 광경을 똑똑히 볼 수 있었어. 사람들은 보그스를 마루 위에 눕히고는 큼직한 성경책으로 머리를 괴고 또 다른 하나는 펼쳐서 가슴 위에 얹어 놓더군. 하지만 그에 앞서 셔츠를 찢고 가슴을 헤쳤기 때문에 한 방의 총알이 박힌 상처를 나는 분명히 볼 수 있었어. 보그스는 가쁜 숨을 길게 열 번쯤 내쉬었는데, 숨을 들이마시고 내쉴 때마다 가슴 위에 성경책이 들썩였어. 그러더니 얼마 후 움직이지 않더군. 결국 죽고 만 거지. 사람들은 울고불고하는 딸을 보그스한테서 억지로 떼어내어 다른 곳으로 데리고 갔어. 딸은 열여섯 살쯤 되었는데 아주 귀엽고 예뻤어. 하지만 파랗게 질린 얼굴이 두려움에 떨고 있었지.

큰 구경거리라도 만난 것처럼 온 마을 사람들이 모여들어 창가로 가서 저마다 한 번씩 들여다보려고 밀치락뒤치락 야단이었어. 하지만 창가에 자리잡고 있던 사람들은 양보하지 않았지. 그러니까 뒤에 온 무리들은,

"자아, 너희들은 이제 실컷 보지 않았어? 거기 늘러 붙어서 다른 사람들이 못 보게 한다는 건 공평치 않아. 우리도 너희와 같은 권리가 있단 말야."

하고 소리를 지르더군. 그러자 거기에 대해서 대꾸하는 소리가 들렸고 이건 필시 큰 소동이 벌어지겠다 싶어 나는 살그머니 그곳을 빠져나왔어. 거리에 있는 많은 사람들도 흥분하고 있었어. 사살하는 현장을 지켜본 사람들은 어떻게 그 일이 일어났는가를 얘기해 주고 있더군. 그 주위에는 많은 사람들이 몰려들어 귀를 기울이고 있었어. 머리를 길게 기르고 흰 모피로 만든 실크 모자를 위로 멋지게 젖혀 쓴 깡마르고 키가 큰 사나이가 손잡이가 굽은 지팡이를 들고 보그스가 서 있던 장소와 셔번이 서 있던 장소에 표시를 하는 거야. 그러자 여러 사람들은 그 뒤를 따라 한 장소에서 다른 한 장소로 옮겨 다녔어.

그 사나이가 하는 짓을 유심히 바라보면서 머리를 끄덕이기도 하고 가볍게 쭈그리고 앉아서 사나이가 땅바닥에 표시하는 것을 지켜 보기도 했지.

사나이는 셔번이 서 있던 자리에 가서 몸을 굳히고 얼굴을 찡그리며 모자테가 눈을 가릴 만큼 내려쓰고는,

"보그스!"

하고 외치더군. 그러고는 지팡이를 천천히 수평이 될 때까지 내리더니 '탕!' 하는 총소리를 흉내내더니 휘청 뒤로 넘어질 듯하며 또다시 '탕!' 하고는 벌렁 나자빠지는 것이었어. 실제 광경을 본 사람들은 실

제와 똑같다고 떠들어 댔고, 그 중 한 열 명쯤 되어 보이는 사람들은 술병을 꺼내 그 사나이에게 술을 대접하는 거야.

그러는 동안 셔번을 사형에 처해야 한다는 말이 누구의 입에선가 나왔지. 불과 1분도 되지 않아서 그것은 거기에 모인 모든 사람의 의견이 되고 말았어. 사람들은 그야말로 정신없이 떠들어 댔지. 온갖 욕지거리를 퍼부으며 심지어는 빨랫줄 같은 것을 손에 거머쥐고 당장 목을 매달거라며 셔번의 집 쪽으로 달려나가는 거야.

22

사람들은 일제히 인디언처럼 '와아' 소리를 지르면서 셔번네 집 쪽으로 밀려갔어. 길을 막은 것은 뭐든지 비키지 않으면 납작하게 밟혀 버릴 지경이었지. 어린애들은 옆으로 피하려고 깩깩 소리지르며 폭도들의 앞을 달려가고, 거리를 내다보는 여자들의 얼굴이 집 창문마다 대령대령 매달려 있었지. 나무란 나무에는 어린 검둥이들이 올라가 있고, 울타리마다 검둥이 남녀가 내다보다가는 폭도들이 다가오면 급히 안전한 곳으로 도망쳤어. 많은 여자와 아가씨들이 무서워하며 울고불고 난리였어.

폭도들은 셔번 가의 울타리 앞까지 밀려갔는데, 그 소란스러움이란 그야말로 자기 목소리도 들리지 않을 정도였어.

20피트쯤 되는 좁은 마당이었지. 누군가가,

"울타리를 부숴라! 울타리를 부숴!"

하고 외쳤어. 그러자 뽑아 버리고 두들겨 패고, 그야말로 난장판이 벌어지더니 울타리가 쓰러지고 말았어. 앞에 있던 폭도들이 마치 물밀 듯이 안으로 밀려들어갔지.

바로 그때 셔번이 2연발 장총을 손에 들고 정면 조그만 베란다 위에 나타난 거야. 그는 한마디도 입을 열지 않고, 침착하게 그리고 여유있게 몸을 도사리며 서 있었어. 소동은 순식간에 멈추고 사람들은 주춤주춤 뒤로 물러서더군.

셔번은 한마디 말도 하지 않았어. 다만 가만히 서서 사람들을 내려다보고 있었을 뿐이야. 물을 끼얹은 듯 조용해지더군. 어쩐지 으스스한 게 마음이 언짢았어. 셔번은 폭도들을 천천히 둘러보고 있었고 사람들은 그와 눈을 마주치며 지지 않고 노려보리라 생각했지만 그게 도저히 안 되는 것 같았어. 결국은 눈을 내리깔고 어쩔 줄 몰라했지. 그러자 이윽고 셔번이 웃더군. 기분 좋은 웃음이 아니라 빵을 먹다가 모래를 씹었을 때와 같은 그런 웃음이었어.

셔번은 천천히, 상대방을 깔보는 듯한 투로 말을 시작하더군.

"너희 같은 놈들이 누굴 사형에 처하겠다고? 웃기지 마. 너희들이 대장부를 사형에 처할 만한 배짱이 있다고 생각하는 게 재미있군. 친구도 없고 의지할 데도 없는 불쌍한 여자들에게 타르칠이나 할 정도의 용기는 있는지 모르겠다만 그 정도 가지곤 어림도 없지. 너희들 같은 것 만 명이 한데 뭉쳐서 덤빈대도 사나이라면 눈 하나 깜짝 안 할 거야. 내가 너희들을 모르고 있으리라고 생각한 거냐? 속까지 빤히 들여다보고 있어. 서부에서 태어나고 남부에서 자라나, 북부에서 살아온 나야. 인간이라는 것이 어떤 것인지 속속들이 알고 있어. 북부에서는 말이다, 자기를 짓밟는 자를 내버려 두고는 집에 돌아가 이것을 참고 견딜 겸허한 정신을 주십시오, 하고 기도를 올려. 남부에서는 말이다, 어떤 사나이가 순전히 혼자서 그것도 대낮에, 사람이 잔뜩 타고 있는 역마차를 세우고 돈을 빼앗는다고. 너희들 신문이 너희들을 용감한 사나이들이라고 대서특필하니까, 너희들은 정말로 너희들이 용감하다고 생각하고 있어. 하지만 천만에. 너희들도 보통 사람 정도로 용감할 뿐이지, 결코 그 이상으로 용감하지는 못해. 너희들의 배심원들을 보면 알 거야. 어째서 살인범을 교수형에 처하지 않지? 범인의 친구에게 어두울 때 뒤에서 한방 당하지는 않을까 겁먹고 있기 때문이야. 또 능히 그럴 수 있는 놈들이니까. 그래서 배심원이란 놈들은 언제나 무죄를 주장해. 그러고 나서 한 사나이가 한밤중에 복면을 한 겁쟁이들을 한백 명쯤 거느리고는 살인자를 처형하기 위해서 떠나는 게 고작이지. 너희들의 잘못은 그 한 사람의 사나이를 데리고 오지 않았다는 사실이야. 이것이 첫 번째 잘못이야. 두 번째 잘못은 복면을 하고 한밤중에 오지 않았다는 사실이야. 너희들이 데리고 온 것은 모자라는 사나이야. 저기에 있는 벅 하크니스가 바로 그 사람이지. 만일 저놈이 부채질하지 않았다면 너희들은 그저 소리만 지르는 것으로 만족했을 거야. 너희들은 굳이 여기까지 오고 싶었던 것은 아니야. 보통 인간이라는 것은 시끄러운 일이나 위험한 일을 좋아하지 않는 법이거든. 너희들이라고 해서 그런 것을 좋아할 리는 없지. 그런데 저기에 있는 벅 하크니스 같은 놈이 '사형에 처하자. 저놈을 사형에 처하자!' 하고 소리를 지르는 바람에 너희들은 물러설 수가 없었던 거야. 너희들이 어떤 인간이라는 것이 —— 즉 겁쟁이라는 것이 —— 드러날까 두려웠던 거야. 그래서 너희들은 고래고래 소리를 지르면서 머저리 같은 사나이의 윗옷 뒷자락에 매달려서 마치 큰 일이라도 치를 듯이 밀려왔던 거야. 세상에 폭도만큼 불쌍한 것은 없어. 군대가 바로 그거야. 군대라는 것은 우러나온 용기로 싸우는 게 아니라, 그 집단에서, 그 상관에게서 빌려온 용기로 싸우는 거야. 하물며 선두자가 없는 폭도는 얼마나 불쌍한 것인가는 당연한 이치지. 알겠어? 너희들은 이제 꽁무니를 감추고 집으로 돌아가서 쥐구멍이나 찾는 거다. 그것이 너희들이 할 일이야. 만일 정말로 사형이 있다면 그것은 너희 남부식으로 한밤중에 처할 테지. 그리고 그때는 복면을 씌운 사내다운 사내를 하나 끌고 오는 게 아닐까? 자아, 이제 알았으면 돌아가. 머저리 같은 주동자를 데리고 가는 걸 잊지 말고 말이다."

그렇게 말하면서 셔번은 왼손에 권총을 재빨리 옮겨 쥐고는 격철을 찰싹 하고 일으켜 세우는 거야.

군중은 우르르 뒤로 물러났어. 그러고는 제각기 흩어지는가 했더니 사방으로 줄행랑을 치는 거야. 그리고 벅 하크니스도 기가 질려 사람들 뒤를 따라 도망쳐 버렸어. 나는 그 자리에 있고 싶으면 더 있을 수도 있었지만 별로 생각이 없었어.

나는 서커스하는 데로 가서 뒤쪽을 서성거리다가 슬쩍 천막 밑으로 기어 들어갔어. 물론 돈이야 있었지. 20달러짜리 금화도 있었어. 하지만 아껴서 나쁠 것은 없지. 서커스 구경에 굳이 헛돈을 쓸 필요는 없다, 그 말씀이야.

정말 굉장한 서커스였어. 그렇게 멋진 구경은 또다시 없을 거야. 단원들은 모두가 두 사람씩 말을 타고 들어왔어. 의젓한 남자와 여자가 나란히 둘씩 들어왔단 말이야. 남자는 바지에 셔츠만 입었을 뿐, 구두도 신지 않고 허벅다리 위에 두 손을 의젓하게 놓고 있는 거야. 20명은 되는 것 같더군.

그리고 여자들은 모두 얼굴빛이 좋고 대단한 미인들뿐이었어. 여왕님이 나란히 행차하는 것 같았어. 입고 있는 옷은 아마 몇 백만 달러는 할 거야. 다이아몬드가 박힌 화려한 옷이었어. 정말 눈이 부시더군. 어느 새 모두들 말 위에 올라서서는 천천히 흔들면서 의젓하게 링을 돌고 있는 거야. 사나이들의 곧바로 선 모습은 그야말로 가볍고 키가 커 보여 금방이라도 천막 천정에 닿을 것만 같았어. 여자들은 모두가 하나같이, 장밋빛 드레스를 부드러운 비단처럼 펄럭였지. 그야말로 이 세상에서 가장 예쁜 파라솔처럼 보였어.

움직임이 점점 빨라졌어. 모두가 춤을 추는 거야. 한쪽 다리를 들어 올리는가 하면 이번에는 다른 발을 깡충 들고, 말은 점점 더 몸을 숙이고, 서커스 단장은 한가운데 기둥 주위를 돌면서 채찍을 날리며 '얏! 얏!' 하고 외치더군. 그 뒤에 숨어서 어릿광대가 익살맞은 농담을 퍼붓는 거야. 그들은 어느 새 모두가 손에서 고삐를 놓았더군. 여자들은 가볍게 쥔 주먹을 허리에 갖다 붙이고 남자들은 팔짱을 꼈어. 그런데 말들이 목을 앞으로 숙이고 허리를 둥그렇게 하는 거야! 그러더니 이번에는 한 사람 한 사람 뛰어내려 일찍이 본 적이 없는 예쁜 절을 하고 나서 재빨리 들어가 버렸어. 사람들의 우레 같은 박수가 쏟아져 나왔어. 넋을 잃은 상태였어.

그 서커스는 처음부터 끝까지 놀랄 만한 재주를 보여 주더군. 어릿광대가 어떻게나 웃기는지 사람들은 웃다가 죽을 지경이었지. 단장이 한마디할 때마다 광대가 곧 대꾸를 했는데 이 대꾸가 또 기상천외 걸작이야. 그렇게 재미있는 말을, 그렇게도 빨리 멋지게 해낼 수 있는 재치가 어디서 튀어나오는 것일까. 나는 그저 놀라울 뿐이었어. 나 같으면 1년이 걸려 생각해도 그런 말을 생각해 낼 것 같지 않아.

갑자기 술주정꾼 한 사람이 링에 나가려고 했어. 말타기라면 누구한테도 지지 않는다면서 말을 타고 싶다는 거야. 서커스측에서는 링에 들여 놓지 않으려고 하는데 사나이는 막무가내였어. 그 바람에 서커스가 중단되어 버렸어. 그러자 관객들이 일제히 그놈을 향해 소리를 지르고 야유를 퍼부었는데 그럴수록 그놈은 더 발광을 하다시피 떼를 쓰는 거야. 많은 관객들이 흥분해 벤치에서 달려나오며,

"그놈 때려 줘! 당장 쫓아내!"

하고 아우성치듯 링으로 몰려나갔지. 여자 손님 중에선 비명을 지르기도 했어. 그러자 단장이 한바탕 연설을 하더군. 제발 소동을 벌이지 말아 달라고 하면서, 이 사나이가 더 이상 말썽을 부리지 않겠다고 약속한다면 말을 태워 줘도 괜찮다는 거야. 탈 수 있을지 없을지는 모르겠다면서 말야. 그래서 모두들 웃으며 그게 좋겠다고 하더군.

결국 사나이는 말을 탔어. 올라탄 순간 말이란 놈이 이리 뛰고 저리 뛰는 바람에 서커스단 사나이 둘이 나와 고삐를 잡고 진정시키려 했지만 들어 먹지 않았어. 주정꾼은 말의 목덜미에 매달렸는데 말이 껑충 뛸 때마다 그놈의 두 다리가 공중을 맴도는 거야. 손님들은 모두 자리에서 일어나 소리를 지르기도 하고 웃기도 했는데 마지막에는 너무 기가 차서 눈물이 나올 정도였어. 그리고 마침내는 서커스 단원들이 힘쓴 보람도 없이 말은 그 손을 뿌리치고 링 위를 재빠른 동작으로 빙글빙글 돌기 시작했어. 주정뱅이는 미칠 지경이었지. 말등에 찰싹 달라붙는가 하면 목덜미를 꽉 붙잡고 한쪽 발이 땅바닥에 닿을 정도로 미끄러져 내려 어쩔 줄 몰라했는데, 그럴수록 손님들은 미친듯이 손뼉을 치며 함성을 질렀지. 하지만 나는 조금도 재미가 없었어. 아슬아슬해서 몸이 떨리고 제대로 볼 수가 없었거든.

그런데 그 주정꾼, 한참 몸부림을 치더니 그래도 어떻게 말등에 다

시 올라타는 거야. 이리 쓰러지고 저리 비틀거리면서도 어떻게 고삐는 움켜쥐었더란 말야. 그러더니 이것 보게! 날렵하게 몸을 일으키더니 고삐를 놓고는 등 위에 우뚝 서는 거야! 말은 그냥 불에 놀란 것처럼 마구 내달리고 있는데 말야. 더욱이 그 술주정꾼은 언제 내가 취했더냐 하는 표정으로 신나게 달리고 있었어. 그런가 하면 이번에는 달리는 말 위에서 옷을 벗기 시작하더니 하나하나 집어 던지지 않겠어? 재빨리 벗어서 후닥닥 집어 던지는 바람에 공중에는 옷이 눈송이처럼 너울거렸어. 모두 열일곱 개를 벗어 던지더군. 그랬더니 아주 날씬하고 핸섬한 데다가 눈이 부실 정도로 멋진 옷을 입은 주정꾼이 말에 채찍질을 하면서 신나게 달리는 거야. 마지막에는 휙 하고 뛰어내려 멋지게 인사를 하고는 춤추는 듯한 걸음걸이로 단원들 방으로 달려가 버렸어. 사람들은 즐거워하기도 하고 놀라기도 해서 그저 덮어 놓고 '와아' 소리를 지를 뿐이었지.

그때서야 겨우 단장이 —— 이놈은 자기가 보기 좋게 속은 것을 깨달았지 —— 너무나도 어이없는 표정을 지었는데 그 또한 일품이었어. 그럴 수밖에 없는 것이 아까 그 주정뱅이가 자기 단원이란 것을 모르고 있었으니깐 말야! 그놈은 그런 장난을 계획하고는 단장과 그 누구한테도 알리질 않았던 거야. 나도 그렇게 속아 넘어간 것이 어처구니가 없었는데, 하물며 단장의 입장이 돼 봐. 나 같으면 1천 달러를 준대도 그런 입장에 서는 건 사절하겠어. 어쨌든 나는 서커스가 만족스러웠고, 앞으로도 어디서든 만나기만 하면 단골손님이 될 테야.

그런데 그날 밤에 우리도 쇼를 상연했어. 하지만 손님은 겨우 열두 명. 비용을 지출하기도 빠듯할 정도였어. 게다가 모두들 웃고만 있는 바람에 공작은 화가 났지. 하여튼 관객들은 미처 쇼도 끝나기 전에 나가 버렸어. 아니 한 사람 남아 있었군. 잠이 들어 있던 어린애 말야. 그러자 공작이 말하더군. 이 아칸소의 저능아들에게 셰익스피어는 너무 고급이라고 말야. 저속한 악단들의 엉터리 희극이 꼭 알맞을 거야, 아니, 엉터리 희극보다도 더 저속한 것이 알맞을지 모른다는 거야. 그리고 그 다음 날 아침, 공작은 큼직한 포장지 대여섯 장과 까만 페인트를 갖고 와서는 재빨리 전단지를 써서 다시 마을 안에 내다 붙였어. 그 전단지에는 이렇게 쓰여 있더군.

마을 사무소에서!
사흘 밤 동안에 한함!
세계적으로 유명한 비극배우
데이빗 개릭 2세와
에드먼드 킨 1세!
(런던 및 유럽 각국 극장 전속)
스릴 만점의 비극
〈국왕의 기린(麒麟)〉
일명 왕실의 걸작!
입장료 50센트

그리고 맨 끝에 가장 큼직한 글씨로 써 놓았어.

여자와 어린애 입장은 사절합니다.

"자아, 이제 됐어."

라고 공작은 말하더군. 이 마지막 한 줄을 보고도 손님이 오지 않는 다면 아칸소 놈들은 사람이 아니라면서.

23

그래서 공작과 왕은 무대를 만들어 막을 두르고 푸트라이트로 사용할 양초를 한 줄로 늘어 놓는 일로 온종일 바빴지. 그리고 밤이 되자 오두막은 순식간에 초만원을 이루었어. 더 이상 입장시킬 수가 없을 만큼 되자 공작은 입구 문지기 노릇을 그만두고는 뒤쪽으로 해서 무대 위로 올라와 막 앞에 섰어. 그러고는 잠시 연설을 통해 오늘 밤의 공연할 비극을 칭찬하면서 이렇게 피가 끓고 가슴이 뛰는 일은 아마 다시 없을 것이라고 말했지. 그리고 이 비극의 주인공 역을 맡은 에드먼드 킨 1세를 칭찬하더군.

빨리 막이 올랐으면 할 정도로 관객들의 마음이 기대에 부풀었을 때 천천히 막을 올렸어. 다음 순간 왕이 벌거벗은 채 네 발로 무대 위를 깡충깡충 뛰면서 나타나는 거야. 온몸에는 페인트칠을 했는데 온갖 빛깔의 페인트로 동그라미라든가 줄무늬, 선 등을 그려 놓았기 때문에 그야말로 무지개처럼 현란했어

게다가 말야, 아니, 그외에 어떤 것이 매달려 있었는지 그까짓 일은 아무래도 좋아. 여하튼 미친 짓이었어. 그렇지만 재미는 있더군. 사람들은 웃고 또 웃고 우스워 죽을 지경이었어. 왕이 무대 위에서 뛰고 춤추고 하다가 무대 뒤로 깡충깡충 뛰면서 사라지자 사람들은 박수 갈채를 아끼지 않았지. 짖어 대고 외쳐 대고, 휙휙 휘파람을 부는 소동이 벌

어지는 바람에 왕은 또다시 되돌아와 똑같은 짓을 되풀이했어. 그 다음에도 또다시 그 짓을 되풀이했어. 그 우스운 꼴이란 아마 소가 그 자리에 있었대도 배를 움켜쥐고 웃었을 거야.

그러자 공작이 막을 내리고는 손님들을 향해 절을 하더군. 그러고 나서 이 위대한 비극은 앞으로 이틀밖에 더 상연할 수가 없다고 말하는 거야. 런던과의 계약 날짜가 다가오기 때문인데, 런던의 드루리 레인 극장의 입장권은 이미 매진된 형편이고 따라서 이제 이틀 밤밖에 더 공연할 수 없음을 유감스럽게 생각한다면서 절을 했어. 그리고 만일 이것이 재미있고 유익했다고 생각한다면 아무쪼록 친구분들한테도 얘기를 해서 구경하도록 권해 주었으면 고맙겠다고 말하는 것이었어.

그러자 한 스무 명 남짓한 사람이 소리를 지르더군.

"뭐라고? 이게 다야? 이것으로 끝난 거야?"

공작은 그렇다고 했어. 이제부터가 볼 만했지. 손님들은 일제히 속았다고 소리를 지르면서 무대와 배우 쪽으로 밀려들더군. 하지만 바로 그때야. 어떤 몸집이 크고 잘생긴 사나이가 벤치 위로 뛰어올라 이렇게 고함치는 거야.

"여러분, 잠깐! 한마디만 하겠소."

그 말에 모두들 선 채로 귀를 기울이더군.

"우리는 속았소. 보기 좋게 깨끗이 속았단 말이오. 하지만 우리가 동네 웃음거리가 된대서야 창피한 얘기요. 살아 있는 동안에 언제까지나 놀림감이 될 수야 없지 않소? 그러니까 오늘은 여기서 얌전하게들 돌아가 이 연극을 극구 칭찬해서 다른 사람들도 골탕을 먹게 해주잔 말이오. 그렇게 되면 우리는 모두 피장파장이 되는 거요. 그쪽이 현명하다고 생각하지 않아요?"

"옳은 얘기야! 판사님의 말이 옳아!"

하고 사람들은 이구동성으로 외쳤어.

"그럼 결론이 났어요. 속았다는 말은 절대로 입 밖에 내선 안 돼요! 집에 가면 다른 사람들에게 이 비극을 보러 가라고 권하는 거예요."

그 다음 날 이 연극이 대단하다는 소문이 온 마을에 퍼졌어. 그리고 그날 밤도 만원 사례였고, 우리는 이 많은 손님을 또 한 번 속여 먹었지. 나와 왕과 공작은 뗏목으로 돌아가서 저녁을 먹었어. 이윽고 한밤중이 되자 왕과 공작은 짐과 나에게 뗏목을 끌어내어 강 한가운데를 지나 마을에서 2마일쯤 내려간 기슭에 숨겨 놓으라는 거야.

사흘째 되는 밤에도 극장은 만원이 됐지. 그런데 오늘은 처음 오는 손님이 아니라 전날에 한 번씩 왔던 손님들이라는 것을 알 수 있었어. 나는 공작과 함께 입구에 서 있었는데 안에 들어가는 손님들의 주머니가 모두 불룩하게 부풀어 있고, 어떤 손님들은 저고리 밑에 뭔가를 숨기고 있다는 걸 알아챘어. 내가 보는 바로는 그것들이 향기가 나는 물건이 아닌 것만은 틀림없었지.

아무리 봐도 어딘가 이상했어. 그 냄새는 아무래도 썩은 달걀이나 썩은 양배추에서 나는 그런 것이었거든. 고양이 시체가 옆에 있을 때 어떤 냄새가 나는가를 나는 알고 있어. 내 코가 틀림없다면 바로 그런 것들이 예순네 마리나 안으로 들어갔어. 나도 사람들 틈을 비집고 안으로 들어갔는데 너무도 썩은 냄새가 나는 통에 밖으로 뛰어나왔지. 더 이상 손님을 넣을 수가 없게 되었을 때 공작은 어떤 사나이에게 25센트를 쥐어 주면서 잠깐 동안만 문지기 일을 대신 봐 달라고 하고는 분장실 쪽으로 돌아갔어. 나도 그 뒤를 따라갔지. 그런데 모퉁이를 돌아서 어두운 곳에 다다르자 느닷없이 공작이 말하는 것이었어.

"자, 서두르는 거다! 빨리 이곳을 빠져 나가! 그리고 집이 없는 곳에까지 가서는 악마한테 쫓기는 심정으로 뗏목을 향해서 내달리는 거야!"

나는 그대로 했고 공작도 역시 그렇게 했어. 둘이 거의 동시에 뗏목에 올라탔지. 2초도 되기 전에 뗏목은 깜깜하고 조용한 강물을 타고 떠내려가기 시작했어. 강 한가운데를 향해서 비스듬히 말야. 아무도 한동안 입을 열지 않았어. 나는 불쌍하게도 왕이 관객들에게 붙잡혀서 큰 봉변을 당하고 있겠구나 생각했지. 하지만 그것은 부질없는 걱정이었어. 얼마 후에 바로 그 왕이 오두막 속에서 슬슬 기어 나오는 것이었어. 그리고 하는 말이 걸작이야.

"여보게 공작, 어떻게 잘 해치웠어?"

그는 처음부터 마을에 나타나지도 않았던 거야.

우리는 불을 켜지 않은 채 그 마을에서 10마일쯤 하류까지 마냥 떠내려갔지. 거기까지 와서야 불을 켜고 저녁을 먹었어. 왕과 공작은 의기양양해서 말하더군.

"얼간이 같은 놈들! 나는 말야, 첫날에 왔던 손님들은 아무 말도 못하고 다른 손님들을 끌어들이라는 것을 처음부터 알고 있었어. 그리고 사흘째 되는 밤에는 우리를 기다리고 있다가 보복하리라는 것도 벌써 알고 있었지. 그놈들이 보복할 차례임엔 틀림없었거든. 그놈들이 지금쯤 얼마만큼 복수를 했는지 알고 싶은걸. 놈들이 노리던 보복의 기회를 어떻게 활용했는지 정말 궁금해. 물론 그놈들이 생각만 있었다면 방향을 달리해서 야유회라도 즐길 수 있었겠지. 음식물을 잔뜩 지니고들 들어갔으니까 말야."

이 두 악당은 사흘 동안에 465달러나 벌어들였어. 나도 도대체 그렇게 돈이 척척 들어오는 것은 처음이었어.

얼마 후에 두 놈은 잠이 들었어. 코를 골기 시작했지. 그때 짐이 말하는 것이었어.

"이봐, 헉. 이들이 하는 짓을 보고 너는 놀라지 않았니?"

"아니, 별로."

"정말 놀라지 않았어?"

"왕으로 자랐잖아. 그러니까 놀랄 것 없는 거야. 왕이란 모두 그 모양들이야."

"하지만 헉, 이자들은 말야, 정말 악당이야. 거짓말이 아냐, 이놈들은 진짜 악당이야."

"물론이지, 나도 그걸 말하고 있는 거야. 내가 보기에는 왕이라는 것은 대개가 그런 악당이야."

"그런가?"

"그렇다니까. 왕들에 대해서 쓴 책을 한번 읽어 봐, 그러면 알게 될테니까. 헨리 8세를 봐. 헨리 8세에 비한다면 여기에 있는 이런 왕은 주일 학교의 교장 선생님만큼이나 점잖아. 찰스 2세, 루이 14세, 루이 15세, 제임스 2세, 에드워드 2세, 리처드 3세, 그 밖에도 40여 명은 넘어. 옛날 색슨 일곱 왕국의 왕들도 하나같이 멋대로 소동을 일으켰어. 한창 때의 헨리 8세, 이놈은 또 알아줘야 할 놈이야. 이놈은 말야, 매일 새 마누라와 결혼하고는 다음 날 아침에는 그 마누라의 목을 댕강 잘라 버리는 거야. 게다가 마누라를 고르는 것도 마치 계란이라도 가져오라고 명령하는 것처럼 태연스럽게 명령하는 거야. '넬 귄을 데려와' 하고 왕이 명령하지. 그러면 신하가 넬 귄을 데려오는 거야. 다음 날 아침이 되면 목을 자르라고 말해. 그러면 신하가 목을 자르지. '제인 쇼를 데려와' 하고 말하면 제인 쇼가 불려오지. 다음 날 아침에는 '목을 잘라' 그러면 신하가 또 댕강 자르지. '페어 로저먼을 불러와' 명령에 의해서 페어 로저먼이 나타나지. 다음 날 아침에는 '목을 잘라' 이런 식이야. 그러면서 이 왕은 여자들 한 사람 한 사람에게 매일 밤 한 가지씩 이야기를 지껄이게 하고는 그것을 모아 두었지. 그렇게 해서 모은 것이 천 가지 하고도 하나가 되었을 때 모두 묶어서 한 권의 책을 만들었어. 그러고 그 책 이름을 〈최후 심판 날의 수첩〉이라고 했지. 어때, 좋은 제목이지? 내용을 잘 나타낸 제목이야(역주 : 이 이야기에는 헉의 착각이 드러나 있음). 너는 말야 짐, 왕이라는 것을 모르고 있지만 난 알아. 여기 있는 우리의 늙어빠진 건달은 역사 속에서 볼 수 있는 왕들 중에서도 가장 얌전한 축에 들어. 헨리는 말야, 이 나라와 분쟁을 일으킬 생각을 갑자기 했지. 그래서 어떻게 한 줄 알아? 미리 예고했을까? 상대가 준비를 갖출 여유를 줬을까? 아니었어. 느닷없이 보스턴 항(港)의 차(茶)를 모조리 바다 속에 처넣었어. 그러고는 독립 선언문을 선포하고 덤빌 테면 덤벼라 하고 대들었어. 이것은 그의 술법이야. 누구에게나 절대로 기회를 주지 않았어. 자기 아버지 웰링턴 공작에게 그전부터 의혹을 품고 있었거든. 그래서 어떻게 했는지 알아? 출두하라고 명령했을까? 천만에, 고양이라도 처치하듯 포도주 통에 넣어 익사시켰어. 누가 그 작자 옆에다 돈을 놓고 잊어버리고 가면 어떻게 했을 것 같아? 멋대로 제것으로 만들어 버리는 거야. 무슨 계약을 맺는다고 하자. 그리고 네가 돈을 지불하고 거기에 앉아서 그놈이 계약하는 일을 보고 있지 않았다면 어떻게 되는지 알아? 그놈은 영락없이 정반대의 수작을 하는 거야. 그러나 그놈이 가령 입을 놀렸다고 치자. 그럼 어떻게 될 것 같아? 급히 그 입을 막지 않는 한 거짓말이 튀어나오는 거야. 헨리라는 놈은 그렇게 대단한 놈이었어. 우리의 왕 대신에 헨리 같은 놈이 우리와 함께 있었다고 해봐. 이놈들보다 몇 배나 더 그 마을 사람들을 골탕먹였을지도 몰라. 물론 이놈들을 어린양이라고는 말하지 않겠어. 하지만 저 헨리 같은 숫사슴에 비하면 이놈들은 아직도 양반이야. 내가 말하고 싶은 것은 요컨대 왕은 왕이니까 너그럽게 봐 주지 않으면 안 된다는 거야. 왕이라는 것들은 전체로 볼 때에 변변치도 못한 놈들이야. 그런 식으로 자라났기 때문에 어쩔 수가 없는 거야."

"하지만 헉, 여기에 있는 이놈들, 정말로 지저분한 놈들 아냐?"

"지저분하더라도 말야, 짐. 왕이라는 것들은 모두 똑같아. 아무리 썩어 빠졌대도 어쩔 도리가 없는 거야. 역사를 보더라도 어떻게 하면 좋을는지 그 방법이 쓰여 있지 않거든."

"그런데 공작이라는 작자는 좀 낫지 않아?"

"응, 공작은 다르지. 하지만 별 차이는 없어. 여기 이 공작은 공작치고는 꽤 지독한 편이야. 둘 다 술이 취했을 때에는, 왕과 분간이 안 될 거야."

"어쨌든 헉, 나는 더 이상 이 따위 족속들은 질색이야. 이 두 사람만으로도 지긋지긋해."

"짐, 나도 역시 마찬가지 심정이야. 하지만 말이다, 우리는 저놈들을 떠받들면서 그놈들이 왕이라는 것을 잊어선 안 돼. 관대하게 보아 줄 수밖에 방법이 없는 거야. 나 역시, 왕 같은 것이 없는 나라는 없을까, 하다못해 얘기라도 들어 봤으면, 하고 때때로 생각하곤 하지만 말야."

이놈들이 사실은 왕도 공작도 아니라는 얘기를 짐에게 해보았자 무슨 소용이 있을까. 아무 도움도 될 게 없지. 아까도 내가 말한 것처럼 이놈들이 꼭 진짜가 아니라는 것도 구별지을 수 없는 것이고 말야.

나는 그대로 잠이 들어버렸어. 짐은 내가 당번을 설 차례인데도 나를 깨우지 않았어. 짐은 가끔씩 그렇게 해주었지. 마침 날이 밝을 무렵에 눈을 뜨니까 짐은 두 무릎 사이에 머리를 틀어박고 혼자서 신음 소리를 내며 흐느껴 울고 있었어. 나는 그것을 알고도 모르는 체했어. 짐이 왜 그러는지 알고 있었거든. 아득한 북쪽에 남겨 놓고 온 마누라와 어린애 생각이 나서 향수병에 걸려 있었던 거야. 그럴 수밖에 없는 것이, 짐이 가족 곁을 떠난 게 이번이 처음이었으니까 말야. 가족을 생각하는 심정은 짐도 역시 백인과 다를 바 없었지. 그게 이상하다 생각될지 모르지만 나는 그럴 것이라고 생각했어. 짐은 전에도 몇 번이나 밤에 내가 잠들어 있다고 생각될 때는 그런 식으로 슬픈 소리를 내곤 했었어.

"불쌍한 엘리자베스! 불쌍한 조니! 아아, 가슴이 쓰리구나. 너희들을 다시 만나지 못할 것만 같구나!"

하고 탄식하는 것이었어. 짐은 아주 좋은 검둥이였어.

그러나 이때만은 어쩌다가 내가 짐에게 마누라와 어린애 얘기를 끄집어낸 거야. 그러자 짐도 잠시 후에 지껄이기 시작했어.

"내가 지금 기분이 울적한 것은 조금 전에 저쪽 산기슭에서 물건을 집어 던지는지 아니면 사람을 때리는지, 아무튼 비슷한 소리가 났기 때문이야. 그래서 나는 엘리자베스에게 모질게 했던 옛날 일이 생각이 났어. 딸애는 불과 네 살이었는데 성홍열을 몹시 앓고 나서 얼마 안 된 어느 날이었어. 내 옆에 서 있길래 문을 닫으라고 했지. 그런데 그 애는 문을 닫지 않는 거야. 그냥 그대로 버티고 서서 나를 보고 웃고만 있는 거야. 나는 울컥 화가 치밀더군. 그래서 또다시 큰 소리로 말했지. '안 들려? 문을 닫아!' 그래도 여전히 그 애는 버티고 선 채 생글생글 웃고 만 있는 거야. 나는 배알이 뒤틀리더군. '이 자식아, 말을 안 들으면 듣게 해줄 테다!' 그러고는 그 애의 뺨을 호되게 후려갈겼지. 그 애는 쓰러졌어. 나는 다른 방으로 건너갔다가 10분쯤 지난 뒤 다시 돌아왔지. 그런데 문은 여전히 열린 채로 있는 거야. 그리고 그 애는 열려 있는 문앞에 서서 밑을 내려다 보면서 슬픈 소리로 울고 있는 거야. 정말 미치겠더군. 그래서 그 애를 쥐어박으려고 달려드는데 그때 마침 —— 그문은 안쪽으로 열리는 문이었는데 —— 바람이 불어와서 쾅! 하고 요란스러운 소리를 내며 그 애 뒤에서 문이 닫혔어. 그런데도 그 애는 꼼짝도 안 하는 게 아니겠어? 나는 그 순간 숨이 막힐 것 같은 기분이었어. 그때 심정을 어떻게 표현하면 좋을까? 나는 오들오들 떨면서 슬그머니 방을 나가 문께로 몰래 다가갔지. 가서는 조용히 문을 열고 그 애의 바로 머리 뒤에서 '꽥!' 하고 소리쳤지. 그런데 그 애는 꼼짝도 않는 거야! 오오. 헉, 나는 그 순간 울음을 터뜨리면서 그 애를 꽉 끌어안았어. 그러고는 '오오, 불쌍한 것! 전지전능하신 하느님이시여, 이 미련한 짐을 용서하십시오. 짐은 목숨이 붙어 있는 그날까지 결코 자신을 용서하지 않겠습니다' 하고 기도를 드렸지. 오오, 헉, 딸애는 귀머거리에 벙어리까지 돼 있었던 거야. 귀머거리에 벙어리가! 그것을 이 미련한 아비가 그렇게 혼을 내주었으니!"

24

다음 날 밤이 가까워졌을 때 우리들은 강 한가운데에 있는 버드나무가 우거진 모래톱 덤불 속에 숨어들어 그곳에 뗏목을 멈추었어. 양쪽 기슭에 마을이 보였지. 공작과 왕은 그 두 군데 마을을 털어먹기 위해서 계획을 세우기에 바쁘더군. 짐은 공작에게 두세 시간 안에 일을 끝낼 수 있도록 해달라고 부탁했어. 밧줄로 묶인 채 오두막 속에서 하루 종일 뒹굴고 있기란 정말 괴롭다고 말하더군. 그도 그럴 것이 우리는 짐을 혼자 두고 가기 때문에 그를 묶어 놓지 않으면 안 되었거든. 만일 누군가가 짐이 있는 데에 나타난다면, 탈주 노예로 간주될 우려가 있었기 때문이지. 그러자 공작이 하루 종일 묶여 있는 것은 정말 힘들 거라며 다른 방법을 생각해 보겠다고 말하더군.

공작은 정말 보기 드물 만큼 머리가 좋은 인간이었어. 아니나다를까 곧 그 방법을 생각해 내더군. 이 친구, 짐을 리어 왕의 모습으로 둔갑시켜 놓은 것이었어. 커튼을 만드는 사라사 천으로 긴 가운을 만들어 입히고, 말털로 된 흰 가발을 쓰게 하는 거야. 게다가 구레나룻을 달아주고 또 연극할 때에 쓰는 물감을 짐의 얼굴, 손, 귀, 목 할것없이 온통 불에 그을은 것처럼 시퍼렇게 칠했어. 마치 한 아흐레 동안 물속에 잠겼던 사람처럼 말야. 그 끔찍함이란 웬만한 도깨비 정도가 아니었어. 그 다음에 공작은 판자 조각에다가 이런 문구를 썼어.

앓고 있는 아랍인임. 단, 광기가 발작하지 않을 때에는 안전함.

그러고는 그 판자 조각을 나무쪽에다 못으로 박고, 오두막의 4, 5피트 앞에 세워 놓는 것이었어. 짐은 좋아하더군. 하루 종일 묶인 채, 무슨 소리가 들릴 때마다 바들바들 떨고 있는 것보다는 얼마나 홀가분한지 모르겠다는 거야. 공작은 짐에게 이젠 마음놓고 편히 있어도 괜찮다면서, 만일 누가 조사를 하려 들면 오두막 속에서 뛰어나와 한바탕 날뛰면서 한두 마디 짐승처럼 울부짖으면 상대방이 질겁을 하고 도망쳐 버릴 거라고 말하더군. 이건 참, 그야말로 아주 멋진 생각이었어. 아마 상대가 지극히 정상적인 사람이라면 짐이 짐승처럼 울부짖을 것까지도 없을 거야. 그 무서운 꼴이 죽은 송장 정도가 아니라 몇 배 더 무서운 형상을 하고 있었으니까 말야.

두 악당은 지난번의 '왕실 걸작'을 다시 한 번 우려먹고 싶어서 안달을 했어. 재미를 톡톡히 보았으니까. 하지만 그걸 가지고 또 한다는 것은 위험한 일이라고 판단을 내렸지. 그 소문이 벌써 퍼져 있을지도 모르기 때문이었어. 그렇다고 별 신통한 계획도 떠오르지 않았어. 그러자 공작은 한두 시간 쉬면서 그 동안에 궁리를 한 다음 저 마을에서 어떻게든 한몫 잡을 방도를 강구하겠노라고 말했어. 왕은 왕대로 아무 계획도 세울 것 없이 그냥 그 마을로 가서, 신의 섭리에 맡기자고 했지. 신의 섭리라니. 결국 악마의 꼬임 아니겠어.

우리는 지난번 머무른 곳에서 모두가 새 옷을 한 벌씩 사 둔 게 있었어. 왕은 새 옷을 입더니 나에게도 새 옷을 입으라고 했어. 나는 시키는 대로 했지. 왕은 아래 위가 온통 새까만 차림이었는데, 그것을 입으니까 그야말로 어디 나서든 손색이 없을 정도로 멋지더군. 옷에 따라 사람이 달라진다는 것을 나는 그때 비로소 알았지. 그때까지는 이렇게 천한 영감이 없겠다 싶었는데, 그렇게 새 실크 모자를 벗으면서 싱글벙글 웃으며 인사를 하는 품이란 그야말로 당당하고 신앙심 깊은 사람이란 느낌을 주는 거야.

노아의 방주에서 나온 사람이 아닌가, 아니 어쩌면 레위기(記) 바로 그 사람이 아닌가(역주 : 얼치기 지식으로 레위의 사람 노아와 '레위기'를 혼동한 것) 하고 생각될 정도였으니까. 짐은 카누를 깨끗이 청소하고 나는 노를 준비했지. 저쪽 강 하류쪽 기슭에 큰 증기선이 정박하고 있는 것이 보였던 거야. 마을보다 3마일쯤 상류 쪽이었지. 두 시간쯤 전부터 정박하고는 짐을 싣고 있었어. 왕이 말하더군.

"이런 차림을 하고 있으니까 나는 세인트 루이스나 신시내티 또는 어느 큰 마을에서 강을 따라 내려온 것으로 해야 할 테지. 허클베리, 저 증기선으로 가는 거야. 저 배를 타고 마을까지 내려가도록 하자."

나는 기다렸다는 듯이 그러자고 했지. 증기선을 탄다는 데야 반대할 수가 있나. 그래서 마을을 반 마일쯤 앞둔 강기슭 물살이 약한 곳으로 힘껏 저어 나갔지. 얼마 안 가서, 악의가 없어 보이는 시골 젊은이를 만났어. 그 젊은이는 통나무 위에 걸터앉아 얼굴의 땀을 닦고 있었어. 워낙 더운 날이었거든. 그 젊은이 옆에는 큼직한 여행가방이 두 개 놓여 있었어.

"뱃머리를 기슭에 갖다 대."

하는 왕의 명령에 따라 나는 그대로 했지. 그랬더니 왕이,

"젊은 친구, 어디로 가지?"

하고 묻는 거야.

"증기선을 타려구요. 뉴올리언스로 가는 길이거든요."

"그럼, 여기에 타."

하고 왕은 말했어.

"잠깐! 내 하인에게 일러서 그 가방을 운반하게 하지. 아폴파스, 너 나가서 저 신사를 도와 줘라."

아폴파스란 나를 가리키는 말이었어. 나는 시키는 대로 했지. 그러고는 셋이서 다시 강을 따라 갔어. 젊은 친구는 퍽 고마워하면서 이런

더운 날에 짐을 들고 간다는 것은 여간 고역이 아니라는 거야. 왕을 보고 어디로 가느냐고 묻더군. 왕은 북쪽에서 왔는데 오늘 아침 저쪽 마을에 상륙했다가 지금은 5, 6마일쯤 상류 쪽의 마을에 있는 친구를 만나러 가는 길이라고 하더군.

"노인 어른을 처음 뵈었을 때 '아아, 윌크스 씨다. 좀 더 빨리 왔더라면 좋았을 것을……' 하고 혼자 생각했죠. 하지만 '아닐 거야. 윌크스 씨가 아닐 거야. 그분이 강을 저어서 올라올 리는 없을 테니까' 하고 다시 생각했죠. 어른께서는 설마 윌크스 씨는 아니겠죠?"

"아, 나는 블로젯 알렉산더, 블로젯 목사라고 해야겠지. 주님께 봉직하고 있는 사람이니까. 어쨌든 그건 그렇고, 윌크스 씨가 시간에 댈 수 없는 것은 나로서도 유감으로 생각해요. 시간에 대지 못해서 손해라도 보는 거요? 설마 그런 건 아니겠지?"

"예, 돈을 손해 본다든가 하는 일은 없어요. 돈은 문제없이 윌크스 씨의 것이 되고 말 테니까요. 단지 윌크스 씨의 형인 피터 씨의 임종을 지켜 보지 못했다는 거죠. 그것을 윌크스 씨가 가슴 아프게 생각할지 어떨지는 아무도 모르지만. 하지만 피터 씨는 죽기 전에 꼭 동생을 보고 싶노라고 무척이나 바라고 있었지요. 최근 3주일 동안은 그 얘기만 되풀이하고 있었으니까요. 어린 시절 이후 두 사람은 한 번도 만나지 못했다는 거예요. 게다가 동생 윌리엄은 한 번도 만난 일이 없을 뿐더러——윌리엄이라는 동생은 벙어리에다 귀머거리예요——윌리엄의 나이는 아직 서른이나 서른다섯쯤 되었을 거예요. 미국으로 이주해 온 것은 피터 영감과 조지 영감 둘뿐이지요. 조지는 결혼한 동생인데, 조지와 그 부인은 둘 다 작년에 세상을 떠났어요. 이제 남아 있는 건 하비와 윌리엄 둘뿐이랍니다. 그런데 말씀드린 것처럼 두 사람은 임종을 보지 못한 거지요."

"그 두 사람에게 통지는 했는가?"

"물론이죠. 한 달인가 두 달 전에 피터 씨가 앓아 눕게 될 때 알렸지요. 피터 씨가 이번에는 아무래도 병이 나을 것 같지 않다고 말했기 때문이었어요. 조지의 딸들은 너무 어려서 빨간 머리 메리 제인을 제외하고는 의논 상대도 되지 않았죠. 그래서 조지와 그 부인이 죽고 난 뒤 피터 씨는 어딘가 모르게 쓸쓸해 보였고, 그다지 살고 싶은 생각도 없는 것 같았어요. 하지만 하비 씨만큼은 못 견디게 보고 싶어했죠. 물론 윌리엄 씨에 대해서도 마찬가지였지만. 피터 씨는 유언장 같은 것을 쓰는 성미가 아니었거든요. 그래서 하비 씨 앞으로 쓴 편지를 한 통 남기고 죽었는데, 그 속에는 돈이 어디에 숨겨져 있다는 것을 써 놓았다고 하더군요. 그리고 나머지 재산은 조지의 딸들이 곤란을 겪지 않도록 나누어주라고 써 놓았다는 거예요. 그도 그럴 것이 조지는 아무것도 남기지 않고 죽었거든요. 그 편지도 여러 사람들이 간신히 피터 씨에게 쓰게 한 거죠."

"자네는 어째서 하비 씨가 아직도 오지 않았을 거라고 생각하지? 하비 씨는 어디에 살고 있는데?"

"영국이에요 —— 셰필드라더군요 —— 목사 일을 맡아 보고 있대요. 미국에 온 적이 없대요. 시간도 촉박했고, 어쩌면 그 편지를 받지 못했을지도 모르죠."

"아, 불쌍하군. 정말 딱한 얘기야. 동생들을 만나지 못하고 죽다니. 자넨 뉴올리언스로 가는 길이라고 했지?"

"예, 하지만 뉴올리언스는 지나갈 뿐이에요. 전 배를 타고 내주 수요일에는 숙부가 계신 리우데자네이루로 떠나요."

“그거 참 긴 여행이군. 하지만 즐거울 테지. 나도 가 보고 싶을 정도 군. 그 메리 제인이란 아가씨는 제일 손위 딸앤가? 다른 애들은 몇 살 이지?”

“메리 제인이 열아홉, 스잔이 열다섯, 조안나가 열네 살쯤. 조안나란 애는 자선 사업에 열을 올리고 있는 언청이지요.”

“불쌍하게도! 이 냉정한 세상에 셋만 남게 되다니.”

“완전히 고아는 아니죠. 피터 씨에게 친구가 몇 사람 있어서 그분들 이 딸들을 잘 보살펴 줄 테니까요. 침례 교회의 홉슨 목사님이랑, 교회 집사 롯 하비 씨랑, 벤 럭커 씨랑, 앱너 새클포드 씨랑, 레비 벨 변호사 랑, 로빈슨 의사와 그 부인들, 버틀리 미망인도 있죠. 그리고…… 아니, 어쨌든 꽤 많습니다. 이 사람들은 피터 씨가 제일 가깝게 지낸 사람들 인데 영국에 편지를 보낼 때에는 곧잘 그들에 대한 얘기를 써 보내곤 했다고 해요. 그래서 하비 씨가 이곳에 오시면 친구분들을 찾기는 수 월하게 돼 있죠.”

왕은 차례차례 여러 가지 일을 물어 그가 알고 싶어하는 정보를 거 의 다 얻어내고 말았어. 그 고마운 마을 사람들의 이야기, 물건 이야기, 월크스 일가의 모든 사람에 관한 이야기……. 그 모든 것을 샅샅이 물 어보지 않았다면 거짓말이야. 피터 씨의 직업도 물었지. 그 사람은 무 두질을 해왔다는 것이었어. 그리고 죽은 조지 씨의 직업도——이 사 람은 목수였다는 거야——그 다음 하비 씨에 대해서도, 이 사람은 영 국 국교 반대파의 목사라는 거야. 이런 식으로 묻고 또 물었어. 마지막 에는 왕이라는 작자가 이렇게 말하더군.

“자네는 어째서 증기선까지 걸어가려고 했지?”

“예, 저것은 엄청나게 큰 뉴올리언스행 증기선이거든요. 어쩌면 마을에 서지 않을지도 모른다고 생각했죠. 짐을 많이 싣고 있을 때에는 신호를 보내도 멈추지 않으니까요. 신시내티에서 오는 배는 서는데, 저것은 세인트 루이스에서 오는 배거든요.”

“피터 윌크스는 유복했나?”

“예, 아주 유복했지요. 집도 몇 채나 가지고 있었고, 땅도 있는데다가 3, 4천 달러의 현금도 어딘가에 숨겨 두고 있다고들 하더군요.”

“그런데 언제 죽었다고 했지?”

“어젯밤이에요.”

“아마 장례식은 내일이겠군요.”

“예, 정오쯤에 한다더군요.”

“그것 참, 정말 슬픈 이야기야. 하지만 사람이란 누구나, 언젠가는 이 세상을 하직하게 돼 있어. 그래서 필요한 것은 준비를 갖추어 두는 일이지. 그러면 걱정할 게 없거든.”

“맞아요. 우리 어머니도 늘 그렇게 말씀하셨어요.”

우리가 증기선에 도착했을 때에는 이미 짐을 다 싣고 배가 떠나가 버렸어. 왕은 증기선을 탄다는 얘기는 한마디도 하지 않았으므로 끝내 나는 증기선을 타 볼 기회를 놓치고 말았지. 배가 떠나자 왕은 나에게 다시 1마일쯤 상류로 카누를 젓게 하고는, 조용한 곳에 이르자 기슭에 상륙한 다음 이렇게 말하는 것이었어.

“자아, 빨리 되돌아가서 공작과 그 새 여행 가방을 싣고 와. 그리고 잔뜩 멋을 부리고 오라고 해. 자, 빨리 가.”

나는 왕이 무슨 짓을 하려는 것인지 알 수 있었어. 하지만 나는 한마디도 말하지 않았어. 내가 공작을 데리고 돌아오자 카누를 감추고 왕과 공작은 통나무 위에 걸터앉았어. 거기에서 왕은 공작에게 자초지종을 얘기한 거야. 그 젊은이가 말한 것을 한마디도 빼놓지 않고 그대로. 그리고 이야기를 하는 도중 왕은 처음부터 끝까지 무리를 해가면서 영국인 흉내를 내는 것이었어. 그런데 그게 건달패치고는 아주 제법이었어. 나는 도저히 그 흉내를 낼 수가 없었고 그럴 엄두도 나지 않았지. 그러나 그는 어지간히 그럴듯하게 흉내를 내는 것이었어. 얼마 후에 이렇게 말하는 거야.

"빌지워터, 자네 귀머거리에 벙어리 흉내는 해낼 수 있겠어?"

공작은 그거라면 염려 말라고 하더군. 무대에서 벙어리나 귀머거리의 역을 해본 적이 있다는 거야. 그리고 나서 두 사람은 증기선이 오기를 기다렸지.

한낮이 기울었을 무렵, 조그마한 증기선 두 척이 왔어. 하지만 좀 더 상류에서부터 오는 것이 아니었어. 그런데 뒤에 엄청나게 큰 증기선이 오자 한 사람이 어이! 하고 부르더군. 증기선 쪽에서도 보트를 내주었으므로 우리는 그것을 타고 배에 올랐지. 그것은 바로 신시내티의 기선이었어. 우리가 불과 4마일 내지 5마일밖에 가지 않는다는 것을 알자, 뱃사람들은 화를 내면서 마구 욕지거리를 퍼붓고 내려 주지 않겠다고 했어. 하지만 왕은 침착한 어조로 이렇게 말하더군.

"한 사람 앞에 1마일당 1달러씩 지불하고 보트에 태워 달라고 한다면 거절할 수는 없을 텐데. 어떤가?"

그러자 뱃사람들도 누그러져 그럼 좋다고 하더군. 그리고 마을에 왔을 때, 우리를 보트로 기슭에까지 실어다 주었지. 보트가 다가오는 것을 보고 20명 남짓한 사람들이 강가로 몰려오더군. 그들을 보자 왕이 말하는 것이었어.

"여러분들 중에서 누구 피터 윌크스 씨 댁을 아시는 분이 계신지요?"

그러자 무리들은 서로 얼굴을 쳐다보면서,

"이봐, 내가 얘기한 대로 아냐?"

하는 듯이 턱을 만지작거리고 있더니만 그 중 한 사람이 부드러운 목소리로 말했어.

"매우 섭섭하지만 아저씨, 저희들은 그분이 어제 저녁까지 살고 있던 집밖에 알려드릴 수가 없게 되었습니다."

그 순간 이 야비한 늙은이는 털썩 주저앉듯 그 사나이에게 쓰러지면서 상대방의 어깨에 턱을 괴고는 울면서 지껄이는 거야.

"오오, 불쌍한 형님, 돌아가시다니. 이제 또다시 뵐 수 없다는 말이오. 정말 이건 너무 괴로운 일이야!"

그리고는 엉엉 울면서 뒤를 돌아보더니 공작을 향해 두 손으로 온갖 바보스러운 손짓을 해보이며 알려주는 것이었어. 그랬더니 이것 보게, 공작이라는 놈도 여행 가방을 떨어뜨리고는 울음을 터뜨리는 거야. 정말 치사하더군. 이 두 사람처럼 지독한 사기꾼들을 나는 아직 본 일이 없어.

그런데 마음 사람들은 주위에 모여들어 이 두 사람에게 동정을 하면서 위로의 말까지 늘어 놓고 두 사람의 여행 가방을 들어 주기도 했어. 그리고 두 사람이 자기들에게 쓰러질 듯 기대어 울게 내버려 두면서 고인의 임종 모습을 그대로 왕에게 들려 주는 것이었어. 그러면 왕은 그것을 또 그대로 손짓을 해가며 공작에게 전달해 주는 거야. 그런 식으로 두 사람이 죽은 형을 아쉬워하는 모습은 마치 열두 사도라도 잃은 형상이었어. 전에는 한 번도 본 적이 없는 장면이야. 인간이라는 것이 부끄러워져서 아마 쥐구멍이라도 있으면 들어갔을 거야.

25

이 소식은 2분 내로 온 마을에 퍼졌어. 사방에서 마을 사람들이 달려왔는데, 그중에는 서두르는 나머지 달려오면서 웃옷에 팔을 꿰는 사람까지 있었어.

이윽고 우리는 많은 사람들에게 둘러싸였는데, 그들과 함께 걸어가노라니 발소리도 높아져서 마치 군대 행진처럼 저벅저벅 소리가 나더군. 집집마다 창문도 앞뜰도 사람으로 꽉 찼어. 그리고 그칠 사이도 없이 누군가가 울타리 저쪽에서 큰 소리를 지르는 거야.

"저 사람들이야?"

그러자 같이 걸어가던 한 사람이 대꾸를 하는 거야.

"그렇다니까."

윌크스의 집에 도착하자 그 앞의 한길은 사람으로 꽉 메워지고 문 앞에는 세 아가씨가 서 있었어. 메리 제인은 정말로 머리칼이 새빨갛더군. 하지만 조금도 흉될 것은 없었어. 굉장한 미인이었으니까 말야. 그리고 얼굴이며 눈도 마치 후광이 비친 것처럼 황홀했어. 숙부가 찾아온 것이 어지간히 기뻤던 모양이야. 왕은 두 팔을 활짝 벌리더군. 그러자 메리 제인이 달려가 안기고, 언청이는 공작에게 매달렸어. 감격과 감격의 연속이었지!

그들이 마침내 만나 이렇게 기쁨을 나누는 것을 본 모든 사람들이, 특히 여자들이 덩달아 눈시울을 적시는 것이었어.

얼마 후에 왕이 공작을 살그머니 팔꿈치로 찌르더군. 살그머니지만 나는 분명히 봤어. 왕은 주위를 한번 둘러보다가 구석에 두 개의 의자가 있고 그 위에 관이 올려 놓여 있는 것을 발견했어. 넉살 좋게 공작과 왕은 한쪽 손으로 서로의 어깨를 끌어안고 다른 손으로는 눈물을 닦으면서 그쪽을 향해 천천히 걸어가는 것이었어. 사람들은 뒤로 물러나 두 사람에게 길을 터주었는데, 모두가 말을 그쳐 마치 물을 끼얹은 듯 조용해졌어. 사나이들은 모자를 벗고 머리를 숙였지. 바늘 한 개 떨어지는 소리도 들릴 정도로 조용했지. 그들은 관 앞에 이르자 무릎을 꿇고 안을 들여다보았지.

그리고 갑자기 울음을 터뜨렸는데 그 소리가 어찌나 큰지 뉴올리언스까지 들릴 것 같았어. 그러고는 서로의 목을 끌어안으며 어깨 위에 턱을 괴고 울어댔는데 3분 동안 아니 4분이 걸렸을지도 몰라. 나는 사나이가 그렇게 눈물을 흘리는 것은 처음 보았어. 그러자 거기에 모여선 사람들도 울기 시작했어. 그 바람에 방 안 전체가 온통 젖어드는 것 같았어.

그러고는 하나는 관 오른쪽에, 다른 하나는 그 반대쪽에 가는가 싶더니, 두 사람이 꼭같이 무릎을 꿇고 관 위에 이마를 얹어 놓더군. 묵념을 올리는 시늉을 하는 거야. 그러자 다른 사람들도 완전히 그 분위기에 끌려 들어가 모두 숙연해지더니 소리를 내어 우는 거야. 조카딸들도 울더군. 그러자 거의 모든 여자들이 아가씨들에게 다가가서 이마에 키스를 하고 머리를 쓰다듬었지.

눈물을 닦으면서 한 사람이 그 앞을 떠나면 또 다음 여자가 똑같은 행동을 되풀이했지. 정말 그렇게 기분 나쁜 장면은 본 적도 들은 적도 없었어.

이윽고 왕은 일어나더니 조금 앞으로 나와 섰지. 마음을 가라앉힌 것처럼 태연을 가장하면서 연설을 늘어 놓기 시작한 거야. 눈물을 흘리면서 더듬거리는 말투로 말했지. 4,000마일의 장거리 여행을 했으면서도 살아 있는 동안에 형을 만나 뵙지 못했다는 것이 자기에게 있어서나 동생에게 있어서 가슴 아픈 시련이 아닐 수 없다는 것이었어. 하지만 이렇게 여러분들이 친절을 베풀어 주시고 거룩한 눈물을 흘려 주신 덕분에 그 시련도 깨끗이 씻기운 것 같은 기분이 든다는 거야. 그런 뜻에서 자기와 동생은 충심으로 감사를 드리며, 실로 그 고마움을 말로는 다할 수 없다는 거지. 그 꼴은 정말로 구역질이 나서 봐줄 수가 없더군. 그러고 나서 이번에는 제법 신앙심이 두터운 듯한 투로 의젓하게 아멘! 하고 말하는 거야. 그것으로 말을 멈추더니 다시 또 크게 소리내어 엉엉 우는 것이었어. 그야말로 가슴이 터질 것처럼 말야.

왕의 이야기가 끝난 순간에 모여 있는 사람들 중에서 누군가가 〈영광의 찬가〉를 노래하기 시작했지. 다른 사람들도 목청껏 따라 함께 불러 댔어. 덕분에 마치 교회 예배가 끝났을 때 같은 후련한 기분이 감돌더군. 역시 음악이란 좋은 거야. 그 시시한 이야기를 듣고 난 후인지라 음악이라는 것이 이처럼 기분을 맑고 상쾌하게 해주는 것이라는 것을 더욱 실감할 수가 있었어. 아주 정직하고 아름다운 소리를 내며 말야.

왕은 또다시 입을 열었어. 이 집의 중요한 친구 몇몇 분이 오늘밤 이곳에서 저녁 식사를 함께 해주고 고인의 유해 앞에서 밤샘을 해준다면, 나도 조카들도 얼마나 기쁠지 모르겠다고. 저기에 잠들어 있는 불쌍한 형이, 만일 말을 할 수가 있다면 어떤 분들의 이름을 들 것인지 자기는 알고 있다, 그분들은 형님에게 있어서 아주 중요한 이름이며 자기에게 보낸 편지 속에도 곧잘 비친 이름이었기 때문이라는 거야. 그러니 나는 그 이름을 이제부터 말씀드리겠다, 그것은 다름 아닌 다음의 분들이라고 서두를 꺼내고는, 목사 홉슨 씨, 롯 하비 집사, 벤 럭커 씨, 앱너 새클포드, 레비 벨, 의사인 로빈슨 선생, 그리고 그분들의 부인과 버틀리 미망인, 하고 주워 섬긴 거야.

홉슨 목사와 로빈슨 선생은 마을을 꽤 벗어난 곳에 가 있었어. 변호사인 벨은 무슨 볼일 때문에 루이스빌에 가고 없었어. 다른 사람들은 모두 그 자리에 있었기 때문에 왕에게 와서 악수를 청하고 인사를 하며 이야기를 나누는 것이었어. 그 다음에는 공작과 악수를 했는데 아무말도 지껄이지 않고 그저 싱글벙글 웃으면서 얼빠진 놈들의 모임처럼 고개만 끄덕여 보일 뿐이었어. 공작은 공작대로 두 손으로 온갖 손짓을 해가며 마치 말을 못 하는 갓난아기처럼,

"어버, 어버버, 어버."

하고 벙어리 흉내를 내는 거야. 그러고 나서 왕은 계속 마을 사람들이라든가 개까지 일일이 이름을 들먹이며 묻는 것이었어. 마을에 일어난 자잘한 사건이라든가 조지 일가나 피터에게 일어났던 일 등, 온갖 문제에 대해서 지껄여 댔어. 왕은 그것을 모두 피터가 편지로 알려 준 것처럼 얘기했지만 그것은 새빨간 거짓말이었어. 모두가 우리가 카누로 증기선까지 태워다 준 그 젊은이에게서 들은 것이었어.

그러자 메리 제인이 숙부가 남기고 간 편지를 가져왔어. 왕은 그것을 소리내어 읽더니 다시 서글프게 흐느껴 울더군. 거기에는 말야, 집과 금화 3,000달러를 조카딸에게 준다, 유피 공장(이것은 아주 번창하고 있었어)과 다른 집과 땅(이것은 줄잡아 7,000달러의 값어치가 있었지) 그리고 금화 3,000달러를 하비와 윌리엄에게 준다고 쓰여 있었는데, 현금 6,000달러를 지하실의 어디에 숨겨 놓았다고 적혀 있었어. 그래서 두 사기꾼은 그 돈을 가져다가 공명정대하게 하자고 하면서 나더러 촛불을 가지고

따라오라는 거야. 우리는 지하실로 내려가서 문을 닫았어. 그러고는 자루를 찾아내어 그 안에 든 것을 바닥에 쏟았지. 야아, 정말 볼 만하더군. 몽땅 금화였어. 왕의 눈이 번쩍 빛나더군. 공작의 어깨를 두드리면서 이렇게 말하는 것이었어.

"오오, 이건 정말 굉장하구나! 아니 굉장한 정도가 아니야! 안 그래 빌지! 그 걸작 같은 건 이것에 비하면 정말 아무것도 아냐. 그렇지?"

공작도 그 말이 옳다고 맞장구를 치더군. 두 사람은 금화를 긁어 모아서는 손가락 사이로 절렁절렁 마룻바닥에 흘렸어. 그러고 나서 왕이 말하는 거야.

"자네하고 나는 말야, 빌지, 죽은 부자의 동생이고 뒤에 남겨진 상속인의 대표라 이거야. 이것도 모두 하나님을 신뢰한 덕택이지. 역시 믿음만한 게 없어. 나는 여러 가지 방법을 다 써 보았지만 이게 제일 상책이야."

보통 사람이라면 이렇게 산더미로 쌓인 금화를 보았으면, 그것으로 만족하지 계산을 따지지는 않았을 거야. 하지만 이놈들은 계산해 보아야 한다는 것이었어. 그래 결국 돈을 세어 보았더니 400하고 15달러가 모자랐어. 왕은 즉시 말하는 거야.

"제길! 피터란 놈, 415달러를 어떻게 했담?"

두 사람은 잠시 안달을 하면서 그 일대를 헤집고 다니더니 이윽고 공작이 말하더군.

"그놈은 꽤 중병을 앓았다지 않아요? 셈을 잘못했겠지, 그랬을 거야. 이대로 모른 체하고 있는 게 제일 좋아요. 415달러쯤 없다고 해서 무슨 일이 있을 것도 아니고."

"그래 그래, 상관없어. 그런 건 아무것도 아냐. 내가 생각하고 있는 것은 우리끼리 계산이야. 알겠어? 우리는 여기서 공명정대하게, 대범하게 행동하지 않으면 안 돼. 이 돈을 위로 가지고 가서 여러 사람 앞에서 세어 봐야지. 그렇게 하면 이상할 것은 아무것도 없을 테니까. 하지만 죽은 피터가 6,000달러가 있다고 했는데 말야……."

"잠깐! 모자라는 것을 채워 놓는 게 어때요?"

그러더니 공작은 자기 주머니 속에서 금화를 꺼내기 시작했어.

"공작, 그거 좋은 생각이야. 자네는 정말 훌륭한 머리를 가졌군. 그 걸작이 벌어 준 돈 때문에 또 사는군."

결국 왕도 금화를 꺼내더니 쌓기 시작했어.

그것으로 두 사람은 다시 무일푼이 돼 버렸지만 여하튼 6,000달러를 한 푼도 모자라지 않게 귀를 맞춰 놓았지.

"이봐요. 또 하나 좋은 생각이 있어요. 위로 올라가서 이 돈을 세어 보고 그대로 몽땅 아가씨들에게 주면 어때요."

"그렇지, 그렇지. 그거 좋은 생각이야. 기상천외의 명안이야. 자넨 정말 좋은 머리를 갖고 있군. 그거야말로 고단수야. 실수가 있을 리 없지. 그렇게 되면 누구도 우리를 의심할 리가 없거든."

우리가 위로 올라가 보니까 모두들 테이블 둘레에 모여 있더군. 그러자 왕이 금화를 셈한다며 300달러씩 쌓아올렸어. 굉장하더군. 사람들은 구미가 당기는 듯한 표정으로 침을 삼켰어. 그러고 나서 두 사람은 그 금화를 다시 자루 속에 넣더니 이윽고 왕이 천천히 가슴을 펴고 또다시 일장 연설을 시작하는 거야.

"친구 여러분, 저기에 잠들어 계시는 내 불쌍한 형님은, 슬픔의 골짜기에 남겨질 사람들을 위해서 관대한 배려를 베풀어 주셨습니다. 형님은 아버지도 없고 어머니도 없이 남겨진 이들 어린양들에게도 관대함

을 보여 주셨습니다. 만일 내 사랑하는 윌리엄과 나의 마음을 상하게
할 염려만 없었다면, 이 어린양들에게 좀 더 큰 관대함을 보여 주셨으
리라는 것은 형님을 알고 있는 우리는 충분히 헤아리고도 남습니다.
그렇다면 이러한 경우에 처해서 형님의 뜻을 거역하는 동생들이 있다
면, 그것은 진정한 형제라고 할 수 있겠습니까? 형님이 그토록 사랑한
이 어린양들로부터 돈을 가로채는 숙부가 있다면 그것은 진정한 숙부
일까요? 나는 윌리엄을 잘 알고 있다고 생각합니다만, 그도 역시…….
아니, 그전에 잠깐 그에게 물어 보도록 하지요."

그렇게 말하고 왕은 뒤로 돌아서더군. 그러고서 두 손을 움직여 공
작을 향해, 여러 가지 신호를 보내는 것이었어. 공작은 처음 한동안 어
리둥절한 듯이 상대방을 바라보더군. 이윽고 한참 후에 그 뜻을 알아
차렸다는 듯이 기뻐서 어쩔 줄 모르는 표정을 지었어. 그는 왕에게 달
려가 열댓 번씩 끌어안고 볼을 비벼 대는 거야. 그러자 다시 왕이 말을
계속했어.

"역시 내가 생각했던 대로였습니다. 그의 모습을 보시고 여러분들
도 그의 기분을 아셨을 것입니다. 자, 메리 제인, 스잔, 조안나 이 돈을
받아요. 이것은 저기에, 비록 몸의 체온은 식었지만 기쁨에 넘쳐서 잠
들어 계신 분으로부터의 선물이니까."

메리 제인은 왕에게 달려갔어. 스잔과 언청이는 공작에게로 달려가
고. 그들은 끌어안고 끌어안기며 여러 차례 키스를 하며 법석이었어.
둘러선 사람들은 눈물을 머금고 두 사람 곁에 모여들어, 사기꾼들의
손이 떨어져 나갈 정도로 악수를 하며 한마디씩 하는 거야.

"정말 선량한 분들이다! 정말 눈물겨워! 저렇게 착할 수가, 저렇게
고마울 수가!"

그러고는 이번에는 모두가 죽은 사람의 이야기를 꺼내는 것이었어. 정말 좋은 사람이었다느니, 아까운 사람을 잃었다느니 하고 말야. 그런데 바로 그 무렵이었어. 턱이 쇠로 된 것처럼 보이는 덩치가 큰 한 사나이가 사람들을 헤치고 안으로 들어와 한마디 말도 하지 않고 장승처럼 우뚝 서서 주위를 휘휘 둘러보았지. 그는 사람들의 얼굴을 연방 쳐다보고 있었는데 아무도 이 친구에게는 말을 걸지 않았어. 왜냐하면 왕이 한참 뭐라고 지껄이고 있는 참이어서 모두 그 얘기를 듣기에 정신이 없었거든. 왕은 이렇게 지껄이고 있었어. 무슨 얘기를 하던 중간 대목이었는데 말야.

"그분들은 고인의 각별한 친구분들이니까요. 그래서 오늘 밤 여기에 초청한 것입니다. 하지만 내일은 모든 분들을 부르고 싶습니다. 왜냐하면 고인은 모든 분들을 존경하고 또 좋아하고 있었기 때문입니다. 그러니까 고인의 장례 잔치는 마땅히 공개적으로 거행되어야지요."

이런 식으로 왕이라는 작자, 계속 제 말에 제가 취해서 지껄이는 것이었어. 도중에 간간이 '장례 잔치', '장례 잔치' 하고 몇 번씩이나 '장례 잔치'를 들먹이는 바람에 공작은 드디어 더 이상 듣고 있을 수가 없었나 봐. 그래서 조그만 종이에,

장례식이에요, 장례 잔치가 아니라.

라고 써서 그것을 접어 가지고 '어버 어버버' 하며 사람들 머리 위로 손을 뻗쳐 왕에게 건네 주었어. 왕은 그것을 읽고는 주머니에 집어 넣더군. 그러고 나서 이렇게 말하는 거야.

"불쌍한 윌리엄, 동생은 슬픔에 몸부림치고 있지만, 언제나 곧고 바

른 마음을 가지고 있어서 그도 역시 모든 분들을 장례 잔치에 모시라고 얘기하고 있습니다. 하지만 그는 걱정할 필요가 없었지요. 내가 바로 그 말씀을 여러분들한테 드리고 있었으니까.”

그리고 계속 왕은 아주 침착하게 말을 늘어 놓는 것이었어. 조금 전과 마찬가지로 간혹 ‘장례 잔치’를 들먹이면서. 그리고 세 번째로 ‘장례 잔치’를 들먹이더니 놈은 이렇게 말하더군.

“내가 장례 잔치라고 말씀드리는 것은 일반적인 용어는 아닙니다. 일반적으로는 장례식이라고들 얘기하지요. 그러나 나는 장례 잔치라고 하는 것이 옳다고 생각하기 때문에 이 말을 사용하는 것입니다. 현재 영국에서는 장례식이라는 말은 사용하고 있지 않습니다. 그 말을 잊은 지 오래입니다. 이것은 낡은 말입니다. 우리는 지금 장례 잔치라고 부릅니다. 왜냐하면 그 말은 모든 사람이 원하고 있는 것을 보다 더 정확하게 전달하고 있기 때문입니다. 이 말은 바깥·공개·해외라는 뜻의 그리스 어인 ‘오르고’, 그리고 심다·덮다라는 뜻의 히브리 어인 ‘지숨’이 결합된 단어입니다(역주: 이 어원 풀이는 순전히 엉터리다). 그러므로 장례 잔치란 바깥에서 거행하는 또는 공개적으로 거행하는 장례식이라는 뜻입니다.”

이 연설처럼 지독한 것을 나는 아직 들어본 적이 없어. 이때 그 쇠턱을 가진 사나이가 왕을 마주 쳐다보면서 껄껄대고 웃었어. 모두들 깜짝 놀랐지.

“아니, 선생!”

하고 모두들 말하더군. 앱너 새클포드는,

“로빈슨, 당신은 좀전의 뉴스를 못 들었소? 이분은 하비 윌크스 씨요.”

하고 말했어. 왕은 기다리고 있었던 듯이 웃으면서 손을 내밀며 말했어.

"당신이 돌아가신 우리 형님의 친구 되시는 의사 선생님입니까? 나는……."

"날 만지지 마! 너는 영국인처럼 말하고 있다고 생각하겠지? 이런 서투른 흉내를 들어본 적이 없군. 네가 피터 윌크스의 동생이라고? 당신은 사기꾼이야!"

야아, 시끄러워지더군! 모두들 의사 곁에 몰려들어 의사를 달래며 자초지종을 얘기하느라 열을 올렸어. 진짜 하비라는 증거를 한 40가지나 보여 주었다느니, 모든 사람의 이름뿐만 아니라 개 이름까지도 알고 있더라느니 하면서 말야. 그러면서, 제발 하비의 기분을 상하게 하지 말고 불쌍한 조카딸의 기분을 상하게 하지 말아 달라고 부탁하는 거야.

그런데도 전혀 효력이 없었어. 의사는 여전히 시끄럽게 떠들어 댔지. 영국인이라면서 영국말을 저 정도밖에 흉내낼 수 없다니, 이건 사기야, 거짓말이야 하고 떠드는 거야. 조카딸은 왕에게 매달리면서 울어 댔어. 그러자 의사는 갑자기 그 아가씨들에게 이렇게 말하는 거야.

"나는 너희들 아버지의 친구였고, 지금도 너희들의 친구란다. 그래서 너희들이 봉변을 당한다든가, 골치 아픈 일에 말려들게 하고 싶지는 않단다. 정직한 친구로서 경고해 두지만, 이런 건달들을 상대해서는 안 돼. 그리스 어다, 히브리 어다, 뚱딴지 같은 소리를 하면서 당치도 않은 수작을 지껄이고 있는 이런 바보 같은 건달들하고는 손을 끊는 거야. 이놈은 속이 빤히 들여다보이는 사기꾼이야. 어디서 주워 들었는지는 모르지만 이름과 사실을 알 만큼 알아 가지고 와서 연극을 하는 거라고. 그걸 너희들은 증거라고 생각하고 있어. 게다가 좀 더 눈이 똑똑히 박혀도 괜찮을, 여기에 있는 이 바보 친구들까지도 한 덩어리가 되어 너희들의 눈을 멀게 하고 있구나. 메리 제인 윌크스, 너는 내가 네 친구라는 것을 알고 있을 거야. 사심 없는 친구라는 것을. 그러니까 내가 하는 말을 들어 주길 바란다. 이 한심스러운 악당을 당장 쫓아내거라!"

메리 제인은 몸을 일으켰어. 그리고 이렇게 말하는 것이었어.

"그럼 대답하지요. 이것이 제 대답이에요."

그렇게 말하고는 그 금화가 든 자루를 들어올리더니 왕의 두 손에 쥐어 주면서 말하는 것이었어.

"이 6,000달러를 받아 주세요. 그리고 저와 동생을 대신해 아무 데든 좋으실 대로 투자하세요. 도로 받지는 않을 테니까요."

그러고 나서 메리 제인은 왕을 끌어안았고, 스잔과 언청이도 왕을 끌어안았어. 모두들 손뼉을 치며 마루를 굴렀지. 그야말로 태풍 같은 소동이었어. 왕은 머리를 높이 쳐들더니 만족스럽게 웃는 것이었어. 그 모습을 본 의사는 이렇게 말하더군.

"좋아. 난 이 일에서 손을 떼겠다. 하지만 너희들 모두에게 경고하겠는데, 오늘 일을 생각할 때마다 가슴이 답답해지는 때가 이제 반드시 올 테니까 두고 봐."

그리고 의사는 성큼성큼 나가 버렸어. 그 소리를 듣고 왕은 조롱하듯이 말하는 거야.

"알겠소, 선생. 가슴이 답답해지면 선생을 부르러 보내지요."

그러자 모두들 큰 소리로 웃었어. 재치 있는 말을 해치웠다고 감탄하면서 말야.

26

조객들이 모두 가버린 후에 왕은 메리 제인에게 방 형편은 어떻게 돼 있느냐고 물었어. 그러자 메리 제인은 예비 객실은 한 개가 있는데 그것은 윌리엄 숙부에게 안성맞춤일 것이며, 하비 숙부에게는 자기 방을 드리겠다고 했어. 자기는 동생들 방에서 자면 된다는 거야. 그리고 지붕 밑에도 조그만 방이 있는데 짚이불이 있다고 했어. 왕은 내 하인이 거기에 자면 되겠군, 하고 거들먹거리더군. 하인이라는 거야, 나를 가리켜서.

그래서 메리 제인은 우리를 데리고 2층으로 올라가서는 방을 보여 주었어. 장식은 없었지만 좋은 방이더군. 메리 제인은 자기 방에 옷가지라든가 여러 가지 물건이 잔뜩 있으니까 아저씨에게 방해가 될 것 같으면 치우겠노라 했지만 왕은 괜찮다고 했어. 옷가지들은 벽에 걸려 있었는데 그 앞에는 마룻바닥에까지 드리운 사라사 커튼이 걸려 있었어. 한쪽 구석에는 모피로 만든 낡은 트렁크가 하나 있었고, 다른 한쪽 구석에는 기타 케이스가 있었어. 그리고 이곳 저곳에는 여자애들이 방 안을 장식하기 위해 놓아 둔 자잘한 물건이라든가 장난감 같은 것이 놓여 있더군. 그것을 보더니 왕은 이런 것들이 자기에겐 가정적인 분위기를 살려 주어서 좋으니 그대로 두라고 하는 거야. 공작의 방은 좀 작았지만 그래도 꽤 잘 꾸며진 방이었고 내가 있게 된 골방도 역시 그랬어.

그날 밤의 만찬은 굉장하더군. 낮에 왔던 남자와 여자들이 모두 왔지 뭐야. 나는 왕과 공작 뒤에 서서 시중을 들었고 다른 사람들에게는 검둥이들이 시중을 들었지. 식탁의 상좌에 메리 제인이 앉았지. 그 옆에는 스잔이 자리를 잡고는, 비스킷이 덜 익었다느니, 설탕조림은 맛이 없다느니, 닭튀김은 질겨서 맛이 없어 보인다느니 따위의 여자가 칭찬을 받고 싶을 때 으레 하는 잔소리를 늘어 놓고 있더군. 하지만 손님들은 어느 요리나 모두 최고급임을 알고 있었기 때문에 이렇게들 말했지.

"어떻게 이렇게 비스킷 빛깔을 곱게 만들지?"

"이 멋진 피클은 어디서 구했지?"

하고 말야. 손님들이 식사 대접을 받을 때면 으레 하는 아첨의 말을 여러 가지로 늘어 놓고들 있는 거야.

모든 것이 끝났을 때 나하고 언청이는 부엌에서 남은 음식을 먹고 있었는데, 다른 사람들은 검둥이들이 식탁 치우는 것을 도와 주고 있었어. 언청이가 나에게 영국에 관해서 끈질기게 묻는 데는 진땀이 나더군. 그야말로 살얼음 위를 밟고 있는 것같이 아슬아슬한 때도 몇 번 있었어. 언청이가 이렇게 말하는 거야.

"너 왕을 만난 적 있니?"

"어느 왕? 윌리엄 4세 말이에요? 그야 물론 만난 적이 있지요. 우리 교회에 나오거든요."

나는 윌리엄 4세가 벌써 몇 년 전에 죽은 것을 알고 있었지만 시치미를 떼고 말했지. 그런데 윌리엄 4세가 우리 교회에 온다고 한 데 대해서 언청이가 묻는 거야.

"정말? 언제나 와?"

"그럼요. 왕의 자리는 우리 자리의 바로 맞은편이거든요."

"이상하다? 난 왕이 런던에 사는 것으로 알고 있었는데."

"그야 물론이지요. 다른 데에 살 까닭이 없잖아요."

"하지만 숙부님 댁은 셰필드 아니니?"

나는 궁지에 몰리고 말았어. 그래서 닭뼈다귀가 목에 걸린 것처럼 꾸미고는 빠져 나갈 방도를 연구했지. 잠시 후 나는 이렇게 대꾸했어.

"그야 왕이 셰필드에 와 있을 때는 우리 교회에 나온다는 얘기예요. 여름 동안뿐이지만. 왕은 해수욕을 하기 위해서 셰필드에 오시거든요."

"아니, 뭐라고? 셰필드는 해변가가 아닌데."

"누가 해변가라고 그랬어요?"

"네가 방금 그랬지 않아?"

"내가 그랬을 리가 없어요."

"그랬어!"

"안 그랬어요."

"좋아, 그럼 뭐라고 했지?"

"저는 왕이 해수욕을 하기 위해서 온다고 말했어요. 그렇게 말했을 뿐이에요."

"그렇지? 그렇다면 해변이 아닌 데서 어떻게 해수욕을 하지?"

"아가씨는 국회광수(역주 : 뉴욕 주 사라트 가에 있는 광천의 하나. 그곳의 미네랄 워터를 병이나 통에 담아 국회광수로 팔고 있음)라는 것을 본 적이 있으세요?"

"있어."

"그럼, 그 국회광수를 구하려면 국회에 가야 하나요?"

"아니."

"그것 봐요. 그런 것처럼 윌리엄 4세도 해수욕을 할 때 꼭 바다에 나가지 않아도 된다는 얘기죠."

“그럼, 어떻게 하는 거니?”

“이곳 사람들이 국회광수를 손에 넣는 것과 꼭 같은 방법이죠. 통에 담는 거예요. 셰필드의 궁전에는 큰 솥이 있는데 임금님은 물을 뜨겁게 데워요. 그만한 양의 물을 바다에서는 끓일 수 없잖아요? 끓이려고 해도 그만한 설비가 없으니까 말이죠.”

“응, 그렇구나. 겨우 알았어. 왜 처음부터 그렇게 얘기하지 않았니? 그러면 시간이 절약됐을 텐데.”

그렇게 언청이가 말했기 때문에 나는 이것으로 위기를 벗어났다고 생각했지. 그래서 마음을 놓았어. 그랬는데 또다시 언청이가 묻는 거야.

“너도 교회엘 나가니?”

“늘 나가지요.”

“어디에 앉지?”

“그야 물론 가족석에 앉죠.”

“누구네 가족석?”

“누구네라니, 우리 가족 자리 말이에요. 하비 숙부님 자리요.”

“숙부님? 숙부님에게 무슨 자리가 필요하지?”

“앉는 데 자리가 필요하지요. 그 밖에 달리 무엇 때문에 자리가 필요하겠어요?”

“하지만 숙부님은 연단에 계시는 것 아냐?”

제기랄, 나는 왕이 목사라는 걸 깜빡 잊고 있었지 뭐야. 나는 또다시 궁지에 빠졌다고 생각했지. 그래서 또 닭뼈를 핑계대고 생각에 잠겼어. 그러고는 이렇게 말했지.

“참 답답하세요. 교회에 목사님이 한 분밖에 없는 줄 알아요?”

“한 사람이면 되잖아? 더 이상 왜 필요하지?”

"천만에요, 왕 앞에서 설교를 하기 위해서지요. 아가씨 같은 사람은 정말 처음 보겠군요. 목사님이 자그만치 열일곱 명이나 돼요."

"어머! 열일곱 명! 그렇게 많은 사람이 설교를 한다면, 난 설사 천국에 못 가는 한이 있더라도 끝까지 듣고 있지 못할 것 같다. 적어도 일주일은 걸릴 것 아니니?"

"정말 답답하군요. 그 사람들이 모두 같은 날에 설교를 하는 게 아니에요. 설교는 한 사람밖에 하지 않아요."

"그럼 다른 목사님들은 뭘을 하지?"

"그거야, 건들건들 걸어다니기도 하고 연보금을 모으기도 하고, 여러 가지 일을 하지요. 하지만 대개는 아무것도 하지 않아요."

"아무것도 안 하면 뭣 때문에 그렇게 많지?"

"물론 격식을 갖추기 위해서죠. 아가씨는 정말 아무것도 모르는군요."

"그런 바보 같은 짓은 알고 싶지도 않아. 그런데 영국에선 하인을 어떻게 다루니? 우리가 검둥이를 다루는 것처럼 잘 해 줘?"

"어림도 없어요! 영국에서는 하인 같은 것은 사람도 아니에요. 개보다 더 마구 다루는걸요."

"우리처럼 휴가도 안 줘? 크리스마스라든가 신년이라든가 독립 기념일 같은 날에 말야."

"잘 들어 보세요. 아가씨 얘기를 들으니까 영국에 가 본 적이 없다는 것을 금방 알겠어요. 영국의 하인들은 휴식이란 게 없어요. 서커스에도 못 가요. 아무 데도 못 가는걸요."

"교회에도?"

"물론 교회에도."

"그런데 넌 늘 교회에 간다고 했잖아?"

어이쿠, 난 또다시 말문이 막혀 버렸어. 나는 내가 왕의 하인으로 돼 있다는 것을 잊어버렸던 거야. 하지만 나는 곧, 몸종은 일반 하인과 달라서 싫든 좋든 교회에 나가 가족들과 함께 앉아 있어야 한다고 했지. 그것은 법률로 정해져 있다고 하면서 어물어물 넘겼지. 하지만 아무래도 믿어지질 않았던 모양이야. 내 말이 끝났는데도 언청이는 어딘가 개운치 않은 표정이었어. 그러더니 이렇게 말하는 거야.

"사실은 너, 모두 다 거짓말이지?"

"아니에요. 모두 정말이에요."

"어느 얘기나?"

"그럼요. 거짓말은 한마디도 안 했어요."

"이 책 위에 손을 얹어 놓고 그렇게 말해 봐."

보니까 그저 사전일 뿐이었어. 그래서 나는 그 위에 손을 얹고 같은 말을 해줬지. 그제서야 언청이는 조금 만족하는 듯한 표정을 짓더니 이렇게 말하는 것이었어.

"그럼 좋아, 지금은 믿어주기로 하지. 하지만 모두 다 신용하는 건 아니야!"

"뭣을 신용하지 않는다는 거니, 조?"

그때 메리 제인이 부엌으로 들어오면서 물었어. 그 뒤를 따라서 스잔도 들어오더군.

"저 애에게 그런 투로 말하는 것은 옳은 일도, 친절한 일도 아니야. 저 애는 이 고장이 처음이고 게다가 가족들과 멀리 떨어져 있어. 네가 그런 일을 당했다면 어떤 심정이겠니?"

"또 시작이야. 언니는 언제나 남을 두둔하는 말만 한다니까. 나는 이 애에게 아무런 짓도 하지 않았어요. 이 애의 얘기 가운데 빗나간 얘기가 있어서 그걸 그대로 받아들일 수가 없노라고 얘기해 주었어요. 그 것뿐이에요. 내가 한 말은 그런 사소한 일이니까 이 애도 아무렇지 않을 거예요."

"사소하든 엄청나든 그런 게 문제가 아냐. 이 애는 지금 우리 집에 와 있는 손님이고 게다가 다른 고장 사람이야. 네가 그런 말을 하는 것은 좋지 않아. 네가 이 애의 입장에 서 봐. 그런 말을 들으면 기분이 좋지 않을 테지? 그러니까 남의 기분을 상하게 하는 얘기는 하지 말아야 해."

"하지만 언니, 이 애의 얘기는……."

"이 애가 무슨 얘기를 하든 그것은 문제가 아냐. 중요한 것은 네가 이 애에게 친절하게 해줘야 한다는 것이고, 그렇게 해줌으로써 이 애가 자기 나라를 떠나 있고 자기 집을 떠나 있다는 생각을 하지 않아도 되게끔 해줘야 한다는 사실이야."

나는 그때 속으로 생각했어. 이 착한 아가씨의 돈을 저 염치 없는 영감이 가로채려는 것을 나는 지금 모른 체하고 있는 거야.

거기에 다시 스잔이 끼여들더니 언청이를 호되게 닦아세우는 것이었어. 그래서 나는 속으로 생각했지.

'이 아가씨로부터도 또 그놈이 돈을 우려먹으려는 것을 나는 가만히 보기만 하고 있는 거야?'

그러고는 메리 제인이 다시 가로막더니 이번에는 부드럽고 차분한 말로 동생을 나무라는 것이었어. 메리 제인은 언제나 그런 수를 쓰는 것 같았어. 그러나 그 꾸지람이 끝나자 언청이는 아주 풀이 죽더니 이윽고 엉엉 소리내어 울기 시작하는 거야.

"이젠 됐어."

하고 두 언니가 말하더군.

"이 애에게 잘못했다고 사과하면 그것으로 끝나는 거야."

언청이는 언니들이 하라는 대로 했어. 그게 또 아주 귀엽더군. 너무 귀여워서 듣고 있노라니까 기분이 좋았어. 이렇게 사과를 해준다면 천 번이라도 거짓말을 하고 싶더라구.

내가 잠자코 있음으로 해서 그놈들이 가로채 갈 그 돈은 사실 이 아가씨의 돈이라는 생각이 들었어. 언청이가 나에게 사과를 하자, 세 자매는 여러 가지로 호의를 베풀어 내 집에 있을 때처럼, 또는 친절한 친구들과 함께 있는 것처럼 마음을 편안히 해주려고 애를 쓰는 것이었어. 나 자신이 불쌍해지고 아주 천하고 비열하게 느껴졌어. 그래서 속으로 결심했지. 그 돈은 어떤 일이 있어도 이 사람들을 위해서 빼돌리고야 말겠다고.

그러고 나서 나는 부엌을 나갔어. 자러 간다고 말했지만, 그것은 언젠가는 가서 잘 거라는 생각으로 말한 거야. 혼자가 되었을 때 나는 그 일을 곰곰이 생각해 보았어. 그 의사에게 몰래 가서 저 사기꾼들의 정체를 폭로해 버릴까? 아니, 그건 졸렬해. 그 의사는 누구에게 들었노라고 말해 버릴 테지. 그렇게 되면 나는 왕과 공작에게 호되게 야단을 맞을 거야. 몰래 메리 제인에게 가서 알려 준다? 아니, 그건 위험해. 그녀가 안다면 얼굴에 그 기색이 나타날 테니까. 두 사람은 그 돈을 갖고 있으므로 눈치를 채면 몰래 빠져 나갈 테지. 돈과 함께 도망을 치고 말 거야. 그렇지 않고 만일 메리 제인이 누구에게 도움이라도 청한다면 일이 해결되기도 전에 나까지 한묶음으로 봉변을 당할 게 뻔하지. 좋은 방법은 한 가지밖에 없어. 어떻게 해서든지 내가 그 돈을 훔치는 거야. 놈들은 이곳에서 좋은 줄을 잡았다고 생각하기 때문에 이 집과 이 마을 사람들을 전부 우려먹을 때까지는 떠나지 않으리라. 그러니까 나에게는 기회를 포착할 충분한 여유가 있는 셈이지. 그 돈을 훔쳐서 감춰두고 나서 이곳을 떠나 강 하류까지 갔을 때 편지를 부쳐 메리 제인에게 그 돈을 어디에 숨겨 두었는가를 알려주는 거야. 하지만 가능하다면 오늘 밤 안에 감추는 게 좋은데. 그 의사는 말로는 그렇게 했지만 어쩌면 이 일에서 손을 떼지 않을는지도 몰라. 놈들을 협박해서 쫓아낼는지도 모르는 거야.

그래서 나는 당장 놈들의 방을 뒤져보리라고 생각했지. 이층에 올라가 보니까 복도는 깜깜했지만 그래도 공작의 방은 쉽게 찾을 수 있었어. 나는 살그머니 들어가서는 이곳 저곳 손으로 더듬어가며 찾아보았어. 하지만 곧 생각을 달리했지. 왕이 자기 아닌 다른 사람에게 그 돈을 맡겼을 리가 없다고 말야. 그래서 이번에는 왕의 방으로 가서 여기저기를 더듬기 시작했지. 하지만 촛불이 없어서 아무것도 볼 수가 없었어. 그렇다고 촛불을 켜들 만한 배짱도 안 생기고. 나는 다른 방법을 쓸 수밖에 없었어. 즉, 두 사람이 들어오는 것을 기다렸다가 몰래 엿듣는 방법을 말야. 바로 그때였어. 두 놈이 올라오는 발자국 소리가 들리더군. 그래서 나는 침대 밑으로 기어 들어가려고 했지. 그래서 침대 쪽으로 손을 뻗쳤는데 그 근처라고 생각했던 곳에 침대가 없는 거야. 그 대신, 메리 제인의 옷을 가리고 있는 커튼이 손에 닿았어. 나는 그 뒤로 뛰어들었지. 옷 사이에 숨어서 꼼짝도 않고 서 있었어. 두 사람은 들어서자마자 문을 잠가 버렸어. 공작은 재빨리 무릎을 꿇고 침대 밑을 들여다보는 거야. 나는 아까 찾았을 때 침대가 발견되지 않은 게 천만다행이라고 생각했지. 그러고 나서 두 사람은 침대에 걸터앉았는데 왕이 이렇게 말하는 것이었어.

"대체 무슨 얘기야? 빨리빨리 말해줘. 우리가 이층에 있으면 저놈들이 우리에 관한 얘기를 할 수 있도록 기회를 만들어 주는 셈이야. 빨리 내려가 밤새 손님들의 통곡을 듣고 있는 편이 낫단 말이다."

"아니, 다름이 아니라, 나는 걱정이 돼서 그래요. 도무지 침착할 수가 없어요. 그 의사가 마음에 걸려서 말이오. 그래 나한테 좋은 생각이 하나 있긴 한데……."

"어떤 생각이지, 공작?"

"내일 새벽에 이곳을 빠져 나가는 겁니다. 손에 넣은 것을 가지고 급히 강 하류 쪽으로 도망친단 말이오. 그만하면 된 거 아닙니까? 다시 훔쳐내지 않으면 안 되리라고 생각하고 있었는데 이렇게 쉽사리 내주었으니, 그야말로 호박이 덩굴째 굴러 들어왔지 뭐예요. 나는 이제 그만하고 도망치는 게 상책이라고 생각해요."

이 얘기를 듣고 나는 맥이 탁 풀렸어. 그런데 왕이 화를 벌컥 내면서 소리를 지르는 것이었어.

"뭐라고? 나머지 재산은 처분을 않는단 말야? 바보처럼 도망쳐버리고 8,000 내지 9,000달러의 값어치는 충분히 있는 재산을 다른 놈이 가로채도록 팽개친단 말야? 어느 것이나 모두 당장 현금과 바꿀 수 있는 물건들뿐인데?"

"그 돈자루만 해도 충분해요, 그 이상 더 갖고 싶지는 않아요."

하고 공작은 투덜거리더군. 고아들로부터 재산을 송두리째 빼앗기는 싫다는 거였어.

"흥, 무슨 소릴 하는 거야! 우리가 훔치는 것은 말이다, 그 돈밖에 다른 것은 하나도 없어. 그 재산을 사는 놈들이 손해를 볼 뿐이야. 왜냐하면 우리가 정당한 소유자가 아니라는 것이 드러나면 —— 그거야 우리가 도망치면 당장 알려지겠지만——그 즉시로 매매는 무효가 되고 재산은 다시 고스란히 소유주에게로 돌아가는 거야. 이 집의 고아들이 다시 자기 집을 되찾는 거야. 이 집 애들에게는 그것으로 충분해. 이 애들은 아직 젊고 끈기가 있어. 살아가는 것은 문제가 아닐 거야. 이 애들이 고통을 겪을 까닭이 없지. 생각 좀 해봐, 이 애들보다 고생하는 사람들은 얼마든지 있어."

이런 식으로 왕은 공작을 설득했어. 공작은 끝내는 굴복하더군. 하지만 그 의사가 지켜 보고 있을 테니까 우물쭈물하는 것은 어리석은 일이라고 말했어. 그러자 왕이 말하더군.

"의사 따위는 똥이나 먹으라고 해! 그놈이 어떻게 하겠다는 거야. 우리는 마을의 얼간이들을 몽당 우리편으로 만들지 않았어? 그리고 어떤 마을이든 바보놈들이 절대 다수를 차지하고 있잖아!"

두 사람은 다시 아래층으로 내려갈 채비를 하더군. 그때 공작이 말했어.

"아무래도 그 돈을 옮겨 놓아야 할 것 같아요."

그 얘기를 듣자 나는 기운이 솟았어. 도움이 될 실마리를 찾기는 틀렸다고 거의 단념하고 있었거든.

"어째서?"

"어째서라뇨. 메리 제인은 이제부터 상(喪)을 치러야 할 것 아뇨. 우선 맨 먼저 방을 치우는 검둥이에게 이 옷들을 궤짝 속에 집어 넣으라고 말할 거란 말이오. 돈을 보고서 다만 몇 푼이라도 슬쩍하지 않을 검둥이가 있다고 생각해요?"

"공작, 자네의 머리는 또다시 분별력을 되찾은 것 같구먼."

그러고는 내가 서 있는 곳에서 불과 2, 3피트쯤 떨어진 커튼 밑을 더 듣기 시작했어. 나는 찰싹 뒷벽에 달라붙었어. 꼼짝 않고 서 있었지. 온몸이 바르르 떨리더군. 붙들리는 날엔 놈들이 뭐라고 할까, 만일 들키면 어떻게 해야 할까.

하지만 내가 그 생각을 절반도 하기 전에 왕은 돈자루를 찾았고, 내가 있다는 것은 전혀 눈치를 못 챘어. 놈들은 그 돈자루를 집어 들더니 깃털이불 밑에 짚이불의 찢어진 틈으로 밀어 넣더군. 그러더니 자아, 이제 됐다고 안심하는 거야. 검둥이들은 깃털이불의 매무새만 바로잡아 놓을 뿐이지, 속이불까지 들추어내는 것은 1년에 두 번 정도니까 이제 도둑맞을 걱정이 없다는 거야.

하지만 나는 그런 바보가 아니거든. 두 사람이 아래층으로 내려가기가 무섭게 돈자루를 살그머니 꺼내 골방으로 왔어. 우선 거기에 숨겨 놓고, 좀 더 안전한 곳에 숨길 기회가 올 때를 기다렸지. 집 바깥 어디엔가 숨겨 두는 것이 좋겠다고 생각했어. 만일 놈들이 자루가 없어진 것을 깨달으면 온 집안을 샅샅이 뒤질 것임에 틀림이 없으니까. 그래서 나는 옷을 입은 채로 잠자리에 들었어. 잠을 자지 않기 위해서. 하지만 그날 밤은 잠들고 싶어도 잠은 오지 않았을 거야. 일을 빨리 끝내야지 하는 생각에 조마조마해 있었으니까. 그런데 왕과 공작이 이층으로 올라오는 발자국 소리가 들리더군. 그래서 나는 짚이불에서 빠져 나왔지. 그리고 내가 있는 다락방으로 올라오는 사다리 끄트머리에 턱을 괴고는 배를 바닥에 깐 채 지켜 보고 있었지. 무슨 일이 일어나지 않는가 하고 말이야. 하지만 아무 일도 없었어.

그래서 나는 밤늦도록 자지 않는 사람들과 또 자고 난 사람들이 거동을 시작하기 전에, 때를 맞추어 살그머니 사다리를 타고 내려왔어.

27

　나는 발소리를 죽여가며 놈들의 방문 앞에 가서 귀를 기울여 보았지. 코를 골며 자고 있더군. 무사히 아래층까지 내려갔지. 온 집 안이 쥐 죽은 듯 고요했어. 식당의 문틈으로 내다보았더니 시체를 지키고 있는 사나이들은 모두 의자에 앉은 채 잠들어 있는 거야. 그 문은 거실로 들어가는 입구였는데, 바로 그 거실에 시신이 있었어. 식당에도 거실에도 촛불이 하나씩 켜져 있었지. 들어가 보았더니 거실 문은 열려 있었지만 그곳에는 시신만 있을 뿐, 아무도 없었어. 그래서 나는 그리로 지나갔지. 그랬더니 정면 문에 자물쇠가 걸려 있는데, 열쇠는 거기에 놓여 있지 않는 거야.

　바로 그때였어. 뒤쪽 층계를 내려오는 발자국 소리가 들리는 거야. 나는 거실로 뛰어들어가서, 급히 사방을 둘러보았지. 돈자루를 숨긴다고 한다면 관 속밖에는 적당한 곳이 없었어. 뚜껑이 1피트쯤 열려 있었지. 안에 들어 있는 시신의 얼굴은 흰 천으로 덮여 있었고, 몸에는 수의(壽衣)를 입고 있는 것이 보였지. 나는 금화를 그 뚜껑 바로 아래, 시신의 두 손이 서로 깍지를 끼고 있는 그 아래에다 깊숙이 밀어 넣었어. 그 손은 싸늘하게 식어 있었어. 나는 오싹 소름이 끼쳤지. 그러고 나서 거실을 가로질러 문 뒤로 숨었지.

　들어온 것은 메리 제인이었어. 그 아가씨는 조용히 관 옆으로 다가서더니 무릎을 꿇고 안을 들여다보더군. 그러고는 손수건을 얼굴에 대고 울기 시작했어. 소리는 들리지 않았어. 나에게는 등을 돌리고 있었지만 나는 알 수 있었어. 나는 몰래 빠져 나와서는 식당을 통과했지. 식당을 지나올 때 혹시 누구한테 들키지나 않았을까 걱정이 되었어. 그래서 문틈으로 내다보았지만 아무런 이상도 없었어. 누구도 발가락 하나 까딱하지 않았어.

나는 살그머니 침대로 되돌아왔는데, 마음이 괴로웠어. 왜냐고? 그만큼이나 고생을 하고 그만큼이나 위험을 무릅쓰며 한 짓인데 결과가 어쩐지 불안했기 때문이야. 나는 생각했지. 만일 그 돈자루가 그 안에서 무사할 수만 있다면 문제는 해결되리라. 100마일이나 200마일쯤 하류로 가서 메리 제인에게 편지를 띄우면 되는 것이니까. 그러면 그녀는 무덤을 다시 파가지고 돈자루를 꺼낼 수가 있겠지.

하지만 아무래도 그렇게 뜻대로 되지만은 않을 것 같아. 관에 못질을 할 때 그 돈이 발견되는 것은 아닐까? 그렇게 된다면 그 돈은 또다시 왕의 손 안으로 돌아오게 될 것이고, 다시 그 돈을 훔칠 기회를 노리기에는 오랜 시일이 걸리지 않겠어? 그래서 나는 다시 내려가서 그 돈자루를 꺼내 올까도 생각해 보았지.

하지만 용기가 없었어. 이미 날은 점점 밝아오고 이제 곧 빈소지기들도 눈을 뜰 때가 됐으니까 말야. 잘못하면 내가 붙잡히게 되지. 돈자루를 간수하라는 부탁을 받은 것도 아닌 내가 두 손에 6천 달러를 갖고 있다간 큰일이니까. 붙잡히는 날이면 일이 잘 되기는 고사하고 공연히 시끄럽게만 될 거라고 나는 생각했거든.

아침이 되어서 아래층으로 내려가 보니까 거실은 잠겨 있었고, 빈소를 지키고 있던 사람들도 눈에 띄지 않았어. 월크스 가의 사람과 버틀리 미망인, 그리고 우리 일행뿐이었어. 나는 사람들의 얼굴을 훑어보았지. 아무런 눈치도 안 보이더군.

낮이 되자 장의사가 일꾼 한 사람을 데리고 나타났어. 그리고 방 한

가운데에 의자를 두 개 놓고는 그 위에 관을 올려놓았어. 그러고는 집 안의 의자를 모조리 날라다가 몇 줄로 나란히 늘어놓는 거야. 그것도 모자라 이웃집에서까지 빌려와서 나중에는 문간방과 거실은 물론 식당까지도 의자가 꽉 채워졌어. 관 뚜껑은 아까와 마찬가지로 옆으로 약간 열려 있었는데 나는 차마 그 안을 들여다볼 용기가 나지 않았어. 주변에 사람들이 있었기 때문에 말야.

마을 사람들이 줄줄이 찾아들기 시작했어. 사기꾼들과 조카딸들은 관 바로 옆의 제일 앞줄 의자에 앉았지. 그러고는 3분 동안을 모두가 한 줄로 서서 관의 둘레를 천천히 걷는 거야. 죽은 사람의 얼굴을 잠깐씩 들여다보곤 했지. 그야말로 조용하고 엄숙한 분위기였어. 조카딸들과 사기꾼들은 눈에 손수건을 연방 갖다대며 머리를 숙인 채 간혹 흐느껴 울기도 했지. 다른 소리라곤 아무것도 없고 가끔 마룻바닥을 끄는 발소리뿐이었어. 그리고 코를 푸는 소리. 사람이란 교회를 제외하곤 다른 어느 곳에서보다 장례식 때에 더 많이 코를 풀더군.

방 안이 사람으로 가득 차자 장의사는 새까만 장갑을 끼고 미끄러지듯 이리저리 살살 빠져다니며 마지막 손질을 하기도 하고, 사람들과 여러 물건들을 질서정연하게 정돈하기도 했어. 그는 입도 한 번 여는 일이 없었어. 사람들을 이리저리 움직이게 하고, 또 늦게 온 조객들을 밀어 넣고 통로를 만들었지. 그 모든 것을 모두 고갯짓으로 하든가 아니면 손으로 신호를 보내는 것만으로 해치웠지. 끝나면 다시 벽에 기대어 서곤 했는데, 그렇게 유연하게 미끄러지듯 움직이는 사람은 생전 처음이야. 그런데 웃는 얼굴은 한 번도 보이지 않았어. 마치 돼지 같은 얼굴을 하고 있었지.

언제 빌려 왔는지 풍금이 놓여 있었어. 앓아 누운 사람처럼 비실비실 낡아빠진 풍금이었어. 모든 준비가 끝났을 때 젊은 여자 하나가 그 앞에 앉아 치기 시작했어. 삑삑삑거리는 게 마치 산기(疝氣)를 앓는 소리 같았어. 모두들 소리를 맞추어 노래를 불렀는데, 그야말로 관 속에 누워 이 소리를 듣지 못하는 피터 씨가 부러울 지경이었어. 노래가 끝나자 홉슨 목사가 엄숙한 어조로 말을 시작했어. 바로 그 순간 밑의 지하실에 난데없는 소란이 일어났어. 그것은 하찮은 개 한 마리 때문이었는데, 그 개가 너무 시끄럽게 짖어 대며 그칠 줄을 모르는 거야.

목사는 관 앞에 선 채 기다려야만 했어. 자기 목소리도 들리지 않을 만큼 시끄러웠으니까. 정말 난처한 광경이었지. 누구도 이것을 어떻게 했으면 좋을지 모르겠다는 표정이었어. 하지만 이윽고 그 다리가 긴 장의사가 목사에게 신호를 보내는 품이,

"걱정 말아요, 내가 처리할 테니."

하는 것 같더군. 그는 잠시 후에 허리를 구부리며 벽을 따라 미끄러지듯 나갔어. 앉아 있는 사람들의 머리 위로, 장의사의 움직이는 어깨만 보였어. 그가 움직이고 있는 동안 개가 짖어 대는 소란은 더해갈 뿐이었어. 도무지 가라앉을 기색이 보이질 않는 거야.

장의사 양반이 객실의 벽을 돌아서 이윽고 지하실로 들어갔어. 그러고 한 2초나 지났을까? '퍽!' 하는 소리가 들리는가 싶더니 개가 끔찍스러운 소리를 한두 번 지르고 나서 갑자기 쥐 죽은 듯 조용해지더군. 그러자 목사는 아까 중단했던 곳에서부터 다시 엄숙하게 계속하더군. 1, 2분 지나자 다시 벽을 따라 장의사 양반의 잔등과 어깨가 움직여 오는 것이 보였어. 스르르 미끄러지듯 객실의 벽을 따라 움직이더니 이윽고 몸을 일으키는 것이었어. 입에다 두 손을 모아 목사 쪽을 향하여 목을 길게 내밀더군. 그러고는 사람들의 어깨 너머로 속삭이는 듯한

목소리로 말했지.

"그놈의 개가 미쳐가지고!"

라고 말야. 그러더니 다시 아까처럼 허리를 구부리고는 스르르 미끄러지듯 벽을 따라서 본래의 자리로 되돌아가더군. 사람들은 비로소 표정이 밝아졌어. 이유를 알고 싶은 것은 누구나 마찬가지였으니까. 이런 사소한 일은 밑천을 들이지 않고도 사람들로부터 숭상을 받고 호감을 사는 데는 아주 그만이야. 이 장의사 양반만큼 인기가 좋은 놈이 마을에 없는 것만 봐도 알 수가 있지.

장례식의 설교는 꽤 좋았는데 너무 길고 따분했어. 그러는 중에 왕이 나서서 넋두리를 늘어 놓는 바람에 간신히 설교가 끝났지. 장의사 양반은 나사돌리개를 가지고 관 쪽으로 살금살금 다가가더군. 나는 가슴이 두근거려 눈을 크게 뜨고 그가 하는 것을 지켜 보았어.

하지만 그는 별로 곤란한 짓을 하지 않고 관 뚜껑을 부드럽게 끌어다가 닫더니 나사못으로 꽉 죄어버렸어. 됐어! 관 속에 돈이 그대로 들어 있는 건지 어떤지 알 수는 없었지만 일단 일은 끝난 거야. 하지만 또 걱정이 됐지. 만일 누군가가 그 돈자루를 몰래 훔쳐냈으면 어떻게 할 것인가? 메리 제인에게 편지를 쓸 것인가 말 것인가? 만일 다시 시체를 파서 아무것도 발견되지 않는다면 나를 어떻게 생각할 것인가? 붙들려 감옥에 처넣어지지 않는다고 누가 장담할 수 있을 것인가? 그저 아무것도 모르는 것처럼 편지 따위는 쓰지 않는 것이 좋을까? 여하튼 모든 일이 뒤죽박죽되어 버렸지. 잘해 주려고 한 노릇이 그 반대로 백 배나 더 성가시게 돼 버렸어. 차라리 그대로 내버려 둘걸. 나는 진심으로 그렇게 생각했지.

사람들은 피터 윌크스를 매장하고 집으로 돌아왔어. 나는 또다시 모

든 사람들의 얼굴을 바라보았지. 느긋하게 마음 편히 있을 수가 없었
는걸. 하지만 아무리 보아도 아무것도 알 수가 없었어. 얼굴은 아무것
도 말해 주지를 않았으니까.

그날 밤에 왕은 이집 저집을 찾아다니면서 상냥하고 넉살 좋은 말을
늘어놓았어. 사람들을 즐겁게 해놓고는 영국의 교회에서 신도들이 안
달을 하면서 자기를 기다리고 있다는 거야. 그 때문에 되도록 빨리 재
산을 정리해서 돌아가지 않으면 안 되게 된 것을 유감스럽게 생각한다
고. 사람들은 그의 말에 공감을 하더군.

그러고 나서 왕은 조카딸들은 물론 윌리엄과 함께 떠날 생각이라고
말하는 거야. 그러자 그들도 기뻐하면서 그렇게 되면 아가씨들이 살기
도 편해질 것이고, 또 주위에 친척들도 있어서 좋을 거라고 말하더군.
아가씨들도 기뻐했어. 그리고 재산은 팔고 싶을 때에 냉큼냉큼 팔아
달라고 왕에게 말하더군. 이 불쌍한 세 아가씨들이 너무나 기뻐하고
반가워하는 거야. 속아 넘어가고 거짓에 휘말려드는 것도 모르고 말
야. 그걸 바라보고 있는 나는 견딜 수 없도록 마음이 쓰리고 아팠어. 하
지만 그렇다고 서투르게 말을 꺼냈다가는 내 자신이 위험해지기 때문
에 어떻게 할 방법이 없었어.

그런데 왕은 재빨리 집, 검둥이, 재산 등 모든 것을 경매에 붙인다는
광고를 써 붙인 거야. 장례식 이틀 후에 경매한다고 말야. 물론 사고 싶
은 사람은 그 전에라도 살 수가 있었지.

그런데 장례식 다음 날이었어. 정오가 가까웠을 때, 기뻐하고 있던
아가씨들에게 찬물을 끼얹는 것 같은 일이 벌어졌어. 흑인들을 매매하
는 거간꾼 둘이 왔던 거야. 왕은 그놈들에게 '3일 후불(後拂) 어음'인가
뭔가 하는 것을 받고 적당한 가격으로 검둥이들을 팔아 버린 거야. 팔

린 검둥이 아들 둘은 상류 쪽의 멤피스로, 어머니는 하류 쪽의 뉴올리언스로 각각 헤어지게 된 거야.

아가씨들과 그 검둥이들은 슬픔을 참지 못해서 몸부림을 쳤지. 모두들 서로 끌어안고, 통곡을 하는 바람에 보고 있던 내가 속이 쓰려서 졸도할 것만 같았어. 아가씨들은 이 검둥이 일가가 따로따로 팔려서 이 마을을 떠나게 된다는 것은 생각조차 해본 일이 없다는 거야. 그 불쌍한 아가씨들과 검둥이들이 서로 목을 끌어안고 울고 있던 모습은 평생 잊을 수가 없을 거야.

만일 이 검둥이들이 1주일이나 2주일쯤 지나서 다시 되돌아오는 것을 몰랐다면 나는 그냥 보고만 있지는 않았을 거야. 당장에 달려나가서 사기꾼들의 정체를 폭로했을 것임에 틀림없어.

이 이야기는 마을에도 파문을 일으켰어. 이런 식으로 어머니와 자식을 갈라 놓는 것은 너무하다고 따지러 오는 사람도 나타났어. 여기에는 사기꾼들도 기가 꺾였지만, 바보 같은 영감은 공작이 뭐라고 하든 상관치 않고, 우격다짐으로 밀고 나갔어. 공작이란 놈은 몹시 불안에 떨고 있더군.

다음 날이 경매에 붙이는 날이었어. 완전히 날이 밝을 무렵 왕과 공작이 다락방으로 와서는 나를 깨우는 거야. 나는 그들의 얼굴을 보는 순간, 이건 뭔가 잘못 됐구나 하는 것을 알 수 있었어. 왕이 묻더군.

"그젯밤, 너, 내 방에 들어왔니?"

"아니요, 폐하."

우리끼리만 있을 때에는 언제나 나는 그에게 '폐하'라고 부르고 있었거든.

"그럼, 어제 낮이나 밤에는?"

“아니요, 폐하.”

“맹세할 테야? 거짓말 아니지?”

“맹세해요, 폐하. 메리 제인이, 당신과 공작을 데리고 가서 방을 처음 보였을 때 외에는 근처에도 간 일이 없어요.”

그러자 공작이 말하더군.

“다른 사람이 들어가는 것도 보지 못했어?”

“아니요, 각하. 본 기억이 없는데요.”

“잘 생각해 봐.”

나는 잠시 생각했어. 그리고 좋은 생각이 떠올라서 이렇게 말했지.

“그렇지, 검둥이들이 몇 번 들어가는 것을 보았어요.”

그들은 모두 움찔하고 놀라더군. 그리고는 뜻밖이라는 표정을 지었어. 이윽고 그들은 그럴 수도 있으리라는 표정으로 변했지. 공작이 말하더군.

“그놈들이 모두 함께?”

“아니, 어쨌든 전부가 동시에는 아니에요. 즉, 모두가 함께 나오는 것은 꼭 한 번밖에 못 본 것 같아요.”

“뭐라고? 그건 언제야?”

“장례식 날 아침이요. 그렇게 이르지는 않아요. 내가 늦잠을 잤으니까. 마침 다락방에서 사다리를 타고 내려가다가 봤지요.”

“그래서 어떻게 됐어? 그놈들은 뭘 했어? 어떤 표정이었어?”

“아무것도 하지 않던데요. 내가 봤을 땐 아무렇지도 않았어요. 발가락 끝으로 걷는 것처럼 살그머니 가버리더군요. 그래서 폐하가 일어나신 줄 알고 그 방을 치우러 들어갔다가 폐하가 일어나지 않았기 때문에 잠자는 것을 깨우기도 곤란해서 몰래 나오는 것으로 생각했지요.”

"뭐라고? 바로 그놈들이군!"

그들은 완전히 풀이 죽어 있었어. 바보 같은 얼굴을 하고 있었지. 잠시 동안 머리를 긁적이며 생각에 잠겨 있더니, 공작이라는 놈이 큰 소리로 갑자기 웃기 시작했어. 그러면서 이렇게 말하는 거야.

"당했구나, 검둥이놈들에게! 이 집에서 나가는 게 그렇게 슬픈 것처럼 연극까지 꾸미고! 정말로 서글퍼서 그러는 줄 알았지. 아마 당신도 그랬을 거요. 모두들 그랬을 거야. 검둥이는 연극을 할 재주가 없다는 말, 다시는 곧이듣지 않을 테야. 그야말로 그렇게 멋진 연극을 꾸며 대면 누구나 다 감쪽같이 속을 거야. 나에게 자본과 극장만 있다면 그놈들을 써먹어서 한 재산 벌 수 있겠군요. 다른 배우는 필요도 없어. 그런데 그런 값어치 있는 놈들을 헐값에 팔아치웠으니. 게다가 그 헐값마저 아직 손에 쥐지도 못했잖아. 이봐요, 그 헐값은 어디에 있는 거요, 그 어음 말이오?"

"은행에서 바꿀 날을 기다리고 있지, 어디에 있겠어?"

"아아, 그래요? 그렇다면 안심이군요."

나는 어리둥절한 체하고 물어 봤지.

"뭐가 잘못됐어요?"

그러자 왕은 내 쪽으로 돌아서며 소리를 지르더군.

"쓸데없는 참견하지 마! 네 일이나 생각해. 하긴 네 일이라야 아무것도 없겠지만. 알겠어? 이 마을에 있는 동안은 그걸 잊으면 안 돼."

그렇게 말하고는 이번에는 공작에게 말하더군.

"이 일은 우리끼리만 알고 일체 입 밖에 내지 말아야 해. 알았지?"

그러고는 다락방 사다리를 내려가기 시작했는데 그때 또다시 공작이 웃으면서 이렇게 말하는 거야.

"서둘러 팔아서 조금 번다? 잘하는 장사로군. 정말 한심해."

그러자 왕이 화를 내며 덤비더군.

"내가 검둥이들을 서둘러 팔아치운 것은 그게 가장 좋은 수라고 생각했기 때문이야. 만일 돈벌이가 허사로 돌아가 빈손으로 돌아가게 된다면 그건 모두 내 탓이고 자네 탓은 아니라는 얘긴가?"

"물론이지요. 내가 말한 대로 했더라면 지금쯤은 검둥이들은 이곳에 있고 우리는 이미 이곳에 있지 않아도 됐을 것이었다, 이 말이지요."

그 말에 왕은 몹시 화를 냈어. 그러다가 나에게 화살을 돌리는 것이었어. 검둥이들이 자기 방에서 나가는 것을 보고서도 어째서 곧 알려주지 않았는가 하면서 괘씸하다는 거야. 아무리 바보라 하더라도 뭔가 이상하다는 것쯤은 알았을 게 아니냐는 거지. 그런가 했더니 이번에는 자기 자신을 한참 저주하는 거야. 이게 모두 그날 아침 늦게까지 잤기 때문이라고 하면서 이제는 두 번 다시 그런 실수를 저지르지 않겠다고 스스로 다짐하더군. 그러고는 둘이서 뭐라고 투덜거리면서 나가버렸어. 결국 나는 모든 것을 그 검둥이들에게 뒤집어씌운 것이지. 하지만 검둥이들에게 털끝만한 피해도 입히지 않아서 몹시 기뻤어.

28

이윽고 일어나야 할 시간이 되었어. 사다리를 타고 아래층으로 내려가려고 했지. 하지만 아가씨들의 방 앞까지 왔을 때, 문이 열려 있는 것이 보였어. 안에는 메리 제인이 모피로 만든 낡은 트렁크 옆에 앉아 있더군. 트렁크가 열려 있는 것으로 보아 짐을 챙기고 있었던 거야. 그런데 그녀는 짐을 챙기다 말고 접은 옷을 무릎 위에 올려놓은 채 울고 있었지. 두 손으로 얼굴을 감싸고서 말이야. 그녀가 몹시 측은해 보이더군. 누구든 그 광경에선 다 그랬을 거야. 그래서 안으로 들어가 말했지.

"미스 메리 제인, 당신도 곤란한 사람을 보면 그냥 있지 않겠죠. 나도 그래요, 어째서 우는지 이유를 말해 주시겠어요?"

그녀는 이유를 말해 주었어. 검둥이 때문이었던 거야. 영국으로 가는 것은 즐겁지만, 자기로서는 그 즐거움이 허사로 돌아간 것이나 다름없다고 했어. 그 검둥이의 어머니가 어린것들을 두 번 다시 만나지 못하게 될 것을 생각하면 영국에 간다고 하더라도 행복하지 않을 것 같다는 거야. 그러면서 아까보다도 더 서럽게 울기 시작했지.

"어쩌면 좋아. 그들 모자는 이제 영원히 서로 얼굴을 볼 수가 없게 되었으니……."

"아니, 볼 수 있어요. 2주일이 채 되기 전에. 나는 알고 있어요."

나는 그렇게 말했어. 그 순간 스스로도 놀랐지. 앞뒤 생각 없이 불쑥 말이 나와 버렸으니까! 메리 제인은 그 순간 내 목을 끌어안았어. 피할 여유고 뭐고 없었어. 그러고는 나보고 다시 한 번만 말해 달라고 조르는 거야.

나는 너무도 생각 없이 말을 해버렸기 때문에 난처한 처지에 놓인 것을 알았지만, 조금 생각할 여유를 달라고 그녀에게 부탁했지. 그녀는 흥분된 채 앉아 있었어. 하지만 행복한 듯한, 근심이 가신 표정이었어. 마치 앓던 이라도 빼버린 사람처럼. 그래서 나는 어떻게 할 것인가 곰곰이 생각했지. 어쩔 수 없이 결단을 내려 사실을 밝히면 여러 가지 위험한 고비를 겪어야 할 게 뻔했어.

하지만 나는 거짓말을 하기보다는 차라리 사실을 밝히는 게 낫겠다,

나을 뿐만 아니라 위험하지도 않겠다고 생각했어. 어째서 그랬는지 모르겠어. 어쨌든 기묘한 일이니까 머릿속에서 언제까지나 간직해 두었다가 천천히 생각해 볼 작정이야. 그건 그렇고, 나는 그때 좋아, 죽든 살든 해보자. 결단을 내려 사실을 밝히는 거다. 화약통 옆에 걸터앉아서 거기에 불을 질러 놓고는 어느 쪽으로 올라가는가를 시험해 보는 느낌이 들었지만 그래도 해치워야 한다고. 그래서 나는 말했어.

"미스 메리 제인, 이 마을에서 조금 떨어진 곳에 당신이 사흘이나 나흘 정도 묵을 만한 집이 있을까요?"

"있어, 로드로프 씨 댁. 그런데 그건 왜?"

"왠지는 아직 몰라도 돼요. 만일 말이죠, 검둥이들이 2주일 안으로 이 집에서 다시 만나게 된다는 것을 내가 알고 있다고 한다면, 그리고 어떻게 해서 알고 있는가 그 증거를 밝혀 보이겠다고 한다면, 당신은 로드로프 씨 댁에 가서 나흘 동안 묵겠어요?"

"나흘이라고? 1년이라도 좋아."

"그럼 좋아요. 당신의 경우니까 그 약속의 말만으로도 충분해요. 다른 사람들이 성경책에 키스를 하고 맹세하는 것보다도 훨씬 더 믿을 수 있을 테니까."

그녀는 싱긋 웃고는 아주 귀엽게 얼굴을 붉혔어.

"당신만 괜찮다면 문을 닫고, 빗장도 거는 게 좋겠는데."

그리고 빗장을 걸고 되돌아와서 앉음새를 바로잡으며 말했지.

"큰 소리를 내면 안 돼요. 가만히 앉아서 사나이처럼 들어 줘야 해요. 나는 사실을 밝히지 않으면 안 되니깐 미스 메리, 마음을 단단히 가져야 해요. 워낙 끔찍한 이야기라 듣기가 힘들 테지만 어쩔 수 없어요. 당신의 숙부들은…… 사기꾼들이에요. 영락없는 협잡꾼이에요. 자,

이제 제일 큰 고비를 넘겼어요. 다음은 쉽게 견딜 수 있을 거예요."

이 이야기를 듣고 그녀가 깜짝 놀란 것은 말할 것도 없어. 하지만 이미 위험한 고비를 넘겼기 때문에 그 다음부터 거침없이 이야기를 해 나갔지. 이야기를 듣는 동안에 메리 제인의 눈은 점점 불덩이처럼 타올랐어. 나는 애당초에 증기선을 타러 간다는 그 젊은 얼간이를 만난 데서부터, 메리 제인이 집 앞 정면 입구에서 왕에게 매달리며 열여섯 번인가 열일곱 번인가 키스를 하던 대목까지 자초지종을 얘기해 준 거야. 메리 제인은 소스라치게 놀라더군. 저녁놀처럼 얼굴이 새빨개지는 거야.

"짐승 같은 놈들! 자, 1분 1초도 이러고 있을 수가 없어. 그놈들에게 타르를 끼얹고 깃털을 달아서 강 속에 집어 던질 테야!"

"그래야죠. 하지만 그것을 로드로프 씨 댁에 가기 전까지 할 수 있겠어요? 아니면……."

"참 그렇군. 대체 난 지금 뭘 생각하고 있는지 몰라."

그녀는 그렇게 말하면서 또다시 털썩 주저앉았어.

"지금 한 얘기 신경 쓰지 마, 제발. 알겠지? 마음에 두지 않지?"

그러면서 명주같이 보드라운 손을 내 손 위에 얹는 거야. 나는 신경을 쓸 정도라면 차라리 죽어 버리는 게 낫다고 대꾸했지.

"나, 머리가 어떻게 되었나 봐, 너무 흥분한 나머지. 얘기 계속해 줘. 이젠 흥분하지 않을 테니까. 어떻게 했으면 좋을지 가르쳐 줘. 네가 하라는 대로 할 테니까."

"저 2인조 사기꾼은 정말 대단한 놈들이에요. 나는 앞으로도 한동안, 싫든 좋든 그놈들과 함께 여행을 하지 않으면 안 될 처지에 있어요. 그 이유는 묻지 말아 주세요. 그러니까 만일 당신이 여기에서 놈들의 정체를 폭로해 버리면 마을 사람들이 놈들의 손에서 날 빼내 줄 테니까 괜찮아요. 하지만 여기에 한 사람 더, 당신은 알지 못하는 몹시 곤란하고 딱한 사람을 살리지 않으면 안 되요. 그래서 놈들의 정체를 아직은 폭로할 수가 없어요."

그런 얘기를 하고 있는 동안에 나는 언뜻 좋은 생각이 떠올랐어. 어떻게 해야 나하고 짐이 그 사기꾼들에게서 도망칠 수 있을는지 알아낸 거야. 놈들을 이 마을 감옥에 처넣고 우리가 도망치는 방법 말야. 하지만 낮에는 문제가 있을 것 같았어. 우리가 뗏목을 몰고 가는 도중에, 누가 뭐라고 물어온다 해도 대답할 사람은 나밖에 없을 테니까. 그러면 아무래도 좋지가 않아. 그래서 나는 그 방법을 실천하려면 밤이 으슥할 무렵이 좋을 거라고 생각했지.

"아가씨, 이런 식으로 하려고 생각해요. 그렇게 하면 아가씨도 로드로프 씨 댁에 그렇게 오래 머물지 않아도 될 거예요. 로드로프 씨 댁은 여기에서 얼마나 떨어져 있죠?"

"4마일 남짓할 거야. 저 앞에 보이는 훨씬 시골 쪽이야."

"그럼 좋아요. 아가씨는 그곳에 가서 오늘 밤 아홉 시 반까지 숨어 있는 거예요. 그분에게 집에까지 배웅을 받는 거예요. 무슨 볼일이 갑자기 생겼다고 하면서 열한 시 전에 되돌아와서 이 창가에 촛불을 켜 놓으세요. 만일 내가 나오지 않으면 이미 다른 곳으로 떠난 걸로 생각하세요. 이 근처에는 없다는 증거니까요. 아가씨가 나가서 마을 안에 이 얘기를 퍼뜨려 놓고 사기꾼들을 감옥에 집어 넣으세요."

"그렇겠군, 그게 좋겠어. 그렇게 하기로 해."

"만일 내가 도망을 못 가고 놈들과 함께 붙잡히는 날에는 아가씨가 나를 두둔해 줘야 해요. 사전에 자초지종을 아가씨께 얘기해 줬다는 것을 밝히면서 말입니다.”

“그야 당연하지. 네 머리칼 하나도 손을 못 대게 할 테니까!”

그렇게 말할 때 그녀의 눈빛은 반짝 빛이 났지.

“내가 다른 데 가 버리면 저 악당들이 아가씨의 숙부가 아니라는 것을 증언할 수가 없게 되지요. 하지만 여기에 있을 수는 없어요. 설사 있다 하더라도 그건 증언하지 못할 거예요. 다만 내가 할 수 있는 일이란 놈들이 건달패라는 것을 밝힐 뿐이에요. 그것도 물론 도움은 될 테지만. 하지만 나보다도 멋지게 해낼 사람들이 있어요. 더욱이 그 사람들은 나처럼 의심을 받을 염려도 없어요. 어떻게 그 사람들을 찾아내는지 이제부터 가르쳐 드리겠습니다. 연필과 종이를 주세요. 자아, ‘브릭스빌 왕실의 걸작’ 이것을 잃어버리지 말고 잘 간수해 두세요. 재판소에서 그 두 사람에 대해 뭔가 더 알고 싶어할 경우 브릭스빌에 사람을 보내세요. 그리고 ‘왕실의 걸작’이라는 연극을 한 놈들을 붙잡았다고 말하세요. 증인으로 나올 사람이 없느냐고 전갈을 띄우기만 하면 될 거예요. 눈 깜짝할 사이에 그곳 사람들이 모두들 달려올 테니까. 그것도 화가 머리끝까지 치밀어서 말입니다.”

이것만으로 대충 끝났다고 생각하고 나는 말했지.

“경매는 그대로 하게 내버려 두세요. 걱정할 일은 없으니까. 워낙 공고 기간이 짧은 경매라서 물건 대금을 경매 후 만 하룻동안에 지불하지 않아도 되거든요. 그놈들은 그 돈을 받을 때까지 이 마을을 떠나지 않을 거예요. 검둥이들의 경우도 마찬가지죠. 그건 매매가 완전히 끝난 게 아니에요. 게다가 그 검둥이들은 곧 되돌아올 수 있어요. 알겠어요? 메리 아가씨, 그 검둥이들을 판 돈은 그놈들의 손에 넣을 수가 없을 거예요. 놈들은 지금 이러지도 저러지도 못할 궁지에 빠져 있는 거예요."

"알았어. 서둘러 아래층에 내려가서 아침밥을 먹고 곧장 로드로프 씨 댁으로 가야지."

"안 돼요. 그건 잘못된 생각이에요, 메리 제인. 아침 식사 전에 가야 해요."

"왜?"

"왜라뇨, 메리 아가씨, 도대체 내가 왜 아가씨더러 길을 떠나라고 하는지 모르세요?"

"아니, 그건 생각해 보지 않았는데. 왜지?"

"그건 간단하죠. 아가씨는 낯가죽이 두꺼운 사람이 못 되거든요. 아가씨의 얼굴은 마치 읽기 쉬운 책처럼 누구든지 앉은 자리에서 술술 읽어 버릴 수가 있단 말예요. 아가씨는 그 숙부란 놈들이 아침 인사로 키스를 하러 달려들 때 태연한 얼굴로 대해야 해요. 그럴 수 있겠어요?"

"알았어, 알았어. 그만해! 좋아, 아침 식사 전에 떠날게. 기꺼이 떠날게. 하지만 동생들은 그놈들에게 그냥 남겨 두고?"

"동생들은 괜찮아요. 아가씨들 셋이 한꺼번에 가버리면 오히려 놈들이 이상하게 생각할지도 모르니까. 나는 아가씨가 그놈들도, 동생들도, 이 마을의 누구도 만나지 않았으면 하는 거예요. 만일 누군가가 오늘 아침엔 숙부들이 어떻게 하고 계시냐고 물으면 아가씨 얼굴 표정은 틀림없이 변할 거예요. 그래서는 안 돼요, 메리 제인 아가씨. 당장 떠나야 해요. 뒷일은 내가 처리할 테니까. 스잔 아가씨께 전할게요. 아가씨가 숙부에게 얘기를 전해 달라고 하더라고 말해 둘게요. 좀 쉬면서 기분 전환을 하려고 두세 시간 동안 밖에 나갔노라고. 아니면 친구를 만나러 갔다고 해도 좋고. 어쨌든 오늘 밤이나 늦어도 내일 아침까지는 돌아온다고 해둘 테니까."

"친구를 만나러 갔다고 하는 건 좋지만 그놈들에게 얘기할 필요는 없어."

"그렇다면 말 않기로 하죠."

그렇게는 말했지만 메리 제인에게 그렇게 말했다고 해서 별로 손해 볼 것은 없었어. 곤란할 일은 없었으니까. 이 세상에서 사람을 가장 편안하게 해주는 것은 이렇게 아주 사소한 일이야. 그렇게 말해 주면 메리 제인은 안심하고, 게다가 돈이 드는 일도 아니고 말이야.

"또 한 가지 있어요. 그 돈자루 이야기인데……."

"하지만 그건 그놈들이 갖고 있잖아? 그놈들에게 그걸 뺏긴 것을 생각하면 내가 바보스러워서 못 견디겠어."

"아니, 아가씨가 그건 몰라서 그래요. 놈들은 돈자루를 갖고 있지 않아요."

"뭐라고? 그럼 누가 갖고 있다는 얘기니?"

"그걸 알았으면 좋겠는데 나도 몰라요. 전에는 틀림없이 내가 갖고 있었죠. 내가 그놈들에게서 훔쳐냈으니까. 아가씨에게 돌려 주려고 훔쳤어요. 그것을 숨겨 놓은 곳도 알고 있지만 확신할 수는 없어요. 정말 미안해요. 메리 제인 아가씨, 하지만 나는 최선을 다했어요. 거짓말이 아니에요. 하마터면 잡힐 뻔했거든요. 그래서 제일 가까운 곳에 밀어 넣고는 도망치지 않을 수 없었어요. 그런데 그 밀어 넣은 데가 썩 좋은 곳은 아니었어요."

"아니야, 그렇게 자기 자신을 탓하지 마. 네가 어떻게도 할 수 없었던 것은 네 탓이 아냐. 그런데 대체 어디에 숨겼지?"

나는 메리 제인에게 다시 한 번 불행을 생각케 하는 것이 괴로웠어.

관 속의 시신이 가슴 위에 돈자루를 얹어 놓고 잠들어 있는 것을 내 입으로 말한다는 것은 차마 못 할 짓이더군. 그래서 나는 잠시 동안 입을 열 수가 없었지. 그러다가 가까스로 말을 꺼냈어.

"만일 아가씨가 괜찮다고 한다면 어디에 두었는가를 지금 말하고 싶지 않아요. 하지만 종이에 써 둘 테니까 읽어 보고 싶으면 로드로프 씨 댁으로 가는 도중에 읽으세요. 그래도 괜찮겠죠?"

"응, 괜찮아."

그래서 나는 종이 위에 이렇게 적었지.

그것을 관 속에 넣었어요. 아가씨가 밤늦게 거기에서 울고 있을 때 돈자루는 그 속에 있었어요. 나는 문 뒤에 있었는데 아가씨가 애처로워서 견딜 수 없었답니다.

한밤중에 그녀가 그곳에서 홀로 울고 있을 때 나는 너무 안타까웠어. 저 악마 같은 놈들이 그녀에게 치욕을 안겨 주고, 또 돈을 훔쳤다는 사실을 떠올렸기 때문이지. 나는 종이 쪽지를 접어서 메리 제인에게 건네 주었지. 그때 그녀의 눈에도 눈물이 괴어 있더군. 그리고 내 손을 꼬옥 쥐면서 이렇게 말했어.

"네가 말한 것을 모두 그대로 지키겠어. 다시는 너를 만나지 못하게 되더라도 평생 너를 잊지 않을 거야. 언제나 너를 생각하며, 너를 위해서 하느님께 기도를 올릴게!"

그리고 그녀는 나가 버렸어.

나를 위해서 하느님께 기도를! 만일 그녀가 나라는 사람을 알고 있었다면 달라졌을지도 모르지. 그러나 그렇다 하더라도 그녀는 나를 위해서 틀림없이 기도를 올려 주었을 거야. 그녀는 바로 그런 사람이었지. 마음만 먹으면 가롯 유다를 위해서도 기도를 드릴 용기를 가진 여자였어. 물러서는 일은 결코 없는 여자임을 나는 알고 있어.

그때, 그 문으로 나가는 것을 본 후로 나는 그녀를 다시 볼 수가 없었어. 하지만 몇 번이나 그녀를 생각하곤 했어. 나를 위해서 하느님께 기도하겠다던 그 말도 얼마나 생각했는지 몰라. 그야말로 헤아릴 수가 없을 정도야.

만일 내가 그녀를 위해서 하느님께 기도하는 것이 그녀에게 도움이 된다면, 나는 거짓말이 아니라 목이 달아날 정도로 기도를 올리지 않고는 견딜 수 없었을 거야.

메리 제인은 아마 뒷문으로 빠져 나갔던 것 같아. 나가는 것을 본 사람이 없었거든. 나는 스잔과 언청이를 만나서 이렇게 말해 주었지.

"아가씨들이 간혹 만나러 가는 저쪽 강 건너에 살고 있는 분인데…… 그분의 이름을 뭐라고 했더라……."

"여러 사람이 있지만, 그 중에서도 자주 만나는 사람은 프록터 씨야."

"그래, 맞았어. 이제야 생각나는군요. 큰언니께서 아가씨들에게 일러 달라고 나에게 부탁했어요. 급히 그리로 가는 길이라면서 그 집에 누군가 환자가 생겼다고 하더군요."

"누가?"

"모르겠어요. 아니, 잊어버렸어요. 하지만 환자가 있다고……."

"설마 해녀는 아니겠지?"

"말하긴 안됐지만, 바로 해녀였어요."

"어머, 지난 주까지만 해도 그렇게 건강했는데, 많이 아프데?"

"몹시 앓는 정도가 아닌 모양이에요. 모두들 잠도 못 자고 옆에 붙어 있다니까. 큰아가씨 말로는 뭐 오래 살지 못할 것 같다더군요."

"아니, 그럴 수가! 해녀가 대체 어디가 아프길래?"

그런 질문을 받고 보니 어디 선뜻 말이 나와야지. 그래서 나는 얼떨결에 말했지.

"볼거리래요."

"볼거리? 볼거리에 걸린 사람을 밤샘까지 해가며 사람이 붙어 있을 까닭은 없잖아?"

"그야 그럴 테지만, 이 경우엔 그렇게 안 할 수가 없는 모양이에요. 아주 새로운 종류라고 메리 제인 아가씨가 말하던걸요."

"새로운 종류라니, 어떻게?"

"다른 병하고 겹치기라는군요."

"다른 어떤 병?"

"뭐라더라…… 홍역에다가 백일해도 겹쳤고 폐렴하고 황달 증상도 있다더군요. 또 뇌막염과…… 그 다음은 모르겠어요."

"기가 막혀서! 그걸 볼거리라고 누가 그래?"

"메리 제인 아가씨가 그렇게 말했어요."

"도대체 뭣 때문에 그런 병을 볼거리라고 말했을까?"

"그야, 볼거리니까 볼거리라고 했겠죠. 그 병에서 시작했으니까 그렇지요."

"어쨌든 말이 안 돼. 만일 발가락을 다친 사람이 독약을 마시고 우물 속에 떨어져 목뼈가 부러지고 머리가 깨져서 죽었다고 해봐. 사람들이 달려와서 이 사나이는 어째서 죽었는가 하고 물었을 때, 어떤 바보가 '그거야 발가락을 다쳐서 죽었지요'라고 한다면 그걸 이치에 닿는 대답이라고 할 수 없을 테지. 네 대답도 마찬가지야. 그 병, 다른 사람에게 옮긴다고 해?"

"그걸 말이라고 해요? 어둠 속에서는 써레가 사람 발에 걸리지 않아요? 설사 하나는 걸리지 않더라도 옆에 것에 걸리게 마련 아니에요? 걸린 써레채에서 빠져 나오려고 몸부림치면 써레채가 몽땅 끌려나올 테죠. 볼거리도 말하자면 써레 비슷한 거예요. 그것도 하찮은 써레와는 달라서 한번 걸려들면 빠져 나올 수 없는 그런 것인 모양이에요."

"어쩐지 무서워. 빨리 하비 숙부에게 가서……."

"암, 그래야지. 그렇게 하는 게 당연해요. 지금 당장이라도."

"그럼, 너는 왜 그렇게 안 했지?"

"생각 좀 해보세요. 아가씨들의 숙부님들은 되도록 빨리 영국으로 돌아가야 하잖아요? 그런데 그분들이 아가씨들만 남겨둔 채 먼저 떠나시고 나중에 아가씨들만 그 먼 영국까지 오라고 할 그런 비열한 분들이라고 생각해요? 아가씨들을 기다렸다가 같이 갈 게 뻔하지 않아요? 그건 그것으로 좋다고 해요. 하비 숙부님은 목사님이 아닙니까? 목사가 증기선의 사무원을 속일 수 있을 것 같아요? 배의 사무원을 말이에요. 메리 제인 아가씨를 태우기 위해서 목사가 진실을 은폐할 수 있을 것 같아요? 잘 알겠지만 그럴 수 없을 거예요. 그럼 대체 어떻게 할까? 결국 이렇게 말하실 거예요. '매우 유감스럽지만 내 교회 문제는, 그쪽에 내맡길 수밖에 없겠구나. 내 조카딸이 무서운 유행성 볼거리에 걸렸는가 어떤가를 아는 데 소요되는 석 달 동안을 이곳에 남아서 기다리는 것이 내 의무라고 생각한다.'라고 말이에요. 하지만 걱정할 건 없어요. 만일 아가씨들께서 하비 숙부님에게 알리는 것이 최선의 길이라고 생각하신다면……."

"무슨 소리야! 우리가 모두 함께 영국에 가서 즐겁게 살려고 하는 판에 큰언니가 볼거리에 걸렸는지 어떤지 판명이 될 때까지 여기에서 노닥거리면서 기다려야 한단 말이야? 정말 바보 같은 소리군."

"그렇더라도 어쨌든 이웃에 사는 누구한텐가는 알리는 게 낫지 않을까요?"

"뭐라고? 너 같은 숙맥은 정말 보기 드물 거야. 누구에게 알리다니, 그럼 그 사람이 또 누군가에게 알릴 거라는 걸 몰라? 아무한테도 얘기해선 안 돼."

"그렇군. 그럴는지도 모르겠어요. 아가씨 말이 옳아요."

"하지만 하비 숙부님께는 큰언니가 잠깐 외출했다고 말해 두는 것이 좋지 않을까? 걱정하시지 않도록."

"그래요, 메리 제인 아가씨도 그렇게 해달라고 하셨어요. 그리고 숙부님들에게 얘기 전하고, 자기는 급히 강 건너, 누구라더라…… 피터 씨와 절친했던 돈 많은, 그, 저……."

"앱도프 씨 말야?"

"그래요. 그런 이름은 난 통 구별이 잘 안 돼요. 어떻게 된 셈인지 두 번 들으면 한 번은 잊어먹거든요. 그래, 그 앱도프 씨에게 가서, 틀림없이 경매장에 나와 이 집을 사도록 해달라고 부탁하러 간 거라고 전해 달라는 거예요. 돌아가신 피터 씨는 다른 누구보다도 앱도프 씨가 이 집을 사 주었으면 하고 바랄 거라면서 말이에요. 앱도프 씨가 그러마고 승낙할 때까지 꼭 붙어 있을 작정이지만 그때가 되서 그다지 피곤하지 않으면 돌아오고, 설사 피곤하더라도 내일 아침까지는 돌아올 생각이니까 그렇게 전해 달라고 말했어요. 프록터 씨네 얘기는 하지 말고 앱도프 씨네 얘기만 전해 달라고. 이건 사실이기도 해요. 메리 제인 아가씨는 정말로 이 집을 사 달라고 부탁하러 가려던 참이었으니까요."

"알았어."

두 아가씨는 말하더군. 그러면서 숙부들을 기다리고 있다가 아침 키스를 하고 나더니, 그 말을 전하기 위해서 나가는 것이었어.

이것으로 만사는 잘된 셈이야. 그 아가씨들은 워낙 영국에 가고 싶은 생각이 앞섰기 때문에 아무 말도 할 리가 없어. 왕과 공작은 메리 제인이 의사인 로빈슨 선생 주위에서 서성거리고 있는 것보다는 경매 때문에 외출한 것을 좋아할 것임에 틀림없으니까. 나는 아주 기분이 좋았어. 내 재주가 어지간하다고 스스로 만족했지. 톰 소여도 이 이상은 해낼 수 없으리라. 그야 그놈은 좀 더 멋을 부릴 테지. 하지만 멋을 부린다는 것은 내 성미에도 맞지 않고, 또 그렇게 자라지도 못했으니 어쩔 수 없지.

그런데 그 경매라는 것이 꽤 시간을 끌어, 그날 낮이 지나고 저녁 때가 다가올 때까지 계속됐어. 참 오래 끌더군. 늙은 왕은 제법 얌전한 얼굴을 하고 경매인 옆에 서서 때때로 성경 구절을 외우거나 무슨 선심 쓰는 말을 중얼거리기도 했어. 공작은 공작대로 온갖 벙어리 시늉을 해가면서 사람들의 동정을 사는 데 톡톡히 한몫하더군.

그럭저럭 경매도 끝나고 물건들은 하나도 남김 없이 팔려 버리고 말았어. 다만 하나, 묘지 안의 쓸모없는 조그만 땅만을 남겨 놓고 말야. 그런데 놈들은 그것마저도 팔아 버리려고 했어. 나는 왕처럼 이것저것 전부 삼켜 버리려고 하는 도깨비 같은 놈은 정말로 처음 보았지. 그런데 그 작업을 벌이고 있는 중에 한 척의 증기선이 도착한 거지. 미처 2분도 되기 전에 많은 사람들이 떠들면서 몰려오더니 큰 소리로 고함을 지르는 것이었어.

"이봐, 또 한 쌍이 나타났어! 피터 윌크스 영감의 상속인이 두 쌍이 됐어! 모두들 마음 내키는 쪽을 골라서 돈을 걸어라!"

29

그들이 데리고 온 사람은 아주 잘생긴 나이 많은 신사와 그보다도 훨씬 젊은, 오른팔을 붕대로 매달고 있는 역시 잘생긴 사나이였어. 그들의 떠드는 소리와 웃음소리는 그치지 않는 거야. 하지만 즐겁게 놀고 있는 것은 아니었어. 공작과 왕이 그것을 보면 어느 정도 당황하리라 생각했지. 파랗게 질리리라고 말이야.

그런데 천만에, 조금도 얼굴색이 변하지 않는 거야. 공작은 무슨 일이 벌어지기 시작했는지도 모르는 듯 태평스러운 얼굴로 어버 어버버 하면서 여기저기를 왔다갔다하고, 왕은 왕대로 세상에 이런 사기꾼들이 있는가 하는 표정으로 방금 도착한 사람들을 측은하게 바라보는 거야. 그 멋진 쇼라니! 중요한 사람들이 잔뜩 왕 옆으로 모여들더군. 자기들은 왕의 편이라는 것을 무언중에 나타내는 거야.

방금 도착한 나이 많은 신사는 무척 어리둥절해 있었지만 곧 입을 열어 말을 시작했어. 당장에 영국식 영어라는 것을 알 수 있었지. 왕의 말투와는 달랐어. 그야 왕도 흉내치고는 꽤 잘 해냈지만 말야. 나는 그 신사가 뭐라고 했는지 그대로는 도저히 옮길 수가 없어. 흉내조차도 말야. 하지만 그 양반은 여러 사람들을 향해서 이런 식으로 말했어.

"이것은 나도 전혀 예기치 못했던 일로, 여기에 대응하고 응답할 준비가 충분히 돼 있지 않다는 것을 솔직히 인정하는 바입니다. 그 이유는 내 동생과 나는 재난을 당했기 때문입니다. 동생은 팔이 부러지고 짐은 어젯밤에 잘못되어 이곳보다 상류에 있는 마을에다 부렸습니다. 나는 피터 윌크스의 동생인 하비이며, 이 애는 동생인 윌리엄입니다. 동생은 듣지도 못하고 말도 못합니다. 손짓으로 말을 한다고 해도 지금은 한 손밖에 사용하지 못합니다. 우리는 지금 말씀드린 바와 같은 입장입니다만 하루 이틀 후에 짐이 도착하면 그것을 증명할 수가 있습니다. 그때까지는 더이상 아무런 얘기도 하지 않을 것입니다. 다만 여관에 가서 기다리고 있을 생각입니다."

그러고는 노인과 새로운 벙어리는 어디론가 가버렸어. 그러자 이번에는 왕이 웃으면서 지껄이더군.

"팔뼈를 부러뜨렸다고? 있을 법한 일이군그래. 손짓으로 말을 해야겠는데 아직 그 방법까진 배우지 못했으니 사기꾼치고는 그럴듯한 핑계지 뭐야. 짐을 분실했다고? 이건 아주 걸작이야! 멋진 생각을 해냈어, 처지가 처지니까."

그러고는 또 한바탕 웃어대는 거야. 다른 사람들도 웃었지. 하지만 웃지 않은 사람도 서너 명, 아니 여섯 명쯤은 있었는지도 몰라. 그 중의 한 사람은 의사였고, 또 하나는 융단천으로 만든 낡은 여행 가방을 든 눈빛이 날카로운 신사였어. 이 사람은 아까 증기선에서 내린 사람이었어. 낮은 목소리로 의사와 말을 주고받으며 가끔은 왕을 훑어보기도 하고 둘이서 수군대면서 고개를 끄덕이기도 하더군.

이 사람이 바로 변호사인 레비 벨이었는데 지금까지 루이스빌에 가 있었던 거야. 또 웃지 않고 있던 한 사람은 큰 키에 다부지고 성미가 무뚝뚝한 사나이였는데 그는 뚜벅뚜벅 다가와서는 나이 많은 신사가 지껄이는 것을 끝까지 귀기울이더군. 그러고 나서 이번에는 왕의 얘기를 듣는 것이었어. 왕의 얘기가 끝나자 이 사나이가 대뜸 이렇게 말하더군.

"이봐, 당신이 하비 윌크스라면 언제 이 마을에 왔소?"

"장례식 전날이오."

"그날 몇 시 말이오?"

"저녁때였지요. 해가 지기 한두 시간 전이었소."

"뭣으로 왔소?"

"스잔 파웰 호(號)로 내려왔소. 신시내티에서부터."

"그럼 어떻게 아침녘에 상류 쪽의 곳에 가 있었소? 카누를 타고 말이오."

"나는 아침녘에 곳엔 있지 않았소."

"거짓말 마!"

너댓 명의 사나이들이 그 친구에게 달려들더니, 저분은 나이도 많고 목사인데 그런 말버릇이 어디 있느냐고 타일렀지.

"목사는 무슨 목사! 저놈은 사기꾼, 거짓말쟁이야! 그날 아침에 상류 곳에 있었어. 내가 바로 그곳에 살고 있잖아? 나도 그곳에 있었고 저놈도 그곳에 있었어. 그곳에서 나는 저놈을 이 눈으로 똑똑히 봤어. 저놈은 팀 콜린즈와 사내애 하나와 같이 카누를 타고 내려왔어."

의사가 입을 열더니 이렇게 말하는 거야.

"하인즈, 자네는 그 사내애를 다시 한 번 보면 알 수 있겠나?"

"글쎄, 알아볼 수 있을 것 같기도 한데……. 아아, 저기 있군, 당장에 알아보겠는걸."

그러면서 그가 가리킨 것은 다른 누구도 아닌 바로 나였어. 의사가 다시 말하더군.

"여러분, 새로 나타난 두 사람이 사기꾼인지 아닌지 그것은 나도 모르겠소. 그러나 여기에 있는 이 두 사람이 사기꾼이 아니라면 나는 바보 이외에는 아무것도 아닌 거요. 이 사건이 자세히 조사될 때까지는 이자들을 마을에서 도망치지 못하게 하는 것이 우리의 의무라고 나는 생각하오. 하인즈, 나를 따라오게. 다른 분들도 함께 와 주었으면 좋겠소. 이놈들을 여관으로 끌고 가서 아까 그 두 사람과 대질을 시키는 거요. 그러면 틀림없이 뭔가를 알게 되리라고 생각해요."

왕의 친구라면 모를까, 마을 사람들로서는 이것 참 재미있는 구경거리가 생겼구나 싶겠지. 모두들 떼를 지어 여관으로 몰려갔어. 이미 해가 질 무렵이었어. 의사는 내 손을 붙들어 끌고 갔는데 꽤 친절하게 대해 주더군. 하지만 손을 한 번도 놓아 주지는 않았어.

우리는 다들 여관의 넓은 홀에 들어가 촛불을 몇 개씩이나 켜 놓고 거기에 새로운 두 사람을 데리고 왔어. 맨 처음에 의사가 이렇게 말하는 거야.

"이 두 사람에게 너무 심하게 하고 싶지는 않지만, 내 생각으로는 이 두 사람은 사기꾼임에 틀림이 없어요. 그리고 우리가 모르는 공범자가 없다고 단언할 수도 없구요. 만일 공범자가 있다고 한다면 놈들은 피터 윌크스가 남긴 그 금화 자루를 갖고 도망치려 하지는 않을까요? 만일 이 사람들이 사기꾼이 아니라고 한다면, 그 돈을 누군가에게 가져오게 해서 이 사람들이 진짜라는 것이 증명될 때까지 그 돈을 우리가 보관하고 있도록 하는 게 어떻습니까?"

다들 거기에 동의했어. 그래서 나는 우리의 악당들이 이제야말로 궁지에 몰리는구나, 하고 생각했지. 하지만 왕이라는 작자는 슬픈 표정을 짓더니 이렇게 말하는 거야.

"여러분, 나는 이 가슴 아픈 사건의 조사가 공정하고 철저하게 진행되는 것을 조금도 방해하려는 의도를 갖고 있지 않기 때문에, 그 돈이

거기에 있었으면 하고 원하는 사람입니다. 그러나 유감스럽게도 그 돈
은 거기에 없습니다. 만일 원하신다면 사람을 보내서 확인해 보시면
될 것입니다."

"그렇다면 어디에 있단 말이오?"

"글쎄요, 조카딸이 건네 주었을 때 나는 그것을 받아 가지고 내 침대
깃 이불 속에 숨겨 두었지요. 이곳에 있는 3, 4일 동안 은행에 넣어 두
는 것도 싫었고, 게다가 검둥이들에게 습관이 되어 있지 않아서 그들
이 영국의 하인들처럼 정직하리라고만 믿고 침대라면 안전하다고 생
각했기 때문입니다. 그런데 다음 날 아침 내가 아래층에 내려간 후 검
둥이들은 그것을 훔쳐 냈던 것입니다. 나는 그놈들을 팔아 넘길 때까
지도 그 돈이 없어진 것을 모르고 있었지요. 놈들은 그것을 가지고 도
망칠 수가 있었던 거예요. 여기에 있는 내 하인이 그 사정을 잘 알고 있
어요."

의사와 그 밖의 몇몇 사람이 쳇 하고 혀를 찼는데, 왕의 얘기를 곧이
듣는 사람은 하나도 없다는 것을 알 수 있었어. 어떤 사나이가 나를 보
고, 검둥이가 돈을 훔치는 것을 보았느냐고 묻길래 나는 못 보았다고
했지. 하지만 몰래 방에서 나와 급히 사라지는 것을 보았다고 말했지.
그러나 나는 별로 이상하게 여기지 않았고, 아마 우리 주인이 눈을 뜨
면 시끄러울 테니까 그냥 나오는 것이려니 생각했던 거라고 말야. 그
런데 의사가 나에게 몸을 돌리더니 느닷없이 이렇게 물었어.

"너도 영국인이냐?"

나는 그렇다고 했지. 그랬더니 의사도 다른 사람들도 일제히 웃으면
서 바보 같은 소리 말라는 거야.

그 다음에는 모두들 달라붙어서 전체적인 조사를 시작했는데 그야

말로 교대로 몇 시간이나 계속 지껄여 대는 것이었어. 저녁 식사 따위는 누구도 입 밖에 내지도 않는 거야. 모두들 배고픈 것도 까마득히 잊어버리고 있는 것 같았어. 조사는 계속되고 언제까지나 끝날 줄을 모르는 거야. 사람들이 왕에게 자기 소개를 시키고 또 노신사에게도 얘기를 시켰지. 선입견을 가지고 임한 돌대가리가 아니라면, 노신사가 진실을 이야기하고 왕이 거짓말을 하고 있다는 것을 쉽게 가려낼 수 있을 것 같았어.

이번에는 나더러 알고 있는 것을 모두 이야기하라는 것이었어. 보니까 왕이 곁눈질로 나에게 신호를 보내는 거야. 그래서 나는 좋아, 알았어, 진실하게 말할 테야, 하는 표정으로 셰필드에 대해서 얘기하기 시작했지. 셰필드에서 우리가 어떻게 살고 있는가, 영국의 윌크스 일가는 어떻게 살고 있는가에 대해서 말야. 그러나 이야기를 얼마 하기도 전에 의사가 웃기 시작했어. 그러자 변호사 레비 벨이 이렇게 말하더군.

"앉아라, 애야. 내가 만일 너라고 한다면 그렇게까지 무리를 하지는 않겠다. 어쩐지 너는 거짓말을 하는 데 익숙하지 못한 모양이다. 술술 나오지를 않는구나. 너는 좀 더 연습을 해야겠다. 아무래도 어색해서 안 되겠어."

이런 식으로 칭찬받고 싶은 생각은 추호도 없었는데 어쨌든 그것으로 끝내 주니 정말 고마웠어.

의사가 뭐라고 얘기를 시작하는 것 같더니 갑자기 돌아보면서 이렇게 말했어.

"레비 벨, 자네가 처음부터 마을에 있었다면……."

그 순간 왕이 끼여들더니 손을 내밀면서 말하는 것이었어.

"아니, 당신이 바로, 죽은 내 형님이 편지에 써 보내곤 하던 오랜 친구분입니까?"

변호사와 왕은 악수를 나누었는데 변호사는 시종 히죽히죽 웃으며 즐거운 표정을 지었어. 두 사람은 잠시 동안 이야기를 나누더니 방 한쪽 구석으로 가서 낮은 목소리로 뭐라고 한참 소곤거렸어. 이윽고 변호사가 큰 소리로 말했어.

"자아, 이제 이것으로 판결이 날 겁니다. 나는 법원 명령서를 받아서 동생분 것과 함께 보내겠어요. 그렇게 하면 여러분들도 틀림이 없다는 것을 알 수 있을 거예요."

결국 종이와 펜을 가져오게 했어. 그러자 왕이 자리에 앉아서 고개를 기웃하고 혀를 한 번 깨무는 시늉을 하더니 무슨 글인지는 모르지만 종이 위에 몇 줄 갈겨 쓰는 것이었어. 그리고 이번에는 공작에게 펜을 주었어. 그는 어디 아픈 표정을 짓더니 펜을 들어 글을 쓰더군. 그러자 이번에는 변호사가 새로 온 사람들에게 이렇게 말했어.

"당신도 동생과 함께 한두 줄 쓴 후에 서명을 해주어야겠소."

노신사는 쓰기는 썼는데 뭐라고 썼는지 아무도 모르겠노라고 했어. 변호사는 약간 놀란 듯한 얼굴로 이렇게 말하더군.

"이거 정말 나도 손들었는데."

그는 주머니 속에서 묵은 편지 한 뭉치를 꺼내 한동안 살펴보더니 이번에는 왕이 쓴 것을 살펴보는 거야. 또 그 다음엔 노신사의 편지를 살펴보더니 이윽고 말했어.

"이 낡은 편지는 모두 하비 윌크스가 보내온 것인데 여기에 두 가지 필적이 있습니다. 이 두 사람이 이 편지를 쓰지 않았음은 누구나 다 알 수 있으리라 생각합니다."

　왕과 공작은 변호사에게 속아 넘어간 것을 알고는 한 대 얻어맞은 바보 같은 얼굴을 하고 있었어.

　"그런데 이 노신사의 필적인데 이 사람도 이 편지를 쓰지 않았다는 것은 누구나 쉽게 알 수 있을 겁니다. 사실을 말하면 이 양반이 갈겨 쓴 글씨는 도저히 글씨라고 할 수가 없어요. 그런데 여기에 있는 이 몇 통의 편지는⋯⋯."

　그때 새로 온 노신사가 중간에 말을 가로막고 입을 열었어.

　"실례지만 나에게 사정을 설명하게 해주시오. 내 필적은 저기에 있는 내 동생밖에 읽을 수 없어요. 그래서 저 애가 내가 쓴 것을 옮겨 쓰곤 했소. 당신이 거기에 갖고 있는 것은 내 동생의 필적이지 내 필적이 아닙니다."

　"그것 참! 여기 윌리엄이 보낸 편지도 있습니다. 당신이 동생의 글씨를 받아 주면 내가 그것과 비교해서⋯⋯."

　"그는 오른손을 쓸 수가 없는걸요."

　하고 노신사는 말했어.

　"만일 저 애가 오른손을 사용할 수만 있다면 저 애가 썼다는 것을 아실 수가 있을 것이오. 어쨌든 저 애의 편지와 내 편지를 살펴 보세요. 한 사람의 글씨라는 것을 알 수가 있을 테니까."

　변호사는 비교해 보고 나서 이렇게 말했어.

　"그렇군요. 설사 한 사람의 글씨가 아니더라도 이건 정말 지독하게 닮았군. 전에는 이 정도라고는 생각하지 않았는데. 이것 참! 해결의 실마리가 풀리는가 했더니 이것으로 일부는 다시 아리송하게 됐소. 그렇다고는 하더라도 저쪽 두 사람은(왕과 공작 쪽으로 머리를 돌리면서) 모두 윌크스의 동생이 아니라는 것은 판가름이 났소."

그런데 이럴 수가 있을까. 사태가 이쯤 되었는데 저 완고한 당나귀 같은 바보 영감은 항복을 않고 버티는 거야. 이건 공평한 검사가 아니라는 거야. 동생인 윌리엄은 터무니없이 장난을 좋아해서 아까는 전혀 글씨를 쓸 마음이 없었다는 거야. 윌리엄이 종이 위에 펜을 갖다 대는 순간에, 자기는 벌써 이놈이 또 장난을 치려고 하는구나, 하고 알 수 있었다는 거야. 열을 올려 지껄이고 또 지껄이며 끝내는 자기 말이 사실인 것처럼 스스로 믿어 버릴 정도로 열중하는 것이었어. 하지만 그러는 동안에 새로 온 노신사가 말을 가로막으면서 이렇게 소리질렀어.

"잠깐, 생각나는 일이 있는데, 여러분들 중 누군가 내 형님, 아니, 돌아가신 피터 윌크스를 입관할 때 거들어 주신 분이 계십니까?"

누군가가 대답했어.

"있어요. 나와 앱 터너가 했어요. 둘 모두 이곳에 있어요."

그러자 그 노신사는 왕을 돌아보면서 이렇게 말했어.

"모르긴 해도 이 신사는 피터 윌크스의 가슴에 어떤 문신이 새겨져 있었는가를 나에게 이야기해 주시리라 생각하는데요."

자, 이제야말로 왕은 다급하게 됐지 뭐야. 까딱하면 밑바닥을 후벼 낸 강둑처럼 와르르 무너지게 생겼으니 말야. 워낙 예기치 않았던 기습이었거든. 사전에 아무런 암시도 없이 이런 어려운 문제를 걸어오면 웬만한 놈은 나가떨어질 것이 당연하니까 말야. 아무리 날고 뛰는 왕이라고 하지만 죽은 사람의 몸에 어떤 문신이 새겨져 있는지 확인했을 리가 없잖아? 왕은 잠깐 동안 파랗게 질리는 듯했어. 무리도 아니지.

방 안은 조용해지고 모든 사람은 몸을 앞으로 내밀고는 왕을 바라보고 있었어. 이제 왕도 손을 들어야겠군, 하고 나는 속으로 생각했지. 어떻게 헤어날 방법이 없었으니까 말야. 그런데 왕이 깨끗이 손을 들었다고 생각해? 믿어지지 않는 이야기겠지만 실은 그렇지가 않았어. 왕은 모든 사람들을 속일 수 있을 때까지 속여 보자는 배짱이었던 거야. 시간을 끌면서 골탕을 먹일 만큼 먹이노라면 지쳐 버려 한 사람 두 사람 자리를 뜰 것이고, 그렇게 되면 공작과 둘이 포위망을 뚫고 도망칠 수가 있을 것이라고 생각했던 것 같아. 어쨌든 왕은 그대로 한동안 앉아 있더니만 이윽고 싱글벙글 웃으면서 이렇게 말하는 것이었어.

"음! 그건 과연 어려운 문제군요! 좋아요, 그분의 가슴에 어떤 문신이 새겨져 있었는지 말씀드리지요. 그건 말입니다. 가느다란 작고 푸른 화살 하나입니다. 하지만 유심히 보지 않으면 눈에 띄질 않지요. 자아, 어떻습니까? 대답해 보세요."

원 세상에! 이 협잡꾼 영감처럼 얼굴 가죽이 철판 같은 놈을 나는 정말 본 일이 없어. 새로 온 노신사는 재빨리 앱 터너와 그 동료를 돌아보더군. 이번에야말로 왕의 숨통을 눌러 버렸다고 생각한 거지. 두 눈을 빛내면서 이렇게 말했어.

"자, 당신들은 지금 저 사람이 한 말을 들었지요? 피터 윌크스의 가슴에 그런 문신이 있었던가요?"

두 사람은 이렇게 대답했지.

"그런 문신은 눈에 띄지 않던데요."

"좋아요! 그러면 두 분에게 묻겠는데, 당신들이 피터 윌크스의 가슴에서 보신 것은 조그맣고 연한 'P'자와 'B'자(이것은 그가 젊었을 때에 쓰던 이름의 머리글자) 그리고 'W'자로 그 사이에 대시가 들어 있지요. 그러니까 P—B—W."

그대로 종이에 써 보이면서 노신사는 물었다.

"자, 이런 것이 아니었던가요? 두 분이 보신 것은?"

두 사나이는 또다시 입을 열고는 이렇게 말했어.

"아니, 틀려요. 우리는 문신 따위는 보지를 못했어요."

자, 이렇게 되고 보니 사람들이 웅성거리기 시작했어. 모두들 고함을 질렀지.

"이놈 저놈 할 것 없이 모조리 사기꾼이다! 강물에 집어던지자! 물속에 처넣자! 나무때기에 매달아서 조리를 돌려야 돼!"

일제히 고함을 지르는 대소동이 일어났어. 그러나 변호사라는 양반은 테이블 위로 껑충 뛰어오르더니 이렇게 말하는 것이었어.

"여러분, 여러분! 한마디만 하겠소, 꼭 한마디만. 들어 주시오, 부탁이오! 아직도 방법은 한 가지 남아 있어요. 이제부터 시체를 다시 파가지고 확인을 해본단 말입니다."

이 말은 효과가 있었어. 사람들은 당장 달려가려고들 했어. 그러자 변호사와 의사가 큰 소리로 고함을 지르더군.

"잠깐, 잠깐! 이 네 사람과 저 어린애의 목덜미를 꽉 붙잡고 이놈들을 끌고 가야 해요!"

모두가 소리쳤어.

"좋소! 만일 그런 문신이 발견되지 않는 날엔 이놈들을 모두 사형에 처해야 해!"

이렇게 되고 보니 나는 정말 침착할 수가 없었어. 하지만 도망을 가려 해도 도망칠 방법도 없고 말야. 사람들은 우리를 붙들고는 묘지를 향해 앞세우고 가는 거야. 묘지는 1마일 반쯤 강하류에 있었는데 온 마을 사람들이 줄줄이 뒤를 따라오는 거야.

집 앞을 지날 때 나는 메리 제인을 마을에서 내보내지 않는 건데, 하고 후회했지. 그녀가 있었더라면 내가 눈짓만 보내도 집에서 뛰쳐나와서 나를 살려주고 저 사기꾼들을 모든 사람 앞에 폭로했을 텐데, 하고 말야.

우리는 강변길을 따라 그야말로 살쾡이처럼 떠들썩하게 몰려 내려 갔어. 가뜩이나 마음이 불안한 데다 하늘까지 어두워지면서 번갯불이 번쩍번쩍 빛나더니, 나뭇잎에 불어닥치는 바람까지 갑자기 스산해지 는 것이었어. 그런 무시무시한 광경과 아슬아슬한 고비에 부딪쳐 보기 도 생전 처음이었어.

나는 머리가 띵하니 바보가 돼 버린 것 같았어. 모든 것이 내가 생각 했던 것과는 다른 방향으로 전개돼 나가니까 말야. 애당초의 계획은, 어디까지나 나는 느긋하게 도사리고 앉아서 사기꾼들의 소동을 재미 있게 구경하다가, 드디어 막다른 고비에 이르렀을 때 메리 제인이 나 타나서 나를 구출해 주게끔, 그렇게 짜여 있었는데 말야. 그런데 그게 빗나갔던 거야. 이젠 나를 위험으로부터 막아줄 수 있는 것이라고는 오로지 저 문신 하나밖에 없게 돼 버린 셈이지.

만일 그 문신이 발견되지 않는 날에는……. 나는 그렇게 생각하자 그만 아찔해졌어. 어찌된 영문인지 그 생각 외에는 통 다른 생각을 할 수가 없는 거야. 점점 사방이 깜깜해져 왔기 때문에 도망치기는 좋았 지만 그 억센 사나이의 손이 덜미를 붙잡고 있으니까——하인즈라는 놈 말야——마치 거인 골리앗에게서 빠져 나오려는 것만큼이나 어려 웠어. 그놈이 나를 움켜쥐고 끌고 갔지. 마냥 흥분해서 말야. 나는 따 라가기 위해서 거의 달음박질을 치지 않으면 안 되었어.

묘지에 도착하자 사람들은 일제히 와아 하고 달려들어 마치 홍수처 럼 일대를 휩쓸었어. 그런데 무덤에 도착해서야 비로소 그들은 삽은 필 요 이상으로 많이 가져왔으면서도 램프를 가져온 사람은 하나도 없다는 것을 깨달았지. 하지만 그들은 번갯불을 이용해서 파기 시작했어. 그리고 램프를 빌리기 위해서 제일 가까운 농가로 사람을 보내고 말야.

이런 식으로 사람들은 파고 또 파고 무작정 파더군. 그런데 갑자기 주위가 무섭도록 캄캄해지더니 빗방울이 떨어지기 시작했어. 바람이 불어닥치고 번갯불이 점점 더 기승을 떨고 천둥은 요란스럽게 울기 시작했지. 그런데도 사람들은 모두 일에 열중해 있었어. 누구 하나 날씨에는 신경을 쓰지 않는 거야. 어떤 때는 번쩍! 하고 그 많은 사람들의 얼굴이 환히 비치고, 삽에 담은 흙을 무덤 바깥으로 내던지는 모습이 보이는가 하면 순식간에 다시 캄캄해져서 지척을 분간할 수 없이 되곤 했어.

그렇게 해서 마침내 관을 파냈어. 뚜껑의 나사못을 뺄 참이었지. 그러자 또다시 많은 사람들이 한곳으로 몰려들더군. 어깨로 밀고 부딪치고 하면서 저마다 들여다보려고 아우성을 쳤지. 그런 소동은 생전 처음이야. 하인즈란 놈도 날 꽉 붙잡은 채 한몫 끼려고 덤비는 바람에 나는 손목이 아파서 견딜 수가 없었어. 이 친구 흥분해서 숨을 씩씩거리고 있는 폼이, 내가 여기에 있다는 것조차 깨끗이 잊어버리고 있는 것 같았어.

바로 그때였어. 갑자기 번갯불이 번쩍 비쳤는데 그것은 마치 하늘에서 흰 빛이 폭포처럼 쏟아지는 것 같았어. 그때 누군가가 소리를 지른 거야.

"저것 봐! 송장의 가슴 위에 금화 자루가 얹혀 있다!"

하인즈도 모든 사람들과 마찬가지로 으악 하고 큰 소리를 지르더군. 그리고는 내 손목을 획 뿌리치더니 그걸 들여다보려고 사람들을 헤치며 미친 듯이 들어가는 것이었어. 나는 달아났지. 마구 도망쳤어. 어둠을 뚫고 강변길을 향해 걸음아 날 살려라 하고 달리고 또 달렸어. 그때의 내 꼴은 뭐라고 말로는 다할 수 없을 거야.

길에는 다만 나 하나, 그 밖에는 아무도 없었기 때문에 나는 뛰었다기보다는 거의 날다시피 했어. 어쨌든 칠흑 같은 어둠과 때때로 번쩍이는 번갯불, 억수로 쏟아지는 비와 휘몰아치는 바람, 그리고 찢어지는 것 같은 요란한 천둥 이외에는 오로지 내가 있을 뿐이었어.

마을에 도착했더니 워낙 비바람이 거센 탓인지 거리에 나와 있는 사람은 하나도 없었어. 그래서 나는 뒷길로 갈 것 없이 큰 거리를 곧장 달렸지. 집 가까이 다가가서 그쪽을 바라보았어. 하지만 불빛이 없더군. 집이 온통 캄캄했어. 그것을 보았을 때 나는 슬퍼지고 맥이 탁 풀리더군. 무슨 까닭인지 알 수 없었지만.

그런데 내가 마침 집 앞을 달려서 막 지나치려는 순간이었어. 번쩍! 하고 메리 제인의 방 창문에 불이 켜지는 거였어. 나는 갑자기 가슴이 부풀어올라 터질 것만 같았어. 그러나 그것도 잠시뿐, 집도 다른 모든 것도 내 뒤의 어둠 속에 파묻혀 버렸어. 그것들은 두 번 다시 내 눈앞에 나타날 수 없게 돼 버리고 만 거야. 그녀야말로 지금까지 내가 만난 중에서 제일 좋은 아가씨였어. 마음씨도 착하고 모든 일에 빈틈이 없는 그런 아가씨였지.

마을에서 상류 쪽을 향해 나는 달렸지. 이만큼 달려왔으면 모래톱이 나타날 때가 되었다고 짐작했어. 그래서 나는 그 지점에서부터 슬쩍할 만한 보트가 없을까 하고 눈여겨 살펴보았어. 그러다가 번갯불이 번쩍하는 순간에 쇠줄에 매여 있지 않는 보트를 한 척 발견했어. 나는 한달음에 달려가 붙잡고는 밀어냈지. 그것은 카누였는데 밧줄에 매여 있을 뿐이었어. 모래톱은 아직도 훨씬 저쪽, 강 한가운데쯤에 있었어. 꽤 멀었는데 나는 머뭇거릴 새도 없이 저어 나갔지. 드디어 뗏목에까지 다다랐을 때에 나는 완전히 녹초가 돼 있었어. 마음 같아서는 그대로 벌렁 자빠져서 숨을 헐떡거리고 싶더군. 하지만 나는 그렇게 하지 않았어. 뗏목 위에 껑충 뛰어 올라가서는 큰 소리로 외쳤지.

"빨리 나와, 짐! 뗏목을 풀어! 고맙지 뭐냐, 그놈들을 따돌렸으니!"

짐은 달려나왔어. 나를 보는 순간 반가워서 두 팔을 벌리고 다가선 거야. 그런데 번갯불에 비친 짐의 모습은 놀라웠어. 심장이 입 밖으로 튀어나올 정도였으니까. 나는 놀라서 소스라쳤어. 그리고 그만 뒤에 있는 뗏목으로 굴러 떨어지고 말았지. 나는 짐이, 나이 많은 리어 왕과 물에 빠져 죽은 아랍인의 일인 이역을 하고 있다는 사실을 잊어버리고 있었기 때문에 속이 뒤집힐 정도로 놀랐던 거야. 그러자 짐은 나를 끌어내 주고는 끌어안으며 난리를 쳤지. 내가 돌아온 것이 기쁜 데다가, 왕과 공작을 따돌렸다는 것이 한없이 즐겁기만 했던 거야. 하지만 나는 이렇게 말했어.

"지금은 안 돼, 아침 먹을 때 해줘도 충분해. 자, 밧줄을 끊고 뗏목을 밀어내!"

우리는 2초도 될까 말까 하는 사이에 손을 놀려 뗏목을 풀고 강 위로 미끄러졌어. 또다시 자유로운 몸이 되어 넓고 넓은 강 위에는 우리뿐이었지. 누구도 우리를 괴롭힐 사람은 없었으니까. 정말 기분이 상쾌했어. 나는 깡충깡충 뛰면서 발꿈치를 서로 맞부딪치며 춤을 추지 않을 수 없었지. 기쁜 나머지 이렇게 뛰어오르기를 세 번째쯤 했을 때였어. 귀에 익은 소리가 들려온 거야. 나는 숨을 죽인 채 귀를 기울이고 기다렸지. 아니나다를까, 번갯불이 강 위를 번쩍 비추었을 때 거기에 보인 것은 바로 그놈들이었어! 왕과 공작 말이야.

그것을 보았을 때 나는 온몸의 힘이 싹 빠지면서 뗏목 위에 털썩 주저앉고 말았어. 쏟아지는 눈물을 참는 것이 고작이었지.

30

뗏목 위에 기어오르자 왕은 나에게 달려들었어. 목덜미를 움켜잡고 흔들어대면서 이렇게 말하는 거야.

"이 자식! 너, 우리에게서 도망치려고 했지? 이 개 같은 자식! 우리와 같이 있기가 싫어졌단 말이지? 그렇지?"

나는 말했어.

"아니에요, 폐하. 당치도 않아요. 제발 이러지 마세요, 폐하!"

"그렇다면 무슨 꿍꿍이속이 있는지 빨리 말해 봐. 그렇지 않으면 창자를 빼버릴 테다!"

"무슨 일이든 사실 그대로 얘기할게요, 폐하. 나를 붙잡고 간 그 남자는 무척 친절하게 대해 주었어요. 나만한 아들이 있었는데, 작년에 죽어 버렸다는 거예요. 그 때문인지 사내애가 이런 위험에 부딪히고 있는 것을 보니까 불쌍해서 못 견디겠다고 몇 번이나 말했어요. 그러던 중 사람들이 금화를 발견해서 모두들 그쪽으로 몰려갈 때, 그때 내 손을 놓아 주면서 작은 소리로 말했어요. '자, 빨리 도망쳐라. 그렇지 않으면 넌 틀림없이 목을 매달린다!' 하고 말예요. 그래서 나는 도망쳤어요. 거기에 있어봤자 내가 도울 일도 없었지요. 그래서 나는 냅다 달음질을 쳤는데 그러던 중에 카누를 발견했죠. 여기까지 왔을 때 나는 짐더러 빨리 서두르라고 했죠. 우물쭈물하다가 이제라도 놈들에게 잡히는 날이면 목을 매달린다고 말예요. 그리고 당신과 공작은 이미 살아 있지 못할 거라고 했죠. 나는 정말 슬펐어요. 짐도 마찬가지였어요. 그래서 당신들이 오는 걸 봤을 때 정말 기뻤어요. 내 말이 거짓말 같으면 짐에게 물어 보세요."

짐이 사실 그랬노라고 했지만 왕은 짐더러 잠자코 있으라고 하고는,

"그럴듯하군. 제법 그럴듯해!"

하더니 또다시 나를 잡아 흔들면서 물속에 집어던지겠다고 하는 거야. 하지만 공작이란 놈이 이렇게 말하더군.

"그 애를 놔 줘요, 바보 영감 같으니! 당신도 마찬가지가 아뇨. 그놈들에게서 도망쳐 나올 때 당신은 저 애를 찾아다녔소? 나는 본 기억이 없는데."

그제서야 왕은 내 목덜미를 놔 주고는, 그 마을과 마을 사람들을 저주하기 시작하더군. 하지만 공작이 말했어.

"이것 봐요, 저주하려거든 당신 자신을 저주하시오. 제일 먼저 저주받을 사람은 바로 당신일 테니까. 당신이 하는 일은 처음부터 쥐꼬리만한 분별도 없었어요. 그 화살 문신 얘기에 시치미 뗀 것 이외에는 아무것도 말이오. 그건 참 멋지게 해치우더군. 그것만은 잘했어요. 그 책략 덕분에 그들은 무덤까지 간 거요. 금화는 또 그보다도 더 큰 은혜를 우리에게 베풀어주었지. 만일 그 흥분한 바보들이 우리를 놓아 주고 그 금화를 보려고 덤벼들지 않았다면 지금쯤 우리는 긴 밧줄을 목에다 감고 영원한 잠을 자고 있을 테지요. 아주 단단한 밧줄에 묶여서."

두 사람은 잠시 생각에 잠겨 있는 것 같더니 이윽고 왕이 뭔가 잠꼬대처럼 중얼거리는 것이었어.

"으음! 우리는 그걸 훔친 게 틀림없이 검둥이들 짓일 거라 생각하고

있었지.”

그 얘기를 듣고 나는 흠칫 놀랐어.

“그랬지요. 우리는 분명히 그렇게 생각했지.”

공작은 일부러 천천히 빈정대는 투로 말했어.

그러자 약 30초쯤 지난 후에 이번엔 왕이 길게 말꼬리를 끌면서 말
했어.

“어쨌든 말이지, 나는 그렇게 생각하고 있었다구.”

그러자 공작도 똑같은 투로,

“당치도 않은 소리, 나야말로 그렇게 생각하고 있었어요.”

하고 말하는 것이었어.

왕은 흥분한 듯이 이렇게 말하더군.

“이봐, 빌지워터. 자네 무슨 얘기를 하고 있는 건가?”

그러자 공작은 시비라도 걸려는 듯한 투로 되받는 것이었어.

“그 말 참 잘했소. 오히려 내가 묻고 싶은 말이오. 당신이야말로 무
슨 말을 하고 있는 거요?”

“쳇!”

하고 왕은 노골적으로 빈정대면서 말하더군.

“나에게 물어 봐야 소용없겠지. 아마 자네는 잠을 자고 있어서 자기
가 무슨 짓을 하고 있었는지 몰랐을 테지.”

이쯤 되니까 공작은 발끈 화를 내더군.

“이봐. 그 따위 바보 같은 소리 작작해. 누구를 바보 천치로 아는 거
야? 그 돈을 관 속에 숨긴 게 누군지 나는 다 알고 있단 말야!”

“그야 그럴 테지! 자네가 알고 있는 만큼은 나도 알고 있으니까. 그
럴 수밖에 없는 것이, 그건 자네가 몸소 한 짓이니까 말야!”

"거짓말 마!"

공작은 왕에게 덤벼들었어. 왕은 소리를 지르더군.

"손을 놔! 목을 풀라니까! 지금 한 얘기는 취소할 테니까!"

공작은 말했어.

"좋아, 그렇다면 먼저 고백해. 당신이 그 돈을 거기에 감췄다고 말이야. 그러고 나서 언젠가 나를 빼돌리고 몰래 되돌아가서는 그 돈을 파내려 했겠지. 몽땅 혼자 먹을 생각으로 말야."

"공작, 잠깐만 기다려. 한 가지만 내가 묻는 말에 대답해줘, 솔직하게. 만일 자네가 그 돈을 거기에 감춘 것이 아니라면 그렇다고 말해. 그러면 자네를 신용하고 내가 한 말을 취소할 테니까."

"이 악당 같은 늙은 것아! 나는 그런 짓 하지 않았어. 네가 알고 있을 것 아냐? 자아, 이것으로 어때."

"좋아, 그렇다면 자네를 신용하지. 하지만 한 가지만 더 대답해 줘. 이봐, 화내지 말고. 자네는 마음속으로나마 그 돈을 적당한 데 감춰 버리려고 생각한 적 없었나?"

공작은 잠깐 동안 주춤하더니 이렇게 말하더군.

"글쎄, 설사 그렇게 생각했다면 또 어때. 어찌 되었거나 나는 감추지 않았으니까 말야. 하지만 당신은 진짜로 감췄어!"

"내가 했다면 살아 있는 동안 손가락질을 받아도 할 말이 없다. 정말이야. 할 생각이 없었다고는 하지 않겠어, 사실 그렇게 할 생각이었으니까. 하지만 자네에게, 아니 누군가에게 선수를 뺏겨 버리고 말았단 말야."

"거짓말 마라! 네가 했지 뭐야! 자, 했다고 고백해. 만일 그렇지 않는 날엔……."

왕은 목을 졸려서 캑캑 소리를 내더니 이윽고 벌레 숨소리만한 목소리로 말하더군.

"항복! 항복! 고백하겠어!"

왕이 이렇게 말하는 소리를 듣고 나는 기뻤어. 기뻤다기보다 마음이 편해졌다고 할까? 공작도 손을 놓더니 이렇게 말하더군.

"다시 한 번 안 했다고 지껄이기만 해봐. 이번엔 강 속에 처박아 넣어서 죽여 버릴 테니까. 거기에 앉아서 울고불고하는 것이 너를 위해서 좋을 거야. 그 따위 짓을 한 인간이니까 그게 어울릴 테지. 아무거나 닥치는 대로 넙죽넙죽 먹어 버리려고 덤비는 인간을 나는 처음부터 아버지처럼 신용해 왔으니, 불쌍한 검둥이들이 혐의를 받았는데도 옆에서 눈 하나 깜박 않고 있을 수 있어? 그러고도 부끄럽지도 않아? 네가 늘어놓은 그 넋두리를 그대로 사용하다니 나도 어지간히 쓸개 빠진 놈이야. 네가 그 모자라는 돈을 메워 놓자고 하던 뜻을 이제야 알았어. 내가 결작 공연이라든가 이런저런 일을 해서 번 돈을 깡그리 집어먹으려고 했던 거지?"

왕은 훌쩍거리고 있다가 이 말을 듣고 주뼛주뼛하면서 말했어.

"하지만 공작, 모자라는 것을 메워 놓자고 한 것은 자네가 아닌가. 어째서 내가 그랬단 말인가."

"닥쳐! 더 이상 네 말은 듣고 싶지 않아! 덕분에 네가 무엇을 손에 넣었는지 지금에 와서는 잘 알았겠지? 그들은 모조리 가져가 버린 거야. 이제 가서 잠이나 자. 나보고 모자라는 돈이 어쩌고저쩌고 두 번 다시 입을 놀리지 마!"

그 얘기를 듣고 나자 왕은 천막 속으로 슬금슬금 기어 들어가 술병을 기울이는 것이었어. 그러자 뒤따라 공작도 자기 술병을 끄집어 내서는 마시기 시작했어. 그로부터 30분쯤 지났을까. 그들은 또다시 끊을래야 끊을 수 없는 사이가 되더군. 취기가 더해가자 마침내 서로 팔을 돌려 껴안은 채 코를 골기 시작했어. 양쪽이 모두 기분이 좋았지. 하지만 왕은 그렇게 좋은 기분이 아니었어. 돈 자루를 감춘 것을 부정하지 않겠다는 약속을 잊어버릴 만큼 기분이 좋았던 것은 아니었어. 그래도 나는 마음이 홀가분하고 만족스러웠어. 두 사람이 코를 골기 시작한 것을 보고 우리가 오랫동안 여러 가지 얘기를 주고받은 것은 말할 것도 없지. 나는 짐에게 그 동안에 겪고 본 얘기를 모조리 다 해 주었어.

31

우리는 어느 마을이건 다시는 발을 들여 놓지 않고 며칠씩이나 계속 강을 따라서 곧장 내려갔어. 이제는 햇볕이 따사로운 남쪽의 고장까지 흘러 내려가 고향으로부터는 무척 멀리 떨어져 버렸어. 그러는 동안에 이끼 낀 가지에 기다란 잿빛 수염을 드리우고 있는 이상한 나무들이 눈에 띄었어. 그런 나무가 자라고 있는 것은 정말로 난생 처음 보았어. 그것으로 해서 숲은 한결 더 엄숙하고 스산하게 보이더군. 두 사기꾼은 이제 안전하다고 생각했는지 이 무렵부터 또다시 마을을 상대로 돈벌이를 시작했어.

우선 금주에 대한 연설을 했는데 거기서 번 돈은 두 사람의 술값조차 되지 않았어. 다음 마을에서는 댄스 교습을 시작하더군. 하지만 두 사람의 댄스라는 것이 고작 캥거루춤 정도여서 한 발짝 깡충 뛴 순간에 마을 사람들이 달려들어 두 사람을 내쫓고 말았어. 한번은 웅변술을 팔아먹으려 들었지만 미처 솜씨를 뽐내 보기도 전에 청중이 일어나서는 두 사람을 향해 욕지거리를 퍼붓는 바람에 그만 넋을 잃고 도망쳐 오고 말았지. 그리고 전도니, 최면술, 의사 흉내, 점쟁이 등 온갖 일에 손을 대보았지만 도무지 운이 열리지 않았어. 결국 나중에는 둘 다 모두 빈털터리가 되고 말았지. 물결의 흐름을 따라 떠내려가는 뗏목 위에 뒹굴면서, 한나절 동안이나 계속 한마디도 하지 않고 생각에 잠겨 있곤 했는데, 그야말로 풀이 죽고 절망에 빠져 있는 것 같았어.

마침내 두 사람의 태도가 달라졌어. 둘이서 오두막 속에 머리를 맞대고는 서너 시간 동안이나 낮은 목소리로 비밀 얘기를 하고 있는 거야. 짐도 나도 가슴이 두근거렸어. 아무래도 태도가 이상했거든. 이건 분명히 지금까지보다도 좀 더 질이 나쁜 악랄한 흉계를 꾸미고 있는 것은 아닐까, 우리는 그렇게 짐작을 하고 이것저것 생각한 끝에 이건 틀림없이 누군가의 집이나 가게를 털 생각이든가, 아니면 위조 지폐를 만들든지, 어쨌든 그런 못된 짓을 꾸미고 있을 것이라고 판단했어. 그래서 우리는 불안하기 짝이 없었어. 그런 일에는 절대로 손을 대지 않기로 약속하고 조금이라도 빈틈이 있으면 놈들을 뿌리치고 도망치기로 작정했지.

그러던 어느 날이었어. 우리는 아침 일찍이 피크스빌이라는 조그마한 마을에서 2마일쯤 하류의 안전한 장소에 뗏목을 숨기고, 왕은 곧 상륙했어. 왕은 이제부터 마을에 가서 〈왕실의 걸작〉에 대한 풍문을 들은 놈이 있는지 없는지를 탐지해 오겠노라고 하면서 모두들 여기에 숨어 있으라고 하더군. 도둑질할 만한 집을 알아 보고 오겠다는 거겠지. 한탕 하고 돌아와 봐, 나와 짐하고 뗏목이 어디로 갔는가 이상하게 생각해야 할 테니, 나는 혼자 속으로 생각했어. 그러면서 만일 한낮까지 돌아오지 않으면 공작과 나는 만사가 잘된 것으로 알고 뒤따라 마을로 들어오라는 거야.

그래서 우리는 그대로 거기에 남아 있었지. 공작은 안절부절못하면서 기분이 몹시 언짢았어. 사소한 일에도 우리를 꾸짖고 우리가 마치 아무것도 할 줄 모르는 철부지기나 한 듯이 몰아세우는 거야. 이건 틀림없이 무슨 일이 벌어지겠구나, 하고 나는 생각했어. 낮이 되어도 왕은 돌아오지 않았기 때문에 나는 매우 기뻤어. 하여간 지금까지와는 상황이 달라질 거다. 게다가 어쩌면 우리가 생각하고 있던 기회를 붙잡을 수 있을지도 모를 일이니까 말야. 그래서 나는 공작과 함께 마을로 나가서 왕을 찾아다녔지. 얼마 후에 어느 조그마한 목로집 구석방에서 엉망으로 취해 있는 왕을 발견했어. 마을의 건달들이 잔뜩 둘러싸고는 마구 놀려 대고 있는 거야. 왕은 악을 쓰며 욕을 퍼붓고는 으르댔지만 걸을 수 없을 만큼 취해 있으니 어쩔 방도가 없는 거야. 공작이 그걸 보고서는 바보 영감이라며 공격하자 왕도 지지 않고 마구 대들기 시작했어. 둘이서 서로 옥신각신하는 틈에 나는 그곳을 도망쳐 나왔어. 그러고는 걸음아 날 살려라 하고 강변길을 사슴처럼 내달았지. 지금이야말로 좋은 기회라고 생각한 거야. 나와 짐은 이제 정말 그 두 놈들을 두 번 다시 만나지 않으리라고 마음속으로 결심했어. 뗏목에 도착했을 때에는 숨이 가빴지만 기쁨에 벅차올라 나는 소리질렀지.

"짐, 밧줄을 풀어! 이젠 정말로 우리 세상이야!"

그런데 대답이 없는 거야. 게다가 오두막에서 나오는 기색도 없고. 짐은 사라지고 없었어. 나는 목청을 돋우어 부르고 또 불러보았어. 그러나 짐은 나타나길 않았어. 나는 또 숲속을 이리저리 찾아보았지. 하지만 아무 소용이 없었어. 짐은 아무 데도 보이지 않는 거야. 나는 털썩 주저앉아서 울어 버렸어. 절로 울음이 복받쳐 참을 수가 없더군. 하지만 나는 언제까지나 그러고 있을 수는 없었어. 이제 어떻게 하면 좋은가 하고 생각했지. 이윽고 강변길로 나갔어. 그랬더니 저쪽에서 걸어오는 사내애가 하나 있길래 이 근처에서 낯선 검둥이를 보지 못했는가 묻고, 차림새는 이러이러하다고 말해 주었지.

그러자 그 애는 봤다고 대답하는 거야.

"어디쯤에서?"

"사일러스 펠프스 씨네 집에서. 여기에서 2마일쯤 하류 쪽이야. 탈주 노예였어. 그래서 붙잡혔지. 넌 그 검둥이를 찾고 있는 거니?"

"천만에! 나는 한두 시간 전에 숲속에서 마주쳤는데, 글쎄 큰 소리를 지르더니 창자를 도려내겠다고 으르대면서 날더러 꼼짝 말고 그대로 거기에 숨어 있으라는 거야. 그래서 나는 그대로 했지. 지금껏 거기에 있었어, 나오기가 무서워서 말야."

"그래? 이젠 무서워할 것 없어. 붙잡혔으니까. 그놈은 남부 지방 어디선가 도망쳐 나왔다는군."

"붙잡은 놈은 땡 잡았군."

"응, 그래! 200달러 상금이 걸려 있었으니까. 길에 떨어진 돈을 줍는 것이나 다름없지."

"그렇구나. 만일 애가 아니었더라면 내가 붙잡았을 텐데. 맨 처음 발견한 것은 나였으니까 말야. 그런데 누가 붙잡았지?"

"영감이었어. 이 고장 사람은 아니야. 그런데 그 영감은 모처럼 상금을 탈 수가 있는데도 40달러를 받고 인도해 버렸어. 상류까지 가야 해서 오래 기다릴 수가 없다는 거야. 한심한 영감이더군! 나 같으면 7년이 걸리더라도 기다릴 텐데."

"그야 나라도 그렇게 하지. 하지만 그 영감이 그렇게 싸게 판 것을 보면 그만한 값어치밖에 없는 건지도 몰라. 뭔가 뒤가 깨끗하지 않은 건지도 모르지."

"그런데 사실은 그렇지가 않아. 이상한 것이라곤 전혀 없어. 나는 이 눈으로 벽보를 보았는데 그놈에 관한 얘기가 고스란히 빼놓지 않고 쓰여 있었어. 마치 그림으로 그린 것처럼 말야. 그놈이 도망쳐 나온 농장 얘기도 쓰여 있었어. 뉴린스(역주 : 뉴올리언스의 사투리)보다 아래쪽이더군. 그야말로 잘 샀지. 말썽이 있을 리가 없어. 내기를 걸어도 좋아. 그런데 너 씹는 담배 한 입만 줄 테냐?"

나에게 씹는 담배는 없다고 하니까 그놈은 가버리더군. 나는 뗏목으로 돌아와서 오두막 속에 들어앉아 생각해 보았어. 하지만 아무런 좋은 생각도 떠오르지 않았어. 머리가 지끈거리도록 생각해 보았지만 이 상황에서 벗어날 방법은 좀처럼 떠오르지 않았어. 이토록 오랜 여행을 계속하면서 그 악당들에게 그만큼 봉사해 온 결과가 결국은 이런 꼴이 된 거야. 이것 저것 모두 허사로 돌아가고, 모든 일이 엉망으로 되돌아간 거야. 그것은 모두 그놈들이 짐을 미끼로 그런 더러운 방법을 사용했기 때문이야. 그 더러운 40달러와 바꾸기 위해서 짐을 또다시 죽을 때까지 노예로 만들어 버리다니, 그것도 아는 사람 하나 없는 낯선 타향에서.

어차피 노예로 지내야 한다면 짐에게는 가족들도 있는 고향에서 노예살이를 하는 것이 천 배 만 배 더 나을 것이 아닌가. 그래서 나는 톰 소여에게 편지를 띄워서, 짐이 어디에 있다는 것을 왓슨 아주머니에게 알리도록 하는 것이 어떨까 하고 생각해 보았지. 하지만 나는 곧 생각을 달리했어. 거기에는 두 가지 이유가 있었지. 왓슨 아주머니는 짐이 자기에게서 도망간 몹쓸 인간, 배은망덕한 인간이라고 단정해 버리고 또다시 강 하류 쪽으로 팔아넘기지 않을까 하는 생각과, 설사 팔아 넘기지는 않더라도 모든 사람이 짐을 은혜를 모르는 검둥이라고 따돌리고 짐도 항상 그 생각을 떨쳐 버리지 못하여 언제나 초조한 수치감 속에서 살지 않을까 하는 생각이었어. 그리고 나는 또 어떻게 되는가! 검둥이가 자유의 몸이 되는 것을, 헉 핀이 도와주었다는 얘기가 온 마을에 퍼지리라. 그렇게 되면 나는 마을에서 누구와 만나기라도 하면 부끄러워서 무릎을 꿇고 그 사람의 구두라도 핥지 않고는 견딜 수 없는 심정이 되지 않을까? 그렇게 될 것이 뻔하지. 사람이란 것은 천한 짓을 예사로 하면서도 거기에서 생긴 결과에 대해서는 발뺌을 하고 싶어하니까 말야. 내 입장을 생각하면 할수록 나는 양심의 가책을 받아서 나 자신이 점점 밉고 유치하고 비천하게만 느껴져서 견딜 수 없었어. 그러는 동안에 갑자기 나는 깨달았어. 바로 지금 하느님이 내 뺨을 후려치며, 나에게 아무런 나쁜 짓도 하지 않은 불쌍한 왓슨 아주머니로부터, 검둥이를 훔쳐냈을 때에도 하느님은 언제나 내 행동을 지켜 보고 있었다는 것을 알려 주고 있는 것이라고. 그렇게 느껴졌을 때 나는 마음이 불안해져서 하마터면 그 자리에 쓰러질 뻔했어. 그래서 나는 그다지 내 탓은 아니라고 돌려 생각하면서 어떻게 해서든지 마음이 편해지도록 하려고 애썼지. 하지만 내 속에 있는 뭔지 모를 것이,

'주일 학교가 있었지 않냐, 너는 거기에 다니려고 했으면 다닐 수 있었을 것이다. 만일 네가 거기를 다녔다면 저 검둥이를 위해서 한 일은 영원한 불속에 던져진다는 것을 배웠을 것이다.'

하고 끝내 고집을 부리는 것이었어.

그 때문에 나는 몸부림을 쳤지. 그래서 기도를 함으로써 지금까지와는 다르게 좀 더 좋은 애가 될 수 있을지 어떤지를 시험해 보려고 결심했지. 나는 무릎을 꿇었어. 하지만 아무리 노력을 해도 그 말이 나오질 않았어. 어째서 할 수 없는 걸까? 그 이유를 하느님께 숨기려고 해도 소용이 없었어. 나 자신이 너무나도 그것을 잘 알고 있기 때문에. 할 수 없는 이유는 내 마음이 바르지 않았기 때문이야. 속마음과 겉이 다른 두 개의 내가 있었기 때문이었어. 겉으로는 죄를 버린 듯이 하고 있었지만 그 뒷구멍에서는 어마어마한 죄를 붙들고 있었던 거야. 올바른 일을 해야 해, 깨끗한 일을 해야 해, 저 검둥이의 주인에게 편지를 써서 그놈의 거처를 알려 줘야 해, 하고 입으로 말을 하려고 하지만, 마음속 깊이에서는 그것이 거짓인 것을 나는 알고 있는 거야. 그리고 하느님도 그것을 알고 있어. 거짓을 기도 드릴 수는 없지. 나는 그것을 깨달았어.

그래서 나는 난처해졌어. 어떻게 해야 좋을지 알 수가 없었지. 그러자 나중에야 한 생각이 얼른 떠오르더군. 좋아, 이제부터 편지를 쓰자. 그리고 나서 기도를 할 수 있는지 어떤지를 시험해 보자. 그러자 이게 웬일일까. 내 고통은 어디론가 날아가 버린 거야. 그래서 나는 기쁜 마음으로 종이와 연필을 꺼내어 앉아서 편지를 썼어.

왓슨 아주머니에게

아주머니, 탈주 노예인 짐은 피크스빌에서 2마일 하류에 있는데, 펠프스 씨가 붙잡고 있으니까 만일 아주머니께서 상금을 보내면 그것과 교환해 주겠지요.

헉 핀

나는 난생처음으로 죄가 깨끗이 씻겨진 것 같은 기분이 들었어. 이제 이것으로 기도를 드릴 수 있게 되었다는 것을 알았지. 하지만 당장 기도를 시작하지 않고 편지를 밑에 깔고 앉아서 그대로 생각에 잠겼어. 이렇게 되기를 참 잘했다. 하마터면 나는 잘못을 저질러서 지옥으로 갈 뻔했지 뭐야. 나는 여러 가지 일들을 차례로 생각했어. 그러는 중에 우리끼리 이 강을 따라 내려온 이번 여행길을 생각하게 됐지. 그 사이 줄곧 짐의 모습이 내 눈앞에 아른거렸어. 낮의 짐, 밤의 짐, 달밤인 때도 있었고 태풍인 때도 있었지. 그리고 나와 짐은 떠들고 노래하고 웃으면서 줄곧 함께 내려왔지. 하지만 어찌된 영문인지 짐에게 매정한 생각을 품었던 일은 하나도 떠오르지 않고, 그 반대의 경우만 머릿속에 떠오르는 거야. 내가 자고 있는 것을 방해하기가 안돼서 나를 깨우지 않고 당번을 끝내고서도 내 몫까지 대신해 주던 짐이 눈앞에 보이는 거야. 내가 안개에 묻혔다가 돌아왔을 때, 북쪽 늪에서 또다시 만났을 때가 선명하게 눈앞에 떠오르는 거야. 나를 아껴 주고, 나를 위해서 모든 시중을 들어 주고, 또 늘 얼마나 친절하게 해주었던가. 그러다가 마지막에 나는, 뗏목에는 마마에 걸린 사람이 있다고 속여서 짐을 살렸을 때의 일을 생각했어. 그때 짐은 정말 마음으로부터 고마워했어. 자기에겐 내가 누구보다 제일 좋은 친구라고 말했지. 지금 친구라곤 나밖에 없다고도 말했지. 이런 생각 끝에 사방을 두리번거리던 나는 그 편지를 발견했어. 어느 쪽으로도 단안을 내리기가 어려웠어. 나는 편지를 손에 들고 있었어. 온몸이 부들부들 떨렸어. 두 가지 중에 어느 한쪽을 정하고 나면, 그때는 이미 되물릴 수 없는 것이잖아. 나는 그것을 너무 잘 알고 있었으니까 말야. 나는 잠시 생각하고는 혼자 마음속으로 말했어.

'좋아, 그렇다면 나는 지옥으로 간다.'

그러고 나서 편지를 갈기갈기 찢어 버렸어.

그것은 불안한 생각이고 무서운 말이었지만 이미 결정해 버린 뒤였어. 나는 이미 말해 버린 것은 그대로 하기로 했어. 이제 생각을 다시 고치는 일은 않기로 했지. 그리고 그 문제는 머릿속에서 전부 털어 버리기로 했던 거야. 또다시 나쁜 짓을 하기로 하자, 나는 그런 식으로 자라났으니까 그쪽이 성미에 맞는 거다, 다른 한쪽은 내 성미에 맞지를 않아, 그러기 위해서는 우선 짐을 노예의 신분에서 빼내 오는 일을 하는 거다, 그러다가 더 나쁜 일이 생각나면 그것도 멋지게 해치우는 거다, 이미 빠져 들어간 내 신세가 아니냐, 그렇다면 차라리 갈 데까지 가보는 거다.

그 다음 나는 어떻게 일을 착수할 것인가를 생각하면서 꽤 여러 가지 방법을 머릿속에 그려 보았지. 그러다가 최종적으로 나에게 어울리는 하나의 계획을 만들어 냈어. 그러고는 조금 하류에 있는 나무가 우거진 섬의 위치를 확인하고는 적당히 어두워졌을 때 뗏목을 몰아 그 섬으로 향했어. 그리고 거기에 뗏목을 감추고 잠자리에 들었지.

그날 밤은 계속 잠을 잤기 때문에 다음 날은 미처 밝기도 전에 일어나서 밥을 먹었지. 그리고 가게에서 산 옷을 입고는 다른 옷가지라든가 그 밖의 것을 한묶음으로 챙겨서 카누를 몰아 기슭으로 향했어. 펠프스네 집이라고 점친 곳보다 약간 하류 쪽에서 육지로 올라가 숲속에 보따리를 감추었지. 그리고 카누 위에 돌을 얹어 언제든 다시 필요한 때에 사용할 수 있도록 가라앉혀 놓았어. 강기슭의 조그마한 증기 목재소로부터 4분의 1마일쯤 하류 쪽이었어. 그러고 나서 나는 길거리로 나왔어. 그 목재소 앞을 지나면서 보니까 '펠프스 목재소'라는 간판이 붙어 있더군. 거기서부터 다시 200 내지 300야드 정도 걸어서 농가가 보이는 곳까지 왔을 때에는 눈을 부릅뜨고 찾아보아도 주위에는 사람 그림자 하나 보이지 않더군. 그때는 이미 완전히 날이 밝았을 때였어.

하지만 나는 여유가 있었지. 이때에는 사람을 찾고 있던 것이 아니라 단지 이 부근의 지리를 파악하려고 생각했기 때문이야. 내 계획에 의하면 나는 강변 쪽에서가 아니라 마을 쪽에서 오는 것으로 되어 있거든. 그래서 나는 잠깐 살펴보고는 곧장 마을 쪽으로 걸어갔지. 그런데 마을에 들어서 맨 처음에 만난다는 것이 하필이면 공작이었어. 그 놈은 또다시 그 '왕실의 걸작' 벽보를 붙이고 다니더군. 뭐 사흘 밤에 한해서 공연이라나. 지난번과 마찬가지로 말야. 나는 거의 마주칠 정도까지 가 있었기 때문에 피할 여유도 없었어. 그놈도 깜짝 놀라는 표정을 짓더니 이렇게 말하더군.

"야아, 너로구나! 너, 어디서 오는 거니?"

약간 반가운 기색을 보이면서 성급하게 묻는 것이었어.

"뗏목은 어디 있느냐? 좋은 데 감춰 뒀겠지?"

"무슨 얘기예요? 그건 내가 각하에게 물어 보려던 얘긴데요?"

그러자 그놈은 별로 반갑지 않은 얼굴을 하고 이렇게 말했어.

"나에게 묻다니, 그건 어찌 된 일이야?"

"글쎄, 그게……. 어제 왕을 봤을 때 술이 깰 때까지 앞으로 몇 시간은 뗏목으로 돌아가지 못하겠구나, 하는 생각이 들더라구요. 그래서 나는 시간을 보내기 위해 마을 안을 어슬렁거리면서 기다리고 있었어요. 그랬더니 어떤 남자가 와서는 나에게 10센트를 주면서 강 건너까지 쪽배를 타고 가서 염소를 데리고 오는 일을 도와 달라고 하더군요. 그래서 따라갔죠. 염소를 쪽배까지 끌고 왔을 때 그 사람이 나에게 밧줄을 맡기고는 염소 뒤로 가서 밀었어요. 그런데 염소라는 놈이 힘이 어떻게 센지 내 힘으론 붙들고 있을 수가 없었어요. 밧줄을 낚아채고는 도망을 가는 거예요. 우리는 개가 없었기 때문에 그 일대를 쫓아다녔지만 결국은 염소가 지치기를 기다릴 수밖에 없었어요. 어두울 무렵에야 겨우 붙잡아서 강을 건너왔죠. 그러고 나서 뗏목 있는 데로 간 거예요. 그랬더니 뗏목이 없어졌지 뭐예요. 그래서 나는 생각했죠. '문제가 생겨서 이 양반들이 도망쳤구나. 내 검둥이를 데리고 가버렸구나. 그건 내가 이 세상에서 가지고 있는 유일한 검둥이였는데. 여긴 내가 모르는 고장이고, 나에게는 재산이란 아무것도 없으니 살아갈 방도가 없어. 이를 어쩌나' 하고 말예요. 그래서 나는 주저앉아서 울어 버렸어요. 그러고는 밤새 숲속에서 잤죠. 그러나저러나 그럼 뗏목은 어떻게 된 거예요? 그리고 짐은? 불쌍한 짐은요?"

"그건 나도 모르지. 모른다는 건 뗏목이 어떻게 되었는지를 모른단 말이야. 그 바보 영감이 흥정을 했거든. 40달러를 받았는데 우리가 그 목로집에서 그놈을 발견했을 때에, 거기에 있던 건달꾼들과 그놈은 50센트짜리 투전을 벌이고 있었어. 그놈이 마신 위스키 값을 제외하고 난 나머지를 1센트도 남기지 않고 고스란히 까먹고 난 뒤였어. 밤늦게 그놈을 데리고 돌아갔더니 뗏목이 없어졌더구나. 그래서 우리는 그 약아빠진 개구쟁이가 뗏목을 훔쳐서 도망쳐 버렸구나 생각했지."

"내가 내 검둥이를 따돌릴 까닭이 없잖아요? 내가 이 세상에서 가지고 있던 단 하나의 검둥이인데, 단 하나의 재산인데."

"그건 미처 몰랐었다. 사실을 말하면 우리는 그놈을 우리의 검둥이로 착각하고 있었던 것 같아. 그랬어, 확실히 그렇게 생각하고 있었어.

그놈 때문에 우리는 꽤 골치를 썩혀 왔으니까 말야. 그런데 뗏목이 없어진 것을 알고 우리는 또 빈털터리가 돼 버렸기 때문에 또다시 '왕실의 걸작'을 우려먹는 수밖에 방법이 없게 됐어. 그 후부터는 부지런히 움직이느라고 화약통처럼 말라빠졌다. 그런데 너 그 10센트는 어디 있냐? 이리 내놔!"

나는 적지 않은 돈을 가지고 있었기 때문에 그 10센트를 꺼내주었어. 내가 갖고 있는 돈은 전부 이것뿐이라고 말했지. 그러면서 어제부터 아무것도 먹지 못했으니 그 돈으로 뭐든 사가지고 나에게도 좀 나눠 달라고 얘기했지. 공작은 아무 대답도 않고 있더니 갑자기 나를 돌아보면서 이렇게 말하는 것이었어.

"너, 그 검둥이가 우리의 일을 폭로하리라고 생각하지 않니? 만일 그런 짓을 하면 그놈의 살가죽을 벗겨 버리고 말 테다!"

"폭로하다니, 어떻게 그런 짓을 해요? 짐은 도망친 게 아닌가요?"

"아니야! 그 바보 영감이 팔아 버린 거야. 그러고서도 나에겐 시치미를 뗐어. 게다가 돈은 몽땅 날리고."

"팔았다고요?"

나는 그렇게 말하고는 울기 시작했어.

"하지만 그 검둥이는 내 검둥이 아녜요? 그 돈은 내 돈이에요! 짐은 어디 갔어요? 내 검둥이에요, 나에게 돌려줘요!"

"하지만 이젠 손에 넣을 수는 없게 됐어. 알겠어? 그러니까 이제 더이상 울지 마. 이봐, 너 설마 우리의 일을 폭로할 생각을 품는 건 아니겠지? 만일 네놈이 우리의 일을 폭로하는 날엔……."

공작은 거기서 말을 중단했는데 그 눈초리의 추악함이란 일찍이 본 적이 없었어. 나는 훌쩍훌쩍 울면서 이렇게 말했지.

"나는 누구도 고자질할 생각은 없어요. 그리고 그런 짓을 할 틈도 없고요. 내 검둥이를 찾으러 나서야 할 테니까 말예요."

그놈은 난처한 듯한 표정을 짓더군. 그러고는 팔에 걸치고 있던 전단지를 펄럭이면서 이마에 주름을 모으고 생각에 잠겨 있더니 이렇게 말하는 것이었어.

"너에게 좋은 수를 가르쳐 주지. 우리는 이곳에 사흘은 머물러 있게 된다. 만일 네가 우리의 일을 폭로하지 않고 그 검둥이에게도 그렇게 하겠다고 약속한다면 어디에 가면 그놈을 만날 수 있는지 가르쳐 줄게."

그래서 약속을 했더니 공작은 이렇게 말하는 것이었어.

"어떤 농장 주인인데 이름은 사일러스 페……."

그러다가 공작은 말을 중단해 버리는 거야. 나는 알 수 있었어. 공작은 정말로 말하다가, '아차' 하고 생각을 바꾼 거야. 마음이 달라진 거지. 공작은 나를 신용하고 있지 않은 거야. 사흘 동안만 나를 어디에 보내서 방해가 안 되게끔 하자는 생각인 것이 뻔했어. 다시 입을 열더니 이렇게 말하더군.

"그놈을 산 사람은 말이다, 이름은 에이브러헴 포스터라고 해. 에이브러헴 G. 포스터야. 집은 여기에서 40마일 들어간 시골인데 라파에트로 가는 길가에 있어."

"알았어요. 그 정도라면 사흘이면 걸어가겠군요. 오늘 낮에 떠나겠어요."

"아니, 그건 안 돼. 지금 곧 떠나야 해. 일각도 지체해서 안 돼. 도중에 함부로 지껄여도 안 돼. 입을 꾹 다물고 곧장 걸어가는 거야. 그렇게 하면 우리와 말썽을 일으키지 않겠지. 알았어?"

이야말로 내가 바라고 바라던 명령이지 뭐야. 이게 필요해서 나는 아슬아슬한 곡예를 부렸던 거야. 나는 말이지, 내 계획을 실천하기 위해서, 나를 내버려 뒀으면 했던 거란 말야.

"자, 냉큼 가는 거다. 포스터 씨에게는 네가 하고 싶은 말을 다 해도 좋을 거다. 어쩌면 그 사람에게 짐이 정말로 네 것이라는 것을 믿게 할 수 있을는지도 몰라. 증서를 보이라는 얘기를 안 하는 바보도 때로는 있으니까 말야. 이 남부에는 그런 바보들이 있다는 얘기를 들은 적이 있어. 그리고 그 사람에게 그 광고 전단도 현상금도 모조리 가짜라는 것을 알려 주고, 어째서 그런 것을 만들어냈는지 그 이유를 들려 주면 네 말을 믿게 되는지도 몰라. 자, 떠나라. 그리고 그놈에게 네가 알려 주고 싶은 것은 모조리 알려 주도록 해. 하지만 여기에서부터 거기까지 갈 동안에는 절대로 입을 놀리면 안 돼!"

그래서 나는 그곳을 떠나서 시골을 향해 길을 걷기 시작했지. 뒤를 돌아보지는 않았지만 공작이 내 태도를 지켜 보고 있는 것 같은 눈치가 보였어. 그러나 내가 곧이듣고 가는 것처럼 한참 동안을 그러노라면 제풀에 지칠 것을 나는 알고 있었어. 나는 시골로 가는 길을 곧장 1마일쯤 걸어갔어. 그러다가 어느 지점에서 발을 멈추었지. 그리고는 거기에서부터 펠프스 가를 향해 숲속을 가로질러 되돌아갔어. 나는 우물쭈물하지 말고 바로 계획에 착수하는 것이 좋겠다고 생각한 거야. 왜냐하면 그놈들이 이 마을을 떠날 때까지는 짐의 입을 봉해 두고 싶었던 거지. 그런 놈들과 성가신 일을 일으킨다는 것은 생각만해도 지겨웠거든. 저놈들의 사람됨을 나는 싫도록 보아 왔기 때문에 제발 더 이상 관계를 지속시키지 말고 깨끗이 인연을 끊고 싶었던 거야.

32

펠프스 가에 도착하고 보니 주위는 마치 일요일처럼 조용했는데 덥고 해가 밝게 비치고 있었어. 고용인들은 모두 밭에 일하러 나갔는지 딱정벌레라든가 파리의 엷은 날갯짓 소리가 들려올 뿐, 너무 쓸쓸하고 조용했어.

펠프스 농장은 목화를 재배하고 있는 조그마한 농장이었어. 이런 소규모의 농장은 어디에든 흔한데, 대부분 비슷한 모양으로 돼 있게 마련이야. 2에이커 남짓한 뜰을 울타리로 둘러치고, 그 울타리를 넘기 위하여 통나무를 계단식으로 만든 발판이 있었고, 여자들이 말을 탈 때에도 그 위에서 올라타게 되어 있었어. 넓은 마당 쪽에는 보잘것 없는 풀밭이 여기저기 있었는데 대개는 흙이 드러나 있어서 털이 빠진 헌 모자처럼 보였어.

그리고 주인이 사는 집은 통나무집 두 채를 하나로 이어 만든 큰 집이었어. 그것은 통나무를 깎아 만들었기 때문에 틈새를 흙반죽이나 몰타르로 막아 버리고, 그 흙반죽에는 언제 칠한 것인지는 몰라도 회칠이 되어 있었어. 깎지 않은 둥근 통나무로 세운 부엌은 지붕만 달려 있는 넓은 복도를 통해서 안채와 연결되어 있었어. 그 부엌 뒤편에 역시 통나무로 만든 훈제장(燻製場)이 있었고 그 훈제장 건너편에 검둥이들의 조그마한 오두막 세 채가 한 줄로 나란히 늘어서 있더군. 훨씬 떨어진 뒤편 울타리에 바싹 붙어서 조그만 오두막이 하나 서 있었는데, 그와 반대쪽에도 좀 떨어져서 몇 개의 오두막이 더 있었어. 조그만 오두막 옆에는 잿물을 만드는 통과 비누를 만드는 큼직한 솥이 놓여 있고,

부엌문 옆에는 벤치가 있었어. 거기에는 물을 담은 양동이와 바가지가 놓여 있었어. 그곳 양지 바른 곳에 개가 한 마리 자고 있었지. 그 밖에도 몇 마리 여기저기 흩어져서 자고 있더군. 저쪽 구석편에는 해를 가리기 위해서 심은 나무가 서너 그루, 울타리 가까이에는 구즈베리가 우거져 있더군. 울타리 바깥은 채소밭과 수박밭이었고, 그 앞이 목화밭이었는데 숲속으로 이어져 있었어.

나는 울타리 주위를 빙 돌아 뒤편으로 가서는 잿물통 옆의 디딤판을 타고 울타리를 넘어 부엌 쪽으로 향했어. 그리고 조금 나가려니까 물레 돌아가는 소리가 흐느끼듯 아련히 들려오는 것이었어. 그 소리를 듣고 있자니 나는 정말로 죽어 버렸으면 하고 생각했지. 왜냐고? 세상에 그것처럼 쓸쓸한 소리가 또 없을 만큼 야릇한 느낌을 주었거든.

나는 뚜렷이 작정한 계획이 있었던 것은 아니지만, 신의 섭리라는 것을 믿었기 때문에 유사시에는 그것이 작용하리라는 생각으로 무작정 앞으로 걸어 나갔어. 왜냐하면 말야, 신의 섭리라는 것은 내버려 두어도 언제나 작용할 때에 가서는 작용한다는 것을 나는 전부터 깨닫고 있었거든.

30초쯤 지났을까? 맨 먼저 한 마리의 개가, 그 다음 또 한 마리의 개가 일어나서는 나에게로 다가왔어. 나는 멈춰 서서 그것들과 마주선 채 꼼짝 않고 있었음은 말할 것도 없지. 어찌나 기차게 짖어대는지! 15초도 지나기 전에 나는 수레의 바퀴통처럼 돼 버렸어. 바퀴살은 물론 개들이지. 열댓 마리나 되는 개가 나를 중심으로 빙 둘러싸고는 목과 코를 들이대며 마구 짖어대고 으르렁거렸어. 게다가 후속 부대가 또 어디선가 자꾸만 나타나는 거야. 울타리를 넘어서 들어 오는 놈도 있고 모퉁이를 돌아서 나타나는 놈도 있고, 그야말로 사방에서 나타나는 것이었어.

그때 검둥이 여자 하나가 국수 밀대를 손에 들고 나타나서는,

"저리 가! 저리 가! 저리 가라니깐!"

하고 소리지르는 것이었어. 그러고는 맨 처음에 한 마리, 그 다음에 또 한 마리, 차례로 때릴 기세를 보이자 개들은 비명을 지르면서 도망을 치더군. 맨 마지막 개까지 도망을 쳤는데 그 중의 절반 가량이 어느새 되돌아와서는 내 주위에서 꼬리를 흔들어 대며 친해 보자고 덤벼드는 것이었어. 개는 전혀 악의가 없더군.

그 검둥이 여자 뒤로 검둥이 계집애 하나와 역시 검둥이 사내애 둘이 따라나왔어. 그런데 그 애들은 베조각으로 만든 셔츠 외에는 아무것도 입지를 않은 거야. 자기 어머니 치마에 매달리듯 그 뒤에 숨어서 부끄러운 표정으로 쳐다보더군. 검둥이 애들이 언제나 그러듯이 말야. 거기에 이번에는 백인 여자가 집 안에서 달려나왔어. 나이는 사십대 중반에서 오십쯤, 모자도 아무것도 쓰지 않고 손에는 명주 실타래를 들고 있었어. 그 뒤엔 조그만 백인 어린애가 따르고 있었는데 역시 검둥이 애들과 마찬가지 차림새로 나를 바라보는 것이었어. 백인 여자는 서 있기조차 거북할 정도로 생글생글 웃고 있더니 이렇게 말하는 거야.

"애야, 드디어 왔구나!"

"예, 부인."

무의식중에 나는 그렇게 말해 버렸어.

그 부인은 나를 붙잡고 힘껏 끌어안는 것이었어. 그러고는 눈물까지 글썽이면서 내 두 손을 붙잡고 흔들어 대는 거야. 그 눈물이 이윽고 뺨을 타고 흘러내리더군. 나를 아무리 끌어안아도 부족하다는 듯이 몇

번이나 이렇게 말하는 거야.

"너는 엄마를 쏙 빼닮았는 줄 알았더니 생각보다는 닮지 않았구나. 하지만 뭐, 그런 것은 아무래도 좋아. 이렇게 너를 보게 되니 기뻐서 어쩔 줄을 모르겠구나! 정말 통째로 삼켜 버리고 싶을 정도란다! 얘들아, 사촌 형인 톰이란다! 인사를 해야지."

하지만 어린애들은 조금 고개를 숙였을 뿐, 다시 손가락을 빨면서 어머니의 치마 뒤에 숨어 버렸어. 그 부인은 계속 말했어.

"리즈야, 빨리 따뜻한 아침을 준비해. 혹시 배에서 아침을 먹었니?"

나는 배 안에서 먹었노라고 말했어. 그러자 그 부인은 내 손을 붙잡고는 집 쪽으로 걷기 시작하더군. 어린애들은 졸랑졸랑 뒤를 따라오고. 집에 도착하자 그 부인은 나를 등의자에 앉히고 자기는 내 앞의 낮은 걸상에 앉더니 내 두 손을 마주 쥐고서 이렇게 말했어.

"자, 이제 네 얼굴이 잘 보이는구나. 벌써 몇 년 전부터 헤아릴 수 없을 만큼 보고 싶었단다. 이제야 겨우 소원이 풀렸어! 우린 벌써 이틀 전부터 너를 기다리고 있는 참이었단다. 어째서 늦었니? 배가 암초에라도 걸렸니?"

"예, 부인. 배가……."

"부인이라니. 그런 식으로 말하지 마라. 그냥 샐리 이모라고 불러. 어디서 암초에 걸렸니?"

나는 뭐라고 대답을 해야 할지 알 수가 없었어. 왜냐하면 그 배가 강을 올라왔는지 내려왔는지를 모르잖아. 하지만 나는 짐작으로 때려잡기를 잘하는 사람이니까 이번에도 그렇게 판단을 했지. 배는 올라왔을 것이다. 남쪽 뉴올리언스로부터 올라온 거야, 그렇게 작정을 해버렸지. 하지만 그렇게 작정을 해도 별로 소용이 없었어. 나는 남쪽 방면에 있는 모래톱의 이름을 모르니까 말야. 그래서 또 생각했지. 여기에서 내 멋대로 사주의 이름을 붙이느냐, 아니면 좌초당한 모래톱의 이름을 잊어버린 것으로 하느냐, 그도 아니면……. 생각하는 동안에 좋은 생각이 떠올랐어. 그래서 이렇게 말했지.

"좌초 때문이 아니에요. 실린더 헤드가 터졌기 때문이었어요."

"저런! 그래서 다친 사람은 없었니?"

"예, 전혀. 검둥이가 하나 죽었을 뿐이에요."

"그래, 그건 참 재수가 좋았구나. 부상자가 생길 때가 가끔 있단다. 2년 전 크리스마스 때 네 이모부가 낡아빠진 랠리 룩 호를 타고 뉴올리언스로부터 돌아왔어. 그때 실린더 헤드가 터져서 병신이 된 사람이 있었어. 뱁티스트 신자였는데 그 사람에 대해서 잘 알고 있는 사람이 버틀 루즈에 있었는데, 그 사람은 이모부를 알고 있었어. 그래, 생각나는군. 그 사람은 죽었어. 절단하지 않으면 안 되었었거든. 하지만 살아나지 못했지. 그래, 절단 수술, 그걸 했지. 온몸이 보랏빛을 띠더니만 그만 죽어 버렸어. 차마 볼 수가 없더라는 거야. 이모부는 너를 마중한다고 매일처럼 마을로 나가시곤 했어. 오늘도 나가셨어. 나가신 지 한 시간쯤 됐으니까 이제 곧 돌아오실 거야. 도중에 만났을 법도 한데, 너 못 만났니? 약간 나이가 든……."

"아뇨, 아무도 못 만났어요, 샐리 이모. 배는 새벽에 닿았는데 너무 일찍 이곳으로 오기도 뭐해서 짐을 부교(浮橋) 위에 놓아 두고는 시간을 보내기 위해서 마을을 돌아다니다 시골 쪽으로도 가고 그랬어요. 그래서 뒷길로 해서 왔거든요."

"짐은 누구에게 맡겼지?"

"아무에게도 맡기지 않았어요."

"그럼 도둑맞는 것 아니냐?"

"숨겨 두었거든요. 거기라면 도둑맞지 않을 거예요."

"이른 시간이라면서 용케도 배 안에서 아침을 먹었구나."

그 얘기를 듣고 나는 뜨끔했지만 여하튼 이렇게 말했지.

"선장이 내가 멍청하게 서 있는 것을 보고는 상륙하기 전에 뭔가 먹어 두는 것이 좋다고 하면서, 나를 상갑판에 있는 고급 선원실로 데리고 가서는 뭣이든 먹고 싶은 것을 먹을 수 있게 해주었어요."

나는 점점 걱정이 되어서 상대방의 말을 똑똑히 듣고 있을 수도 없는 상태가 돼 버렸어. 아까부터 어린애들이 신경이 쓰였는데, 녀석들 중 하나를 어딘가 구석으로 끌고 가서 내가 대체 누구냐고 묻고 싶은 심정이었어. 하지만 좀처럼 그럴 기회가 없는 거야. 펠프스 부인이 워낙 걷잡을 수 없이 지껄여대더군. 그러는 동안에 등에다 찬물을 끼얹는 듯한 순간에 부딪혔어. 부인이 이렇게 말하는 거야.

"저런, 내 정신 좀 봐. 내 얘기만 하느라고 아직 언니 얘기도, 누구 얘기도 통 묻지를 않았군그래. 자아, 이제 나는 좀 쉴 테니까 이번엔 네가 이야기를 좀 해다오. 한 가지도 빼지 말고 모든 걸 자세하게 얘기해 다오. 집안 사람 한 사람 한 사람의 얘기를 말이다. 건강한지, 뭣을 하고 있는지, 나에게 무슨 말을 하라고 했는지, 여하튼 생각나는 얘기를 빼놓지 말고 모조리 다 해줘."

드디어 큰일났다고 나는 생각했지. 이제 이 곤경에서 벗어날 길은 없다고 말야. 지금까지는 신의 섭리가 내 편이 되어서 도와주었지만 이제는 드디어 나도 꼼짝없이 좌초해 버리고 말 거야. 이렇게 되고 보면 도망칠 수도 없고 손을 들 수밖에 방법이 없거든. 그래서 나는 속으로 생각했지. 이번에는 죽든 살든 사실을 털어 놓고 말리라 하고. 나는 입을 열어 말을 시작하려고 했어. 하지만 그때, 그녀가 나를 붙잡고 급히 침대 밑으로 밀어 넣으며 이렇게 말했어.

"돌아오셨어! 좀 더 머리를 숙여! 그래, 그렇게 하고 있어. 그러면 보이지 않거든. 여기에 있다는 걸 알리지 마라. 그이를 곯려줄 생각이니까. 너희들도 잠자코 있는 거다!"

이건 참말 큰일이라고 나는 생각했어. 하지만 걱정을 해봤자 이제와서 무슨 소용이 있을까. 꼼짝 않고 있다가 드디어 벼락이 떨어지면 이 집에서 뛰쳐나갈 준비를 갖추는 것밖엔 달리 도리가 없었어.

들어오는 노신사의 모습이 힐끗 보였지만 곧 다시 침대에 가려져서 보이지 않았어. 그러자 부인이 달려나가면서 말하더군.

"그 애 왔어요?"

"아니, 오지 않았는데."

"그것 참! 그 애는 대체 어떻게 됐을까요?"

"정말 이유를 모르겠어. 이만저만 걱정이 되는 게 아닌걸."

"나는 아주 미칠 것만 같아요! 그 애는 틀림없이 왔을 텐데 당신이 미처 만나지를 못한 거예요. 틀림없이 그럴 거예요. 아무래도 그럴 것 같은 기분이 들어요."

"하지만 샐리, 도중에 못 볼 까닭이 없잖아? 그럴 리가 없어."

"하지만, 이 일을 어쩐다지. 언니가 뭐라고 할까? 그 애는 틀림없이 왔을 거예요! 당신이 못 본 게 틀림없어요! 그 애는……"

"아니, 가뜩이나 걱정이 돼서 죽겠는데 날 너무 괴롭히지 마. 어찌된 영문인지 나도 전혀 모르겠어. 어리둥절하기만 해. 게다가 솔직히 불안해 못 견디겠어. 하지만 그 애가 왔다는 희망은 가질 수 없어. 만일 왔다면 내가 놓쳤을 리가 없으니까 말야. 배에 무슨 사고가 일어난 거야. 틀림없어."

"아니, 여보! 저쪽을 보세요! 길 있는 쪽 말예요! 거기 누가 오고 있지 않아요?"

주인은 침대 머리에서 가까운 창가로 달려나갔어. 그러자 부인은 계획대로 틈을 얻은 거야. 침대 모서리에 재빨리 몸을 굽히더니 나를 잡아끌더군. 나는 따라나갔지. 그리고 남편이 뒤돌아보았을 때 부인은 마치 활활 타오르듯이 얼굴을 붉히면서 생글생글 웃고 서 있었는데, 그 옆에서 나는 조마조마한 가슴을 안고 어쩔 줄 모르고 있었어. 주인은 눈을 동그랗게 뜨면서 말하더군.

"아니, 이 앤 누구지?"

"누구라고 생각해요?"

"글쎄, 짐작이 가지 않는군. 대체 누구야?"

"톰 소여예요!"

맙소사! 나는 하마터면 마룻바닥을 뚫고 밑에까지 굴러 떨어질 뻔했어. 하지만 정신을 가다듬을 새도 없었어. 주인은 내 손을 붙들고 악수를 하면서 언제까지 놓아 주지를 않는 거야. 그러는 동안에 부인은 그 주위를 뛰면서 웃고 울고 난리를 피우는 것이었어. 그러고는 둘이서 여러 가지 일들을 한꺼번에 묻기 시작했어.

시드(톰 소여의 동생)의 일, 메리의 일, 그 밖의 가족 얘기를 마치 연발총처럼 묻는 것이었어.

하지만 그 두 사람이 아무리 기뻤다고 하더라도 내 기쁨에 비하면 아무것도 아니었을 거야. 왜냐고? 내가 누구라는 것을 알았기 때문이지. 마치 세상에 다시 태어난 것 같은 기분이었으니까 말야. 그런데 두 부부는 두 시간 동안이나 나에게 달라붙어서 떨어지지를 않는 거야.

나중에는 턱이 아파서 더 이상 말도 할 수 없을 지경이 돼 버렸어. 나는 내 가족의 이야기를 —— 물론 톰 소여의 가족 얘기지만 —— 한없이 지껄였거든. 아마 모르긴 해도 한 여섯 집에 해당하는 양보다도 더 지껄였을 거야.

그러고는 화이트 강의 하구에서 실린더 헤드가 터져서 이것을 수리하는 데 사흘이나 걸렸다는 얘기도 빼놓지 않고 해주었지. 이건 참 아무것도 아니었어. 아주 그럴듯하기가 그만이었어. 그 두 사람이 수리하는 데 뭣 때문에 사흘씩 걸리는지 전혀 모르고 있었으니까. 설사 볼트 헤드가 파열됐다고 하더라도 그 두 사람은 그저 듣고 있었을 테니까 말야.

이러고 나니까, 한쪽은 아주 편해졌는데 다른 한쪽은 몹시 언짢은 상태가 돼 버렸어. 내가 톰 소여라는 것은 아주 편하고 기분도 좋았는데, 그런 기분으로 있는 동안 이윽고 한 척의 증기선이 기침이라도 하는 듯한 소리를 내면서 강을 내려오는 것이었어. 그래서 나는 생각했지. 만일 저 배에 톰 소여가 타고 있다면 어떻게 할 것인가? 그놈이 지금이라도 이 집에 들어서서, 내가 가만 있으라는 눈짓을 보내기도 전에 내 이름을 큰 소리로 부르기라도 한다면 어떻게 될 것인가?

안 되지, 안 돼. 어쨌든 그렇게 되어서는 안 돼. 그렇게 되면 끝장이야. 내가 길을 따라 마중 나가서 톰을 기다리지 않으면 안 돼. 그렇게 생각하고 나는 이제부터 마을로 가서 짐을 가져오겠노라고 말했지. 주인은 함께 가주겠노라고 말했지만 그건 또 곤란하지. 그래서 말을 다룰 수 있으니까 폐를 끼치고 싶지 않노라고 말했어.

33

그렇게 해서 나는 마차를 타고 마을로 향했어. 절반쯤 갔는데, 반대편에서 마차가 달려오는 것이 보였어. 역시 톰 소여가 틀림없더군. 나는 마차를 세우고는 톰이 가까이 오기를 기다렸지. 서라고 했더니 그 마차는 내 옆에까지 와서 서는 것이었어. 그러자 그놈은 입을 트렁크만큼이나 떡 벌리고는 다물 줄을 모르는 거야. 그러더니 목이 바싹 말라붙은 사람처럼 두세 번 침을 삼키고 이렇게 말하더군.

"나는 너에게 아무것도 나쁜 짓을 안 했잖아? 그건 너도 알 것 아냐? 그런데 어쨌다고 너는 이 세상에 다시 돌아와서 나를 괴롭히려 드는 거니?"

"난 이 세상에 되돌아온 게 아냐. 내가 언제 죽었단 말야?"

그렇게 말하는 내 목소리를 듣고서야 톰은 약간 제정신이 돌아온 것 같았는데, 그래도 아직 완전히 납득할 수는 없는 모양이었어. 다시 이렇게 말하더군.

"날 속이면 안 돼, 나도 널 속이지 않을 테니까 말야. 너 정말, 유령이 아니란 말이니?"

"정말이구말구, 난 유령이 아냐."

"그래? 나, 나는…… 글쎄, 물론 이걸로 문제는 해결된 셈이지. 하지만 아무래도 이해가 안 돼. 그럼 넌 살해당한 적이 없었단 말이니?"

"그렇구말구. 한 번도 살해당한 일이 없어. 나는 살해당한 것처럼 모든 사람들을 속였지. 믿어지지 않으면 이리로 와서 나를 만져 봐."

그러자 톰은 내가 말하는 대로 해보고는 겨우 만족하더군. 그러고는 나를 다시 만났다고 기뻐하는 모습이 이만저만이 아니었어. 그러면서 그 동안의 얘기를 죄다 해달라고 조르는 거야. 그럴 수밖에 없는 게 그건 워낙 어마어마한 모험이었고, 또 불가사의한 일이 너무나도 많았기 때문에 제아무리 톰이라 하더라도 놀라지 않을 수 없었던 거지. 하지만 나는 말했어. 그 얘기는 좀 더 기다려 달라고 말야. 톰의 마부에게 좀 기다리라고 하고서 톰을 데리고 좀 더 앞에까지 마차를 몰고 가서는 내가 지금 어떤 처지에 놓여 있는가를 말하고 톰이라면 어떻게 하는 것이 좋겠느냐고 물었지. 톰은,

"잠깐 동안 혼자 있게 해줘. 방해하지 말아 줘."

라고 말하더군. 그러고는 생각에 생각을 거듭하더니 이윽고 이렇게 말하는 것이었어.

"괜찮아. 알았어. 내 트렁크를 네 마차에 싣고 네 것인 것처럼 하는 거야. 그러고는 집으로 되돌아갈 수 있는 시간이 됐을 때 도착하도록 마차를 천천히 몰고 가는 거야. 나는 마을 쪽으로 조금 되돌아갔다가 너보다도 15분이나 30분쯤 늦게 도착하도록 할 테니까. 너는 처음에는 나를 아는 것처럼 하지 않아도 돼."

"알겠어. 하지만 잠깐만. 또 한 가지 문제가 있어. 이건 나밖에 모르는 일인데, 여기에 검둥이가 하나 있어. 나는 이놈을 노예의 신분에서 빼돌리려고 하는 거야. 이름은 짐이라고 해. 왜 그 왓슨 아주머니네 짐 말야."

"뭐라고? 짐이 어떻게……."

톰은 그렇게 말을 꺼내려다 말고는 또다시 생각에 잠기는 것이었어. 나는 이렇게 말했지.

"네가 뭐라고 할지 나는 알고 있어. 그런 짓을 한다는 것은 지저분

하고 천한 일이라고 말하려는 거지? 하지만 지저분하고 천한 일이면 또 어떠냐 이거야. 나 역시 천한 놈인걸. 그놈을 꼭 빼돌리고야 말 테니까 너는 잠자코 모른 체만 하고 있어. 그렇게 해줄 거지?”

그러자 톰은 눈을 반짝반짝 빛내면서 이렇게 말하는 거야.

“이봐, 나는 네가 짐을 훔쳐내는 걸 도와 주겠어!”

그 얘기를 들었을 때의 내 놀라움이란! 나는 마치 총에라도 맞은 것처럼 가슴이 철렁했어. 이렇게 어처구니없는 얘기를 나는 일찍이 들어본 일이 없었으니까 말야. 내가 보기엔 톰 소여의 값어치도 어지간히 떨어졌구나 할 수밖에 없었어. 어째든 나는 그렇게밖에 생각할 수 없었어. 톰 소여가 검둥이를 훔치는 일에 가담하다니!

“무슨 바보 같은 소리! 농담 마.”

“농담이 아냐.”

“농담이라도 좋고 아니라도 좋아. 하지만 만일 탈주 노예에 대해서 무슨 얘기를 듣더라도 너는 그 일에 대해서 아무것도 모르는 것처럼 해야 하고, 또 나도 아무것도 모르는 체할 거야. 알겠니?”

그러고 나서 우리는 톰의 트렁크를 들어다가 내 마차에 싣고, 톰은 마을 쪽으로 향하고 나는 집으로 돌아왔어. 그런데 너무 기쁘기도 했고, 또 여러 가지 일들을 생각하다 보니 천천히 되돌아오는 것을 그만 깜빡 잊어버리고 말았어. 그래서 나는 그만한 거리를 되돌아오기에는 너무 빠른 시간에 도착하고 만 거야. 주인은 문간에 서 있다가 이렇게 말하더군.

“이거 놀랐는걸. 저 암말이 이렇게 빨리 달릴 줄은 몰랐는데. 이건 시간을 재두는 건데 그랬어. 게다가 땀 한 방울 흘리지 않고……. 그야말로 한 방울도 말야. 정말 백 달러를 준대도 저 말은 팔지 못하겠어.

암, 절대로 팔 수 없지. 예전 같으면 15달러만 주겠다고 해도 팔아치웠을 텐데. 그만한 값어치밖에 없다고 생각하고 있었는데.”

주인은 그저 그렇게 말했을 뿐이지. 이렇게 순진하고 사람 좋은 늙은이를 나는 아직 본 적이 없어. 하지만 알고 보면 놀랄 일이 아닐는지도 몰라. 왜냐하면 이분은 단순한 농장주가 아니었으니까 말야. 목사도 겸하고 농장 뒤쪽에 조그마한 통나무로 지은 교회도 가지고 있었거든. 이것은 이분이 교회와 학교로 사용하기 위해서 자기 돈으로 세운 거야. 게다가 설교를 하는 데 있어서도 돈은 한 푼도 받지 않았어. 그만한 값어치가 있는 설교였는데 말야. 이런 식으로 농장주이면서 목사를 겸하고 있는 사람이 남부에는 그 밖에도 많았어.

30분쯤 지나자 톰의 마차가 정면에 있는 울타리 디딤판 있는 데까지 들이닥치더군. 그걸 샐리 아주머니가 발견했어.

“누가 왔을까? 누군지 모르겠는데? 틀림없이 딴 고장 사람이야. 지미(이 집 어린애의 이름)야, 너 빨리 가서 리즈에게 점심 식사 한 그릇 더 준비하라고 일러라.”

모두들 문으로 달려갔어. 왜냐하면 다른 고장 사람이 오는 날에는 모두들 신기해서 소동이었거든. 톰은 디딤판을 딛고 울타리를 넘어서자 안채 쪽으로 다가왔어. 마차는 다시 마을 쪽으로 되돌아가고. 우리는 모두 정문 앞에 모여들었어. 톰 소여는 아무래도 신바람이 나는 모양이었어. 이런 경우에 직면하면 놈은 언제나 어렵지 않게 멋진 가락을 보여 주곤 하거든. 집 앞 뜰을 걸어오는 데에도 놈은 어린양처럼 얌전하게 걸어오는 것이 아니었어. 의젓하게 가슴을 펴고, 그야말로 숫사슴이었지. 우리 앞에까지 왔을 때 놈은 제법 품위 있고 차분하게 모자를 벗었어. 상자 속에 잠들어 있는 나비를 깨어나지 않게 조심해서 뚜껑을 여는 식으로 말야. 그러고는 이렇게 물었어.

"아치볼드 니콜즈 씨 댁입니까?"

"아니, 안됐지만 마부에게 속은 것 같구나. 니콜즈 씨 댁은 3마일쯤 더 들어가야 한단다. 어떻든 들어오너라."

톰은 어깨 너머로 뒤를 돌아다보면서 말하더군.

"가버렸군. 벌써 보이지 않는걸."

"마차는 벌써 가버렸어. 우선 안에 들어와서 우리와 함께 점심 식사를 하도록 하자. 그러고 나서 우리가 마차를 준비하여 니콜즈 씨 댁까지 데려다 줄 테니까."

"아니에요. 그렇게 폐를 끼칠 수는 없어요. 당치도 않은 말씀이에요. 걸어서 가겠어요. 멀어도 상관없어요."

"하지만 너를 걸어서 가게 할 수는 없어. 그렇게 하는 것은 우리 남부 지방의 인심이 아니야. 자, 어서 들어와라."

"우리에게 조금도 폐가 안 된단다. 정말 털끝만큼도. 천천히 쉬어서 가도록 해. 멀고 먼지 투성이인 3마일이니까 너를 걸어서 가게 할 수는 없어. 게다가 우리는 벌써 네가 오는 것을 보고 접시 하나를 더 내오도록 얘기해 놓았어. 그러니까 우리를 실망시키지 말아 줘. 자, 안에 들어가서 편히 쉬도록 하자."

그래서 결국 톰은 야무지게 절을 하고는 마지못한 척 안으로 들어왔어. 안으로 들어서자, 자기는 오하이오 주의 힉스빌에서 온 사람으로 이름은 윌리엄 톰슨이라고 말하고는 또다시 절을 하는 것이었어. 그러고 나서 톰은 연방 지껄여 대더군. 힉스빌과 그곳 사람들의 이야기를 적당히 날조해서 그저 입에 오르는 대로 마구 떠들었기 때문에 나는 슬그머니 걱정이 됐어. 이런 식으로 해서 과연 궁지에 몰려 있는 나를 도와줄 수 있을 것인가 하고 말야.

그런데 톰은 한참 지껄이다 말고 몸을 일으키더니 샐리 아주머니의 입에 키스를 하는 거야. 그러고는 또다시 의자에 편히 앉아 느긋한 자세로 하던 얘기를 계속하는 것이었어. 그러자 아주머니는 놀라서 일어나며 말했어.

"이 무슨 짓이야!"

톰은 기분이 상한 듯한 표정을 짓고는 이렇게 말하더군.

"이거 놀랐는걸요, 부인."

"네가 놀라? 아니, 넌 나를 뭘로 생각하고 있는 거냐? 너 나에게 키스를 해서 어쩌자는 셈이지?"

톰은 얌전한 태도로 이렇게 말했어.

"어떻게 할 셈은 아니었어요, 부인. 악의가 있었던 것은 아니에요. 그저, 부인께서 키스를 원하실 것으로 생각하고……."

"뭐라고? 이 멍청이 같은 것이!"

샐리 아주머니는 명주실 몽둥이를 쳐들었는데, 그것으로 톰을 때려주고 싶은 것을 가까스로 참고 있는 것 같았어.

"내가 키스를 원하고 있을 것으로 생각했다니, 대체 어째서 그런 생각을 하게 됐지?"

"글쎄, 뭐라고 할까요. 그저, 모든 사람이 그렇게들 이야기하더군요."

"모든 사람이 그렇게들 말해? 이건 어처구니가 없어서 말도 나오지 않는군! 도대체 누구니? 모든 사람이라는 게?"

"모든 사람이라는 건 그저 모든 사람이에요. 누구나가 다 그렇게 말했어요, 부인."

샐리 아주머니는 화를 간신히 참고 있는 것 같았어. 눈은 반짝반짝 빛나고 손가락은 당장이라도 톰을 잡아뜯을 듯이 꿈틀꿈틀 움직이고 있었지.

"누구나가 다라니, 대체 누구야? 이름을 대봐. 말을 못 하는 날엔 이 세상에서 바보 멍청이를 하나 줄어들게 할 테니까."

톰은 의자에서 일어나서는 난처한 표정을 짓고 모자를 만지작거리면서 이렇게 말하는 것이었어.

"죄송합니다. 이렇게 될 줄은 몰랐어요. 모두들, 부인에게 키스해라, 부인은 틀림없이 기뻐하실 거다, 그렇게 말했어요. 정말이에요. 누구나가 다 그랬어요. 하지만 죄송합니다, 부인, 두 번 다시 키스를 안 하겠어요."

"두 번 다시 안 하겠다고? 그야 그럴 테지!"

"예, 거짓말이 아니에요, 부인. 결코 두 번 다시 안 하겠어요. 부인께서 해달라고 부탁하실 때까지는."

"뭐라고? 내가 해달라고 부탁한다고? 정말 미치고 환장하겠구나. 세상에 태어나서 이런 기막힌 일은 정말 처음이다! 그래, 내가 너나 너 같은 바보들에게 키스를 해달라고 청할 줄 아니? 하늘이 무너질 때까지 기다려 봐라!"

"글쎄요. 정말 뜻밖인데요. 나는 어떻게 된 영문인지를 모르겠어요. 모두가 그렇게 말하고 나도 그러리라고 생각했었거든요. 하지만……."

그렇게 말하다 말고 톰은 어디 동정을 보내주는 눈짓은 없는가 알아보려는 듯이 천천히 좌중을 둘러보는 것이었어. 그러다가 주인 어른에게 딱 멈추고는 이렇게 말하는 거야.

"아저씨는 부인께서 내 키스를 기다리고 있다고 생각하지 않으셨습
니까?"

"아니, 안 그랬다. 나는 그렇게는 생각하지 않았다."

그러자 톰은 계속 좌중을 둘러보다가 나에게 와서 멈추고는 이렇게
말하는 거야.

"톰, 너는 어떠냐? 샐리 이모가 두 팔을 활짝 벌리면서 '잘 왔다, 시
드 소여!'라면서……."

"뭐라고?"

부인은 말을 가로막고는 톰에게 달려들면서 말했어.

"요 깍쟁이야! 사람을 이렇게도 놀릴 수가 있니?"

부인은 톰을 껴안으려고 했지만 톰은 피하면서 이렇게 말했어.

"안 돼요, 이모가 먼저 부탁한 뒤가 아니면……."

그래서 샐리 아주머니는 당장에 부탁했지. 그러고는 톰을 끌어안고
몇 번이나 키스를 했어. 이번에는 주인 어른이 그 뒤를 물려받았지. 그
소동이 한 차례 가라앉자 부인이 말했어.

"그러나저러나 이렇게 깜짝 놀란 건 정말 처음이야. 우리는 톰만 오
는 것으로 알았지, 너까지 올 줄은 정말 몰랐단다. 언니는 톰 외에 또
누가 온다는 얘기는 한마디도 써 보내지 않았거든."

톰이 대답했어.

"그건 톰 외에는 아무도 올 예정이 아니었기 때문이에요. 하지만 내
가 자꾸 졸라 댔기 때문에 마지막 순간에 보내준 거예요. 그래서 강을
내려오며 톰과 둘이서 생각을 했지요. 톰이 먼저 가고 나는 조금 뒤에
처져서 다른 고장 사람처럼 불쑥 나타나면 그야말로 깜짝 놀라게 할
수 있을 거라고 말예요. 하지만 그건 잘못된 생각이었어요. 여긴 다른

고장 사람이 올 곳이 못 되는군요."

"그렇고말고, 짓궂은 장난꾸러기들이 오기엔 말이다, 시드. 너는 그 머리를 한 대 얻어맞아도 할 말이 없을 뻔했어. 나는 그렇게 화가 나보기는 정말 처음이란다. 하지만 괜찮아, 어떻든 상관없어. 너희들만 와준다면 그런 장난을 천 번이라도 참을 테다. 하지만 그런 장난을 하다니! 네가 키스를 했을 땐, 정말이지 나는 너무나 놀라서 하마터면 뒤로 나자빠질 뻔했단다. 이제와서 말이다만."

우리는 안채와 부엌을 연결하는 넓은 복도에서 점심을 먹었는데 테이블 위에는 일곱 명의 가족이 먹을 수 있는 음식이 나와 있었어. 모두 따끈따끈했어. 습기찬 지하실 찬장 속에 밤새 넣어두었다가 다음 날 아침에 먹을 때면 마치 식인족이나 먹는 부패한 고기가 아닌가 생각되는, 그런 고기와는 딴판이었어. 그것을 앞에 놓고 사일러스 아저씨는 무척 긴 기도를 올렸는데 그만큼 길게 할 만한 값어치가 있는 점심 식사였어. 게다가 이런 종류의 방해는 대개 음식을 식게 하지만, 이 집의 식사는 전혀 식지도 않았어.

한낮이 다 지나도록 꽤 많은 얘기가 오고갔어. 나와 톰은 줄곧 신경을 곤두세우고 있었지만 전혀 소용이 없었어. 누구 하나 탈주 노예의 얘기를 꺼내는 사람은 없는 거야. 우리가 먼저 그 얘기를 꺼내는 것은 아무래도 께름칙했고. 하지만 밤이 되어 저녁을 먹을 때였어. 조그만 사내애가 이렇게 묻는 거야.

"아빠, 톰과 시드와 나, 이렇게 셋이서 연극 구경 가도 돼?"

"아니다, 그건 안 돼. 연극 들어온 것이 없을 거다. 설사 있다 하더라도 가면 안 돼. 그건 엉터리 연극이라는 것을 저 탈주 노예와 버튼이 나에게 얘기를 했으니까 말야. 버튼은 사람들에게 알리겠다고 했으니

까 지금쯤은 벌써 그 뻔뻔스러운 건달들이 마을에서 쫓겨나고 있을
거다."

바로 그 얘기가 아니고 무엇이냐! 하지만 우리는 어떻게도 할 수가
없었어. 톰과 나는 같은 방 침대에서 자기로 되어 있었기 때문에 저녁
식사가 끝나자 곧 피곤하다고 하면서 2층으로 자러 올라갔어. 그러고
는 창문으로 기어 나와 피뢰침을 타고 밑으로 내려가서는 마을로 향했
어. 그것은 다름이 아니라 왕과 공작에게 그 일을 알려 줄 만한 사람이
없다고 생각했기 때문이지. 급히 알려 주지 않으면 그 두 사람이 봉변
을 당하겠지.

도중에 톰은 어째서 내가 살해된 것으로 인정받게 되었는지 그 이
유를 모두 말해 주더군. 그리고 그 후 얼마 안 가서 아버지는 자취를
감춘 채 그대로 두 번 다시 돌아오지 않았다는 얘기며, 짐이 도망갔을
때에는 굉장한 소동이 일어났었다는 얘기까지 모두 소상하게 알려 주
었어. 나는 나대로 '왕실의 걸작' 사기꾼들 얘기를 그대로 알려 주고,
또 뗏목으로 강을 내려올 때의 일도 시간이 허용하는 만큼 모두 들려
주었어.

그러고는 마을 한가운데로 들어와 보니 여덟 시를 약 30분 지났을
때였을까, 많은 사람이 흥분해서 달려오는 것이었어. 횃불을 들고, 양
철 냄비를 두드리며, 피리를 불기도 했지. 소리를 지르고 고함을 치며
그야말로 난리였어. 우리는 옆으로 비켜 서서 군중을 지나쳐 보냈는데
그들이 지나갈 때에 보니까 왕과 공작이 나무판 위에 말타기 자세로
엎혀져 있었어. 왕과 공작이라고는 하지만 내가 그것을 알 수 있었다
뿐이지, 온몸에 타르칠을 하고 깃털이 꽂혀 있어서 전혀 사람처럼 보
이지를 않았어. 군인 모자에 달려 있는 깃털 장식을 엄청나게 확대한

것이 두 개 얹혀져 있는 것 같더군. 그걸 보고 나니까 나는 가슴이 답답해졌어. 그 두 악당이 불쌍하고 측은하게만 여겨지지 그놈들이 밉다는 생각은 나지 않는 거야. 어쨌든 지독한 광경이었어. 사람이란 서로 끔찍스러울 만큼 잔인해질 수 있다는 것을 알았지.

이미 때는 늦었던 거야. 어떻게 해주려고 해도 이미 소용이 없다는 것을 알았기 때문에, 우리는 행렬 뒤를 따르고 있는 사람에게 어떻게 된 거냐고 물어 보았지. 그랬더니, 그 연극이 어떤 것인가를 알면서도 사람들은 시치미를 떼고 모두 구경하러 갔다는 거야. 그 늙어빠진 왕이 불쌍하게도 무대 위에서 뛰고 춤추고 하는 것을 모르는 체하고 내버려 두었다가 누군가의 신호에 따라 일제히 일어나 놈들에게 덤벼들었다는 거야.

우리는 결국 어슬렁어슬렁 집으로 돌아왔지만 나는 전처럼 기운을 차릴 수가 없었어. 왜 그런지 비참하고 처량한 생각이 자꾸만 드는 거야. 그리고 어찌된 영문인지 내가 나쁜 놈인 것만 같은 생각이 들고 말야. 나는 아무런 짓도 하지 않았는데도 그렇거든. 하지만 언제나 이렇게 되게 마련인걸. 올바른 일을 했든 잘못된 일을 했든 결국은 아무런 차이도 없는 거야. 인간의 양심이란 것엔 한계가 없어. 어차피 사람은 착하게 마련인 거야. 만일 양심이 들개였다고 해봐, 이렇게 분별이 없는 놈은 벌써 죽여 버리고 말았을 테지. 양심이란 놈은 인간의 육체 속에 있는 모든 것을 합친 것보다도 더 큰 장소를 차지하고 있으면서도 실은 아무 쓸모도 없는 것이거든. 톰 소여도 역시 같은 말을 했어.

34

우리는 이야기를 멈추고 생각에 잠겼어. 그런데 톰이 이렇게 말하는 거야.

"이봐, 헉. 이제 와서야 이게 생각나다니 우리도 어지간히 바보야. 짐이 어디 있는지 나는 알았어."

"정말? 어디니?"

"저 잿물통 옆에 있는 오두막이야. 알겠어? 점심을 먹을 때 말야, 검둥이 한 놈이 그리로 음식을 가지고 가는 것을 보지 못했니?"

"봤어."

"그 음식을 누구에게 주는 거라고 생각하니?"

"개에게 주는 게 아닐까?"

"나도 처음엔 그렇게 생각했어. 하지만 그건 개가 아냐."

"어째서?"

"그 음식에 수박이 들어 있더란 말이야."

"그렇군, 그건 나도 봤어. 개가 수박을 먹지 않는다는 것을 미처 깨닫지 못했다니 나도 한심하군. 사람이란 때때로 보고 있으면서도 무심코 지나는 일이 많다는 것을 알았는걸."

"그런데 말야, 그 검둥이라는 놈, 그 안에 들어갈 때 자물쇠를 열더니 나올 때는 다시 잠그는 것이었어. 우리가 테이블에서 일어서려는 무렵에 아저씨한테 열쇠를 가져오지 않았어? 그게 열쇠임에 틀림없어. 수박은 그 안에 사람이 있다는 증거고, 자물쇠는 죄수가 있다는 증거야. 그리고 이 정도의 조그마한 농장에, 그리고 이곳에 있는 사람들

이 모두 친절하고 선량한 사람들뿐이라는 것을 생각하면 죄수가 둘이
나 있을 리 없어. 그렇다면 죄수는 짐임에 틀림없을 테지. 좋았어! 탐
정식으로 알아낸 것이 마음에 들어. 다른 방법으로 알아낸다는 것은
서푼의 값어치도 없는 거야. 그건 그렇고, 이봐, 머리를 써서 짐을 훔쳐
낼 계획을 세워 봐. 나는 나대로 생각해 볼 테니까. 그래서 제일 마음에
드는 방법을 택하도록 하자구."

한낱 어린애인 톰이 어떻게 그렇게 좋은 머리를 가졌을까! 내가 만
일 톰 소여의 머리를 가지고 있었다면, 공작의 작위를 준대도, 아니면
증기선 일등 항해사나, 서커스의 어릿광대나 그 밖의 어떤 것을 시켜
준대도 맞바꾸지를 않으리라. 나는 계획을 생각하기는 했지만 그것은
뭐든 하지 않으면 안 되겠기에 한 것뿐이지, 진짜 계획은 어디에서 나
올 것인가를 분명히 알고 있었어. 이윽고 톰이 물었어.

"됐어?"

"응."

"좋아, 말해 봐."

"내 계획은 말야, 이런 거야. 저 안에 있는 것이 짐인지 아닌지 그것
은 간단하게 알아낼 수 있어. 그것을 알아내고 내일 밤 내 카누를 물
에서 건져내 섬에서 뗏목을 끌어 내오는 거야. 그러고는 밤이 늦어서
아저씨가 잠들었을 때 바지를 뒤져 열쇠를 꺼내는 거야. 그래서 뗏목
을 타고 짐과 함께 강을 내려가는 거지. 나하고 짐이 전에 그렇게 한
것처럼 낮에는 숨고 밤에는 움직이면서 말야. 어떨까, 이 계획은 제대
로 될까?"

"제대로 될까라니, 제대로 될 수밖에 없잖아? 하지만 너무 간단해서
싱거워. 그런 손쉬운 계획을 실행해 본들 무슨 재미가 있어? 거위젖처

럼 싱겁고 미지근하잖아? 그런 짓을 해봤자, 비누 공장을 부수고 들어
간 것만큼도 소문이 나지 않겠다."

나는 아무 말도 할 수 없었어. 톰이 이런 식으로 반대하리라는 것은
진작부터 알고 있었으니까. 그리고 톰은 자기 계획이 세워지면 한마디
도 반대할 여유를 주지 않는다는 것도 나는 알고 있었지.

그리고 사실에 있어서 그랬어. 톰의 계획을 들어보니까 내것보다는
적어도 15배만큼이나 멋이 있음을 알 수 있었어. 짐을 자유의 몸으로
풀어 주는 점에서는 내 계획과 꼭 같았고, 그러면서도 아슬아슬한 긴
박감이 있었어. 어쩌면 우리가 모두 목숨을 걸어야 할는지도 모를 만
큼 말야. 그래서 나는 만족해서 신나게 해보자고 말했지. 그것이 어떤
계획인가를 지금 여기에서 밝힐 필요는 없어. 왜냐하면 톰의 계획은
처음에 정해진 대로 그냥 실행돼 나가는 일이란 여간해서 없다는 것을
나는 알고 있으니까 말야. 톰은 처음에 세운 계획을 실행해 나가는 도
중에 여러 가지 모양으로 수정하고, 새로운 멋을 가미할 기회가 올 때
마다 그것을 받아들여 형태를 달리해 간다는 것을 나는 알고 있거든.
그리고 사실 그러했어.

그런데 틀림없는 한 가지 사실이 있었어. 그것은 톰 소여가 진정으
로 짐을 노예의 처지로부터 빼돌리는 일을 도와 줄 생각이었다는 사실
이야. 이게 아무래도 납득이 가지 않아. 어느 모로 보나 버젓한 집안에
서 태어났고 또 그렇게 자라난 톰 소여가 아닌가 말야. 그놈에게는 손
상시킬 수 없는 평판이라는 것이 있지. 집에는 같은 입장의 가족들이
있거든. 그는 또 명석한 머리를 가지고 있어. 얼간이 따위는 아니었거
든. 착한 마음씨에다 또 친절했어. 결코 삐뚤어진 성격이 아니었지. 그
런 애가 말야, 자신의 자존심도 정의도 감정도 모두 내동댕이치고 이

런 야비한 일에 손을 댄 거지. 모든 사람 앞에서 자기도 창피를 당하고 가족들에게 창피한 꼴을 입히려 하고 있으니 말야. 나는 아무래도 납득이 가지를 않았어. 그래서 나는, 차라리 톰에게 모든 것을 얘기해 줘서 이 일에서 손을 떼게 하려 했지. 그를 구출해 주는 것이 옳은 길이라고 생각되었기 때문이야. 나는 정말로 그 얘기를 꺼냈어. 그랬더니 톰은 내 말을 가로막고는 이렇게 말하는 것이었어.

"넌 지금 우리가 무슨 일을 하려는지를 내가 모르고 있는 줄 아니? 대체 나라는 놈이 자기가 뭣을 하고 있는지도 모르는 줄 알아?"

"아니, 그렇지 않지."

"나는 네가 검둥이를 빼돌리는 일을 도와 주겠다고 말했지?"

"그렇게 말했지."

"그럼 됐지 뭐야."

그 이상 톰은 말하지 않았고 나도 그것밖에 말하지 않았어. 그 이상 말할 필요가 없었어. 왜냐하면 톰은 하겠다고 말한 것은 하고야마는 인간이니까 말야. 하지만 어째서 톰이 이번 일에 자진해서 개입하고 싶어하는지 나는 아무래도 알 수가 없었어. 그래서 나는 아예 내버려 두고 더 이상 신경을 쓰지 않기로 했지. 톰이 아무래도 해야겠다고 하니까 나로서는 방법이 없었어.

집에 돌아와 보니 집 안은 조용했어. 그래서 우리는 예비 조사를 하기 위해서 잿물통 옆의 오두막까지 가보았지. 개란 놈들이 어떻게 하는가 보고자 뜰을 가로질러 갔지만 개들은 우리를 알고 있어서, 밤중에 뭔가 지나갈 때에 내는 정도의 소리밖에 내지 않았어. 오두막 있는 데까지 가서는 여기저기 살펴보았어. 그런데 내가 아직도 모르고 있던, 그건 북쪽이었는데, 거기에 네모난 창문이 뚫려 있었어. 꽤 높았지만 든든한 판자를 한 장 못으로 박아 놓았을 뿐이었어. 그래서 나는 말했지.

"이건 안성맞춤이군. 저 판자만 뜯어버리면 저 구멍으로 짐은 나올 수 있을 거야."

톰은 말하더군.

"이봐 그건 티타토(역주 : 오목 비슷한 어린애들 놀이의 하나. 바르게는 '틱 탁 토')를 세 개 늘어놓은 것만큼이나 간단하잖아? 수업 땡땡이 치는 것만큼이나 쉬운 일이야. 좀 더 힘든 방법은 없을까, 헉 핀?"

"그렇다면 말야. 그때 내가 살해당하기 전에 한 것처럼 톱을 사용해서 짐을 끌어내면 어떨까?"

"그쪽이 차라리 낫겠군. 어딘가 특이하군. 좋은 방법이지만 그보다 두 배는 더 시간이 걸리는 방법이 있을 거야. 뭐 서두를 이유는 없잖아? 좀 더 저 근처를 살펴보기로 하자."

뒤꼍으로 돌아가니 울타리와 오두막집 사이에 널빤지로 만든 조그만 헛간이 있었어. 오두막집 처마와 연결이 되어 있었지. 폭은 오두막집과 비슷했는데 높이가 낮더군. 6피트 정도밖에 안 돼 보였어. 문은 남쪽으로 나 있었는데 자물쇠가 채워져 있더군. 톰은 비누솥 있는 데로 가서 그 근처를 두루 살피고 있더니만 솥뚜껑을 들어올릴 때에 사용하는 연장을 가지고서 돌아온 거야. 놈은 그것을 사용해 자물쇠를 하나 비틀어 올리고 뽑아내는 것이었어. 자물쇠가 매달렸던 쇠줄이 떨어져 버리더군. 우리는 헛간으로 들어가 문을 닫고 성냥불을 켰어. 살펴보니까 통나무 오두막집에 잇대어서 지었을 뿐으로, 저쪽과 전혀 연결이 되어 있지 않았어. 마루도 아무것도 깔려 있지 않고, 녹이 슨 팽이라든가 삽, 곡괭이, 휘어져버린 쟁기, 그런 것밖에는 아무것도 없는 거야. 성냥불이 꺼졌기 때문에 우리도 그곳에서 나가기로 했지. 벗겨 냈던 자물쇠를 다시 박아 놓았더니 문은 아까와 마찬가지로 자물쇠가 걸리는 것이었어.

톰은 좋아 어쩔 줄을 모르면서 말하는 거야.

"이제 됐어. 파고 들어가서 그 친구를 구해 내는 거야. 아마도 일주일쯤 걸리겠지만."

우리는 안채 쪽으로 향했는데 나는 뒷문으로 해서 안으로 들어갔어. 문에 자물쇠를 걸어 두지 않기 때문에 사슴 가죽으로 만든 소리쇠끈을 잡아당기면 그것으로 안에 들어갈 수가 있거든. 하지만 톰 소여는 그렇게 해서는 낭만이 없다고 하면서 한사코 말을 듣지 않더군. 무슨 수를 써서라도 피뢰침을 타고 올라가겠다는 거야. 하지만 세 번이나 절반쯤까지 올라갔다가는 발을 헛디뎌 떨어지고 말았어. 마지막에는 하마터면 머리통을 깰 뻔했어. 제아무리 톰이라고 하더라도 이제는 단념하겠지 했는데, 웬걸, 한숨 돌리고 나더니 죽든 살든 다시 한 번 해본다는 거야. 그러더니 마침내 성공을 하고야 말더군.

다음 날은 새벽녘에 일어나서 개들에게 애교를 떨고, 짐에게 밥을 날라다 주는 검둥이와 친해지기 위해서 —— 물론 밥을 갖다주는 상대가 꼭 짐이라고 단정할 수는 없었지만 —— 검둥이 오두막집까지 가보았어. 검둥이들은 아침을 먹고 나서 밭에 나가려던 참이었어. 짐을 돌보고 있는 검둥이는 양철 냄비에다 빵과 고기를 잔뜩 담고 있는 중이었어. 그리고 다른 검둥이들이 일하러 나가는 참에 안채에서 열쇠가 보내지더군.

짐을 담당하고 있는 검둥이는 사람 좋아 보이는 좀 바보 같은 얼굴을 하고 있었지. 머리칼은 모두 실로 조그만 다발을 만들어 묶고 있는 것이었어. 마녀들을 쫓기 위한 비방이라는 거야. 요사이 밤이 되면 마녀들이 나타나서는 자기를 괴롭히는데, 온갖 기묘한 물건이 보이고 온갖 기괴한 소리가 들려온다는 거야. 이렇게 오랜 시간에 걸쳐서 마녀의 시달림을 받아 보기는 처음이라면서 자기 얘기에 열중하더군. 자기의 고민까지 털어놓느라고 이제부터 해야 할 일까지 잊어버리고 있는 것이었어. 그래서 톰이 말해 주었지.

"그 음식은 뭐냐? 개한테 줄 거냐?"

검둥이놈은 점점 웃음을 머금었는데 마치 흙탕물 웅덩이에 벽돌 조각을 집어던졌을 때와 꼭 같은 현상이었어.

"예, 시드 도련님. 개에게 주려구요. 그것도 묘한 개지요. 보러 가시겠어요?"

"응."

나는 톰을 쿡 찌르고는 조그만 소리로 이렇게 말했지.

"너, 날이 샐 무렵인데 지금 가겠다는 거니? 계획은 그렇지가 않았잖아."

"응, 그렇지 않았어. 하지만 지금은 그렇게 됐어."

그러니 할 수 없는 노릇이야. 우리는 함께 가기로 했는데 난 썩 마음이 내키지는 않았어. 안으로 들어가니까 워낙 캄캄해서 아무것도 보이지 않았어. 하지만 짐이 있는 것은 틀림없었지. 그놈은 우리가 눈에 띄자 큰 소리로 외치는 거야.

"저런, 헉이로구나! 정말 놀랐는데! 저쪽은 톰 도련님 아냐?"

나는 일이 어떻게 될는지 알고 있었던 거야. 내가 생각했던 대로였어. 어떻게 해야 좋을지 알 수가 없었어. 아니, 알았다고 하더라도 그대로 할 수가 없었지. 우리를 데리고 간 검둥이가 그 소리를 듣고 이렇게 말하는 것이었어.

"아니! 이놈이 도련님들을 아는 모양이죠?"

이때에는 우리도 앞이 보이기 시작했는데 톰은 그 검둥이를 의아스러운 듯이 바라보고 있더니만 이렇게 말하는 것이었어.

"누가 우리를 알고 있대?"

"예, 여기에 있는 도망친 검둥이가 말입니다."

"나는 그렇게 생각하지 않는데, 어째서 그렇게 생각하게 됐지?"

"어째서 그렇게 생각하다니요? 방금 이놈이 도련님들을 알고 있는 것처럼 소리를 지르지 않았어요?"

톰은 영문을 모르겠다는 듯한 투로 이렇게 말하는 것이었어.

"누가 소리를 질렀다는 거야? 언제 소리를 질렀단 말야? 뭐라고 소리를 질렀어?"

그렇게 말하고는 시치미를 뚝 떼고 나를 돌아보면서 말했어.

"너는 무슨 소리를 들었니?"

대답이야 하나밖에 없는 것이 뻔하지.

"아니, 나에게는 아무 소리도 들리지 않던데."

그러고 나서 톰은 짐을 돌아보면서 지금까지 본 적도 없는 놈을 바라보듯이 이리저리 훑어 보고는 이렇게 말하는 것이었어.

"너, 소리 질렀니?"

"아녜요, 도련님! 나는 아무 소리도 내지 않았어요, 도련님."

"너, 전에 우리를 본 적이 있니?"

"아뇨, 제가 기억하기엔 본 적이 없어요, 도련님."

결국 이렇게 되자 그 검둥이놈은 완전히 혼란을 일으켜서 괴로운 듯한 표정을 짓고 있었는데 톰은 그놈을 바라보면서 약간 위협하는 듯한 목소리로 말했어.

"너, 어떻게 잘못된 것 아니니? 누군가 소리를 질렀다니, 어째서 그런 생각을 하게 됐지?"

"예, 그 마녀들 장난이에요, 도련님. 나는 그저 죽어 버리고만 싶어요. 언제나 이렇다니까요, 도련님. 나는 그저 불안하기만 한 게, 꼭 그 마녀들에게 죽을 것만 같아요. 도련님, 부탁이에요. 아무에게도 얘기하지 말아 주세요. 이 얘기가 알려지면 사일러스 나리에게 꾸중을 듣게 돼요. 마녀 같은 것은 없다고 하시는 분이니까요. 지금 여기에 나리가 계셨더라면 좋았을 텐데……. 그랬으면 뭐라고 하셨을까! 이번만큼은 나리도 마녀가 있다는 것을 시인하지 않을 수가 없었을 테지. 하지만 어째서 일이 언제나 이 모양일까, 꼭 필요한 사람은 빠지게 마련이란 말이야……."

톰은 그 검둥이에게 10센트짜리 동전을 쥐어 주면서 아무에게도 알리지 않을 테니까 걱정 말라고 말하더군. 그러고는 그 돈으로 실을 사다가 머리를 좀 더 묶으라고 말하는 것이었어. 그러고 나서 짐을 한 번 돌아보고는 이렇게 말하는 거야.

"이모부는 어째서 이런 검둥이를 목을 매달지 않을까. 은혜를 모르고 도망칠 정도의 검둥이를 붙잡았다면 다시 넘겨 주기는커녕 목을 매달고 말 텐데."

그러더니 검둥이가 받아쥔 돈이 가짜가 아닌가 하고 뒤집어 보기도 하고 씹어 보기도 하면서 문 쪽으로 다가간 사이에 조그만 목소리로 짐에게 말하는 것이었어.

"우리를 아는 체하면 안 돼. 밤중에 만일 땅을 파는 소리가 나면 우린 줄 알아. 너를 자유의 몸으로 해줄 테니까."

짐은 우리의 손을 힘주어 꼭 움켜쥐는 것이 고작이었어. 그때 문 쪽으로 나갔던 검둥이가 돌아왔기 때문에, 우리는 그 검둥이에게 만일 너만 좋다고 하면 우리는 다시 같이 와주어도 좋다고 말했지. 그랬더니 그놈은 함께 와주었으면 좋겠다고 말하는 거야. 어두운 때는 특히 그래 주었으면 좋겠다는 거야. 마녀들에게 시달림을 받은 것은 대개 어두운 때라고 하면서, 그러니까 그러한 때에 옆에 사람이 있어 주었으면 좋겠다는 거야.

35

아침을 먹을 때까지는 아직도 한 시간이나 남아 있었기 때문에 우리는 오두막집을 떠나서 숲속으로 들어갔어. 왜냐하면 톰은 땅을 파기 위해서는 뭔가 빛이 있어야 한다면서, 램프는 너무 밝기 때문에 말썽이 생길 테니 '도깨비불'이라고들 하는, 희미하게 빛을 발하는 썩은 나무 토막을 많이 구하지 않으면 안 된다고 했지. 우리는 그것을 한 아름이나 주어다가 풀밭 속에 감추고는 앉아서 한숨 돌리기도 했어. 그러자 톰이 뚱한 얼굴로 이렇게 말했어.

"쳇! 이번 일은 처음부터 끝까지 너무 쉬워서 도무지 멋을 부릴 수가 없어. 마약 냄새를 맡게 해서 쓰러뜨릴 감시인도 없고. 감시인이 있어야 멋이 있는 거야. 잠재우는 약을 먹일 개조차도 없지 뭐야. 게다가 짐은 10피트 쇠줄로 침대 다리에 한쪽 다리가 묶여 있을 뿐이야. 그건 침대를 들어올려서 쇠줄을 벗기면 그만이란 말야. 게다가 사일러스 이모부는 누구나 신용하기 때문에 그 더벅머리 검둥이에게 열쇠를 맡겨 놓고는 그 검둥이를 감시하는 놈은 보내지 않고 있단 말이거든. 짐은 그 창구멍으로 빠져서 도망치려면 도망칠 수 있는 거야. 다만 다리에 10피트 쇠줄이 달려 있기 때문에 그것을 달고 여행을 하기가 곤란할 뿐이지. 이렇게 싱거운 일이란 난 처음이야. 덕분에 까다로운 일을 우리 스스로 만들어 내야 하게 됐으니 말야. 그래, 그건 어떻게든 하지 않을 수 없어. 온갖 재료를 써서 할 수 있는 데까지는 해. 하지만 한 가지 좋은 일이 있기는 있어. 우리가 짜낸 까다로운 일, 위험한 일을 무릅쓰고 짐을 구출한다면 이건 한층 더 명예로운 일이다 이거야. 저 램프 문제만 해도 그래. 까놓고 말해서 우리는 램프는 위험하다는 시늉을 일부러 하고 있는 거야. 할 생각만 있으면 횃불 행렬을 사용해서라도 능히 할 수 있는데 말야. 그런데 생각해 보니까 뭔가 톱을 만들 재료를 찾아야겠어, 기회가 있는 대로.”

“톱은 뭣하게?”

“뭘 하다니. 침대 다리를 끊어야잖아, 쇠줄을 벗기기 위해서.”

“하지만 톰, 침대를 들어올리면 쇠줄은 벗겨진다고 네가 말하지 않았니?”

“이거 참, 너 같은 친구를 상대로 해서 일을 하려니까 답답하구나, 헉 핀. 넌 한다는 게 그저 유치원 식이야. 넌 책이라는 것도 통 읽어 보지 않았구나? 트랜트 남작이라든가, 카사노바라든가, 벤베누토 첼리니라든가, 앙리 4세 같은 영웅들 얘기 말야(역주 : 모두 실패한 인물들, 모험적인 감옥 탈출을 감행했음). 너는 마치 할망구 같은 방법으로 하려고 들어. 그런 식으로 죄수를 구출해 준다는 얘기는 난 들어본 적도 없어. 알겠어? 제일 대가(大家)들이 하는 방식은 침대 다리를 톱으로 끊어서 그것을 감쪽같이 그대로 붙여두는 거야. 톱밥은 들키지 않게 삼켜 버리고.

그리고 톱으로 자른 부분에는 흙이라든가 기름을 발라서 아무리 눈이 밝은 놈이 봐도 모르게 해놓는 거지. 그렇게 해놓았다가 준비가 끝난 밤이 되면 그 다리를 걷어차 버리는 거야. 그러면 침대 다리는 두 토막이 나서 쓰러지고 쇠사슬은 벗겨지지. 그 다음은 새끼줄 사다리를 가슴에 걸쳐서 그것을 타고 내려가다가 호(壕) 속에서 다리를 부러뜨리는 거지. 새끼줄 사다리가 19피트밖에 안 되는 짧은 것이었기 때문에 말야. 그러면 거기에 있던 말과 믿을 만한 부하가 기다리고 있다가 너를 얼른 들어올려 말에 태워 줄 테니, 너는 랑귀독이든 나바레든 어디든지 고향을 향해서 달려가는 거야. 참 멋지지. 여기 오두막에도 호가 있으면 좋을 텐데. 도망치는 날 밤에 만일 시간이 있으면 그걸 파도록 하는 게 어때?"

"오두막 밑으로 해서 짐을 구출하자면서 호는 파서 뭣하게?"

내가 그렇게 말했지만 톰에게는 들리지 않았어. 나라는 존재도 그리고 다른 모든 일도 다 잊어버리고서 다만 손으로 턱을 받친 채 생각에 잠겨 있는 거야. 그러다가 이윽고 한숨을 쉬더니 고개를 흔들더군. 그러고는 또다시 한숨을 쉬고 나서 이렇게 말하는 거야.

"그건 서투른 방법이지. 그럴 만한 필요가 없을 테니까."

"뭐라고, 무슨 소리야?"

"짐의 다리를 톱으로 자를까 하고 말야."

"끔찍한 소리 마! 그럴 필요가 없는 게 당연하지, 무슨 소리야. 그러나저러나 뭣 때문에 짐의 다리를 자를 생각을 했지?"

"제일·대가급에 속하는 사람들 중에 그렇게 한 예가 있거든. 쇠사슬을 풀 수가 없었으니까 쇠사슬에 매여 있는 손을 끊고서 도망친 거지. 그게 만일 다리였다면 더 멋있었을 텐데. 하지만 이 얘기는 덮어둘 수밖에 없어. 이번 경우에는 그럴 필요가 별로 없을 것 같으니까. 하지만 한 가지 중요한 일이 있어. 새끼줄 사다리, 이거라면 짐도 매달릴 수 있겠지. 우리가 각자의 시트를 찢어서 짐에게 새끼줄 사다리를 만들어 주는 것은 과히 어려운 일이 아니야. 그리고 그것을 파이 속에 넣어 가지고 짐한테 보내는 거야. 대개들 그렇게 하거든. 난 말이다, 헉, 사실 그보다도 더 지독한 파이를 먹은 일이 있어."

"이봐, 톰 소여, 너 지금 무슨 소리를 하고 있는 거야? 짐이 새끼줄 사다리를 사용해야 할 이유가 어디 있어?"

"사용할 이유가 없어도 사용해야지. 너야말로 무슨 얘기를 하고 있는 거야? 너는 아무것도 모르는구나. 짐이 왜 새끼줄 사다리를 써야 하느냐면, 모두 다 그런 식으로 하고 있기 때문이야."

"하지만 어디에 쓰려고?"

"어떻게 하다니? 침대 속에 감출 수 있겠지. 모두들 그렇게 하거든. 그러니까 짐도 그렇게 해야 해. 헉, 너는 아무래도 규정대로 하고 싶은 생각이 없는 모양이로구나. 만일 짐이 새끼줄 사다리를 사용하지 않으면 어떻게 되지? 짐이 도망간 뒤에 침대 속에 남아 있어 증거물이 되겠지? 넌 모든 사람들이 증거물을 손에 넣고 싶어하는 걸 모른단 말이니? 그런데도 너는 증거물을 하나도 남기지 않을 셈이니? 그런 식으로 해봐, 하나도 멋이 없지! 그런 멋대가리 없는 짓, 나는 들어 본 적도 없어."

"그야, 규칙이 그렇게 돼 있어서 짐도 그렇게 해야 한다면 하는 수 없지, 짐도 그렇게 할 수밖에. 나도 구태여 규칙을 어기고 싶지는 않아. 하지만 톰 소여, 한 가지 곤란한 일이 있어. 만일 우리가 짐에게 새끼줄 사다리를 만들어 주기 위해서 각자의 시트를 찢어버리면 샐리 아주머니가 화를 내실 게 뻔하단 말야. 내 생각엔 히커리 껍질로 만든 줄사다리라면 돈도 전혀 들지 않고 뭘 망가뜨리지 않아도 될 거야. 그리고 파이 속에 넣든 짚이불 속에 감추든, 누더기천으로 만든 것 못지않을 거고 말야. 게다가 짐도 이런 일은 처음이니까 무엇으로 만들든 무슨……"

"이봐, 헉 핀, 내가 만일 너처럼 무식하다면 입을 다물고 잠자코 있겠다. 나 같으면 정말 가만있겠어. 히커리 껍질로 만든 줄사다리를 사용해서 도망친 죄수 얘기를 나는 아직 들어 본 일이 없어. 이건 정말 웃기는 얘기야."

"그렇다면 톰, 좋아, 네가 하고 싶은 대로 해. 하지만 내 말을 들어 줄 마음이 조금이라도 있다면 빨랫줄에서 시트를 한 장 슬쩍하라는 게 좋겠어."

그러마 하고 톰은 말했지만, 그러다가 또 다른 생각이 떠오르자 이렇게 말하는 것이었어.

"아예 셔츠까지도 가져 와."

"셔츠는 뭣하게?"

"거기에다 짐에게 일기를 쓰게 하는 거야."

"일기? 짐은 글을 쓸 줄 모르는데?"

"글을 쓸 줄 모르더라도 셔츠에 표시는 할 수 있을 것 아냐. 낡은 숟가락이나 헌 쇠붙이 조각 같은 것을 사용해서 짐에게 펜을 만들어 주는 거야."

"하지만 톰, 펜이라면 거위 깃털을 하나 뽑는 쪽이 좋고 또 빠르지 않아?"

"너도 참 답답하구나. 짐은 죄수야. 깃털로 펜을 만들다니, 감옥 속에 거위가 노닐고 있단 말야? 죄수는 손에 넣을 수 있는 것 중에서도 제일 단단하고 여물고 또 손이 많이 가는 낡은 놋쇠 촛대 같은 것을 가지고 펜을 만들게 마련이야. 그걸 깎고 다듬는 데 무려 몇 주일 또는 몇 달이나 걸리는 거야. 벽에다 갈아서 뾰족하게 만들어야 하니까. 죄수에게 설사 거위 깃털이 있다고 하더라도 사용하는 게 아냐. 그건 법에 어긋난단 말야."

"하지만 잉크는 뭘로 만들지?"

"보통은 쇠녹과 눈물로 만들지만 그건 흔해빠진 방법이지. 주로 여자들이나 쓰는 방법이야. 대개는 자기의 피를 사용하는 거야. 이 정도면 짐도 할 수 있겠지. 그리고 어디에 자기가 잡혀 있다는 것을 세상에 알리기 위해서 짤막한 수수께기 같은 것을 써 보내려면 양철 접시 뒷면에 포크로 그걸 써서 창문으로 집어던지는 거야. '철가면'은 언제나 그 수법을 사용했어. 이건 아주 멋진 방법이기도 하지."

"짐은 양철 접시 같은 것을 가지고 있지 않잖아? 밥은 냄비에다가 넣어 주니까 말야."

"그런 건 조금도 어렵지 않아. 우리가 몇 장이든 넣어 주면 되니까."

"짐이 접시에 쓴 걸 읽을 수 있는 사람은 아마도 아무도 없을 거야."

"그런 건 아무래도 좋아. 짐은 접시에 글을 써서 집어던지기만 하면 되는 거야. 아무도 읽을 수가 없어도 상관없어. 죄수가 양철 접시니 다른 뭐에다 쓴 글씨는 절반은 아무도 읽어내지 못하는데, 뭐."

"그렇다면 접시만 낭비할 뿐이지 아무 소용도 없잖아?"

"무슨 소릴 하고 있어. 그건 죄수의 접시가 아니잖아?"

"하지만 어쨌든 누구의 접시임에는 틀림없잖아."

"그게 어떻다는 거야? 죄수에게 있어서는 그것이 누구의 접시

든······."

그때 아침 식사를 알리는 피리 소리가 들려 왔기 때문에 톰은 거기서 애기를 중단하고 우리는 숲에서 나와 안채 쪽으로 갔어.

그날 낮에 나는 빨랫줄에서 시트 한 장과 셔츠를 한 장 '실례'했어. 그러고는 낡아빠진 자루가 하나 눈에 띄었기 때문에 그 안에 그것들을 넣고 다시 '도깨비불'을 가지러 가서는 그것도 자루 안에 넣었지. 나는 이런 것을 '실례'한다고 말하고 있었는데 그것은 아버지가 언제나 즐겨 쓰던 말이었기 때문이야.

하지만 톰의 애기를 들어 보면 그런 것은 실례하는 것이 아니라 도둑질이라는 거야. 톰이 말하기를 우리는 죄수를 대신하는 것이고, 죄수는 물건을 어떻게 해서 손에 넣었든 그런 것은 상관 않는다는 것이었어. 다른 사람들도 역시 그 방법을 놓고 죄수를 비난하지는 않는다는 거야. 죄수가 탈출하기 위해서 필요한 물건을 훔치는 것은 죄가 아니라고 톰은 말하더군. 바로 죄수의 권리라는 거야.

따라서 우리는 죄수를 대신하는 것이니까 감옥에서 도망치는 데 조금이라도 필요한 것이라면 뭣이라도 훔칠 수 있는 완전한 권리를 지니고 있다고 말하는 거야. 하지만 물론 죄수가 아닌 경우엔 애기가 전적으로 달라진다는군. 죄수가 아닌 사람이 훔치는 것은 야비하고 더러운 짓이라는 거야. 그래서 우리는 뭣이든지 닥치는 대로 훔치기로 했지.

그런데 그 후 얼마 있다가 내가 검둥이들의 밭에서 수박을 훔쳐 먹은 일이 있었는데, 그때 톰은 몹시 화를 내며 검둥이들에게 가서 10센트짜리 동전을 주고 오라고 부득부득 우기는 것이었어. 이유는 묻지 말라고 하면서 말야. 톰의 애기에 의하면 우리가 필요한 것만 훔쳐도 좋다고 말했다는 거야. 그래서 나는 말했지. 수박이 필요해서 그랬다고 말야. 그랬더니 톰은, 그것은 감옥에서 도망치기 위해서 필요했던 것이 아니지 않느냐고 하면서 바로 그 차이가 중요하다고 말하는 거야. 만일 하인을 죽이는 데 사용할 칼을 안에 숨겨서 짐에게 몰래 전달하기 위해 수박이 필요했다면 그것은 괜찮다는 거야. 그래서 나는 잠자코 있었지만, 수박을 훔칠 수 있는 기회가 있을 때마다 이리저리 따져야 한다면 죄수의 역할을 대신 해서 대체 무슨 소득이 있다는 것인지 도무지 알 수가 없었어.

그날 아침에 식구들이 모두 일터에 나가고 마당에 아무도 보이지 않게 될 때까지 기다렸지. 톰은 그 자루를 들고 짐이 들어 있는 오두막집에 잇대 지은 헛간으로 들어가고, 나는 조금 떨어진 곳에 숨어서 망을 보고 있었지. 마침내 톰이 나왔고 우리는 장작을 쌓아 놓은 곳에 가서 걸터앉은 채 얘기를 주고받았지. 톰이 말하더군.

"이것으로 모든 준비가 끝났어. 이제 연장만 있으면 되는데 이건 아주 간단해."

"연장?"

"그래, 연장."

"뭣에 쓸 연장?"

"뭣에 쓰긴, 파는 데 필요한 연장이지. 그럼 넌 이빨로 물어서 짐을 끌어낼 작정이었니?"

"땅을 팔 거라면 저기에 있는 구부러진 곡괭이라든가 그 밖에 얼마든지 있지 않니?"

그러자 톰은 이쪽이 울고 싶어질 만큼 사람을 깔보는 표정을 짓더니 이렇게 말하는 거야.

"이봐, 헉 핀. 넌 죄수가 땅을 파서 탈옥하는 데 곡괭이라든가 삽이라든가 하는, 그런 신식 연장을 옷장 속에다 감추어 놓고 있다는 얘기를 들어본 적이 있니? 있다면 좀 말해 봐. 죄수들이 그런 것을 갖추어 놓고 있다면 말야, 영웅이 될 기회라는 게 있겠느냐 그 말이야. 차라리 열쇠 뭉치를 내주면서 안녕히 가시오 하고 풀어 주는 게 깨끗하지 않겠어? 곡괭이와 삽이라구? 그런 것은 왕이라 하더라도 손 안에 넣기는 어려울 거야."

"곡괭이와 삽을 사용하지 않는다면 대체 뭘 사용하는 거니?"

"칼 두 자루."

"오두막 밑의 흙을 파는 데 말야?"

"그렇다니깐."

"터무니없는 소리 마, 톰."

"터무니없는 소리라도 할 수 없어. 그것이 정당한 방법인 걸 어떡해. 격식에 맞는 방법이야. 다른 방법이 있다는 얘기는 아직 한 가지도 들어본 적이 없어. 이런 일에 대해서 조금이라도 쓴 책이라면 죄다 읽어 봤지만 말야. 죄수들은 언제나 칼을 사용해서 파들어가는 거야. 그것도 흙을 파는 게 아냐. 대개의 경우는 딱딱한 바위를 파는 거야. 그러니까 몇 주일이고 계속해서 파는 거지. 알겠어? 마르세이유 항구에 있는 디프 성(城)의 지하 감옥에 있던 죄수를 생각해 봐. 그렇게 해서 감옥을 탈출했는데 얼마만큼 오래 팠는지 알아?"

"난 몰라."

"어디 맞춰 봐."

"모르겠는데. 1개월 반?"

"37년이야. 그렇게 해서 나와 봤더니 그게 중국이었어. 그런 거라구. 이 요새도 밑바닥이 딱딱한 바위라면 좋을 텐데."

"중국에는 짐이 아는 사람이 없어."

"그게 어쨌다는 거야. 아까 말한 사람도 친구 따위는 하나도 없었어. 어쨌든 너는 언제나 옆길로 빠져서 곤란해. 어째서 요점에 매달려 있지를 못하지?"

"알았어. 그 사람이 감옥을 뚫고 나왔으면 그만이지 어디로 나왔든 내 아랑곳할 바 아니야. 짐도 역시 그럴 거야. 그러나저러나 한 가지 마음에 걸리는 게 있는데, 짐은 나이가 나이니까 칼로 파다가는 시간에 못 댈 거야. 그때까지 살지 못할 거란 말야."

"아니, 문제없이 지탱할 거야. 이 밑은 흙이니까, 이걸 파는 데 37년이나 걸릴 까닭은 없으니까."

"어느 정도 걸릴까, 톰?"

"글쎄, 정식으로 하는 것처럼 오래 끌 수는 없지. 사일러스 이모부에게 뉴올리언스에서 회답이 오는 것은 그다지 오래 걸리지를 않을 테니까 말야. 짐이 뉴올리언스에서 오지 않았다는 것을 알게 될 테지. 그러면 다음에는 짐에 대한 광고를 내든가 할 테지. 그러니까 우리도 짐을 파내는 데 정식으로 하는 것처럼 오래 걸려서 할 수는 없단 말야. 정식으로 하려면 2년이 걸려야 하겠지만 그렇게 할 수는 없지. 워낙 안심이 안 되니까 말야. 그래서 이렇게 하는 게 어떨까 하고 생각해. 우리는 말야, 되도록 빨리 파내는 거야. 그렇게 하고서는 그것이 37년 걸린 것으로 해두는 거지. 그러고는 경고가 있는 즉시 짐을 도망치게 하면 된다, 이거야. 아무래도 이게 제일 좋은 방법이라고 생각해."

"그래, 그거 좋은 생각이야. 37년 걸린 것으로 해둔대도 돈이 드는 것도 아니고 게다가 귀찮은 일도 생기지 않을 테니까 말야. 뭣하면 150년 걸린 것으로 해둔대도 나는 상관없어. 그럼 나는 이제부터 가서 칼을 두 자루 훔쳐 오도록 할게."

"석 자루 훔쳐 와. 톱을 만드는 데 한 자루 더 필요하니까."

"톰, 이런 말을 하면 규칙에 어긋나거나 신앙심이 없는 것이 아니라면 말인데. 저쪽 훈제실 널빤지 밑에 낡고 녹슨 톱날이 꽂혀 있던데……."

그랬더니 톰은 어처구니없고 기가 차다는 듯한 표정을 지으면서 이렇게 말하는 것이었어.

"너에게는 아무리 가르쳐 줘도 모든 것이 헛수고로구나, 헉. 빨리 달려가서 칼이나 훔쳐 가지고 와. 석 자루여야 돼!"

36

그날 밤 우리는 모두들 잠들었다고 생각되자 재빨리 피뢰침을 타고 밑으로 내려가 짐이 갇혀 있는 오두막집과 잇대어 지은 헛간으로 들어가 문을 닫고는 도깨비불을 한 아름 꺼내 놓고 일에 착수했어. 한가운데를 중심으로 4, 5피트 가량 방해가 되는 물건들을 모조리 치워 버렸지. 톰의 얘기로는, 이곳은 짐의 침대 뒤에 해당하기 때문에 이 밑으로 파고 들어가서 저쪽으로 꿰뚫고 나갔을 때, 저쪽 오두막집에 사람이 들어오더라도 거기에 구멍이 있는지 없는지 알 수가 없다는 것이었어. 짐의 침대보가 바닥에 닿을 만큼 늘어뜨려져 있기 때문에 그것을 들어 올려서 밑을 들여다보기 전에는 구멍이 보이지 않는다는 거야. 그래서 우리는 칼을 가지고 열심히 팠지. 그러는 사이에 한밤중이 되었어. 우리는 완전히 녹초가 되었고 손에는 물집이 생겼는데, 그런데도 처음과 별로 달라진 게 없었어.

그래서 나는 말했지.

"톰 소여, 이건 37년이 아니라 38년 걸릴 일이야."

그런데도 톰은 아무 대꾸를 하지 않는 것이었어. 그러면서 한숨을 짓고 있더니만 이윽고 파던 손을 멈추고 꽤 한참 동안 생각에 잠기더군. 그러고 나서 이렇게 말하는 거야.

"이건 헛수고다, 헉. 소용없는 짓이야. 만일 우리 둘이 죄수라면 이래도 상관없을 테지. 죄수라면 몇 년이라도 시간이 있을 테니까 서두르지 않아도 되거든. 게다가 땅을 팔 수 있는 시간은 간수가 교대하는 시간뿐이야. 매일매일 겨우 2, 3분밖에 안 되는 시간 말야. 그러니까 손바닥에 물집이 생기는 일도 없지. 매일매일, 몇 해든 쉬지 않고 제대로 격식에 맞춰서 팔 수가 있어. 하지만 우리의 경우는 느긋하게 시간만 끌 수는 없지. 서두르지 않으면 안 된단 말야. 만일 하룻밤만 더 이런 식으로 한다면 손바닥의 물집을 고치는 데 한 일주일은 걸리겠어. 그 동안엔 일도 못 하고 말야. 아무래도 일주일쯤 치료를 하기 전에는 칼자루를 쥐지도 못할 정도가 될 테니까 말야."

"그렇다면 톰, 어떻게 하지?"

"이건 정당하지도 않고 도덕에도 위배되고 남들에게 알려지고 싶지도 않은 얘기지만, 아무래도 이 방법밖에는 없을 것 같아. 곡괭이로 파내고서 그것을 칼집에 든 칼로 한 셈으로 치잔 말야."

"그래, 그렇게 하면 되겠다! 네 머리는 점점 더 좋아지는구나, 톰 소여. 도덕에 위배되든 말든 땅을 파는 데는 곡괭이가 제일이야. 나는 말야, 도덕 같은 건 조금도 신경 쓰지 않아. 검둥이든 수박이든 주일 학교의 책이든 내가 훔치고 싶을 때에 훔치면 그만이야. 어떻게 훔쳤느냐 따위는 나에게는 문제가 아냐. 내가 필요로 하는 것은 내 검둥이, 내 수박, 내 주일 학교의 책, 바로 그거야. 그러니까 곡괭이가 제일 손쉽고 빠르다면 그것으로써 나는 검둥이든 수박이든 주일 학교의 책이든 파내고 말 거야. 그것을 대가들이 어떻게 생각하든 그런 건 내 관심 밖이야."

"그런데 말야. 이런 경우에는 곡괭이를 사용하고도 칼로 한 셈으로 칠 수 있는 구실이 서는 거야. 만일 그렇지 않다면 나는 인정할 수도 없고 규칙이 깨지는 것을 그냥 가만히 보고만 있을 수도 없어. 왜냐하면 정당한 것은 정당한 것이고 잘못된 것은 잘못된 것이니까. 무식해서 그 정도의 머리밖에 없는 놈이라면 할 수 없지만, 그렇지 않은 놈이 잘못된 일을 하는 것은 용납될 수가 없거든. 짐을 곡괭이로 파내고, 그것을 칼로 한 것처럼 치지 않더라도 너는 무방할는지도 몰라. 너는 그 정도의 머리밖에 없으니까. 하지만 나에게는 좋지 않아. 나는 그것이 잘못된 것이라는 사실을 알고 있으니까 말야. 자, 칼을 이리 줘."

톰은 제 칼을 가지고 있었지만 나는 내 것을 내주었어. 그랬더니 톰은 그것을 집어 던지면서 이렇게 말하는 것이었어.

"칼을 이리 줘."

나는 어떻게 해야 할지를 몰랐어. 하지만 곧 생각했지. 그래서 헌 연장들 속을 뒤져서 곡괭이를 찾아 톰에게 건네 주었지. 톰은 그것을 받아들더니 아무 소리 않고 일을 시작하는 것이었어. 톰은 언제나 이런 식으로 까다로웠어. 뭐든지 명분을 세우는 거야.

그래서 나도 이번에는 삽을 들었지. 그러고는 파고 헤치고, 다시 연장을 바꾸어 가며 그야말로 일에 열중했지. 30분쯤 계속 작업을 했더니 이제는 더 이상 서 있을 수도 없을 정도가 되었지만 그래도 그 결과 꽤 큰 구멍이 생겼어. 2층으로 돌아가서 창문으로 밖을 내다보았더니 톰은 피뢰침을 타고 올라오려고 안간힘을 쓰고 있었어. 하지만 그건 너무 무리였어. 두 손이 물집으로 가득 찼으니 어려운 일일 수밖에. 마침내 톰은 말하더군.

"아무래도 안 되겠어. 헉, 어떻게 했으면 좋겠어? 무슨 좋은 방법이 없어?"

"있긴 있는데……. 아무래도 이건 규칙에 어긋나는 일이라고 생각해. 층계로 올라오는 거야. 그리고 피뢰침을 타고 올라온 셈으로 치면 어때?"

그랬더니 톰은 내 말을 그대로 따르더군. 그 다음 날이었어. 톰은 짐에게 펜을 만들어 준다고 하면서 안방에 있던 백랍 숟가락과 놋쇠 촛대 그리고 수지(樹脂) 양초 여섯 자루를 훔쳤어. 나는 검둥이들의 오두막집 근처를 헤매다가 기회를 노려서 양철 접시 석 장을 훔쳤지. 톰은 석 장 가지고는 안 될 거라고 말했지만 나는, 짐이 접시를 집어 던진다고 하더라도 그것은 저 창구멍 밑의 꽃밭 속에 떨어질 테니 아무도 볼 사람은 없을 것이므로 다시 가져다 또다시 짐에게 몇 번이라도 사용하도록 할 수 있지 않겠느냐고 했더니 톰도 만족하더군. 그리고 이렇게 말하는 것이었어.

"자, 이제부터 생각할 일은 어떻게 해서 그 여러 가지 물건들을 짐에게 들여보내느냐 하는 문제야."

"그 구멍이 그쪽까지 뚫리면 그곳을 통해서 갖다 주면 되잖아?"

톰은 아주 사람을 무시하는 듯한 표정으로, 그런 바보 같은 생각은 다시 없을 것이라느니 뭐라느니 하고는 혼자서 곰곰이 생각에 잠기더군. 그러다가 톰은 두세 가지 생각해 낸 것이 있지만 그 어느 것으로 결정하느냐 하는 문제는 우선 짐에게 알리고 난 후가 아니면 안 된다는 것이었어.

그날 밤 열 시 조금 지났을 때였어. 우리가 피뢰침을 타고 밑으로 내려가서는 촛불을 하나 들고 짐이 갇혀 있는 오두막집 창구멍 아래에서 귀를 기울였더니 짐은 코를 골고 있는 것이었어. 우리는 양초를 그쪽으로 던졌지만 짐은 깨어나지 않았어.

그래서 우리는 곡괭이와 삽을 사용해서 열심히 파들어갔는데 두 시간 반 정도 걸려 일이 끝장이 났어. 그런 다음 짐의 침대 밑으로 해서 오두막집으로 기어 들어가서는 그 근처를 찾아 헤매다가 양초에 불을 켜고 짐 옆에 잠시 서 있었는데 아주 건강해 보이고 어디도 잘못된 데가 없어 보였어.

우리는 조용히 그리고 천천히 짐을 깨웠지. 짐은 우리를 보더니만 기쁜 나머지 울음을 터뜨릴 것 같더군. 그러면서 우리를 보고 좋은 애라느니 어쩌니 하고 애정을 나타내는 온갖 말을 주워 섬기고는, 당장에라도 다리의 쇠줄을 끊고 싶으니 끌을 가져다 달라는 거야. 잠시도 지체하지 않고 달아나고 싶다고 말야.

하지만 톰은, 그런 식으로 하면 규칙에 위배된다고 하면서 거기에 걸터앉아 우리의 계획을 모조리 짐에게 알려 주는 것이었어. 그러면서, 그 계획은 유사시에는 언제든지 변경할 수 있고 또 짐이 도망칠 수 있도록 우리가 실수 없이 할 터이니 조금도 걱정하지 말라고 했어. 그러자 짐도 좋다고 하는 바람에, 우리는 거기에 걸터앉아서 잠시 동안 옛날 얘기를 주고받았지. 그리고 톰은 여러 가지 이야기를 물었어. 짐의 얘기에 의하면 사일러스 아저씨가 매일, 또는 하루 걸러 한 번씩 찾아 와서는 짐과 함께 기도를 한다는 것이었어. 샐리 아주머니도 짐이 불편한 데는 없는지, 음식은 충분한지를 알아보러 오는 등 두 분이 모두 잘 보살펴 준다고 하자, 톰은 그 이야기를 듣고는 이렇게 말하는 것이었어.

"이제 겨우 방법이 생각났어. 그분들을 이용해서 물건을 들여보내면 되는 거야."

"그런 짓은 제발 그만둬. 그런 터무니없는 생각을 들어 본 적도 없어."

그러나 톰은 귀도 기울이지 않았어. 톰은 자기 계획이 일단 정해지면 언제나 이런 식이라니까.

톰은 짐을 향해서 말하는 것이었어. 줄사다리가 든 파이와 그밖의 큼직한 물건은 짐에게 밥을 날라다 주는 검둥이인 내트를 이용해서 몰래 들여보낼 테니까 짐은 주의하고 있다가 놀라지 않도록 할 것과 그것을 열어보는 장면을 내트에게 보여선 안 된다고 했어. 또 조그만 물건들은 사일러스 아저씨의 주머니에 넣어서 들여보낼 테니까 짐은 그것을 훔쳐 내지 않으면 안 된다는 것이었어. 틈만 있으면 여러 가지 물건을 아주머니의 앞치마 주머니에 넣어 두거나 그 끈에 달아 놓겠다고 하고는 그것이 어떤 물건들이고 무엇에 사용하는 것인가도 알려 주었어.

그러고는 셔츠 위에 피로 일기를 쓰는 방법하며 그 밖에 여러 가지 일을 모두 알려 주었지. 하나에서 열까지 모두 말야. 짐은 얘기를 듣자 그 일들이 너무 어처구니가 없어 납득하기가 어려워 보였지만, 우리가 백인이고 자기보다는 배운 것도 많다고 생각했기 때문에 그것으로 만족하고 죄다 톰이 하라는 대로 하겠다고 말했지. 짐은 옥수수대로 만든 파이프와 담배를 많이 가지고 있었기 때문에 우리는 한동안 꽤 즐거운 시간을 가졌어. 그러고 나서 우리 두 사람은 구멍으로 빠져 나와서는 침대로 돌아왔는데 두 손이 마치 뭣에 씹힌 것처럼 엉망이 되어 있었어. 그래도 톰은 기분이 유쾌한 것 같았어. 이렇게 재미있고 또 머리를 많이 써보기는 난생 처음이라고 하면서, 할 수만 있다면 이 일을 죽을 때까지 계속하고, 죽은 후에는 우리의 아들들에게 짐을 구출하게 하자고 했어. 짐은 익숙해질수록 이 일이 재미있고 좋아지게 될 것이라나. 그런 식으로 하면 이 일은 80년은 끌 수 있으니까, 그렇게 되면 탈옥의 최고 기록이 되어서 여기에 관계한 우리는 모두 유명해질 것이라는 얘기였어.

다음 날 아침에 우리는 장작더미 쪽으로 가서 놋쇠 촛대를 알맞은 크기로 토막을 냈어. 그리고 톰은 그것을 숟가락과 함께 자기 호주머니에 넣었어. 그러고는 둘이서 검둥이들의 오두막집으로 갔어. 내가 내트의 관심을 딴 데 쏠리게 한 동안에 톰이 짐의 냄비 안에 들어 있는 옥수수 빵 속에 촛대 토막 하나를 박아 넣고는 그게 어떻게 되는가를 확인하기 위해서 우리도 내트를 따라가 보았지. 그런데 그게 아주 제대로 들어맞았어. 짐은 손에 들자마자 빵을 입 안에 넣고 씹었는데 하마터면 이빨이 모두 부러질 뻔했지. 일이 이렇게 제대로 들어맞는 일이란 그다지 쉽지 않을 거라고 톰이 말하더군. 짐은 돌멩이라든가 그 밖에 빵 속에 곧잘 들어가곤 하는 이물질을 씹은 듯한 표정을 짓고는 그 다음부터는 먼저 포크로 서너 군데 또는 너댓 군데를 찔러 보고 나서 먹는 것이었어.

그런데 우리가 어두컴컴한 속에 서 있는데 짐의 침대 밑으로 커다란 개 두 마리가 들어온 거야. 그 뒤를 이어서 또 한 마리가 나오고 또 나오는데 마침내는 열한 마리가 나타나서 오두막집 안을 개들로 꽉 채웠어.

아차! 우리가 실수를 했지. 그 옆 헛간의 문을 닫는 것을 잊어버렸지 뭐야. 검둥이 내트는 다만 한마디,

"마귀다!"

하고 외치고는 그대로 바닥에 쓰러져서는 당장 숨이 넘어갈 것처럼 신음 소리를 내는 거야. 톰은 문을 획 하고 열더니 짐이 먹을 한 덩어리 고기를 밖을 향해서 힘껏 던졌어. 그러자 개들은 그것을 향해 달려나 갔는데 톰은 재빨리 뒤따라 나갔다가 다시 돌아와서 문을 닫더군. 나 는 톰이 그 사이에 저쪽 헛간의 문도 닫고 왔다는 것을 알았지. 그러고 나서 톰은 내트에게 다가가 달래며 어르고 하더니, 너 또 뭔가 본 것 같 으냐고 묻는 거야. 그러자 내트는 일어나서 눈을 끔뻑끔뻑하면서 주위 를 둘러보며 이렇게 말하는 것이었어.

"시드 도련님, 당신은 나를 바보라고 욕하시겠지만 나는 백만 마리 나 되는 개인지 악마인지 모를 것을 이 눈으로 분명히 보았어요. 거짓 말을 하면 내가 사람이 아니에요. 정말 틀림없이 보았어요. 시드 도련 님, 나는 만져 보기도 했어요. 이 손으로 말이에요. 그것들은 한 덩어리 가 되어서 나에게 덤벼들었어요. 이거 정말 한두 번도 아니고……. 정 말 나에게 덤벼들지 말아 달라고 그놈들에게 부탁하고 싶어요. 정말이 에요, 도련님."

그 얘기를 듣고 나자 톰은 이렇게 말했어.

"그렇다면 내가 좋은 방법을 가르쳐 줄까? 그놈들이 뭣 때문에 이 탈주 노예의 아침 식사 시간을 노려서 여기에 온 거라고 생각해? 그건 배가 고팠기 때문이야. 그래서 온 거야. 너는 말이야, 그놈들에게 마녀 의 파이를 만들어 주면 돼. 그게 네가 할 일이야."

"하지만 시드 도련님, 내가 그걸 어떻게 만들지요. 나는 만드는 방법

도 모르는걸요. 마녀 파이라니, 그런 얘기는 나는 들어 본 일조차 없는 걸요.”

“그렇다면 내가 만들어 줘야겠군.”

“아니, 손수 만들어 주시겠어요? 정말로 만들어 주시겠어요?”

“그래, 그래. 만들어 줄게. 너를 위해서니까. 너는 우리에게 잘해주었고 도망친 검둥이도 보여 주었어. 하지만 이걸 명심해야 해. 우리가 오면 너는 뒤를 돌아 보고 있어야 하고, 또 우리가 뭣을 냄비 속에 넣든 보지 않은 것처럼 해야 해. 그리고 짐이 냄비 속에서 무엇을 꺼낼 때에도 보면 안 돼. 무슨 일이 일어날지도 모르니까. 그리고 무엇보다도 중요한 것은 마녀의 물건을 만지지 않아야 한다는 거야.”

“그놈들의 물건을 만지다니요, 시드 도련님. 무슨 말씀을 하시는 겁니까요? 나는 누가 천만금을 준대도 그런 것엔 손가락 하나 대지 않을랍니다요. 정말이에요.”

37

이것으로 만사가 해결됐기 때문에 우리는 오두막집을 나와 뒤뜰에 있는 쓰레기터로 갔어. 거기에는 헌 구두, 넝마, 깨진 병, 못 쓰게 된 양철 제품 같은 잡동사니가 수두룩했는데, 그 속을 뒤져서 양철로 된 헌 빨래 대야를 발견했어. 우리는 그것으로 파이를 구우려고 뚫린 구멍을 막은 다음 지하실로 가지고 갔지. 그러고는 밀가루를 훔쳐서 거기에 가득 채워 놓은 다음 아침을 먹으러 집으로 향했는데, 널빤지에 박는 못을 두 개 발견하자 톰이,

"이것 참 잘 됐다. 죄수가 자기 이름과 원한의 말을 지하 감옥 벽에 써 넣기에 적절한 거야."

라고 했기 때문에 우리는 그것을 가져다가 한 개는 의자에 걸려 있는 샐리 아주머니의 앞치마 주머니 속에 넣고, 다른 한 개는 장롱 위에 놓여 있는 사일러스 아저씨의 모자 리본에 끼워 놓았지. 왜냐하면 어린애들이 오늘 아침에는 아빠하고 엄마가 탈주 검둥이한테 간다고 하는 얘기를 들었었거든. 그러고 나서 우리는 아침을 먹으러 갔는데 톰은 그 백랍 숟가락을 사일러스 아저씨의 저고리 주머니 속에 몰래 집어 넣었어. 하지만 샐리 아주머니가 오지 않았기 때문에 우리는 잠깐 기다리지 않으면 안 되었어.

이윽고 아주머니가 들어섰는데, 화가 잔뜩 나서 얼굴이 빨갛게 되어 있었어. 기분이 나빴는지 기도도 미처 끝나기 전에 한쪽 손으로 커피를 따르면서 다른 한쪽 손으로는 제일 가까이 앉은 어린애의 머리를 톡톡 때리며 이렇게 말하는 것이었어.

"온 집 안을 모조리 찾아봤지만 당신 셔츠가 어디로 가버렸는지 통 알 수가 없어요."

그 얘기를 듣자 내 가슴이 철렁 내려앉고, 옥수수 빵의 딱딱한 껍질이 그 뒤를 따라 목구멍 안으로 넘어가다가 그만 도중에 기침이 나와 테이블의 저쪽 편에까지 날아가서는 한 어린애의 눈에 맞았어. 어린애는 낚시질할 때에 쓰는 지렁이처럼 움츠리더니 큰 소리로 울기 시작하는 것이었어. 톰도 깜짝 놀라 순간 얼굴이 파래지더군. 한 2, 30초 동안은 모두들 법석을 떨었기 때문에 나는 어떤 작자가 나선다면 지금의 내 입장을 반값으로라도 팔아 버리고 싶은 심정이었어. 하지만 그 순간이 지나자 다시 분위기가 가라앉았어. 우리가 하마터면 기절할 뻔한 것은 갑자기 그 문제가 튀어나왔기 때문이었어. 사일러스 아저씨는 이 렇게 말하더군.

"그건 정말 이상한 일이로군. 나도 전혀 영문을 모르겠어. 나는 그걸 벗은 것을 잘 기억하고 있어. 왜냐하면……."

"왜냐하면 당신이 하나밖에 안 입고 있기 때문이죠. 무슨 말씀을 하 시는 거예요! 당신이 벗은 것은 나도 알고 있어요. 그것은 어제 빨랫줄 에 걸려 있었으니까요. 저기에 걸려 있는 것을 나는 이 눈으로 분명히 보았으니까요. 그런데 그게 지금은 없단 말예요. 이번에 갈아 입을 때 에는 빨간 플란넬 셔츠로 갈아 입을 수밖에 없어요. 당신에게 새 것을 만들어 드릴 여유가 생길 때까지는 말예요. 2년 동안에 벌써 세 번째예 요. 당신에게 셔츠를 대느라고 바빠서 쉴 새도 없어요. 그 셔츠들을 모 두 어떻게 해버리는지 난 짐작조차 할 수 없어요. 당신만한 나이가 되 면 셔츠를 소중히 여길 줄도 알아야 할 것 아녜요?"

"알고 있어, 샐리. 나도 할 만큼은 하고 있어. 그렇지만 이건 내 잘못 이 아니잖아. 입고 있을 때가 아니면 셔츠는 내 눈에 띄지를 않으니까 내가 그걸 어떻게 할 재주가 없잖아. 입고 있다가 잃어버린 적은 한 번 도 없었다고 생각하는데, 어때?"

"입고 있는 셔츠를 잃어버리지 않았다면, 그건 당신 잘못이 아니겠 지요. 그것도 잃어버릴 수 있다면 잃어버렸겠지만. 그런데 셔츠뿐이 아녜요. 숟가락도 없어졌어요. 그 밖에도 또 있어요. 셔츠는 소가 가져 갔을 거라지만 숟가락은 안 가져갔을 거란 말예요. 이건 틀림없어요."

"그런데 그 밖에 없어졌다는 것은 뭐지, 샐리?"

"양초가 여섯 자루 없어졌어요. 쥐가 물어갔는지도 모르죠. 틀림없 이 그럴 거예요. 집 안 물건을 전부 끌어가지 않는 것이 이상할 정도니까요. 당신은 쥐구멍을 막아 준다면서 도무지 말뿐이잖아요. 그것들이 바보가 아니라면 이제 머지않아서 당신의 머리칼 속에서 자겠다고 덤빌 거예요. 그래도 당신은 정신을 못 차릴 거예요. 하지만 숟가락은 쥐가 물어갔다고 할 수는 없어요. 예, 그건 틀림없어요."

"내가 잘못했어, 샐리. 그건 나도 인정해. 하지만 내일은 틀림없이 그 쥐구멍을 모조리 막아 줄게."

"아니, 그렇게 서두를 것 없어요. 내년이라도 좋아요. 요것아, 마틸다 엔젤리나 아라민타 펠프스!"

샐리 아주머니가 골무로 톡 두드리는 소리가 나는가 했더니 딸애가 얼른 설탕 그릇에서 손을 움츠렸어. 마침 그때, 검둥이 하녀가 부엌 쪽으로 해서 복도로 올라오더니 이렇게 말했어.

"마님, 시트가 없어졌습니다요."

"뭐? 시트가 없어졌다고? 이게 대체 무슨 변이람!"

"쥐구멍을 오늘 막겠소."

사일러스 아저씨는 처량한 표정을 지으면서 말했어.

"아니, 가만히 계세요! 쥐가 시트를 물어갔다고 생각하는 거예요? 리즈, 대체 어떻게 된 걸까?"

"하느님 앞에 맹세하지만 저는 어떻게 된 영문인지를 모르겠어요, 마님. 어제는 빨랫줄에 걸려 있었는데 그게 없어졌더군먼요, 마님."

"이런 일이 있을 수가 있을까. 세상에 태어나서 처음이야. 셔츠에, 시트에, 숟가락에, 양초가 여섯 자루……."

"마님!"

이번에는 젊은 혼혈 아가씨가 들어오는 것이었어.

"놋쇠 촛대가 보이지 않는구먼요."

"썩 나가거라, 이 칠칠치 못한 것들! 아니면 냄비로 두들겨 팰 테다!"

샐리 아주머니는 정말 화가 났더군. 나는 기회를 보아서 살그머니 빠져 나가 형세가 가라앉을 때까지 숲에 가 있어야겠다고 생각했어. 아주머니는 화가 계속 치밀어올라 혼자서 마구 소리를 지르고 있었고, 다른 사람들은 모두 가만히 듣고만 있었어. 그러는 중에 사일러스 아저씨가 바보 같은 표정을 지으면서 자기 주머니에서 그 숟가락을 끄집어 낸 거야. 아주머니는 입을 벌리고 두 손을 든 채 말을 잊고 서 있더군. 나는 그저 어디로든 사라지고만 싶었어. 하지만 곧 아주머니가 이렇게 말하는 것이었어.

"내가 생각했던 대로군요. 처음부터 쭈욱 주머니에 넣고 계셨죠? 아마 다른 물건들도 거기에 들어가 있을 거예요. 어째서 그런 곳에 들어 갔을까요?"

"난 정말로 몰라, 샐리. 그렇지 않다면 처음부터 얘기를 했지, 왜 잠자코 있었겠어? 아침 식사 전에 나는 설교에 인용할 사도 행전 17장의 구절을 살펴봤어. 그러고 나서 성경책인 줄 알고 이것을 무심결에 주머니 속에 넣지 않았을까? 아마 그랬던 것 같아. 성경책이 주머니에 안 들어가 있는 것을 보면. 하지만 가보고 올게. 만일 성경책이 아까 그 자리에 그대로 있으면 내가 성경책을 안 넣은 것을 알 수가 있지. 즉 나는 성경책을 밑에다 놓고 숟가락을 집어 든 거야. 그리고……."

"이제, 그만해 두세요! 조금 쉬게 해주세요! 자, 너희들도 모두 저리로 가거라. 내가 정신을 차릴 때까지 가까이 오지 말아 줘."

아주머니는 그렇게 말했는데, 설사 그것을 큰 소리로 말하지 않고 입 안에서 중얼거린 정도였다고 해도 나는 그 소리를 놓치지 않았을 거야. 또 설사 죽어서 자빠져 있었다고 하더라도 그 소리에는 후닥닥 깨어나서 나갔을 거야. 우리가 객실을 빠져 나갈 때였어. 아저씨가 자기의 모자를 집어든 거야. 그러자 못이 마루 위에 뚝 떨어졌어. 아저씨는 그것을 주워서 아무렇지도 않게 난로 선반 위에 올려 놓고는 아무 말 없이 나갔는데 톰이 그것을 눈치채고는 숟가락 사건을 연상하면서 이렇게 말하는 것이었어.

"아무래도 이모부를 이용해서 물건을 보내기는 틀렸는걸. 저래서야 어디 믿을 수가 있어야지. 하지만 숟가락 문제는 어쨌든 우리를 위해서 좋게 되었으니, 우리도 아저씨를 위해서 도움이 될 일을 해주자. 그렇지, 쥐구멍을 막아 주기로 하면 어때?"

지하실에 들어가 보니까 사방이 온통 쥐구멍 투성이어서 한 시간이나 꼬박 걸렸지만 일은 깔끔하게 잘 해놓았지. 그때 층계를 내려오는 발자국 소리가 들렸기 때문에 우리는 불을 끄고 숨었어. 내려온 사람은 사일러스 아저씨였어. 한쪽 손에 촛불을 들고 다른 한쪽 손에는 쥐구멍을 막는 데 사용할 물건들을 들고 있었지. 얼빠진 표정으로 쥐구멍을 하나하나 살피고 다니더니, 한 5분 동안 우두커니 서서는 흘러내리는 촛농을 초에서 뜯어 내면서 생각에 잠겨 있는 것이었어. 그는 다시 층계 쪽을 향해서 꿈이라도 꾸듯 천천히 걸으면서 이렇게 말하는 거야.

"이상하다…… 내가 언제 했지? 암만해도 그런 기억이 없는데. 이렇게 되면 쥐는 내 탓이 아니라고 마누라에게 얘기해 줄 수가 있게 된 셈이군. 하지만 내버려 두자. 얘기해 봤자 소용도 없을 거고."

아저씨는 중얼거리면서 층계를 올라가 버렸고 우리도 뒤따라 밖으로 나왔어. 아저씨는 정말로 좋은 사람이었어.

톰은 숟가락을 손에 넣으려면 어떻게 해야 좋을지 몰라 무척 고민을 했는데, 어쨌든 숟가락은 어떤 일이 있어도 손에 넣어야 한다고 말하면서 한참 생각하더니 앞으로 어떻게 해야 하는가를 나에게 알려 주었어. 우리는 숟가락통이 있는 데로 가서, 샐리 아주머니가 올 때까지 그 근처에서 기다리고 있었어. 아주머니가 나타나자 톰은 숟가락 수를 세어 그것을 한쪽으로 세워 놓았어. 나는 그 속에서 한 개를 집어들어 소매 속에 넣었고, 그러자 톰이 말했지.

"아니, 이모, 숟가락은 아직도 아홉 개밖에 안 되는데요."

아주머니는 말하더군.

"자, 나가서 놀아라. 방해가 되니까. 내가 확실할 테지, 직접 세어 보았으니까."

"하지만 이모, 나는 두 번이나 세어 보았는걸요. 그런데 암만 봐도 아홉 개밖에 없어요."

아주머니는 정말 못 참겠다는 듯한 표정을 지었지만 그러면서도 숟가락을 세어 보기 위해서 다가왔어. 누구든 안 그럴 수가 없을 테지.

"아니, 정말 아홉 개밖에 없구나! 어떻게 된 일일까. 귀신이 곡할 노릇이구나. 어디 다시 한 번 세어 보자."

그래서 나는 소매 속에 감추어 두었던 숟가락을 몰래 꺼내서는 다시 제자리에 놓았지. 아주머니는 세어 보고 나더니 이렇게 말했어.

"이상한 놈의 숟가락도 다 보겠구나. 이번엔 열 개가 다 있어!"

그러고는 화가 난 듯한 표정을 짓는 것이었어. 하지만 톰은 이렇게 말했어.

"이모, 난 열 개라고는 생각지 않아요."

"무슨 잠꼬대 같은 소리를 하는 거니. 내가 세는 것을 너도 봤지 않니?"

"그건 그렇지만……."

"그럼 다시 한 번 세어 볼까?"

나는 다시 냉큼 한 개를 감추었지. 그랬더니 숟가락은 다시 아홉 개가 됐어. 야아, 아주머니 참, 화를 무섭게 내더군. 온몸을 바들바들 떨면서 화를 내는 거야. 그러면서도 세어 보고, 또 세어 보고, 나중에는 헷갈려서 때때로 숟가락통까지도 셈에 포함시키는 거야. 그래서 결국 세 번은 숫자가 맞고, 세 번은 모자란다는 결과가 나왔어. 그러자 아주머니는 그대로 숟가락통을 움켜쥐고서 방 저쪽으로 집어 던졌는데 그게 공교롭게도 고양이에게 맞아서 애꿎은 고양이만 죽고 말았어. 아주머니는 냉큼 밖으로 나가라고 했지. 좀 조용히 있게 해달라고 하면서, 이제부터 점심때까지 얼씬거리면 그냥 두지 않겠다고 호통을 치는 것이었어. 그래서 우리는 남은 숟가락을 집어들고는 아주머니가 우리에게 출범 명령을 내리고 있는 동안에 그것을 아주머니의 앞치마 주머니에 살짝 넣어 버렸지.

짐은 그것을 낮이 되기 전에 널빤지 못과 함께 간단히 손에 넣을 수가 있었어. 여기에는 우리도 크게 만족했는데, 톰은 이번 일은 거기에 들인 수고의 두 배만큼의 값어치가 있다고 큰소리를 치더군. 왜냐하면 이것으로 이제 아주머니는 어떤 일이 있어도 두 번 다시 숟가락 수를 세지는 않을 것이고, 설사 다시 센다고 하더라도 셈을 바로 했다는 자신을 가질 수가 없기 때문이라는 거야. 앞으로 사흘 동안 머리가 어지럽도록 세어 보고, 결국 그 후로는 숟가락 수를 세어 보라고 하는 자가 있으면 죽여 버린다고 악을 쓸 것이라고 말하는 거야. 그래서 우리는 그날 밤으로 다시 시트를 빨랫줄에 내다 걸어 놓고, 아주머니의 침구장에서 한 장 훔쳐 내고, 그것을 다시 되돌렸다가 또 훔쳐 내고, 그러기를 무려 이틀을 계속했기 때문에 마침내 아주머니는 대체 시트가 몇 장이 있는지 알 수가 없게 돼 버린 거야. 끝내는 이제 아무래도 좋으니 시트의 장수 따위는 이제 세지 않겠다, 그럴 바엔 차라리 죽어 버리겠다고 말하기에 이르렀어.

결국 셔츠와 시트와 숟가락과 양초 문제는 다시 걱정하지 않아도 되게 되었지. 소와 쥐, 그리고 뒤범벅이 된 계산 덕분에 말야. 그리고 촛대도 별로 걱정할 건 없을 거야. 그러노라면 모두 잠잠해질 테니까.

하지만 그 파이는 정말 어려운 작업이었어. 한 고비 넘기면 또 한 고비, 그야말로 끝없는 고행이었지. 우리는 숲속 깊숙이 들어가서 준비를 하고, 거기에서 준비물을 만들었는데 만들어진 것은 아주 만족스러웠지. 하지만 하루에 만들어 낼 수는 없었어. 파이가 만들어지기까지에는 모두 세 대야분의 밀가루가 필요했고, 온몸에 여기저기 화상을 입지 않을 수 없었으니까. 눈은 연기 때문에 보이지 않을 정도였어. 우리에게 필요한 것은 파이의 껍질이었는데 그것을 제대로 부풀게 할 수가 없었거든. 자꾸만 납작하게 찌그러지고 말더란 말야. 하지만 끝내 좋은 방법을 생각해 냈는데, 줄사다리도 함께 파이 속에 넣어서 구우면 된다는 거였어.

그로부터 이틀째 되던 날 밤 우리는 시트를 가늘게 찢어서 그것을 이어 갔는데, 새벽녘이 되었을 때에는 어느 새 사람의 목을 달아맬 수도 있을 만한 훌륭한 새끼줄이 만들어졌어. 우리는 이것을 만드는 데 아홉 달이 걸린 셈으로 쳤지. 그리고 그날 낮이 되기 전에 그것을 숲속으로 가지고 들어갔는데, 이번에는 또 그 줄사다리가 아무래도 파이 속으로 들어가지를 않는 거야. 시트 한 장을 모조리 찢어서 만든 것이기 때문에 파이 마흔 개 분량의 밧줄이 되고 말았어. 정식 만찬을 만들

수 있을 정도였지.

하지만 우리는 그런 것이 필요했던 것은 아니거든. 파이에 넣을 만큼만 있으면 그것으로 충분하다는 얘기야. 그래서 나머지는 모두 버릴 수밖에 없었지. 이 파이를 만드는 데 우리는 빨래 대야를 쓰지는 않았어. 땜질을 한 부분의 납이 녹을까 걱정이 돼서 말야. 사일러스 아저씨는 침대를 녹일 때에 쓰는 좋은 놋쇠 냄비를 가지고 있었는데, 이것을 아저씨는 매우 소중히 여기고 있었어.

왜냐하면 이것은 그 긴 나무 손잡이에서부터 아저씨의 옛날 조상들 것이었거든. 윌리엄 정복왕과 함께 ‘메이플라워’라든가 뭔가 하는 옛날 배를 타고 영국에서 건너온 것인데 다른 헌 값진 물건과 함께 다락방에 숨겨 두고 있었어. 물론 이것은 값진 물건은 아니었지만 옛날 골동품이었기 때문에 함께 간수해 두었던 거지.

그런데 바로 이것을 우리는 슬쩍 훔쳐서 숲속으로 가져갔던 거야. 이게 처음에는 영 제대로 말을 듣지 않더군. 우리가 사용할 줄을 몰랐던 거야. 하지만 맨 나중의 파이는 멋지게 만들어졌는데 그야말로 생글생글 웃고 있는 모양의 그런 걸작이었어. 우리는 이 냄비의 안쪽에다 밀가루 반죽을 바르고는 그 위에 시트로 줄사다리를 놓고 다시 그 위에 밀가루 반죽을 덧씌웠어. 그러고는 냄비 뚜껑을 닫고 그 위에 타다 남은 뜨거운 재를 덮고는 긴 손잡이를 가지고 불에서 5피트쯤 떨어진 곳에 섰더니 아주 기분이 상쾌하고 좋더군. 그러고 나서 15분쯤 지나니까 보기에도 근사한 파이가 냄비 속에 만들어져 있었던 거야. 하지만 이것을 먹는 사람은 아마 이쑤시개를 두 통쯤은 준비해야 할걸. 왜냐고? 줄사다리가 들어 있으니 이쑤시개가 없고서야 먹을 수가 있겠어. 게다가 복통을 일으켜서 드러눕지 않으면 천만다행이고 말이야.

우리가 짐의 냄비에 마녀 파이를 넣을 때, 내트라는 놈은 보고도 못
본 체했어. 그래서 우리는 음식이 담겨진 냄비 바닥에 양철 접시를 석
장이나 쑤셔 넣었어. 이것으로 짐에게는 모든 것이 갖추어진 셈이었
어. 그래서 짐은 혼자가 되었을 때 재빨리 파이를 쪼개서 줄사다리를
꺼내고, 그것을 짚이불 속에 감추고는 양철 접시에 몇 가지 표지를 그
려서 창구멍 밖으로 내던진 거야.

38

펜을 만드는 일은 굉장히 힘이 들었어. 톱을 만드는 일도 역시 마찬
가지였어. 하지만 짐은 글을 써야 하는 것이 그 중에서도 제일 고통스
러운 일이 될 거라는 것이었어. 죄수가 벽에다 글을 쓰는 것인데 톰은
이것은 무슨 일이 있어도 해야만 한다는 것이었어. 국사범(國事犯) 중
에서 자기가 쓴 문구를 후세에 남기지 않은 사람이 없다는 거야. 그리
고 자기 집의 문장(紋章)하고 말야.

"제인 글레이 부인을 봐. 길포드 더들리도 좋고, 노섬버랜드 노공작
도 좋아. 이 정도가 힘들다면 어쩌자는 거야? 집어치울 수밖에 방법이
없겠지? 짐은 어떤 일이 있어도 자기의 글과 문장을 쓰지 않으면 안
돼. 모두들 하는 일이니까 말야."

그러자 짐은 이렇게 말하는 것이었어.

"하지만 톰 도련님, 나는 문장 같은 것을 갖고 있질 않아요. 있는 것
은 이 헌 셔츠 한 장 뿐이에요. 그리고 이 셔츠에는 일기를 쓰지 않으면
안 된다고 했잖아요?"

"아니, 무슨 소리인지 모르는구나. 문장이라는 건 다른 거야."

"톰, 그렇지만 짐이 문장을 갖고 있지 않다는 것은 그도 말하고 있잖아."

"나도 알고 있어. 하지만 짐이 자기 가문의 문장을 가지지 못하면 여기에서 나갈 수가 없어. 짐은 정식으로 나가야 하니까, 기록에 흠을 남길 수는 없어."

그래서 결국, 짐은 놋쇠 촛대를 벽돌 조각에 갈고 나는 숟가락을 갈아 둘이서 펜을 만들고 있는 동안, 톰은 톰대로 문장을 열심히 궁리했어. 그러는 동안에 톰은 어느 것으로 해야 좋을지 모를 만큼 많이 생각해 냈다고 하면서 이것으로 정했으면 어떠냐고 말했어.

"방패꼴 바탕에 왼쪽 밑으로 금빛 사선을 긋고 중앙대(中央帶)에는 암홍색 ×형 십자, 일반 의장(意匠)으로는 개가 머리를 쳐들고 앞발을 세우고 앉아 있는 것을 사용하자. 그리고 그 발 밑에는 노예의 표지로 쇠사슬의 흉장(胸章)을, 방패의 제일 윗부분 물결 모양 장식에는 초록빛 산 모양을 사용하는 거야. 제일 아래는 곤색 바탕에 물결 모양의 선을 석 줄 넣고, 산 모양의 조각이 든 가운데 부분에는 높은 점이 몇 개 일어서 있어. 가문(家紋)은 검둥이 탈주 노예가 왼쪽으로 비스듬히 뉜 막대기에 보따리를 꿰어서 어깨에 둘러메고 있는 거야. 그것을 받쳐 주는 것으로 한 쌍의 빨간 선이 있지. 이것은 헉, 너와 나야. 제명(題名)은 '마지오레 프레타, 미노레 아토.' 어떤 책에서 딴 것인데 그 뜻은 바쁘면 돌아가라는 거야."

"원, 세상에. 그럼 그 밖의 부분은 뭘 뜻하지?"

"그런 데 신경 쓸 여유가 어디 있어? 우리는 부지런히 일을 계속해야 해."

"그야 그렇지만, 어느 정도는 가르쳐 줘. 중앙대란 무슨 뜻이지?"

"중앙대란 중앙대란 말야, 너는 그런 것 몰라도 돼. 짐이 만들 때, 짐에게 가르쳐 줄 거니까."

"뭐야? 톰, 가르쳐 줘도 괜찮잖아? 왼쪽으로 걸친 막대기는 또 뭘 말하는 거야?"

"내가 알게 뭐야. 하지만 짐에게는 아무래도 필요해. 귀족은 모두 갖고 있으니까 말야."

톰은 언제나 이렇다니까. 이유를 말하고 싶지 않을 때에는 절대로 들려 주지 않는 거야. 일주일을 줄기차게 물어도 역시 마찬가지야. 문장이 결정되자 톰은 나머지 일 마무리에 착수했어. 고통스러운 듯한 문구를 생각해 내는 일이 아직도 남아 있었거든. 이것 역시 모든 사람이 한 것처럼 짐도 어떤 일이 있어도 해야 한다는 거야. 그러면서 여러 개를 종이에 써서 소리내어 읽었어.

1. 포로의 마음, 여기에 찢기우다.

2. 세상과 벗에게 버림받은 가련한 죄수, 여기에 그 슬픈 생애를 초조 속에 끝내다.

3. 37년에 걸친 고독한 유폐(幽閉) 끝에, 외로운 마음 여기에 찢기우고, 지쳐 쓰러진 영혼 고이 잠들다.

4. 37년의 쓰라린 유폐 끝에, 이국의 귀인(貴人) 루이 14세의 사생아는 집도 없고 벗도 없이 여기에 사라지다.

읽고 있는 동안에 톰의 목소리는 떨리더군. 자칫 울음이 터져나올 것같이 말야. 읽고 나서는 그 어느 것이나 모두 마음에 들어 어떤 것을 선택해야 할지 몰라 한참 망설이더군. 결국 톰은 전부 써 놓기로 했고, 짐은 그렇게 많은 것을 못으로 통나무에다 쓰려면 1년은 걸려야 할 거라고 투덜거렸어. 게다가 자기는 글씨를 쓸 줄도 모른다고 말야. 하지만 톰은 자신이 틀을 잡아 줄 테니까 선을 그대로 따라 쓰면 된다고 하고는 곧 이어서 이렇게 말했어.

"생각해 보니까 통나무는 안 되겠어. 지하 감옥의 벽에 통나무가 있을 까닭이 없거든. 역시 문구는 돌에 새기지 않으면 안 되겠어. 돌을 가져와야지."

그러자 짐은 돌이라면 더 곤란하다고 말했어. 돌에다 새기려면 좀 더 긴 시간이 걸릴 테고 그렇게 되면 언제 여기서 나가게 되는지 알 수가 없다고 말야. 그랬더니 톰은, 내가 도와 주도록 하겠다는 거야. 그러고 나서 톰은 나와 짐이 펜을 만드는 작업이 어느 정도 진행되었는지를 살펴보더군. 펜을 만드는 작업은 지독하게 어렵고 따분하고 고된 작업이어서 손바닥의 벗겨진 껍질이 아물 겨를이 없을 정도였어. 그래서 도무지 진전이 없었지. 그걸 보고 나서 톰이 말하는 거야.

"좋은 수가 있어. 문장과 고통의 문구를 쓰기 위해서는 돌이 필요한데, 이 돌 하나면 일석이조의 목적을 달성할 수 있겠어. 저쪽에 있는 목재소에 어지간히 큰 돌절구가 있더라구. 그걸 훔쳐오면 문구 같은 것도 거기에 새기면 좋고 펜과 톱을 만드는 것도 거기에 갈면 빠를 거야."

이건 참 대단한 생각이었어. 하지만 돌절구도 거기에 못지않게 대단하더군. 어쨌든 우리는 해보기로 했어. 아직도 한밤중은 아니었지만 짐은 그대로 일을 계속하도록 남겨 두고 우리는 목재소로 달려갔어. 우리는 돌절구를 오두막집까지 굴려 가져가기로 했는데 이게 참 만만치 않은 일이더군. 때때로 쓰러질 것 같았는데 자칫하면 돌절구 밑에 깔릴 것처럼 아슬아슬하기만 한 거야. 그런 상태라면 오두막집까지 가기 전에 누구 하나는 틀림없이 밑에 깔릴 거라고 톰은 말하는 거야. 오두막집까지 반쯤 왔을 때에는 둘다 지칠 대로 지치고 그야말로 땀으로 범벅이 된 상태였어. 이래서는 도저히 안 되겠다, 짐을 데리고 와야겠다고 우리는 생각했지. 그래서 짐은 침대를 들어올려 침대 다리에서 쇠사슬을 벗겨냈어. 짐은 그 쇠사슬을 목에다 둘둘 감고는 우리와 함께 구멍을 빠져 나와 돌절구 있는 데로 간 거야. 그러고는 짐과 내가 돌절구를 움직여서 오두막집까지 쉽게 굴려왔지. 톰은 감독을 하고. 톰만큼 감독을 잘하는 녀석은 정말 생전 처음 봤어. 톰은 뭐든지 하는 식을 알고 있는 거야.

우리가 파 놓은 구멍은 꽤 컸지만 그래도 돌절구를 굴려 갈 수 있을 만큼은 안 되었어. 하지만 짐이 곡괭이를 가져다가 그것을 대번에 넓혀 버렸지. 그러자 톰은 그 돌절구 위에 못으로 문구라든가 그 밖의 것을 써 넣고는 짐에게 곧 작업에 착수하라는 것이었어. 그 못을 끌로 삼고, 잇대어 지은 헛간의 잡동사니 속에서 갖고 온 쇠빗장을 망치로 삼고 말야. 그리고 촛불의 나머지가 다 타서 꺼질 때까지 작업을 하고, 불이 꺼지고 나면 자도 좋은데 돌절구는 짚이불 밑에 숨겨 두고 그 위에 누워서 자라는 것이었어. 우리가 거들어서 짐의 쇠사슬을 다시 침대 다리에 끼워 놓고는 우리도 자러 가려던 참이었어. 그런데 톰이 뭣을 생각했는지 이렇게 말하는 거야.

"짐, 여기 거미 있어?"

"아니, 없어요. 고맙게도 여기엔 거미가 없어요."

"좋아, 그렇다면 조금 갖다 주도록 하지."

"하지만 도련님, 난 필요 없어요. 거미는 질색이에요. 차라리 방울뱀이 거미보다는 나아요."

톰은 한 1, 2분 생각하더니 이렇게 말하더군.

"그거 좋은 생각이야. 응, 확실히 그런 일도 있었어. 아니 필경 있었을 거야. 이치에 닿거든. 정말 좋은 생각이야. 그런데 그걸 어디서 기르지?"

"기르다니? 뭘요?"

"뭐긴 뭐야, 방울뱀이지."

"농담은 말아요, 톰 도련님! 여기에 방울뱀이 들어온다면 난 저 통나무 벽을 머리로 부수고 도망갈 거예요. 정말이에요!"

"하지만, 짐, 한동안만 지나면 괜찮아. 길들이면 되니까."

"뱀을 길들인다고요?"

"암, 간단하지. 동물이라는 놈은 어느 것이나 귀여워만 해주면 고맙게 생각해. 그리고 귀여워해 주는 사람에게 해를 입히는 일은 생각조차 않지. 어떤 책에나 그렇게 쓰여 있어. 시험해 봐. 2, 3일 시험해 보면 그것으로 충분해. 그뿐 아니라 한동안 지나면 너를 좋아하게 되고 또 너와 함께 자려고까지 할 거야. 단 1분도 너에게서 떨어지지 않을걸. 그때는 너도 그놈을 목에다 감고 또 그놈의 대가리를 입 속에 집어 넣기도 할걸."

"부탁이에요, 톰 도련님. 그런 얘기는 하지 말아 줘요! 정말 참을 수가 없어요! 뱀의 대가리를 내 입 속에 넣는다고요? 나를 좋아하게 된다고요? 천만의 말씀! 내기를 걸어도 좋아요. 나는 아무리 시간이 지나도 그것들을 좋아할 수는 없어요. 게다가 뱀하고 같이 잘 수는 없어요."

"짐, 바보 같은 소리 마! 죄수는 뭔가 한 가지, 말을 못 하는 동물을 귀여워하게 돼 있어. 방울뱀과 친했던 사람이 없다면 네가 한번 첫 번째로 그것을 시험해 보는 거야. 달리 구조받을 길이 있다고 하더라도 그 어느 것보다 큰 명예를 얻을 수 있는 거야."

"나는 그런 명예는 하나도 부럽지 않아요. 뱀이 짐의 머리를 물어 뜯는다면 대체 어디에 가서 명예를 찾는단 말예요? 도련님, 나는 그런 짓은 하고 싶지 않아요."

"참 얘기를 못 알아듣는군. 시험을 해보는 것도 싫단 말야? 나는 그저 시험을 해보자는 거야. 잘 안 될 것 같으면 집어치워도 좋아."

"하지만 시험을 하고 있는 동안에 물리면 끝장인걸요. 톰 도련님, 나는 무슨 일이든지 기꺼이 해내겠지만 당신과 헉이 나더러 방울뱀을 길들이라고 한다면 나가 버릴 거예요. 틀림없이 나가 버릴 테니까 그렇게 아세요."

"그렇다면 할 수 없군. 그만두지. 네가 그렇게까지 고집을 부린다면 그만두겠어. 그 대신 줄무늬는 어때? 꼬리에다가 단추를 달아매고 방울뱀인 셈으로 치면 되니까 말야. 그건 어때?"

"줄무늬뱀이라면 참을 수 있지요. 하지만 줄무늬뱀이 없더라도 나는 거뜬히 해나갈 수 있어요. 죄수가 된다는 게 이렇게 까다롭고 귀찮은 일일 줄은 예전엔 몰랐어요."

"정식대로 하는 건 언제나 그래. 이봐, 그럼 여기에 쥐는 있어?"

"아니, 한 마리도 없어요, 도련님."

"그래? 그럼 몇 마리 갖다 줘야겠구먼."

"무슨 얘길 하시는 거예요? 톰 도련님, 난 쥐 같은 것도 필요 없어요. 새앙쥐처럼 잠자는 사람을 방해하고 사람의 몸 위를 왔다갔다하면서 발을 깨물기도 하는 그런 고약한 동물은 아마 세상에 다시 없을 거예요. 도련님, 정 있어야 한다면 차라리 줄무늬뱀을 갖다주세요. 하지만 새앙쥐는 필요 없어요. 새앙쥐는 딱 질색이에요, 정말 질색이에요!"

"하지만 짐, 너는 천하 없어도 쥐를 기르지 않으면 안 돼. 그러니 더 이상 투덜대지 마. 쥐와 같이 있지 않는 죄수는 한 사람도 없었어. 죄수 들은 쥐를 훈련시키고 귀여워하고 재주를 가르쳐 주었어. 그렇게 하면 쥐는 파리처럼 사람에게 잘 달라붙어. 하지만 너는 쥐에게 음악을 들 려 주지 않으면 안 돼. 넌 뭐든 소리를 낼 수 있는 악기를 갖고 있니?"

"빗과 종이 한 장, 그리고 주스 하프(역주 : 조그마한 원시적인 악기)밖에 없어요. 하지만 쥐는 주스 하프 같은 건 좋아하지도 않을걸요?"

"아니, 재미있어 할 거야. 새앙쥐들은 어떤 음악이라도 상관하지 않 아. 주스 하프라면 고급이야. 동물들은 모두 음악을 좋아해. 감옥 안에 서는 무슨 음악이라도 좋아. 가슴 아픈 음악을 특히 좋아해. 주스 하프 라면 그런 것밖에 할 수 없을 테지. 그런 것을 들려 주면 쥐는 틀림없이 좋아할 거야. 그리고 너에게 무슨 일이 생기지는 않았나 하고 나와 볼 거야. 자, 이제 됐어. 네가 갖출 것은 다 준비가 됐어. 너는 밤에 자기 전과 아침에 일어나서는 침대에 앉아 주스 하프를 울리는 거야. 〈최후 의 고삐는 끊어지다〉 그 노래를 해. 한 2분만 켜고 있노라면 쥐들이 모 두 너를 걱정해서 모여들 거야. 뱀도 거미도 말이야. 그것들은 일제히 모여들어서는 매우 좋아할 거야. 틀림없어."

"그야, 좋아하겠죠. 하지만 짐은 어떻게 되죠? 이 불쌍한 나는 말입 니다. 하지만 꼭 그렇게 해야 한다면 하겠어요."

톰은 계속 뭣인가를 생각하면서 그 밖에 잊은 것은 없는가 따져보더 니 이윽고 이렇게 말하는 것이었어.

"그렇군. 한 가지 잊은 게 있어. 너 여기서 꽃을 가꿀 수 있겠니?"

"글쎄, 하려면 할 수야 있겠죠, 톰 도련님. 하지만 여기는 꽤 어두워서 꽃은 나에게 필요가 없어요. 게다가 꽃을 가꾸려면 그 고생이 이만 저만이 아닐 테고……."

"어쨌든 해보는 거야. 죄수 중에 꽃을 가꾼 사람도 있으니까 말야."

"큰 고양이 꼬리같이 생긴 마렌이라면 여기에서도 한 포기쯤 가꿀 수 있을는지 모르죠, 톰 도련님. 하지만 그런 꽃은 키워 보았자 거기에 들이는 수고의 절반만한 값어치도 안 나갈 거예요."

"그렇다고만 할 수야 없지. 조그마한 것을 가져올 테니까 저쪽 구석에 심어서 가꾸는 거야. 그리고 마렌이라 하지 말고 피티오라라고 하는 거야. 감옥 안에서도 피티오라가 진짜 이름이야. 그리고 네 눈물로 물을 주는 거지."

"하지만 물이라면 샘에서 길어다 둔 게 얼마든지 있는걸요, 톰 도련님."

"샘물은 안 돼. 네 눈물을 주지 않으면 안 돼. 죄수는 그렇게 하게 돼 있어."

"하지만 톰 도련님, 샘물을 사용하면 다른 놈이 눈물로 하는 동안에 나는 두 배쯤 그 마렌을 키울 수 있다고 생각하는데요."

"그런 게 아냐. 어떤 일이 있어도 눈물로 하지 않으면 안 돼."

"그렇게 되면 그 마렌은 살아 남지 못해요. 틀림없이 죽고 말아요. 왜냐하면 나는 도통 눈물을 흘리지 않는 사람이거든요."

여기서 결국 톰도 막혀 버렸지. 하지만 한참 생각에 잠겨 있더니만 이윽고 짐에게,

"이제부터 양파를 사용해서 눈물을 흘려 봐."

라고 하면서, 날이 새면 검둥이 오두막집에 가서 짐의 커피 속에 양 파를 하나 몰래 떨어뜨려 놓겠다고 약속하더군. 그러자 짐은,

"그럴 바에는 차라리 커피 속에 담배를 넣어 주는 편이 고맙겠어요."

하더군. 그러면서, 톰의 얘기가 마땅치 않다고 한참 불만을 털어 놓는 것이었어. 마렌을 기른다든가, 쥐에게 주스 하프를 들려 준다든가, 뱀이나 거미를 귀여워해 주고 그 비위를 맞춰야 하다니 그렇게 고생스럽고 성가신 일이 어디 있느냐고 하면서 말야. 그리고 또 펜을 만든다든가 글을 새긴다든가 일기를 쓴다든가 그 밖에 여러 가지 일을 해야 된다니 죄수가 되기란 지금까지 해 온 다른 어떤 일보다도 까다롭고 귀찮고 책임이 무거운 일이 아니냐는 것이었어. 그랬더니 톰도 더 이상 못 참겠다는 듯이,

"너는 온 세계의 죄수 중에서 아직껏 누구도 가져 본 적이 없을 만큼 이름을 떨칠 수 있는 멋진 기회를 갖고 있으면서도 두뇌가 모자라기 때문에 고맙게 생각할 줄 모르니 정말 한심하고 답답한 일이야."

라고 개탄하더군. 그러자 짐은, 잘못했노라고 하면서 두 번 다시 그런 얘기는 안 하겠다고 하는 거야. 그래서 결국 나와 톰은 집에 돌아가서 잠을 청했지.

39

아침이 되었을 때 우리는 마을까지 나가서 쇠줄로 된 쥐틀을 사가지고 와 제일 좋은 쥐구멍을 찾아서 그 구멍을 막았던 것을 빼버렸지. 그랬더니 웬걸, 한 시간도 채 되기 전에 가장 멋진 놈이 열다섯 마리나 걸려든 거야. 그래서 우리는 괜찮겠지 싶어 그것을 샐리 아주머니 침대 밑에다가 넣어 두었어. 그런데 우리가 거미를 잡으러 간 사이에 꼬마

토머스 프랭클린 펠프스가 그것을 발견하고는 쥐가 나오는가 시험해 본다고 쥐덫 뚜껑을 열어 놓은 바람에 쥐란 놈들이 모조리 빠져 나온 거야. 바로 그때 샐리 아주머니가 들어섰지. 우리가 돌아와 보니까 아주머니는 침대 위에 버티고 서서 소란을 떨고, 쥐란 놈은 아주머니의 권태증을 없애 주려고 있는 힘을 다해 이리 뛰고 저리 뛰고 법석이더군. 그러자 아주머니는 우리를 붙잡아서 히커리 나무 막대기로 매질을 했고 우리는 그 장난꾸리기 꼬마 덕분에 새로 열대여섯 마리의 쥐를 잡느라고 두 시간이나 허비해야만 했지. 게다가 이번에 잡은 놈들은 먼저 것만큼 신통치를 않았어. 그럴 수밖에 없는 게 처음의 것은 집 안에서 가장 좋은 놈들이었거든. 그때 잡았던 쥐만큼 대단한 놈들을 나는 아직껏 본 일이 없어.

우리는 거미·딱정벌레·개구리·송충이 그 밖에도 이것저것 희한한 놈들을 손에 넣었어. 말벌집도 따오고 싶었지만 그것만은 그만뒀지. 말벌 가족들이 모두 집 속에 들어 있었기 때문에 말야. 그렇다고 당장 포기한 것은 아니었어. 될 수 있는 데까지는 이 말벌 가족과 함께 있었지. 우리가 그놈들을 지치게 하든지 그놈들이 우리를 지치게 하든지 어느 쪽이든 판가름을 내려고 말야. 그러나 결국 우리가 손을 들고 말았지. 그래서 우리는 시복화를 따서 쏘인 데에 발랐더니 아픔은 가셨지만 그래도 앉을 때에는 많이 불편했어. 그러고는 뱀을 잡으러 가서 줄무늬뱀과 구렁이를 합쳐서 스물댓 마리 정도 잡았는데 이것들을 자루에 넣어서는 우리의 방 안에 넣어 두었지. 그때는 벌써 저녁 식사 시간이 다 되었을 때니까 우리는 하루 종일 무척 바쁘게 일을 한 셈이야. 배도 고팠겠다고? 배고픈 게 다 뭐야!

그런데 밥을 먹고 2층으로 돌아와 보니 뱀이라는 놈이 한 마리도 없지 뭐야. 자루를 꽉 붙들어매지 않았기 때문에 그만 모조리 빠져 나간 거야. 하지만 그건 별로 문제되지 않았어. 어딘가에 있을 테니까. 그래서 우리는 그 중 몇 마리쯤은 다시 붙잡을 수가 있으리라고 생각했던 거지. 정말로 그 후 한동안은 이 집 안에 뱀이 부족한 일은 없었어. 때때로 서까래 같은 데서 털썩 떨어지곤 했는데, 그 떨어지는 곳이 또 언제나 접시 속이라든가 사람의 목 뒤라든가 어쨌든 떨어지지 말았으면 하는 곳만 골라가면서 떨어지더군. 그놈들은 참 예쁘게도 생겼었어. 예쁜 줄무늬가 있는 데다가 백만 마리가 있어도 조금도 해가 없는 것이거든. 하지만 샐리 아주머니에게는 그런 것이 문제가 아니었어. 어떤 종류의 뱀도 무조건 경멸하는 거야. 우리가 아무리 설명을 해줘도 뱀이라면 도저히 참지를 못하는 거야. 어쩌다가 뱀이 아주머니에게 떨어질라치면 그때 아주머니는 뭘 하고 있던 간에 하고 있던 일을 집어치우고는 펄쩍 뛰며 달려나가는 거야. 게다가 천장이 무너져라고 큰 소리를 지르는 꼴이란 참으로 가관이었어. 집게로 한 마리 집어 보게 하려 해도 막무가내였어. 아저씨는 이런 아주머니에게 너무 괴롭힘을 당한 나머지, 나중에는 뱀이라는 것이 이 세상에 생겨나지 않았더라면 좋았을 거라고 말했지. 마지막 한 마리까지 집에서 없어지고 난 일주일 후에도 샐리 아주머니의 뱀 기피증은 낫지를 않았어. 뭔가 생각에 잠겨서 앉아 있을 때, 목 뒤를 새털 같은 것으로 살짝 건드려 보면 알 수 있었어. 스타킹이 벗겨질 정도로 놀라 자빠지는 거야. 하여간 알 수 없는 일이야. 그런데 톰은 여자라는 것은 모두 그런 거라고 말하는 것이었어. 왜 그런지는 모르지만 여자는 모두 그런 식으로 돼 있다는 거야.

뱀이 아주머니 앞에 나타날 때마다 우리는 호되게 매를 맞았어. 그러면서 아주머니는 만일 우리가 뱀 같은 것을 다시 한 번 집 안에 끌어들일 때에는 이 정도로는 끝나지 않을 거라고 엄포를 놓았지. 물론 그런 엄포 같은 것은 우리에게 통할 리가 없었어. 하지만 또다시 그만큼의 뱀을 잡는다는 것은 그야말로 작은 일이 아니었어. 정말 쉬운 일이 아니더군. 그렇지만 우리는 뱀뿐 아니라 다른 것들까지도 모두 다시 잡았어. 이것들이 모두 음악을 듣는답시고 짐에게로 찾아갔을 때, 오두막집의 그 번거로움이란 정말로 다시 없는 가관이었어. 짐은 거미를 아주 싫어하더군. 거미 쪽에서도 짐을 좋아하지 않는 것 같았어. 그래서 거미들은 잔뜩 매복하고 있다가 짐을 깨물어 버렸어. 짐은 쥐와 뱀과 돌절구 때문에 침대 위에선 잠을 잘 자리가 없게 되었다고 불평을 늘어놓았어. 설사 틈바구니가 있다고 하더라도 워낙 시끄러워서 잠이 올 까닭도 없다고 말야. 게다가 하루 종일 분주하다는 거야. 왜냐하면 그것들이 모두 동시에 자는 것이 아니라 교대로 자기 때문이라나. 뱀이 자고 있을 때에는 쥐란 놈이 불침번, 쥐가 잠이 들 때면 뱀이 일어나 나온다더군. 그래서 결국 몸뚱이 밑에서 방해하는 놈과 몸뚱이 위에서 서커스를 하는 놈, 이것들이 밤낮 교대로 떨어지지를 않는다는 거야. 일어나서 잠자리를 옮기려 들면 움직이는 짐을 노려보고 이번엔 거미가 덤벼든다는 거야. 이번에 이곳에서 나가는 날이면 설사 월급을 주겠다고 하더라도 두 번 다시 죄수 노릇은 안 하겠노라고 짐이라는 놈은 제법 심각한 얼굴로 말하는 것이었어.

그런데 3주일이 지났을 무렵에는 모든 것이 완전히 갖추어졌어. 셔츠는 파이 속에 넣어서 일찌감치 보내져 있었고, 짐은 새앙쥐에게 물렸을 때마다 깨어나서는 잉크가 없어지기 전에(피가 마르기 전에)일기를 써 넣었고, 침대 다리는 톱으로 두 동강을 냈고 그 톱밥은 우리가 깨끗이 먹어치웠어. 덕분에 우리는 지독한 복통을 일으켜서 이대로 죽어 버리는 게 아닌가 생각했을 정도였어.

하지만 용케도 죽지는 않았어. 정말이지 그렇게 소화가 안 되는 톱밥은 보다보다 처음이야. 그러나저러나 지금 얘기한 대로 우리 일은 마침내 끝났고 덕분에 우리는 지칠 대로 지쳐 있었어. 그 중에서도 짐이 제일 지쳐 버렸지. 아저씨는 두 번쯤 뉴올리언스보다도 강 하류 쪽의 농장에 편지를 띄웠지. 그곳 농장에서 탈주한 검둥이가 있으니까 데려가 달라고 했지만 회답이 없었어. 그런 농장이 없으니 회답이 올 수가 없었지. 그러자 아저씨는 세인트 루이스와 뉴올리언스의 신문에 광고를 내겠다고 하더군. 세인트 루이스의 신문이라는 얘기를 듣고 나는 소스라치게 놀랐어. 이건 정말로 일각도 지체할 수 없다는 것을 깨달았지. 톰은 드디어 익명의 편지를 쓸 때가 왔다고 말하더군.

"무슨 소리야, 그건?"

"어떤 사건이 일어날 거라고 모든 사람에게 경고를 하는 거야. 방법은 때에 따라서 다르지만 말야. 하지만 언제나 가까이에 정탐꾼이 있어서 이놈이 성 안의 중요 인물들에게 연락을 하는 거야. 루이 16세가 투르에서 도망치려고 했을 때에는 하녀가 이 역할을 했어. 이건 아주 좋은 방법이지만 익명의 편지도 좋은 방법이야. 우리는 두 가지 방법을 다 사용하는 거야. 그리고 보통은 말야, 죄수의 어머니가 아들과 옷을 바꾸어 입고는 어머니가 그 안에 남고 아들 쪽이 어머니의 옷을 입고 탈주하는 거야. 우리도 그걸 하잔 말야."

"하지만 톰, 대체 우리는 뭣 때문에 사건이 일어난다고 사람들에게 경고할 필요가 있는 거니? 그들에게 스스로 발견하게 하면 될 것 아냐? 그게 그들이 해야 할 일이 아니겠어?"

"응, 그건 나도 알고 있어. 하지만 그들에게 기대를 걸 수는 없어. 처음부터 그들의 하는 짓은 그래. 하나에서 열까지 모든 것을 우리에게 시키고 있는 거야. 워낙 사람을 믿는 데다 머리가 둔하니까 전혀 눈치를 못 채는 거야. 그러니까 그들에게 경고를 하지 않으면 누구 하나, 무엇 하나, 우리를 제지하려는 자가 나타날 리가 없어. 그렇게 되면 우리가 그만큼 고된 일을 하고 고생을 겪었는데도 이 탈주 사건은 김이 새고 만다 이거야. 탈주가 아니라 단순한 도주가 되고 마는 거야."

"하지만 톰, 나는 그렇게 돼도 괜찮다고 생각하는데."

"바보 같은 소리 마."

톰은 그렇게 말하고는 재미없다는 듯한 표정을 지어 보였어. 그래서 나는 말했지.

"나는 굳이 반대할 생각은 없어. 네가 좋은 거라면 아무거나 나에게도 좋으니까 말야. 그 하녀의 얘기는 어떻게 하는 거야?"

"네가 그 역할을 하는 거야. 너 밤중에 몰래 들어가서 그 혼혈아 계집애의 옷을 훔쳐 와."

"하지만 톰, 그런 짓을 하면 다음 날 아침에 당장 말썽이 일어날 거야. 그 애는 보나마나 옷이 한 벌밖에 없을 테니까 말야."

"알고 있어. 하지만 네가 익명의 편지를 갖고 가서 정문 밑으로 집어넣는 동안, 그러니까 불과 15분 동안만 입고 있으면 되는 거야."

"그렇다면 좋아. 그렇게 하지. 하지만 편지를 갖고 가는 거라면 내옷을 입어도 상관없을 거고, 그렇게 하면 성가신 일도 없을 텐데."

"그렇게 하면 하녀는 보이지 않잖아."

"그야 그렇지만, 어차피 내 모습을 보고 있을 사람은 아무도 없을 것 아냐?"

"그것과는 상관없어. 우리에게 중요한 것은 우리의 의무를 다한다는 것뿐이야. 우리가 하는 일을 누가 본다든가 보지 않는다든가 하는 그런 일과는 달라. 너에게는 원칙이라는 게 없냐?"

"알았어. 더 말하지 않을게. 나는 그 하녀가 되지. 그럼 짐의 어머니는 누가 맡는다지?"

"내가 맡지. 내가 샐리 아주머니 옷을 한 벌 훔쳐 올 거야."

"그럼 나와 짐이 빠져 나올 때, 너는 오두막집에 남지 않으면 안 되겠구나."

"천만에, 짐의 옷에 짚을 넣어 그것을 침대에 뉘어 놓으면 돼. 그것으로 변장한 짐의 어머니 대신을 삼는 거야. 짐은 내가 입고 있는 샐리 아주머니의 옷을 벗겨서 자기가 입고는 셋이 함께 도피하자, 이거야. 격이 높은 죄수가 달아날 때에는 도피한다고 하는 거야. 예를 들면 왕이 달아날 때와 같은 경우, 어김없이 그렇게 말하게 돼 있어. 왕의 아들도 마찬가지야. 법률과는 관계없이 자연히 생긴 아들이든 그렇지 않은 아들이든 전혀 구별이 없이 그렇게 말하기로 돼 있어."

그러고 나서 톰은 익명의 편지를 쓰고, 나는 그날 밤 혼혈아 계집애의 옷을 훔쳐 입고는 톰이 말하는 대로 그 편지를 정문 밑으로 밀어 넣었지. 그 편지에는 다음과 같이 씌어 있었어.

조심해라. 사건이 일어나려고 한다. 엄중한 경계를 게을리하지 말라.

무명의 벗으로부터

다음 날 밤 우리는 톰이 피로 그린 해골 밑에 두 개의 뼈가 교차되어 있는 그림을 앞문에 붙이고, 그 다음 날 밤에는 뒷문에다가 관(棺)을 그려서 붙였어. 펠프스 가 사람들이 두려움에 떠는 모습이란 정말 대단하더군. 집 안이 온통 유령뿐이어서 집 안을 이리저리 날아다닌다 하더라도 그렇게까지 두려움에 떨지는 않았을 거야. 문이 '쾅' 하고 닫히기만 해도 샐리 아주머니는 깜짝 놀라, '엄마야!' 하고 소리를 질렀고, 선반 위에서 무엇이 떨어져도 '에그머니!' 하며 기겁을 하는 거야. 멍청히 있을 때 누가 슬쩍 건드리기만 해도 역시 마찬가지였어. 어느 쪽을 향하고 있어도 불안하기만 해서 항상 뒤에 뭔가가 있는 것 같다는 거야. 그래서 아주머니는 갑자기 몸을 획 돌리고는,

"아이, 깜짝이야!"

라는 말만 되풀이하고 있었어. 자러 가기가 무서웠지만 그렇다고 해서 밤새 깨어 있을 용기도 없었지. 그러자 톰은 이건 아주 제대로 되어 간다고 흐뭇해하더군. 이렇게 척척 들어맞는 일은 일찍이 없었다는 거야. 그러고 나서 톰은,

"드디어 이제부터가 본격적인 단계야!"

라고 말하는 것이었어. 그리고 그 다음 날 아침 날이 샐 무렵에 우리는 또 하나의 편지를 준비했어. 이것은 어떻게 하면 좋을까를 궁리했지. 어젯밤 저녁을 먹을 때, 앞문과 뒷문에 밤새 보초를 세우자고 얘기하는 것을 들었기 때문이야. 톰은 상황을 파악해 오겠다고 하고는 피뢰침을 타고 내려갔는데, 뒷문에서 검둥이가 잠을 자고 있었기 때문에 그 뒷덜미에다 편지를 꽂아놓고 돌아왔어. 그 편지에는 이렇게 씌어 있었어.

나를 배반해서는 안 된다. 나는 너희들의 친구가 되고 싶다. 아득히 먼 인디언 부락에서 온, 목숨 아까운 줄 모르는 살인자들의 일당이 오늘 밤

탈주 검둥이를 훔치려 하고 있다. 그놈들이 너희를 위협한 것은 너희들을 집 안에 몰아넣음으로써 방해하지 못하게 하기 위해서이다. 나도 그놈들과 한패이지만 신앙을 갖게 되었기 때문에 동료들을 버리고 이 흉악한 계획을 폭로하는 바이다. 그들은 정각 열두 시, 북쪽 울타리로 기어 들어가 검둥이 막사에 잠입, 그를 탈취할 것이다. 나는 조금 떨어져 있다가 무슨 위험이 보이면 양철 피리를 불게 되어 있다. 그러나 나는 그들이 오두막집으로 들어가면 즉각 염소 울음 소리를 내고 피리는 불지 않겠다. 그들이 검둥이의 쇠사슬을 풀고 있는 동안 너희들은 오두막집에 다가가 문을 잠그고 그들을 그 속에 가둬 놓으면 된다. 언제든 죽일 수가 있다. 지금 내가 얘기한 이 방법 이외의 일은 무엇 한 가지라도 하지 말아야 한다. 그렇지 않으면 그들은 의심을 품고 엉뚱한 소동을 일으킬 것이다. 나는 어떠한 보수도 바라지 않는다. 다만 나 자신이 올바른 일을 했다는 것을 알고 싶을 뿐이다.

익명의 친구

40

아침을 먹은 뒤, 우리는 아주 기분이 좋아져서 내 카누를 타고 도시락까지 마련해 강으로 낚시질을 나갔어. 마음껏 즐기고 나서 뗏목을 살짝 살펴보았더니 제자리에 어김없이 놓여 있었어. 그러고 나서 아주 늦어서야 집으로 돌아왔지. 돌아와 보니까 집안 사람들은 완전히 공포에 사로잡혀 발로 서 있는 건지 머리로 서 있는 건지 알 수가 없을 정도였어.

우리가 저녁을 먹고 나자 느닷없이 가서 자라고만 할 뿐, 어떤 골치 아픈 일이 일어났는지 가르쳐 주려고도 하지 않았고 새로 쓴 편지에 대해서도 전혀 아무 말도 없었어. 하지만 우리로서는 그런 얘기를 굳이 들을 필요도 없었지. 그 일에 관해서라면 우리야말로 누구보다도 잘 알고 있었으니까.

층계를 절반쯤 올라갔을 때 아주머니가 저쪽으로 돌아서더군. 우리는 쏜살같이 지하실 찬장으로 숨어 들어갔어. 거기에서 멋진 도시락을 만들어 가지고 방 침대 속으로 기어 들어갔지. 열한 시 반쯤 일어나서 톰은 샐리 아주머니의 옷을 입고는 도시락을 들고 떠나려다가 이렇게 말했어.

"버터는 어디 있어?"

"옥수수빵 위에 올려 놓았어. 큰 덩어리로 말야."

"그럼 너, 두고 왔구나. 여기에는 없는데."

"버터 같은 것 없어도 괜찮아."

"있어도 괜찮지. 몰래 지하실로 내려가서 가져 와라. 그러고는 빨리 피뢰침을 타고 내려와서 내 뒤를 따라오는 거야. 나는 이제부터 짐의 옷에 짚을 넣어서 그놈의 어머니가 변장한 모습을 만들 테니까 말야. 그리고 네가 오면 곧 염소 울음 소리를 내면서 달아날 수 있도록 준비해 둘 테니까."

톰은 나가 버렸고 나는 지하실로 내려갔어. 사람 주먹만큼이나 큰 버터 덩어리가 내가 놓아 두었던 자리에 그대로 있었기 때문에, 나는 그 옥수수빵 한 조각을 그대로 슬쩍해서 촛불을 끄고는 살금살금 층계를 올라왔지. 1층까지는 무사히 올라왔는데 그때 난데없이 샐리 아주머니가 촛불을 들고 나타난 거야. 나는 가지고 있던 것을 모자에 쑤셔

넣고는 냉큼 머리에 얹어 버렸지. 그 순간, 아주머니가 나를 발견하고
는 이렇게 말하는 거야.

"너, 지하실에 있었니?"

"예."

"거기서 뭘 했니?"

"아무것도 안 했어요."

"아무것도?"

"예."

"그럼, 대체 무엇 때문에 이런 한밤중에 지하실엔 내려갔니?"

"모르겠어요."

"모르다니? 톰, 그런 식으로 대답하는 게 아니야. 나는 네가 거기에
서 뭣을 하고 있었는지 그걸 묻고 있는 거야."

"아무것도 하지 않았어요, 샐리 이모. 정말이에요."

나는 이것으로 아주머니가 나를 놓아 줄 거라고 생각했지. 여느 때
같으면 틀림없이 놓아 주었을 텐데 하도 이상한 일이 자꾸만 일어나기
때문에 아주머니는 조그만 일에도 신경이 쓰여서 어쩔 수 없었던 모양
이야. 그렇게 호락호락 넘어가지 않겠다는 투로 말하는 것이었어.

"거실로 들어가서 내가 갈 때까지 기다려. 분명히 무슨 쓸데없는 짓
을 했을 거야. 그게 뭔지를 알아낼 때까지는 절대로 용서하지 않을 테
니까, 그리 알고 있어."

그렇게 말하고 아주머니는 가버렸기 때문에 나는 문을 열고 거실로
들어갔지. 그랬더니 이게 무슨 난리야. 거실에는 많은 사람들이 들끓
고 있었는데, 그들은 모두 총을 가지고 있는 거야. 농민이 열댓 명쯤
될까. 나는 가만히 의자 있는 데로 가서 앉았어. 모두들 여기저기에 앉

아 낮은 목소리로 얘기를 하고 있었는데 누구나가 다 초조한 모습이었어. 그러면서도 애써 침착을 가장하고 있더군. 모자를 썼다 벗었다 하고, 머리를 긁적거리기도 하며, 자리를 자꾸만 옮기고 단추를 만지작거리고 있었어. 나도 물론 침착할 수는 없었지만 그래도 모자는 벗지 않았어.

나는 샐리 아주머니가 와서, 얼른 내 문제를 처리해 주기를 바라고 있었지. 때리고 싶으면 때리고 놓아 주기를 바라고 있었던 거야. 그러면 나는 톰에게 가서 이번 일은 좀 지나쳤다는 것과 우리가 얼마나 요란스러운 벌집을 쑤셔 놓았는가를 알려 줄 수가 있단 말이거든. 그렇게 되면 더 이상 우물쭈물할 것 없이, 여기에 있는 이 변변치 못한 친구들이 더 참을 수 없어져서 우리에게 덤벼들기 전에 짐을 데리고 도망칠 수가 있을 테니까 말야.

한참만에 아주머니가 들어오더군. 그러고는 여러 가지 일들을 나에게 묻기 시작했어. 하지만 나는 앞뒤가 맞는 대답을 제대로 할 수가 없었지. 도대체 정신을 차릴 수가 없었거든.

방 안에 있는 사나이들은 안절부절못하면서 지금 당장에라도 달려나가자, 자정까지 이제 2, 3분밖에 남지 않았다고 말하는 자가 있는가 하면 한쪽에서는 또 그걸 제지하느라고 염소 울음 소리가 날 때까지 참자는 자도 있었어.

그런데 아주머니는 연속적으로 이것저것 자꾸만 나에게 질문을 퍼붓는 거야. 나는 나대로 온몸이 떨려서 이러다간 곧 쓰러지지 않을까 하고 생각될 정도로 불안하기만 했어. 게다가 방 안은 점점 더워지고 버터는 녹아서 목과 귀 뒤로 흘러내리는 거야. 그러자 방 안에 있던 한 사나이가 소리쳤어.

"에그, 큰일났어! 이 애가 어떻게 된 거야? 이건 틀림없이 뇌막염일 거야. 머릿골이 흘러나오고 있어!"

그러자 모두들 나에게로 달려들어서 구경하는 거야. 아주머니는 내 모자를 낚아채더군. 그러자 빵과 버터가 나왔지 뭐야. 아주머니는 나를 붙잡고 꽉 끌어안으면서 이렇게 말하더군.

"애야, 넌 어쩌면 이렇게 사람을 놀라게 하니! 이 정도로 끝났으니 다행이구나. 워낙 요사이 집안이 뒤숭숭해서 나는 정말 놀랐다. 순간 네가 살아나지 못할 거라고 생각했지 뭐니. 그런데 왜 진작 얘기하질 않았니? 버터를 가지러 갔었다고 말야. 난 조금도 그런 걸 나무랄 생각은 없어. 자아, 이젠 가서 자거라. 아침까지 얼굴을 나타내는 게 아냐! 알겠어?"

나는 한달음에 2층으로 올라갔고 다시 한달음에 피뢰침을 타고 밑으로 내려가서는 헛간을 향해 어둠 속을 쏜살같이 달렸지. 말을 하려고 해도 입에서 나오질 않았어. 그만큼 나는 걱정이 대단했어. 하지만 나는 되도록 빠른 말로 톰에게 알려 주었지.

"당장 중지해야 해! 조금의 여유도 없어. 저쪽 거실은 사나이들로 가득 차 있는데 모두 총을 가지고 있어."

톰은 눈을 말똥말똥 뜨고 내 얘기를 듣고 있더니 이렇게 말하는 것이었어.

"뭐? 정말이야? 야아, 멋지다! 이봐, 헉, 또다시 새로 시작할 수만 있다면 200명은 모여들게 할 수 있을 텐데! 어떻게 연기시키는 방법이 없을까. 만일……."

"빨리! 서둘러! 짐은 어디 있니?"

"네 옆에 있잖니. 팔을 뻗치면 닿을 곳에 말야. 짐은 옷도 입었고 준

비는 다 됐어. 지금부터 몰래 빠져 나가서 염소 울음 소리로 신호를 보
내는 거야.”

하지만 그때에는 이미 문 앞에까지 온 사나이들의 발자국 소리가 나
더니 자물쇠를 흔드는 소리가 들렸어. 그리고 사나이 하나가 이렇게
말하더군.

“아직 이르다고 내가 말하지 않았어. 놈들은 아직 오지 않은 거야.
자물쇠가 그대로 잠겨 있잖아. 자, 몇 사람은 안으로 들어가. 바깥에서
자물쇠를 잠가둘 테니까 안으로 들어가서 어둠 속에 대기하고 있다가
놈들이 기어 들어가면 때려 잡는 거야. 다른 사람들은 근처에 흩어져
서 놈들이 오는 소리가 들리는지 귀를 기울이고 있고.”

그래서 그들은 안으로 밀어닥쳤는데 어둠 속에 있는 우리를 보지는
못했지. 우리는 급히 침대 밑으로 기어 들어갔는데 하마터면 그들의
발길에 채일 뻔했어. 하지만 우리는 무사히 구멍 바깥으로 빠져 나왔
어. 급히, 하지만 살그머니. 짐이 앞장서고, 다음이 나, 마직막에 톰의
순서로 말야. 이건 톰의 명령에 따른 것이었어. 그렇게 해서 우리는 옆
의 헛간으로 들어갔는데, 바로 그 옆 바깥에서도 발자국 소리가 났어.
우리는 문까지 기어갔지.

톰은 문틈에다 눈을 갖다 댔는데 바깥도 워낙 어둡다 보니 제대로
보일 까닭이 없었어. 톰은 조그마한 소리로, 발소리가 멀어지기를 기
다렸다가 내가 팔꿈치로 쿡 찌를 테니 먼저 짐이 살그머니 빠져 나가
고 자기는 맨 나중에 나가겠다고 말했어. 그러고는 틈바구니에 귀를
갖다 대고 열심히 귀를 기울이고 있었는데, 그러는 사이에도 그 일대
를 걸어다니는 발자국 소리가 계속 들려 왔어. 하지만 이윽고 톰이 팔
꿈치로 쿡 찌르기에 우리는 허리를 구부리고 숨을 죽이고는 소리가

나지 않게 조심하면서 울타리를 향해 전진했지. 무사히 울타리 앞까지 와서 나와 짐은 울타리를 뛰어넘었어. 하지만 톰은 바지가 걸려서 그만 꼼짝할 수 없게 된 거야. 그때 가까이 다가오는 발자국 소리가 들렸어.

톰은 걸린 바지를 빼내기 위해서 강제로 잡아당기지 않으면 안 되었어. 그래서 그만 나무가 부러지면서 우지끈 소리가 나버렸어. 톰이 뛰어내려서 우리에게로 달려왔을 때 누군가가 소리를 질렀지.

"누구냐? 대답을 안 하면 쏠 테다!"

그렇지만 우리는 대답을 할 까닭이 없지. 걸음아 날 살려라 하고 마구 달렸거든. 그러자 사람들은 와아 밀려 나오고 땅땅땅! 총알이 마구 우리 머리 위를 윙윙 날아가는 거야! 그리고 사람들이 이렇게 소리 지르는 것이 들렸어.

"저기 있다! 강으로 내빼고 있다! 어서 추격하라! 개를 풀어놔!"

사람들은 전속력으로 우리 뒤를 따라왔어. 그들은 구두를 신고 있는데다 소리까지 지르고 있었지만, 우리는 구두를 신고 있지 않고 소리도 지르지 않았기 때문에 그들이 따라오는 소리를 들을 수 있었어. 우리는 목재소로 들어가는 조그만 길로 달려갔는데 사람들이 꽤 가까이까지 쫓아왔을 때 그 옆 덤불 속으로 기어 들어가 놈들을 지나치게 하고는 그들의 뒤를 따랐지. 개들은, 도둑들이 겁을 먹고 도망가서는 안 된다고 해서 한 마리도 남김없이 가둬 놓고 있었는데, 벌써 누가 풀어놓았는지 왕왕 짖어 대면서 백만 명을 추격하기에도 부족하지 않을 만큼 무서운 기세로 몰려왔어. 하지만 그것은 우리의 개인걸.

우리는 멈춰 서서 그것들이 다가 오기를 기다렸지. 개들도 역시 상대방이 우리고 또 별로 재미있는 일도 없음을 알자 그저 인사 정도를 하고는 그대로 앞서간 사람들을 따라가 버렸어. 그래서 우리는 다시 기운을 차리고 그들의 뒤를 따라 달려갔지. 목재소 바로 앞까지 달려 가 덤불을 뚫고 내 카누가 매어 있는 곳으로 갔어. 거기에서 우리는 카 누를 타고 필사적으로 강 한가운데까지 저어 갔지. 내 뗏목을 숨겨논 섬을 향해서 저어 나갔어.

그들이 강가의 여기저기에서 소리를 지르고 외치는 것이 들렸지만 그 사이에 우리는 멀리 떠나왔기 때문에 소리는 점점 작아져 이윽고 완 전히 사라져 버렸어. 우리가 뗏목에 오르고 나서 나는 이렇게 말했지.

"짐, 이것으로 너는 다시 자유로운 몸이 됐어. 두 번 다시 노예가 되 는 일은 없을 거야."

"게다가 헉, 기막히게 재미있었어. 계획도 멋졌고, 정말 멋지게 해치 웠어. 우리가 한 것처럼 복잡하게 뒤얽히고 또 그렇게 멋진 계획은 아 마 아무도 생각하지 못할 거야."

우리는 모두 더할 수 없이 기뻤는데, 그 중에서도 제일 기뻐한 것은 톰이었어. 왜냐하면 톰은 장딴지에 총을 맞았거든.

나와 짐은 그 얘기를 듣고는 아까만큼 신바람이 나지를 않았어. 톰 은 무척 아파하고 게다가 피를 흘리고 있었거든. 그래서 우리는 톰을 천막 속에 눕히고는 공작의 셔츠를 한 장 찢어서 싸매주려고 했지. 그 런데 톰은 이렇게 말하는 거야.

"그 누더기를 이리 줘. 내 손으로 할 테니까. 여기서 멈춰서는 안 돼. 이런 데서 우물쭈물할 수 없단 말야. 멋지게 도피를 감행했는데 이제 와서 일을 그르칠 수는 없어. 노를 잡아. 뗏목을 출동시키는 거야. 우 리의 솜씨는 멋있었어! 최고였어! 루이 16세 사건도 우리가 맡았다면 얼마나 좋았을까. 우리였다면 '성(聖) 루이의 후예여, 승천할지어다'

하는 따위의 사형 문구를 놈의 전기(傳記)에 쓰게 하는 그런 서투른 짓은 하지 않았을 거야. 당치도 않지. 우리 같았으면 한바탕 소동을 일으키면서 왕이 국경을 넘을 수 있게 해주었을 거야. 그것도 별로 대단한 일도 아닌 것처럼 아주 쉽게 말야. 자아, 노를 잡아!"

하지만 나와 짐은 의논을 했어. 그리고 둘이서 잠시 궁리한 끝에 짐은 이렇게 말했어.

"헉, 내 생각은 이런데 어떨까? 만일 톰 도련님이 자유의 몸이 되고 우리 중 하나가 총에 맞았다고 하잔 말이야. 그때 톰 도련님이 이렇게 말할까? '나를 살려 줘, 저 애를 도와 줄 의사는 부르지 않아도 돼' 하고 말야. 톰 도련님이 그렇게 말할 리는 없지? 아니, 절대로 그렇게 말하지는 않을 거야! 그렇다면 이 짐은 그렇게 말할까? 아니, 천만의 말씀이야. 나는 의사가 와서 톰 도련님을 치료하지 않는 한, 여기에서 한 발자국도 움직이지 않을 테야. 40년 동안이라도 여기에 그대로 있을 거야."

짐의 마음이 착하다는 것을 나는 진작부터 알고 있었기 때문에 틀림없이 이렇게 나오리라 짐작하고 있었어. 그렇다면 이제 걱정할 것은 없었어. 나는 톰에게 의사를 부르러 가겠다고 말했지. 녀석은 어지간히 반대했지만 나와 짐도 완강하게 버틴 채 조금도 양보하지 않았어. 그러자 톰은 자기가 기어가서 뗏목의 밧줄을 풀겠다고 야단이었어. 하지만 그렇게 하도록 내버려 둘 우리가 아니었지.

마침내 톰은 우리에게 마구 공격을 퍼부어 댔지만 그런 것은 아무 소용도 없었어. 그러고 나서 내가 카누를 준비하고 있는 것을 보자 톰은 이렇게 말하는 것이었어.

"이것 봐. 네가 꼭 가야만 하겠다면 마을에 도착했을 때 어떻게 해야 하는지 가르쳐 줄게. 우선 문을 닫고 의사에게 풀어지지 않도록 단단히 눈가리개를 하는 거야. 그러고서 침묵을 지키겠다는 서약을 시켜. 그런 후에 금화가 가득 든 지갑을 쥐어 주고 어둠 속에서 이곳 저곳을 한참 끌고다니다가 이곳으로 데려오는 거야. 올 때에도 섬 사이를 빙글빙글 돌아서 이곳이 어딘지 모르게 와야 해. 그리고 의사의 소지품은 미리 조사해서 분필은 압수하도록 해. 그리고 네가 의사를 다시 마을로 데려다 줄 때까지는 돌려 줘서는 안 돼. 그렇지 않으면 의사는 이 뗏목에다 분필로 표시를 해놓을 테니까 말야. 이게 바로 모두들 하는 옳은 방법이야."

나는 알았다고 하고 곧 떠났지. 짐은 의사가 나타나면 숲속으로 숨었다가 의사가 돌아간 뒤에 다시 나타나도록 얘기가 됐지.

41

의사는 나이가 많은 사람이었어. 자고 있는 것을 깨웠는데 아주 친절해 보이는 좋은 사람이었어. 나는 그 의사에게 말했지.

"어제 오후에 저쪽 스페인 섬에 건너가서 동생과 함께 사냥을 하고는 거기서 발견한 뗏목 위에서 캠프를 했어요, 한밤중이었는데 동생은 아마 꿈을 꾸다가 총을 걷어찼던 모양이에요, 총알이 튀어나와 동생 다리에 맞았어요, 그러니까 거기에 가서 치료를 해주시지요, 이 일에 대해서는 사람들에게 비밀로 해주세요, 오늘 밤 집에 돌아가서 식구들을 깜짝 놀라게 해주고 싶어요."

하고 말이야.

“집이라니? 어느 집이냐?”

“이 강 밑의 펠프스 가예요.”

“그래, 그런데 동생이 어쩌다가 총알에 맞았다고 했지?”

“꿈을 꾸었어요.”

“이상한 꿈이로구나.”

그렇게 말하고 의사가 램프를 켜들고 가방을 집어들자 우리는 떠났어. 그런데 의사는 카누를 보자 그게 아무래도 마음에 들지 않는 모양이야. 한 사람 타기에는 충분하지만 두 사람 타기에는 좀 위험할 것 같다고 얘기하는 거야. 나는 말했지.

“아닙니다, 선생님. 두려워하실 것 없어요. 셋이서도 문제없이 탔는걸요.”

“셋이라니?”

“그건 나와 시드, 그리고 총이에요! 셋이라는 건 그 얘기죠.”

“으흠, 하긴.”

하지만 늙은 의사는 배에다 한 발을 걸쳐 놓고 카누를 흔들어 보더니 머리를 가로저으면서 좀 더 큰 놈이 없는지 그 일대를 찾아보겠다는 거야. 하지만 배라는 배는 모두 쇠사슬에 매여 있었기 때문에 의사는 할 수 없이 내 카누에 타더니 나더러는 자기가 돌아올 때까지 여기에서 기다리고 있으라는 것이었어. 그러기가 싫으면 좀 더 멀리까지 가서 카누를 찾아보든가, 원한다면 집에 돌아가서 모두들 놀라게 해줄 준비를 시켜 놓으면 더 좋을 거라고 하면서 말야. 나는 싫다고 했지만 뗏목을 어떻게 하면 찾을 수 있는지 일러 주고는 의사는 혼자 카누를 타고 떠나 버렸어.

곧 나는 어떤 생각이 불쑥 떠올랐어. 만일 짧은 시간 내에 그 의사가 치료를 하지 못한다면 어떻게 하지? 만일 사흘이나 나흘쯤 걸린다면? 그 의사가 비밀을 퍼뜨릴 때까지 이곳에서 우물쭈물하며 기다리고 있을 건가? 당치도 않지, 나는 그런 작자들이 하는 식을 잘 알고 있거든. 그래서 여기서 기다리고 있다가 의사가 돌아와서 만일 좀 더 치료를 해야 한다고 하면 헤엄을 쳐서라도 의사를 따라가서 꼼짝 못하게 붙잡아 매놓고 강을 내려가야겠다고 생각했지. 그리고 톰에게 의사가 필요 없게 됐을 때 돈을 지불하든가 아니면 가지고 있는 것을 뭣이든 줘서 상륙시키면 될 거라고.

그렇게 생각하고 나는 목재더미가 쌓여 있는 속에 들어가서 잠깐 동안 눈을 붙였지. 얼마 후에 눈을 떠보았더니 어느 새 해가 중천에까지 와 있는 거야! 나는 달려서 의사네 집에 가보았지만, 선생은 밤중에 나가서 아직 돌아오지 않았다고 하더군. 그래서 나는 생각했지.

'톰의 상처가 아주 대단한 모양이로구나, 지금 당장 섬에 가야겠어.'

그렇게 생각하며 나는 달려나갔지. 그러고는 막 모퉁이를 돌 때 하마터면 머리를 부딪힐 뻔했는데 그게 하필이면 사일러스 아저씨였어!

"너, 톰이로구나! 지금까지 어디에 가 있었니? 요 장난꾸러기."

"아무 데도 가지 않았어요. 도망친 검둥이를 찾고 있었어요, 시드와 함께."

"이모가 무척 걱정을 하고 있단 말이다."

"걱정하실 것 하나도 없었는데요. 둘이서 사람들과 개를 쫓아갔는데 그들의 발이 너무 빨라서 그만 놓치고 말았어요. 하지만 강 쪽에서 소리가 들리는 것 같더군요. 그래서 카누를 타고 뒤를 쫓아서 저쪽 기슭까지 가보았는데 아무것도 볼 수가 없었어요. 그래서 다시 상류 쪽으로 저어 가는 동안에 지쳐서 완전히 뻗어버렸어요. 그래서 카누를 매어 놓고 푹 자고 나서 눈을 뜬 게 한 시간쯤 전이었는데 또 무슨 새로운 소식은 없는가하고 이쪽으로 저어 왔어요. 시드는 무슨 소식을 듣게 될는지도 모른다고 하면서 우체국으로 가고, 저는 먹을 것을 얻기 위해서 이리로 온 거예요. 곧 집으로 돌아갈 생각이었어요."

그래서 결국 우리는 시드를 찾아서 우체국으로 가게 됐어. 하지만 그곳에 있을 까닭이 있나? 아저씨는 우체국에서 편지를 한 통 받아들고서는 계속 기다렸지만 그래도 시드는 나타나지 않았지. 그러자 아저씨는,

"자, 돌아가자. 시드는 멋대로 헤매다가 지쳐 버리면 걸어서 돌아오겠지. 아니면 카누를 타고 돌아오든가."

하고 말했어. 그러면서 나더러 마차에 타라는 것이었어. 나는 좀 더 이곳에 남아서 시드를 기다려 보겠노라고 했지만 통하지 않았어. 빨리 돌아가서 이모에게 너희들이 무사하다는 것을 알려 주지 않으면 안 된다고 하시더군.

집에 도착하자 샐리 아주머니는 나를 보고 너무 기뻐서 소란을 떨면서 꼬옥 껴안고는 가끔 주는 그 아프지 않은 꿀밤을 하나 먹였어. 그리고 시드가 돌아오면 똑같이 한 대 먹이겠다고 하더군.

집 안은 온통 식사 초대를 받은 농사꾼이나 그들의 부인들로 가득 차 있었는데 시끄럽고 떠들썩하기란 이루 말할 수 없었어. 그 중에서도 제일 시끄러운 것이 호치키스 부인이라는 할머니였지. 혀는 잠시도 쉴 틈이 없었어. 그 할머니가 이렇게 말하더군.

"이봐요, 펠프스 씨. 저쪽 오두막집을 구석구석까지 찾아보았는데 그 검둥이는 아무래도 미쳤던 것 같아요. 댐렐 부인에게도 그렇게 말했지만. 이봐요 댐렐 부인, 내가 아까 말했죠? 그놈은 아무래도 정신이

돌았다고 말예요. 여러분들도 내가 말하는 것을 들었지요? 그놈은 미친놈이라고 그렇게 말했으니까. 어느 모로 보더라도 그렇게 밖에는 생각할 수가 없다고요. 저 돌절구를 보세요, 제정신이 있는 녀석이 그런 터무니없는 말을 돌절구에 써놓겠느냐구요. 누구 누구가 여기에서 심장이 찢어졌다, 어느 누구가 37년 동안 여기에서 죽도록 일을 하면서 어쩌고저쩌고 써 놓았잖아요. 루이 누군가의 사생아가 어떻다느니, 그야말로 하나에서 열까지 미친 소리뿐이에요. 그렇지요? 그놈은 진짜 미치광이라고 나는 말했어요."

댐렐 부인이라는 할머니가 말하더군.

"게다가 그 누더기천으로 만든 줄사다리는 또 어떻구요, 호치키스 부인. 대체 뭣에 쓰려고 그런 것을……."

"방금 내가 그 얘기를 애타백 씨에게 했어요. 그렇죠? 애타백 씨. 애타백 씨가 말예요, 저 누더기천 줄사다리는 뭘까 묻더군요. 그래서 내가 글쎄 뭣에 쓰려고 만들었을까 했더니 애타백 씨가 말예요, 호치키스 부인……."

"그러나저러나 저 돌절구는 어떻게 안에 들여다 놓을 수가 있었을까요? 그리고 누가 저 구멍을 팠을까요? 대체 누가……."

"그걸 내가 말하고 있었어요, 펜로드 씨! 아까 내가 말했어요. 그 당밀 접시 좀 집어 주시겠어요? 나는 방금 던랩프 씨에게 그 이야기를 하던 참이었어요. 저 돌절구는 어떻게 해서 안으로 갖다 넣었을까, 하고 말예요. 도와 주는 사람도 없는데. 도와 줄 사람도 없었잖아요! 이건 웃을 일이 아니라고 나는 말했어요. 도와 준 놈이 있었을 거라고, 아니 수두룩했을 거라고도 말했어요. 그 검둥이를 도와 준 놈들은 열두 명은 됐을 거라고 말예요. 그래서 나는 이 집에 있는 검둥이들을 모조리

두들겨서라도 누가 도와 주었는지를 알아내고야 말겠다고 말했어요. 그리고 나는 또……."

"열두 명이라고 하셨죠? 내 생각엔 마흔 명이 있어도 그 많은 일을 해내지를 못했을 거예요. 그 칼로 만든 톱과 그 밖의 것들을 보세요. 얼마나 오랜 시간을 걸려서 만들었겠어요. 그리고 그 톱으로 자른 침대 다리, 그건 아마 여섯 명이 붙어도 일주일은 걸려야 할 일이에요. 그리고 침대 위에 놓여 있던 그 짚으로 만든 검둥이, 그리고……."

"정말 그래요, 하이타워 씨! 그것과 똑같은 얘기를 다른 사람도 아닌 펠프스 씨에게 이제 방금 말씀드렸어요. 펠프스 씨는 나에게 어떻게 생각하느냐고 묻더군요. 뭘 말이지요, 하고 내가 되물었지요. 그랬더니 펠프스 씨는 그런 식으로 자른 침대 다리 말입니다, 하고 말하더군요. 그래서 나는 침대 다리가 자기 스스로 잘랐을 리는 없잖아요. 누군가가 잘랐을 거라고 말예요. 되지 못한 의견일는지는 모르겠지만요, 내 의견은 어디까지나 그래요, 하고 말했지요. 그러니 누구든 좋으니까 좀 더 좋은 의견을 내놓을 사람이 있으면 그 사람에게 의견을 묻는 게 좋겠다고 했어요. 나로서는 그것뿐이에요. 나는 던랩프 씨에게도 그렇게 말했다고 했는데, 나는……."

"펠프스 부인, 제가 장담할 수 있는 것은, 그만한 일을 해내려면 4주일 간을 매일 밤 막사 안 가득히 검둥이가 들끓어야 했을 것이라는 얘깁니다. 저 셔츠를 보세요. 구석구석까지 피로 쓴 수수께끼 같은 아프리카 글자가 꽉 차 있지 않아요! 꽤 많은 놈들이 거의 쉴새없이 저 일에 달라붙어 있었음이 틀림없습니다. 저것을 누가 나에게 읽어 준다면 2달러를 지불할 마음이 있습니다. 저것을 쓴 검둥이들을 붙잡아 마구 채찍으로 매질을 해서……."

"머플즈 씨, 많은 사람이 도와 주었다고요? 만일 당신이 방금 얼마 전부터 이 집에 계셨다면 그렇게 생각하실 거예요. 그들은 닥치는 대로 아무것이나 훔치곤 했었으니까요. 그것도 우리가 항상 지켜 보고 있는 가운데 말이에요. 저 셔츠는 빨랫줄에 널어 놓은 것을 훔쳐 갔어요! 그리고 줄사다리를 만든 저 시트는 몇 번을 도둑맞았는지 몰라요. 게다가 밀가루, 양초, 촛대, 숟가락, 침대를 데우는 옛날 화로 냄비…… 너무 많아서 일일이 기억을 못 하고 있어요. 그리고 내가 새로 만든 사라사 드레스까지 훔쳐냈어요. 게다가 나와 사일러스 그리고 우리 시드와 톰까지, 밤낮으로 감시를 하고 있었어요. 그런데도 누구 한 사람 그 어떤 것도 붙잡지 못했어요. 모습도 보이지 않고 소리도 들리지 않았어요. 그리고 마지막 순간에 와서 벌어진 일을 보세요. 우리의 바로 코 앞에까지 숨어 들어와서 우리를 조롱한 거예요. 우리를 조롱했을 뿐만 아니라 그들은 인디언 부락의 도둑놈들까지도 조롱하며 검둥이까지 데리고 감쪽같이 달아나 버린 거라구요. 열여섯 명의 장정과 열두 마리의 개가 뒤를 추격했지만 헛수고였어요. 정말 이런 얘기를 일찍이 들어본 적이 없어요. 솔직히 말해서 이건 도깨비 짓이라고밖에 생각할 수가 없어요. 생각해 보세요. 여러분은 우리 집 개를 잘 아시죠? 그렇게 영리한 개들은 정말 드물 거예요. 그런데 그 개들이 단 한 번도 그놈들의 냄새를 맡은 적이 없거든요! 누가 이 원인을 설명할 수 있어요? 어느 분이라도 좋으니까요!"

"아니, 정말 모를 일인걸."

"정말, 이런 일이 있다니……."

"손들었어, 나는……."

"집 안의 물건도 훔쳤군요."

"맙소사, 나 같으면 살기가 무서워서, 이런……."

"리지웨이 부인, 저는 너무 무서워서 제대로 자지도 못하고 깨어 있지도 못해요. 누울 수도 앉을 수도 없는 지경이에요. 정말로 그놈들이 우리 집 사람들까지도 훔쳐 가지 않을까 얼마나 걱정이 되던지……. 정말 어젯밤 열두 시가 되었을 때 내가 얼마나 허둥댔는지 아세요? 나는 말예요, 가족 중의 누군가를 도둑맞지 않는가 하고 정말로 걱정했어요. 뭐 사물을 조리 있게 생각할 만한 기력조차 없는 그런 상태에 있었어요. 저 2층의 호젓한 방에는 우리 집의 귀여운 애가 둘이 자고 있을 테지, 하고 생각하니까 걱정이 되어서 견딜 수가 없었어요. 그래서 살그머니 2층에 올라가 애들 방에 자물쇠를 채워 놓고 말았어요! 누구나 그런 경우엔 그렇게 했을 거예요. 무서워지기 시작하니까 나중에는 정말 미칠 지경이 되더라구요. 머리가 이상해지고 여러 가지 엉뚱한 생각이 자꾸만 떠오르는 거예요. 그리고……."

말을 하다가 샐리 아주머니는 영문을 잘 모르겠다는 표정을 짓고는 말을 중단했어. 그리고 천천히 고개를 돌렸는데 시선이 나에게 와서 딱 멈추는 거야. 그때 나는 자리에서 일어나 산책을 나섰지.

산보를 하며 곰곰이 생각해 보니, 오늘 아침에 우리가 그 방에 없었던 이유를 좀 더 그럴듯하게 설명할 수 있을 게 아닌가 하고 나는 속으로 생각했지. 그래서 나는 밖으로 나온 거야. 하지만 너무 멀리까지 갈 배짱은 없었어. 아주머니가 나를 부르러 사람을 보낼지도 모르는 일이었으니까. 오후 늦게 사람들이 모두 돌아가고 없을 때 나는 집으로 들어가서 아주머니에게 이렇게 말했지. 그 소란과 총소리 때문에 나와 시드는 눈을 떴다고. 문에는 자물쇠가 걸려 있었지만 무척 재미있을 것 같고 보고 싶어서 우리는 피뢰침을 타고 밑으로 내려갔노라고. 그래서 둘이 모두 상처는 약간 입었지만 그런 짓은 다시는 하지 않을 생각이라고.

그 후로도 좀 더 지껄였는데, 아까 사일러스 아저씨에게 얘기한 것과 똑같은 얘기를 다시 아주머니에게 들려 주었지. 그랬더니 아주머니는 우리를 용서해 주겠다고 하면서 그 정도의 일은 괜찮을지도 모른다고 하는 것이었어. 아주머니가 보기에는 사내애들은 모두 어지간히 엉뚱한 데가 있기 때문에 무슨 일을 저지를지 알 수가 없다는 거야. 그러니까 이미 지나간 일을 가지고 애를 태우기보다는 우리가 살아 있고, 몸 건강히 함께 있을 수 있게 된 것을 감사히 여기면서 살아가는 편이 낫다고 말하는 것이었어. 그러고는 나에게 키스를 하며 내 머리를 쓰다듬고는 뭔가를 골똘히 생각하는 것 같더니 곧 깜짝 놀라면서 말했어.

"이게 웬일이니? 벌써 밤이 됐는데 시드는 아직도 돌아오지 않는구나! 그 애는 대체 어떻게 된 거니?"

나는 지금이야말로 좋은 기회라고 생각하고 기운차게 나서면서 이렇게 말했지.

"제가 마을로 달려가서 데리고 올게요."

"아니, 너는 안 돼. 너는 여기에 꼼짝 말고 있어야 해. 없어지는 것은 한 사람으로도 충분해. 저녁 식사 때까지 돌아오지 않으면 아저씨가 찾아나설 거야."

그런데 톰은 저녁 식사 때까지도 돌아오지 않았어. 그래서 저녁 식사를 끝내자 아저씨는 곧 마을로 달려나갔지. 아저씨가 돌아온 것은 열 시경이었는데 약간 근심스러운 표정이더군. 톰의 발자취조차 파악할 수가 없었다는 거야. 샐리 아주머니는 몹시 걱정을 했지만 사일러스 아저씨는 걱정할 것 없다면서 사내애니까 내일 아침이면 문제 없이 나타날 테니까 두고 보라는 거야. 그래서 아주머니도 약간 안심이 된 모양이었지만, 그래도 아주머니는 어쨌든 자지 않고 좀 더 기다려 본다고 하면서 그 애가 볼 수 있도록 불을 켜 놓겠다는 것이었어.

내가 2층으로 자러 올라간다고 하니까 아주머니도 함께 따라 올라와서는, 촛불을 가져다 주고 이불로 감싸 주기도 하면서, 그야말로 친자식처럼 다정하게 해주었어. 그럴수록 나는 내가 비열한 인간인 것같이 느껴져서 아주머니의 얼굴을 똑바로 쳐다볼 수가 없었지. 아주머니는 침대에 걸터앉아 오랫동안 나와 이야기를 주고받았어. 시드가 얼마나 훌륭한 애인지를 말하면서 시드의 얘기를 언제까지나 그만두고 싶지 않은 눈치였어. 그리고 이따금씩 나에게 묻더군. 시드가 행방불명 됐다든가, 부상을 당했다든가, 혹은 물에 빠져 죽었다든가, 그런 일이 있을 수 있다고 생각하느냐고 말야. 바로 지금 이 순간에 그 애가 어딘가에서 뒹굴면서 고통을 겪고 있을지도 모르는데 자기는 지금 그 애 옆에 있지 못하기 때문에 도와 주지 못하고 있는 것인지도 모른다고 하면서 소리 없이 눈물을 흘리기도 하는 것이었어.

“시드는 괜찮을 거에요. 아침에는 틀림없이 돌아올 거예요.”

하고 말하곤 했는데 그때마다 아주머니는 내 손을 잡아 주든가 키스를 해주면서,

“지금 그 얘기 다시 한 번 들려 줘, 몇 번이고 계속 들려 줘, 그 얘기를 들으니까 한결 마음이 놓인다, 그만큼 지금 내 마음은 괴롭단다.”

하고 말하는 것이었어. 그러다가 방에서 나갈 때에는 내 눈을 아주 다정스럽게 내려다보고는 이렇게 말했어.

“문에는 이제 자물쇠를 걸지 않을게, 톰. 창문도 있고 피뢰침도 있지만, 너는 이제 착한 애가 될 테지? 이제 바깥에는 나가지 않을 테지? 나

를 생각해서."

사실을 말하면, 나는 톰의 형편을 알아 보러 가고 싶었고 정말로 갈 생각이었어. 하지만 아주머니의 얘기를 듣고 난 후에는 비록 한 나라를 준다고 하더라도 갈 수가 없었어.

그래서 나는 아주머니의 일도 걱정이 되고, 톰의 일도 걱정이 되어서 정말 제대로 잠을 잘 수가 없었어. 그래서 밤중에 두 번쯤 피뢰침을 타고 내려가서 집 앞쪽으로 살그머니 돌아가 보았지. 그랬더니 아주머니는 창가에 촛불을 켜 놓고 그 옆에 우두커니 앉아 있었어. 눈은 길 쪽을 향하고 있었는데 그 눈에는 눈물이 고여 있었어. 나는 아주머니를 위해서 뭣이든 해주고 싶었지만 아무것도 해줄 수가 없는 것이 안타까웠어. 다만 더 이상 아주머니를 슬프게 하는 일은 하지 않겠다고 혼자 맹세했을 뿐이었어. 세 번째 눈을 떴을 때는 이미 날이 샐 무렵이었는데 몰래 내려가 보았더니 아주머니는 여전히 그 자리에 앉아 있는 것이었어. 촛불은 거의 다 타서 꺼지려 하고 있었는데, 아주머니는 백발이 성성한 머리를 손으로 괸 채 잠들어 있었어.

42

아저씨는 아침 식사 전에 또 한 번 마을에 나갔지만 톰의 행적은 여전히 모르는 채 돌아왔어. 아침 식탁에 앉아서도 누구 하나 말도 않고 슬픈 얼굴로 생각에만 잠겨 있었어. 커피는 점점 식어가고 음식은 전혀 들지를 않고. 그러는 중에 아저씨가 이렇게 말하더군.

"그 편지, 당신에게 전했던가?"

"무슨 편진데요?"

"어제 내가 우체국에서 받은 편지. 받지 못했어?"

"아뇨, 편지 같은 건 저에게 주시지 않았어요."

"그랬어. 분명히 내가 잊어버렸군."

그렇게 말하고 아저씨는 여기저기 호주머니를 뒤지다가 어딘가 놓아 두었던 자리에 가서 찾아 가지고 오더군. 그러고는 그것을 아주머니에게 건네 주었어. 아주머니는 이렇게 말하더군.

"어머, 세인트 피터즈버그에서 온 편지예요. 언니한테서요."

나는 산책을 하고 오면 좋겠다고 생각되었지만 도저히 자리를 뜰 수가 없는 처지였어. 하지만 아주머는 봉투를 뜯기도 전에 그 편지를 떨어뜨리고 밖으로 달려나갔어. 뭔가를 본 거야. 나도 보았지. 그건 다름이 아니라 매트리스에 누운 톰 소여였어. 그 늙은 의사와 아주머니의 사라사 드레스를 입고 두 손을 뒤로 묶인 짐, 그 외에 많은 사람들이 따라왔지. 나는 아주머니가 떨어뜨린 편지를 제일 가까이에 있는 물건 뒤에다 숨기고 달려나갔지. 아주머니는 울면서 톰에게 달려들며 이렇게 말하더군.

"오오, 죽었구나. 정말로 죽고 말았구나!"

그러자 톰이 목을 약간 움직이며 뭐라고 중얼거렸어. 그것은 톰이 제정신이 아니라는 증거였지만 아주머니는 그 소리를 듣자 두 손을 쳐들면서 이렇게 말했어.

"오오, 감사해라. 살아 있구나! 살아 있어 주기만 한다면 그것으로 족해!"

그러고는 급히 톰에게 키스를 하고는 침대를 준비하기 위해서 집으로 뛰어들어왔는데, 그 도중에도 발을 내디딜 때마다 좌우의 검둥이들이나 그 밖의 사람들에게 닥치는 대로 여러 가지 일을 시키는 것이었어.

나는 이 사나이들이 짐을 어떻게 할 생각일까 하고 따라가 보았어. 늙은 의사와 사일러스 아저씨는 톰의 뒤를 따라 집 안으로 들어가더군. 사나이들은 몹시 화가 나 있었어. 그 중에는 짐의 목을 매달아 이 근방의 검둥이들에게 본때를 보여 줘야 한다고 말하는 자도 있었어. 그러자 다른 사람들은 그건 안 될 말이라고 하면서 반박하는 거야. 저놈은 우리의 검둥이가 아니니까 그런 짓을 하면 임자가 나타나서 우리에게 대금을 치르게 할 것이 분명하다는 거야. 그렇게 말하자 흥분했던 사람들도 약간 진정하더군. 잘못을 저지른 검둥이의 목을 매달고 싶어하는 사람일수록 막상 목을 매달아서 자기의 만족이 채워지고 그 검둥이의 몸값을 치를 단계가 되면 으레 제일 먼저 꽁무니를 빼는 법이거든.

그러나저러나 그들은 짐에게 온갖 욕설을 퍼부어 대고 때때로 한두 대 뺨을 후려치는 사람까지 있었는데, 그래도 짐은 한마디 말도 하지 않고 또 나를 보고도 아는 체를 하지 않았어. 사람들은 짐을 전과 마찬가지로 오두막집으로 끌고가서는 도로 자기 옷을 입혀서 또다시 쇠사슬로 매어 놓더군. 이번에는 침대 다리가 아니라 통나무에 박혀 있는 큼직한 고리쇠에 매어 놓는 것이었어.

게다가 두 손과 두 팔에도 쇠사슬을 묶고는, 이제부터는 주인이 나타날 때까지 빵과 물 외에는 주지 않고 기간 내에 주인이 나타나지 않으면 경매에 붙여서 팔아버리겠다고 했어. 이렇게 하고서야 사람들은 자기들의 일이 끝났음을 알고 돌아갈 참이었는데, 그때 늙은 의사가 앞으로 나서더니 사람들을 둘러보면서 이렇게 말하는 것이었어.

"이 검둥이에게 거친 짓을 하면 안 돼요. 이 검둥이는 나쁜 녀석은 아니니까 말입니다. 내가 저 애 있는 데로 갔을 때 누군가의 손을 빌리지 않으면 총알을 빼낼 수가 없었어요. 그렇다고 해서 저 애를 혼자 두고 사람을 부르러 갈 수도 없는 상황이었지요. 점점 더 상처가 악화되어서 나중에는 머리가 이상해져 나를 가까이에 오지도 못하게 하는 것이었지요. 그러면서 뗏목에 분필로 표시 같은 것을 하는 경우엔 죽여버리고 말겠다느니 하고 엉뚱한 소리를 마구 해댔어요. 그래서 나는 도저히 손을 쓸 방법이 없다고 생각하고 어떻게 해서든지 사람을 불러와야겠다고 말했지요. 내가 그렇게 말한 순간에 이 검둥이가 어디에선가 나타나서는, ‘제가 도와드리지요’ 하는 거예요. 그리고 실제로 나를 도와 주었어요. 그것도 아주 썩 잘 도와 주었어요. 이 사람이 탈주 검둥이라는 것은 물론 나도 눈치로 알 수 있었지요. 그러나 그때의 나는 어쩔 수가 없었어요. 한낮 한밤을 줄곧 환자 곁을 떠날 수가 없었어요. 나에게는 감기 환자가 두 사람이 있어서 급히 마을로 돌아와서 그 사람들도 돌봐 줘야 할 텐데 그것도 할 수 없었어요. 탈주 검둥이가 도망치지 않는다는 보장도 없었고, 그렇게 되면 내 책임이 되니까 말예요. 그렇다고 해서 소리를 질러 봤자 내 목소리를 알아들을 만한 위치에 보트란 한 척도 보이지 않았으니까요. 그래서 나는 오늘 아침 밝을 때까지 계속 거기에서 꼼짝할 수가 없었는데, 이처럼 충실하게 간호하는 검둥이를 나는 아직 본 적이 없었어요. 더욱이 이 녀석은 자기의 자유를 위험 속에 드러내고 있었던 거예요. 게다가 완전히 지칠 대로 지쳐 있었어요. 이 근래에 무척 혹사당하고 있었구나 하는 것을 알 수 있었지요. 그래서 나는 이 검둥이가 아주 좋아졌어요. 여러분, 이런 검둥이는 1,000달러의 값어치가 있어요. 게다가 친절하게 대해 줄 만한 값어치도 있고요. 나는 오늘 아침까지 그곳에서 꼼짝 못하고 있는데 마침

몇몇 사람이 보트를 타고 지나가더군요. 때마침 검둥이는 옆에 앉아서 정신없이 자고 있더군요. 그래서 내가 그 사나이를 손짓해 불렀더니 사나이들이 검둥이에게 몰래 다가와서 묶어버렸기 때문에 아무런 말썽도 없었어요. 이 애도 열에 시달렸는지 잠을 자고 있더군요. 우리는 소리나지 않게 노를 저어서 뗏목을 끌고 여기까지 왔지요. 검둥이는 처음부터 조금도 떠들지 않았고 말 한마디 하지 않았어요. 여러분, 절대로 나쁜 검둥이가 아니에요. 나는 그렇게 생각합니다."

그러자 누군가가 이렇게 말하더군요.

"듣고 보니 아주 좋은 얘기군요, 선생님."

그 밖에도 얼마간 부드러워진 사람들이 더러 나타났는데, 나는 그 늙은 의사가 짐을 위해서 그렇게 얘기해 준 것이 한없이 고마웠어. 게다가 그것은 내가 짐에 대해서 갖고 있던 생각과 꼭 같은 얘기였기 때문에 더욱 기뻤지.

그런 후 모두들 오두막집 밖으로 나와서 자물쇠를 잠갔지. 쇠사슬이 너무 무거우니 한두 개 벗겨 주자든가, 빵과 물뿐이 아니라 고기와 야채도 함께 먹이도록 하자고 말해 주는 사람은 없는가 하고 바랐지만 그런 생각을 해주는 족속은 하나도 없더군. 나는 섣불리 말참견을 하지 않는 것이 좋겠다고 생각했지만 당장 눈앞에 닥친 난관을 벗어날 수만 있다면 곧 샐리 아주머니에게 어떻게 해서든지 의사 선생님의 얘기를 알려 줘야지, 하고 생각했어. 난관이란 다름이 아니라, 시드와 내가 탈주 검둥이를 찾아 나섰던 날 밤을 어떻게 지냈는가를 얘기하는 가운데 시드가 총에 맞았다는 얘기를 잊고 하지 못했던 이유를 어떻게 설명하느냐 바로 그것이었어.

하지만 난관에 부딪힌 시간은 꽤 오래 걸렸어. 샐리 아주머니는 낮부터 밤까지 줄곧 환자의 방에 있었고, 사일러스 아저씨가 얼빠진 사람처럼 그 근처를 서성거리며 돌아다니고 있을 때 마주치면 나는 그때마다 슬쩍 피해 버렸으니까.

다음 날 아침 나는 톰의 상처가 많이 좋아졌기 때문에 샐리 아주머니가 잠깐 쉬기 위해서 자리를 비웠다고 얘기하는 것을 들었어. 그래서 나는 살그머니 환자의 방으로 들어갔지. 만일 톰이 깨어나 있다면 둘이서 집안 사람에게 탄로나지 않게끔 적당히 얘기를 만들어 놓을 수 있다고 생각했기 때문이었어.

하지만 톰은 자고 있더군. 그것도 아주 편안하게 잘 자고 있었어. 그래서 나는 그 옆에 걸터앉아 톰이 눈을 뜰 때까지 기다리고 있었지. 약 30분쯤 지났을 때였어. 샐리 아주머니가 소리도 없이 살그머니 들어서는 것이었어. 나는 그야말로 이러지도 저러지도 못할 처지에 몰렸어. 아주머니는 손짓으로 나에게 조용하게 있으라고 하고는 내 옆에 앉아서 작은 소리로 얘기를 했어.

이제는 모두 기뻐해도 좋다고 하면서, 모든 증상이 다 좋고 저렇게 계속 자고 있는데 그 동안에 상태도 좋아졌고 마음도 가라앉아서 이 정도라면 눈을 뜰 무렵에는 제정신을 되찾을 수 있을 것이라고 했어.

그래서 우리는 거기에 앉아서 톰을 지켜 보고 있었는데, 그러는 동안에 톰은 몸을 꿈틀하고 조금 움직이더니 자연스럽게 눈을 뜨는 것이었어. 그러고는 주위를 한번 둘러 보더니 이렇게 말하는 거야.

"아니, 이거 내가 집에 돌아와 있지 않아! 어떻게 된 거야? 뗏목은 어디 갔지?"

"걱정할 것 없어."

"그리고 짐은?"

"마찬가지야."

나는 그렇게 말했지만 그다지 힘있는 대답은 아니었어. 하지만 톰은 물론 깨닫지 못했어. 그러더니 이렇게 말하더군.

"좋았어! 멋있었어! 이제 우리는 괜찮아, 걱정없어! 너 이모에게 말씀드렸니?"

나는 그렇다고 대답하려 했는데 그때 샐리 아주머니가 뛰어들면서 물었어.

"무엇을 말씀드린다는 거니, 응?"

"무슨 말씀이라뇨. 그 모든 일을 어떻게 했느냐 하는 얘기죠."

"모든 일이라니?"

"모든 것이란 하나밖에 없잖아요. 나와 톰이 탈주 검둥이를 자유롭게 해준 일 말이에요."

"아니, 무슨 얘길 하는 거니? 탈주 검둥이에게 자유? 아무래도 머리가 또 이상해진 모양이군!"

"아니에요, 내 머리는 아무렇지도 않아요. 나와 톰이 그놈을 자유롭게 해준 거예요. 둘이서 계획을 짜서 그대로 실행한 거예요. 게다가 아주 멋지게 해치웠지요."

이렇게 해서 톰은 결국 모든 얘기를 해버리고 말았지. 아주머니는 말리지 않더군. 그저 앉은 채로 언제까지나 꼼짝 않고 톰이 지껄이는 대로 그냥 내버려 두고 있는 거야. 내가 참견을 한다고 해서 될 일이 아니었어.

"이모, 정말 어려운 작업이었어요. 몇 주일이나 걸렸어요. 매일 밤, 몇 시간씩 식구들이 모두 잠든 사이에 해야 했거든요. 그리고 여러 가지를 훔치지 않으면 안 됐어요. 양초, 시트, 아주머니의 드레스, 숟가락, 양철 접시, 칼, 화로 냄비, 돌절구, 밀가루, 너무 많아서 헤아릴 수 없어요. 그러고는 톱이라든가 펜, 새겨넣을 문구 같은 걸 만드는 일이 또 얼마나 큰 작업이었는지 이모는 모르실 거예요. 또 있어요, 관이라든가 뭐 그런 그림을 그리고, 익명의 편지를 쓰고, 피뢰침을 타고 오르내리고, 오두막집으로 통하는 구멍을 파고, 줄사다리를 만들어 파이 속에 넣어 구워 보내고, 작업하는 데 쓸 숟가락이라든가 이런 것을 이모의 앞치마 주머니에 넣어서 전달하고……."

"이럴 수가……."

"그리고 쥐나 뱀 따위를 오두막집에 잔뜩 넣어 짐의 친구로 삼게 하고 말예요. 그랬는데 이모가 모자 속에 버터를 넣고 있는 톰을 너무 오래 여기에 붙잡아두는 바람에 계획 전체가 허사로 돌아갈 뻔했지요. 글쎄, 우리가 오두막집에서 나오기 전에 사람들이 몰려들지 않았어요? 우리는 서둘지 않으면 안 되었어요. 그러다가 소리를 내는 바람에 사람들에게 들켜서 그만 내가 한 방 맞았지요. 우리는 길에서 사람들을 지나쳐 보냈는데 개들은 우리에게 전혀 흥미를 느끼지 않고 큰 소리가 나는 쪽으로 가버리더군요. 그 뒤로 우리는 카누를 타고 뗏목으로 향했죠. 그리고 짐은 자유의 몸이 됐죠. 이 많은 일을 전부 우리 손으로 해낸 거예요. 굉장하죠?"

"정말 세상에 태어나서 이런 얘기를 들어본 일이 없다! 그럼 너희들이었구나. 그렇게 큰 소동이 일어나게 하고, 모두에게 엄청난 공포감을 갖게 한 것은. 이 꼬마 악당들아! 지금 당장 너희들을 혼내줄 수가 없어서 난 몸살이 날 지경이다. 나는 그것도 모르고 밤이면 밤마다 여기서 이렇게 마음 졸이고 있었다고 생각하니……. 너 상처만 나아봐라. 그땐 너희 둘의 그 나쁜 버릇을 고쳐 주고야 말겠다!"

톰은 워낙 신바람이 나고 마음이 들떠 있어서 자기 자신을 억제하지 못하고 혀가 저절로 움직이는 것이었어. 아주머니도 거기에 맞서서는 불을 토하듯이 말을 해대는데 그렇게 둘이서 떠들어 대니까 마치 고양이들의 회의 같더군. 그러고 나더니 아주머니가 이렇게 말하는 것이었어.

"뭐, 하긴 지금 한창 즐겁게 노는 게 좋을 게다. 하지만 분명히 알아둬라. 네가 만일 다시 한 번 그놈에게 손을 뻗치면 그때는 정말……."

"손을 뻗치다니, 누구에게요?"

톰은 웃음도 싹 가신 놀란 표정이 돼 있었어.

"누구긴 누구야, 그 탈주 검둥이 말이지."

톰은 진지한 얼굴이 되더니 나를 바라보면서 이렇게 말했어.

"톰, 너는 그놈이 괜찮다고 말하지 않았니? 그럼 그놈은 도망치지 못했단 말이니?"

"그놈이라니? 그 탈주 검둥이 말이냐? 물론 도망치지 못했지. 사람들이 다시 데리고 왔으니까. 지금은 다시 그 오두막집에 있단다. 빵과 물만 먹으면서, 쇠사슬로 잔뜩 묶여 있어. 그 동안에 주인이 나타나든가, 아니면 경매에 붙여지든가 하겠지."

톰은 불쑥 침대에서 일어나 앉더니 눈은 시뻘겋게 충혈되고 콧구멍은 아가미처럼 벌름벌름하더군. 그러고는 나를 향해서 소리 지르듯이 이렇게 말하는 거야.

"짐을 가둬 둘 권리 같은 건 없어! 빨리 가! 1분도 지체 말고. 짐을 풀어 줘! 짐은 노예가 아냐. 이 지구 위를 걷고 있는 다른 모든 사람과 마찬가지로 자유로운 인간이란 말이야!"

"시드가 대체 무슨 소리를 하고 있는 거니?"

"이모, 모두 정말이에요. 아무도 가지 않는다면 내가 갈 테야. 나는 처음부터 짐의 일을 알고 있었어요. 여기에 있는 톰도 마찬가지에요. 왓슨 아주머니가 두 달 전에 돌아가셨는데, 짐을 팔아 넘기기로 했던 것을 부끄럽게 생각한다고 말했어요. 그리고 유언으로 짐을 자유롭게 해주었어요."

"그렇다면 도대체 뭣 때문에 너는 그놈을 자유롭게 해주려고 했니? 벌써 자유의 몸이 되었다면서 말이다."

"예, 그렇게 물으시는 것도 무리가 아니겠죠. 이모도 여자니까요! 그건 말이에요, 난 모험을 해보고 싶었던 거예요. 나는 말예요, 피바다를 목까지 잠겨서 걷더라도……. 야아, 폴리 이모다!"

맞았어. 틀림없는 폴리 아주머니가 서 있었어. 방 입구에, 천사같이 만족스러운 예쁜 얼굴로 말야!

샐리 아주머니는 달려나갔어. 그러고는 목이 끊어질 듯이 끌어안고 눈물을 흘렸어. 어쩐지 형세가 이상해져 가는 것 같았지만 나는 침대 밑이라면 안전하겠지, 하고 그리로 피난했지. 그리고 내다보았더니 폴리 아주머니는 안경 너머로 바라보면서 서 있었어. 그런데 그게, 땅속으로 기어들고 싶은 생각이 날 것 같은 그런 눈초리였어. 이윽고 폴리 아주머니는 이렇게 말하더군.

"그럴 거야. 얼굴을 외면하는 게 나을 거야. 내가 너라면 그렇게 하겠다, 톰."

"어머, 놀랐어요! 저 애가 그렇게 달라졌어요? 저 애는 톰이 아니에요, 시드예요. 톰은, 톰은, 아니, 톰은 어디 갔을까? 1분 전까지만 해도 여기에 있었는데."

"네가 말하는 애는 헉 핀이다. 우리 톰 같은 장난꾸러기를 오래 길러

온 내가 첫눈에 알아보지 못할 리가 있겠니. 모른다면 이상한 일이지. 자아, 헉 핀, 그 침대 밑에서 나와라."

나는 침대 밑에서 기어나왔지만 썩 개운한 기분은 아니었어.

그때의 샐리 아주머니처럼 어리둥절한 얼굴을 한 사람을 나는 아직 본 일이 없어. 아니, 또 한 사람 있긴 있었지. 그것은 그 방에 들어와서 여러 사람들로부터 이 이야기를 들었을 때의 사일러스 아저씨였어. 그건 어쩌면 엉망으로 술이 취했을 때의 상태라고 해도 괜찮을 거야. 그 날은 저녁때까지 뭐가 뭔지 전혀 모를 상태로 밤 기도회에서 설교를 했는데, 이게 아저씨를 일약 유명하게 만들어 주었어. 왜냐고? 그건 세상에서 제일 나이가 많은 사람이 들어도 전혀 무슨 얘기인지 모를 설교였으니까. 그리고 폴리 아주머니가, 내가 누구고 어떤 놈이라는 것을 얘기하는 바람에 나도 내가 얼마만큼 난처한 입장에 있었는지 얘기하지 않을 수가 없었어. 펠프스 부인이 나를 톰 소여로 착각했을 때, 하고 말했더니 아주머니는,

"아니다. 지금까지와 마찬가지로 샐리 이모라고 불러. 나는 이미 귀에 익어서 아무렇지도 않다. 새삼스럽게 고쳐 부를 필요가 없어."

하고 말하기에 그대로 했어.

"샐리 이모가 나를 톰 소여로 착각했을 때 나는 가만히 있을 수밖에 없었어요. 달리 어떻게 할 방법이 없었거든요. 게다가 톰이 양해해 줄 것도 알고 있었거든요. 왜냐하면 톰은 그러한 것을 누구보다도 좋아하거든요. 이런 비밀을 말예요. 톰은 이것을 실마리로 해서 모험을 생각해 내지 않을까, 그리고 아주 만족해하지 않을까, 하고 나는 생각했었지요. 사실상 또 그대로 됐어요. 톰은 자기가 시드인 것처럼 해서 내가 편해지게 해준 거예요."

나는 대충 이런 얘기를 했지. 그러고 나서 폴리 아주머니가 짐 얘기를 꺼내더군. 왓슨 아주머니가 유언에서 그를 자유롭게 해주었다는 톰의 얘기는 진실이라고 얘기했어. 그러고 보니까 톰 소여가 검둥이를 자유롭게 해주기 위해서 그토록 귀찮은 일을 일부러 한 것은, 그것이 자유로운 검둥이였기 때문이었던 거야.

이때에야 비로소 톰 소여같이 잘 자라난 놈이 검둥이를 자유롭게 해주려는 일에 어떻게 그렇게 발벗고 나섰는지 이해가 갔어.

그런데 폴리 아주머니는 샐리 아주머니로부터 톰과 시드가 모두 무사히 도착했다는 편지를 받고 이상했노라면서 이렇게 말하는 것이었어.

"역시 생각했던 대로군. 그 애를 감시인도 없이 혼자 보냈으니 이 모양이지. 그래서 내가 직접 가서 이번에는 그 애가 뭣을 하고 있는지 보고 와야겠다고 생각했던 거야. 너에게는 거기에 대한 회답을 기대할 수가 없을 것 같고."

"아니, 단 한 번도 언니에게서 온 편지를 못 받았는데요."

"참 이상도 하지! 나는 두 번이나 편지를 띄웠단다. 시드가 왔다는 건 대체 무슨 얘기냐, 알려 줬으면 좋겠다 하고 말야."

"하지만 언니, 나는 그런 편지를 못 받았는걸요."

폴리 아주머니는 무서운 얼굴을 하고 천천히 고개를 돌리더니 이렇게 말하는 것이었어.

"톰, 너로구나!"

"예? 뭐가요?"

"내가 다 알고 있는데 '뭐가요'라니. 그런 소리 해도 소용없어. 그 편지 이리 내놔!"

“무슨 편지요?”

“무슨 편지긴. 너를 뒤집어 털어서라도 꼭 그 편지를 찾을⋯⋯.”

“트렁크 속에 있어요. 이제 됐죠? 내가 우체국에서 받아들었을 때와 꼭 같아요. 뜯어 보지도 않았고 만져 보지도 않았어요. 하지만 그것을 전해 주면 일이 시끄러워질 줄을 알고 있었고, 거기다가 이모가 별로 서두르는 것이 아니라면, 나는⋯⋯.”

“아무래도 너에게는 벌을 내려야 할 것 같다. 그건 틀림없는 큰 일이야. 그리고 또 한 통, 내가 이리로 오겠다는 편지도 있을 텐데, 그것도 분명히 애가⋯⋯.”

“아니에요. 그건 어제 왔어요. 난 아직 읽지 않았지만 그 편지는 무사해요. 그 편지는 잘 받았어요.”

나는 샐리 아주머니가 그 편지도 받지 않았다는 사실에 2달러 내기라도 걸겠지만, 그렇게 하지 않는 편이 더 안전하리라는 생각이 들었어. 그래서 입을 꼭 다물고 잠자코 있었지.

마지막 장

톰이 혼자 있는 것을 붙들고는 나는 대뜸 물었지. 도피에 성공했을 때에는 어떻게 할 참이었느냐, 벌써부터 자유의 몸이 된 검둥이를 또다시 자유의 몸으로 했을 땐 뭣을 하려 했느냐고 말야. 그랬더니 톰은 짐을 무사히 데리고 나오면 뗏목에 태워서 강을 따라 내려가며 강 하구까지 실컷 모험을 즐기고 난 뒤 거기에서 짐에게 자유의 몸이라는 것을 알려 주려 했다는 거야. 돌아가는 길에는 짐을 당당히 증기선에 태워서 고향으로 데리고 가 이제까지 허비한 시간의 대가를 지불하고, 미리 편지를 보내어 그 일대의 검둥이를 모조리 모아 놓고는 짐이 도착하는 대로 횃불 행렬과 악대를 앞세워 춤을 추면서 마을로 들어가게 하려 했다더군. 그러면 짐은 영웅이 되고 우리도 영웅이 되는 거야, 하고 말하는 것이었어. 하지만 나는 이대로가 더 잘된 것처럼 생각되었어.

우리는 곧 짐의 쇠사슬을 풀어 줬는데 폴리 아주머니와 사일러스 아저씨와 샐리 아주머니는 그 의사가 톰을 치료할 때 짐이 얼마나 잘 도와 주었는가 하는 얘기를 듣고는, 짐에 대한 칭찬을 늘어놓으면서 좋은 옷을 입힌다, 맛있는 음식을 먹인다, 즐거운 시간을 갖게 한다, 하고 그야말로 극진히 위해 주며 일은 아무것도 시키지 않았어. 그리고 우리는 짐을 2층에 있는 환자용 방에 데려다가 재미있는 얘기를 한없이 지껄였지. 톰은, 짐이 우리를 위해서 잘 참아 가며 죄수 역할을 멋지게 해주었다고 하면서 40달러를 주었어. 짐은 무척 좋아하더군. 그러고는 외치듯이 이렇게 말하는 거야.

"그것 봐, 헉. 내가 너에게 뭐라고 했어? 그 잭슨 섬에서 뭐라고 했어? 나는 가슴에 털이 나 있는데 이 가슴털이 무슨 징조라는 것을 말하지 않았어? 나는 전에 한 번 부자였던 일이 있지만 앞으로 한 번 더 부자가 될 거라고 말했지? 그게 들어맞았어. 이것 봐, 이렇게! 어때! 나에게 뭐라고 해도 소용없어. 징조는 역시 징조니까 어쩔 수 없는 거야. 나는 말야, 지금 내가 이렇게 서 있는 것처럼 내가 또 한 번 부자가 된다는 것을 미리 알고 있었어."

그러자 이번에는 톰이 이야기를 계속 지껄이더니, 어느 날 밤 셋이 함께 몰래 이 집을 빠져 나가 여행에 필요한 도구를 한 벌씩 사 가지고는 1주일이나 2주일쯤 인디언 부락에 들어가서 인디언들 속에서 한바탕 모험을 벌이는 게 어떠냐고 하는 거야.

"좋겠지, 나에게 어울릴 거야."

라고 말했지만 나에게는 도구를 살 돈도 없고 집에서 타낼 수도 없으니 어려울 거라고 했지. 지금쯤은 벌써 아버지가 와 있을 테고, 또 새처 판사에게 내가 맡겨 놓은 돈을 찾아다가 몽땅 술을 마셔 버렸을 거라고 말야.

"아니, 그럴 리가 없어. 돈은 아직도 고스란히 거기에 있어. 6천 달러하고 거기에 붙은 이자까지 말야. 너희 아버지는 그 후 아직도 돌아오지 않았거든. 어쨌든 내가 이리로 올 때까지는 아직 돌아오지 않았어."

그러자 짐이 심각한 얼굴을 하고 말하는 것이었어.

"너희 아버지는 이제 돌아올 수 없어, 헉."

"어째서, 짐?"

"어쨌든 이제는 두 번 다시 돌아오는 일은 없을 거야."

하지만 나는 끝까지 이유를 물었지. 하는 수 없이 짐은 이렇게 말하더군.

"너 기억하고 있지? 강물에 집이 한 채 떠내려올 때 그 안에 어떤 사나이가 뭔가를 뒤집어 쓴 채 죽어 있었지? 나는 안에 들어가서 위에 씌운 것을 들치고 보았지만 너는 들여다보지 못하게 했어. 왜냐하면 그 사나이가 바로 너희 아버지였어."

톰은 이제 거의 완쾌되었고, 그 총알은 시계 대신 쇠줄에 매달아서 목에 감고는 늘 지금 몇 시냐고 그것을 들여다보고 있는 거야. 이제 더이상 쓸 얘기가 없어졌어. 나는 즐거워서 어쩔 줄 모를 지경이야. 책을 쓴다는 것이 얼마나 힘든 일인지를 알고 있었다면, 정말이지 처음부터 손을 대는 것이 아니었어.

앞으로는 또다시 이런 일을 하지 않겠어. 그건 그렇고, 나는 톰이나 짐보다도 한발 앞서서 인디언 부락으로 가야 할 것 같아. 왜냐하면 말야, 샐리 아주머니가 나를 양자로 삼아서 예의 범절을 가르쳐 줄 셈인 모양이거든. 그건 안 되지. 난 참을 수가 없어. 그건 벌써 그전에도 내가 경험한 일이니까 말야.

작품 해설 및 작가 연보

마크 트웨인(1835~1910)

작품 해설

자연과 융합하는 인간의 본질

마크 트웨인은 '현대 어느 작가보다도 영어 국민의 문학적 기호를 타락시킨 사나이'로서 주목되고 있다. 그의 작품 속에는 속어, 비어가 마구 튀어나오는가 하면, 까다로운 문법을 임의로 유린하고도 늠름한 그의 구김살 없는 서민적 문체는, 세련된 문학 전통에서 자란 근직하고 품위 있는 독자들에게는 그지 없는 불쾌감을 불러 일으킨다. 그러나 실은 그와 같은 고상·품위·우아 따위 허식이야말로 마크 트웨인이 우습게 보고 비아냥거리기 일쑤인 바로 그 대상이었던 것이다. 무지가 부끄러워 벌벌 떠는 마음보에는 무지한 놈은 웃어 주라는 굳건한 정신을 이해할 턱이 없다. 마크 트웨인은 지적·감각적 허식과는 애초부터 무관하였고, 오히려 이 무관계성에서부터 출발했다고 할 수 있다.

대체로 그의 이름을 일조일석에 유명하게 만든 〈캘리베러스 군의 명물 뛰어오르는 개구리〉(1865)라는 해학 소설을 시작으로 인간을 조롱한다. 하지만 이런 이야기가 당시의 미국 사람에게는 꼭 마음에 든 것이다. 무엇 때문에? 19세기 중엽의 미국은 변경서진(邊境西進) 과정의 막바지에 처해 있다. 이 신천지를 개척해 나가는 용감한 사내들에게 자의식이니 감상이니 포즈니 하는 것은 무용지물이었고 치밀한 사색 따위에 잠길 여유가 없었다.

마크 트웨인은 그와 같은 전형적인 변경인(邊境人)이다. 비생산적인 예술 따위는 거의 무연의 존재였다. 열두 살에 아버지를 여의고부터 돈을 벌기 위해 온갖 수단을 다했다. 식자공, 인쇄공, 아마존 강을 답사하려고 남미에까지 건너가려 했으며, 미시시피의 수로 안내원을 4년 동안이나 했다. 광산을 채굴하기도 하고, 펜을 들게 된 것도 그 동기를 말하면 돈을 한몫 쥐어 보기 위해 신문기자가 되려는 데서였다. 기자 생활을 하는 동안 저널리즘 속에 사는 호흡을 터득했고, 만담의 명수 아테머스 워드와 당시 서부에 문명(文名)을 떨치고 있던 단편 작가 브레드 하트와 친밀히 사귀며 이 두 사람에게서 소설의 수법을 배웠다.

한편, 그 무렵의 미국 사람들 역시 문학 작품에서 자기 인생관의 지표 따위를 찾아내려고는 하지 않았다. 인간과 사회의 본질을 구명해 줄 것을 기대하지 않았고, 복잡한 심리의 드라마를 꾸며줄 것을 특별히 원한 것도 아니었다. 아니 원치 않았다기보다는 재미있고, 소박하고 건강한 욕구가 구세계와는 다른 신대륙에서는 한결 싱싱하고 줄기차 보였다. 인간 내면의 신비에 깊이 침잠해 가는 멜빌의 작품이 지금 와서 세계 굴지의 문학으로서 평가되고 있지만 그 당시는 거의 세인의 주목을 끌지 못하고, 멜빌 자신도 19세기 후반의 아메리카 사회에서는 완전히 매몰되어 있었던 사실이 이런 사정을 뒷받침해 주고 있다.

마크 트웨인의 작품의 매력은 이와 같은 해학적인 플롯에도 있기는 하지만 대부분은 그 표현 방식의 묘미에 있다. 앞서 말한 바와 같이 그의 문학의 출발점은 신문 보도, 통신문 작성과 화술의 요령을 습득하는 데서 시작했다. 이 두 가지는 경험과 수련을 통해 연마되면서 융합돼 가지만 끝내 그의 문학의 장점으로서 남게 된다.

〈허클베리 핀의 모험〉에 대하여

〈허클베리 핀의 모험〉의 주인공 헉 핀이 자신의 체험을 이야기해 들려 주는 소설, 이를테면 이야기 그대로 옮겨 놓은 긴 편지라고도 볼 수 있다. 맨끝에 가서 '당신의 충실한 헉 핀'이란 서명이 있으며, 펴낸 햇수까지 적혀 있어 마치 서한 같은 형식이다.

이 작품은 기고한 지 8년이란 세월이 걸린 것으로 보면 저자로서는 몹시 애쓴 작품이라 할 것이다. 연보에서도 보는 바와 같이 그는 16장까지 일사천리로 써 나가다가 거기서 한 장벽에 부딪혀 원고를 오랫동안 팽개쳐 두게 된다.

대체로 그는 흥이 나면 단숨에 써 내려가다가도 일단 흥이 없어지면 그만 내동댕이치고는 다시 흥이 일 때까지 집필을 단념하는 버릇이 있었다. 16장의 내용은 헉과 짐의 탈주를 밀고하느냐 마느냐, 애정과 도덕 의식의 갈림길에서 고뇌를 실감하는 장면이다. 아마 작가는 이 문제의 처리와 전편의 구성에 납득이 갈 만한 해결을 지을 수가 없었던 것이 아닐까!

이 사이에서도 몇 번이나 그는 원고 뭉치를 꺼내 집필을 시도했으나 이렇다 할 진전을 보지 못했다. 때마침 1882년, 고향을 다시 찾을 기회가 왔다. 직접 '미시시피강의 옛 모습'에 수정을 가할 의도로 오랜만에 찾은 고향이었으나 그것은 또한 헉 편의 무대로서만이 아니고, 이 작품에 생명을 불어 넣는 바탕으로서도 중요한 역할을 띠고 있었다. 그런 미시시피를 몸소 오르내리면서 강변의 풍랑, 오래된 벗들을 다시 대하고 무엇보다 강 그 자체의 생명을 다시 한 번 체험한 경험이 신선한 자극제가 되어 현재의 〈허클베리 핀의 모험〉을 단숨에 마무리짓는 계기가 된 것도 충분히 이해할 수가 있다.

이렇듯 완성된 〈허클베리 핀의 모험〉은 작자의 숙달된 기법과 성숙된 인간성을 반영하여 중층적(重層的) 의미를 포함한 걸작이 되었다. 이것은 제목 그대로 헉 소년의 모험으로서 아이들이 읽어도 흥미로운 읽을거리가 될 수 있다. 그러나 거기에는 리얼리스트 헉의 투명한 시야에 비친 문명 사회의 허위와 계략이 묘사되어 있고, 그 속에 살고 있는 인간 본질의 협애성(狹隘性)과 왜소성, 잔혹성이 예리하게 투시되어 있다.

이와 같이 문명 사회의 속박에서 벗어나려는 헉과 노예의 사슬에서 도피하려는 흑인 짐은 상호 상대 속에 자기와 동일한 본질을 감득하여 자연 속에 용솟음치는 애정으로 결속되어 미시시피강의 흐름을 따라 도피행을 계속한다.

이 두 사람의 결합은 이해 관계에서 맺어진 '왕'과 '공작'의 결합과 대응 관계를 이루고, 양안(兩岸)의 인간 사회에서 입은 상처를 강으로 되돌아옴으로써 치유하는 헉 소년은 문명 사회의 이방인으로서 자연과 융합하여 살아가는 본질이 부여되어 있다.

그러나 헉과 짐의 정신적 결속이 위험에 부딪치게 되는 것은 헉의 진정(眞情)이 사회의 규범과 상충(相衝)에서 오는 분열임은 앞서도 말했지만, 여기서 미스 왓슨에게 띄우는 편지를 찢으면서 '지옥에 빠져도 후회는 없다'고 결심할 때, 헉의 사회 제도와의 결별은 결정적 극한 점에 달한다. 노예 신분에서 탈주를 꾀하는 짐이 만일 자유의 몸이 된다면 사회의 일원으로 살아갈 수가 있을 것이다. 그러나 문명 사회 그 자체에서 탈주를 시도하는 자연아 헉은 뗏목 위와 같은 '낙천적이자

쾌적한’ 세계를 찾아 방랑을 계속해야 할 숙명에 놓이게 된다.

결말에 가서 헉이 자기를 양자로 삼겠다는 샐리 아주머니 곁을 떠나면서 이야기가 다시 첫머리와 같은 상황으로 되돌아가는 것은 극히 자연스런 결말이라 하겠다. 헉이 살아간다는 것은, 즉 끊임없는 도피를 말한다.

이와 같이 생각할 때, 변경정신(邊境精神)의 찬가라 할 수 있는 이 작품의 밑바닥에 뜻밖에도 은근한 애수가 깃들여 있음을 알 수 있다. 오직 책과 꿈속에만 사는 톰 소여와 언덕 위에서 나란히 앉아 어둠에 싸인 마을 창문에 비치는 불빛을 내려다 보고, 그것을 단란한 가정과 향연의 불빛으로 보지 않고, 병자를 간호하는 철야의 등불로 보는 헉의 시선이 인생에 대한 그의 비전을 상징하는 것으로 볼 수 있다.

그것뿐이 아니다. 인간과 사회에 대한 부정적인 감회는 끊임없이 그의 가슴에 떠오르게 된다. 톰이나 헉이 다 뚜렷한 모델로 형상화된 것은 물론이고 이 두 소년이 작자의 피를 나눈 분신임은 부정할 수 없다. 그리고 보면 헉의 감회는 곧 작자 자신의 감회이며, 이 변경의 찬가를 부르는 작자의 가슴속에는 전진하는 문명, 즉 산업주의에 저항할 길 없이 모든 것이 상실되어감에 따라, ‘옛날의 미국의 꿈’을 아끼는 애틋한 감회와 인간과 사회에 대한 페시미스틱한 정감이 정착해 가면서 있었던 사실을 어렵지 않게 추측할 수 있다.

작가 연보

1835년 11월 30일 미주리 주의 플로리다에서 치안 판사 존 마샬 클레멘스와 제인 램프턴 사이에서 태어남.

1839년 미주리 주의 하니발로 이주. 이곳에서 소년 시절을 보냄.

1847년 부친의 사망으로 가정 형편이 어려워 학업을 중단하고 인쇄소 견습공으로 일함.

1850년 형 오라이언이 경영하는 지방신문 〈하니발 저널〉지의 식자공으로 일하면서 틈틈이 기사를 발표.

1853년 세인트 루이스로 나가 〈이브닝 뉴스〉사에서 일함. 그후 뉴욕, 필라델피아 등지를 떠돌며 견습기자 일을 맡아 봄.

1857년 미시시피 강의 수로 안내인이 됨.

1861년 남북전쟁이 발발하여 일을 그만두고 귀향, 남군의 비정규군에 잠시 입대. 같은 해 형을 따라 네바다 주로 가서 광부,

식자공, 기자 등 여러 직업을 전전함.

1862년 　네바다 주 버지니아 시의 〈테리토리얼 엔터프라이즈〉지의
　　　　기자로 일함.

1863년 　마크 트웨인이라는 필명을 처음으로 사용.

1864년 　캘리포니아로 가서 샌프란시스코의 〈모닝 콜〉지 기자로 일
　　　　함. 여기서 아티머스 워드와 F. B. 하트 등의 문필가와 교
　　　　류를 가져 많은 격려를 받음.

1865년 　처녀작 《캘리베러스 군의 명물 뛰어오르는 개구리》 출간,
　　　　전국적으로 선풍적 인기를 얻음.

1866년 　샌드위치 군도(하와이 제도) 취재 여행을 마친 뒤 처음으로
　　　　강연에 나섬.

1867년 　뉴욕에서 강연을 한 뒤 지중해 팔레스타인 성지 등을 여행.

1869년 　유럽 여행기 《시골뜨기 유람기》 출간.

1870년 　올리비어 랭던과 결혼, 이후 20년 간 그의 생애에서 가장
　　　　왕성한 창작 시기를 보냄.

1872년 　떠돌이 신문 기자를 전전하던 젊은 시절의 체험을 적은 《어
　　　　려운 시절》 출간.

1873년 　찰스 더들리 워너와 공저로 《도금시대》라는 풍자 소설을
　　　　출간.

1876년   그의 대표작《톰 소여의 모험》출간.

1880년   독일, 이탈리아, 스위스 여행 기록인《도보 여행기》를 출간.

1882년   《왕자와 거지》출간.

1883년   수로 안내인의 체험을 바탕으로 자전적 요소가 짙은《미시
시피 강의 생활》출간.

1884년   《허클베리 핀의 모험》출간.

1889년   자동 식자기에 과도한 투자를 한 결과 경제적 타격을 입음.
중세 시대 영국의 압제와 폭정을 풍자한《아서 왕과 양키》
출간.

1894년   《바보 윌슨의 비극》출간.

1895년   엄청난 부채를 갚기 위해 가족과 함께 세계 일주 강연 여행
을 떠남.

1897년   강연 여행기《적도를 따라서》출간.

1899년   《하드리버그를 타락시킨 사나이》출간.

1900년   미국으로 귀국하여 대환영을 받음.

1904년   부인 사망.

1906년   《인간이란 무엇인가》출간.

1907년   영국 옥스퍼드 대학에서 명예 박사 학위 수여.

1910년   4월 21일 코네티컷 주 레딩에서 별세.

대학권장도서 베스트 01

허클베리 핀의 모험

초판 1쇄 인쇄 2009년 12월 10일
초판 1쇄 발행 2009년 12월 17일

지 은 이 마크 트웨인
옮 긴 이 전봉룡
펴 낸 이 신원영
펴 낸 곳 (주)신원문화사

편   집 김준균 장민정 김진희
디 자 인 송효영
영   업 이정민
총   무 양은선 김희자 정하영 정설화 강수연
관   리 조경화 김황식
경영지원 윤석원

주   소 서울시 강서구 등촌1동 636 – 25
전   화 3664 – 2131~4
팩   스 3664 – 2130
출판등록 1976년 9월 16일 제5 – 68호

* 파본은 본사나 서점에서 교환해 드립니다.

ISBN 978-89-359-1505-7 (03840)
ISBN 978-89-359-1504-0 (세트)